स्मृतियों के प्रांगण से

एक संकलन

स्मृतियों के प्रांगण से

एक संकलन

संपादन

सीमा उनियाल मिश्रा

ZORBA BOOKS

ZORBA BOOKS

Published by Zorba Books, March 2022
Website: www.zorbabooks.com
Email: info@zorbabooks.com

Title :- स्मृतियों के प्रांगण से - एक संकलन

ISBN Print Book - 978-93-93029-33-1
ISBN eBook - 978-93-93029-34-8

Zorba Books Pvt. Ltd. (opc)
Sushant Arcade,
Next to Courtyard Marriot,
Sushant Lok 1, Gurgaon – 122009, India

समर्पण

'पर्वतीय' समाचार पत्र के असंख्य उदार पाठकों के नाम

एवं

बिष्णु दत्त उनियाल के दृढ़ संकल्प इच्छाशक्ति और मानवीय संवेदना के प्रति

संक्षिप्त अनुक्रम

संपादकीय एवं संस्मरण का यह संकलन

उन्नीस सौ पचास से अस्सी के बीच के उत्तर प्रदेश राज्य और विशेषकर उसके पहाड़ी क्षेत्रों (आज उत्तराखंड) के निवासियों को 'पर्वतीय' पत्र एवं उसके संस्थापक-संपादक बिष्णु दत्त उनियाल का परिचय देने की संभवतः आवश्यकता नहीं ।

श्री उनियाल के निधन के लगभग तीस साल पश्चात्, एक दौर में निरंतर चलने वाली, 'पर्वतीय' समाचार पत्र की छपाई मशीन की आवाज़, और उसमें चढ़े कागज़ों में बसी उसकी स्याही से बने शब्दों का महत्व, पहाड़ की वादियों और उनमें तीव्र गति से हो रहे परिवर्तन के बीच, आज के युग में शायद खो सा गया है। अतः पर्वतीय के संस्थापक-संपादक की स्मृति में उनकी जन्म शताब्दी के उपलक्ष पर उनके अगाध परिश्रम के परिणाम के वृतांत को प्रस्तुत करना आवश्यक था। हालाँकि एक बृहद कृतित्व एवं व्यक्तित्व के संकलन का यह तुच्छ प्रयास मात्र ही है।

प्राप्त फाईलों, संस्मरणों व स्व. बिष्णु दत्त उनियाल जी के स्वयं कथनानुसार साप्ताहिक 'पर्वतीय' का प्रकाशन दानपुर हाउस, अल्मोड़ा से सन् १९५३ में प्रारम्भ हुआ। तत्पश्चात् रामनगर से प्रकाशित होने के बाद पर्वतीय 'ईटन हाउस', तल्लीताल, नैनीताल और अन्ततः मेलविल लॉज, मेलविल हाउस कम्पाउंड (अब उनियाल निकेतन, माल रोड) से छपता रहा। यद्यपि 'पर्वतीय' पत्र अन्य नगरों से भी प्रकाशित हुआ तथापि नैनीताल ही उसका प्रधान कार्यालय था। १ मई १९७२ को दैनिक पर्वतीय उत्तर प्रदेश राज्य के पर्वतीय क्षेत्रों से प्रकाशित होने वाला पहला दैनिक समाचार पत्र बना। 'पर्वतीय' की लोकप्रियता समसामयिक, स्थानीय, राष्ट्रीय व अन्तराष्ट्रीय समाचारों के अतिरिक्त उसमें प्रकाशित क्षेत्रीय समस्याओं, उनके निदानों व सभी प्रासंगिक विषयों पर केन्द्रित होने वाले आलेखों व विविध कॉलम की रोचक प्रस्तुतियों के कारण रही। किसी भी राजनैतिक दल या विचारधारा से समीपता ना रखते हुए, 'पर्वतीय' ने तीखे, पैने, व्यंगात्मक, व सृजनात्मक शैली को अपनाते हुए तत्कालीन समय में एक सलाहकार, समीक्षक, एवं प्रतिपक्षी की भूमिका निभाई।

श्रद्धेय बिष्णु दत्त उनियाल के जन्म शताब्दी वर्ष (३० मई १९२१-१६ नवंबर १९८८) में प्रकाशित इस संकलन में 'पर्वतीय' समाचार पत्र की उपलब्ध फाइलों में से, अधिकाधिक विविध विषयों के संपादकीय एवं आलेखों को इस संकलन में सम्मिलित करने का प्रयास किया गया है। 'पर्वतीय' परिवार के सदस्यों एवं परिचितों (जिन-जिनसे कोरोना काल में संपर्क बन पाया) से साक्षात्कार एवं आलेख भी सम्मिलित किये गए हैं। पुस्तक के अंतिम भाग में पाठक बिष्णु दत्त उनियाल की स्वलिखित जीवनी पढ़ पाएंगे जो उन्होंने अपनी पुस्तक 'सर्ववाद' के सन्दर्भ में लिखी थी तथा उनकी मानवीय संकल्प शक्ति की द्योतक है। 'पर्वतीय' के प्रथम तीन एवं कुछ अन्य अंकों की झलक तथा बिष्णु दत्त उनियाल और उनके लिखे कुछ पत्रों इत्यादि की तस्वीरें भी पाठकों के लिये सम्मिलित की गयी हैं।

'पर्वतीय' के संपादकीय एवं लेखों को दो भागों में विभाजित किया गया है- 'उत्तराखण्ड एवं हिमालय' तथा 'ज्वलंत एवं व्यापक विषय'।

'उत्तराखण्ड और हिमालय' शीर्षक के अंतर्गत संपादकीय एवं आलेखों में उत्तर प्रदेश के पहाड़ी इलाकों (आज उत्तराखंड) और इनकी विकट समस्याओं का बार-बार उल्लेख मिलता है और समाधान भी

दिए दीखते हैं। 'पर्वतीय' की घोषित नीति 'पर्वतीय क्षेत्रों का विकास' तो थी ही, परन्तु साथ ही उसकी तीक्ष्ण दृष्टि देश विदेश की घटनाओं और निरंतर परिवर्तित होती आर्थिक, राजनैतिक, सामाजिक, सांस्कृतिक और अन्य परिस्थितियों पर भी रहती। उनके विवेचन के साथ ही अनेक सुझाव भी दिए जाते थे। 'ज्वलंत एवं व्यापक विषय' के अंतर्गत संकलित सम्पादकीय तटस्थ रूप से तत्कालीन समसामयिक विषयों पर आधारित हैं। संपादकीय एवं आलेख आज भी प्रासंगिक प्रतीत होते हैं।

समय समय पर पर्वतीय में उत्कृष्ट संपादक और सह संपादक रहे तथापि पर्वतीय में छपे सम्पादकीय एवं विचारों को दिशा देने का उत्तरदायित्व एवं मार्गदर्शन प्रधान संपादक बिष्णु दत्त उनियाल जी का रहा। 'पर्वतीय' समाचारपत्र का उद्देश्य किसी भी सामाजिक, राजनैतिक, धार्मिक या व्यक्तिगत भावना को ठेस पहुँचाना नहीं था। यहाँ प्रस्तुत संपादकीय संकलन का उद्देश्य भी मात्र तत्कालीन घटनाओं के दस्तावेज़ के सन्दर्भ में है तथा शोधार्थियों, इतिहासकारों एवं साहित्य, पत्रकारिता, संस्कृति, पर्यावरण, उत्तराखण्ड एवं तत्कालीन क्षेत्रीय राजनैतिक, सामाजिक गतिविधियों व समाचारों मे रूचि रखने वाले जिज्ञासुओं को लाभान्वित करना है।

बिष्णु दत्त उनियाल अपने व्यक्तिगत व पत्रकारिता जीवन में विभिन्न वर्गों, साधारण लोगों एवं बुद्धिजीवियों के सम्पर्क में आये। उनियाल जी पर अनेक दार्शनिक, मानवीय एवं सांस्कृतिक विषयों से जुड़े पहलुओं का प्रभाव रहा और कई लोगों के जीवन को 'पर्वतीय' या स्वयं बिष्णु दत्त उनियाल जी ने प्रभावित किया।

उनियाल जी व 'पर्वतीय' पत्र को एक दूसरे से पृथक नहीं किया जा सकता है, यह उनकी स्वलिखित जीवनी पढ़कर पाठकों को स्वतः ही विदित हो जायेगा। पर्वतीय के पाठक और पर्वतीय में कार्यरत रहे कर्मचारी सह-सम्पादक, लेखक सभी उन्हें अपने-अपने नज़रिये से स्मृति में रखे हुए हैं।

३० मई २०२१ को बिष्णु दत्त उनियाल की जन्मशताब्दी थी। उनके अनेक समकालीन अब नहीं रहे, पर 'पर्वतीय' पत्र से सम्बंधित कर्मचारी व पत्रकार एवं पाठक और उनके कई पारिवारिक मित्र एवं सामाजिक रूप से परिचितजन आज भी 'पर्वतीय' - बिष्णु दत्त उनियाल को याद करते हैं। खोजे जाने पर सम्पर्क में आए ऐसे 'पर्वतीय' परिवार के सदस्यों एवं परिचितों से साक्षात्कार एवं आलेख लेने का प्रयास किया गया। इन सबका अपनी स्मृतियों को सांझा करने के लिए एवं अपना समय व योगदान देने के लिए हार्दिक धन्यवाद। उनमें से भी आज इस संकलन के प्रकाशन तक जो दुर्भाग्यवश हमारे बीच नहीं रहे - उन्हें भावभीनी श्रद्धांजली।

कुछ नाम व व्यक्ति हमारी अनिभिज्ञता के कारण इस संकलन में सम्मिलित न किये जा सके हों तो इसके लिए हम क्षमा प्रार्थी हैं।

'पर्वतीय' के संपादकीय व संस्मरणों को संकलित करने के इस रोचक प्रयास का शुभारम्भ करने और आगे बढ़ाने में अपने जीवन काल तक वरिष्ठ साहित्यकार-शिक्षक डॉ. गंगा प्रसाद 'विमल' जी का पूर्ण मार्गदर्शन व स्नेहाशीष मिला। इस संकलन के पूर्ण होने से पहले ही उनके आकस्मिक निधन से आयी रिक्तता की पूर्ति सम्भव नहीं। उनके प्रति आभार व्यक्त करने के लिए मेरे पास शब्द नहीं हैं। इस पुस्तक के आरम्भ में बिष्णु दत्त उनियाल पर उनके संस्मरण पाठक पढ़ सकेंगे।

प्रसिद्ध इतिहासकार, शिक्षक व लेखक प्रो. शेखर पाठक सदैव अपना सहयोग और प्रोत्साहन इस प्रयास हेतु देते रहे। इस पुस्तक का आमुख भी आपने लिखा है। आपका सादर धन्यवाद ।

लोकप्रिय विज्ञान लेखक और कथाकार श्री देवेन्द्र मेवाड़ीजी के अनुभव का लाभ हमें इस प्रयास के सृजनात्मक पहलुओं में मिला। उनियाल जी की स्वलिखित जीवनी पर आधारित लघु फिल्म 'बिष्णु दत्त उनियाल का जीवन' की सुन्दर पटकथा आपने उनियाल जी के प्रति श्रद्धांजलि के रूप में लिखी। अत्यंत आभार।

इस संकलन के उद्गम से प्रकाशन तक प्रबुद्धजनों का मार्गदर्शन व प्रोत्साहन प्राप्त होता रहा। डॉ. हीरा सिंह भाकुनी ने समय समय पर सुझावों द्वारा अपना सहयोग दिया और प्रो. नीरजा टण्डन ने इस पुस्तक के संपादकीय खण्ड में बहुमूल्य योगदान दिया आप दोनों का हृदय से धन्यवाद।

संपादकीय के संकलन व साक्षात्कारों की रिकॉर्डिंग और लिप्यन्तरण में डॉ. विरेन्द्र पाल ने अपना सहयोग एवं अमूल्य योगदान दिया है।

बिष्णु दत्त उनियाल द्वारा स्थापित बी. डी. उनियाल (पर्वतीय) चेरिटेबल ट्रस्ट के समस्त ट्रस्टीगण एवं शुभचिंतकों, परम सहयोगी माननीय सचिव श्रीमती रचना जोशी इस्सर तथा कमांडर आई सी शर्मा ने इस पुस्तक को साकार रूप देने में सहयोग व समर्थन दिया। विगत समय में ट्रस्ट को अपना बहुमूल्य समय, सहयोग तथा मार्गदर्शन देने वाले स्व. दीनदयाल शर्मा, स्व. डी.सी. तिवारी, स्व. विद्या प्रभदयाल एवं स्व. डॉ. पी. सी. जोशी का भी इस अवसर पर सादर स्मरण एवं भावभीनी श्रद्धांजली।

'स्मृतियों के प्रांगण से' को मूर्त रूप देने में, कमांडर जे. पी. एस. मिश्रा तथा स्वरित उनियाल मिश्रा का भी मनसा वाचा कर्मणा निरन्तर सहयोग मिलता रहा।

'पर्वतीय' पत्र की माइक्रोफिल्म तीनमूर्ति भवन, दिल्ली स्थित नेहरू स्मारक संग्रहालय एवं पुस्तकालय में संग्रहीत हैं। कुछ समय से उनके डिजिटाइज़ेशन की प्रतीक्षा है। 'पर्वतीय' एवं 'सीमांचल' पत्र की मूल फाइलें 'हिमालय संग्रहालय' डी. एस. बी. कॉलेज कुमाऊँ विश्वविद्यालय में उपलब्ध हैं। इन संस्थानों के प्रभारियों एवं कर्मचारियों को धन्यवाद।

'स्मृतियों के प्रांगण से - एक संकलन' के साथ ही प्रकाशित हो रही है 'पर्वतीय समाचार पत्र और उत्तराखंड में स्वातंत्र्योत्तर पत्रकारिता' लेखक डॉ नीरज साह, पाठकों को यह पुस्तक रुचिकर और लाभदायक प्रतीत होगी।

इस संकलन में व्यक्त विचार लेखकों एवं वक्ताओं के अपने व्यक्तिगत विचार हैं।

आशा है इस संकलन से उत्तराखंड से प्रकाशित प्रथम हिंदी भाषीय दैनिक पत्र 'पर्वतीय' की स्मृति पुनः जागृत होगी जो कि अतीत, वर्तमान और भविष्य को जोड़ने की एक कड़ी है।

डॉ. सीमा उनियाल मिश्रा
अध्यक्षा
बी. डी. उनियाल पर्वतीय चेरिटेबल ट्रस्ट

बिष्णु दत्त का बनना
हलवाहे ब्राह्मण से प्रखर सम्पादक तक की कामयाब यात्रा
शेखर पाठक

यह कुछ कठिन कहानी सौ साल पहले शुरू होती है। महात्मा गांधी द्वारा आह्वानित असहयोग आन्दोलन ने पूरे भारत देश को झंकृत किया हुआ था। कुमाऊं की पहाड़ियां कुली बेगार और जंगलात के आन्दोलनों से गूंज रहीं थीं। एक अपेक्षाकृत चुप समाज बोल रहा था और औपनिवेशिक सत्ता को तोल रहा था। कुमाऊँ में सौ साल पार कर चुका ब्रिटिश शासन पहली बार चुनौती नहीं, हार का सामना कर रहा था। जिला गढ़वाल भी आन्दोलन की ज्वाला से घिरा था। अपर गढ़वाल को अनुसूया प्रसाद बहुगुणा तथा लोवर गढ़वाल को मुकुन्दीलाल, केशर सिंह रावत, मंगतराम खंतवाल, हरिदत्त बौड़ाई जैसे लड़ाके आन्दोलित किये थे। कुमाऊँ परिषद की सुसंगठित ताकत इसके पीछे थी। मई १९२१ तक कुली बेगार का उन्मूलन हो चुका था और स्थानीय जनता को राज्य द्वारा जंगलात बन्दोबस्त करके छीने गये जंगलों का बड़ा हिस्सा वापस किया जा चुका था। जंगलों की आग नियंत्रित हो रही थी पर स्थानीय चेतना राष्ट्रीय संग्राम की आग को घी दे रही थी।

इस गरमाहट के बीच कुमाऊँ के तीन में से एक जिला गढ़वाल की बिचला उदयपुर पट्टी के गांव आवई के साधारण किसान श्रीमती भागीरथी तथा श्री भोला दत्त के घर 30 मई 1921 को एक बालक का जन्म हुआ। उसका शुभ नाम पड़ा बिष्णु दत्त। वह अपने बोई-बाबा की सात सन्तानों (पांच बेटियां और दो बेटे) में सबसे छोटा था। तब न बोई-बाबा को और न नामकरण करने वाले पण्डित को पता था कि यह बालक कुशाग्र, कर्मनिष्ठ, लड़ाकू और सम्वेदना से लबालब भरा होकर निकलने वाला है। तब कठिन हिमालय के पिछड़े इलाके में किसी प्रतिभा के पैदा होने की कौन सोच सकता था!

जैसा कि आज भी है, इस छोटी सी जोत वाले किसान परिवार को मुश्किल से गुजारा करना पड़ता था। बस पता नहीं किन पुण्य कर्मों के कारण इस परिवार के पास एक घराट का स्वामित्व था, जिससे आटे के रूप में कुछ आय हो जाती थी और परिवार के संकट कम हो जाते थे। यानी अपना अनाज बेचकर मिले रुपयों से लूण, तेल और गुड़ आदि खरीदते थे। यह अधिकांशतः बरान्नी खेती वाला इलाका था पर बिष्णु के गांव में आंशिक रोपाई भी होती थी।

बिष्णु अभी बारह साल का भी नहीं हुआ था कि 1933 में उसके सिर से पिता का साया उठ गया। उसके बड़े भाई पता नहीं किन कारणों से परिवार से अलग बाहर रहते थे अतः इस नन्ही उम्र में बिष्णु को हलवाहा बनना पड़ा। हमारे समाज में जनम भर घर परिवार में जुती रहने वाली महिलाओं को सिर्फ हल में जुतने से बचाया गया था। हालांकि पूरी तरह नहीं। इस प्रकार बारह साल के हलवाहे के रूप में बिष्णु ने जीवन समर में प्रवेश किया। बोई और बहनों से उसे बेइन्तहा प्यार था और पढ़ाई से भी। वह स्वयं सबका लाड़ला था। एक प्रकार से परिवार का अकेला पुरुष।

हर पहाड़ी बोई की तरह उसकी बोई भी बहुत कर्मठ थी, मायालु थी और यह संस्कार बिष्णु में बहुगुणित होकर विकसित हुये। बिष्णु का आगे बढ़ना, तपेदिक से अपने को बचा ले जाना और हलवाहे

से पत्रकार बनने तक की यात्रा दरअसल उसी कर्मठता की सघन कहानी थी। यह कहानी सपाट नहीं, बहुत अधिक जटिल थी। अनेक उतार-चढ़ाव इसमें थे और 67 साल में पार किया गया यात्रा पथ देहरादून, लाहौर, बम्बई, भवाली, लखनऊ, अल्मोड़ा, नैनीताल के बाद कोटद्वार तक फैला हुआ था। यह कहानी स्वयं बिष्णु को भी उस तरह नजर नहीं आती थी जैसे आज उसकी शताब्दी के समय हमें आती है। उसे तो विधिवत अपनी कथा लिखने का मौका भी नहीं मिला था। अतः उसके जीवन संघर्ष के कितने ही आयाम अनजाने ही रह जायेंगे। उसके गवाह भी अब बहुत कम या नहीं रह गये हैं। इस किताब में जिन लोगों ने अपने दुर्लभ संस्मरण लिखे हैं वे उसके जीवन संघर्ष का सिर्फ नैनीताल में स्थापित हो जाने के बाद का हिस्सा जानते हैं। शायद वह भी पूरा नहीं।

नन्हा विद्यार्थी

तो 12 साल में पिता विहीन हो चुका बिष्णु दिन में स्कूल जाता और स्कूल से लौटकर घर का काम करता। कभी पशुओं को चराने जाता, जंगल से घास-लकड़ी लाता और खेती के समय खेत में हल जोतता। अभी वह कक्षा 4 का ही विद्यार्थी था। जैसा कहा है कि महिलाओं के हल न जोतने का रिवाज था, अतः हलवाहे का काम बिष्णु के हिस्से आया। नन्हे बिष्णु को खेत के कोनों में हल को उठाने तथा बैलों को पलटाने में दिक्कत होती थी। 'गोरा' और 'मटरू' दो छोटे छोटे बैल थे इस परिवार के पास। बिष्णु के दोस्त जैसे थे वे दोनों। वे खुद मुड़ तो जाते थे पर भैसिया दूब में फसे हल को उठा नहीं सकते थे।

एक कठिन दिन बिष्णु हल को उठा और मोड़ पाने में फेल हो गया। रो गया और अपनी विवशता पर अपने को धिक्कारता हुआ खेत के मेड़ पर ही सो गया। मां जब उसका प्रिय भोजन 'दूधभात' लेकर खेत में आईं तो बेटे को सोया देख वह घबरा गईं। क्षण भर को उन्हें लगा होगा कि बिष्णु बेहोश तो नहीं हो गया है। जब देखा कि वह वास्तब में सोया है तो खुद रोने लगीं। जब चित्त हल्का हुआ तो बेटे को उठाया। पूछा क्या हुआ तो बिष्णु ने बताया कि वह दूब में गहरे धंसे हल को नहीं निकाल पाया। मां ने कहा कोई बात नहीं बेटा। अब हम मिलकर चला देंगे यह हल। चला भी दिया। उस दिन का हल ही नहीं बिष्णु की जिन्दगी का हल फिर कभी नहीं अटका। कितनी साहसी बोई रही होगी बिष्णु की ? और कितना साहसी बना उनका बेटा!

प्राइमरी पास कर वह पास के चमकोटखाल मिडिल स्कूल में कक्षा 5 में भर्ती हो गया। तब प्राइमरी की अन्तिम कक्षा 4 होती थी। लेकिन अब वह स्कूल के हास्टल में रहने लगा। पढ़ाई में वह अव्वल था पर अब घर के काम में वह शनि तथा रविवार को ही हाथ बटा पाता था, जब वह आटा, दाल, चावल और सब्जी लेने घर आता था। कक्षा में उसका सदा पहला स्थान रहा। जब उसने कक्षा 7 पास कर लिया, शायद यह 1937 का साल रहा होगा, तो आगे की पढ़ाई का सवाल उठा। अब तो पढ़ाई के लिये देहरादून, पौड़ी या लैन्सडौन जाना होगा। बोई की बहुत चाहना थी कि बिष्णु किसी तरह आगे की पढ़ाई करे पर कहीं से भी यह संभव नहीं हो पा रहा था। जब बिष्णु ने बोई से बात करनी चाही तो उन्होंने साफ कह दिया कि इतने बड़े परिवार को पालना ही मुश्किल हो रहा है। कैसे पढ़ाऊं तुमको?

वयःसंधि पर खड़ा बिष्णु जैसे एकाएक जीवन यात्रा में भी ठहर सा गया था। लगभग 16 साल का बिष्णु अब पशुओं को चराने, हल जोतने, घास काटने, जंगल से लकड़ी लाने और घराट का काम करता।

बोई ने एक घोड़ा भी खरीद दिया था। बोई की एक ही चिन्ता और सपना था कि किसी तरह बिष्णु का विवाह हो जाय। बहू की खोज होने लगी। जन्मपत्री ने विवाह टालने में उनकी मदद की क्योंकि 29 वे साल में किसी संकट की संभावना को पंडित ने जन्मपत्री में पाया। घराट में लगातार रहने के कारण पिसाई के लिये वहां आने वाली एक फौजी की बेटी से उसकी पहली 'बाल प्रीत' शुरू हुई। यह बातों से कम पर एक दूसरे को देखने और समझने से ज्यादा विकसित हुई। वह लड़की शहर में पढ़ती थी। बिष्णु को लगा कि बिना हाई स्कूल पास किये वह इस दोस्ती को शादी की तरफ नहीं ले जा सकता है। इसी बीच इस लड़की के साथ जब बिष्णु मछलियां मार रहा था और दोनों अपनी भावनाओं की रौ में थे तो उसके घोड़े को बाघ ने मार दिया। बोई नाराज हुई और बिष्णु को उनकी बात चुभ गई। उसे अपनी गलती महसूस हुई और प्रायश्चित्त का अति कठिन रास्ता उसने चुना।

लाहौर

किसी काम से इसी बीच बिष्णु को लैन्सडौन जाना था। मन में रंज जैसा था कि उसकी लापरवाही से घोड़े को बाघ ने मार डाला और बोई को दुखी होना पड़ा। उसने भाग निकलने का निर्णय लिया लेकिन पढ़ाई करने के लिये। यह बिल्कुल अलग तरह का भागना था। यह उसका पहला कठिन देशाटन भी था। वह रेलवे पुलिस के हाथ नहीं आया बस। लक्सर तक का टिकट लिया। क्योंकि जेब में 5 ही रुपये थे। फिर फगवाड़ा, अमृतसर होकर तरह तरह से यात्रा कर वह लाहौर पहुंच गया। लाहौर उन दिनों पहाड़ के लोगों का महत्वपूर्ण गन्तव्य भी था। कुछ संयोग और सौभाग्य रहा कि बिसराम काका ने उसे लाहौर की सड़क में देख लिया। वह उनके गांव के शिल्पकार थे, जो लाहौर में नौकरी करते थे। तरुण बिष्णु को वह अपने घर ले गये। दो तीन दिन आराम करने को कहा। काका को बिष्णु ने बताया कि वह पढ़ना चाहता है और इसके लिये नौकरी भी करेगा। रास्ता बन गया।

बिष्णु को तो बहुत दूर जाना था। परिस्थितियां उसकी मदद कर रहीं थीं। डिफैन्स एकाउन्ट्स के एक बुजुर्ग दम्पत्ति के घर झाड़ू-पोछे और बर्तन मलने की नौकरी मिल गई। हर माह 6-7 रुपये मिलते थे। रहना खाना मुफ्त। काम ज्यादा न था। अतः दिन भर पढ़ने का समय मिलता था। पहली तनखा मिलते ही वह हाई स्कूल की किताबें ले आया। दम्पत्ति को जब पता चला कि वह परीक्षा की तैयारी कर रहा है तो वे और ज्यादा खुश हो गये। उसका काम और कम कर दिया गया। हाई स्कूल में कुछ ही अंकों से उसकी प्रथम श्रेणी रह गई थी। बोई को भी पत्र से यह सूचना दे दी। उसकी इच्छा थी कि उसकी घराट वाली पहली प्रेमिका को यह सूचना मिलती तो अच्छा होता।

17 साल का बिष्णु अजीब अनिर्णय से घिरा था। दम्पत्ति निःसंतान थे और उसे गोद लेने को तैयार। वे अपने रिश्ते में उसकी शादी भी ठहराने लगे। एक ओर दूर पहाड़ों में अपने बेटे के लिये रो रही बोई का चित्र उसके सामने आता और दूसरी ओर निःसंतान पर सम्पत्तिवान दम्पत्ति का दत्तक पुत्र बनने का अवसर। अगले साल बिष्णु गांव गया। उसकी घराट वाली प्रेमिका की शादी हो चुकी थी। पर बोई प्रसन्न थी कि बेटा पढ़ रहा है। वह वापस लाहौर लौटकर फिर अपने काम में जुटा। जिन्दगी का दो राहा तो अभी भी सामने था। इस बीच दम्पत्ति का स्थानान्तरण कराची हो गया और उसने उनके कराची चलने के प्रस्ताव को नहीं माना। बिष्णु बेरोजगार हो गया पर एक दांत के सर्जन के यहां 25 रुपये मासिक पर नौकरी मिल

गई। पढ़ाई जारी रही और 1939 में पंजाब विश्वविद्यालय की हिन्दी 'प्रभाकर' परीक्षा पास कर ली। अब वह बी.ए. परीक्षा प्राइवेट दे सकता था। अन्ततः बी.ए. की पहले साल की परीक्षा भी पास की और इसी बीच टाइप-शार्टहैण्ड सीख लिया। उसकी प्रतिभा से प्रभावित सर्जन के रिश्तेदारों ने उसे अपनी बेकरी-डेरी के कारोबार का मैनेजर बना दिया।

देहरादून

1944 में किसी दिन एक मामूली शंका के कारण बिष्णु यहां से चल निकला। अगला मुकाम देहरादून था। यहां की आर्डिनैन्स फैक्ट्री और डिफैन्स एकाउन्ट्स विभाग में कुछ समय नौकरी करने के बाद बिष्णु नौसेना मुख्यालय, दिल्ली में स्टेनोग्राफर बन गया। इसी बीच दूसरा विश्व युद्ध समाप्त हुआ और सेना की बहुत सी नौकरियां समाप्त कर दी गई। औपनिवेशिक सत्ता का अन्त भी नजदीक आ रहा था। उस समय रक्षा विभाग में बड़े पद (उप सचिव) पर थे फिलिप मैसन (दूसरा नाम फिलिप उड्रफ, अनेक किताबों के लेखक), जो 1936 से 1939 तक गढ़वाल के डिप्टी कमिश्नर रहे थे। समझदार और अपनी राह निकालने में सदा तत्पर बिष्णु उनके पास गया। अपना दुखड़ा कहा और बताया कि वह टंकण और स्टेनोग्रेफी का जानकार है। निवेदन किया कि कहीं ऐसे संस्थान में उसे भिजवा दें, जहां उसका यह हुनर काम आये। मैसन ने उसे वोकेशनल ट्रेनिंग सैन्टर, अल्मोड़ा में प्रशिक्षक बना कर भेजने का रास्ता साफ कर दिया।

दो बार अल्मोड़ा

और इस तरह बिष्णु पहली बार अल्मोड़ा पहुंचा। यह उसकी पहली और अन्तिम सरकारी नौकरी थी। हुनरबन्द होने पर भी उसका मन नहीं लगा और सही बात कहने के गुण ने उसे यहां टिकने न दिया। आज़ाद खयाल तो वह जन्म से ही था। नौकरी छोड़ दी और एक दिन उसने अल्मोड़ा में 'हिन्दी संकेत लिपि विद्यालय' नाम से टंकण और स्टेनोग्रेफी का प्रशिक्षण संस्थान खोल दिया। यह काम आगे बढ़ता कि नहीं बिष्णु के तपेदिक या क्षय रोग से ग्रस्त होने का पता चला। अल्मोड़ा की अपनी एक प्रेम कहानी का जिक्र वह अपने संस्मरणों में करता है। घर और रिश्तेदारी में उसने अपनी स्थिति बाबत पत्र भेजे पर कहीं से उत्तर नहीं आया क्योंकि तपेदिक तब असाध्य रोग था और इसके रोगी के ज्यादा दिन बचने की उम्मीद नहीं होती थी। यह 1950 की बात रही होगी।

पास ही भवाली में प्रसिद्ध सेनीटोरियम था। वहां जाने पर डा. खजानचन्द ने एक्सरे देखा और कहा कि निराशाजनक केस है और अस्पताल में बेड नहीं है। यह कहानी आप इस किताब में पढ़ेंगे कि कैसे बिष्णु अपने युद्ध को जारी रख लखनऊ गया, कैसे उसने व्यक्तिगत प्रतिरोध के तरीके ढूंढें, कैसे मंत्री चन्द्रभानु गुप्ता की अनुकम्पा से भवाली में निःशुल्क सेवायें पाकर भर्ती हुआ और वहां के रोगियों की लड़ाई लड़ी। यही नहीं वहां से उसने साहित्यरत्न और बी.ए. फाइनल किया। वह रोगमुक्त हुआ और अगले 38 उपलब्धियों भरे साल जिया। उसको तो अभी अपना असली लक्ष-सम्पादक/पत्रकार बनने का-हासिल करना था।

चार-पांच माह बाद स्वस्थ होकर वह फिर अल्मोड़ा लौटा। इसे अल्मोड़ा पुनरागमन तो कह ही सकते हैं। हिन्दी संकेत लिपि विद्यालय तो अकाल मृत्यु को प्राप्त हुआ था पर उस अनुभव से बिष्णु को

रामजे इन्टर कालेज में कामर्स शिक्षक की नौकरी मिल गई। उसके मन में एक अलग सपना भी चल रहा था। अल्मोड़ा पुराना नगर ही नहीं सांस्कृतिक केन्द्र था। पुराने अखबारों में एक 'अल्मोड़ा अखबार' यहीं से निकला था। फिर 'कुमाऊँ समाचार', 'शक्ति', 'कुमाऊँ कुमुद', 'स्वाधीन प्रजा' तथा 'समता' सहित कितने समाचार पत्रों की भी यह जन्मस्थली रहा। 1950 के बाद राष्ट्रीय संग्राम से जुड़े पत्र प्रतिपक्ष से पक्ष के हो गये थे। अतः एक प्रतिपक्ष के अखबार की जरूरत क्षेत्र को थी। यह बिष्णु की समझदारी और कल्पनाशीलता का प्रमाण था कि उसने एक बड़ा सामाजिक सपना देखना शुरू किया।

पत्रकारिता के विचार ने बिष्णु को बम्बई ले जा पटका। यहां मुलाकात हुई दयानन्द अनन्त से, जो नैनीताल में बस गये गढ़वाली परिवार की सन्तान थे। दयानन्द स्वयं वामपंथी विचारों के रचनाकार थे और लखनऊ से शायर मज़ाज़ के साथ बम्बई आये थे। उस समय न जाने कितने आदर्शवादी, क्रान्तिदर्शी देश में कहां कहां क्या कुछ कर रहे थे। बम्बई में कुछ नया अर्जित नहीं हुआ। पर दयानन्द के साथ अनेक रचनाकरों से मुलाकात हुई। सार्वजनिक खुशी और समता का विचार उसके मन में जरूर अंकुरित हुआ। दो प्रवासी बंधुओं से रु. 650 लेकर वापस आया और इससे 1953 में शुरू हुआ 'साप्ताहिक पर्वतीय' का प्रकाशन। अल्मोड़ा शहर को एक और पत्र का जन्म स्थान बनने का मौका मिला। 'पर्वतीय' के पहले कुछ अंक उजाला प्रेस, आगरा से छपे। कुछ समय बाद 'कुमाऊँ कुमुद' के बन्द पड़े विन्ध्यवासिनी प्रेस को प्रेम बल्लभ जोशी से खरीद लिया गया। शायद एक साल तक अल्मोड़ा के इस प्रेस से मुद्रण होता रहा। वैसे यह मशीन रामनगर और फिर नैनीताल में 1970 तक चलती रही। अल्मोड़ा में स्वतंत्रता सेनानी देवेन्द्र सनवाल के अलावा जय बल्लभ पन्त और महाराज किशोर उनके सहयोगी रहे। देवेन्द्र सनवाल तो फिर लगातार ही 'पर्वतीय' से जुड़े रहे। कानूनी सलाहकार के रूप में एडवोकेट पूर्णानन्द उपाध्याय और मोहन चन्द्र जोशी का नाम कुछ समय तक छपता रहा।

यह आजादी के बाद का समय था। 1953 का साल। तब 'शक्ति' (अल्मोड़ा), 'जागृत जनता' (हल्द्वानी) या 'कर्मभूमि' (कोटद्वार) जैसे कांग्रेसी पत्र थे और 'समता' (अल्मोड़ा) तथा 'कुमाऊँ राजपूत' (अल्मोड़ा) को जातीय पत्र बताया जाता था। देहरादून से 'युगवाणी' निकलता था। कुछ और पत्र भी थे। प्रदेश में गोविन्द बल्लभ पन्त की सरकार थी। राजनैतिक प्रतिपक्ष बहुत सबल नहीं था। प्रदेश विधान सभा में पर्वतीय इलाके से दो समाजवादी विधायक थे बस। सर्वोदय चेतना अभी उदित होनी थी। बिष्णु ने इसे समझा। स्थानीय समस्याओं को सामने लाने, सामाजिक कुरीतियों को उठाने, नौकरशाही को दुत्कारने और रचनात्मक सुझाव देने और सार रूप में पहाड़ों में लोकतंत्र का चौथा स्तम्भ खड़ा करने का काम वे करने लगे।

शिकायत करने वाले या इस बहाने अपने को प्रस्तुत करने वाले हर दौर में होते हैं। तब भी थे। पर्वतीय की शिकायत पंडित पन्त तक पहुचाई गई। पन्त कुछ समय शिकायतें सुनते रहे। फिर उन्होंने साफ कहा कि 'पर्वतीय हमारा मददगार है क्योंकि वह हमें हमारी कमजोरी या सीमायें बताता है। लोकतंत्र में उसको प्रेस की आजादी भी प्राप्त है।' बिष्णु ने पाया था कि तब के नेता लोकतंत्रवादी थे। उदार और सहिष्णु। आज जब सरकारें प्रेस पर डोरे ही नहीं डालतीं उसे खरीदने का उपक्रम करतीं हैं, मुखर पत्रकारों को जेल में तक डालती हैं और प्रेस और मीडिया का बड़ा हिस्सा बिकने को तैयार भी है, तब पर्वतीय की यात्रा अत्यन्त चुनौती भरी होने पर भी सत्ता के भय से मुक्त थी।

नैनीताल

विन्ध्यवासिनी प्रेस खरीदने से पर्वतीय की शक्ति और सुविधा कुछ बढ़ गई। पर बिष्णु को लगा कि अल्मोड़ा पर्वतीय क्षेत्र के एक तरफ है। पर्वतीय के मुख्यालय का किसी मध्यवर्ती स्थान में होने का उचित विचार उसके बेचैन मन में आया। अल्मोड़ा, नैनीताल तथा गढ़वाल जिलों के संधि स्थल पर स्थित रामनगर को पर्वतीय के अगले केन्द्र के रूप में चुना गया। पर बिना पड़ताल के वहां जाना सही नहीं निकला। रामनगर उसे राजनैतिक चेतना से शून्य मिला। अब सत्ता तथा शक्ति के केन्द्र में जाकर ही अलख जगाने की जरूरत महसूस हुई। यह निर्णय सही सिद्ध हुआ।

इस तरह कमिश्नरी मुख्यालय नैनीताल में पर्वतीय का आगमन 1955 में हुआ। तल्लीताल के हिमालय होटल परिसर में यह शुरूआत हुई। जल्दी ही 1956 में मालरोड (मेलविल शॉप्स कम्पाउण्ड) में एक टिनशैड मिल गया, जिसे संसदीय सचिव बल्देव सिंह आर्य ने दिलाया। यह प्रेस और निवास का मिला जुला रूप था। अनेक दलों के नेता, विधायक या कार्यकर्ता यहां बिना भेद भाव के साथ रह लेते थे।

यह पर्वतीय के ही नहीं बिष्णु के भी स्थापित और विकसित होने का समय था। उसकी सामाजिक-राजनैतिक हैसियत बढ़ती गई। नैनीताल से यह पत्र 1955 से 1972 तक साप्ताहिक के रूप में फिर 1 मई 1972 से दैनिक के रूप में निकलता रहा। अपनी स्वतंत्रचेता दृष्टि, स्पष्टवादिता, सामाजिक पक्षधरता, नये रचनाकारों और पत्रकारों को प्रोत्साहित करने और सबसे अधिक तत्कालीन उत्तराखण्ड की आकांक्षाओं को सामने लाने में पर्वतीय पीछे नहीं रहा। आज पाठकों को आश्चर्य होगा कि पर्वतीय ने विकास अंक 1957 में और उत्तराखण्ड राज्य विशेषांक 1970 से कुछ साल पहले निकाल दिया था। यानी उत्तराखण्ड संघर्ष वाहिनी तथा उत्तराखण्ड क्रान्ति दल के जन्म से एक दशक पहले। 1962 का लगभग 100 पेज का गणतंत्र दिवस विशेषांक शायद सबसे बड़ा अंक रहा होगा। पत्र ने उस दौर के हर आन्दोलन और मुद्दे को लगातार स्थान और स्वर दिया। भ्रष्टाचार को उजागर किया। नेताओं और नौकरशाही को आलोचना से कभी बाहर नहीं रखा।

पर्वतीय से कितने ही पत्रकार और रचनाकार जुड़े या कहें कि उनका बनना, विकसित होना शुरू हुआ। इस किताब में उनके संस्मरणों से यह अन्दाजा पाठकों को आ भी चुका होगा। नैनीताल में पर्वतीय की स्थिरता और विकास में बिष्णु के साथ पहले महेश्वर प्रसाद कुकरेती और बाद में धीरेन्द्र शाह, मानिकलाल डबराल और हनुमन्त सिंह रावत का बहुत बड़ा योगदान रहा। कुछ समय के लिये विनोद तिवारी, रणजीत सिंह भाकूनी, कैलाश साह, ब्रह्मानन्द बडोला, महेश त्रिवेदी, गरुड़ध्वज जोशी, गिरधारी लाल अमोली और कैलाश पपनै ने भी सवेतन काम किया। फिर उक्त में से कुछ सहयोगी अन्य बड़ी पत्र-पत्रिकाओं में चले गये। विनोद तिवारी माधुरी में गये, कैलाश साह दिल्ली जाकर विज्ञान लेखक-पत्रकार बने और अनेक पत्रों में लिखते रहे।

नैनीताल के तमाम युवक जो पढ़ाई कर रहे थे वे पर्वतीय से जुड़े। पर्वतीय ने उनकी रचनात्मकता में इजाफा किया और पर्वतीय को उन्होंने विविधता और पठनीयता दी। बटरोही (साहित्य सम्पादक), देवेन्द्र मेवाड़ी (विज्ञान सम्पादक), और बाद में पलाश विश्वास आदि को ऐसे युवाओं के रूप में याद किया जा सकता है। इन युवाओं को कभी कभी परिश्रमिक भी दिया जाता था। मुहम्मद सईद, वीरेन डंगवाल, मिताली गांगुली, मदन पिथौरा (मदन चन्द्र भट्ट), ताराचन्द्र त्रिपाठी, ओम प्रकाश गंगोला आदि

पर्वतीय में लिखते रहे। ये सभी हिन्दी साहित्य और शोध की दुनियां के बड़े नाम बने और अभी तक लगातार सक्रिय हैं।

यहीं यह बताना उचित होगा कि बिष्णु ने 1 जून 1964 से नैनीताल/हल्द्वानी से सीमांचल नाम से तत्कालीन कुमाऊँ के पहले दैनिक अखबार की स्थापना की और इसे साल भर तक चलाया भी। यह उसकी महत्वाकांक्षा के साथ अपने क्षेत्र को अपना दैनिक देने के सपने से जुड़ा था। तब कुमाऊँ में लखनऊ या दिल्ली के अखबार आते थे और यहां पहुंचते पहुंचते बासी हो जाते थे। पर टीम के अभाव और बिष्णु पर दोहरा बोझ पड़ जाने से सीमांचल बन्द करना पड़ा। ब्रह्मानन्द बडोला पहले पर्वतीय में काम करते रहे और फिर बिष्णु ने सीमांचल अखबार को बडोला को ही सौंप दिया, जिसे वे जीवन के अन्त तक साप्ताहिक के रूप में सम्पादित-प्रकाशित करते रहे।

इस तरह पर्वतीय से जुड़े उक्त सभी और अन्य तमाम अनाम पूर्वजों (जैसे प्रेस के कर्मचारी, जिनके नाम हम नहीं खोज पाये) को आज बिष्णु शताब्दी पर सलाम करना बहुत स्वाभाविक और जरूरी है।

अब अपनी याद आई

नैनीताल में ही बिष्णु को अब अपना भी ख्याल आने लगा। बहुत देर से अपनी याद आई। बिष्णु अब तक चालीस की उम्र पार कर चुका था। वह लिखता भी है कि होटल में खाते खाते इतने साल निकल गये। नैनीताल में कन्या इन्टर कालेज की शिक्षिका सावित्री रावत से बिष्णु का परिचय हुआ। जब परिचय गहराया तो 1963 में बिष्णु - सावित्री शुभ विवाह हुआ। यह अन्तरजातीय विवाह था। सावित्री मूलतः गढ़वाल जिले से बाहर निकल गये शिक्षक देवी सिंह और दयावंती की बेटी थी। दयावंती नेपाली मूल के राणा परिवार से थीं। पिता देवी सिंह शिक्षा विभाग में प्रदेश में जगह जगह स्थानान्तरित होते रहे। सावित्री अन्ततः उच्च शिक्षा के लिये इलाहाबाद विश्वविद्यालय पहुंची, जहां से उसने अर्थशास्त्र में एम.ए. फिर बी.एड. और एम.एड. किया। सावित्री के जीवन में आने और फिर बेटी सीमा के जन्म के बाद बिष्णु का पारिवारिक जीवन सुव्यवस्थित ही नहीं भावनाओं से भरपूर होने लगा। उसने मित्रों से उधार लेकर ही सही घर बनाया। बोई को छोड़कर लाहौर भाग जाने के ढाई दशक बाद उसे फिर परिवार और एक मायालु माहौल मिला। यही दौर पर्वतीय के अपनी ऊँचाइयों तक पहुँचने का भी था।

1972 से पर्वतीय साप्ताहिक के साथ दैनिक के रूप में भी लगा। यह कुछ समय के लिये पूरे उत्तराखण्ड का दैनिक पत्र बन गया। 1974 से 1985 तक चिपको आन्दोलन तथा उत्तराखण्ड और देश के अन्य जीवन्त मुद्दों पर लगातार लिखता रहा। 1977 में नैनीताल में जंगलों की नीलामी के समय के राजकीय आतंक तथा जंगलों के हक हकूकों पर इसके सम्पादकीय तथा लेख जन और जंगल के समर्थन में लिखे गये थे। सरकार, वनमंत्री तथा प्रशासन की तीव्र आलोचना की गई थी। यह पर्वतीय का बड़ा योगदान था।

बिष्णु अपने को सर्ववादी कहता था। इसमें साम्यवादी-समाजवादी विचारों का आंशिक असर था और मानवता से परिपूर्ण दृष्टिकोण का उससे भी ज्यादा। उसका सर्ववाद पूरी तरह उसके जीवन के अनुभवों से निकला था। सर्ववाद पर उसकी किताब पठनीय है और उसके विचारों की उड़ान को इसे पढ़ कर समझा जा सकता है। अल्मोड़ा में मोहन उप्रेती सहित कितने ही और मित्रों से उसका सम्पर्क उस

दौर में हुआ था। बम्बई के अनुभवों से भी सीखा होगा। दैनिक पर्वतीय को उन्होंने मई दिवस से शुरू किया था। इससे श्रमिकों के प्रति उनका रुझान साफ प्रकट होता है। इस तरह अनेक विचार ऊर्जाओं से बना उसका मानस कभी भी अपने या इतनी देर से बने परिवार के बारे में ही सोचने तक सीमित नहीं रहा।

1974 में जब सीमा 10 साल की हुई तो बिष्णु ने अपनी बेटी और समाज को 'पर्वतीय चेरीटेबल ट्रस्ट' के रूप में एक नायाब उपहार दिया। जो नई सम्पत्ति खरीदी थी उसका आधा हिस्सा भी 1976 में ट्रस्ट को दे दिया। कुछ समय बाद इसी में 'पत्रकार हास्टल' की स्थापना की, जिसका उदघाटन हेमवतीनन्दन बहुगुणा ने किया। कुछ साल पत्रकारों ने इसका लाभ उठाया। पर तब नैनीताल में मई-जून तथा अक्टूबर के अलावा पत्रकार या पर्यटक कम आते थे। अतः उसका अधिक उपयोग नहीं हो सका।

अन्तिम पड़ाव कोटद्वार

अपने जीवन को बिष्णु एक टेढ़ी मेढ़ी और उबड़ खाबड़ पहाड़ी पगडंडी बताता था तो इसमें कुछ भी अतिरेक नहीं था। वह ऐसी ही थी। नैनीताल में उसके जीवन और काम को स्थायित्व मिला। यह अवधि एक चौथाई सदी से कुछ अधिक थी। इस दौर में उसने सामाजिक प्रतिष्ठा, पत्रकारिता के पेशे में नाम और आर्थिक स्थायित्व साथ साथ प्राप्त किया। पर बिष्णु ने अपनी सरलता, स्वायत्तता, खुलापन, सदभाव और कर्तव्य-निष्ठा को कभी पीछे नैपथ्य में नहीं किया।

लेकिन यह स्थायित्व भी एक दिन पिघल जाना था। फेफड़े के बाद अब वह हृदय रोग का शिकार हुआ। डाक्टरों ने कहा कि अब उसको नैनीताल जैसे ऊँचे स्थान में नहीं रहना चाहिये। ट्रस्ट के भवन यानी पत्रकार हास्टल को बेचकर कोटद्वार जाने का निश्चय किया। पर सिर्फ अपने लिये नहीं, अपने बहाने एक बड़े लक्ष्य के लिये। कोटद्वार में कण्वाश्रम के पास एक एकड़ जमीन लेकर 'हिमालय अध्ययन कुंज' नाम से एक ऐसे संस्थान और हॉस्टल की स्थापना की, जहां दूरस्थ दुर्गम क्षेत्रों के विद्यार्थी प्रतियोगी परीक्षाओं तथा अन्य रोजगारों को पाने के लिये अपने को तैयार कर सकें। कुछ चुनिन्दा शिक्षकों को भी वहां लाने का प्रयास हुआ। बेरोजगारों को प्रशिक्षण देने का महत्वाकांक्षी कार्य शुरू नहीं हो सका।

'हिमालय अध्ययन कुंज' को विकसित करते करते बिष्णु दत्त उनियाल का 16 नवम्बर 1988 को देहान्त हो गया। यह असमय अवसान था। वह अभी 67 साल का ही था। एक स्वप्नदर्शी खुद एक स्वप्न बन गया। एक व्यक्ति की निष्ठा, समर्पण, जिजीविषा, महत्वाकांक्षा और स्वप्नदर्शिता ने किस तरह एक समाचार पत्र को जन्म दिया, विकसित किया, सामाजिक विश्वास अर्जित किया और फिर भी इस सबको व्यक्तिगत नहीं माना, यह बिष्णु को समझने की कुंजी है। उत्तराखण्ड या अन्यत्र बहुत बड़े अखबारों या उनके मालिकों और सम्पादकों को कभी पत्रकार हास्टल जैसा विचार नहीं आया। न गरीब विद्यार्थियों को वजीफा देने अथवा परीक्षाओं हेतु तैयारी का संस्थान बनाने का। किसी अखबारी घराने ने कुछ किया तो टैक्स बचाने या अपने पारिवारिक ट्रस्ट चलाने या अपने विज्ञापन के उद्देश्य से ही किया। कुछ अपवाद जरूर है। पर्वतीय बहुत सामान्य आर्थिक आधार का पत्र होकर भी अपने स्वप्नदर्शी सम्पादक के कारण ऐसा कर सका। पर्वतीय की उपलब्धियां कम नहीं हैं।

संघर्ष और सृजनशीलता को आधार और स्थायित्व देने के लिये उतने ही मेहनती और स्वप्नदर्शी सहयोगियों की दरकार होती है। दुर्भाग्य से वह बिष्णु के साथ नहीं हो सका। उसको कुछ बहुत मेहनती

सहयोगी जरूर मिले पर वे सिर्फ अखबार को चला रहे थे। बड़े स्वप्न देखने वाले एक-दो साथी भी उसको मिले होते तो उसके अधूरे काम और आगे बढ़े होते। 1988 में बिष्णु के देहान्त के बाद कोटद्वार का हिमालय अध्ययन कुन्ज परिसर सूना हो गया। सीमा पढ़ाई कर रही थी। तब से लगभग 2002 तक यह परिसर उजड़ता रहा। बस बेटी सीमा और जीवनसंगिनी सावित्री ने ट्रस्ट के कार्य को निरन्तरता दी और कोटद्वार की इस सम्पत्ति को बेच कर ट्रस्ट के लक्ष्य को आगे बढ़ाया। कितनी ही कठिनाईयों से प्रज्वलित इस दिये को बुझने नहीं दिया और स्वाभाविक उम्मीद है कि यह समाज को रोशनी और मदद देता रहेगा।

इन सब तथ्यों को जानने के बाद किसी को भी साफ लगेगा कि बिष्णु की जीवन यात्रा एक आदमी के उद्यम और संघर्ष की कहानी है। जिस दिन वह नहीं रहा उस दिन उसके शुरू किये को कायम रखना कठिन होने लगा। क्योंकि उस तरह की प्रतिबद्धता सभी के लिये संभव नहीं थी।

जितना मैं उन्हें समझा

मुझे लगभग एक दशक से कुछ अधिक समय तक उनके (अब मैं 'उसके' या उसे के स्थान पर 'उनके' या उन्हें का प्रयोग करुंगा) सम्पर्क में रहने का मौका मिला। पर्वतीय ने अस्कोट आराकोट अभियान 1974 के समाचार प्रकाशित किये थे, पर इसकी हमें तब जानकारी नहीं थी। सितम्बर 1974 में जंगलों की पहली निलामी के विरोध के समय नैनीताल जाने पर मैंने उन्हें पहली बार देखा था। हम अल्मोड़े से आये नौजवानों ने शैले हाल में नीलामी नहीं होने दी थी। उन्होंने बहुत उत्साह से नीलामी स्थगन का समाचार छापा था। तभी मैं पहली बार पर्वतीय परिसर में गया था। दिसम्बर 1974 में नैनीताल डी.एस.बी. में आने के बाद उनके पास लगातार जाता रहता था। पहले नीचे के कमरे में महेश्वर कुकरेती के पास बैठता था। फिर उनके पास उपर की बैठक में। पर्वतीय के लिये कभी कुछ लिखता भी था।

उनके निवास की बड़ी बैठक में हमारी अनेक गोष्ठियां हुई थीं। वे बहुत आत्मीयता से न सिर्फ अपनी बैठक को सार्वजनिक उपयोग के लिये खोल देते थे बल्कि कुछ ही समय में सावित्री जी चाय पानी का इन्तजाम कर देती थीं। एक बार 5 जून को पर्यावरण गोष्ठी वहां हुई। फिर सुन्दरलाल बहुगुणा के आने पर गोष्ठी हुई। शायद 1982 में एक बार जब मैं कालेज से लौटते हुये उनसे मिलने गया था तो उन्होंने नाश्ता कराने के बाद मेरे हाथ में एक फाइल दी और 'देखो' कहा। यह दैनिक पर्वतीय के लिये आये सरकारी और गैर सरकारी विभागों, संस्थानों के विज्ञापन थे। ये हजारों रुपयों के थे। पर उनके स्वास्थ के कारण अखबार अनियमित होने लगा था। महेश्वर कुकरेती तब तक पंजाब केशरी में चले गये थे। कोई कर्मठ आदमी नहीं मिल पा रहा था।

बोले कि आप लोग क्यों नहीं अखबार को संभालते हैं। उन्हें नैनीताल समाचार की प्रतिभाशाली टीम की क्षमता का अन्दाज था। मेज पर नैनीताल समाचार का नया अंक भी उन्होंने रखा था। मेरे दिनमान या धर्मयुग के लेखों के वे पाठक और प्रशंसक थे। हम सामाजिक आन्दोलनों और अध्ययन यात्राओं में हिस्सेदारी करते थे, यह भी उन्हें अच्छा लगता था। मैंने इतना भर कहा कि मैं अभी दो साल के अध्ययन अवकाश से वापस आया हूं और अब मुझे विभाग में शिक्षण और शोध का काम आगे बढ़ाना है। पहाड़ का सपना हमारे दिलों में अंकुरित हो चुका था और मैंने उन्हें इस बाबत बताया भी। वे प्रसन्न हुये पर किसी तरह का आश्वासन न पाकर निराश हुये होंगे, ऐसा मैं सोचता हूं। कोटद्वार जाने के बाद भी उनका आमंत्रण

बना रहा। पर मेरा दुर्भाग्य कि मैं कोटद्वार संस्थान में नहीं जा सका। उनके चले जाने के बाद भी नहीं। इसका मुझे सदा खेद रहता है।

उनकी सहृदयता, सहयोग भाव, बड़प्पन, खुलेपन के व्यवहार ने सदा प्रभावित किया। पर हम शायद कहीं चूक गये और उनके काम को निरन्तरता नहीं दे सके। पर यह बात शक्ति, कर्मभूमि, सत्यपथ आदि पत्रों के बारे में भी कही जा सकती है, जिनसे हमारा जुड़ाव था। दरअसल यह एक बड़ी सामाजिक और सामूहिक जिम्मेदारी थी।

यह किताब

यह किताब बिष्णु की शताब्दी पर उनको सलाम करने की कोशिश है। शताब्दी स्मरण को समारोहपूर्वक मनाने की चाह थी और हैं पर कोविड ने अवरोध किया। सीमा उनियाल मिश्रा, रचना जोशी इस्सर, वीरेन्द्र पाल और अन्य साथियों ने बहुत मेहनत की है। जिस तरह उन्होंने कोविड के इस कठिन दौर में बिष्णु को जानने वाले हर जीवित व्यक्ति को खोजा और उनसे भेंट करके संस्मरण लिखवाये या रिकार्ड किये, पर्वतीय की फाइलों से सम्पादकीय तथा अन्य महत्व के लेखों का चयन किया और दुर्लभ फोटो जुटाये वह तारीफ के काबिल तो हैं ही। नीरज साह का पर्वतीय तथा बिष्णु पर केन्द्रित शोध प्रबन्ध भी प्रकाशित किया गया है ताकि उनकी और पर्वतीय की विस्तृत जीवनी विधिवत हमारे समाज के सामने आ सके। यही नहीं सीमा ने देवेन्द्र मेवाड़ी के सहयोग से बिष्णु के जीवन पर एक फिल्म द जर्नी आफ बिष्णु दत्त उनियाल भी बनाई।

यह कहना उचित होगा कि इससे कम में उनको शताब्दी पर सलाम किया भी नहीं जा सकता था। सच यह भी है कि इससे कम में सीमा और रचना खुद भी संतुष्ट नहीं हो सकती थीं। अभी भी उनके सबसे बड़े कर्मस्थल नैनीताल के साथ उनकी अन्य कर्मस्थलियों-अल्मोड़ा तथा कोटद्वार आदि-और उनके गांव में भी समारोह करने का सपना हम सबके मन में है।

यह प्रारम्भिक आलेख सुप्रसिद्ध साहित्यकार गंगा प्रसाद विमल (1939-2019) को लिखना था। कोविड से पहले उनसे कई मुलाकातें और बातें इस सम्बंध में हुई। समय का फेर कुछ ऐसा रहा कि वे किसी और दुनिया को चले गये। उनकी याद भी इस किताब के साथ जुड़ी है। उनका एक आलेख दूसरी पुस्तक में गया है। बिष्णु दत्त उनियाल और 'पर्वतीय' पर उनके संस्मरण इस पुस्तक के आरम्भ में हैं।

बिष्णु दत्त उनियाल, सावित्री उनियाल और पर्वतीय से जुड़े सभी ज्ञात-अज्ञात मित्रों को उनकी जन्म शताब्दी पर हम सभी गहरी हार्दिकता से याद करते हैं।

बिष्णु दत्त उनियाल स्मृति

गंगा प्रसाद 'विमल'

[संस्मरण]

बिष्णुदत्त जी से मेरी मुलाकात १९६५ - ६६ के दौरान शुरू में नैनीताल में हुई। उसके बाद जब वह दिल्ली आते रहे तो बराबर उनसे मुलाकात होती रही, या मैं कभी नैनीताल गया या और कहीं उनसे मिले तो मुलाकात हो जाती थी। उनसे मुलाकात का मुख्य आकर्षण यह था कि वह उस समय के बहुत से युवा साहित्यकारों से जुड़ रहे थे।

'पर्वतीय' ऐसा केंद्र बन गया था जहां अनेक प्रकार के लेखक इकठ्ठा होते थे - 'पर्वतीय' परिसर में भी और उसके बाहर भी। जैसे जब भी वह दिल्ली आते थे तो उस समय के बड़े संपादक, पत्रिकाएं उनसे संपर्क करते थे। कई दफ़े उनके साथ जाने का मौका मिला तो पता लगा कि कैसे-कैसे लोग संपर्क रखते थे। उस काल के राजनीतिज्ञों से भी उनके बहुत गहरे संबंध थे पर इसलिए नहीं संपर्क में रहते थे कि उनसे कोई लाभ उठा सके, ऐसा कभी देखा नहीं, लेकिन वह जानना चाहते थे कि देश में हो क्या रहा है, राजनीति क्या करवट ले रही है, उनके साथ जाने से पता चल जाता था कि क्या महत्वपूर्ण चीज़ घट रही है।

उस दौर की जितनी भी समस्याएं थीं, महत्वपूर्ण प्रश्न थे, उन पर उनकी पकड़ रहती थी और उस पकड़ को लेकर वह अपने अखबार के नए-नए अंको का गठन करते थे कि क्या बात करनी चाहिए कैसे करनी चाहिए। इसीलिए अगर उनकी पत्रिका अखबार को देखें तो जो मुद्दे आगे चलकर महत्वपूर्ण हो गए उनकी पृष्ठभूमि उनकी शुरुआत बहुत पहले से ही 'पर्वतीय' में हो जाती थी। मुझे पता नहीं कि वह किस तरह से विज्ञापन जुटाते थे - मैंने कभी यह देखा नहीं, पर वह भी बहुत अच्छे से करते थे यह भी एक करिश्मा था उनका। जब-जब भी मिलते थे, जब भी दिल्ली आते थे, तो ऐसा होता था, समाज के सभी वर्ग के लोगों के साथ वह मुलाकात करते थे और यह मेरे लिए एक नए आदमी को देखते हुए बहुत दिलचस्प बात थी कि कैसे सोच रहे हैं कैसे कर रहे हैं। पीछे मुड़कर देखता हूं तो यह दर्शाता है कि वह बहुत ज़िम्मेदार पत्रकार थे, क्योंकि ऐसे ज़िम्मेदार पत्रकार का दायित्व होता है कि वह पूरी-पूरी तरह से समाज में होते हुए परिवर्तन को जाने और देखे और उसके बुनियादी चीज़ों के बारे में वह जानता रहे।

उनियालजी के संपर्क में आने के कारण, जो परिवर्तन हो रहे हैं या होने वाले हैं उनकी पत्रकारिता के माध्यम से उनके बारे में पहले से ही पता चल जाता था। एक जिम्मेदार पत्रकार भाषा के प्रति भी अपनी ज़िम्मेदारी निभाता है - वह चाहते तो बहुत आसानी से अपने अखबार में गढ़वाली या कुमाऊँनी को महत्व दे सकते थे, 'गेस्ट कॉलम' लगा सकते थे, लेकिन उन्होंने ऐसा नहीं किया। उन्होंने हिंदी को ही मुख्य भाषा माना। आज़ादी के आंदोलन में हिंदी की मुख्य जगह थी और वह इस बात को जानते थे कि हिंदुस्तान की जो आवाम है वह हिंदी या हिंदुस्तानी को पसंद करती है और उसी में बातचीत करती है।

आज हमारे पास ऐसे आधार नहीं हैं कि आप पर्वतों की आर्थिक समस्याएं, सामाजिक समस्याएं और उसकी मानवीय ढांचे का ढंग से विश्लेषण कर सकें और मुख्य रूप से यह देख सकें कि जो हिमालय

जनचेतना है वह किस प्रकार की थी। हिमालय के लोग कितने गरीब थे और उनकी क्या समस्याएं थीं और उन समस्याओं को बेहतर परिवेश में देश के संदर्भ में कैसा जाना जा सकता है, इसकी कोशिश में उनियाल जी लगे रहते थे।

जो उनसे खबरें मिलती थीं उनसे पहाड़ी जीवन की विधाएं तो समझ में आती ही थीं, लेकिन पहाड़ी समाज की सजगता एवं रचनात्मक शक्ति की भी भनक लगती थी या खबर मिलती थी। 'पर्वतीय' के अंक यदि आप देखें तो बराबर ऐसी सूचनाएं मिलती रहेंगी - अतीत और वर्तमान की कड़ी भी बनती थी। वह खबरें कि कैसे अतीत में जो और जीवन के मूल थे क्या वह वर्तमान में बदल रहे हैं या किस तरह से बदल रहे हैं, उस सबकी जानकारी भी मिलती थी।

हालांकि 'पर्वतीय' अखबार का ढांचा तो पर्वत से ही आता है लेकिन और जो भी उसमें खबरें थीं वह देश से भी संबंधित थीं। कि पर्वतों का देश के प्रति क्या रुख होना चाहिए और देश का पर्वतों के प्रति क्या रुख होना चाहिए और जब भी वह लिखते थे वह अपनी आवाज़ पूरे देश तक ही पहुंचाना चाहते थे, क्षेत्र तक सीमित नहीं रखना चाहते थे। और यही सारे प्रश्न और यही रिश्ता जो है वह उनियाल जी के संपर्क में आने से हमको भी ज्यादा समझ में आता था। जो काम 'पर्वतीय' ने स्वतंत्रता के बाद हासिल किया वह बहुत महान है।

स्वतंत्रता के पहले जो पत्रकारिता में काम हुआ वह भी महत्वपूर्ण था और उसकी जानकारी भी मुझे 'पर्वतीय' से ही मिली है - जो 'पर्वतीय' में प्रयास होता था वहां के बारे में यानी कि पहाड़ के बारे में, जानने का और उसके ऐतिहासिक, सामाजिक, राजनीतिक सभी पहलुओं एवं परेशानियों को ध्यान में रखने का। उनियाल जी का पर्वतों के प्रति, पत्रकारिता के प्रति योगदान और कई तरीकों से देखा जा सकता है; उसका कई तरीकों से आंकलन किया जा सकता है। और कहा जाए तो वह बहुआयामी इंसान रहे।

उनका व्यक्तित्व बहुत आकर्षण प्रभाव पैदा करने वाला था, कोई उनकी तरफ देखे तो बिना बात करे हुए नहीं रह सकता था। उनका लिबास उनका रहन-सहन किसी भी तरह से दिखावटी नहीं था कि किसी के लिए कोई प्रदर्शन कर रहे हो उसमें भी उनके व्यक्तित्व की छाप थी जिस तरह से वह बात करते थे, चलते थे और कपड़े पहनते थे अपने आपको 'कैरी' करते थे। उनके व्यक्तित्व का एक खास गुण यह तो था ही, कि उन्होंने सभी युवा लोगों को अपनी तरफ आकर्षित किया । उन्होंने कई युवाओं के लिए एक संस्था, एक विश्वविद्यालय का काम किया जिस तरह उन्होंने युवाओं को अपनी शरण में लेकर उन्हें पत्रकारिता जगत में जगह दी और बाद में जाकर उनमें से कई लोग प्रख्यात पत्रकार बने या प्रख्यात लेखक हुए। यह उनके व्यक्तित्व का ही करिश्मा था कि वह सबको इकट्ठा कर लेते थे और सब के साथ रहकर चलते थे। यह एक शक्ति उनके व्यक्तित्व में थी।

उनको याद करते हुए मैं यह कहूंगा कि वह एक सजग और भविष्यद्दृष्टि रखनेवाले पत्रकार थे। वह एक ऐसे व्यक्ति थे जिन्होंने पत्रकारिता को अपना पेशा चुना और उसी में नए शिखर क़ायम किए।

‘पर्वतीय’ से ....

उत्तराखण्ड एवं हिमालय

पर्वतीय
अंक १२

LEADING NEWS MAGAZINE OF NORTHERN INDIA
पर्वतीय

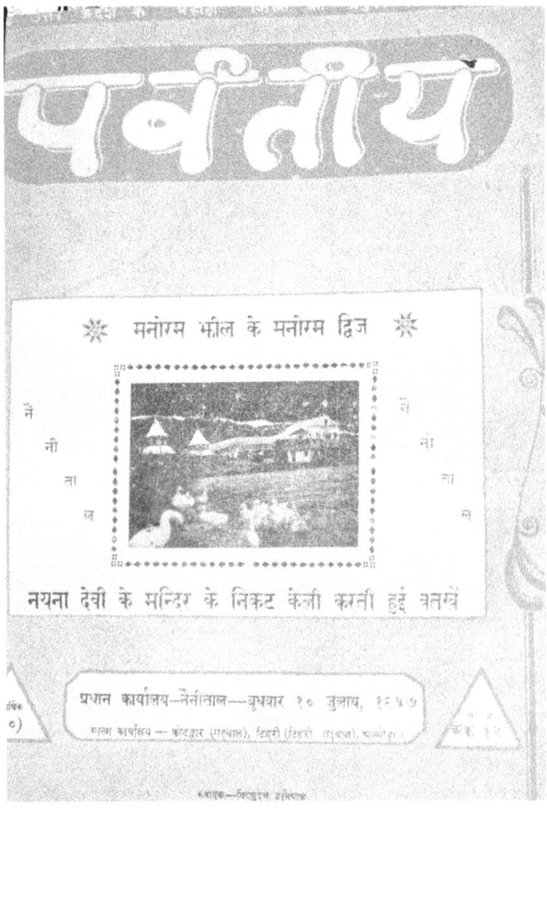
पर्वतीय
मनोरम भील के मनोरम द्विज
नैनीताल
नैनीताल
नयना देवी के मन्दिर के निकट केली करती हुई बतखें
प्रधान कार्यालय--नैनीताल---बुधवार १० जुलाय, १९५७

LEADING NEWS MAGAZINE OF NORTHERN INDIA
पर्वतीय

पर्वतीय से : उत्तराखण्ड एवं हिमालय

पर्वतीय
WEEKLY PARVTIYA
उत्तर प्रदेश के पहाड़ी जिलों का प्रमुख साप्ताहिक
वोट किसको दें ?
WEEKLY OF U. P. HILLS
पहाड़ी जिलों का प्रमुख साप्ताहिक
DIVISIONAL WEEKLY OF
कुमाऊं जमींदारी विनाश तथा भूमि
दैनिक पर्वतीय
DAINIK PARVATIYA NAINI TAL, U. P.
पहाड़ी जनता आज क्या है और क्यों है?
भवाली
साप्ताहिक
राष्ट्र की एकता व अखण्डता का प्रश्न
पहाड़ी जिलों में अन्नाभाव
वि का स अं
१९५६–५७
सम्पादकीय
विकास तथा विभिन्न विभाग
उत्तरांचल परिषद
पर्वतीय विकास के मोड़
जम्मू-कश्मीर को विशेष दर्जा क्यों?
साप्ताहिक पर्वतीय ४ जून ८३

DIVISIONAL WEEKLY OF U. P. HILLS

उत्तर प्रदेश के पहाड़ी जिलों का प्रमुख साप्ताहिक

नैनीताल, अल्मोड़ा, कोटद्वार, (गढ़वाल) टिहरी (टिहरी गढ़वाल) से प्रकाशित।

वर्ष ४ अंक ६] प्रधानकार्यालय–नैनीताल बुधवार २५ अप्रैल १९५६ [वार्षिक मूल्य १०) एक प्रति ≡)आ०

कुहरे से आच्छादित नैनीताल का एक दृश्य

लेखकों से

आप अपने लेख, कहानी, कवितायें पर्वतीय में प्रकाशनार्थ भेज सकते हैं। हास्य, स्केच, लोककथायें तथा लोकगीतों को विशेष प्रमुखता दी जायेगी।

आप 'पर्वतीय' में समाचार भी भेज सकते हैं। रचनात्मक विषयों संबंधी समाचार प्राय: सभी के प्रकाशित किये जाते हैं। —संपादक

विज्ञापन दर

पर्वतीय में विज्ञापन अन्दर के पृ पर ४) प्रति कालम इन्च तथा बाहर के पृ पर ५) प्रति कालम इन्च की दर से लि जाते हैं। आर्ट पेपर दर अन्दर के पृष्ठों ५) तथा बाहर के पृष्ठों पर ६) प्रति का इन्च तथा न्यूनतम विज्ञापन दर १०) है।

व्यवस्थ।

सम्पादक—विष्णुदत्त उनियाल द्वारा सर्ववादी प्रेस, नैनीताल से मुद्रित तथा पर्वतीय

साप्ताहिक पर्वतीय

WEEKLY PARVATIYA

सम्पादक—चिरंजीवी उनियाल

नैनीताल, अल्मोड़ा, कोटद्वार, टिहरी।

वर्ष ४ अंक ३] बुधवार ७ मार्च १९५६ [

लोक कला कार संघ अल्मोड़ा के कला कार कुमाऊं के प्रसिद्ध लोक गीत

बेड़ू पाको बारा मास

काफल पाको चैत

गा रहे हैं

लोक कला कार संघ के इन कलाकारों ने इस मनोमुग्धकारी लोक-गीत में अपने मधुर सम्मिलित संगीत से श्रोताओं को झुमा देने वाला आकर्षण पैदा कर दिया है। दिल्ली, कानपुर, लखनऊ, हल्द्वानी, मुरादाबाद आदि नगरों में इन कलाकारों ने इस गीत को गाया। आज कुमाऊं के कोने-कोने में "बेड़ू पाको बार मास" हर ग्रामीण व शहरी लोक कलाकार संघ की लय में गुनगुनाता हुआ सुना जाता है। यह गीत कुमाऊं तथा भारत ही नहीं विदेशों में भी गाया जा चुका है। रूस को गये हुए प्रथम भारतीय सांस्कृतिक मंडल द्वारा रूस में गये गये भारतीय लोक गीतों में "बेड़ू पाको बार मास" भी पीछे न था। अखिल भारतीय रेडियो द्वारा नवम्बर १९५५ में आयोजित संगीत सम्मेलन में इसी गीत को गाने पर लोक कलाकार संघ अल्मोड़ा को अखिल भारतीय रेडियो दिल्ली द्वारा पुरस्कृत भी किया गया। (पूरा गीत पृष्ठ २० पर देखिये।)

Registerede No. A. 861

सम्पादक—[illegible],
सहसम्पादक-महाराजकिशोर मदरोला, एम.ए.।

कानूनी—सलाहकार—श्री पूर्णानन्द उपाध्याय, एम.ए., एल.एल.बी., एडवोकेट

पर्वतीय

उत्तर प्रदेश के पहाड़ी जिलों का निष्पक्ष निर्दलीय व निर्भीक साप्ताहिक

वर्ष २ अंक ८] रामनगर, कोटद्वार, टिहरी, अल्मोड़ा, बुधवार ५ मई १९५४ [मूल्य । वार्षिक ६) रु० । एक प्रति =) आ०

पर्वतीय राज्य

हम मूलतः किसी प्रकार की भी पृथकीकरण की नीति के विरोधी हैं। हम इन छोटे-छोटे टुकड़ों का बृहत्तर टुकड़ों में विस्तार चाहते हैं। जो अंततः भूखंड में पहुंचे जिसके अन्दर समानता न आ सकती हो। हम उस नीति को कतई पसंद नहीं करते जो टुकड़ों के अंदर फूट पनपाकर आखिर शून्यता बिन्दु पर जा पहुंचे जो बिन्दु सरलता से मिटाया जा सकता है। यहां राजनीति में नेशनलिस्ट थ्योरीज को इन महायुद्धों का कारण माना जाता है वहां भारतीय इतिहास के पृष्ठों को रंगने वाली छोटी-छोटी हजारों लड़ाइयों को [illegible] का ही परिणाम कहा जा सकता है। जिसका आधुनिक स्वरूप प्रान्तीयता के रूप में नजर आया करता है। किन्तु आज वही पुरानी बीमारी फिर उग्रतर रूप में भड़क उठी है। आज भिन्न २ प्रान्तों या राज्यों की मांग का ऐसा तांता बंधा है जिससे भारतीय इतिहास का राजपूत काल और अंग्रेजों के आगमन से पहले का स्वरूप नजर सामने आ जाता है। हम इन मांगों का मुख्य कारण नेताओं की पदलोलुपता मानते हैं। जिस प्रकार अर्थशास्त्र में मोनोपोली पूंजीवाद को दृढ़ करती है उसी प्रकार राजनीति में भी किसी पद की मोनोपोली डिक्टेटरशिप की जड़ें मजबूत करती है। राजनैतिक एकाधिकारिता अंततः अधिनायकत्व का रूप ग्रहण कर लेती है। अधिनायकत्व अपने स्थायित्व के लिए कार्यकारिणी व शासन प्रशासन की हर शाखा में अपनी रुचि व पक्ष के लोगों को भरता है जिसे सरकारी पक्षपात कहा जाता है। शासकीय पक्षपात से उत्पन्न कार्यविधियों से जनता में असंतोष पनपने लगता है आतंक, भय, या [illegible] जनता खुले रूप में उसका विरोध नहीं कर सकती बल्कि अधिनायकत्व व उसके पिछलग्गुओं से मुक्ति पाने के लिए अप्रत्यक्ष साधनों की शरण लेकर प्रत्यक्ष 'भलाई' 'सुन्दर' के नाम पर कभी कभी कुछ ऐसी मांग करने लगती है जो लघुतर बुराई के बदले "वृहत्तर बुराई और प्रत्यक्ष "सुन्दर के बदले "अप्रत्यक्ष असुन्दर" का बीज लिए होती हैं वर्तमान भाषावार प्रान्तों की मांग के पृष्ठ में भी किसी प्रकार का ऐसा ही दबा असंतोष विद्यमान है।

पश्चिमी उत्तर प्रदेश के एक सौ एमेलेज द्वारा तीन डिविजन, मेरठ, आगरा, रुहेलखंड को उत्तर प्रदेश से अलग करके दिल्ली में मिला देने की मांग का कारण बताये हुए [illegible] मंडल की हाल की एक बैठक में कहा गया था कि ये लोग राज्य सरकार व कांग्रेस में गुट

सम्पादकीय

से मुक्ति चाहते हैं और पं० नेहरू को नेता दिल्ली राज्य के लिए आगे [illegible] समझते हैं। "यह भी संदेह से दूर नहीं कि इस क्षेत्र के [illegible] में से द्वितीय श्रेणी के नेताओं की महत्वाकांक्षाओं ने इस मांग को सींचा हो।

लेकिन जनता में पृथकीकरण के जो कारण दिये गए थे वे सर्वथा लूले लंगड़े, व पर्याप्त विस्तार शून्य थे। जिससे बाद में कुछ एमेलेज ने स्वयं उस मांग का विरोध करना शुरू किया कहा जाता है।

इधर पहाड़ी जिलों को पश्चिमी उत्तर प्रदेश के प्रतिनिधियों ने भी लावारिस सा अलग छोड़ दिया। जिससे यह स्पष्ट हो गया कि पहाड़ी जिलों के लिए प्रस्तावित दिल्ली राज्य या राजस्थान में न कोई आवश्यकता है, न आदर, और न कोई स्थान है। फिर भी हमारे [illegible] स्थिति सहयोगी धर्मभूमि ने समाज से गढ़वाल व टेहरी गढ़वाल को मान न मान मैं तेरा मेहमान या लावारिस कुत्ते की तरह [illegible] के पीछे चलने की सलाह दी जिसपर हम अगले अंक में प्रकाश डालेंगे।

पहाड़ी जिलों के कुछ एमेलेज ने वर्तमान हिमाचल प्रदेश, व कुमाऊं गढ़वाल को मिलाकर पृथक पर्वतीय राज्य की मांग की है। पश्चिमी जिलों के एमेलेज की भांति हो सकता है उन्हें भी कुछ असंतोष हो। लेकिन उनकी मांग या सुझाव ऐसे किसी असंतोष या स्वार्थ पर न आधारित होकर कुछ यथार्थ व न्याय संगत बातों पर आधारित प्रतीत होती है। क्योंकि उन्होंने ही नहीं हाल में पंजाब सरकार ने या पंजाब के प्रतिनिधियों (जिनका पहाड़ों से कोई स्वार्थ नहीं है) ने भी एक पृथक पहाड़ी राज्य का सुझाव राज्य पुनर्गठन आयोग के पास भेजा है जिसमें पेप्सू, हिमाचल प्रदेश, गढ़वाल व कुमाऊं को मिलाकर एक पर्वतीय राज्य बनाने का सुझाव दिया गया है।

मांग के आधार

विलगाव या पृथकता की भावना या किसी दुर्भावना से पृथकीकरण की मांग के हम कतई हामी नहीं। किन्तु पर्वतीय प्रदेश की मांग ऐसी भावना से दूर मालूम पड़ती है।

राज्यों के पुनर्संगठन के लिये संस्कृति (भाषा, रहन-सहन, खान-पान) के साथ साथ भौगोलिक समानता व तज्जन्य आर्थिक समानता को विचार में रखना आवश्यक होगा क्योंकि किसी भी क्षेत्र का सर्वांगीण सांस्कृतिक विकास उसके आर्थिक विकास पर निर्भर करता है और आर्थिक विकास के लिये समान भौगोलिक स्थिति, समान समस्यायें और उनके समान समाधान होने आवश्यक हैं। यदि संकीर्ण स्वार्थसिद्धि या पृथकता की भावना की तुष्टि के लिये नहीं वरन् प्रेमपूर्ण सद्भावना से मिलकर राज्यों के कोई मांग विचारार्थ रखा करने

(शेष पृष्ठ ८ पर)

-विष्णुदत्त उनियाल

कानूनी सलाहकार—श्री पूर्णानन्द आपाल, एम.ए. एल.एल.बी., एडवोकेट

[प]र्वतीय

अल्मोड़ा गढ़वाल, नैनीताल व टेहरी का निष्पक्ष निर्दलीय व निर्भीक साप्ताहिक

[अ]ंक २] अल्मोड़ा बुधवार १३ जनवरी १९५४ [मूल्य । वार्षिक ६) रु० । एकप्रति =) आ०

हम किस ओर

आज देश में सरकार जनता की ... दुनियां कहेगी, भारतवर्ष की ... यह कहेगा। फिर ऐसे कौन ... हर देशवासी असन्तोष की ... अपने को पा रहा है। आम ... [का]ंग्रेस ने ४० व ४५ प्रतिशत ... पिछले दिनों हुये, म्युनिसिपल व ... के चुनावों में तो कांग्रेस की ... यह प्रदर्शित कर दिया कि जन ... इस सरकार के लिये कितना स्थान ... [प]रउद्देश्य पार्टी जनमोर्चा संयुक्त ... [ना]मों से 'येन केन प्रकारेण' किसी ..., जनसमुदाय को जो कांग्रेसी ... [ब]ता चुकी थी, आकर्षक नाम ... [छ]ीनने की कोशिश की गई। इन ... [वि]शेषतः प्रतिक्रियावादी पूंजीवादी लोग व कम्युनिस्ट पार्टी का हाथ ... हुवा मदुरा सम्मेलन में हुये ... [पा]र्टी का प्रस्ताव कि चुनावों में [वि]रोध करने में हम सभी प्रगति-... एक होजायेंगे।

... समझते इस प्रकार के प्रस्ताव रखते हैं। क्या? सरकार को ... [सं]युक्तमोर्चे का उद्देश्य है? इस ... [म]कन्दों से देश व देशवासियों की [स]ामाजिक उन्नति नहीं हो सकती। ... कहलाने वाली पार्टियों में ... ताकत नहीं, दूसरी पार्टियों से ..., सिर्फ इतने के लिये कि ... का मुकाबला चुनावों में किया ...

... होती कि जनता की कठिनाइयों ... के लिये इस प्रकार के समझौते ... पार्टी के रूप में कार्य करते ... जैसे मायनों में दूसरे देशों का ... करते हैं। हमारे देश व देश-वासियों के गुणगान भी दुनियां के लोग करते। पार्टियां ऐसे ठोस कदम उठायें जो जनहित व राष्ट्र की उन्नति के लिये हों। विरोध से विरोध, घृणा से घृणा ही हमें मिलेगी हमें सहयोग, सदभावना तथा जनतांत्रिक तरीकों से काम करना है।

हम कांग्रेसी सरकार का ध्यान भी आकर्षित करना चाहते हैं कि वह विदेशी सरकार की तरह अपना रवैया न रखे, अपने को सहीसलामत रखने के लिये संप्रदायवाद, जातिवाद, भाई भतीजावाद का आसरा लेना कहांतक उचित है। यह नीति, आप डूबे डूबे, ले डूबे जवमान की तरह चरितार्थ न हो जाय। हाल में हुये, उ० प्र० ऐसेम्बली में श्री गोवर्धन तिवाड़ी जी, का भाषण सरकार को सबक व कर्तव्य का आवाहन करता है। सचमुच जनता की कहलाने वाली सरकार कागजी करवाही तक सीमित योजनायें न रखें, पढ़ते बहुत हैं, देखने में कुछ नहीं। जनता का पूरा सहयोग है पर सहयोग लेने का तरीका निहायत गलत है जहां सरकारी विभागों को पानी की तरह रुपया बहाने को मिलता है काम नाम मात्र को भी नहीं होता जिसे योजना के लिये पूंजी स्वीकृत होती है उसका पूरा स्तेमाल होता, व उससे होने वाला फायदा हो रहा या नहीं, यह गरीब देश है करों का सहना नहीं सहन नहीं करसकती। हमें पूंजी लगानी है लाभ को देख कर न कि पानी की तरह बहाने के लिये।

हम इतना ही चाहते हैं सरकार ऐसे, देश सुखी समृद्धिशाली हो उन्नति करे। हमारी आर्थिक कठिनाइयां जो आज व्याप्त हो रही हैं उसे हल करने में सभी पार्टी का सहयोग सरकार को लेना चाहिये समउन्नत राष्ट्र के लिये एक मात्र रास्ता सहयोग का ही है।

—देवेन्द्र

पर्वतीय की नीति

१—पर्वतीय हर पार्टी के हर विचार के लोगों को समान प्रकाशन देता है और सबकी समान रूप से आलोचना करता है।

२—पर्वतीय किसी भी दल या उनके नेताओं या सरकार की सराहना या आलोचना समान रूप से करता है।

३—पर्वतीय में सुझाभाव, स्थानाभाव या समयाभाव से किसी दल के समाचार कभी न छप सकें तो इसका अर्थ यह नहीं होगा कि पर्वती उस दल का विरोधी और अन्य दलों का पक्षपाती है। —सं०

गीत

नहीं चाहिये मुझे कभी प्रिय
इस धरती का प्यार
जिसके कण कण में समा गये
हैं छलने के संस्कार
उसका मुझे विश्वास नहीं प्रिय,
जिसका स्वयं नहीं आधार।
जिसके रज तक तैयार रहे,
हरने मानव का अधिकार,,
चिन्ता क्या थी तूफानों की?
क्या करलेता पारावार?
सब सह लेता भरमानो या
कहीं न छलता जो संसार
कहो प्रिये तुम मिल जो सकोगी
क्षितिज के उस पार भी
वहां मिलेगा सहज भाव से
प्रणय का चिर अधिकार
—कुमार

सीमान्त गांधी जेल से रिहा

करांची ७ जनवरी। नजरबंदी से मुक्त होने के बाद प्रथम समाचार पत्र प्रतिनिधियों की एक गोष्ठी में खान अब्दुल गफ्फारखां ने आज बताया मैं जनता की पहले के समान ही सेवा करता रहूंगा।

[illegible] पर्वतीय अक्टूबर ७४

[illegible]माला की तीसरी किश्त

[ग]ढ़वाल विश्व विद्यालय : शिक्षण केन्द्रों की स्थापना की समस्या

—डॉ० गंगा प्रसाद विमल

[ग]ढ़वाल विश्वविद्यालय के [illegible] [illegible] शिक्षा का माध्यम तथा पाठ्यक्रम आदि कुछ ऐसे 'बिन्दु' हैं जिन्हें 'विद्यार्थी' के निर्माण के साथ ही तय किया जाना चाहिए। हमारे विचार में गढ़वाल विश्वविद्यालय को 'हिमालय' सम्बन्धी एक पूरा संस्थान (School of Himalayan Studies) बनाना चाहिए जिसके अन्तर्गत इतिहास, समाज, वास्तु, ललित कला, वनस्पति विज्ञान, भूगोल और लोक भाषा आदि के केन्द्र बनने चाहिए। इसी प्रकार प्रविधि, इंजीनियरिंग, अन्तरिक्ष, मौसम, खनिज खोज आदि दूसरे केन्द्रों को जोड़ कर एक बड़ा संस्थान भी अनिवार्य प्रतीत होता है। इन अध्ययन संस्थाओं के मूल में उपयोगी ज्ञान का प्रसार और विश्वविद्यालय तथा विद्यार्थी-कर्मचारी और अध्यापकों को एक सन्तोष जनक वातावरण देना ही उद्देश्य हो तो विश्वविद्यालय की मूल-समस्या आर्थिक आत्मनिर्भरता के लक्ष्य को पूरा करना आसान होगा। आर्थिक आत्मनिर्भरता एक ऐसा [illegible] है जिसे प्राप्त करना विश्वविद्यालय को अपना अस्तित्व [illegible] रखने के लिए अनिवार्य है। [illegible] सुझाना चाहूँगा कि विश्व[illegible] [illegible] में ३ घण्टे मान- [illegible] और ६ घण्टे [illegible] के लिए अनुकूल [illegible] के अनुसार शिक्षण अनिवार्य हो तथा ४ और ६ घण्टे प्रतिदिन विद्यार्थी उन उपयोगी निर्माणों में लगें जो उन्हें तो आर्थिक सहायता देने का आधार बने ही समग्र विश्वविद्यालय के लिए भी पर्याप्त आर्थिक सहयोग दिलाने का माध्यम बने।

इसके लिए अनिवार्य है कि विश्वविद्यालय में नए ढंग के वातावरण के निर्माण के लिए कला, विधि, विज्ञान और तकनीकी संकायों के बीच आपसी रिश्ता हो और यह रिश्ता तबतक कायम नहीं हो सकता जब तक यह न स्वीकार कर लिया जाय कि विश्वविद्यालय की नीतियों के निर्धारण में वहां के विद्यार्थियों, शिक्षकों और कर्मचारियों का ही हाथ हो। पुराने सोच विचार वाले लोगों को यह बात अजूबा (आश्चर्यजनक) और बेकार की लगेगी क्योंकि वे सरकार, राजनैतिक दलों, सत्ताधिकारियों पर आश्रित हैं। वे अपने आप कोई भी निर्णय नहीं ले सकते। वे बाहर के 'विदेशियों' को बुलाने, उनका सम्मान करने में ही अपने कर्तव्य की इतिश्री समझ लेते हैं। ऐसे प्रशासक भारत के नये विश्वविद्यालय की स्थापना नहीं कर सकते। हिमालय में जिस किस्म के 'क्रैंकस' की जरूरत है। वह पुराने लोगों, पुरानी सोच विचार के लोगों और अकर्मण्य प्रशासकों के द्वारा संभव ही नहीं है। मैं गढ़वाल विश्वविद्यालय के प्रशासकों से 'अपील' करूंगा कि वे विश्वविद्यालय के निर्माण के मामले को सहानुभूतिपूर्वक सोचते हुए उन लोगों को आमन्त्रित करें जो गढ़वाल विश्वविद्यालय को स्थानीय, क्षेत्रीय, राष्ट्रीय तथा अन्तर्राष्ट्रीय चरित्र दे कर उसे आधुनिक विश्व विद्यालय का दर्जा दे सकते हैं।

जन-आकांक्षाओं की 'हिस्सेदारी' आर्थिक आत्मनिर्भरता, सही वातावरण, शिक्षण की नई तकनीकी सुविधाएं और आधुनिक संदर्भों में प्रासंगिक विश्वविद्यालय के निर्माण के मूल में वहां की शिक्षा और पाठ्यक्रम की दिशाएं भी महत्वपूर्ण भूमिका निभाती हैं। गढ़वाल विश्वविद्यालय में मानवीकि और विज्ञान संस्थानों में पाठ्यक्रम क्या हो। यह महत्वपूर्ण विषय है। इन पंक्तियों के लेखक ने इस संदर्भ में जो खोज की है उसका वैचारिक खाका कई युवा विद्वानों के सामने है।

पर्वतीय के आगामी अंकों में इस महत्वपूर्ण विषय पर विचार किया जायेगा।

कम्युनिस्ट दक्षिण पं[illegible] दिवस का[illegible]

नई दिल्ली [illegible] भारतीय कम्युनिस्ट [illegible] केन्द्रीय सचिवालय [illegible]

DIVISIONAL WEEKLY OF U. P. HILLS
उत्तर प्रदेश के पहाड़ी जिलों का प्रमुख साप्ताहिक

वर्ष ४ अंक ११ | सम्पादक— विष्णुदत्त उनियाल

पर्वतीय

मूल्य: १०) वार्षिक, ४) डिस्काउंट वार्षिक (?), =) एक प्रति

कोटद्वार, (गढ़वाल) टिहरी (टिहरी गढ़वाल) अल्मोड़ा, नैनीताल, से प्रकाशित।

प्रधान कार्यालय—नैनीताल — बृहस्पतिवार १९ जुलाई १९५६

जनता द्वारा जमींदारी विनाश अधिनियम का स्वागत

सरकार २॥ प्रतिशत गैरहाजिर हिस्सेदारों के शोर से न बहके

स्वार्थों के लिये सिद्धान्तों की हत्या

प्रगतिशील दलोंके कुछ सदस्यों द्वारा प्रतिक्रियावादियों का साथ !

हाल में कुमाऊं भूमि सुधार अधिनियम जन सम्मति जानने के लिए प्रसारित हुआ है। अधिनियम को देखते ही प्रतिक्रियावादी कैम्प में बेचैनी का छा जाना तो स्वाभाविक ही था किन्तु कुछ प्रगतिशील दलों के सदस्य भी उस कैम्प के कुप्रचार का शिकार हुए और उन्होंने भी प्रतिक्रियावादियों व शोषकों की तान के साथ नृत्य प्रारम्भ कर दिया है।

यदि आज एक कानून बना दिया जाय कि चोरी करने वाले के हाथ पैर काट दिए जायेंगे या उसकी आंखें फोड़ दी जायेंगी तो आदर्शों की आड़ लेकर उस कानून का विरोध सबसे पहले वही लोग करेंगे जो चोर रहे हों, चोर हों या जिनका इरादा भविष्य में चोरी का हो। उसी प्रकार यदि आज कोई कानून शोषण समाप्त करने के लिए बनाया जाय तो सर्वप्रथम उसका विरोध वही लोग करेंगे जो शोषक होंगे। उनका साथ या समर्थन वे लोग करेंगे जो उनसे किसी प्रकार आर्थिक, धार्मिक या सामाजिक रूप में प्रभावित हों या अज्ञान के शिकार हों।

मनोविज्ञान का वही सामान्य नियम कुमाऊं भूमि सुधार अधिनियम के विरोध के विषय में भी लागू होता है। कुमाऊं भूमि सुधार अधिनियम के सामने आते ही साधारण जनता ने उसका स्वागत किया और सरकार व विशेषकर माल मंत्री श्री चरणसिंह जी को उसके लिए प्रत्यक्ष एवं परोक्ष धन्यवाद दिया। किंतु उन लोगों के लिए भूमि सुधार अधिनियम का सूर्य एक बेचैनी की किरण लाया जो पीढ़ियों से उस अधिनियम के पवित्र उद्देश्य के विरुद्ध अपवित्र आचरण करते आये हैं।

स्वार्थ कभी न्याय के साथ गले नहीं मिलता और न स्वार्थ विवेक ही के साथ समझौता कर सकता है। उनका रास्ता ही सर्वथा विपरीत होता है। भूमि सुधार अधिनियम चूंकि शोषक वर्ग के मधुर हितों पर एक कठोर प्रहार है उनका विरोधार्थ चरमरा उठना स्वाभाविक है और सर्वथा उनके अंतर्निहित गुणों के अनुकूल ही है।

★ सम्पादकीय ★

ऐसी अवस्था में उस शोषक वर्ग को यह आवश्यक था कि वे एक अपवित्र संगठन बनाते। इधर उधर हर राजनैतिक दलों से स्वतन्त्र कहाने वाले क्षेत्रों से तथा तथाकथित धार्मिक क्षेत्रों से शोषकों के शोषक मनोवेगों के नदी नाले एक शोषण–सागर की ओर बह पड़े।

बड़े बड़े दाढ़ी मूछों वाले बानप्रस्थी वानप्रस्थ छोड़कर इस, जेहाद में आ डटे। अपने को गांधीवादी कहने वाले एवं कांग्रेस के नाम पर ग्रान्ट खाने वाले अखबार 'हिस्सेदार' अखबार का बिल्ला पहन कर अखाड़े में उतरे। कानून व न्याय की दुहाई देकर रोटी खाने वाले कुछ वकील भी मैदान में कूदे! हजारों की जमीन बेचकर महल खड़ा करने पर भी असंतुष्ट 'प्रगतिशील' राजनीतिज्ञ वकलागणों ने कलमी करिश्मे दिखाने शुरू किए। कम्यूनिस्ट पार्टी के नेता श्री पी० सी० जोशी जैसे शोषण विरोधी नेता 'इस कानून से कुमाऊं में खूनरियां चलेंगी' कह कर इस संगठन में अप्रत्यक्ष शरीक हुये! समाजवादी समाज निर्माण की घोषणा कर देने वाली कांग्रेस पार्टी के कुछ पहाड़ी उच्च पदाधिकारी भी हवाई गुब्बारेबाजी से पीछे न रहे। गरज ये कि कांग्रेस, निर्दलीय क्षेत्र कम्यूनिस्ट, सोशलिस्ट, प्रजा सोशलिस्ट, व जनसंघ करीब हर राजनैतिक दल में जहां भी जितना भी शोषक तत्व था गन्दे नालों की तरह हर तरफ से बहकर एक 'विरोधी' 'पोखर' बनाने में सहयोगी हुए जिस गन्दे पोखर को 'प्रतिक्रियावादियों' ने बनाना शुरू किया था। और इस तरह आज पहाड़ों में सारा समाज दो वर्गों शोषक व शोषितों में, बिना किसी पार्टी भेद के स्वाभाविक ही बंट गया है।

आज पहाड़ों में यह देखा जा रहा है कि कोई पार्टी भी जीवित सी नहीं है। जन–सम्मति के लिए अधिनियम प्रसारित होने पर भी न प्रजासोशलिस्ट, न सोशलिस्ट, न कम्यूनिस्ट, न जनसंघ किसी राजनैतिक दल ने अपनी सार्वजनिक राय इस अधिनियम पर नहीं दी है। जिससे दूसरा अर्थ यह लगाया जा सकता है कि ये सब अधिनियम के विरोध में हैं। या ये पार्टियां यहां अस्तित्व ही में नहीं है। अन्यथा यह चुप्पी क्यों?

कांग्रेस पार्टी भी इस विषय पर दो दलों

(शेष पृष्ठ २ पर)

DIVISIONAL WEEKLY OF U. P. HILLS

उत्तर प्रदेश के पहाड़ी जिलों का प्रमुख साप्ताहिक

वर्ष ४ अंक १२

सम्पादक— विष्णुदत्त उनियाल

पर्वतीय

मूल्य { १०) वार्षिक, ५) अर्ध वार्षिक, ≡) एक प्रति }

कोटद्वार, (गढ़वाल) टिहरी (टिहरी गढ़वाल) अल्मोड़ा, नैनीताल, से प्रकाशित।

प्रधान कार्यालय—नैनीताल — बृहस्पतिवार २६ जुलाई १९५६

कुमाऊं जमींदारी विनाश तथा भूमि व्यवस्था

विरोध में खोखले तर्क

(गताङ्क से आगे)

(१) विरोधी तत्वों का सर्वप्रथम कहना यह है कि पहाड़ में जमींदारी है ही नहीं अतएव जमींदारी उन्मूलन कैसा ? उनसे पूछा जाय कि अगर आप जमींदार या गैरहाजिर हिस्सेदार या जमीन के मुफ्तखोर मालिक नहीं हैं तो आपको किसी प्रकार के जमींदारी उन्मूलन या शोषण उन्मूलन बिल से घबराहट क्यों है। यह माना जा सकता है कि जिस मात्रा में मैदानी भाग में शोषण रहा हो उस मात्रा में पहाड़ का (अपने को हिस्सेदार कहने वाला) जमींदार न कर सका हो किन्तु इसका मतलब यह नहीं कि पहाड़ के जमींदार की शोषक मनोवृत्ति में व मैदान के जमींदार की शोषक मनोवृत्ति में कोई प्रकारान्तर हो। उस शोषण में परिमाणान्तर मात्र हो सकता है यह इसलिए नहीं कि पहाड़ का शोषक हिमालय की हवा खाकर कम शोषण करता है बल्कि इसलिए कि परिस्थितियां उसे अधिक शोषण की खुली आज्ञा व अवसर नहीं दे पाई। ऐसी हालत में सिद्धांततया जब सरकार शोषण समाप्ति के लिए कोई कदम उठाये उसे सर्वत्र समान रूप में सिद्धांततया लागू होना ही चाहिये बुराई चाहे छोटी हो या बड़ी वह बुराई ही है और उसे अवश्य रोका ही जाना चाहिये। यह कहना कि "पहाड़ में मैदान जैसी जमींदारी है ही नहीं इसलिए वहां जमींदारी विनाश नहीं होना चाहिये" ठीक वैसे ही है जैसे यह कहा जाय कि यह छोटा सांप है इसलिए इसे न मारो। ऐसे लोग जरा सोचें कि क्या वे अजगर को मारकर छोटे सांप को दूध पिलाना पसंद करेंगे ? शायद उनका विवेक इतना बड़ा शून्य का रूप धारण नहीं करेगा।

नौकरी पेशे वाले लोग

कुछ लोगों की ओर से यह प्रचार हो रहा है कि आज जो लोग नौकरी पर बाहर गए हैं वे जब पेन्शन पर या अन्य कारण वश नौकरी छोड़ कर घर वापस आयेंगे इस गैर-हाजिरी में अगर उनकी जमीन छीन गई तो वे बेचारे घर वापस आकर क्या करेंगे और इस तरह पहाड़ से लोग धीरे धीरे बाहर बसने लग जायेंगे।

यह कल्पना (*Assume*) करने पर कि पहाड़ के सभी नौकरी पेशे वाले लोग गैर-हाजरी हिस्सेदार हैं यह सोचना सही है लेकिन कल्पना सदा कल्पना ही होता है। ऐसा तो अनुमान भी अनुमान नहीं है फिर यथार्थता के तो यह विचार कहीं पड़ोस में भी नहीं पड़ता ! पहाड़ के अधिकांश नौकरी पेशे वाले लोग घरलू नौकर, चपरासी, पल्टन व पुलिस के सिपाही व अन्य छोटे मोटे कामों

★ सम्पादकीय ★

पर हैं जो साल/ छः माह में फसल बोने व काटने के समय अपने घर पहुँच जाते हैं। उनके बाल बच्चे घर पर रहते हैं और उनका अपनी जमीन पर अधिकार रहता है जिससे उनपर अधिनियम का कोई कुप्रभाव नहीं पड़ता। अध्यापक तथा बाबू लोगों में भी अधिकांश अपनी जमीन को अपने कब्जे में ही रखते हैं हां यह बात दूसरी है कि जो लोग (चाहे वे छोटी से छोटी नौकरी पर हो) किन्हीं धार्मिक या जातीय-विचार से कभी हल लगाते ही न हों वे जमीन के मालिक बने रहें यह कुछ समझ में आने वाली बात नहीं है। ऐसे लोग तथा अन्य बड़े तबके के गैरहाजिर हिस्सेदारों को एक मौका दिया जाय उनसे पूछा जाय कि अगर वे खुद हल चलाना चाहे तो उन्हें कुछ निर्धारित सीमा तक की जमीन दी जानी चाहिये। जो हल न लगाये उसे जमीन का मालिक बनाये रखना सर्वथा अन्याय पूर्ण व असमाजवादी-भावना का प्रत्यक्ष नापाक स्वरूप होगा।

ऐसे लोगों की मांग एक अच्छी खासी कल्पना पर आधारित है। आज का गैरहाजिर हिस्सेदार या जमींदार अपने नाम जमीन रखने की मांग यह समझकर रहा है कि यह समाज सदा ऐसा ही रहेगा इसमें उन्हें आज तक की तरह हमेशा आगे भी लोग उनका हल चलाने को मिलते रहेंगे। हमें उनकी अक्ल से पूर्ण हमदर्दी है लेकिन अफसोस है कि उनकी यह मीठी कल्पना भयंकर-स्वप्न में बदलते अब देर नहीं लगेगी। उन्हें इतना विचार होना चाहिये कि वह समाजवादी समाज समाजवादी कहलाने का कतई हकदार नहीं जिसमें एक व्यक्ति दूसरे के फायदे के लिए काम करने को प्राप्त होता रहे। अगर ईमानदारी से समाजवादी समाज स्थापित हुआ तो आपको अपने खेत पर हल चलाने के लिये मजदूर या आसामी कहां से मिलेगा ? ऐसी हालत में या तो आप खुद हल चलाने को तैयार हों या आपकी जमीन तब तक बंजर पड़ी रहे जब तक आप नौकरी छोड़कर वापस जायँ। राष्ट्रीय दृष्टिकोण से क्या आप जमीन बंजर रखना सराहनीय व सहनीय समझेंगे ? हरगिज नहीं। हां अगर वर्तमान सरकार की पार्टी का इरादा 'समाजवादी समाज' का नारा सिर्फ चुनाव में जीतने तक हो तब तो जमीन, वर्षों बाद वापस आने की प्रतीक्षा में किसी के नाम भी रखी जा सकती है लेकिन उस आसामी या मजदूर का भी इस स्वतंत्र देश में कोई हक होगा जो वर्षों उस जमीन को आबाद करने के इनाम में बेदखल कर दिया जायगा ? उस समय उसके बच्चों का व उसके निर्वाह का साधन क्या होगा ? अपने लिये तो आप अपने बुढ़ापे की अपने बच्चों की, अपने नाती पोतों की [illegible]

(शेष २ पृष्ठ पर)

समाचार साप्ताहिक

पर्वतीय

नैनीताल

वर्ष १४, अंक ३६, शुक्रवार, १६ सितम्बर '६६

आकर्षण

विशिष्ट

लेख

कहानी

कवितायें

☆

प्रबन्ध सम्पादक- त्रिभुवनदत्त उनियाल

सम्पादक- ब्रह्मानन्द बडोला

सम्पादकीय

सीमांत जिले और लोक सेवा आयोग

उ० प्र० के पर्वतीय जिलों में "लाख दुखों की एक दवा" के रूप में सभी मौजूदा कठिनाइयों के निराकरण हेतु "पृथक अथवा केन्द्र शासित राज्य" की स्थापना एक मात्र हल समझा जा रहा है। इन जिलों में उपलब्ध स्थानीय प्रसाधनों के इस प्रकार उपयोग की परम्परा काम कर रही है जिससे न यहां का विकास हो और न ही लोगो में आर्थिक आत्मनिर्भरता झांक सके। सुदूर बड़े-बड़े नगरों में आज भी घरेलु नौकरों की पूर्ति हेतु पहाड़ों को विशेषत: याद किया जाता है, यह बात घिसते-पिटते काफी पुरानी हो चली है, लेकिन लोक-कल्याणकारी शासन व्यवस्था में इसका हल अब तक न निकल सका।

उत्तरकाशी के विधायक ठा० कृष्णसिंह ने हाल ही में एक लिखित पत्र द्वारा सरकार को एक गम्भीर आशंका से सचेत किया है कि सीमांत क्षेत्रों में शिक्षित एवं विकसित मस्तिष्क के युवकों का बेकार रहना राष्ट्र के हित में नहीं है, अवांछित तथा राष्ट्रद्रोही तत्व इस प्रकार की परिस्थितियों से अनुचित लाभ उठा सकते हैं जिसके कारण अनावश्यक संकट उत्पन्न होने की भी सम्भावनायें हो सकती हैं।

शिक्षित व्यक्तियों के बेकार रहने अथवा भविष्य के प्रति निराशाजनक रुख अपना लेने का कारण विधायक ने बताया है कि पर्वतीय एवं सीमांत जिलों के अंचल में पब्लिक सर्विस कमीशन उ० प्र० एवं यूनियन पब्लिक सर्विस कमीशन की सूचनायें या तो पहुंच ही नहीं पाती अथवा किसी कस्बे तक पहुंची भी तो समय बीत जाने के बाद। फलस्वरूप पर्वतीय एवं सीमांत क्षेत्र के योग्यतम व्यक्ति अच्छी सेवाओं से वंचित रह जाते हैं और इन जिलों में होने वाली रिक्त स्थानों की पूर्ति हेतु बाहर से ऐसे व्यक्तियों को भेज दिया जाता है जो यहां की भौगोलिक विषमताओं से घबराकर "श्राप से उद्धार हेतु वरदान"-की तरह यहां आने से पहले ही अपना ट्रांसफर का फन्दा फिट कर आते हैं। अधिकांशत: यहां भेजा भी ऐसे व्यक्तियों को जाता है, जिनसे उच्चाधिकारी असंतुष्ट हों. टेहरी-उत्तरकाशी जिले में ऐसे कई उदाहरण मिल सकते है, विशेषत: शिक्षा विभाग में।

यूनियन पब्लिक सर्विस कमीशन एवं उ० प्र० लोक सेवा आयोग को चाहिये कि वह इन क्षेत्रों की आवश्यकता को समझे और तदनुसार ऐसी व्यवस्था करे कि सीमांत और पर्वतीय जिलों के दुर्गम स्थानों पर रहने वाले उम्मीदवारों को भी समान रूप से परीक्षाओं और प्रतियोगिताओं में सम्मिलित होने का अवसर मिल सके। लोक सेवा आयोग को इने-गिने बड़े दैनिकों में रिक्तियों के प्रकाशित करा देने मात्र से अपनी जिम्मेदारियों से बरी होकर नहीं बैठ जाना चाहिए अपितु देश एवं राज्य के उस भाग में रहने वाली जनता के भविष्य के बारे में भी समान रूप से सोचना चाहिए, जहां दैनिक पत्र नहीं पहुंच पाते।

पहाड़ी जिलों में अन्नाभाव

उत्तर प्रदेश के पहाड़ी जिले अल्मोड़ा, नैनीताल, गढ़वाल तथा टिहरी गढ़वाल से अन्नाभाव के समाचार निरंतर प्रकाशित होते रहे और आज भी हो रहे हैं। हमें विश्वास है कि सरकार द्वारा हर जिले में संचालित सूचना कार्यालय समाचार पत्रों के कटिंग अवश्य जिला अधिकारियों के पास भेजते रहे होंगे और संबंधित अधिकारी अन्नाभाव की स्थिति से अवश्य अवगत होते रहे होंगे।

दूसरी ओर सरकार ने हर गांव में एक मुखिया, हर पट्टी में पटवारी और हर परगने में एक कानूनगोय, नायब तहसीलदार तथा तहसीलदार रेवन्यू क्षेत्र में नियुक्त कर रखे हैं जिन के प्रमुख कर्तव्यों में भी सरकार को खाद्य स्थिति से अवगत कराना एक प्रमुख कर्तव्य है।

इनके अतिरिक्त ग्राम सभाओं से कोई ग्राम अछूता नहीं रहा हुआ है जिनका भी नैतिक कर्तव्य होता है कि वे गांवों की विभिन्न समस्याओं व विशेषकर खाने पीने की समस्याओं से सरकार को सूचित करें। इतना ही नहीं हर विभाग ने कर्मचारियों की अच्छी पल्टनें गांवों में नियुक्त की हुई हैं। जिनका भी प्रत्यक्ष व अप्रत्यक्ष कर्तव्य होता है कि गांवों या क्षेत्रों के सम्मुख संभावित समस्याओं व परेशानियों से सम्बन्धित अधिकारियों को अवगत करायें।

इतने सूत्रों व साधनों में से यदि किसी भी साधन या सूत्र से संबंधित अधिकारियों को किसी आने वाले संकट की सूचना मिलती है तो जिलों के केन्द्र में आराम कुर्सियां तोड़ने वाले उच्च अधिकारियों की नियुक्ति होती ही इसलिए है कि तुरन्त उन समाचारों पर कार्यवाही करें। खाद्य जैसी समस्या के विषय में भी इन उच्च अधिकारियों को यह अपेक्षित था कि वे समाचार पत्रों में प्रकाशित हो रहे खाद्य संकटों की तुरंत जांच करवाने और उचित समाधान पहले ही विद्यमान रखते।

किन्तु हमारे अधिकांश इंजीनियर आफीसर पत्रों की कतरनों को 'पेंडिंग-फौर-एवर-फाइल') सदा के लिए स्थगित-फाइल में एकत्रित कर रख छोड़ते हैं। जिसका प्रत्यक्ष प्रमाण आज अल्मोड़ा के सीमावर्ती क्षेत्रों में भयंकर अन्नकाल का आक्रमण है।

सं पा द की य

उत्तरी-पूर्वी तथा दक्षिण-पश्चिमी गढ़वाल में भी अन्नकाल बिकराल मुँह बाये खड़ी है कहीं से ओलावृष्टि के कारण फसल नष्ट होने के समाचार आ रहे हैं और कहीं अनावृष्टि के कारण फसल नष्ट होने के समाचार आ रहे हैं। टिहरी-गढ़वाल तथा नैनीताल के पहाड़ी क्षेत्रों में भी खाद्यान्न की समस्या विशेष संतोषदायक नहीं है।

अल्मोड़ा में स्थिति हमारे अधिकारियों की लापरवाही के कारण इतनी गम्भीर हुई कि वहां (एअरड्रापिंग) हवाई जहाज से नित्य लगभग ४५ मन खाद्यान्न चूर्ण-दुग्ध आदि गिराये जाने की अतिव्ययकारी स्थिति उत्पन्न हुई है। उस पर भी यदि विश्लेषण करके देखा जाय तो नित्य १७०० सेर गेहूं केवल ४००० आदमियों की क्षुधा तब शांत कर सकता है जब एक आदमी ६ छटांक से ज्यादा एक दिन में न खाये। जब कि उस क्षेत्र की आबादी लगभग १ लाख है।

सरकार ने पहाड़ी जिलों में सस्ते गल्ले की दुकानें कहीं कहीं खोली हैं जो अपने अस्तित्व को चुनाव स्टंट से ज्यादा कुछ सिद्ध न कर सकी। १०, १० मील दूर से परिवार का एक कमाऊ आदमी अनाज खरीदने आये और वहां भी प्रतीक्षा में एक दिन पड़ा रहकर २) का अनाज प्राप्त कर सके इससे बड़ा मजाक गरीब जनता के साथ क्या हो सकता है? और फिर सरकार ने कभी यह नहीं सोचा कि उस गरीब के पास रुपया आयेगा कहां से? अगर वह दिन भर तो अनाज खरीदने में नष्ट करे फिर मजदूरी कब करेगा? पहाड़ी क्षेत्रों में क्रय-शक्ति पहले ना के बराबर होती है उस पर भी यदि उस गरीब को मजदूरी का समय भी न दिया गया तो उसकी क्रय-शक्ति रही सही भी समाप्त हो जाती है और यहां खाद्यान की उपस्थिति भी निरर्थक सिद्ध होती है।

अतएव सरकार (१) पहाड़ी क्षेत्रों में सर्वप्रथम तो लोगों को मजदूरी दिलाने के लिए ट्रेस्ट वर्क जगह जगह खोले और यहां के लोगों को स्थायी मजदूरी देने के लिये शीघ्रातिशीघ्र यहां उद्योग धंधे शुरू करे।

(२) और पहाड़ी जिलों में हर पांच चार मील के वृत्त क्षेत्र के केन्द्र में सस्ते गल्ले की दुकान खोले।

(३) पहाड़ों के किसी सुदूर कोने में भी अनाज का भाव रेलहेडज की मंडियों हल्द्वानी, रामनगर, टनकपुर, ऋषिकेश व कोटद्वार के भावों से ज्यादा न हो क्योंकि जब एक मैदान का मजदूर ढाई तीन सेर के आटे के भाव के साथ अपनी ३०), ४०) की मजदूरी में मुश्किल से अपना व परिवार का गुजारा कर पाता है फिर सुदूर उत्तर हिमालय में रहने वाला ३०), ४०) का मजदूर किस प्रकार एक सेर या डेढ़ सेर आटे के साथ अपना निर्वाह कर सकता है।

यदि सरकार पहाड़ी क्षेत्रों को यथार्थ राहत देना चाहती है तो उसे उक्त तीन सुझावों पर शीघ्रातिशीघ्र कार्यवाही करनी चाहिये। अन्यथा इस प्रकार ऊंट के मुंह में जीरा डालडाल कर उनके वोट बहुत ज्यादा देर तक नहीं खरीदे जा सकेंगे। सरकार को यहां की जनता की हालत में स्थायी सुधार का कदम शीघ्र उठाना चाहिये।

उत्तर प्रदेश के ८ पहाड़ी जिलों का केन्द्र शासित या

पृथक प्रदेश आवश्यक क्यों ?

उत्तर प्रदेश के चंगुल से मुक्ति चाहिये।

पिछले अंकों में (१) पहाड़ों के प्रति मन्त्रियों की भावना (२) पहाड़ों के प्रति अधिकारियों का रुख (३) पहाड़ों के महत्वपूर्ण उद्योग (पर्वतीय ऊन योजना) की उ० प्र० सरकार द्वारा समाप्ति (४) पर्यटन उद्योग का नाम मात्र का अस्तित्व (५) फल उपयोग फैक्ट्रियों को अस्त-व्यस्त करने में सांठ-गांठ (६) वन सम्पदा की लूट खसोट, वन और पर्वतीय जन (७) औद्योगिक संस्थानों की षड़यन्त्रपूर्ण ढंग से समाप्ति (८) कुमाऊं विश्व विद्यालय क्यों स्थापित नहीं हो पाया है (९) नेशनल बायोलोजिक लेबोरेट्री उ० प्र० के पहाड़ों से खिसक कर कैसे पंजाब पहुंच गई (१०) मोटर परमिटों का वितरण, (११) लोकसेवा आयोग द्वारा उपेक्षा, (१२) पर्वतीय जन कभी उद्योग में क्यों सफल नहीं हो सकते ? (१३) अधिकारियों और कर्मचारियों के प्रति अन्याय (१४) उत्तर प्रदेश सरकार पहाड़ों को साम्यवाद की गोद में धकेल रही है, (१५) असित शून्य सीमावर्ती क्षेत्र, (१६) पहाड़ी जिलों का नाममात्र का प्रतिनिधित्व, (१७) पहाड़ों के नेतृत्व में आत्मविश्वास का संकट, (१८) पहाड़ और प्रकाशन व मुद्रण, (१९) सूचना विभाग और पहाड़ी पत्र, (२०) पृथक राज्य की मांग आम पर्वतीय जन की मांग है, (२१) कांग्रेस दल और पहाड़ी राज्य, (२२) पर्वतीय जनता को सस्ता और शीघ्र न्याय नहीं, (२३) पहाड़ी क्षेत्रों को विकसित न होने देने की तिकड़में, (२४) सहकारिता और पहाड़, (२५) संवैधानिक सुविधाओं से भी पहाड़ी जिले वंचित, (२६) कुमाऊं डिवीजन का विच्छेद, राष्ट्रीय सुरक्षा के लिए या स्व-रक्षा के लिये ! (२७) पहाड़ के लोगों का सामाजिक तिरस्कार क्यों ! (२८) वनौषधियां और जड़ी-बूटियां, (२९) फौरेस्ट कन्ट्रेक्टर्स की दशा ! (३०) छोटी-छोटी पन बिजली योजनायें क्यों नहीं उभर पाईं ! आदि पर प्रकाश डाला जा चुका है। (३१) रोडवेज और पहाड़ों की यातायात समस्यायें। (३२) राजनैतिक दल और पर्वतीय राज्य की मांग, (३३) उत्तर प्रदेश के पहाड़ पहाड़ नहीं ! दुधारू गाय है !?

उत्तर प्रदेश के पर्वतीय जिलों का भी उत्तर प्रदेश से पृथक अस्तित्व है

केन्द्र सरकार द्वारा आसाम राज्य को पुनर्गठन करने का निश्चय किया है। जिसके अनुसार आसाम राज्य का पुनर्गठन संघीय ढांचे के आधार पर होगा। जिसकी प्रत्येक इकाई का समान स्तर होगा तथा कोई भी एक दूसरे के आधीन नहीं होगी।

केन्द्र सरकार के इस निश्चय से उत्तर प्रदेश के पर्वतीय जिलों की पृथक प्रदेश की मांग को बल मिला है तथा अब यह विश्वास किया जाने लगा है कि जब असम के पर्वतीय जिलों को स्वशासन प्रदान किया जा रहा है तब उत्तर प्रदेश के पर्वतीय जिलों को स्वशासन मिलना ही चाहिए, यह मांग निरन्तर जोर पकड़ती जा रही है।

पुलिस की गोली से रानीबाग मेले में ३ मरे

हल्द्वानी- १४ दिसम्बर यहां से ४ मील दूर रानीबाग के मकर संक्रान्ति मेले में पुलिस की गोली से तीन व्यक्ति मर गये।

पुलिस सूत्रों के अनुसार घटना इस प्रकार बताई जाती है कि १३-१४ जनवरी की रात्रि को रानीबाग मेले में गुण्डों के एक गैंग ने दूकानें लूटनी शुरू की। पुलिस द्वारा रोकथाम के प्रयत्न असफल होने पर निकटस्थ कैम्प से पी० ए० सी० बुलाई गई। पी० ए० सी० और पुलिस ने लाठी चार्ज किया किन्तु जवाब में गुण्डों ने पथराव व दुकानों पर आग डालनी शुरू कर दी। बताया जाता है कि आत्म सुरक्षा के लिए पुलिस ने गोली चलानी शुरू कर दी, जिससे दो व्यक्ति घटनास्थल पर ही मर गये और एक की मृत्यु अस्पताल पहुंचकर हो गई।

स्मरणीय है कि रानीबाग एक धार्मिक स्थान है और चिरकाल से यहां पर मकर संक्रांति और शिव रात्रि के पर्व पर मेला लगता है जिसमें श्रद्धालु जन हजारों की संख्या में दूर-दूर से एकत्रित होते हैं। यहां पर अपने प्रकार की यह प्रथम घटना है। मेले से घबराकर लौटे हुए लोगों के अनुसार तीनों ऐसे व्यक्ति मरते बताये जाते हैं, जिनका इस संघर्ष से सम्बन्ध नहीं था और वे स्नान हेतु वहां पहुंचे थे।

जिला अधिकारीगण एवं पुलिस अधीक्षक सूचना पाते ही घटनास्थल को रवाना हो गये। जिलाधीश द्वारा घटना की न्यायिक जांच के आदेश दिये जा चुके हैं।

श्री लाल बहादुर शास्त्री की पुण्य तिथि

लालबहादुर शास्त्री की मृत्यु गत वर्ष ११ जनवरी को ताशकन्द में उस समय हुई जब वे अपने गौरवपूर्ण जीवन के शिखर पर थे।

वे अत्यन्त मृदुभाषी और सरलता की मूर्ति थे। उन्होंने आजीवन सादा जीवन बिताया।

लेकिन उनकी कोमलता कमजोरी की निशानी नहीं थी।

नवम्बर, १९५६ की रेल दुर्घटना के कारण उन्होंने त्यागपत्र दिया। इस अवसर पर उन्होंने कहा था:-

शायद लोग मेरे छोटे कद और मृदु भाषण से सोचते हैं कि मैं सख्त नहीं हो सकता। यद्यपि मैं शरीर से मजबूत नहीं हूं, परन्तु अन्दर से ऐसा कमजोर नहीं हूं।

वे दिखावा पसन्द नहीं करते थे। वे राजसी अतिथिगृहों की अपेक्षा साधारण जगहों पर रुकना पसन्द करते थे। इलाहाबाद में वे सदैव राजभवन की अपेक्षा अपने किराये के मकान में रुकते थे।

सार्वजनिक जीवन में वे सादा जीवन, ऊंचे आदर्श और व्यक्तिगत ईमानदारी के कायल थे। अपने जीवन में उन्होंने इन आदर्शों का पूरी तरह पालन किया था।

एक बार जब किसी भी जगह तिरंगा लहराना अपराध था, लोगों ने इलाहाबाद के घण्टाघर में तिरंगा लहराता देखा। पुलिस यह देख भौंचक्की रह गई। इससे पहले कि वह कोई कदम उठाए एक छोटे कद का आदमी पुलिस अफसर के पास आया और उसने कहा, मैं लालबहादुर हूं, मैंने तिरंगा लहराया है।"

रेल मन्त्री के पद से त्यागपत्र देने के बाद जब वे संसद भवन से वापिस आए तो सरकारी गाड़ी उनके इन्तजार में खड़ी थी। उन्होंने कार पर चढ़ने से इन्कार कर दिया और बस से घर लौटे।

पाकिस्तानी हमले के दौरान उनका असली स्वरूप लोगों के सामने आया। जनता ने देखा कि उनमें चट्टान की दृढ़ता थी। पाकिस्तानी हमले के दौरान उन्होंने जिस प्रकार नेतृत्व किया, उससे वे सारे संसार में विख्यात हो गए।

लाल बहादुर जी ने न केवल संघर्ष के समय देश का नेतृत्व सूझ-बूझ से किया, वरन् शांति के समय भी अद्भुत नेतृत्व-शक्ति का परिचय दिया।

(स्व० शास्त्री जी)

वे देश की सेवा में ही मरे। इस देश के लोग उन्हें कभी न भूल सकेंगे।

राष्ट्रपति द्वारा श्रद्धांजलि

नई दिल्ली, राष्ट्रपति डा० राधाकृष्णन ने ताशकन्द घोषणा की वर्षगांठ के उपलक्ष में १० जनवरी को एक सन्देश में कहा है। एक वर्ष पहले ताशकन्द करार पर हस्ताक्षर कर पाकिस्तान और भारत ने संकल्प किया था कि वे पिछले सब द्वेष और कटुता को भूलकर शान्ति और मित्रता के लिए काम करेंगे। घोषणा पर हस्ताक्षर होने के कुछ घण्टे बाद लालबहादुर शास्त्री का दुखद निधन हमारे लिये ही नहीं, वरन् पूरी दुनिया के लिये आघात था। श्री लालबहादुर शास्त्री का जीवन देश की सेवा, शांति स्वतंत्रता की स्थापना तथा अभाव और दुखों को दूर करने में बीता। हमें उन सब महान कामों को, जिनके लिये श्री लालबहादुर जीवन के अन्तिम क्षणों तक निरन्तर कार्य करते रहे पूरा करने का प्रयास जारी रखना चाहिये।

चुनाव बैठक में उत्पात !

काशीपुर-१३ जनवरी, विदित हुआ है कि यहां कांग्रेस चुनाव बैठक में विरोधी लोगों द्वारा उत्पात मचाये जाने के कारण बैठक का संचालन कठिन हो गया। इस बैठक में श्री चन्द्रभानु गुप्त भूतपूर्व मुख्यमन्त्री भी मौजूद होने बताये जाते हैं। सुना है असन्तुष्ट लोगों ने मंच पर खड़े टमाटर, अण्डे की बौछार कर दी। श्री चन्द्रभानु गुप्त अपने चुनाव क्षेत्र-सल्ट की ओर जाने वाले थे, किन्तु रामनगर से लौट पड़े।

श्री गुप्त को समर्थन

रानीखेत- कांग्रेस चुनाव कार्यालय द्वारा प्रसारित सूचना के अनुसार ६ जनवरी को बयेराला में श्री उम्मेदसिंह मनराल की अध्यक्षता और ७ जनवरी को मनिला मन्दिर में श्री प्रतापसिंह हील विष्ट की अध्यक्षता में हुई सभाओं में उपस्थित जनता ने श्री चन्द्रभानु गुप्त को सफल बनाने का आश्वासन दिया है। बैठकों में श्री लक्ष्मणसिंह अधिकारी, एम० एल० सी०, गोविन्दसिंह पटवाल प्रमुख, श्री कुंवरसिंह मनराल अध्यक्ष, जिला भारत सेवक समाज आदि के भाषण कांग्रेस को शक्तिशाली बनाने की आवश्यकता पर हुये।

जीप दुर्घटना, ड्राइवर मरा

हल्द्वानी-१४ जनवरी ज्ञात हुआ कि आर० आई० ऑफिस के ठीक ऊपर से आते हुए एक ट्रक से ऊपर को जाती हुई जीप से टक्कर हो जाने से ड्राइवर की मृत्यु हो गई और उसमें बैठी दो महिलाओं को सख्त चोटें आ गईं। बताया जाता है जीप में यहां के एक परिवार के लोग रानीबाग स्नान के लिए जा रहे थे।

शराब की दुकान पर महिलाओं द्वारा धरना

गरुड़- (अल्मोड़ा) ६ जनवरी को यहां की शराब की दुकान पर कु० दया के नेतृत्व में ग्राम जिमोली व दर्शानी की १६ महिलाओं ने धरना आरम्भ किया। ३८ भाइयों ने भी धरना में भाग लिया। सैकड़ों की संख्या में लोग दर्शक के रूप में खड़े रहे थे। धरना शाम के ६ बजे तक चला।

पर्वतीय

फोन—१८२

वर्ष—१५ } रविवार १५ जनवरी १९६७ मूल्य } एक प्रति बीस पैसे,
अंक—२ } वार्षिक —१० रुपये

रानीखेत-गरमपानी निर्वाचन क्षेत्र-

लौह पुरुष गुप्ता को फौलादी टक्कर !

संयुक्त मोर्चे के उम्मीदवार गोविन्दसिंह मेहरा घोषित

पर्वतीय जन जागा ! सी० बी० गुप्ता भागा !! निर्वाचन क्षेत्र में नारा

रानीखेत-यहां पहुंचने वाली चर्चाओं के आधार पर यह समझा जा रहा है कि भूतपूर्व मुख्यमन्त्री लौह-पुरुष श्री चन्द्रभानु गुप्ता को इस बार चुनाव में फौलादी टक्कर मिलेगी। ९ जनवरी को भौनखाल में हुई जन प्रतिनिधियों की आम सभा में मौजूद लोगों के अनुसार सभा के प्रारम्भ में कुछ कांग्रेसी नेताओं के भाषण श्री चन्द्रभानु गुप्ता के समर्थन में हुए किन्तु जनभावना उन्हें श्री गुप्त के पक्ष में प्रतीत न हुई और उन्हें मंच छोड़ कर चल देना पड़ा।

अन्य वक्ताओं में सर्वश्री दुर्गाकिशन पांडे, गोविन्दसिंह मेहरा, मदनमोहन उपाध्याय, चिरंजीत शर्मा, प्रकाशचन्द्र आर्य, पी० डी० शर्मा, चन्द्र वल्लभ त्रिपाठी, सुशीलकुमार निरंजन, सम्पादक उत्तराचल टाइम्स, रतनलाल मिश्र, चिन्तामणी जोशी, जसवन्तसिंह, गोपालदत्त पांडे, दान सिंह, भोलादत्त वैद्य, रूपसिंह, मोहन सिंह, गोविन्दसिंह बंगवाल आदि प्रमुख नेता थे, जिन्होंने जनता को बताया कि श्री चन्द्रभानु गुप्त को हराया जाना क्यों आवश्यक है और पहाड़ों की अर्थ व्यवस्था किस प्रकार विकसित हो सकती है।

श्री कुन्दनसिंह थोकदार की अध्यक्षता में हुई इस सार्वजनिक बैठक ने अन्त में बताया जाता है यह तय हुआ कि श्री गोविन्दसिंह मेहरा ऐडवोकेट रानीखेत-गरमपानी चुनाव क्षेत्र से श्री गुप्त के विरुद्ध एकमात्र प्रतिद्वन्दी होंगे। यह भी बताया जाता है कि अन्य सभी राजनैतिक दलों के प्रतिनिधि यह समझौता कर चुके हैं कि श्री गुप्त के विरुद्ध वे अपने अलग-अलग उम्मीदवार खड़े नहीं करेंगे और केवल संयुक्त मोर्चे के उम्मीदवार को ही समर्थन देंगे। श्री मेहरा को पृथक पर्वतीय राज्य के समर्थकों का भी सुना पूरा समर्थन है।

श्री गोविन्दसिंह मेहरा ने बाद में वहीं पर सुना यह प्रतिज्ञा की कि "मैं श्री गुप्त का डटकर मुकाबला करूंगा और किसी हालत में पीछे नहीं हटूंगा" जिस पर नारे गूंज उठे-"पर्वतीय जन जागा, सी० बी० गुप्ता भागा !"

विदित हुआ है कि मसोधा के श्री यशवन्तसिंह ऐडवोकेट और तमोला के श्री सोहनसिंह अधिकारी ऐडवोकेट को सुना है लखनऊ विश्वविद्यालय के छात्र-नेताओं ने पत्र लिखकर सूचित किया है कि श्री चन्द्रभानु गुप्त के विरुद्ध प्रचार करने के लिए उनके दल रानीखेत निर्वाचन क्षेत्र में पहुंचने को तैयार हैं।

रानीखेत निर्वाचन क्षेत्र में दोनों ओर से चुनाव प्रचार सभाओं के आयोजन होने प्रारम्भ हो गए हैं। इन सभाओं के विश्लेषण से जानकारों में यह आभास व्यक्त किया जा रहा है कि इस बार महोदा और लखनऊ की जैसी पराजय श्री गुप्त को मिलेगी, यदि अन्य कोई स्थानीय उम्मीदवार बीच में न कूद पड़ा। सल्ट क्षेत्र में गुप्त विरोधी प्रचार काफी जोरों पर चल रहा है। कुमाऊं विश्वविद्यालय की स्थापना न होना और पृथक पर्वतीय राज्य का विरोध करने पर रानीखेत-नैनीताल की साधारण जनता और युवक वर्ग में काफी रोष श्री गुप्त के विरुद्ध व्यक्त किया जा रहा है।

हड़ताल अधिक फैली

अल्मोड़ा- इस सप्ताह यहां कई अन्य कार्यालयों पर राज्य कर्मचारियों की हड़ताल का प्रभाव पड़ा, जिनमें डी० एम० ओ० एच० ऑफिस और सिविल सर्जन का दफ्तर प्रमुख है। कलेक्टोरेट, नियोजन, उद्योग, रोडवेज, सिंचाई, वन विभाग, सा० नि० विभाग और बिक्री कर कार्यालय का कार्य हड़ताल के प्रभाव से लगभग ठप्प पड़ा है। जिले में गत सप्ताह तक ४२ कर्मचारियों को निलम्बित और ३५ को सेवा विमुक्त किया जाना बताया जाता है।

रानीखेत में काले झन्डे

रानीखेत-ज्ञात हुआ है कि चुनाव अभियान को बल देने के लिए लखनऊ से यहां आये हुए तीन बड़े कांग्रेसी नेताओं को हड़ताली राज्य कर्मचारियों ने काले झण्डे दिखाये और "वापस जाओ" के नारे लगाये।

सांकेतिक भूख हड़ताल

नैनीताल- ११ जनवरी से राज्य कर्मचारियों ने अपनी मांगों की पूर्ति हेतु नन्दा देवी मन्दिर में प्रार्थना और सांकेतिक भूखहड़ताल की। उसके बाद मूक जलूस तल्लीताल तक गया। हड़ताल की स्थिति में इस माह द्वितीय सप्ताह में भी कोई सुधार नहीं हुआ। वेतन न मिलने से आर्थिक कठिनाई के बावजूद कर्मचारियों की का मनोबल यथावत बना हुआ है क्योंकि नागरिकों की ओर से उन्हें यथोचित समर्थन और सहयोग मिलना बताया जाता है।

४ जमानत पर छूटे

३० दिसम्बर को गिरफ्तार हुये चार राज्य कर्मचारी सर्वश्री गोविन्द सिंह नेगी, राजेन्द्र प्रसाद आर्य, नरसिंह और कमलसिंह, रा० रोडवेज विभाग जमानत पर रिहा कर दिये गये हैं। कर्मचारियों ने फूल मालायें पहिनाकर उनके सम्मान में नगर में जलूस निकाला और "जिन्दाबाद" के नारे लगाये।

पर्वतीय

पर्वतीय

रविवार २० अगस्त, १९६७

पृथक नियोजन परिषद या

पृथक या केन्द्र शासित राज्य

सर्व प्रथम चार वर्ष पूर्व साप्ताहिक पर्वतीय ने उत्तर प्रदेश के पहाड़ी जिलों के विकास के लिये सुरक्षा की दृष्टि से, द्वितीय रक्षा पंक्ति को सुदृढ़ करने के लिए तथा इन पिछड़े क्षेत्रों की गरीब जनता की खुशहाली के लिए यह आवश्यक समझा था कि इन आठ पहाड़ी जिलों का पृथक या केन्द्र शासित राज्य बनाया जाय । यही एक सही उत्तर है इन क्षेत्रों की सदियों पुरानी निर्धनता का ।

इस मांग को कांग्रेस और अन्य दलों के लोगों ने भी दिल से सही माना है लेकिन दलीय अनुशासन या व्यक्तिगत लिहाज या स्वार्थ के कारण उनके पहाड़ी नेता दिल खोलकर इस मांग को अपने नेताओं या सरकार के पास नहीं रख सके । केवल कांग्रेस के एम० पी० महाराजा मानवेन्द्र शाह इस मांग को लेकर आगे आए और लगभग दो वर्ष तक वे उसके पक्ष में घूमे, कई सम्मेलनों में बोले और अध्यक्ष भी रहे ।

१९६६ में लखनऊ में श्री लक्ष्मणसिंह अधिकारी ने पर्वतीय विधायकों की एक बैठक का संयोजन किया और उसमें पृथक या केन्द्र शासित पहाड़ी राज्य की मांग को आगे बढ़ाने के लिए एक सम्मेलन रामनगर में बुलाने का निश्चय किया ।

रामनगर सम्मेलन भी हुआ लेकिन उस सम्मेलन पर श्री चन्द्रभानु गुप्त की गहरी छाया पड़ गई । कांग्रेसी विधायकों की आवाज निकलनी मुश्किल हो गई और महाराजा मानवेन्द्र शाह ने भी घुटने टेक दिए । फलस्वरूप यह प्रस्ताव हुआ कि पर्वतीय क्षेत्रों के लिए एक पृथक नियोजन परिषद बने और इन क्षेत्रों का प्रशासनिक ढांचा बदला जाय । उसके बाद प्रधानमंत्री श्रीमती इंदिरागांधी ने भी गढ़वाल दौरे के दौरान भाषणों में इस प्रस्ताव का समर्थन किया ।

आज साम्यवादी पृथक पर्वतीय राज्य चाहते हैं और वे महाराजा मानवेन्द्र शाह से इसलिए रुष्ट हैं कि उन्होंने पृथक राज्य की मांग का सौदा पृथक नियोजन परिषद में कर दिया और यदि कल उन्हें कांग्रेस सरकार कोई अवसर दे दे तो वे कोई भी अप्रिय समझौता कर सकते हैं । कांग्रेस दल अभी अपनी उसी पुरानी मांग (पृथक नियोजन परिषद) को ही अलाप रहे हैं और अभी भी श्री चन्द्रभानु गुप्त या श्री कमलापति त्रिपाठी का मोह उनके विवेक को वाचाल नहीं होने दे पा रहा है । जनसंघ के श्री बलराज मधोक ने नैनीताल में इसी वर्ष पृथक पर्वतीय राज्य की मांग को सही कहा है किन्तु फिर भी पर्वतीय क्षेत्रों के जनसंघी नेता सक्रिय नहीं हो पाये हैं । जन-कांग्रेस अभी संगठित नहीं है और होने पर श्री चरणसिंह उनके मार्ग में श्री चन्द्रभानु गुप्त का पाठ अदा नहीं करेंगे । भविष्य की उदीयमान पार्टी संसोपा की चुप्पी इस बात का द्योतक है कि उन्हें कदाचित अभी अपनी शक्ति पर ही भरोसा नहीं है । संसोपा स्वास्थ्य मन्त्री श्री प्रतापसिंह के नेतृत्व में हैं कुछ कारणों से श्री प्रतापसिंह का मौन या विरोध सही है । फिलहाल निर्दलीय लोगों में श्री दयाकिशन पांडे ने इस मांग की मशाल अपने हाथ में ले रखी है ।

पर्वतीय क्षेत्रों के निष्पक्ष एवं प्रबुद्धजन यह मानते हैं कि पृथक पर्वतीय राज्य आत्मनिर्भर होगा और इसलिये पृथक राज्य ही सर्वोत्तम है किन्तु यदि आरम्भ में केन्द्र शासित राज्य के लिये भी सभी दल राजी हो जायें तो यह हमें हिमाचल की स्थिति में ले आयेगा जिस स्थिति में रहकर हिमाचल चन्द वर्षों में ही इन क्षेत्रों से कहीं आगे बढ़ चुका है ।

आज नहीं तो कल या परसों पृथक राज्य बनेगा और जो दल जितनी देर इस मांग को बढ़ाने में करेगा उसे होने लाभ से उतना ही अधिक वंचित रहना पड़ेगा ।

दैनिक पर्वतीय

३ मई १९७२

उत्तरांचल परिषद

उत्तर प्रदेश के पहाड़ी जिलों के पिछड़ेपन को दूर करने के लिये सरकार के प्रयत्नों को पहाड़ी जनता अपूर्ण एवं असफल अनुभव करने लगी है । फलस्वरूप विगत कुछ वर्ष से यह भिन्न भिन्न क्षेत्रों में पर्वतीय क्षेत्रों की समस्या के हल के भिन्न-भिन्न उपाय आंके जा रहे हैं । कुछ नेता समझते हैं कि पहाड़ी क्षेत्रों के लिए नियोजन आयोग में एक पृथक कक्ष बने तो समस्या हल हो सकती है केन्द्रीय सरकार ने क्षेत्रीय असंतुलन के उन्मूलनार्थ उठाये गये कदम उत्तर प्रदेश के पहाड़ी क्षेत्रों के लिये भी पर्याप्त समझे हैं, उत्तर प्रदेश सरकार ने मंडलीय नियोजन समिति के स्थान पर पर्वतीय विकास बोर्ड का गठन पर्याप्त समझा फिर पर्वतीय विकास निगम भी गठित किया और इधर समाप्त की गई कुमाऊं बन समिति को भी पुनर्जीवित कर दिया गया ।

पर्वतीय जनता के एक पक्ष का दृढ़ विश्वास है कि सारी समस्याओं का हल पूर्ण पृथक पर्वतीय राज्य ही है तो कुछ यह मानते हैं कि स्वशासी पर्वतीय राज्य की स्थापना पर्वतीय क्षेत्रों की समस्या के हल के लिये पर्याप्त है । पहले विचार के प्रवर्त्तक श्री मानवेन्द्र शाह भूतपूर्व संसद सदस्य टिहरी और दूसरे के प्रवर्त्तक कामरेड पी. सी. जोशी अल्मोड़ा हैं । कुमाऊं में पहले विचार के संगठन का श्रेय श्री दयाकिशन पांडे, एडवोकेट को है । दूसरे विचार के अनुयायीयों के नेता गढ़वाल में श्री गोविन्दसिंह नेगी, विधायक टिहरी हैं । विगत एक दो वर्ष से देखा गया है कि इस दिशा में इसीलिये प्रगति नहीं हो पाई कि इन दोनों शिखरों के संगठन-कर्त्ता और संयोजक आपस में कहीं पर, कुछ कारणवश एक राय नहीं हो सके न हो सकते हैं ।

प्रायः समान उद्देश्यों के शिविरों को एक मंच पर एक तीसरा निर्दलीय संगठन ही ला सकता है और वही सभी दलों का सहयोग प्राप्त करके इन क्षेत्रों की समस्याओं के हल के उपाय के प्रयत्नों को सर्वदलीय स्वीकृति प्रदान करा सकता है ।

हर्ष की बात है कि नैनीताल के एक वरिष्ट एडवोकेट और निर्दलीय सज्जन श्री दानसिंह दरम्वाल ने निर्दलीय संगठन उत्तरांचल परिषद के गठन का बीड़ा उठाया है । अन्यत्र इस परिषद का प्रारूप-संविधान प्रकाशित है । जिसक अवलोकन से स्पष्ट है कि संयोजकों व इस परिषद के सदस्यों का मंतव्य किसी राजनैतिक उद्देश्यों से प्रेरित न होकर विशुद्ध इस धारणा पर आधारित है कि किसी प्रकार इन पिछड़े पहाड़ी क्षेत्रों की गरीबी व बेरोजगारी दूर हो । इस बृहत्तर उद्देश्य की पूर्ति हेतु परिषद सभी दलों को एक मंच पर एकत्र करना चाहती है जो एक सराहनीय प्रयास है ।

डाक संस्करण

पर्वतीय क्षेत्रों का एकमात्र दैनिक

दैनिक पर्वतीय

DAINIK PARVATIYA NAINI TAL, U. P.

वर्ष- १ अङ्क- ५१ नैनीताल, बृहस्पतिवार २९ जून १९७२ मूल्य : एक प्रति १५ पैसा

उत्तरांचल परिषद और उत्तरांचल राज्य

उत्तरांचल परिषद द्वारा २५ जून को एक प्रस्ताव पारित किया गया था। जिसमें यह निश्चय व्यक्त किया गया है कि सरकार द्वारा किये गये अब तक के सभी प्रयत्न पर्वतीय क्षेत्रों के पिछड़ेपन को दूर करने में यहां की गरीबी व बेरोजगारी को दूर करने में असफल सिद्ध हुये हैं और सम्मेलन ने निश्चय किया है कि केवल उत्तरांचल राज्य की स्थापना से ही पर्वतीय क्षेत्रों की इन समस्याओं का हल हो सकता है।

उत्तरांचल परिषद का यह निश्चय पहाड़ी जनता की उस व्यापक भावना को ही व्यक्त करता है जो दिनों दिन उत्तर प्रदेश से अलग होने और ८ जिलों के एक राज्य बनाये जाने के पक्ष में बलवती होती जा रही है।

परिषद का निश्चय कोई नई बात नहीं है इससे पूर्व भी "पर्वतीय राज्य परिषद" द्वारा उठाई गई "पर्वतीय राज्य" की मांग, कुमाऊं मोर्चा द्वारा "स्वशासी राज्य" की मांग और रामनगर, कोटद्वार, देहरादून बागेश्वर और दिल्ली में हुये सम्मेलनों में पृथक पहाड़ी राज्य की मांग उठती आ रही है।

उत्तरांचल परिषद ने उस मांग को कुछ विशेषयुक्त रूप में "उत्तरांचल राज्य" के नाम से प्रस्तुत किया है ताकि तराई क्षेत्र के लोगों का किसी शब्द विशेष से विरोध खड़ा न हो।

अन्य सम्मेलनों में "पहाड़ी राज्य" की मांग पहले रखी गई और संगठन की ओर ध्यान नहीं दिया गया था। इसीलिये इन सम्मेलनों के निश्चय केवल किताबी निश्चय रह गये।

उत्तरांचल परिषद ने एक विधान स्वीकार करने के उपरांत व्यापक संगठन का श्रीगणेश किया है। जिनकी इकाइयां ग्राम सभा विकास क्षेत्र जिला मंडल तथा केन्द्र होंगे। परिषद ने एक दिशा व एक रास्ता निर्धारित किया है। अब परिणाम काम करने वालों के प्रयत्नों पर निर्भर रहता है।

अग्रलेख

उत्तरांचल परिषद ने विनम्रता पूर्वक यह भी अपेक्षा की है कि अब तक विभिन्न सम्मेलनों का आयोजन करने वाले लोग इस परिषद को संरक्षकत्व प्रदान करेंगे यह एक सराहनीय सुझाव है। परिषद के इस कदम से उसकी शुद्ध इच्छा स्पष्ट है इससे साफ झलकता है कि परिषद के कर्त्ताधर्त्ता अपने सर्वोच्च न मानकर उन लोगों को वरीयता देने के इच्छुक हैं। जिन्होंने इस दिशा में अब तक काम किया है।

अपनी अपनी डफरी और अपना अपना राग अलपाने से केवल मंतव्यों के प्रति जनता में कई प्रकार के संदेह उत्पन्न होना स्वाभाविक है। जो लोग वास्तव मे पर्वतीय राज्य की स्थापना के प्रति निष्ठावान हैं उन्हें परिषद ने स्थायी निमंत्रण दिया है कि वे आयें और कुछ नियमों के आधार पर इस मांग को बल दें। यदि वे लोग आगे नहीं आते तो जनता में यह संदेह होना स्वाभाविक होगा कि वे लोग निजी नेतागिरी के प्रति अधिक निष्ठावान हैं न कि पर्वतीय राज्य के प्रति।

शिखर वार्ता नये अध्याय का आरम्भ करने का अवसर

—प्रधान मंत्री श्रीमती इन्दिरा गांधी

नई दिल्ली २७ जून (युन्यू)। प्रधान मंत्री ने पाकिस्तान को बताया है कि शिमला शिखर वार्ता पुरानी शत्रुता संदेह व भय की भावना हटा कर एक नये अध्याय की शुरूआत का अवसर प्रदान करती है।

कल यहां एक पाकिस्तानी पत्रकार के साथ भेंट वार्ता में उन्होंने राष्ट्रपति भुट्टो के इस कथन में सहमति प्रकट की कि स्थायी शांति के लिए दोनों पक्षों को स्वीकार्य किसी समझौते पर सहमति होनी चाहिए।

स्थायी शान्ति के लिए किसी भी पक्ष को आत्मसमर्पण न करना पड़े इस दृष्टिकोण पर टिप्पणी करने के लिए कहे जाने पर श्रीमती गांधी ने कहा है कि जब दो पक्षों के बीच मैत्री पूर्ण वार्ता से स्थायी शांति स्थापना के लिए प्रयत्न कर रहे हैं तो किसी के आत्मसर्पण का प्रश्न ही नहीं उठता है।

श्रीमती गांधी ने इस बात पर जोर दिया कि शान्ति का अर्थ संघर्ष का न होना ही नहीं है। दोनों पक्षों ने संघर्ष को समूल नष्ट करना चाहिए।

श्रीमती गांधी ने इस आरोप से इन्कार किया कि भारत युद्ध बन्दियों का प्रयोग सौदे बाजी के तौर पर कर रहा है। उन्होंने कहा कि पाकिस्तानी सेना के कमान्डर जनरल ऐ.ए. के. नियाजी द्वारा हस्ताक्षरित आत्म समर्पण का दस्तावेज इस तथ्य को स्वीकार करता है कि उन्होंने भारत व बंगला देश की संयुक्त कमान के सम्मुख आत्मसमर्पण किया है।

पाकिस्तान वास्तविकता स्वीकार करे

—श्री बाजपेयी

नई दिल्ली २७ जून (युन्यू)। जनसंघ के अध्यक्ष श्री अटलबिहारी बाजपेयी ने आज कहा भारत शिखर वार्ता तभी सफल हो सकती है जबकि पाकिस्तान वर्तमान वास्तविक स्थिति को स्वीकार करले और विदेशी शक्तियों के दबाव में आकार कार्य न करे।

वे पार्टी द्वारा शिखर वार्ता के अवसर पर 'डटे रहो' दिवस पर आयोजित सभा में भाषण दे रहे थे।

सहायक विकास अधिकारी (पशुपालन)

नैनीताल २७ जून। उ०प्र० सहायक विकास अधिकारी (पशु-पालन) संघ कार्यकारिणी की बैठक अध्यक्ष श्री श्याम बिहारी वाजपेई की अध्यक्षता में हुई।

संघ प्रतिनिधि मंडल यहां आज वेतन आयोग से भेंट कर अपनी न्यायोचित वेतन की मांग प्रस्तुत करेगा।

परीक्षा परिणाम

जिला नैनीताल जूनियर हाई स्कूल परीक्षा परिणाम २९ जून को प्रकाशित होगा।

—व्य स्थापक

दैनिक पर्वतीय १६ अगस्त(२)

दैनिक पर्वतीय

जरा सोचिये

स्वतन्त्रता की बाहरी लड़ाई, या यों कहें कि उनका प्रथम चरण तो समाप्त हो चुका, अब हमें अपने दैनिक जीवन में नैतिक एवं नागरिक मूल्यों की स्थापना करनी है।

-चक्रवर्ती राजगोपालचारी

उत्तरा खण्ड राज्य

वर्षों से उत्तर प्रदेश की विशाल आबादी को कुछ और हिस्सों में बांट कर प्रदेश के कई प्रदेश बनाने की बात कही जाती रहीं है। इसमें एक उत्तराखण्ड राज्य की मांग भी शामिल है।

देश को स्वतन्त्रता प्राप्ति के ३१ वर्षों की अवधि में अनेक बड़े राज्यों को विभाजित कर छोटे राज्य बना दिये गये जैसे चंडीगढ़, हरियाणा, हिमाचल प्रदेश आदि-आदि।

उत्तराखण्ड राज्य की मांग यदि देखा जाय तो हिमांचल प्रदेश से भी पुरानी है लेकिन अभी तक इसका समाधान नहीं हो पाया है।

आज उत्तराखण्ड राज्य बनाये जाने के पक्ष और विपक्ष विभिन्न मत है देश की अखण्डता आर्थिक, सामाजिक, राजनीतक और भोगोलिक तथा एतिहासिक दृष्टिकोणों से इसे आंका जाता है।

जहां तक देश की अखण्डता का प्रश्न है उत्तराखण्ड राज्य बनने से देश की एकता पर कोई आंच आती प्रतीत तो नहीं होती है लेकिन यूकि उत्तराखण्ड के अनेक जनपद ऐसे है जिन की सीमाएं चीन और नेपाल से लगीं हैं सम्भवत: किसी प्रकार का कोई कदम उठाने के लिये केन्द्र तैयार न हो।

जहां तक भोगोलिक दृष्टि का सवाल है उत्तराखण्ड के पास हिमांचल प्रदेश से अधिक क्षेत्रफल और अधिक फलउत्पादक व अन्न उत्पादक क्षेत्र है यहां खदानों की कमी नहीं लेकिन दुर्भाग्य की बात है कि स्थानीय भोगोलिक सम्पदा का हमेशा ही बाहरी व्यक्तियों ने जमकर शोषण किया है।

आर्थिक और राजनैतिक दृष्टि कोण से यह क्षेत्र इस लिये पिछड़ा है क्योंकि यहां घरेलू व छोटे उद्योग धन्धे नही के बराबर है। उत्तराखण्ड के ८ जिलो ने प्रदेश ओ देश को तो सब कुछ दिया लेकिन उसे राजनैनिक विद्वेष के कारण हमेशा पीछे रहना पडा

जहां तक राजनैतिक दृष्टि कोण का प्रश्न है उत्तराखण्ड में नेतृत्व की या तो भारी कमी रही है या आपसी स्वार्थ टकरते रहे यही परिणाम है मन्त्रियों को जन्मने वाली यह धरती आज भी आर्थिक व राजनीतिक व आर्थिक प्रगति के लिये आंसू बहा रही है।

उत्तराखण्ड राज्य की मांग स्वयं में एक अच्छी मांग है लेकिन इसे सशक्त नेतृत्व की आवश्यकता है सम्भवत: वर्तमान में जो नेतृत्व दिया जा रहा है वह प्रयाप्त न हो और कुछ लोग अपने जीवन की भटकाती परिधियों व लकीरों से इस आन्दोलन को बांधना चाहते हो और यदि ऐसा हुआ और यह आन्दोलन चुनाली दौरों तक ही सीमित रहा तो विकाश की जगह विनाश होने में कोई देरी नहीं होगी अब कल तो ऐसे ही सकेंत मिले है जिन्हें मिटना होगा।

दैनिक पर्वतीय

६ मई १९७२

पिछड़े का पिछड़ा भाग

स्वतंत्रता प्राप्ति के उपरान्त हर प्रधान मंत्री उत्तर प्रदेश का रहा है। ज्यों ज्यों प्रधान मंत्री के क्रम बढ़ते बढ़ते गये उत्तर प्रदेश का पिछड़ापन बढ़ता गया। हर योजना में क्रमशः प्रतिव्यक्ति केन्द्रीय सहायता देश के औसत से बहुत पीछे रही। प्रथम तीन योजनाओं के दौरान देश की प्रति व्यक्ति औसत केन्द्रीय सहायता उत्तर प्रदेश का औसत २५:४६, २७:१८ और ५८ ४६ रु० का था। इसी प्रकार प्रति व्यक्ति योजना परिव्यय भारत और उत्तर प्रदेश का ४०:२४ ५२:३४ और ९२:७५ था।

इधर १९६९ से १९७१ तक के तीन वर्षों के दौरान जो औद्योगिक लाइसेन्स केन्द्र द्वारा दिये गये हैं। उनका वितरण भी निराशाजनक है। सबसे अधिक जनसंख्या वाले उत्तर प्रदेश को इस अवधि में कुल ४ लाइसेन्स दिये गये जबकि महाराष्ट्र को १३, बंगाल को १२, बिहार तामिलनाडू प्रत्येक को १०, असम-मध्य प्रदेश प्रत्येक को ६ और गुजरात राजस्थान प्रत्येक को ५ औद्योगिक लाइसेन्स दिये गये।

औद्योगिक विकास पर ही किसी किसी क्षेत्र की खुशहाली व विकासगति निर्भर करती है। उत्तर प्रदेश का अंश ऊंट के मुंह में जीरा मात्र है यही कारण है कि उत्तर प्रदेश की प्रति व्यक्ति आय निरन्तर घटती जा रही है और वह दिनों दिन पिछड़ता जा रहा है।

ऐसे पिछड़े उत्तर प्रदेश के पिछड़े भाग हैं ८ पहाड़ी जिले भूखा भूखे को खुशहाल बना पायेगा यह असम्भव ही नहीं असत्य भी है। इसलिये पहाड़ी जिलों की प्रगति के जितने भी दावे उत्तर प्रदेश सरकार करती है वह असम्भवताओं और असत्यों की कड़ी मात्र पिरोती रहेगी।

डाक संस्करण

पर्वतीय क्षेत्रों का एकमात्र दैनिक

दैनिक पर्वतीय

DAINIK PARVATIYA NAINI TAL, U. P.

वर्ष- १ अङ्क- ४८ नैनीताल, रविवार २५ जून १९७२ मूल्य । एक प्रति १५ पैसा

उत्तर प्रदेश की

पहाड़ी जनता आज क्या है और क्यों है?

१— सारा हिमालय क्षेत्र विभिन्न राज्यों में बंटा हुआ है। कश्मीर में पश्चिम व हिमाचल प्रदेश और पूर्व में मणिपुर, त्रिपुरा, नागालैण्ड, मेघालय, मिजोरम, अरुणांचल राज्यों और भूटान, सिक्किम तथा नैपाल के बीच केवल उत्तर प्रदेश के ८ पहाड़ी जिले ही मैदानी क्षेत्रों के साथ नत्थी हैं। सारे हिमालय क्षेत्र के निवासियों के हाथ में अपना भविष्य स्वयं बनाने का अधिकार है । केवल हमारे ये ८ पहाड़ी जिले ही मैदानी क्षेत्रों के शोषण के लिये विवश और लाचार छूटे हुये हैं ।

२— जबकि कश्मीर को छोड़ कर हिमालय क्षेत्र के सभी राज्यों की तुलना में हमारे ८ पहाड़ी जिलों का आकार या क्षेत्र फल सबसे बड़ा है।

३— और जब कि हिमालय क्षेत्र के सभी ७ राज्यों की जनसंख्या की अपेक्षा उत्तर प्रदेश के पहाडी जिलो की जनसंख्या हर राज्य से ज्यादा है ।

४— हमारे ८ पहाड़ी जिले चीन से जुड़ी उत्तरी सीमा का महत्वपूर्ण मध्य भाग है । सामरिक दृष्टि से इन क्षेत्रों का महत्व किसी से कम नहीं है ।

५— देश की रक्षा में रत सेनानियों में हमारे क्षेत्रों से गए सैनिकों की संख्या आबादी के प्रतिशत की दृष्टि से सर्वाधिक है । प्रधानमंत्री ने ७ जून को अल्मोड़ा में हमारे सैनिकों की भूरि भूरि प्रसंशा की ।

६— योजना के प्रथम १८ वर्षों में व आज भी हमारे क्षेत्रों में प्रति व्यक्ति व्यय अन्य हिमालय क्षेत्र के राज्यों के प्रति व्यक्ति व्यय से कहीं कम है ।

७— हमारे क्षेत्र अन्य हिमालय क्षेत्रों की तुलना में कहीं कम केन्द्रीय सहायता पाते हैं ।

८— हमारे क्षेत्रों को प्रति व्यक्ति आय अन्य हिमालय क्षेत्रों के निवासियों में सबसे कम है ।

९— रोजगार के साधन हमारे क्षेत्र में सर्वथा नहीं है फलस्वरूप हमारे क्षेत्रों से अन्य हिमालयी क्षेत्रों की अपेक्षा युवकों का निष्क्रमण सबसे ज्यादा है और हमारे ही लोग सबसे अधिक घरेलू नौकरियों में हैं ।

१०— हमारा उच्च न्यायालय देश ही नहीं दुनियां में सबसे ज्यादा दूर है ।

११— हम ही उत्तर मध्यवर्ती सीमा की द्वितीय रक्षापंक्ति की भूमिका अदा करते हैं और हम ही सबसे ज्यादा गरीबी बेरोजगारी और उदासीनता के शिकार हैं ।

१२— वनीय उपज हमारे क्षेत्रों से है लेकिन उसके शोषण की सुविधायें पूंजीपतियों को दी गयी है ।

१३— खनिज सम्पदा हमारे क्षेत्र में है लेकिन उसके शोषण की अनुमति भी पूंजीपतियों को दी गयी है । भूमि उपलब्ध होने पर भी पहाड़ी भूमि हीनों को न दी गई न दी जा रही है ।

१४— जिन जंगलों की हम रक्षा करने में सहयोग देते हैं उनसे हमारे क्षेत्रों में उद्योग नहीं लगाये जाते ।

१५— आर्थिक दृष्टि से हम स्वावलम्बी ही नहीं सरप्लस (अतिरेक) हैं। हम जितना उत्तर प्रदेश को देते हैं उतना उत्तर प्रदेश हमको नहीं देता । प्रधान मन्त्री श्रीमती इन्दिरा गांधी ने ७ मई को कहा कि "पर्वत हमारे ऊपर बोझ नहीं हैं बल्कि हमारा ही कितना बोझ उठाये हुए हैं ,"

१६— उ० प्र० सरकार के माध्यम से उत्तराखण्ड के तीन जिलों का विशेष नियोजन सन् ६० से किया गया। परिणाम १० साल बाद ये हुआ कि पिथौरागढ़, चमोली, और उत्तरकाशी की प्रतिव्यक्ति आय सन् ६० के मुकाबले आज लगभग आधी कम हो गई। उत्तरकाशी जिले की १२९ रु० के बदले ८५ रु०, पिठौरागढ़ की १७६ रु० से घटकर १०७ रु० और चमोली की २९४रु० से घटकर १६४ रु० रह गई हैं ।

१७— कुमाऊं वन समिति, मंडलीय नियोजन समिति, पर्वतीय विकास परिषद, पर्वतीय विकास निगम, पर्वतीय विकास विभाग सब असफल सिद्ध हुये हैं ।

१८— प्रधान मंत्री ने ७ जून ७२ को अल्मोड़ा में स्वीकार किया कि इन पहाड़ी क्षेत्रों का जितना विकास होना चाहिये था नहीं हुआ । पिछले वर्ष गढ़वाल के दौरे के दौरान उन्होंने कहा था कि जितनी गरीबी उन्होंने गढ़वाल में देखी है ऐसी देश के किसी अन्य भाग में नहीं देखी ।

१९— हिमाचल प्रदेश के मुख्य मंत्री डा० परमार का कहना है कि पहाड़ी क्षेत्र गरीबी व अभाव के लिये नहीं प्रचुरता के लिये बने हैं ।

इन सब तथ्यों की विद्यमानता में हर पहाड़ी को सोचना और समझना है कि प्रकृति की ओर से प्रचुरता की गोद में होते हुये भी उसे गरीबी की गोद में क्यों, कैसे और किसने धकेल रखा है ? और वह कब तक गोदी में ही निःसहाय रहेगा ? क्या अब भी वह अपने पैरों पर खड़ा होना नहीं चाहता ?

पर्वतीय क्षेत्रों का एकमात्र दैनिक

दैनिक पर्वतीय

DAINIK PARVATIYA NAINI TAL, U.P.

वार्षिक दैनिक पर्वतीय — एक प्रति ... १५ पैसा; वार्षिक ... ५० रुपया; अर्ध वार्षिक ... २५ रुपया; त्रैमासिक ... १२ रुपया —प्रसार व्यवस्थापक

स्वत्वाधिकारी प्रकाशक तथा मुद्रक विष्णुदत्त उनियाल द्वारा पर्वतीय प्रेस नैनीताल से मुद्रित तथा पर्वतीय कार्यालय उनियाल निकेतन पंत मार्ग नैनीताल से प्रकाशित। सम्पादक— महेश्वर प्रसाद

प्रबन्ध सम्पादक विष्णुदत्त उनियाल | वर्ष ६ | अंक २४७ | रजिस्टड न० २२१०३।७१ | शुक्रवार १६ सितम्बर १९७७ | मूल्य १५ पैसे

पर्वतीय क्षेत्र के विधायकों की बैठक में पृथक पर्वतीय राज्य की मांग

उत्तर प्रदेश के पुनर्गठन की मांग का समर्थन

(विशेष प्रतिनिधि द्वारा)

... यह समिति इस मांग की स्पष्ट रूप रेखा भी तैयार करेगी।

इस बैठक में श्री इन्द्रमणि बडोनी संयोजक, सर्वश्री गोविन्दसिंह मेहरा (रानीखेत) गोविन्द सिंह नेगी (टिहरी), भगवती चरण निर्मोही (पौड़ी) भरत सिंह रावत (लैंसीडाउन) कमलकृष्ण पांडे (पिथौरागढ़), बर्फीलाल (उत्तरकाशी), विधायकगण तथा श्री सुल्तान सिंह भण्डारी एम० एल० सी० गढ़वाल-बिजनौर, श्री भोलादत्त पांडे एम० एल० सी० नैनीताल तथा उत्तर प्रदेश पुनर्गठन समिति के मंत्री श्री स्वर्णकेतु भरद्वाज उपस्थित थे। संयोजक श्री बडोनी ने बताया कि विधायक सर्वश्री प्रतापसिंह पुष्पाण (बद्रीनाथ) नारायण सिंह भैंसोड़ा (द्वाराहाट) रामदत्त जोशी (नैनीताल), रणबीरसिंह वर्मा (मसूरी) तथा डा० सूरत चन्द रमोला एम० एल० सी० यद्यपि बैठक में व्यस्तता के कारण उपस्थित नहीं हो पाए परन्तु उन्होंने लिखित रूप से पृथक पर्वतीय राज्य आंदोलन को अपना पूर्ण समर्थन दिया है।

नैनीताल में पाल नौका जेटी का उद्घाटन आज

पर्यटकों एवं जनसाधारण को नौका बिहार की सुविधा

नैनीताल १५ सितम्बर। नैनीताल याट क्लब द्वारा संचालित पाल नौकानयन की सुविधा अब जन सामान्य व पर्यटकों को भी उपलब्ध हो सकेगी। नैनीताल याट क्लब द्वारा संचालित पाल नौकायन में केवल स्थानीय बोट हाउस क्लब के सदस्य जो उच्च व धनाढ्य वर्गों से सम्बन्धित होते हैं ही भाग ले सकते थे।

इस ऐतिहासिक याट क्लब की पाल नौकायन जेटी का उद्घाटन यहाँ उत्तर प्रदेश के पर्यटन उपमंत्री श्री शिवदास तिवारी कल १६ सितम्बर को ११.३० बजे प्रातः करेंगे। इस जेटी के निर्माण के लिए क्लब को राज्य सरकार के पर्यटन विभाग द्वारा अनुदान दिया गया है।

नैनीताल याट क्लब इतनी ऊंचाई पर स्थित विश्व विख्यात पाल नौकायन स्थल है तथा एशिया का अग्रणी क्लब है।

अब पर्यटक ताल में तैरती हुई इन रंग बिरंगी नौकाओं में जल बिहार का आनन्द ले सकेंगे।

डिप्लोमा फार्मेसिस्ट असोसियेशन का चुनाव

नैनीताल। डिप्लोमा फार्मेसिस्ट यूनियन नैनीताल का चुनाव ११ सितम्बर को हल्द्वानी में सम्पन्न हुए।

इसमें पदाधिकारी सर्वश्री आई० एच० सिद्दीकी बी० डी० पांडे फौरेस्ट (पु०चिकित्सालय) अध्यक्ष, जी० पी० पांडे फौरेस्ट डिस्पेंसरी लालकुआं उपाध्यक्ष जे० सी० सनवाल पी० ए० सी० बटालियन रुद्रपुर उपाध्यक्ष आर० बी० कटियार स्टेट डिस्पेंसरी मालधन चौड़ मंत्री कल्पनाथ यादव पंतनगर संयुक्त मंत्री आर० ए० अम्बेडकर बी० डी० पांडे अस्पताल नैनीताल- कोषाध्यक्ष आडीटर श्री बी० सी० तिवारी [illegible] चिकित्सालय बाजपुर चुने गए।

साथ ही कार्यकारिणी में १५ सदस्य चुने गए।

उपमंत्री पर्यटन श्री तिवाड़ी आज नैनीताल आएंगे

नैनीताल, १५ सितम्बर। उत्तर प्रदेश के पर्यटन उपमंत्री श्री शिवदास तिवारी कल १६ सितम्बर को प्रातः १०.३० बजे नैनीताल पधार रहे हैं। वे यहां तल्लीताल में स्वागत केन्द्र तथा पर्यटन कार्यालय स्वागत केन्द्र निरीक्षण करेंगे। ११-३० बजे स्थानीय याट क्लब की पाल नौकायन जेटी का उद्घाटन करेंगे।

उपमंत्री महोदय यूथ हॉस्टल आदि का भी निरीक्षण करेंगे। १७ सितम्बर प्रातः भीमताल तथा वहां से अल्मोड़ा होते हुए रात्रि में कौसानी पहुंचेंगे। १८ सितम्बर प्रातः कौसानी से रानीखेत होते हुए सांयकाल काठगोदाम पहुंचेंगे।

अपने इस भ्रमण में वे विभिन्न स्थानों पर पर्यटन योजनाओं का निरीक्षण करेंगे।

जन नियोजन आयोग द्वारा विचार गोष्ठी का आयोजन

नैनीताल, १५ सितम्बर। उत्तर प्रदेश जन नियोजन आयोग के तत्वाधान में ८-९ अक्टूबर को पर्वतीय अंचल विकास विचार गोष्ठी का आयोजन किया गया है।

इस विचार गोष्ठी में विचारणीय विषय है वायुमंडलीय संरक्षण एवं पर्यावरण संतुलन। पर्वतीय क्षेत्र में विज्ञान और तकनीक का प्रवेश। कुमाऊं की तलहटी में सहकारिता वन और जन शिक्षा का राष्ट्रीयकरण क्यों नहीं पर्वतीय क्षेत्र की आर्थिक चुनौतियां, पर्वतीय क्षेत्र की विशेष परिस्थितियों में विकास की चुनौतियां, पर्वतीय क्षेत्र में पर्यटन उद्योग।

यह विचार गोष्ठी ८-९ अक्टूबर को न्यू क्लब में आयोजित होगी।

सम्पूर्ण क्रांति विचार गोष्ठी ११ अक्टू. को

नैनीताल। लोकनायक जयप्रकाश नारायण जी के ७५वें जन्म दिवस पर आचार्य नरेन्द्र देव शिक्षा निधि तथा उत्तर प्रदेश जन नियोजन आयोग के तत्वावधान में १२ अक्टूबर को ४.३० बजे से स्थानीय न्यू क्लब में राष्ट्रीय विचार गोष्ठी का आयोजन किया गया है।

गोष्ठी का विचारणीय विषय है "सम्पूर्ण क्रांति"। सर्वश्रेष्ठ वक्ताओं को संयोजक श्री प्रतापसिंह की ओर से पुरस्कृत किया जाएगा।

उत्तराखण्ड राज्य समर्थकों को जे० पी० का आशीर्वाद

प्रतिनिधिमण्डल लोकनायक से मिला

लखनऊ (नि० सं०)। उ० प्र० के पुनर्गठन व उत्तराखण्ड प्रान्त के निर्माण की मांग को लेकर पर्वतीय क्षेत्र के संसद सदस्य एवं उत्तराखण्ड राज्य संघर्ष समिति के संयोजक श्री त्रेपन सिंह नेगी लोकनायक के निवास स्थान पर भेंट कर उन्हें पर्वतीय क्षेत्रों की समस्याओं से अवगत कराते हुए उत्तराखण्ड के लिये एक ज्ञापन भेंट किया।

प्रतिनिधि मण्डल के प्रवक्ता विधायक श्री इन्द्रमणि बडोनी ने पटना से लौटने के पश्चात आज समाचार पत्रों को एक वक्तव्य प्रसारित करते हुए कहा कि लोकनायक ने पर्वतीय क्षेत्र की समस्याओं से सहमत होते हुए कहा कि मैं प्रारम्भ से ही इस बुनियादी मांग का समर्थक रहा हूं तथा इस सम्बन्ध में जब जब भी मेरी स्वर्गीय नेहरू से बातचीत हुई तो उन्होंने हर बार मेरे विचारों का समर्थन किया।

पर्वतीय प्रतिनिधिमण्डल द्वारा उत्तराखण्ड के लिये १४ पर्वतीय विधायकों द्वारा हस्ताक्षरित ज्ञापन दिये जाने पर जे० पी० ने पर्वतीय क्षेत्र की इस समयानुकूल न्यायोचित मांग को अपना पूर्ण समर्थन व आशीर्वाद दिया प्रतिनिधि मण्डल में पर्वतीय क्षेत्र के जनता पार्टी के युवा नेता देवेश्वर प्रसाद दीपक गोपाल शास्त्री व शम्भू प्रसाद भट्ट भी सम्मलित थे।

सीतापुर नेत्र चिकित्सालय के प्रबंधकों द्वारा लाखों का घोटाला

नैनीताल जिला नेत्र सुधार समिति के प्रस्तावित गठन से प्रबंध रुष्ट

नैनीताल। विश्वस्त सूत्रों से ज्ञात हुआ है कि सीतापुर नेत्र चिकित्सालय नैनीताल शाखा के हिसाबात में लाखों रुपए का घोटाला है। नैनीताल स्थित चिकित्सालय भवन में जो भाग किराये पर दिया जाता है उसकी लगभग वार्षिक आय ४०,००० रु० होती है। किराये की आय वर्ष १९७४ तथा १९७५ में सुना है लगभग ८०,००० रु० थी। १९७६ में यह आय लगभग ४५,००० रु० थी। ज्ञात हुआ है कि यह राशि स्थानीय बैंक में जमा होती है।

नैनीताल शाखा से इतनी आमदनी होने के बावजूद इस शाखा के बैलेंस शीट में सुना गया है ६०,००० का घाटा दिखाया गया है जिस पर इस शाखा को लगभग १५,००० सालाना ब्याज भरना पड़ता है।

यह जानने योग्य बात है कि सीतापुर नेत्र चिकित्सालय की मैदानी क्षेत्रों की ३० शाखाओं में जिला नेत्र सुधार समितियां गठित हैं जो उन शाखाओं के हिसाबात पर नियंत्रण रखती हैं। लेकिन पहाड़ी क्षेत्रों के ५ जिलों में कोई समिति गठित नहीं है। इधर ७ सितम्बर को नैनीताल जिला स्वास्थ्य परामर्शदात्री समिति ने सर्वसम्मति से जिला नेत्र सुधार समिति गठित करने का निर्णय लिया है लेकिन [illegible] सीतापुर नेत्र चिकित्सालय [illegible] के गठन के विरुद्ध हैं और उसके गठन को टाला जा रहा है तथा इस मामले को लेकर सीतापुर नेत्र चिकित्सालय नैनीताल के मेडिकल आफीसर को नौकरी से निकाल देने की धमकी दी जा रही है।

पहाड़ी क्षेत्रों से इस प्रकार जो धन बाहर ले जाया जा रहा है उससे पहाड़ी जनता में भारी रोष पाया जा रहा है यदि जिलाधिकारी तथा मुख्य चिकित्साधिकारी नैनीताल ने इस धन के बहाव को शीघ्र न रोका तो इन क्षेत्रों में आंदोलन की सम्भावना पाई जाती है। पहाड़ी जनता का कहना है कि शीघ्र जिला नेत्र सुधार समिति बनाई जाय और पहाड़ से होने वाली आय को इन्हीं क्षेत्रों में व्यय किया जाय तथा चिकित्सालय की आय पर नियंत्रण रखा जाय।

पर्वतीय राज्य

वर्ष-२ अंक-८, ५ मई १९५४ (बिष्णुदत्त उनियाल) (पृष्ठ १-८, साप्ताहिक पर्वतीय)

हम मूलतः किसी प्रकार की भी पृथकीकरण की नीति के विरोधी हैं। हम इन छोटे वृत्तों का वृहत्तर वृत्तों में विस्तार चाहते हैं। जो अंततः भूवृत्त में पहुँचे, जिसके अन्दर समानता एकता हो। हम उस नीति को कत्तई पसन्द नहीं करते कि वृत्त के अन्दर वृत्त बनाकर आखिर शून्य व बिन्दु पर आ पहुँचे जो बिन्दु सरलता से मिट या मिटाया जा सकता है। जहाँ राजनीति में नेशनलिस्ट थ्योरीज को इन महायुद्धों का कारण माना जा सकता है वहाँ भारतीय इतिहास के पृष्ठों को रंगने वाली छोटी छोटी हजारों लड़ाईयाँ को राज्यवाद का ही परिणाम कहा जा सकता है, जिसका आधुनिक स्वरूप प्रान्तीयता के रूप में नजर आया करता है। किन्तु आज वही पुरानी बीमारी फिर उग्रतर रूप से भड़क उठी हैं। आज भिन्न -भिन्न प्राँतों या राज्यों की मांग का ऐसा तांता बंधा है जिससे भारतीय इतिहास का राजपूत काल और अंग्रेजों के आगमन से पहले का भयानक नक्शा सामने आ जाता है। हम इस मांगों का मुख्य कारण नेताओं की पद लोलुपता मानते हैं। जिस प्रकार अर्थशास्त्र में मौनोपली पूँजीवाद को दृढ़ करती है उसी प्रकार राजनीति में भी किसी पद की मौनोपली डिक्टेटरशिप की जड़े मजबूत करती है। राजनैतिक एकाधिकारिता अंततः अधिनायकत्व का रूप ग्रहण कर लेती है। अधिनायकत्व अपने स्थायित्व के लिए कार्यकारिणीय व शासन प्रशासन की हर शाखा में अपनी रूचि व पक्ष के लोगों को भरता है जिसे सरकारी पक्षपात कहा जाता है। शासकीय पक्षपात से उत्पन्न कार्यविधियों से जनता में असंतोष छलकने लगता है आवाम, जन, साधारण, या जागृत जनता खुले रूप में उसका विरोध नहीं कर सकती।

बल्कि अधिनायकत्व व उसके पिछलगुओं से मुक्ति के लिए अप्रत्यक्ष साधनों की शरण लेकर 'प्रत्यक्ष भलाई/सुन्दर' के नाम पर कभी कभी कुछ ऐसी मांग करने लगती है जो लघुतर बुराई के बदले वृहत्तर बुराई और प्रत्यक्ष सुन्दर के बदले 'अप्रत्यक्ष असुन्दर' का बीज लिए होती हैं। वर्तमान मायावर प्रान्तों की मांग के पृष्ठ में भी किसी प्रकार का ऐसा ही दवा असंतोष विद्यमान है। पश्चिमी उत्तर प्रदेश के एक सौ एम.एल.एज. द्वारा तीन डिविजन, मेरठ, आगरा, रूहेलखंड को उत्तर प्रदेश से अलग करके दिल्ली में मिला देने की मांग का कारण बताये हुए बृज साहित्य मंडल की हाल की एक बैठक में कहा गया था कि "ये लोग राज्य सरकार व कांग्रेस में गुप्त गुट से मुक्ति चाहते है और पं. पंत की नेतागिरी को राज्य के लिए आगे हानिकारक समझते हैं"। यह भी संदेह से दूर नहीं कि इस क्षेत्र के एम.एल.एज. में से द्वितीय श्रेणी के नेताओं की महत्वकाक्षाओं ने इस मांग को खींचा हो।

लेकिन प्रत्यक्ष में पृथकीकरण के जो कारण दिये गए थे वे सर्वथा लूले लंगड़े, व पर्याप्त विचार शुन्य थे। जिससे बाद में कुछ एम.एल.एज. ने स्वयं उस मांग का विरोध करना शुरू किया कहा जाता है।

इधर पहाड़ी जिलों को पश्चिमी उत्तर प्रदेश के प्रतिनिधियों ने भी लावारिस या अलग छोड़ दिया। जिससे यह स्पष्ट हो गया कि पहाड़ी जिलों के लिए प्रभावित दिल्ली राज्य या जाटस्तान में न कोई आवश्यकता है, न आदर, और न कोई स्थान है। फिर भी हमारे गढ़वाल स्थित सहयोगी 'कर्मभूमि' ने तपाक से गढ़वाल व टिहरी गढ़वाल को 'मान न मान मैं तेरा मेहमान' या लावारिस कुत्ते की तरह जाटस्तानियों के पीछे चलने की सलाह दी जिस पर हम अगले अंक में प्रकाश डालेंगे।

पहाड़ी जिलों के कुछ एम.एल.एज. ने वर्तमान हिमाचल प्रदेश, व कुमाऊँ गढ़वाल को मिलाकर पृथक पर्वतीय राज्य की मांग की हैं। पश्चिमी जिलों के एम.एल.एज. की भांति हो सकता है उन्हें भी कुछ असंतोष हो। लेकिन उनकी मांग या सुझाव ऐसे किसी असंतोष के स्वार्थ पर न आधारित होकर कुछ यथार्थ व न्यायसंगत बातों पर आधारित प्रतीत होती हैं। क्योंकि उन्होंने ही नहीं हाल में पंजाब सरकार ने या पंजाब के प्रतिनिधियों (जिनका पहाड़ों से कोई स्वार्थ नहीं हैं) ने भी एक पृथक पहाड़ी राज्य का सुझाव राज्य पुनर्संगठन आयोग के पास भेजा है जिसमें पेप्सू, हिमाचल प्रदेश, गढ़वाल व कुमाऊँ को मिलाकर एक पर्वतीय राज्य बनाने का सुझाव दिया गया है।

मांग के आधार-

- विलगाव या पृथकता की भावना या किसी दुर्भावना से पृथक्कीकरण की मांग के हम कतई हामी नहीं (भरते)। किन्तु पर्वतीय प्रदेश की मांग ऐसी भावना से दूर मालूम पड़ती है।
- राज्यों के पुनर्संगठन के लिये संस्कृति, भाषा, रहन-सहन, खान-पान के साथ साथ भौगोलिक समानता व आर्थिक समानता को विचार में रखना आवश्यक होगा क्योंकि किसी भी क्षेत्र का सर्वोमीणा सांस्कृतिक विकास उसके आर्थिक विकास पर निर्भर करता है; आर्थिक विकास के लिये समान भौगोलिक स्थिति, समान समस्याओं और उनके समान समाधान होने आवश्यक हैं। यदि संकीर्ण स्वार्थसिद्धि या पृथकता की भावना की तुष्टि के लिये नहीं, वरन् प्रेमपूर्ण सद्भावना से भिन्न राज्यों के कोई मांग विकासार्थ अलग करने का निश्चय कमीशन करता है तो हमें एक या दो पृथक पर्वतीय राज्य निमार्ण की मांग न्यायसंगत प्रतीत होती है।

क्योंकि :-

(१) पहाड़ों के बीच सीधे यातायात साधन न होते हुये भी उनका रहन-सहन, खान-पान, भाषा व संस्कृति करीब करीब समान है या अन्य भूभागों की तुलना में परस्पर ज्यादा नज़दीक है। और यातायात होने से सभी का थोड़ा बहुत अंतर भी समाप्त हो जाएगा।

(२) पहाड़ों की एक जैसी आर्थिक समस्यायें हैं और उनके एक जैसे समाधान या एक ही जैसे हल भी हैं।

आज हम उत्तर प्रदेश के पहाड़ी जिलों की स्थिति देखते हैं। उत्तर प्रदेश सरकार का ध्यान देश के ४८ जिलों को छोड़कर पहाड़ के ४ जिलों की ओर न जा सकना स्वाभाविक ही है। हम देखते हैं कि उत्तर प्रदेश में जहां प्लेन्स में ज़मींदारी खत्म हुये तीसरा साल है वहां पहाड़ों के लिये ज़मींदारी विनाश बिल तक विधान सभा में नहीं आ सका है। ऐसेम्बली के ढाई साल के जीवन में पहाड़ों के लिये केवल एक भूमि विधेयक बिल १९ अप्रैल को पेश हो सका। उन दिनों ऐसेम्बली में सदस्यगण आये और दस्तखत करके वापस चले गये। किसी भी प्लेन्स के विधायक ने बहस में भाग न लिया, देखा गया कि मालमंत्री तक बहस के दौरान में अपनी अनिभज्ञता वश 'खासकर' संबन्धी संशोधन ही के विषय में अपने विचार स्पष्ट न कर सके जिससे मुख्यमंत्री को समझाना पड़ा। मुख्य मंत्री पं. पंत ने यह भी माना कि इस हाउस में पहाड़ संबंधी यह पहला विधेयक आया है। और हाउस को पहाड़ सम्बन्धी मामलों में जानकारी नहीं, जिसका तार्किक निष्कर्ष सीधा यह निकलता है कि वहां पहाड़ों की समस्याओं पर पूरा विचार नहीं हो सकता।

तात्पर्य यह है, कि पहाड़ों की आर्थिक समस्यायें सर्वथा भिन्न हैं और जब तक एक सरकार चौबीस घण्टे इन समस्याओं के हल को नहीं सोचती तब तक ये समस्यायें, समस्यायें ही रहेंगी।

उत्तर प्रदेश सरकार ४८ जिलों को छोड़कर इधर ध्यान स्वाभाविक ही नहीं दे पाती, न दिल्ली राज्य ही गढ़वाल, टिहरी गढ़वाल की समस्याओं के लिये अपना सारा समय लगा सकेगा और न कोई भी राज्य अपने एक दो या दो चार पहाड़ी जिलों के लिये पूरा समय देने में कभी समर्थ होगा। इसलिये पहाड़ों की समस्या बनी ही रहेगी। भले ही उत्तर प्रदेश सरकार की तरह 'हिल प्रोविजनिंग स्कीम' जैसी योजना के अन्तर्गत कुछ चारा देकर पहाड़ियों को न मरने दिया जाएगा। लेकिन इससे कतई उनका जीना, जीना जैसा नहीं कहा जा सकता। इस घिसती ज़िन्दगी की गाड़ी के लिये भी प्लेन्स के अधिकांश एम.एल.एज. पहाड़ों पर भारी अहसान रखते हैं जिससे उनकी रही सही ज़िन्दगी भी तानों से खत्म हो जाती है। जिसका परिणाम अन्तःतया यही होगा कि पहाड़ी जिलें स्वयं अपना दूसरा रास्ता निकालने का प्रयत्न करेंगे ।

यदि भारत की उत्तरी सीमा को सुरक्षित रखना है, पुनीत बद्रीनाथ व उत्तराखण्ड के लोगों के प्राणों की रक्षा के लिए स्थाई व्यवस्था करनी है, तो आज नहीं तो कल हमें पहाड़ी राज्य बनाना ही होगा। यदि सारे पहाड़ी का एक राज्य अधिक लम्बा हो तो पहाड़ों के दो राज्य बनाये जा सकते हैं, इससे एक अलग सरकार को (हिल इकॉनमी) पहाड़ी अर्थतन्त्र को समझने व उनके हल निकाल कर पहाड़ों के सम्पत्तिशाली प्राकृतिक साधनों को प्रयोग में लाने का पूर्ण समय मिलेगा और तभी खुशहाल पर्वतीय प्रदेश भारत भूमि के स्वस्थ व शक्तिशाली उत्तरी प्रहरी बन सकेंगें एवं उन एम.एल.एज. की यह मांग पृथकता की भावना से नहीं की बल्कि आवश्यकता का तकाजा मालूम पड़ती ।

हम मानते हैं कि आज पं. पंत और डॉ. जगमोहनसिंह नेगी जैसे पहाड़ी नेता इस मांग का विरोध करेंगें लेकिन उनका विरोध केवल अपनी स्थिति के स्थायित्व का ख्याल करके होगा क्योंकि जो लोग लम्बे चौड़े क्षेत्र पर राज करें वे संकुचित होना कभी पसंद न करेंगे लेकिन जब वे (हिल एन्ड प्लेन्स इकोनोमी) पर्वतीय व मैदानी आर्थिक समस्याओं की विभिन्नता पहाड़ों के हित में महसूस करेंगें तो हमें विश्वास है वे कभी इसका विरोध न करेंगे और न प्लेन्स के लोग ही इस आर्थिक कठिनाईयों के कारण की गई मांग से बुरा मानेंगे।

कहा जाता हैं कि यह राज्य आर्थिक रूप से आत्मनिर्भर न होगा यह एक भुलावा मात्र है, इस पहलू पर हम अगले अंकों में प्रकाश डालेंगे।

जनता-जनता की शत्रु नहीं

वर्ष-१ अंक-९, १२ मई १९५४ (बिष्णुदत्त उनियाल) (पृष्ठ १-८, साप्ताहिक पर्वतीय)

नेता लोगों की नेतागिरी भी जनता के इस या उस वर्ग में फूट डालकर खूब आराम से अमर रहती है। पेशेवर नेतागिरी के काले कारनामों को श्वेत व सुमधुर शक्कर से मढ़ी हुई विषैली व घातक गोली कहा जाए तो उपमा की हत्या न होगी। नेता लोग प्लेटफार्म पर तो राष्ट्रवाद व अंतर्गतराष्ट्रवाद का उपदेश झाड़ते है। लेकिन अपने ऐजन्टों द्वारा जनता में फूट डालने वाले जहरीले कीटाणु फैलाते हैं ताकि जनता की एकता के खून से वे अपनी नेतागिरी

की जड़े सींच सकें। इसलिए हर बड़े निकम्मे नेता ने कुछ ऐजन्ट अवश्य नियुक्त किए हुए होते हैं जो उनके काले कारनामों पर चूने की कूची फेर कर जनता की आंखों को चौंधियाने का कुचक्र रखते है।

आजकल यह प्रचार ज़ोरों पर है कि कुमाऊँ के नाम पर गढ़वाल का शोषण हो रहा है। इसलिए गढ़वाल को दिल्ली प्रान्त में मिलाकर कुमाऊँ से मुक्ति मिल जाएगी। श्री भूपाल सिंह खाती एम्.एल.ए. अल्मोड़ा ने 'मानी को मनाने दानी' बनने का प्रयास किया लेकिन दुधारू गाय की भांति 'कर्मभूमि' ने दो लातें और जमाते हुए खाती जी पर कई अन्य दोषों की पुष्प वर्षा कर डाली। श्री खाती मौन रहें या दो थपकी और दें यह ज्ञात नहीं। किन्तु हम कुमाऊँ व गढ़वाल की जनता को सचेत करना चाहेंगे कि वह किसी के घड़ियाली आसुओं के चक्कर में न आए।

'कर्म-भूमि' में आम चुनाव से कुछ पहले मांग की थी कि गढ़वाल के लिए कुछ क्यों नहीं हो रहा है, इसलिए गढ़वाल का कोई सभा सचिव बना दिया जाए। एक नहीं दो-दो उपमंत्री भी हुए और सभासचिव सचिव भी बना दिये गए। लेकिन गढ़वाल का बजट साल व साल दुबला होता चला गया। और गढ़वाल के निमार्ण कार्य खटाई में पड़े के पड़े सड़े रह गए।

सरकार की बढ़ती हुई उदासीनता व गढ़वाल की बढ़ती अवहेलना के लिए कर्मभूमि ने कभी अपने नालायक व नाकामयाब प्रतिनिधियों की आलोचना नहीं की, उनके कान नहीं ऐंठे बल्कि कुमाऊँ की जनता के प्रति गढ़वाली जनता के रोष को भड़काकर अपने इन असफल व अयोग्य प्रतिनिधियों की नालायकी व नाकामयबी पर पर्दा डालने की निन्दनीय नीति अपनाई। तब आपके प्रतिनिधियों को आपका मुंह मांगा पद दे दिया जाता है फिर भी अगर वे गढ़वाल की जनता के लिए कुछ नहीं कर पाते तो दोषी वे नहीं? अगर उसके प्रतिनिधि फाइनेंस कमेटी में स्वयं होकर भी गढ़वाल के लिए कुछ नहीं करते तो क्या उनका दोष नहीं? क्यों 'कर्मभूमि' ने उनका जवाब तलब नहीं किया? अगर उनकी सुनवाई नहीं तो क्यों नहीं उन्हें पद त्याग कर वापस आने को कहा जाता? और जनता को दूसरे रास्ते चलाया जाता या उसे अपने निर्णय के लिए स्वतंत्र छोड़ दिया जाता। क्या इस बार किसी के लिए मिनिस्ट्री के प्रमोशन की मांग पूर्ति की भूमिका बन रही है? वरना गढ़वाली भाईयों के नाम पर गढ़वाली जनता का शोषण करने वालों पर क्यों नहीं उंगली उठती, क्यों नहीं उन लोगों का पर्दाफाश किया जाता जो जनता के हितों का चूरा बनाकर अपने स्वार्थों की दीवारों को मजबूत करते चले जा रहे हैं।

अगर गढ़वाल के लिये कुछ नहीं होता तो उसके लिये जिम्मेदार है गढ़वाली प्रतिनिधियों की असफलता और अयोग्यता। फिर भी अगर किसी को दोष देने का शौक पूरा ही करना हो तो 'कुमाऊँ डेवलपमैंन्ट बोर्ड' बनाने वालों को दोष दीजिये, पंत सरकार को दोष दीजिये, लेकिन 'कुमाऊँ' का नाम क्यों घसीट लिया जाता है? अगर प्रतिनिधि ऐसे ही स्वार्थी, दब्बू व अयोग्य होंगे तो गढ़वाल चाहे दिल्ली में जाये चाहे अलग कमिश्नरी बनाये, चाहे कहीं जाये सदा भोली भेड़ की तरह मुड़ता ही रहेगा।

गढ़वाल व टिहरी गढ़वाल के कुछ लोगों की यह शिकायत है कि पहाड़ों के लिये बनी हर योजना का दफ्तर नैनीताल अल्मोड़ा में बनाया गया है। संचालक ऊन योजना का दफ्तर अल्मोड़ा में, संचालक फल योजना का दफ्तर अल्मोड़ा में, संचालक नियोजन का दफ्तर नैनीताल में, एग्जीक्यूटिव इंजीनियर नैनीताल में, तराई-भावर सिंचाई इंजीनियर नैनीताल में वगैरह वगैरह। ये ऐसे सत्य हैं जिन पर जनता को गहराई से सोचना चाहिये और जिनके मामलों में हमें खेद के साथ कहना पड़ता है, कि पं. पंत अपने दिल, दिमाग व आंखो को उतना विस्तृत

नहीं रखते जितना वे अपने कानों को। लेकिन हम दावे के साथ कह सकते हैं कि इसमें कुमाऊँ की आम जनता का ख्याल रखा गया है जो पंत के रिश्तेदार हैं उनके प्राइवेट सेक्रेटरी या दोस्त के रिश्तेदार हैं या उनके खुशामदखोर हैं, ऐसे लोगों को उन्हीं के घर पर फ्रन्ट या बैकडोर से नियुक्त करके डायरेक्टरेट भी उनके लिये घर ही पर खोल दिये गये हैं, या अपने खुशामदखोर अधिकारियों को मनमानी जगह दफ्तर खोलने की छूट दे दी गई है। लेकिन उनसे कुमाऊँ की जनता को उससे कही अधिक शिकायत है जितनी कि गढ़वाली जनता को। आज कुमाऊँ की जनता में बड़ा भारी असंतोष इसीलिये है कि हर दफ्तर का विकास, स्थापन या हर योजना का व्यवहारीकरण केवल भाई-भतीजों को खपाने की गरज से हो रहा है। हम दावे के साथ कह सकते हैं कि इतने दफ्तरों में से कोई भी दफ्तर टिहरी हो, गढ़वाल हो या अल्मोड़ा हो या नैनीताल, कुमाऊँ की जनता को शिकायत न होगी। फिर 'कर्मभूमि' द्वारा सारे 'कुमाऊँ' का प्रयोग करना उचित नहीं जान पड़ता। स्वार्थी लोगों को छोड़ कर कुमाऊँ व गढ़वाल की जनता मित्र है और सदा मित्र रहेगी। क्योंकि उनकी एक सी शिकायतें हैं एक सी दिक्कतें हैं एक भौगोलिक स्थिति में पैदा होने से एक से रहन-सहन, खानपान, भाषा और एकसी परेशानियां हैं और उन्हें सदा मिलकर इनका सामना करना होगा।

हमें खेद के साथ यह कहना पड़ता है कि कुमाऊँ के कुछ दाढ़ी या मूछों वाले नेता गढ़वाल के विकास में रोड़ा बनकर आते हैं लेकिन हम गढ़वाल की जनता को यह भी विश्वास के साथ कह सकते हैं कि ऐसे नेता भी पं. पंत के नज़दीक ही रहने वाले हैं, कुमाऊँ की आम जनता के नज़दीक नहीं। इसलिये कुमाऊँ की आम जनता की तरह गढ़वाल की आम जनता को भी कुमाऊँ के कुछ स्वार्थी नेताओं से शिकायत हो सकती है लेकिन कुमाऊँनी जनता से कोई शिकायत नहीं हो सकती।

एम.एल.ए. अल्मोड़ा ने भी किसी बड़े नेता की एजन्टी या वकालत नहीं की तो हम उनके सुझाव का स्वागत करते हैं, जिसमें उन्होंने कुमाऊँ व गढ़वाल की दलीलें पेश की हैं। और गढ़वाल कुमाऊँ की जनता में मैत्री वर्द्धक सुझाव रखे हैं। और हम पुनः जोर देंगे तथा पर्वतीय एम.एल.एज. से अनुरोध करेंगे कि वे पहाड़ों की समस्याओं को पहाड़ी अर्थस्थिति के आधार पर हल करने के लिए मिलकर सोचें जिसके लिए सर्वोत्तम उपाय 'पृथक पर्वतीय राज्य' हो सकता है।

नया मंत्रिमंडल व पहाड़ी जिले

वर्ष-३ अंक-२, ९ जनवरी १९५५ (बिष्णुदत्त उनियाल) (पृष्ठ २, साप्ताहिक पर्वतीय)

उत्तर प्रदेश के नये मंत्रिमण्डल में ११ मंत्री, ८ उपमंत्री और ६ सभासचिव रखे गये हैं। उनमें से पहाड़ी जिलों से केवल एक उपमंत्री और १ सभासचिव रखा गया है। हम, जैसा कि कुछ लोगों का विचार है, या जैसा पहले शायद हुआ भी हो; मंत्रिमण्डल में 'जातीय डिवीजन' या जिला के आधार पर मंत्रियों के रखे जाने का प्रबल विरोध करते हैं उस भावना की पूर्णतया निंदा करते हैं जो सरकार में इस प्रकार के संकीर्ण प्रतिनिधित्व की मांग या उसका सर्मथन करती है किन्तु उसके साथ ही हम, इस सिद्धांत के भी विरोधी नहीं है कि मंत्रिमण्डल बिल्कुल अनभिज्ञता का राज नहीं होना चाहिए।

उसमें सरकार बनाने वाली पार्टी में से क्रीम, यानी योग्यता को स्थान व अवसर मिलना चाहिये जिससे सारे प्रदेश का बृहत् हित हो सके। इसमें सन्देह नहीं कि नये मत्रिमंडल में डॉ. सम्पूर्णानन्द, श्री चन्द्रभानु गुप्त आदि कई उच्च योग्यता के व्यक्ति हैं। और नये मंत्रिमडंल को 'अनभिज्ञता का जमघट' हरगिज़ नहीं कहा जा सकता। पिछले ११-१२ वर्ष का अनुभव अधिकांश मंत्री रखते हैं और इस प्रकार उन्हें राज्य का और उसकी भिन्न-भिन्न हालातों का भी अच्छा ज्ञान होना स्वाभाविक भी है। लेकिन कुछ परिस्थितियां ऐसी होती हैं जिसको अच्छी प्रकार वही लोग जानते हैं जो उसमें पैदा हुये हों, पले हों और पढ़े हों। ऐसी परिस्थिति में भागौलिक परिस्थिति भी आती हैं वर्तमान मंत्रिमंडल में से कोई भी मंत्री ऐसा नहीं है जो पहाडों में पैदा हुआ हो या कम से कम वहां पढा ही हो, इसलिए उत्तर प्रदेश के पहाड़ी जिलों की भौगोलिक स्थिति व धनजन्य आर्थिक व सामाजिक समस्याओं को वर्तमान मंत्रिमण्डल स्वभावतः भली भाँति समझने में असमर्थ रहेगा और फिर पूर्ण समझ न सकने के कारण उनका सही हल भी निकलना असम्भव रहेगा, नहीं तो मुश्किल अवश्य होगा ही।

कैबिनेट मीटिंगों में जब महत्वपूर्ण विषय पर विचार विमर्श या मांगों का आदान प्रदान होगा तो पहाड़ों की स्थिति तथा समस्याओं से पूर्ण परिचित व्यक्ति उसमें न होने के कारण पहाड़ों की समस्या का हल उतना संतोष जनक न होगा जितना होना चाहिए।

भौगोलिक अन्तर के कारण पहाड़ों व मैदानी भागों की समस्याएँ भिन्न भिन्न हैं। अतएव मंत्रिमण्डल को पहाड़ों के प्रति पूर्ण हमदर्दी होने के बावजूद भी उनसे पूर्ण परिचय के अभाव में अवश्य दिक्कत होगी और इस प्रकार मंत्रिमण्डल की सहानूभूति प्राप्त होते हुये भी पहाड़ी जिले नुकसान में रहेंगे। हम क्षेत्रीय प्रतिनिधत्व के हामी मंत्रिमण्डल में नहीं हैं लेकिन हमें आश्चर्य होता है कि डॉ. सम्पूर्णानन्द जैसे योग्य व्यक्ति, गुप्त जी जैसे प्रखर समर्थकों व सलाहकारों के होते हुये मंत्रिमण्डल में उक्त प्रकार की छूट या भूल की महसूस न कर पाये। आशा है यह भूल शीघ्र ही सुधर जायेगी।

उत्तर प्रदेश सचिवालय का पुनर्संगठन

वर्ष-३, अंक-४, २३ जनवरी १९५५ (बिष्णुदत्त उनियाल) (पृष्ठ १, साप्ताहिक पर्वतीय)

उत्तर प्रदेश के नये मुख्यमन्त्री ने हाल में अपना नया मन्त्रिमण्डल बनाया है जिसमें श्री गौतम को हटाने के सिवाय कोई विचारणीय हेर-फेर नहीं हुई। इधर जल्दी ही सचिवालय के पुनः संगठन का समाचार भी प्रकाशित हुआ है। समाचार के अनुसार कोई भी अधिकारी सचिवालय में ५ वर्ष से अधिक नहीं रह सकेगा और तदानुसार पुराने विभागीय उच्चधिकारियों को सचिवालय से जिलों में भेज दिया जायेगा।

श्री सम्पूर्णानन्द, पन्त मन्त्रिमन्डल में शिक्षा, गृह आदि महत्वपूर्ण विभागों में रह चुके हैं और इस तरह पुराने मुख्यमंत्री द्वारा नियुक्ति व पदोन्नत अधिकारियों की नियुक्तियों व पदोन्नतियों को कैबिनेट सदस्य के नाते नया गृह मन्त्री होते हुए उनके द्वारा प्रायः स्वीकृति प्रदान करना स्वाभाविक ही रहा होगा। उनके समर्थन प्राप्त पं. पंत द्वारा खड़े उस सचिवालय सेटअप को रीआर्गनाइज्ड (पुनर्संगठित) करने के उनके इरादे के पृष्ठ में कुछ संदिग्ध कारणों की स्वाभाविक जागृति हर मस्तिष्क में होगी।

(१) पुनः संगठन की आवश्कता श्री सम्पूर्णानन्द को तभी पड़ी होगी जबकि उन्हे पुराने (सेट अप) ढांचे के निर्माण में कुछ दोष नजर आये हों और उन्होंने दबे दिल से पं. पन्त के समर्थन में बिना सोचे ही सिर हिला दिया हो।

(२) यह कल तक चला आ रहा वह ढांचा भी सम्पूर्णानन्द के मुख्यमन्त्री बनते ही उन्हे भ्रष्ट अयोग्य या अनिपुण नजर आने लगा हो।

(३) या अधिकारियों के अधिक दिन सचिवालय में रहने से उनके भ्रष्ट होने का डर हो।

(४) या क्रमशः बारी-बारी से सभी अधिकारियों को सचिवालय की सैर और जिला प्रशासन का ज्ञान कराना हो।

(५) या सम्पूर्णानन्द के दिमाग में यह भावना प्रविष्ट हुई हो कि सुशासन या सफल शासन के लिए हर चीफ मिनिस्टर के हर विभागीय उच्चाधिकारी 'अपने' ही लोग होने चाहिये।

यदि पुनर्संगठन के पृष्ठ में प्रथम चार कारण हों तो यह एक शुभ लक्षण कहा जा सकता है और यह भी संपूर्णानन्द की आदर्श व उच्चधिकारशीलता कहे जायेंगे। लेकिन जैसा कि कुछ सेक्शन के लोगों का विचार है यदि पुनर्संगठन का कारण उपलिखित पाँचवा कारण हो तो इससे बढ़कर दुर्भाग्य इस राज्य के लिए और कुछ न होगा। मान लिया जाए कि कोई पूर्व शासक एक गलती करता है। तो उत्तराधिकारी को उसी गलती को नहीं दोहराना चाहिए उत्तराधिकारी की श्रेष्ठता और राज्य भलाई सुधार (Reform) में है। (Replacement) परिवर्तन-मात्र में नहीं होती। आज के मुख्यमंत्री यदि कल के मुख्यमंत्री द्वारा नियुक्त लोगों पर विश्वास न करें तो आने वाले कल के मुख्यमंत्री के लिए एक खुला रिवाज (Convention) बन जायेगा। और हर आने जाने वाले मुख्यमंत्री 'अपनी' ही नौकरशाही की पल्टन को लेकर धमकेगा। बार बार योग्यता का खून होता रहेगा, अनुभव की बरबादी होती रहेगी और निपुणता का नाम न रह पायेगा। नये मंत्रिमण्डल के साथ नयी नौकरशाही (Rule of ignorance) के साथ-साथ (Vice of ignorance) भी गद्दियों में प्रवेश करेगी और अंततः प्रजातन्त्री सरकार एक दिन (Rule of ignorance) 'अनभिज्ञता का राज' ही न रह कर (Rule of fools) 'मूर्खों का राज' हो जायेगा और सारे राज्य (State) को उसका दुष्परिणाम मिलेगा। आशा है पुराने उच्चाधिकारियों को पुराने मुख्यमंत्री के 'अपनों' के बहाने नये मुख्यमंत्री के 'अपनों' द्वारा रिप्लेस मात्र न कराया जायेगा। सचिवालय में सुधार हो, पुराने 'अपनों' के बदले नये 'अपनों' को भरकर नहीं बल्कि एक सिद्धान्त के आधार पर सुधार होना चाहिये।

कुमाऊँ कांग्रेस संगठन

वर्ष-२६, अंक-२५, ७ जुलाई १९५५ (बिष्णुदत्त उनियाल) (पृष्ठ ३-४, साप्ताहिक पर्वतीय)

उत्तर प्रदेश मन्त्रिमन्डल में परिवर्तन होते ही कुमाऊँ के कांग्रेस संगठन में एक नई ज़िन्दगी की आशा की जा रही थी। माननीय गोविन्द बल्लभ पंत जी के लंबे वर्षों के मुख्य मन्त्री काल में पहाड़ी जिले इस बात के लिए बदनाम रहे कि पहाड़ों में तो पन्त सरकार सोना बरसा रही है और पहाड़ तो स्वर्ग बन गये हैं। वास्तविकता ये रही कि गढ़वाल व टिहरी गढ़वाल सदा तब भी चिल्लाते रहे और कुमाऊँ के जिले नैनीताल व अल्मोड़ा की आम जनता

तब भी चीखती रही। पहाड़ी जिलों की आम जनता का प्रश्न सदा यही रहा है, कि पन्त सरकार ने इन लम्बे वर्षों में पहाड़ों के लिए किया क्या है? पहाड़ों में बेरोजगारी अथवा भुखमरी गरीबी व धन-अकाल का प्रतिशत पन्त जी के कार्यकाल में दिनों दिन बढ़ता ही रहा है यदि यह असत्य हो तो कोई भी सज्जन या माननीय पन्त जी आँकड़ों से देख सकते हैं। पं. गोविन्दबल्लभ पन्त जी के उत्तर प्रदेश से जाने के बाद ही या पंत जी का भार हल्का होते ही पं. हरगोविन्द पन्त भी इस तथ्य को अधिक दिन दिल के कोने में दबाए न रख सके और राज्यपाल के भाषण पर वाद-विवाद के समय उन्होंने भी कह दिया कि पहाड़ों में बेरोजगारी व गरीबी दिनों दिन बढ़ रही है। वे इतने बेसमझ तो नहीं रहे होंगे कि सम्पूर्णानन्द सरकार के केवल १ माह ११ दिन में ही यह सब हुआ हो लेकिन उन्होंने "बेटों को कहकर बहू को सुनाने" वाली बात ही शायद की हो। सम्पूर्णानन्द जी की नई सरकार से कहकर पन्त जी को सुनाना ही शायद उनका भी उद्देश्य रहा होगा।

देश वालों को गलत फहमी क्यों ?

इतने पर भी मैदान के हमारे भाईयों को वह गलत फहमी रही कि 'पहाड़ स्वर्ग बन गए हैं' इसका सीधा कारण (पन्त जी के प्रति पूर्ण श्रद्धा के साथ) ये था कि माननीय गोविन्दबल्लभ पन्त जी ने निजी प्रेमवश, स्वभाववश मित्रतावश कुछ रिश्तेदारों या दोस्तों या दोस्तों के दोस्तों या रिश्तेदारों को काफी अप्रत्याशित व आश्चर्यजनक पदोन्नतियाँ व नियुक्तियां सरकारी नौकरियों में दी। और बड़ी जिम्मेदारियों के पद अपने लोगों को दे रखे। जिससे मैदान वाले सारे सेक्रेटरियेट को पहाड़ियों का अड्डा व सरकार को पहाडियों की सरकार समझ बैठे। जिसका नतीजा ये रहा कि "खा गए दाढ़ी वाले और फंस गए मूंछो वाले" की तरह मक्खन मलाई तो पन्त जी के कुछ रिश्तेदार व दोस्त खा गए और बदनाम मैदान वालों की दुर्भावना के शिकार पहाड़ की गरीब जनता हुई। लेकिन हमें खुशी है कि नई सरकार में जिम्मेदार मंत्रीगण तथा श्री सम्पूर्णनन्द जी तथा श्री गुप्त जी असलियत को समझ गए और जहां एक और सचिवालय के पुनर्संगठन की ये आवश्यकता महसूस की गई वही दूसरी ओर पहाड़ों को पहले की अपेक्षा अधिक अनुदान विकास कार्यो के लिए मिल रहा है और पहाड़ों के हित जनक जिन कार्यो को पन्त जी वर्षों के कार्यकाल में नहीं कर सके वह नई सरकार ने पहले ही वर्ष में शुरू कर दिया है। जैसे बेकारी व गरीबी दूर करने के लिए पहाड़ों में खानों का सर्वे कराना व खानें खुदवाना। जिसके लिए एक नया विभाग इस वर्ष खोला गया है। इसके अतिरिक्त शिक्षा, स्वास्थय, तथा फल उद्योग, ऊन उद्योग व औषधि अन्वेषण उद्योग को पहले से ज्यादा प्रोत्साहन दिया जा रहा है जिसमें निसंदेह पहाड़ों की गरीबी व भुखमरी अवश्य कम होगी, और पहाड़ों की सर्वतोमुखी उन्नति होगी।

कांग्रेस संगठन पर प्रभाव

यदि माननीय गोविन्दबल्लभ पंत जी आत्मविश्लेषण करें या भूतकाल का पुनरावलोकन करें तो वें स्वयं यह अनुभव किए बिना नहीं रहेंगे कि जहाँ उन्होंने नौकरियो में अपने चन्द चहेतों को नाजायज़ सुविधायें देने की गलती की वहां नैनीताल-अल्मोड़ा की कांग्रेस की लगाम सदा अपने कुछ भक्त रिश्तेदार या अपने ही खास तरह के बन्धु-बांधवों के हाथ सौंपे रखी। और कांग्रेस के उच्च पद सभी अपनी जाति वालों को देते रहें। उदाहरणर्थ कुमाऊँ

कांग्रेस संबन्धी हर मामले पर राय देने वाले तथा विश्वसनीय एम.एल.ए. पं. हरगोविन्द पन्त, अल्मोड़ा से एम.पी. स्व. पं. देवीदत्त पन्त नैनीताल से एम.पी. पं चन्द्रदत्त पांडे, और अब 'शक्ति' के अनुसार होने वाले अल्मोड़ा के एम.पी. पं. बद्रीदत्त पांडे आदि। इन दोनों गल्तियों का अज्ञात मुआवजा पन्त जी के जीते जी कुमाऊँ की जनता उन लोगों को चाहे दे न दे लेकिन यदि अब भी सुधार न हुआ तो एक दिन अवश्य दिए बिना भी नहीं रहेगी। इन दोनों गल्तियों का सीधा फल यह रहा कि पन्त जी के सामने उनके चरण स्पर्श करने वाला कांग्रेसी भी उनकी पीठ पीछे यह कहे बिना नहीं रहा कि पंत जी ने सरकारी नौकरियां व कांग्रेस को "अपनों" का क्रीड़ास्थल, वृद्धिस्थल मात्र बना दिया है। फलस्वरूप कांग्रेस संगठन दिनों दिन अंदर से खोखला होता चला गया और कांग्रेस का पिरामिड जहां २० वर्ष पूर्व गगनस्पर्श करने जा रहा था आज धराशाई हो गया है। जहां सन् ३७-३८ में कांग्रेस की सदस्य संख्या जिला अल्मोड़ा पन्त जी के (Home District) में लगभग ३५ हजार थी आज लगभग ३५ सौ भी नहीं है। क्योंकि कांग्रेस में तथा सरकार में माननीय पन्त जी के भाई भतीजेवाद के कारण असली कांग्रेसी कार्यकर्ता निराश, हताश, उदासीन व साधनहीन हो गया है।

नई ज़िन्दगी की आशा

१. यदि वर्तमान प्रचलित पक्षपात, पंडितवाद व रिश्तेदार वाद को कुमाऊँ कांग्रेस से दूर करके साधारण कांग्रेसी कार्यकत्ताओं की उदासीनता को हटाकर उसे भी आगे बढ़ने व ढंग से दो रोटी खाने का अवसर दिया जाए।
२. यदि वर्तमान एकाधिकारवाद को खत्म करके कांग्रेस का कपाट आम जनता के समान अवसर के आश्वासन के साथ खोल दिया जाए।
३. यदि पहाड़ों के विकास की ओर उसकी गरीबी व बेरोजगारी दूर करने की ओर शीघ्र सक्रिय कदम उठाया जाए तो निसंदेह कुमाऊँ कांग्रेस संगठन के झिलमिलाते अंधियारे आसमान पर एक नई उमंग, नई आशा ओर नई ज़िन्दगी का सूर्य चमक उठेगा।

बुद्धिमान राजनीतिज्ञ

जहां तक उपरोक्त (2) तथा (3) शर्तों का प्रश्न है उनके लिए हाल में कुमाऊँ कांग्रेस कार्यकर्ता सम्मेलन में माननीय गुप्त जी तथा माननीय सम्पूर्णानन्द जी ने विश्वसनीय आश्वासन ही नहीं दिए बल्कि उन पर व्यावहारिक नीति भी अपनाई जाने लगी है। लेकिन जहाँ तक पहली शर्त का सवाल हैं मालूम पड़ता है कुमाऊँ अब तक सर्वाधिकार सम्पन्न पं. हरगोविन्द पन्त जी तो तैयार नहीं मालूम पड़तें क्योंकि उन्होंने अपना एकाधिकार रखने के लिए सदा सम्भावित हस्तक्षेप डॉ. सम्पूर्णानन्द तथा मा. सी.पी. गुप्त का यथाशक्ति विरोध किया।

1. डॉ. सम्पूर्णानन्द की नई सरकार का स्वागत राज्यपाल के भाषण के समय उन्होंने कुछ सार्थक शब्दों से नहीं किया।
2. नैनीताल कार्यकर्ता सम्मेलन में डॉ. सम्पूर्णानन्द तथा श्री सी.पी. गुप्त की उपस्थिति और गुप्त जी के उस आश्वासन भरे शब्दों से जिनसे कार्यकर्ताओं के अन्दर एक नई आशा व उमंग दौड़ पड़ी।

3. पं. हरगोविन्द पन्त बहुत घबराये व रूष्ट हुए और उन्हें कार्यकर्ताओं को डांटते हुए कहना पड़ा कि "तुम्हें बाहर के रथों के महारथियों पर भरोसा न करके अपनी शक्ति को पहचानना है" उस समय हरगोविन्द राष्ट्रीय भावना को भूलकर यह भी भूल गये कि यदि पहाड़ के रहने वाले गोविन्द बल्लभ पन्त को मैदान वाले वर्षों से नेता मानते रहे तो पहाड़ के लोग बाहर के 'रथी, या महारथियों' पर क्यों न भरोसा करें ?
4. अल्मोड़ा नगरपालिका के हाल के चुनाव में गुप्त जी की कांग्रेस सिद्धान्तानुकूल दी गई हरिजन उम्मीदवार को मदद करने की निजी राय का भी हरगोविन्द जी ने भरसक विरोध किया और सुना है जब नैनीताल में लगभग ६० कांग्रेसी कार्यकर्ता गुप्त जी की एम.पी. सीट के मामले में मिलने गए तो हरगोविन्द जी ने कहा कि मैं गुप्त जी से क्यों मिलूं मैं तो पन्त जी से मिलूँगा। १६ जून की रात जो कांग्रेस कार्यकर्ताओं की बैठक में भी गुप्त जी के पास आपने आना उचित नहीं समझा। और अब जहां एक ओर प्रादेशिक कांग्रेस सेक्रेटी तथा गुप्त जी प्रजातंत्रिक ढंग से उम्मीदवार चुनना चाहते थे वहाँ हरगोविन्द जी ने अपनी ओर से नया ट्रम्प चल के पं. बद्रीदत्त पांडे का नाम पेश किया है। इन सब बातों से स्पष्ट है कि पं. हरगोविन्द पन्त तो अपने स्पेशल पैटर्न के रिश्तेदार, एकाधिकार को जीवन पर्यन्त बरकरार रखना चाहते हैं। लेकिन हमें माननीय पं. गोविन्दबल्लभ पन्त जी से निवेदन करना है कि बुद्धिमान राजनीतिज्ञ वही है जो दूरदर्शी हो। अपने हाथों में ताकत रहते यदि रिश्तेदारों को चढ़ाते-चढ़ाते रहे तो कल क्या होगा, जब आप न होंगे। हमें पूर्ण आशा है कि पं. गोविन्दबल्लभ पन्त भी कुमाऊँ के कांग्रेस के खास प्रकार के रिश्तेदार, एकाधिकारवाद को सदा के लिए अपने जीते जी खत्म कर जायेंगे।

इस प्रकार पहाड़ी जिले निर्धन थे और निर्धन ही रहेंगे
वर्ष-४ अंक-३, ७ मार्च १९५६ (बिष्णुदत्त उनियाल) (पृष्ठ ५, साप्ताहिक पर्वतीय)

उत्तर प्रदेश सरकार प्रदेश के विकास के लिए प्रयत्नशील है और अन्य प्रदेशों की अपेक्षा उसे प्राप्त सफलता का प्रतिशत भी ऊँचा है। भविष्य में भी यही आशा है कि उत्तर प्रदेश की विकास प्रगति अग्रणी रहेगी। उसका श्रेय प्रदेश के नियोजन तथा नियोजन की व्यावहारिक स्वरूप देने वालों की कार्यनिष्ठा, परिश्रम व सच्ची लग्न को है। उत्तर प्रदेश का नियोजन सफल ही नहीं सर्वोत्कृष्ट सफल रहा और रहेगा लेकिन प्रश्न यह है कि जिस अंश व मात्रा में उस नियोजन का प्रभाव प्रदेश के मैदानी क्षेत्रों में पड़ रहा है क्या उसी मात्रा में पहाड़ों पर भी पड़ा, पड़ रहा है या पड़ेगा।

यदि ध्यान पूर्वक देखा जाए तो हमें उत्तर में एक बहुत बड़ा 'ना' मिलेगा। मैदानी व पहाड़ी क्षेत्रों में भौगोलिक परिस्थितियों की भिन्नता के कारण जो बहुमुखी अंतर स्वाभाविक रूप में विद्यमान हैं उनसे हमारे उत्तर प्रदेश सरकार के कर्णधार अनभिज्ञ नहीं हैं । अधिकांश मंत्री महोदयान भी कई बार पहाडों के सुदूर अन्तराल में भ्रमण कर आए हैं और वहां के जनजीवन की समस्याओं से भली भांति परिचित हैं । हमें विश्वास है कि वे पहाड़ों की समस्याओं की ओर विशेष सजग ही नहीं, कार्यशील भी हैं लेकिन देखा यह जा रहा है कि उनके चाहने के बावजूद भी पहाड़ों की निर्धनता ज्यों की त्यों बनी हुई है।

प्रदेश के अन्य भागों की भांति पहाड़ों में भी सिंचाई का विकास हो रहा है। कुटीर उद्योगों को प्रोत्साहन मिल रहा है, खेती बाड़ी व फल उत्पादन की योजना भी है। सब कुछ होते हुए भी पहाड़ों की आर्थिक हालात में सुधार नहीं हुआ। और कभी सुधार हुआ भी तो इस रूप में मैदानी भागों की अपेक्षा पहाड़ी जिले निर्धन ही रहेंगे।

क्योंकि मैदानी भागों की तुलना में पहाड़ी भागों में खानपान व रहन सहन संबन्धी जीवन की प्रारम्भिक आवश्यकताओं की वस्तुओं के मूल्य में हमेशा दुगने, तिगुने और कभी-कभी चौगुने का अन्तर हो जाता है।

जब मैदानी मंडियों में आटा-चावल ५) सेर का हो तो पहाड़ी जिलों के सुदूर उत्तर में आटा एक सेर से डेढ़ सेर का मिलता है, और जब मैदानों में आटा चावल दो ढाई सेर का हो जाए तो सुदूर उत्तरी पहाड़ों में वह लोगों की आर्थिक शक्ति के बाहर चला जाता है - और वे लोग विशेष प्रकार की घास व पत्तियों का सहारा लेने लगते हैं। आटा, चावल, ही नहीं नमक व गुड़ के भावों में भी उसी प्रकार का अनुपात रहता है। एक बाबू मैदान में अगर सौ रुपये का ६०) में अपने भोजन निभा लेता है, तो सुदूर पहाड़ों में जहां ४ सेर के बजाए डेढ़ सेर का आटा चावल मुश्किल से प्राप्त होगा यहाँ १००) में भी मुश्किल से अपना व परिवार का भोजन नहीं प्रबन्ध कर पा सकता है। मैदान में एक १।। रोज का मजदूर १०० मील की यात्रा रेल से २।। में कर लेत है। और 'बस' की भी २।।। में कर देता है, लेकिन पहाड़ों में उसे १०० मील की यात्रा करने के लिए ६ रू० खर्च करने पड़ते है। मैदानी व पहाड़ी क्षेत्रों में कुटीर उद्योग योजना में एक रूपया है, सिंचाई भोजन में समानता है, बिजली योजना में समानता है, कृषि भोजन में समानता है और उससे भी प्रमुख वेतन तथा मजदूरी के भावों में समानता है। लेकिन खान-पान रहन-सहन के मूल्य में दुगना तिगुना व चौगुना अन्तर है। पहाड़ों में बेकारी भी उसी अनुपात में अधिक है जिस में अनाज, नमक, तेल, गुड़ के भाव अधिक होते हैं।

ऐसी अवस्था में आसानी से अनुमान लगाया जा सकता है कि यदि वर्तमान योजनाओं को आशातीत सफलता मिले भी तो भी पहाड़ी क्षेत्र मैदानी क्षेत्रों की अपेक्षा निर्धन हैं तो और निर्धन ही रहेंगे। यदि पहाड़ी क्षेत्रों की आर्थिक स्तर को मैदानी क्षेत्रों की आर्थिक स्तर पर लाना है तो सरकार को पहाड़ों के सुदूर उत्तर में व सुदूर अंतराल में अपनी स्थायी सस्ते गल्ले की दुकानें स्थापित करनी चाहिये। जिन दुकानों में ज्वार बाजरे का ही बाहुल्य न हो बल्कि गेहूँ चावल भी मैदान के भाव पर मिल सके। उसी प्रकार सस्ते कपड़े की भी सरकारी दुकानें होनी चाहिये जहां कपड़ा मैदान के भाव मिल सके। दुकानों का प्रबन्ध पूर्णतया सरकारी होना चाहिए, ऐजेन्सीज के द्वारा नहीं।

आशा है सरकार पहाड़ों की गरीबी पर इन बातों को मध्यनजर रखकर विचार करेगी।

जनता द्वारा ज़मींदारी अधिनियम का स्वागत

वर्ष-४, अंक - ११, १९ जुलाई १९५६ (बिष्णुदत्त उनियाल) (पृष्ठ१-२,साप्ताहिक पर्वतीय)

हाल में कुमाऊँ भूमिसुधार अधिनियम जन सम्मति जानने के लिए प्रसारित हुआ है अधिनियम को देखते ही प्रतिक्रियावादी कैंप में बेचैनी का छा जाना तो स्वभाविक ही था किन्तु कुछ प्रगतिशील दलों के सदस्य भी उस कैम्प के कुप्रचार का शिकार हुए और उन्होंने भी प्रतिक्रिया वादियों व शोषकों की तान के साथ नृत्य प्रारम्भ कर दिया है। यदि आज एक कानून बना दिया जाए कि चोरी करने वाले के हाथ पैर काट दिए जायेंगे या उसकी आँखे

फोड़ दी जायेगी तो आदर्शों की आड़ लेकर उस कानून का विरोध सबसे पहले वही लोग करेंगें जो चोर रहें हों, चोर हों या जिनका इरादा भविष्य में चोरी का हो। उसी प्रकार यदि आज कोई कानून शोषण समाप्त करने के लिए बनाया जाए तो सर्वप्रथम उसका विरोध वही लोग करेंगे जो शोषक होंगे। उनका साथ या समर्थन वे लोग करेंगे जो उनसे किसी प्रकार आर्थिक धार्मिक या सामाजिक रूप में प्रभावित हों या अज्ञान के शिकार हो।

मनोविज्ञान का यही सामान्य नियम कुमाऊँ भूमि सुधार अधिनियम के विरोध के विषय में भी लागू होता है। कुमाऊँ भूमि सुधार अधिनियम के सामने आते ही साधारण जनता ने उसका स्वागत किया और सरकार व विशेषकर मन्त्री श्री चरण सिंह जी को उसके लिए प्रत्यक्ष एवं परोक्ष धन्यवाद दिया। किन्तु उन लोगों के लिए भूमिसुधार अधिनियम का सूर्य एक बेचैनी की किरण लाया जो पीढ़ियों से उस अधिनियम के पवित्र उपदेश के विरुद्ध अपवित्र आचरण करने आये हैं।

स्वार्थ कभी न्याय के साथ गले नहीं मिलता और न स्वार्थ विवेक ही के साथ समझौता कर सकता है। उनका रास्ता ही स्वार्थ विपरीत होता है। भूमिसुधार अधिनियम चूंकि शोषक वर्ग के मधुर हितों पर एक कठोर प्रहार है उनका विरोधार्थ चरमरा उठना स्वाभाविक है। और सर्वथा उनके अंत निहित गुणों के अनुकूल ही है।

ऐसी अवस्था में उस शोषक वर्ग को यह आवश्यक था कि वे एक अपवित्र संगठन बनाते। इधर उधर हर राजनैतिक दलों से स्वतन्त्र कहलाने वाले क्षेत्रों से तथा कथाकथित धार्मिक क्षेत्रों से शोषकों के शोषक मनोवेगों के नदी नालें एक शोषण-सागर की ओर बह पड़े।

बड़े-बड़े दाढ़ी मूछों वाले वानप्रस्थी वानप्रस्थ छोड़कर इस जेहाद में आ डटे। अपने को गांधीवादी कहने वाले एवं कांग्रेस के नाम पर ग्रान्ट खाने वाले अखबार “हिस्से-दार” अखबार का बिल्ला पहनकर अखाड़े में उतरे। कानून व न्याय की दुआयें देकर रोटी खाने वाले कुछ वकील भी मैदान में कूदे। हजारों की ज़मीन बेचकर महल खड़ा करने पर भी असंतुष्ट “प्रगतिशील” राजनीतिज्ञ वकलातगड़ो ने कलमी करिश्मे दिखाने शुरू किए। कम्यूनिस्ट पार्टी के नेता श्री पी.सी. जोशी जैसे शोषण विरोधी नेता “इस कानून से कुमाऊँ में खुखरियां चलेंगी” कह कर इस संगठन में अप्रत्यक्ष शरीक हुये! समाजवादी समाज निर्माण की घोषणा कर देने वाली कांग्रेस पार्टी के कुछ पहाड़ी उच्च पदाधिकारी भी हवाई मुक्केबाजी से पीछे न रहे। गरज ये कि कांग्रेस, निर्दलीय क्षेत्र कम्यूनिस्ट, सोशलिस्ट, प्रजा सोशलिस्ट, व जनसंघ करीब हर राजनैतिक दल में जहाँ भी जितना भी शोषक तत्व था गन्दे नालों की तरह हर तरफ से बहकर एक ‘विरोधी पोखर’ बनाने में सहयोगी हुए जिस गन्दे पोखर को प्रतिक्रियावादियों ने बनाना शुरू किया था। और इस तरह आज पहाड़ों में सारा समाज दो वर्गों शोषक व शोषितों में, बिना किसी पार्टी भेद के स्वाभाविक ही बंट गया है।

आज पहाड़ों में यह देखा जा रहा है कि कोई पार्टी जीवित सी नहीं है। जनसम्मति के लिए अधिनियम प्रसारित होने पर भी न प्रजा सोशलिस्ट, न सोशलिस्ट, न कम्यूनिस्ट, न जनसंघ किसी राजनैतिक दल ने अपनी सार्वजनिक राय इस अधिनियम पर नहीं दी है। जिससे दूसरा अर्थ यह लगाया जा सकता है कि ये सब अधिनियम के विरोध में हैं। या ये पार्टियां यहां अस्तित्व ही में नहीं है। अन्यथा यह चुप्पी क्यों?

कांग्रेस पार्टी भी इस विषय में दो दलों में बँट गयी है। प्रतिक्रियावादी तत्व जो पदों कि चाह मात्र के लिए कांग्रेस में है अपने पैतृक प्रतिक्रियावादी बन्धुओं के साथ कहीं प्रत्यक्ष व कही चुपचाप मिल गए है। जो स्पष्टतया पार्टी सिद्वान्तों के साथ गद्दारी है।

ये लोग हैं कितने

अधिनियम के विरोध में कितने लोग हैं। इसके लिए हमें यह देखना होगा कि इस अधिनियम का प्रभाव कितने लोगों पर पड़ता है। ज़मींदारी विनाश का उद्देश्य यह रहा है कि शोषक वर्ग का शोषण व जुल्म खत्म हो और यह तभी सम्भव है जब ज़मीन का मालिक वही व्यक्ति हो जो ज़मीन जोतता है।

(१) खासकर सिरतान, मौरूसीदार आसमा आदि ज़मीन कमाने वाले लोग तो उससे प्रसन्न हैं ही।

(२) (क) जितने लोग हिस्सेदार पहाड़ में हैं। उनमें से जितनों ने हल लगाना है या जो ज़मीन जोतते है उन पर अधिनियम का कोई बुरा असर नहीं है। ये हिस्सेदारों की सारी संख्या के लगभग ७५ प्रतिशत हैं।

(ख) ज्यादा से ज्यादा २० प्रतिशत हिस्सेदार लोग ऐसे नौकरी पेशे पर हैं जो केवल स्वयं बाहर मेहनत मजदूरी करते हैं। लेकिन उनके बीबी-बच्चे घर में अपने खेतों में काम करते हैं। ऐसे लोगों में हैं - घरेलू नौकरी वाले लोग, पल्टन में रहने वाले सिपाही, पुलिस के सिपाही, चपरासी तथा अन्य छोटी मेहनत मजदूरी पर लगे हुए पहाड़ी। चूँकि उनके बीबी बच्चे खुद खेत जोत रहे है इसलिए उन पर ज़मींदारी विनाश अधिनियम का असर नहीं पड़ता।

(ग) तीसरे प्रकार के हिस्सेदार में भी (क), (ख) श्रेणी ५ प्रतिशत हिस्सेदार है जिनमें बाबू लोग अध्यापकगण व अन्य उच्च नौकरियों वाले वकील-वर्ग या ऐसे लोग जो शहर में ज़मीन जायदाद जोड़कर यहीं कमा खा रहें हैं। ये हिस्सेदार वर्ग (Absentee Landlords) कहा जाता है।

इस प्रकार हिस्सेदार में भी (क), (ख) श्रेणी ९५ प्रतिशत हिस्सेदारों को तो यह अधिनियम कतई हानिकारक नहीं लगता। केवल (ग) श्रेणी के एबसैंटी लैंड लॉर्ड्स पर ही इस अधिनियम का प्रभाव पड़ता है।

इनमें भी साधारण श्रेणी का अनुपस्थित हिस्सेदार (बाबू व अध्यापक) तो सामान्यतः चुपचाप ही रहता है। चाहे उसको कुछ त्याग करना भी पड़े। लेकिन एक हिस्सा इस वर्ग में ऐसा है जो शोर मचा रहा है। जो खेती के नाम 'ख' नहीं जानते, हल चलाना अपने धर्म व शान के खिलाफ समझते हैं और सदा से गरीब भोले भाले किसान-मजदूर का शोषण करते रहे हैं। ये लोग शहरों में बड़ी बड़ी जायदादों के मालिक हैं किराये के रुपये से ऐश करते हैं, कुछ वकील हैं जिनको अनाज के बोरे गाँव से खुद चले आते रहे हैं और शहर की कमाई से ऐश करते हैं तथा बैंक बैलेंस बढ़ाते हैं। ये लोग पढ़े लिखे हैं रुपये वाले है। और उनके पास फालतू समय भी होता है। इसलिये ज्यादा शोरगुल मचाना व खुराफात करना इन्हीं का काम होता है।

चूंकि ये थोड़े से थे इसलिये इन्होनें गलत प्रचार करके उपरोक्त (क) (ख) श्रेणी के हिस्सेदारों को भी बरगलाना शुरू किया और झूठा नारा बुलन्द किया कि पहाड़ में हिस्सेदारों का उन्मूलन किया जा रहा है। ऐसा कहकर उन्होंने गांव के भोले भाले खुदकारूत हिस्सेदारों को अपने साथ खींचना चाहा लेकिन उस ईमानदार कृषि पुत्र को इनके कोरे भाषणों में कुछ न मिला और न कभी मिलेगा।

इन लोगों में हिस्सेदार समितियां बनाई तरह तरह के झूठे प्रचार किये मेजरनामों पर अपने पैसे के जोर से, अपनी वकालत के जोर से अपने तिकड़मबाज होने के नाते दस्तखत भी करवाये सभा प्रदर्शनों का आह्वान किया (हालांकि कई प्रदर्शन नहीं कर पाये)। सभा भी बुलाई लेकिन कोई समझदार बड़े हिस्सेदार भी उसमें नहीं आए। नेताओं के भाषणों को तोड़ मरोड़ कर भी छपवाया लेकिन लोगों ने उस पर विश्वास न किया।

लेकिन उससे बढ़कर दुःख की बात कुछ न होगी अगर सरकार पहाड़ की कुल संख्या के डेढ़ प्रतिशत और कुल हिस्सेदारों की संख्या के ढाई प्रतिशत शोषकों के प्रचार से प्रभावित होकर कानून बनाने में देर करे सिर्फ इसलिए कि ये लोग शहरों में रहते है ओर सीधे मंत्रियों तक पहुँच सकते है, अखबारबाजी कर सकते है या पर्चे छपवा कर बांट सकते हैं।

कुमाऊँ ज़मींदारी विनाश तथा भूमि व्यवस्था विरोध में खोखले तर्क

वर्ष-४ अंक - १२, २६ जुलाई १९५६ (बिष्णुदत्त उनियाल) (पृष्ठ१-२, साप्ताहिक पर्वतीय)

(१) विरोधी तत्वों का सर्वप्रथम कहना यह है कि पहाड़ में ज़मींदारी है ही नहीं अतएव ज़मींदारी उन्मूलन कैसा? उनसे पूछा जाए कि अगर आप जमींदार या गैरहाजिर हिस्सेदार या ज़मीन के मुफ्तखोर मालिक नहीं है तो आपको किसी प्रकार के ज़मींदारी उन्मूलन या शोषण उन्मूलन बिल से घबराहट क्यों है। यह माना जा सकता है कि उस मात्रा में पहाड़ का (अपने को हिस्सेदार कहने वाला) जमींदार न कर सका हो कि किन्तु इसका मतलब यह नहीं हैं कि पहाड़ के जमींदार की शोषक मनोवृति में व मैदान के जमींदार की शोषक मनोवृति में कोई प्रकारान्तर हो। उस शोषक में परिमाणान्तर मात्र हो सकता है। ऐसी हालत में सिद्धांततः जब सरकार शोषण समाप्ति के लिए कोई कदम उठाये उसे सर्वत्र समान रूप में सिद्धांततः लागू होना ही चाहिये बुराई चाहे छोटी हो या बड़ी वह बुराई ही है और उसे अवश्य रोका ही जाना चाहिये यह कहना कि “पहाड़ में मैदानी जैसी ज़मींदारी है ही नहीं इसलिए यहां ज़मींदारी विनाश नहीं होना चाहिये” ठीक वैसे ही है जैसे यह कहा जाए कि यह छोटा सांप है इसलिए इसको न मारो। ऐसे लोग जरा सोचें क्या वे अजगर को मारकर छोटे साँप को दूध पिलाना पंसद करेंगे? शायद उनका विवेक इतना बडा़ शून्य का रूप धारण नहीं करेगा।

नौकरी पेशे वाले लोग

कुछ लोगों की ओर से यह प्रचार हो रहा है कि आज जो लोग नौकरी पर बाहर गए हैं वे जब पेंशन पर या अन्य कारण नौकरी छोड़कर वह घर वापस आयेंगे इस गैर हाजिरी में अगर उनकी ज़मीन छीन गई तो वे बेचारे घर वापस आकर क्या करेंगें, और इस तरह पहाड़ से लोग धीरे धीरे बाहर बसने लग जायेंगे।

यह कल्पना (Assume) करने पर कि पहाड़ के सभी नौकरी पेशे वाले लोग गैर हाजरी हिस्सेदार हैं यह सोचना सही है लेकिन कल्पना सदा कल्पना ही होती है। ऐसा तो अनुमान भी अनुमान नहीं है फिर यथार्थता के तो यह विचार कहीं पडो़स में भी नहीं पड़ता! पहाड़ के अधिकांश नौकरी पेशे वाले लोग घरेलू नौकर चपरासी, पल्टन व पुलिस के सिपाही व अन्य छोटे मोटे कामों पर हैं जो साल छः माह में फसल बोने व काटने के समय अपने घर पहुँच जाते हैं। उनके बाल बच्चे घर पर रहते हैं और उनका अपनी ज़मीन पर अधिकार रहता है। जिससे उन पर अधिनियम का कोई कुप्रभाव नहीं पड़ता। अध्यापक तथा बाबू लोगों में भी अधिकांश अपनी ज़मीन को अपने कब्जे में ही रखते हैं, हां यह बात दूसरी है कि जो लोग (चाहे वे छोटी से छोटी नौकरी पर हों) किन्ही धार्मिक या जातीय-विचार से कभी हल लगाते ही न हों ये ज़मीन के मालिक बनें रहें यह कुछ समझ में आने वाली बात

नहीं है। ऐसे लोग तथा अन्य बड़े तबके के गैरहाजिर हिस्सेदारों को एक मौका दिया जाए उनसे पूछा जाए कि अगर वे खुद हल चलाना चाहे तो उन्हें कुछ निर्धारित सीमा तक ज़मीन दी जानी चाहिये। जो हल न लगाये उसे ज़मीन का मालिक बनाये रखना सर्वथा अन्याय पूर्ण व असमाजवादी भाषण का प्रत्यक्ष नापाक स्वरूप होगा।

ऐसे लोगों की मांग एक अच्छी खासी कल्पना पर आधारित है। आज का गैरहाजिर हिस्सेदार या जमींदार अपने नाम ज़मीन रखने की मांग यह समझकर कर रहा है कि वह समाज सदा ऐसा ही रहेगा इसमें उन्हें आज तक की तरह हमेशा आगे भी लोग उनका हल चलाने को मिलते रहेंगे। उनकी अक्ल की यह मोटी कल्पना भयंकर-स्वप्न में बदलते अब देर नहीं लगेगी। उन्हें इतना विचार होना चाहिये कि वह समाजवादी कहलाने का कतई हकदार नहीं जिसमें एक व्यक्ति दूसरे के फायदे के लिए काम करने को प्राप्त होता रहे। अगर ईमानदारी से समाजवादी समाज स्थापित हुआ तो आपको अपने खेत पर हल चलाने के लिये मजदूर या आसामी कहां से मिलेगा? ऐसी हालत में या तो आप खुद हल चलाने को तैयार हों या आपकी ज़मीन तब तक बंजर पड़ी रहे अब तक आप नौकरी छोड़कर वापस जायें। राष्ट्रीय दृष्टिकोण से क्या आप ज़मीन बंजर रखना सराहनीय व सहनीय समझेंगे? हरगिज नहीं। हां अगर वर्तमान सरकार की पार्टी का इरादा समाजवादी समाज का नारा सिर्फ चुनाव में जीतने तक हो तब तो ज़मीन को, वर्षों बाद वापस आने की प्रतीक्षा में किसी के नाम भी रखा जा सकती है लेकिन उस आसामी या मजदूर का भी इस स्वतंत्र देश में कोई हक होगा जो वर्षों उस ज़मीन को आबाद करने के इनाम में बेदखल कर दिया जायेगा? उस समय उसके बच्चों का व उसके निर्वाह का साधन क्या होगा? अपने लिये तो आप अपने बुढापे की अपने बच्चों की, अपने नाती पोतों की कई पीढ़ी आगे की सुव्यवस्था एवं निश्चिंतता की आशा रखते है क्या सभी के बच्चों का भी ख्याल दिमाग में आता है। अगर आप अपनी १० पीढी आगे की सोचते हैं तो क्या आप इतने मानवता शून्य है कि दूसरों की आज की पीढ़ी की भी ख्याल न करें! अगर नहीं करते तो क्या वे आपको दस पीढ़ी तो दूर रहा आज ही भी शांति से जीने देगें?

सीलिंग की आवश्यकता

किसी भी गैरहाजिर हिस्सेदार के पास तब तक प्रस्तावित अधिनियम तक अधिक मकान तथा ज़मीन गांव में नहीं होनी चाहिये। जब तक वह यह लिखित प्रतिज्ञा कलेक्टर को न दे कि वह खुद अपने हाथ से हल लगायेगा और अपनी ज़मीन को बंजर नहीं छोड़गा।

अबला, अपाहिज असमर्थ व अस्वस्थ तथा राष्ट्रीय सेवारत लोगों के सहित हर खुद काश्त करने वाले व्यक्ति को भी चाहे वह किसी भी श्रेणी के कृषक हों, एक लाभप्रद जोत (Economic Holding) से अधिक ज़मीन नहीं दी जानी चाहिये। वास्तव में पहाड़ में लाभप्रद जोत का होना किसी भी परिमाण में असम्भव है इसलिए समानता लाने के लिए ५०नाली की अधिकतम सीलिंग रखी जाए। शेष ज़मीन को क्रमशः भूमिहीनों व कम ज़मीन वालों को अधिनियम में निर्धारित मुआवजे या उससे कम दर पर दे दी जाए।

जिस व्यक्ति की जो ज़मीन लगातार दो फसल बंजर रहे उसे सरकार पुनः भूमिहीनों या कम ज़मीन वालों में बांट दे। ताकि ज़मीन अंततः सही हलवाह के पास पहुँच जाए और वह राष्ट्रीय-नष्ट (National Waste) होने से बच सके।

सीलिंग का होना इसलिए भी आवश्यकता है कि सीलिंग न होने पर बड़े-बड़े हिस्सेदारों पर जो यथार्थ में शोषक हैं, कोई असर अधिनियम का नहीं पड़ेगा क्योंकि वे अनुपस्थित नहीं होते हैं उन्होंने मजदूर लगवा कर बड़ी बड़ी जोते खुद काश्त कर रखी होती हैं।

ज़मींदारी उन्मूलन का नाम सुनकर कुछ लोगों ने अपनी ज़मीन को अपने लड़के लड़कियों व अन्य रिश्तेदारों के नाम कर दिया है उसके लिए मंडल कांग्रेस कमेटी नैनीताल का यह प्रस्ताव कि परिवार की युनिट सन् ४७ की मानी जाए सर्वथा उचित है। या यह देखा जाए कि हर जोत पर "वास्तविक हलवाह" जोत कर रहा है या नहीं ! जहां विभाजित परिवार के हर ऐसे सदस्य 'सही हलवाह' हों उन पर उक्त नियम लागू नहीं होना चाहिये।

बिकी हुई ज़मीन

ज़मींदारी उन्मूलन का नाम सुनकर कुछ चतुर लोगों ने ज़मीनें बेचनी शुरू कर दी और उन्हीं लोगों से (जिन्होनें पीढ़ियों से उस ज़मीन के मूल्य से कई गुना लगान व दूसरी सेवाओं के रूप में भुगतान कर दिया था) पुनः १००) से ३००) या ४००) नाली तक की दर से रूपया ऐंठ लिया है ऐसे अन्याय व शोषण को न्याय का रूप देने के लिए यह भी आवश्यक है कि सन् ४७ के बाद से जो ज़मीन अपने ही आदमियों को बेची गई उनकी बेच दर अधिनियम के मुआवजे की दर से अधिक नहीं हों। यदि अधिक लिया हो तो उनका अधिक लिया गया रूपया उन्हें वापस किया जाए।

विरोध में चिल्लाने वाले

विरोध में प्रायः वही लोग चिल्ला रहें हैं जिनके अनाज के बोरों, दही की ठेकियों, घी के पीपीयों व साग सब्जियों की शहर यात्रा बंद होने का डर है। उन्हें यह भी परेशानी है कि उनके राजैनितक उद्देश्य हेतु अब उन भोले-भाले लोगों का (Exploitation) दुरुपयोग नहीं हो पायेगा। कुछ लोगों ने नैनीताल मंडल कांग्रेस का प्रस्ताव तोड़ मरोड़ कर छापा। वास्तव में मंडल कांग्रेस का प्रस्ताव रानीखेत व नैनीताल राजनैतिक कान्फ्रेंस में पासशुदा प्रस्तावों से दो कदम आगे है। उन्होंने १५ एकड़ सीलिंग की मांग की है। लेकिन साथ ही परिवार की युनिट सन् ४७ से लागू करके सीलिंग १०० नाली से ज्यादा नहीं आती।

असामयिक एवं खोखला

साप्ताहिक पर्वतीय वर्ष- ४ अंक-१४-१५ १६-२३ अगस्त १९५६

पहाडों में जमींदारों के शोषण को समाप्त करने के उद्देश्य से तथा मैदान व पहाड़ के लिये कानून में एकरूपता लाने के उद्देश्य से कुमाऊँ ज़मींदारी विनाश व भूमि-सुधार अधिनियम का आलेख पिछले दिनों विधान सभा में पेश हुआ। उस मसविदे पर विविध विचार व्यक्त किए गए और अंततः वह सेलेक्ट कमेटी को भी भेज दिया गया।

हमारे संसद सदस्यों ने एक तार द्वारा सुना है माल मंत्री को सूचित किया कि वह बिल "खोखला तथा असामयिक" (unsound) है। आगे यह भी सुना है कि पूछे जाने पर भी उक्त सदस्यों ने यह बताने की कृपा नहीं की कि ठोस (sound) व सामयिक (opportune) क्या है।

वास्तव में देखा जाए तो ये दोनों शब्द बिल पर उपयुक्त ढंग से लागू हों न हों लेकिन हमारे पहाड़ी संसदीय प्रतिनिधियों पर अवश्य लागू होते हैं।

तार में सर्वप्रथम हस्ताक्षर दान करने वाली राजमाता श्रीमती कमलेन्दुमती साह हैं। हमारे वयोवृद्ध पांडे जी (उनकी देश सेवा के लिए सम्पूर्ण सम्मान के साथ) भी उम्र से दोनों प्रकार से आज के युग से काफ़ी पीछे हैं। श्री जसोधसिंह बिष्ट जी भी पुराने दिनों के आदि हैं। शेष दो प्रतिनिधि श्री सी.डी. पांडे व श्री भक्त दर्शन ने इस तार पर हस्ताक्षर क्यों किए हम समझ नहीं पाये। पांडे जी ने हमें बताया कि ये भूमि सुधार के विरूद्ध नहीं हैं। श्री राम प्रसाद टम्टा ने खंडन किया कि उन्होनें उस तार पर हस्ताक्षर नहीं किए हैं। ये भूमिसुधार के पक्ष में सन् ३८ से बोलते आ रहे हैं तरीकों से उनका मतभेद हो सकता है लेकिन सिद्धान्ततया ये भूमि सुधार शीघ्रातिशीघ्र चाहते हैं।

इस प्रकार देखा जाए तो हमारे अधिकांश संसदीय प्रतिनिधियों के लिए 'असामयिक' व 'खोखले' विशेषणों का प्रयोग हो सकता है! बिल सर्वथा सामयिक व ठोस है और उससे भी अधिक बिल उद्देश्य सर्वथा समयोचित है।

हम अपने सुझाव पहले ही पेश कर चुके हैं। हां इतना मंत्रीजी से अवश्य पुनः निवेदन करेंगे कि यदि ये वास्तव में समाजवादी समाज लाना चाहते हैं तो न्यूतम अधिकतम सीमा के प्रश्न पर अवश्य विचार करें इसमें बिना उद्देश्य की सफलता संभव नहीं हो सकेगी। बड़े-बड़े तथाकथित खुद काश्त जमींदारों का मैदान कहीं भी कोई प्रभाव 'सीमा' के बिना नहीं पड़ेगा।

सरकार का ग्रीष्मकालीन पहाड़-गमन (Hill Exodus)
वर्ष ५ अंक ११ ३ जुलाई १९५७ (पृ. सं.-३ साप्ताहिक पर्वतीय)

अहितकर या विषाक्त विज्ञता की अपेक्षा अहितकर अनभिज्ञता को सभी पसंद करते हैं। यदि अणु या उद्जन बम मानव समाज के विनाश के कारण बनें तो वैज्ञानिकों की इस विज्ञता की अपेक्षा उनकी वह अनभिज्ञता की स्थिति कहीं अच्छी कही जा सकती है जब वे इन घातक बमों का अविष्कार नहीं कर पाए थे। आज अपने को जानकार शिक्षित व विद्वान कहने वाले कुछ आलोचक सरकार के एक नाम मात्र के अंश को कुछ दिनों के लिये पहाड़ों पर जाने की कटु आलोचना करने लगे हैं और ८० प्रतिशत मतदाता को वे अनभिज्ञ व अनजान घोषित कर सरकार पर ये प्रभाव डालने की चेष्टा करते हैं कि जो कुछ वे कहें सरकार ने उसे १०० मतदाता की राय मानकर ग्रीष्मकाल में पहाड़ों पर जाना तुरंत बंद कर देना चाहिए।

इसी भावना से उद्भूत आलोचना के संबंध में नैनीताल बोट हाउस क्लब में दिनांक १९ जून को केन्द्रीय सामुदायिक विकास मंत्री श्री एस.के.डे. की प्रेस कॉन्फ्रेंस में दिल्ली से आए एक दिल्ली के अंग्रेजी दैनिक के प्रतिनिधि ने श्री एस.के.डे., से प्रश्न करते हुये पूछा था "श्री डे हालांकि यह एक 'मीन टाइप' (निम्नस्तर की आलोचना) है किन्तु चूंकि कुछ क्षेत्रों में ऐसी आलोचना है कि ग्रीष्मकाल में अधिकांश कॉन्फ्रेंस व बैठके पहाड़ों में ही रखी जाती हैं, क्या ये सच है"?

श्री डे ने स्वीकार किया और उसका कारण बताते हुए कहा, कि "यह उन्हीं का अपना सुझाव है कि ग्रीष्म में ज्यादा से ज्यादा सरकारी कान्फ्रेंस व बैठकें पहाड़ी नगरों में रखी जाए क्योंकि एक तो ग्रीष्म में मैदान में जो काम तीन चार दिन में होगा वह पहाड़ों में एक दिन में हो सकता है और तीव्रतर कार्यगति के साथ-साथ हम पहाड़ी क्षेत्रों का एक नया अनुभव भी कर पाते हैं तथा पहाड़ों में टूरिस्ट उद्योग (जो वहां के आर्थिक ढांचे में प्रमुख उद्योग का काम करता है) को भी थोड़ा बहुत प्रोत्साहन मिलेगा"।

किसी भी सेन्सिव्ल पत्रकार के प्रश्न को इससे बढ़कर बुद्धिमतापूर्ण व संतोष प्रद उत्तर क्या चाहिये था और उन पत्रकार ने भी संतुष्ट होकर आगे इस संबंध में प्रश्न पूछना बंद कर दिया।

इसी भावना से ओतप्रोत आलोचना आज उत्तर प्रदेश की सरकार के नैनीताल आने पर भी कुछ पत्रों में विशेष देखी जा रही हैं। २४ जून के अंग्रेजी दैनिक नेशनल हैरल्ड में "Common man and the Government" By "Chronicler" की 'spotlight on U.P.' शीर्षक टिप्पणी में सरकार के नैनीताल आने पर जो आपत्ति उठाई गई है वह उतनी प्रदेश की जनता के हित में नहीं है जितनी पहाड़ की जनता के अहित में सिद्ध होगी। खेद अधिक इसलिये होता है कि 'नेशनल हैरल्ड' जैसे पत्र जो पिछड़े क्षेत्रों के विकास व आर्थिक उत्थान में सहायक होने का दावा करें, इस प्रकार की टिप्पणियों से, जिसमें अधिक प्रतिशत प्रायः पत्र का अपना दृष्टिकोण होता है, पहाड़ों के आर्थिक विकास विरोधी प्रचार में व्यस्त हैं।

उक्त टिप्पणी को पढ़ने से स्पष्ट है कि टिप्पणी में एकांगी दृष्टिकोण अपना प्रभाव स्थिर रखता गया है। केवल यह देखा नहीं, अन्दाजा लगाया गया है कि नैनीताल जाने से राजकीय बजट पर कितना भार बढ़ता है कभी यह देखने का क्या प्रयत्न नहीं गया कि सरकार के नैनीताल न जाने से नैनीताल व पहाड़ों का भी कोई नुकसान होगा या नहीं।

आलोचक अपनी आलोचना लिखते समय कुछ मजबूत तथ्यों की ओर आंख मूंद कर कुछ कमजोर कल्पनाओं के सहारे लिखने बैठा।

सभी उपमंत्री, व सभासचिव नैनीताल अपने यात्रा व्यय पर आते हैं और अपने निवास का किराया देकर रहते हैं, और ग्रीष्म में यदि वे नैनीताल आते हैं तो यहां के खाली पड़े सरकारी मकानों का किराया देकर जाते हैं और इस तरह सरकार की आमदनी में योग देते हैं। शेष १० मंत्री रहते हैं उन्हें टी.ए.-डी.ए. नहीं मिलता केवल निवास की सुविधायें प्राप्त हैं। वे लखनऊ रहें या नैनीताल में बारह महीनों खाली पड़े सरकारी भवनों का सदुपयोग करें उससे उत्तर प्रदेश के बजट पर कितना अतिरिक्त भार पड़ता है। यह आलोचक पहले हिसाब लगा लेते फिर उनके नैनीताल आने का विरोध करते तो अधिक विवेक पूर्ण होता। अब रहे सेक्रेटरीज और संचालक उनमें से किसी ने कोई कॉन्फ्रेंस में शामिल होना होता है, किसी ने अपने विभागीय दौरे पर आना होता है, किसी ने किसी निरीक्षणार्थ आना होता तो है, कोई छुट्टी पर ही आते हैं।

हमारी समझ में नहीं आता कि अगर १२ महीनों में से १ महीना पहाड़ों की दुर्गति की जानकारी करने सरकारी अधिकारी व मंत्रीगण पहाड़ों में आ भी जाते हैं तो आलोचकों को क्या इतना भी सहा नहीं जाता? क्या वे चाहते है कि मंत्रिगण व उच्चधिकारी पहाड़ों में आये ही नहीं? यदि नहीं तो मौसम की सुविधानुसार जून या सितम्बर ही वह महीने हैं जब अधिकारियों के लिए पहाड़ों में आना सुविधाजनक हो सकता है। यदि सभी

अधिकारी पहाड़ों में अपने अपने विभागीय कार्यो से इन महीनों में आते हैं फिर पहाड़-गमन की ये शिकायत क्यों? अगर जनवरी फरवरी में ये अधिकारी पहाड़ों में अपने विभागीय कार्य निरीक्षणार्थ आते तो क्या तब ये अपना यात्रा -व्यय डी.ए. नहीं लेते? फिर उनका जून या सितम्बर में एक साथ आना आलोचकों को केवल इसलिए तो बुरा नहीं लगता कि १० महीने सुनसान नैनीताल व अन्य रमणीक पहाड़ी नगरियों में साल में एक डेढ़ महीने चहल पहल सी हो जाती है ?

टी.ए.डी.ए. मंत्रियों को नहीं मिलता, उपमंत्री व सभा सचिव अपने व्यय पर आते और रहते हैं वे नैनीताल आगे भी आते ही रहेंगे। दौरों व छुट्टियों पर आने वाले उच्चधिकारी जैसे आते थे आगे भी आते रहेंगे और (ग्रीष्मकालीन कॉन्फ्रेंस जैसा कि ऊपर केन्द्रीय सामुदायिक विकास मंत्री श्री डे के उत्तर का उल्लेख किया गया है) पहाड़ों में होती ही रहेंगी तथा उनमें अधिकारी भाग लेने आते ही रहेंगे।

अब यदि आलोचकों की आपत्ति का असर किसी पर पड़ता है तो वह हो सकता है मुश्किल से १०० या २०० गरीब क्लर्क और चपरासियों का यात्रा-व्यय जिसे यदि आलोचक पुनः हिसाब लगाये तो उनकी आलोचना से रंगे पृष्ठों के उपयुक्त कदापि ये स्वयं महसूस नहीं कर पाएगी।

अब वह पहाड़-गमन जिसका इतना बड़ा भूत बना दिया गया हैं कहां हैं? और अगर उसे वे Exodus कहें भी तो वह किस प्रकार टाला जा सकता है जब तक मंत्रियों और अधिकारियों को बिल्कुल यही आदेश न दे दिये जायें कि "पहाड़ों की जनता का उन पर कोई अधिकार नहीं है और उनको पहाड़ी क्षेत्रों के दौरे तथा अनुभव की कोई जरूरत नहीं, इसलिये वे पहाड़ों में कतई कदम न रखें" जब तक ऐसा न होगा मंत्री व अधिकारी पहाड़ों में अवश्य आते रहेंगे और वे हमेशा जलवायु की सुविधा के अनुसार जून व सितम्बर ही में आना पंसद करेंगे।

ब्रिटिश शासन काल में सरकार का नैनीताल आना भले ही अय्याशी का प्रतीक रहा हो लेकिन आज वह पहाड़ों की आवश्यकता की पूर्ति है। जब सारे भारत के टूरिस्टों को हमारी सरकार प्रचुर प्रचार द्वारा नैनीताल व पहाड़ों में आमंत्रित करती है तो इससे बड़ी उपहासास्पद बात क्या होगी कि सरकार स्वयं वहाँ न आये।

हम आलोचकों की सरकार में कम खर्चों के सुझावों का समर्थन व स्वागत करते हैं। लेकिन सुझाव एकांगी दृष्टिकोण लिए हुए नहीं होने चाहिये। हमें सरकार के (Hill Exodus) पहाड़ गमन के आलोचकों की आलोचना की पहाड़ अविरोधी भावना का पता तब लगता यदि वे (Hill Exodus) का विरोध करने के साथ साथ पहाड़ों के स्थायी आर्थिक विकास की योजना पर उतना ही बल देते।

उत्तराखण्ड कमिश्नरी की स्थापना एक आवश्यकता (बिष्णुदत्त उनियाल)
वर्ष ७ अंक ३० २९ अक्टूबर १९५९ (पृ. स. १ साप्ताहिक पर्वतीय)

साप्ताहिक पर्वतीय के अंक २६ में श्री भक्तदर्शन एम.पी. गढ़वाल का एक लेख 'उत्तराखण्ड' कमिश्नरी की स्थापना के विषय में प्रकाशित हुआ है जिसके विषय में जन-सम्मति भी मांगी गई है।

स्वतंत्रता प्राप्ति के बाद हमने विकास के युग में पदार्पण किया है। दूसरी पंचवर्षीय योजना समाप्ति के समीप है किंतु उ. प्र. के पहाड़ी क्षेत्रों को गरीबी और बेरोजगारी में कमी या सुधार के कोई ठोस प्रमाण हमारे सामने नहीं

है। ऐसी बात नहीं कि सरकार इस क्षेत्र के विकास के लिए यथाशक्ति धनराशि या संसाधनों को प्रयोग में न लाई हो किंतु यह बात अवश्य है कि इस क्षेत्र को आवश्यकताओं के मुकाबले सारी धनराशि या सारे संसाधन 'ऊंट के मुंह में जीरे' के समान थे और जितना कुछ धन इन क्षेत्रों पर विकास हेतु व्यय किया भी गया है उसका वांछित उपयोग नहीं हुआ और उसका अपेक्षित परिणाम नहीं निकल पाया इस प्रकार पर्वतीय क्षेत्रों में दो विकास योजनाओं में जो कुछ हुआ उसे सड़कों के निर्माण के आलावा प्रायः समय और धन का व्यय मात्र ही कहा जाए तो अधिक असंगत या अन्यायपूर्ण नहीं होगा। और सड़कें भी पर्वतीय जनता की आम धारणा के अनुसार सरकार ने प्रतिरक्षात्मक दृष्टिकोण ही से बनवाई हैं और हो सकता है और भी बनवाई जायें।

समय तथा धन की बर्बादी के पृष्ठ में सरकार के इरादों को दोष नहीं दिया जा सकता यदि सारा दोष जाता है तो वह जाता है अनुपयुक्त योजनाओं को।

यह मानी हुई बात है कि योजनाएँ बनाते समय उ. प्र. के ५१ जिलों में से ४६ मैदानी जिलों का ध्यान योजना बनाने वालों को रहना स्वाभाविक ही है। और योजनाएँ बनती हैं उन्हें प्रमुखतया मैदानी भागों की भौगोलिक, जलवायु, यातायात, जनसंख्या आदि प्रश्नों को मध्य नजर रखकर ही बनाया जाता है जिससे मैदानी भागों से भिन्न भौगोलिक स्थिति वाले पहाड़ी क्षेत्रों में उनका वांछित परिणाम नहीं मिल पाता। अतएव आज यह आवश्यकता है कि पहाड़ी क्षेत्रों की विशेष समस्याओं के समाधान के लिये और उनके विकास के लिये एक पृथक नियोजन मंडल बने।

और जब विकास की आवश्यकताओं की पूर्ति के लिए पहाड़ी क्षेत्रों के नियोजन मण्डल परिषद अलग जरूरी हैं तो योजनाओं के कार्यालय के लिए पहाड़ी क्षेत्रों की प्रशासनिक एकता भी आवश्यक है।

इसलिए यह भी आवश्यक है कि देहरादून को भी वर्तमान कुमाऊँ डिविजन (अल्मोड़ा, नैनीताल, गढ़वाल टिहरी गढ़वाल) के साथ मिला दिया जाए।

अब प्रश्न आता है नामकरण का। वैसे तो नाम में विशेष कुछ रखा नहीं हैं मतलब काम होने से होता है फिर भी नाम यदि भावपूर्ण और पूर्ण द्योतक हो तो वही नाम अच्छा होता है। जैसे भक्तदर्शन जी ने लिखा है कुमाऊँ से केवल नैनीताल व अल्मोड़ा का ही आभास होता है 'उत्तराखण्ड' ही ऐसा नाम है जिसको पांचों पहाड़ी जिले पौराणिक, धार्मिक और परस्पर एकता की दृष्टि से गौरव से अंगीकार कर सकते हैं।

आशा है उ. प्र. सरकार इस आवश्यकता की ओर अपना ध्यान शीघ्रातिशीघ्र देगी और आशा है भक्त जी के प्रस्ताव को शीघ्र ही व्यवहारिक स्वरूप मिलेगा।

पहाड़ी जिलों को केंद्र शासित किया जाए

वर्ष-८, अंक- १०, ९जून १९६०(बिष्णुदत्त उनियाल) (पृष्ठ३,साप्ताहिक पर्वतीय)

उत्तराखण्ड- कुमाऊँ के निवासी प्राकृतिक सौंदर्य के सरोवर में सराबोर हैं। ठंडी हवा की मंद-मंद थपकियाँ उसका आनन्द है और पवित्र-पावन शीतल जल उनका प्रकृति-प्रदत्त अधिकार है यही कुछ प्रकृति के सुख थे जिसके कारण यहाँ के निवासी आधा पेट भोजन पर निर्भर रहकर भी शांतिपूर्ण जीवन व्यतीत करते थे। लेकिन आज सीमा

पार की अनिश्चितताओं ने इनकी शांति भंग कर दी है और इन क्षेत्रों के ऊपर निरन्तर भय और आतंक का अंधेरा छाया हुआ है। सामान्य जीवन की निश्चितताएँ उनके लिये आज स्वप्न सी हो गयी हैं।

ऐसी स्थिति में सरकार ने हमारी सहायता के लिए कुछ कदम उठाये हुए हैं और कुछ योजनाएँ घोषित की है। लेकिन उनसे व्यवहार में धरती और आसमान की दूरी प्रतीत होती है। 'उत्तराखण्ड डिवीज़न' के निर्माण की घोषणा जिस शीघ्रता के साथ की गई तीन नये जिले जिस तत्परता से बनाए गये और यहाँ ४५ करोड़ के निर्माण की दुंदुभी में लगा दी गई उसको व्यवहार में लाने में इतनी ही अधिक उदासीनता और देरी की जा रही है।

चमोली जिले के हेडक्वार्टर के निश्चय को भी अनिश्चितता में धकेल दिया गया है। फलतः वहां किन्हीं योजनाओं के सर्वेक्षण का आरम्भ भी सम्भव अभी नहीं हो पाया है। अन्य दो जिलों में भी योजनाएँ अभी काल्पनिक जगत से उतरकर, यथार्थ की भूमि पर, ठीक नहीं कर पाई हैं। पहाड़ी जिलों का विभाजन करके सीमावर्ती क्षेत्रों में अकेलेपन का छा जाना स्वभाविक था। इसके बाद सरकार के आश्वासनों की व्यवहार से दूरी ने इन क्षेत्रों की परेशानी को और भी बढ़ा दिया। उस पर भी उस पार चीनी सेनाओं के एकत्रीकरण के समाचारों से हर क्षेत्रों में भय छा जाना कोई नई बात नहीं थी और विशेषकर जब इस ओर केवल तम्बू थोकदारियों में भटकती हुई यहां केवल कुछ पुलिस की टुकड़ियों को देखते हैं तो उनकी सुरक्षा-भावना का लोप होकर उनमें भय और आंतक का छा जाना भी किसी छायावादी कवि की कल्पना नहीं कही जा सकती।

हमें विश्वास है कि चीन हमारे इन क्षेत्रों पर आक्रमण नहीं करेगा, हमारी सरकार की ओर से भी जे.एल. मेहता (चीनी डिवीज़न भारत सरकार) के नेतृत्व में हमारे अधिकारियों का एक दल ६ जून को वार्ता करने गया है जो वार्ता का प्रथम दौर होगा। और हमें ये भी आशा करनी चाहिये कि चीन के साथ अंततः शांतिपूर्ण समझौता हो जायेगा।

लेकिन जब चीनी प्रधानमंत्री की यात्रा के बाद हमारे पड़ोसी देश नेपाल व भूटान के रूखों में अन्तर आने लगा हो, जब चीन के समाचार पत्रों में ऐसे समाचार छपने लगे है जिनमें उ. प्र. के पहाड़ी जिले अल्मोड़ा, गढ़वाल, नैनीताल व तराई नेपाल के अधिकार में कहे गए हों, और इसके बाद जब सीमा की दूसरी ओर सेनाओं के अभाव के समाचार निरन्तर आ रहे हों तो इन क्षेत्रों की जनता में उत्पन्न भय की भावना को दूर करने का क्या उपाय है? 'शक्ति का भय' शक्ति ही से दूर हो सकता है। सामाजिक तैयारी के लिए नहीं वरन् इस क्षेत्र के लोगों में मनोवैज्ञानिक मदद के लिए सीमांत में सेना का भेजा जाना अब आवश्यक सा हो गया है।

सीमान्त में सेना का जवाब भी अकेले यहां के लोगों में सुव्यवस्था व निश्चिन्तता की भावना पैदा नहीं कर सकता। अंततः इसका स्थायी दवाब यहां का सर्वतोमुखी विकास ही है। सरकार ने यहां के विकास कार्यों को युद्धस्तर पर पूरा करना चाहिए। सर्वप्रथम सड़क निर्माण का कार्य ठेकेदारों या पी.डब्लू.डी. के भरोसे न छोड़कर सेना के द्वारा किया जाना चाहिए। यहां की योजनाओं की पूर्ति के लिए विशेष सुयोग्य अफसरों को भेजा जाए। उ. प्र. के गर्वनर श्री वी.वी. गिरी ५ मार्च को श्री केदारनाथ-बद्रीनाथ (चमोली-उत्तरकाशी) जिलों के १२ दिवसीय यात्रा के बाद लौटे। दैनिक पत्रों में प्रकाशित समाचारों के अनुसार केन्द्रीय सरकार तथा उ. प्र. सरकार को जो रिपोर्ट हम क्षेत्रों के विषय में दी है उसमें प्रमुखतया इस बात के सुझाव हैं कि इन क्षेत्रों में स्थायी सैनिक टुकड़ियां भेजी जायें और इन क्षेत्रों में 'कल्याणी विकास' योजनाओं को तीव्रगति से पूरा किया जाए।

गवर्नर के सुझावों से, इन क्षेत्रों के विषय में जानकारी रखने वाला हर कोई व्यक्ति सहमत होगा। इतना ही नहीं यदि सरकार की योजनाओं, गवर्नर की सिफारिशों और वहाँ के लोगों की वास्तविक हित तथा देश के हित को देखा जाए तो वह आवश्यक है कि सातों पहाड़ी जिलों को केन्द्र-शासित किया जाए। अब तक ये क्षेत्र (जिसे चीन की कुछ खबरों में नेपाल का भाग बताया है) सीधे केन्द्र के शासन में नहीं चले जाते तब तक इनमें समुचित विकास और निश्चित्तता तथा सुरक्षा की भावना पैदा नहीं हो सकती। उ. प्र. सरकार ने भावुकता को त्यागकर विवेक से काम लेना चाहिए और इन क्षेत्रों को केन्द्र के हाथ सौंप देना चाहिए।

डी.एस.बी. कॉलेज को विश्वविद्यालय के रूप में विकसित कर पर्वतीय क्षेत्रों की आवश्यकता पूरी की जाए

वर्ष-८, अंक- १०, २३ जून १९६० (बिष्णुदत्त उनियाल) (पृष्ठ २, साप्ताहिक पर्वतीय)

भौगोलिक विभिन्नताओं के कारण पर्वतीय क्षेत्रों की समस्याएँ मैदानी क्षेत्रों की अपेक्षा भिन्न होती हैं और इसलिए उनके समाधान के साधन भी भिन्न ही होने चाहिए। साप्ताहिक पर्वतीय विगत वर्षों से अपने इस संदर्भ में विचार व्यक्त करता रहा है पर्वतीय क्षेत्रों से सहानुभूति रखने वाले भी इस विचार को यदा-कदा व्यक्त करते रहते है। विगत वर्ष मानवीय मानवेन्द्र शाह एम.पी. टिहरी गढ़वाल ने इस क्षेत्र में इस समस्या पर अपने विचार व्यक्त करते हुए माँग की थी कि पर्वतीय क्षेत्रों के लिए एक पृथक ही योजना आयोग नियुक्त किया जाए। हाल में श्री महावीर सिंह उपमंत्री उ.प्र. ने अल्मोड़ा में इसी प्रकार के अपने कुछ विचार व्यक्त किये। उ.प्र. सरकार भी हृदय से महसूस इस तथ्य को करती है लेकिन उसे व्यवहारिक स्वरूप देने का निश्चय अभी तक वह नहीं कर पाई। उस समय पर कुछ कमेटियों की नियुक्ति उसने अवश्य की है। जिन्होंने पर्वतीय क्षेत्रों के विकास पर विशिष्ट सुझाव दिए। कुमाऊँ विकास परिषद तथा नेगी कमेटी, इस दिशा में प्रमुख है लेकिन इन कमेटियों की सिफारिशें न तो पूर्ण ही थी और न इन सिफारिशों पर कार्य किया गया जो सीमाओं के मध्य पेश की भी गई थी।

शिक्षा ही एक माध्यम या साधन है जिनके द्वारा जीवन का परम साध्य, जीवन का सर्वतोमुखी विकास होकर जीवन परिपूर्णता की ओर प्रभावित हो सकता है। इसलिए यह स्वभाविक ही है कि शिक्षा की और शिक्षा-सम्बन्ध की ओर सर्वप्रथम ध्यान दिया जाए। सरकार ने इस दिशा में अपने कर्तव्य को सफलता पूर्वक निभाया है और निभाती आ रही है लेकिन पहाड़ों की या पहाड़ी क्षेत्रों के छात्रों की शैक्षिक समस्याओं की ओर सरकार उस मापदण्ड के अनुसार वांछित व अपेक्षित ध्यान नहीं दे पायी है जो उपर्युक्त भौगोलिक विभिन्नता के कारण उनका अधिकार था।

समस्याएँ

पहाड़ी क्षेत्रों के 30 प्रतिशत स्कूल, कॉलेज शीत के कारण दिसम्बर से दो महीने के लिए बन्द हो जाते हैं। जैसे ही स्कूल कॉलेज खुलते है बोर्ड तथा विश्व विद्यालय की परीक्षायें शुरू हो जाती है। 2 महीने के लंबे अर्से तक शिक्षक और शिक्षार्थी का पृथक् रहना वो भी ठीक फाइनल परीक्षाओं के पहले हमारे विद्यार्थियों के परीक्षाफलों पर

विपरीत प्रभाव डाले बिना नहीं रहता। उत्तीर्ण छात्रों की संख्या में कमी के अतिरिक्त छात्रों के डिवीज़नों पर भी कुप्रभाव पड़े बिना नहीं रह सकता। परीक्षाओं के ठीक पहले दो महीने ही अत्यंत महत्वपूर्ण होते हैं यदि मैदानी भागों की भाँति परीक्षाओं से पूर्व दो माह छात्रों को सुव्यवस्थित अध्ययन का अवसर प्राप्त हो जाए तो हमारे पर्वतीय क्षेत्रों के अनुत्तीर्ण होने वाले बहुत छात्र उत्तीर्ण होते और उन्हें मिलने वाला डिवीजन तीसरे से दूसरा और दूसरे से पहला हो सकता है। हमारे छात्र मार्च के महीने बर्फीली ठंड से ठिठुरती अगुँलियों से लिखते हैं। अक्सर इस प्रकार काली घटा छा जाती है कि परीक्षा भवन में अंधकार हो जाता है। इन प्रतिकूल परिस्थितियों में भी यदि हमारे छात्रों का परीक्षाफल तुलना में समान या श्रेष्ठतर आ जाये तो इसके लिए ये प्रशंसा के पात्र ही कहे जाएँगे। लेकिन आज तक हम स्वतंत्र हैं और हर वर्ग को आजीविका सुविधा प्रदान की जा रही है तो हमारे पर्वतीय विद्यार्थी वर्ग ही को उसके अधिकार से वंचित क्यों रखा जाए और क्यों उन्हें आज भी प्रतिकूल मौसम व परिस्थितियों में परीक्षा में बैठने के लिये बाध्य किया जाए।

इसलिये पर्वतीय विद्यार्थी वर्ग की ये प्रथम व परम आवश्यकता है कि उनकी वार्षिक परीक्षायें मई जून में हों। 'आगरा विश्वविद्यालय' जिससे पहाड़ के कॉलेज सम्बन्धित हैं इस पृथक परीक्षा की मांग को पूरा कर सकने में असमर्थ हैं इसी प्रकार 'बोर्ड हाईस्कूल एंड इंटरमीडिएट एग्जामिनेशन' उ.प्र. भी इस प्रकार के पृथक् परीक्षा प्रबन्ध के पक्ष में नहीं हो सकता।

ऐसी हालात में यह अत्यन्त आवश्यक है कि पहाड़ों में एक ऐसी यूनिवर्सिटी हो जो कोचिंग व एग्जामिनिंग दोनों प्रकार का काम करे। जैसे पंजाब यूनिवर्सिटी है। जहां हाईस्कूल से लेकर ऊपर तक की सभी परीक्षायें विश्वविद्यालय ही देखता है।

नैनीताल स्थित डी.एस.बी. राजकीय कॉलेज हमारी इस आवश्यकता को थोड़े से विस्तार के साथ पूरी कर सकता है। जिसमें अधिक व्यय की भी आवश्यकता नहीं है।

पर्वतीय विकास के मोड़

वर्ष ९ अंक ४२ २६ जनवरी १९६१ (पृ. स. ९३ साप्ताहिक पर्वतीय) (विकास विशेषांक)

"पर्वतीय" की नीति इन पिछड़े पर्वतीय जिलों के विकास की प्रगति को तीव्रतर करने पर सदा विशेष बल देने की रही है। इसलिये राजनीतिक रूप से निर्दलीय होने पर भी "पर्वतीय" सदा ऐसे व्यक्तियों का कट्टर समर्थक रहता आया है जिनसे पर्वतीय जिलों के विकास को नई प्रेरणा और प्रोत्साहन प्राप्त हो सके। इसलिये पर्वतीय ने उ. प्र. कांग्रेस के लौह पुरूष श्री चन्द्र भानु गुप्त का रानीखेत दक्षिण से विगत वर्ष विधान सभा के चुनाव लड़ने का प्रबल समर्थन ही नहीं किया था वरन् उस क्षेत्र में उनके अनुकूल वातावरण बनाने का भरसक प्रयत्न किया जिससे चारों ओर से जनता के अनुरोध श्री गुप्त और कांग्रेस संसदीय बोर्ड के पास इस आशय के जाने लगे कि श्री गुप्त को रानीखेत दक्षिण से विधान सभा का चुनाव लड़ाया जाए। प्रदेश के अन्य चुनाव क्षेत्रों से भी इस प्रकार की मांग आई थी लेकिन रानीखेत दक्षिण पर ही गुप्त जी की कृपा दृष्टि हुई और वे विजयी हुये।

हमें हर्ष है कि श्री चन्द्रभानु गुप्त से जो अपेक्षा, आशा और आकांक्षायें उस चुनाव क्षेत्र और पर्वतीय क्षेत्र की थी उन्हें गुप्त जी ने पूरा किया और रानीखेत दक्षिण में सुसुप्त निर्माण कार्यों को नवजागरण एवं नवीन गति प्राप्त हुई एवं सारे पर्वतीय जिलों के विकास को एक नई प्रेरणा प्राप्त हुई।

इधर विगत वर्ष से कुमाऊँ एवं उत्तराखण्ड मंडलों की विकास के कर्णधार अधिकारियों की भी उत्साही मंडली मिली। उत्तराखण्ड की देख रेख सीधे मुख्य सचिव के पास चली गई और व्यवहारिक उत्तरदायित्व अतिरिक्त आयुक्त श्री गुप्त के कुशल हाथों में आया और जिलों की सर्वतोमुखी ज़िम्मेदारी अविभाजित कुमाऊँ के पुराने अनुभवी तीन सहायक विकास आयुक्तों के कन्धों पर जिलाधीश के रूप में जा पड़ी। वे है - श्री जीवन चन्द्र पांडे (पिथौरागढ़) श्री एस.पी. वाटल (चमोली) और श्री उषापति भट्ट (उत्तरकाशी) जिला हेडक्वार्टर के स्थान को लेकर शुरू में चमोली एवं उत्तरकाशी में कुछ असंतोष रहा लेकिन पिथौरागढ़ में श्री जीवन चन्द्र पांडे आरम्भ से ही लोकप्रिय रहे।

कुमाऊँ मंडल के नये कमिश्नर श्री प्रकाश कृष्ण के आने पर प्रशासन एवं विकास दोनों में नवजीवन एवं नवस्फूर्ति का संचार हुआ। श्री प्रकाश कृष्ण ने स्वयं इन जिलों के विकास संबधित कई योजनाएँ सरकार को प्रस्तुत की। नये सहायक विकास आयुक्त श्री प्रकाश चन्द्र त्यागी की कर्मठता ने कुमाऊँ मण्डल के ऊँधते विकास को नवजागरण प्रदान कर उसे गतिमान बनाया। जिला नैनीताल में जिलाधीश श्री जोशी के आने पर जिले का काला प्रशासन समाप्त हुआ और जिले में शांति एवं नवीन आशाओं का अभ्युदय हुआ। अल्मोड़ा में मुख्यमंत्री श्री चन्द्रभानु गुप्त के रानीखेत दक्षिण से विजयी होने पर जिले के प्रशासन के प्रति व्याप्त असंतोष सद्भाव में परिणित हो गया। सक्रियता एवं सफलताओं को ध्यान में रखते हुये पहाड़ी जिलों में जिला नैनीताल नियोजन अधिकारी श्री बी.एन.पी. सिंह के कारण सर्वप्रथम, एवं जिला अल्मोड़ा द्वितीय, कहा जा सकता है। अन्तरिम जिला परिषदों में नैनीताल में श्री श्याम लाल वर्मा अल्मोड़ा में श्री गोवर्द्धन तिवाड़ी गढ़वाल में श्री सकलानन्द डोभाल और टिहरी गढ़वाल में श्री सत्य सिंह राणा के अनुभवी हाथों में विकास बागडोर आने से आशायें और भी उजली हो गई। फलस्वरूप कुमाऊँ एवं उत्तराखण्ड में बड़े छोटे अधिकारी कर्मचारी एवं जनता मधुमक्खियों की भांति इन पर्वतीय जिलों के नव निर्माण में तत्पर एवं तल्लीन हैं।

आज ४६ विकास क्षेत्र कुमाऊँ मंडल को खुशहाली की ओर अग्रसर कर रहे हैं और सारा उत्तराखण्ड विकास खण्डों से छा चुका है। सारे पर्वतीय क्षेत्रों में ग्राम सभाओं के लगभग ७००० ग्राम प्रधानों का नवनिर्वाचन इसी वर्ष हुआ है जिससे इन क्षेत्रों में भी सत्ता के विकेन्द्रीकरण और पंचायती राज्य की नीवं पड़ चुकी है। फलस्वरूप जनकल्याण के लिए विकास की गतिशिलता प्रदान करने की दिशा में अब नये उत्साह और नई उमंग के साथ जन सहयोग अग्रसर होगा।

इन क्षेत्रों की प्रमुख समस्या खाद्यान्न की है इस दिशा में कृषि विभाग सचेष्ट है ओर १९५१ में जहां अन्न का उत्पादन ५१६६६५ टन था उसे तृतीय योजना के अतं तक ६८६६३९ टन करने का लक्ष्य है। इसी प्रकार गन्ना तथा अन्य विक्रय फसलों का उत्पादन निरन्तर बढ़ाया जा रहा है। कृषि उत्पादन बढ़ाने में जिला नैनीताल अग्रणी रहा है। जिसका श्रेय वहां के कुशल कृषि अधिकारी श्री के सी.डे. को जाता है। कृषि उत्पादन बढ़ाने के लिये सिंचाई प्रथम आवश्यकता हैं। सिंचाई विभाग के प्रयत्नों से इन जिलों के १७०९९७७

एकड़ कृषि योग्य भूमि में से द्वितीय योजना के अंत तक १७८८.६ एकड़ में सिंचाई हो सकती थी और तृतीय योजना के अंत तक २७५९३३ एकड़ को सिंचित क्षेत्र बना दिया जायेगा। यह एक शुभ लक्षण ही नहीं सराहनीय प्रयत्न है।

किन्तु अन्न उत्पादन में आत्म निर्भरता इन क्षेत्रों के लिये असंभव नहीं तो कठिन अवश्य है। इसलिए विकल्प के रूप में फलोत्पादन पर अधिक बल दिया जा रहा है और आज १९६१ की तुलना में पहाड़ी जिलों का फलोत्पादन ५०% बढ़ गया है। अन्तरनिर्भरता के युग में पर्वतीय क्षेत्र यदि अन्न उत्पादन के बजाए फलोत्पादन में विशेष रूचि लें तो वे अधिक लाभान्वित होंगे। फल उपयोग विभाग को लोगों के रूख को इस दिशा में ढालने के लिए एक प्रवीण प्रचार शाखा खोलनी चाहिये। एवं फल-उद्योग, जिसके प्रसार के लिए अपार भूमि है को आज की अपेक्षा कई गुना व्यापक किया जाना चाहिये। जड़ी बूटियों का उद्योग भी बढ़ाया जाना चाहिये। उत्तराखण्ड में १२.६१ लाख जड़ी-बूटियों व १०.०५ लाख फल उत्पादन हेतु रखा गया है कुमाऊँ में भी इसी प्रकार उदार बजट होना चाहिए। तृतीय योजनाकाल में पशुपालन का सहायक निदेशक कार्यालय विगत वर्ष बरेली के साथ लिया दिया गया था किन्तु पुनः क्षेत्रीय कार्यालय नैनीताल ही कर दिया गया है जो एक स्वागत योग्य कदम है। उत्तराखण्ड के लिए ७० लाख रू० तृतीय पंचवर्षीय योजना के अन्तर्गत एतदर्थ रखा गया है जो आवश्यकता को देखते हुये पर्याप्त नहीं है। कुमाऊँ क्षेत्र में भी भेड़ पालन को प्रोत्साहन मिले तो यहां सन् १९३८ से चल रही पर्वतीय ऊन योजना को कच्चा माल मिलेगा। वह आज की भांति आस्ट्रेलियन एवं तिब्बती ऊन की परमुखापेक्षी न रहकर आत्मनिर्भर होगी और उसमें स्थायित्व आयेगा। पहाड़ों में ६ औद्योगिक संस्थानों की योजना और उत्तराखण्ड के लिए कुटीर उद्योग के विकास के लिए १२५ लाख रूपया निर्धारित करना आशा वर्द्धक है लेकिन पर्वतीय क्षेत्रों में व्यापक पैमाने पर व्याप्त बेरोजगारी को ध्यान में रखते हुये यह 'ऊंट के मुंह में जीरे' के समान है। इससे भी अधिक आवश्यकता है यहां के लोगों के मस्तिष्कों का औद्योगिकीकरण करना, जिस ओर उद्योग विभाग को विशेष सफलता प्राप्त हुई अभी तक दृष्टिगोचर नहीं होती। क्योंकि जो कुछ धनराशि ऋण अनुदान तथा दूसरे रूप में इन क्षेत्रों के लिये निधार्रित होती भी है उसके लिये भी लोग लालायित नज़र नहीं आते। क्यों? यह उद्योग विभाग के लिये एक विचारणीय प्रश्न है। हर जिले में कुछ बड़े उद्योग भी स्थापित किये जाने चाहिये ताकि यहां व्याप्त बेरोजगारी दूर हो सके।

पर्यटन पर्वतीय क्षेत्रों का प्रमुख उद्योग हो सकता है। पर्यटन विभाग के बहुमुखी प्रयत्नों और श्री के.सी. मिश्रा, क्षेत्रीय पर्यटन अधिकारी की विशिष्ट रूचि, कार्यपटुता एवं सुयोग्यता के फलस्वरूप हर वर्ष पर्यटकों की संख्या वृद्धि पर है किन्तु जब तक पर्यटन को यहां का एक प्रमुख उद्योग मानकर आर्थिक सहायता होटल -रेस्टोरेन्ट एवं अन्य पर्यटन- उद्योगरत लोगों को उदारतापूर्वक नहीं दी जाती ये क्षेत्र एक प्रमुख उद्योग के विकास से वंचित ही रहेंगे।

पर्वतीय क्षेत्रों के औद्योगिक विकास की दिशा में वनों का महान-महत्व एवं वन विभाग की बड़ी ज़िम्मेदारी है। "वन -वनों के लिये" नहीं वरन् "वन-जनता के लिए" का रूख अपनाया जाना चाहिए और वनीय कच्चा माल इन्हीं क्षेत्रों में स्थापित होने वाले छोटे बड़े उद्योगों को उदारता-पूर्वक दिया जाना चाहिए ताकि जहां वन वर्षा, संरक्षण आदि प्रदान करते हैं वहां यहां के लोगों का पालन भी कर सकें। वन विभाग को एक उपयोगिता-शाखा

खोलकर इस दिशा में सचेष्ट होने की आवश्यकता है क्योंकि वन इन क्षेत्रों की प्रमुख निधि हैं। खानों के खदान की ओर भी उदार नीति होनी चाहिए।

किसी क्षेत्र के विकास के लिए परिवहन साधनों की पर्याप्तता नितान्त आवश्यकता है। इस ओर सार्वजनिक निर्माण विभाग की उपलब्धियां श्लाध्य है। ३१ मार्च १९६१ तक पहाड़ी जिलों में १७३७ मील लम्बी सड़कें थी जो तृतीय योजना के अंत तक २०७९ मील हो जायेंगी उत्तराखण्ड में तृतीय योजनाविधि में ११९२.८१ लाख रू० सड़क निर्माणार्थ रखा जाना एक उत्सावर्द्धक निर्दिष्ट है।

आज के पूंजीवादी एवं समाजवादी अर्थव्यवस्था का रस्सा-कशी के युग में जन-जीवन को शांतिमय समृद्ध एवं सुखी बनाने के लिये सहकारिता एकमात्र साधन है। कुमाऊँ उत्तराखण्ड में इस समय ५००० सहकारी संस्थायें हैं जिसमें जिला सहकारी बैंक, क्षेत्रीय विकास संघ उपभोक्ता भंडार प्रारम्भिक समितियाँ आदि हैं। पर्वतीय जिलों में १२५६ साधन समितियां १२, क्रय-विक्रय, व ८१ ऋण-सहकारी समितियाँ है। सहकारिता आन्दोलन में भी नैनीताल अग्रणी है।

जन-स्वास्थ्य की दिशा में तराई-भावर तथा पहाड़ों में घाटी क्षेत्रों से मलेरिया उन्मूलन स्वास्थ्य विभाग की महान सफलता है। पेयजल की कमी वाले ६६% गांवों में पेय जल योजनाएँ पूरी हो चुकी हैं मुख्यमन्त्री श्री चन्द्रभानु गुप्त की व्यक्तिगत पहल पर पहाड़ी क्षेत्रों में जन सहयोग का अन्तर ५०% से घटाकर १०% इन योजनाओं के लिए कर दिया गया।

शिक्षा के क्षेत्र में आशातीत प्रसार हुआ है प्राइमरी स्कूल, जूनियर हाईस्कूलों की संख्या में पर्याप्त वृद्धि हुई और छात्र एवं छात्राओं की संख्या में कई जगह सन् ४७ की तुलना में १० से १५ गुना वृद्धि हुई है। नैनीताल, श्रीनगर (गढ़वाल) हल्द्वानी में डिग्री कॉलेज खुले तथा पिथौरागढ़ एवं टिहरी में डिग्री कॉलेज स्थापित होने जा रहे हैं। नैनीताल में कुमाऊँ विश्वविद्यालय की स्थापना के महान लक्ष्य की पूर्ति तृतीय योजना में है और रूद्रपुर में एशिया में अपने ढंग का एकमात्र कृषि विश्वविद्यालय स्थापित हो चुका है जहां शिक्षा पर इतना बल दिया जा रहा हैं, ललित कलाओं के विकास की ओर इन क्षेत्रों में विशेष ध्यान नहीं जा पाया है। केवल विकास खण्डों में लोकनृत्य-गीतों मात्र के संकलन या प्रदर्शन के लिये कुछ सांस्कृतिक टोलियां आयोजित हैं, लेकिन न कोई ललित कलाओं की सुव्यवस्थित शिक्षा की ढंग की संस्था हैं और ना सांस्कृतिक केन्द्रों को इस योग्य सहायता और प्रोत्साहन ही मिल पा रहा है कि वे लोक कला के विकास की दिशा में समुचित प्रगति कर सकें।

यदि विकास की गति में कुछ और तीव्रता लाई जाए, विकास के प्रयत्नों के स्वरूप में कुछ सुधार किया जा सका और विभिन्न योजनाओं के द्वारा भौतिक विकास के समानांतर ही कला के द्वारा इस क्षेत्र का मानसिक विकास एवं उत्पादन किया जा सका तो वह दिन दूर नहीं जब हमें पर्वतीय प्रदेश के उस शाँति, सुखी एवं समृद्ध चित्र के दर्शन होंगे जिसकी कल्पना ये क्षेत्र स्वतत्रंता के सुप्रभात से करते आ रहे हैं।

४ फरवरी १९६१
... ऐसी ही बातें प्रशासन द्वारा हो रही हैं जिससे जनता में असंतोष ...

ऐसी ही बातें प्रशासन द्वारा हो रही हैं जिससे जनता में असंतोष बढ़ता जा रहा है।

प्रधानमंत्री तथा रक्षा मंत्री के अनुसार सीमा सैनिक रखी व्यवस्था के साथ आंतरिक जनसंतोष भी अतिआवश्यक है। यदि सीमावर्ती क्षेत्रों में संतोष देने वाली खुशहाली जानी है तो इन क्षेत्रों का तीव्रतर विकास आवश्यक है जो उ.प्र. के साथ रहकर हो पाना असंभव नहीं तो मुश्किल अवश्य है।

इसलिए उ.प्र. के पहाड़ी जिलों को हिमाचल प्रदेश के साथ मिलाकर एक सीमान्त प्रदेश बना दिया जाए और पहाड़ी क्षेत्रों के विकास के लिये एक पृथक नियोजन आयोग बनाया जाए।

पर्यटन का विकास-विघात-विनाश (बिष्णुदत्त उनियाल)
वर्ष १० अंक ९ ३१ मई १९६२ (पृ. स.-१ शेष ४ साप्ताहिक पर्वतीय)

उत्तर प्रदेश सरकार का पर्यटन नीति का पहाड़ी जिलों में पर्यटन पर........... विकासक, विघातक और विनाशक......... तिकोना प्रभाव हो रहा है।

पर्यटन के विकास के लिये कई प्रयास राज्य सरकार द्वारा किए गए हैं। नैनीताल में एक क्षेत्रीय पर्यटक कार्यालय के अतिरिक्त हर जिले में सब रीजनल टूरिस्ट व्यूरो स्थापित किए गए हैं। जहां से पर्यटकों को प्रत्यक्ष पधारने या पत्र-व्यवहार द्वारा यहां की सौन्दर्य स्थलियों के विषय में तथा वहां पहुँचने वाले मार्गो पर प्राप्त होने वाली विश्राम, कुली योजना प्रबन्ध आदि के सम्बन्ध में जानकारी प्राप्त होती हैं। भारी संख्या में नित्य स्वयं पर्यटकों का या उनके पत्रों का इन कार्यालयों पर लगा ताँता उनकी उपयोगिता स्वयं सिद्ध करता है।

पर्यटक विभाग द्वारा यत्र-तत्र पर्यटक गृहों, आर्थिक सहायता प्रदत्त विश्राम गृहों, लॉग केबिनों के निमार्ण करने तथा उन्हें आधुनिकतम साज सज्जा, फर्नीचर तथा क्रॉकरी से सुसज्जित करने एवं पर्यटकों को हर प्रकार की आवास, भोजन एवं यातायात संबधी जानकारी व सुविधायें प्राप्त करवाने से पहाड़ी क्षेत्रों की ओर, अधिकाधिक पर्यटकों का ध्यान आकर्षित होने लगा है। फलस्वरूप सन् १९५२ में जहां ५७६८६ पर्यटक नैनीताल, रानीखेत, अल्मोड़ा आये थे वहां सन् १९६०-६१ में १३५००० पर्यटक आये थे और विगत वर्ष १९६१-६२ में पर्यटकों की संख्या १३८००० थी।

बाधक नीति

किन्तु पर्यटन विभाग की कुछ नीतियाँ ऐसी भी हैं जो इन क्षेत्रों में पर्यटन के विकास में बाधक मात्र सिद्ध होती हैं। सर्वप्रथम वह विभाग की प्रचार नीति हैं जिस पर इन क्षेत्रों की ओर पर्यटकों को आकर्षित करने का उत्तरदायित्व आता हैं। आज जून के प्रथम सप्ताह तक 'रीजनल टूरिस्ट' ब्यूरो को विगत वर्षों की भाँति प्रचार बजट नहीं दिया गया और जो सामयिक और समुचित प्रचार 'रीजनल टूरिस्ट ब्यूरो' करता था वह नहीं किया गया। प्रचार को

लखनऊ ही केन्द्रित करने का प्रयत्न किया गया है। उपायुक्त (पर्यटन) का प्रचार कार्यालय इतना निकम्मा और अशिष्ट है कि वह समाचार पत्रों के पत्रों तक का उत्तर देने की शिष्टता नहीं बरतता। इस वर्ष प्रचार लखनऊ से २९-३० अप्रैल के देश भर के दैनिक पत्रों में बड़े दूषित और अनुभवहीन ढंग से किया।

उस विज्ञापन में नैनीताल में सरकार के 'सस्ते' आवास की प्राप्ति के लिये 'रीजनल टूरिस्ट ब्यूरो' से सम्पर्क करने को कहा गया जबकि आवास का वितरण अधिकार स्टेट ऑफिसर के पास लखनऊ था। फलस्वरूप 'सस्ते' आवास के लालच में निम्न मध्यम वर्ग भारी संख्या में नैनीताल आया या उन्होंने सम्पर्क स्थापित किया लेकिन उनके पत्र नैनीताल से लखनऊ और फिर नैनीताल कई दिन घूमते ही रह गए। जो स्वयं आये थे निराश होकर २-३ दिन के बाद लौट गये। सारे आवास वितरण का अधिकार नैनीताल स्थित अधिकारियों को ही होना चाहिये।

सबसे ज्यादा जरूरत है नैनीताल आये हुए पर्यटकों को सुदूर सौंदर्य स्थली की ओर जाने को प्रोत्साहित करने की। लेकिन नैनीताल में ऐसी कोई प्रचार व्यवस्था इस वर्ष नहीं की गई। फलस्वरूप अल्मोड़ा इस वर्ष पर्यटक जा ही नहीं रहे हैं और रानीखेत भी ५०% मकान व होटल आज भी खाली हैं।

नैनीताल व रानीखेत में भारी संख्या 'रेंटेड' आवास पर्यटक विभाग मामूली लागत से प्राप्त करवा सकता था ताकि निम्न मध्यम वर्ग को आवास की मँहगाई से बचाया जा सकता लेकिन इधर विभाग का ध्यान नहीं गया।

रोडवेज के पास केवल ९ कारे हैं जो विशिष्ट व्यक्तियों की ही प्रतीक्षा में खड़ी रह जाती हैं। कारों की संख्या कम से कम मई जून में यहां ३० होनी चाहिये और वह नैनीताल-रानीखेत-अल्मोड़ा-काठगोदाम सभी स्टेशनों पर उद्गम रूप से प्राप्त होनी चाहिए अन्यथा सभी रूटों के लिये टैक्सी कारें के.एम.ओ.यू. के अन्तर्गत बड़ी संख्या में दे दी जायें।

प्रमुख उद्योग माना जाए

पर्यटन को एक उद्योग मानकर सर्वत्र छोटे छोटे होटलों, आवासों, रेस्टोरां तथा जलपान गृहों के लिए तथा पर्यटन सम्बन्धी कार्यों के लिए प्राप्य सुविधा होनी चाहिए ताकि सुदूर पर्वतीय स्थानों में भी स्वच्छ व आधुनिक भोजन तथा आवास प्राप्त हो सके। आर्थिक सहायता के अभाव में पयर्टन के विकास में भारी बाधा खड़ी हैं। क्योंकि जो पर्यटक एक बार सुदूर स्थानों में जाता है वह विद्यमान असुविधाओं के कारण वहां दुबारा नहीं जाता।

इंडियन एअर लाइन्स

हवाई सेवाओं का श्रीगणेश पर्यटन के विकास में एक महत्व पूर्ण सहयोग है, लेकिन टूरिस्ट विभाग के बजट में से २५०००० रू० की राशि का अनुदान इण्डियन एयर लाइन्स को देकर वह हमारे पर्यटनात्मक विकास में विघातक सिद्ध हो रहा हैं। यदि इंडियन एअर लाइन्स के बदले राजस्थान की तरह कलिंगा एअर सर्विस (जो बिना सरकारी आर्थिक सहायता के चलने को तैयार है) यहां भी आमंत्रित की जाए और उस अनुदान की २५००००) की राशि को यहां के पर्यटन उद्योगरत लोगों को प्रतिवर्ष अनुदान के रूप में दिया जाए तो उससें पर्यटन को भारी प्रोत्साहन मिले बिना नहीं रहेगा।

विनाशकारी कदम

पर्यटन के लिए विकासक और विघातक प्रयासों के अतिरिक्त कुछ पर्यटन की विनाशकारी नीति भी अनजाने में उत्तर प्रदेश सरकार अपना रही है। पर्यटन को परिवहन के अन्तर्गत डालना प्रमुख विनाशकारी नीति है। हमारा पर्यटन विभाग सबसे पहले से कार्य कर रहा है लेकिन आज राजस्थान, बिहार, हिमाचल प्रदेश हमारे समकक्ष हैं और पंजाब हमसे आगे बढ़ गया हैं। पर्यटन को परिवहन के अंतर्गत रखकर रोडवेज की आय वृद्धि का साधन बनाने का प्रयत्न के लिए महा विनाशकारी प्रयोग सिद्ध होगा और हमारा प्रदेश पर्यटन में भी सबसे ज्यादा पिछड़ा ही रह जायेगा। कुमाऊँ रोडवेज की जो दुर्दशा हो रही है और जो स्वयं को नहीं संभाल पा रहा है पर्यटन को उनके साथ जोड़ना पर्यटन का नाश करना है।

पर्यटन का अन्य कई प्रदेशों की भाँति और केन्द्र की भाँति एक पृथक निदेशालय होना चाहिये फिर चाहे वह परिवहन मंत्री के पास हो या किसी अन्य मंत्री के पास पहाड़ों में पर्यटन को बढ़ाने के हित में पर्यटन विभाग मुख्यमंत्री या किसी पर्वतीय मंत्री के पास रखा जाए। अन्यथा वर्तमान स्थिति में पर्यटन का विनाश हुये बिना नहीं रहेगा।

विकास और उत्तर प्रदेश के पर्वतीय जिले

वर्ष- १४, अंक-९, ११ मार्च १९६६ (पृष्ठ ३, साप्ताहिक पर्वतीय)

उत्तर प्रदेश सरकार का वर्ष १९६६-६७ का बजट बनकर तैयार हो चुका है। पिछले कई वर्ष से राज्य के पर्वतीय जिलों की आर्थिक स्थिति में सुधार के लिए हमारे विधायकों द्वारा उत्तरप्रदेश विधानसभा व संसद में, 'डिवीजनल प्लानिंग कमेटियों' और जिला परिषदों में विशेष योजना लागू करने की मांग की जाती रही है। किन्तु अभी तक पर्वतीय जिलों की न्यायोचित्त आवाज सरकार की फाइलों में बन्द पड़ी है। आगामी बजट से भी इन जिलों को निराशा ही दिखाई दे रही है।

देश रक्षा हेतु प्राणों की आहूति देने वालों में सर्वाधिक संख्या इस प्रदेश के वीर जवानों की रही, उत्पादन वृद्धि में श्री आन्नद बल्लभ बेलवाल रामनगर श्री तारा सिंह (उत्तरकाशी) और श्री देव सिंह बोहरा, वि. क्षेत्र मूनाकोट पिठौरागढ़ ने राज्य स्तरीय पुरस्कार प्राप्त करके दिखा दिया कि कुमाऊँ-उत्तराखण्ड क्षेत्र सरकार के प्रत्येक कार्यक्रम को सफल बनाने में अपनी ओर से पूरा प्रयास करता है, सुरक्षा कोष में योगदान, अल्प बचत में धन जमा करने आदि में भी इस क्षेत्र का अग्रणीय स्थान रहा है।

किन्तु इस बात पर सभी क्षेत्रों में खेद है कि पर्वतीय जिलों को स्वालम्बी आर्थिक स्थिति पैदा करने की ओर जनता को सरकार से कोई विशेष सहायता नहीं मिली। अपने विधायकों और अपनी संस्थाओं के माध्यम से सरकार तक पहुंचाई गयी यहाँ की जनता की आवाजें आज भी उत्तर प्रदेश सचिवालय में प्रतिध्वनित हो रही हैं किन्तु उस पर अमल कौन करे! क्योंकि वहां तो अधिकांश मंत्रीगण अपनी सम्मानपूर्ण कुर्सी बचाने में ही अधिक व्यस्त हैं।

इस प्रकार पर्वतीय जिलों में यह भावना पैदा होना कुछ आश्चर्यजनक नहीं कि उत्तर प्रदेश सरकार देश के सीमान्त क्षेत्रों में स्थित भू-भाग के आर्थिक विकास की ओर से उदासीन है। केन्द्रीय सरकार द्वारा सीमांत जिलों

के विकास हेतु प्रदत्त २८ करोड़ की एक चौथाई धनराशि कहाँ गई? यहाँ के सीमांत जिलों में लगभग २८ करोड़ रू० ही जैसे-तैसे व्यय हो पाया है।

गढ़वाल के चारों जिलों का संयुक्त महासम्मेलन एक अत्यंत सामयिक और महत्वपूर्ण आयोजन है जिसमें पर्वतीय जिलों के आर्थिक व सामाजिक विकास की सम्भावनाओं और समस्याओं पर विचार होगा। सारे कुमाऊँ के विधायकों और जनप्रतिनिधियों को भी इस वृहद सम्मेलन में सक्रिय सहयोग देना चाहिए, जिससे सम्मेलन के निश्चयों को तो अधिक बल मिलेगा ही साथ ही पुरानी रूढ़ियों को समाप्त कर एक नये पारस्परिक सहयोग एवं एकतापूर्ण वातावरण का सृजन होगा।

जन-अभिचेतना के प्रतीक इस प्रथम अन्तर्जिला सम्मेलन की सफलता पर ही बहुत कुछ पर्वतीय जिलों का सुदृढ़ आर्थिक भविष्य निर्भर करता हैं। सभी राजनैतिक दलों, सहकारी संस्थाओं और प्रवासी संस्थाओं द्वारा आपसी मतभेदों के बावजूद एकजुट होकर इस बात पर गम्भीरता से विचार करना चाहिए इन जिलों का सामाजिक व आर्थिक स्तर बढा़ने के लिए उन्हें क्या करना चाहिए?

सरकार के अब तक के रूख को देखते हुए इस बात की अधिक आशा नहीं की जा सकती कि सम्मेलन के निर्णयों पर उस दृष्टिकोण से विचार और अमल हो, जैसा कि यहाँ की विशेष भौगोलिक स्थितियों को देखते हुए होना चाहिए। अतः प्रतिनिधियों को इस पृष्टभूमि पर विचार करना चाहिए कि सरकार पर निर्भर किये बिना इस प्रदेश का आर्थिक विकास किस प्रकार हो। सम्मेलन में जिलों की विवादग्रस्त राजनीति और अंदरूनी मसले नहीं होने चाहिए अन्यथा सम्मेलन का असली उद्देश्य पूरा नहीं हो पायेगा।

सहकारी यातायात - पर्यटन विकास

वर्ष-१४, अंक- १२, १ अप्रैल १९६६ (पृष्ठ ३, साप्ताहिक पर्वतीय)

गत १८ व १९ मार्च को कुमाऊँ और उत्तराखण्ड की सहकारी विचार गोष्ठी हुई। गोष्ठी में इन क्षेत्रों के सहकारिता अभियान को अधिक व्यापक बनाने के लिए कई ऐसे प्रस्ताव पारित हुए जिन पर उत्तर प्रदेश सरकार को विशेष ध्यान देना चाहिए।

ऐसे ही प्रस्तावों में प्रमुखतया उल्लेखनीय है सहकारी यातायात समितियों को प्रोत्साहन देने का निर्णय और पर्यटन विकास का दायित्व इन सहकारी यातायात समितियों को सौंपना। यातायात का राष्ट्रीय करण एक सराहनीय कार्य है किन्तु प्रजातंत्रात्मक व्यवस्था के अंतर्गत यह और अधिक श्रेयस्कर है कि कार्य सहकारी समितियों को सौंपकर जनता को स्वावलम्बी बनने की ओर प्रोत्साहित किया जाए। पर्वतीय जिलों की पिछड़ी आर्थिक स्थिति के कारण कुमाऊँ-उत्तराखड में यह कार्य सहकारी संस्थाओं को सौंपा जाना और भी आवश्यक है।

पर्यटन विकास का कार्य अभी तक सरकार द्वारा स्वयं किया जा रहा है किन्तु यह कार्य यदि गैर सरकारी संस्थाओं द्वारा होता तो पर्यटन उद्योग और अधिक विकसित हो सकता था। प्रश्न है कि विश्वविख्यात श्री बदरी केदार धाम और हरिद्वार से गंगोत्री-यमनोत्री के बीच सरकार के पर्यटन विभाग ने क्या सहूलियतें दी हैं ? सरकारी

क्षेत्रों से उत्तर होगा कि ये तो धार्मिक स्थान है। और सरकार क्योंकि धमनिरपेक्ष है इसलिए इन स्थानों के लिए वित्तीय अनुदान किया जाना संभव नहीं है। सही अर्थों में देखा जाए तो सरकारी परिभाषा में संभवतः पर्यटक वे ही समझे जाते हैं जो प्रचलित मूल्यों की दरों से अधिक जायज-नाजयज पैसे दे दें, शराब और विदेशी नृत्यों के शौकीन हों और उनके व्यवहारों से स्थानीय लोगों में हीन भावना का सृजन हो।

मामूली सी विदेशी मुद्रा अर्जन की दृष्टि से 'पर्यटन' को एक सीमित दायरे में बाँध देना औचित्यपूर्ण नहीं। पर्यटन उद्योग का सही संचालन एवं विकास तभी हो सकता है जबकि यह कार्य यातायात से सम्बद्ध करके सहकारी संस्थाओं को सौंप दिया जाए और सरकार सहकारी संस्थाओं को रमणीक स्थानों पर होटल, निवासगृह आदि बनाने के लिए अनुदान दे।

इसके अतिरिक्त यह भी आवश्यक है कि जिन मार्गों के लिए सहकारी संस्थाएँ कार्य कर रही हैं, वहाँ सरकारी या व्यक्तिगत लोगों को परमिट नहीं दिये जाने चाहिए। कुमाऊँ उत्तराखण्ड में चार सहकारी यातायात संस्थायें इस समय संतोषजनक ही नहीं बल्कि सराहनीय ढंग से कार्य कर रही है। उनके विकास में सरकार को सहायता देनी चाहिए।

सहकारिता के आधार पर उत्तर प्रदेश में सर्वप्रथम यातायात एवं पर्यटन के विकास का कार्य यातायात एवं पर्यटन विकास सहकारी संघ, मुनि की रेती ने प्रारम्भ किया था। इस संस्था को सभी प्रमुख एवं रमणीक स्थानों पर विश्रामग्रह, शौचालय, पेयजल आदि व्यवस्थाओं के लिए उदारता पूर्वक अनुदान दिया जाना नितांत आवश्यक है; क्योंकि ऋषिकेश से लेकर गंगोत्री-यमुनोत्री और बद्रीनाथ तक यात्रियों के रात्रि विश्राम हेतु सरकार की ओर से अभी तक कोई व्यवस्था न किया जाना पर्यटन में एक प्रमुख बाधा है।

केन्द्र शासित, पृथक या विलय ?

वर्ष १४ अंक २२ १० जून १९६६ (पृ0 स. ३ साप्ताहिक पर्वतीय)

पंजाब के पुनर्गठन के फलस्वरुप पंजाब के ५ पहाड़ी जिले कुल्लू, काँगड़ा, शिमला लाहौल तथा स्पीति हिमाचल प्रदेश में मिला दिये जायेंगे। जम्मू कश्मीर, हिमाचल प्रदेश, नागालैण्ड पहले ही पृथक राज्य हैं। आसाम के पहाड़ी जिले पहले ही विशेष स्थिति प्राप्त हैं। अब भारत की उत्तरी सीमा बनाने वाले पर्वतीय क्षेत्रों में केवल उत्तर प्रदेश के ही पहाड़ी जिले ऐसे रह गए हैं जो मैदानी क्षेत्रों के साथ दुम की तरह जुड़े हुए हैं। वे क्षेत्र यह अनुभव करते हैं कि उनकी स्थिति उत्तर प्रदेश के साथ पिछलग्गू से ज्यादा नहीं है। उनकी आवाज इतने बड़े उत्तर प्रदेश में नक्कार खाने में तूती की आवाज मात्र है और वही कारण है कि उनका जितना विकास होना चाहिये था उतना नहीं हो पाया है। कई वर्षों से पहाड़ी क्षेत्रों के पृथक नियोजन की मांग भी अनसुनी रह गई। आज स्थिति यह है कि पहाड़ी क्षेत्रों के किसी नेता से पूछिए इन क्षेत्रों के लिए किस योजना व कितनी राशि का प्रावधान था और आगे चौथी योजना में क्या है तो सभी सिर हिला देते हैं। पड़ोस में हिमाचल प्रदेश में खुशहाली की गति को देखकर मन ही मन सभी यह मानते हैं कि हमारे पड़ोसी जिलों की विकास की गति बहुत धीमी है और शायद हमारी आने वाली ही कोई पीढ़ी देख पायेगी कि स्वतंत्रता में खुशहाली क्या और कैसे होती है।

रामनगर में कांग्रेस सम्मेलन चल रहा है। वहां यह आवाज उठने की सम्भावना है कि इन जिलों को पृथक राज्य या केन्द्र शासित कर दिया जाए ताकि ये उत्तर प्रदेश के गुट-ग्रस्त राजनीतिकों की सैरगाह मात्र न रहकर हिमाचल की भांति प्रगति के पथ पर अग्रसर हो और कहीं चल के उन्हें खुशहाली की झलक दिखे। कई नेता इस सम्मेलन में इसीलिए जाते डरते हैं। इस सम्मेलन में कुछ प्रभावशाली नेताओं के भय से कार्यकत्ताओं की आवाज टिकट के चक्कर में कदाचित न भी उठे लेकिन पर्वतीयजन की भावना अधिक देर उत्तर प्रदेश के शासकों द्वारा दबाई नहीं जा सकती।

मुख्यमंत्री श्रीमती सुचेता कृपलानी ने रानीखेत में पत्रकारों के सम्मुख यह माना है कि इन क्षेत्रों का विकास जितना होना था उतना नहीं हो पा रहा है। लेकिन आपने उनके पृथक राज्य की व्यवहारिकता को भी सम्भव नहीं बताया। अप्रत्यक्ष रूप से मुख्यमंत्री ने इन क्षेत्रों में अनुभव की जाने वाली भावना का सर्मथन ही किया है जब विगत १८ वर्ष और ३ योजनाओं के उपरान्त इन क्षेत्रों में संतोष जनक गति से प्रगति नहीं हो पाई जब कि यहीं के निवासी पंडित पंत मुख्यमंत्री थे, पहाड़ों के मित्र चन्द्रभानु गुप्त मुख्यमंत्री थे और पहाड़ों के शुभ चिन्तक और पहाड़ों में वानप्रस्थ लेने के इच्छुक डाक्टर सम्पूर्णानन्द मुख्यमंत्री थे।

अब जब न मंत्रीगण पहाड़ों की तरफ झाँकना चहाते हैं न सरकार पहले की तरह पहाड़ आती है और जब प्रदेश के विधायक पहाड़ों पर समितियों की बैठक तक करना पंसद नहीं करते तो वे क्या पहाड़ों को समझेंगे और क्या यहां की समस्याएं समझेगे कैसे पहाड़ों के प्रति उनकी हमदर्दी और रूचि होगी, कैसे पहाड़ों का विकास होगा और कैसे यहां खुशहाली आ सकेगी ? अब तक गुड़ नहीं मिलता या गुड़ की सी बातें तो सुनने को मिलती थी लेकिन अब तो लखनऊ के बड़े लोग गुड़ की सी बातें भी तो हर एक से नहीं करते।

ऐसी स्थिति में केन्द्र शासित या पृथक राज्य या हिमाचल के साथ विलय की मांग का बल पकड़ना स्वाभाविक ही है, और वह दिन दूर नहीं जब इन क्षेत्रों के साथ भी न्याय होगा।

सीमांत जिले और लोक सेवा आयोग

वर्ष-१४, अंक-३६, १६ सितम्बर १९६६ (पृष्ठ ३, साप्ताहिक पर्वतीय)

उ. प्र. के पर्वतीय जिलों में "लाख दुखों की एक दवा" के रूप में भी सभी मौजूदा कठिनाईयों के निराकरण हेतु "पृथक अथवा केन्द्र शासित राज्य" की स्थापना एक मात्र हल समझा जा रहा है। इन जिलों में उपलब्ध स्थानीय प्रसाधनों के इस प्रकार उपयोग की परम्परा रही है जिनसे न यहां का विकास हो और न ही लोगों में आर्थिक आत्मनिर्भरता झांक सके। सुदूर बड़े-बड़े नगरों में आज भी घरेलू नौकरों की पूर्ति हेतु पहाड़ों को विशेषतः याद किया जाता है, यह बात घिसते-पिटते काफी पुरानी हो चली है, लेकिन लोक-कल्याणकारी शासन व्यवस्था में इसका हल अब तक न निकल सका।

उत्तरकाशी के विधायक ठा. कृष्णसिंह ने हाल ही में एक लिखित पत्र द्वारा सरकार को एक गम्भीर आशंका से सचेत किया है कि सीमांत क्षेत्रों में शिक्षित एवं विकसित मस्तिष्क के युवकों का बेकार रहना राष्ट्र के हित में नहीं है, अवांछित तथा राष्ट्रद्रोही तत्व इस प्रकार की परिस्थितियों से अनुचित लाभ उठा सकते हैं जिसके कारण अनावश्यक संकट उत्पन्न होने की भी सम्भावनायें हो सकती हैं।

शिक्षित व्यक्तियों के बेकार रहने अथवा भविष्य के प्रति निराशाजनक रूख अपना लेने का कारण विधायक ने बताया है कि पर्वतीय एवं सीमांत जिलों के अंचल में 'पब्लिक सर्विस कमीशन' उ.प्र. एवं 'यूनियन पब्लिक सर्विस कमीशन' की सूचनायें या तो पहुँच ही नहीं पातीं अथवा किसी कस्बे तक पहुंचीं भी तो समय बीत जाने के बाद। फलस्वरूप पर्वतीय एवं सीमांत क्षेत्र के योग्यतम व्यक्ति अच्छी सेवाओं से वंचित रह जाते हैं और इन जिलों में होने वाली रिक्त स्थानों की पूर्ति हेतु बाहर से ऐसे व्यक्तियों को भेज दिया जाता है जो यहां की भौगोलिक विषमताओं से घबराकर 'श्राप से उद्धार हेतु वरदान' की तरह यहां आने से पहले ही अपना ट्रांसफर का फन्दा फिट कर आते हैं। अधिकांशतः यहां भेजा भी ऐसे व्यक्तियों को जाता है, जिनसे उच्चाधिकारी असंतुष्ट हों, टिहरी-उत्तरकाशी जिले में ऐसे कई उदाहरण मिल सकते है, विशेषतः शिक्षा विभाग में।

यूनियन पब्लिक सर्विस कमीशन एवं उ. प्र. लोक सेवा आयोग को चाहिये कि वह इन क्षेत्रों की आवश्यकता को समझे और तदनुसार ऐसी व्यवस्था करे कि सीमांत और पर्वतीय जिलों के दुर्गम स्थानों पर रहने वाले उम्मीदवारों को भी समान रूप से परीक्षाओं और प्रतियोगिताओं में सम्मिलित होने का अवसर मिल सके। लोक सेवा आयोग को इने-गिने बड़े दैनिकों में रिक्तियों के प्रकाशित करा देने मात्र से अपनी जिम्मेदारियों से बरी होकर नहीं बैठ जाना चाहिए अपितु देश एवं राज्य के उस भाग में रहने वाली जनता के भविष्य के बारे में भी समान रूप से सोचना चाहिए, जहाँ दैनिक पत्र नहीं पहुँच पाते।

पर्वतीय विकास हेतु पृथक नियोजन बोर्ड

वर्ष १४ अंक ३९ ७ अक्टूबर १९६६ (पृ. स. ३ साप्ताहिक पर्वतीय)

भारतीय रीति-रिवाज और प्रथाओं के अनुसार किसी संयुक्त परिवार का बंटवारा विघटन का एक लक्षण समझा जाता है। किन्तु बंटवारे की यह स्थिति पैदा भी तब होती है जब कि अधिक काम करने वाले को यथोचित सुविधायें नहीं मिलती और खान पान एवं सम्मान में भी परिवार के कर्ता का दृष्टिकोण सम्यक नहीं रह जाता। ठीक यही स्थिति है उ. प्र. के आठ पर्वतीय जिलों की १९ वर्ष की स्वतन्त्रता के बाद इस पर्वतीय क्षेत्र की जनता में पर्याप्त सहनशीलता के बाद अब 'पृथक पर्वतीय राज्य' की मांग जोर पकड़ने लगी है और इसको सभी मांगों और शिकायतों से राहत पाने का रास्ता समझा जाने लगा है।

उ. प्र. के आठ पर्वतीय जिलों की तुलना संयुक्त परिवार के उस सीधे-सीधे, आज्ञापालक और अनुशासन-प्रिय सदस्य से की जा सकती है जो अपने अधिकारों की प्राप्ति के लिये शोर-गुल नहीं मचाता और तोड़-फोड़ का रास्ता नहीं अपनाता बल्कि परिवार के कर्ता पर उसका निर्णय छोड़ देता है। परिवार का कर्ता यदि परिवार के सभी सदस्यों के प्रति समान प्रेम और सहानुभूति रखता है तो उसके दो कर्तव्य हो जाते हैं- प्रथम यह कि वह उन सदस्यों को भी जो पृथक हो चुके हैं पुनः संयुक्त होने के लिये तैयार करे, और दूसरा यह कि यदि प्रथम प्रयास में सफलता नहीं मिलती तो उस अनुशासन- प्रिय सदस्य को भी उसका अधिकार बिन मांगे ही दे दें।

उपर्युक्त सन्दर्भ में अनुशासन-प्रिय सदस्य के सीधेपन को यदि कतई 'लाटा' समझकर उपेक्षा करने लगे और अपने परिवार में ही उसकी स्थिति एक नौकर की सी बना दी जाए तो उसके परिणाम क्या होंगे, यह विचारणीय

है उ. प्र. के आठ पर्वतीय जिलों की स्थिति लगभग उसी सदस्य की तरह है जिसे कतई 'लाटा' समझ बैठा हो। इन जिलों की पृथक पर्वतीय राज्य की मांग को संभवतः सरकार "लाटे की बात" समझ कर टाल देना चाहती है और इन पर्वतीय जिलों के विकास के लिये एक पृथक नियोजन बोर्ड की बात बीच में लाकर आने वाले कुछ और वर्षों के लिए गुमराह कर देना चाहती है।

चतुर्थ योजना में पर्वतीय जिलों के विकास हेतु विशेष अनुदान का अभी कहीं भी उल्लेख नहीं १७,१८,१९ अक्टूबर को दिल्ली में चतुर्थ योजना का अन्तिम प्रारुप निर्धारित हो रहा है जिसमें रु० तीस करोड़ उ. प्र. के पूर्वी जिलों के लिये और रु० २५ करोड़ उत्तराखण्ड के लिये दिये जाने पर उ. प्र. की ओर से जोर दिया जाएगा किन्तु पर्वतीय जिलों के विकास हेतु धनराशि की मांग नहीं बल्कि १ अक्टूबर को नैनीताल में मुख्यमंत्री की उपस्थिति में हुई कुमाऊँ और उत्तराखण्ड डिवीजन प्लानिंग कमेटियों की उस सिफारिश की चर्चा मात्र होगी जिसमें कहा गया है कि प्रस्तावित नियोजन बोर्ड का संगठन कैसे हो, उसके अधिकार और कर्तव्य क्या हों ? कुछ महीनों बाद आम चुनाव की सर गर्मी शुरु हो जाएगी और उसके बाद "कुमाऊँ विश्वविद्यालय" के प्रश्न की तरह यह कहा जाएगा कि पांचवी योजना में विचार किया जाएगा।

पृथक नियोजन बोर्ड का प्रारुप उपरोक्त बैठक में मुख्यमन्त्री को भी नरेन्द्र सिंह बिष्ट विधायक द्वारा प्रस्तुत किया जा चुका है जो कि तद् विषयक समिति के संयोजक थे। बोर्ड का प्रारूप जैसा प्रस्तावित है, उसमें (Autonomous Body) स्वाशासित ईकाई के रूप में प्रशासकीय एवं वित्तीय अधिकारों की मांग की गई है। यदि प्रस्तावित प्रारूप के अनूकूल सरकार ने इसकी स्वीकृति आगामी आम चुनाव के पूर्व दे दी तो पर्वतीय जिलों को कुछ राहत मिल सकती है।

पहाड़ी जिले व यातायात व्यवस्था

वर्ष १४ अंक ५० २५ दिसम्बर १९६६ (पृ. स. २ साप्ताहिक पर्वतीय)

कुछ ही वर्षों की बात है, चीनी आक्रमण के दौरान राज्य सरकार के यातायात विभाग ने इस बहाने से के. एम.ओ.यू. को २३ वर्षों से चले आ रहे अधिकारों से वंचित कर दिया, टनकपुर से धारचूला तक १६० मील लम्बे मोटर मार्ग को 'कुमाऊँ मोटर ओनर्स यूनियन' से इसलिये छीन लिया गया था कि पता नहीं उस प्राइवेट मोटर यूनियन के कर्मचारी किस समय हड़ताल कर दें और सुरक्षा व्यवस्था में बाधा पहुँचे। किन्तु जो प्रत्यक्ष है वह यह है कि तब से दो बार कुमाऊँ रोडवेज कर्मचारियों की हड़ताल हो चुकी है जबकि १९६२ से के.एम.ओ.यू. में ऐसी कोई घटना नहीं हुई। यही नहीं बल्कि रोडवेज की मौजूदा हड़ताल के दौरान सरकार को बाध्य होकर के.एम.ओ.यू. की शरण लेनी पड़ी, संभवतः इसलिए कि पहाड़ों में मैदानी की भांति रेलवे लाइनें तो हैं नहीं और कर्मचारियों की हड़ताल के कारण रोडवेज की यातायात सेवायें बन्द हो गई, अतः पहाड़ों में यदि खाद्य-साम्रगी व अन्य जीवनोपयोगी वस्तुयें न पहुँच पाईं या यात्रियों को बसें न मिलीं तो कहीं पहाड़ों में असन्तोष न फैल जाए।

सरकार के विभिन्न स्तरों के अधिकारी अपनी समझ-बूझ के अनुसार अपने -अपने स्तरों पर जो कुछ कर सकते थे, उन्होंने जनजीवन में आतंक फैलने से बचाने के लिए सराहनीय प्रयास किये। इसके लिये नैनीताल के

जिलाधीश, आर.टी.ओ. कुमाऊँ और कमिश्नर बधाई के पात्र हैं कि रोडवेज की सेवायें पिछले १५ दिनों से बन्द होने के बावजूद पहाड़ों को किसी जीवनोपयोगी सामग्री के बिना परेशान नहीं होना पड़ रहा है। लेकिन रोडवेज की हड़ताल के बारे में पहाड़ों में क्या प्रतिक्रिया है, उसे नजरों से ओझल नहीं किया जा सकता। कुमाऊँ के अवाल-वृद्ध, 'के.एम.ओ.यू.' के इस उपकार को नहीं भूल सकते कि हमारी यह संस्था सरकार द्वारा तिरस्कृत होकर विनाश की ओर ढकेल दिये जाने पर भी ऐसे आड़े समय पर पहाड़ों की सेवा कर रही है, जबकि रोडवेज के फेल हो जाने पर पहाड़ों में भुखमरी ही नहीं सरकारी व्यवस्था के प्रति बगावत भी फैल सकती थी।

राज्य कर्मचारियों की हड़ताल से उत्पन्न समस्याओं का सब कुछ शक्ति निहित होते हुये भी आज तक सरकार निराकरण नहीं निकाल सकी, जबकि भलीभांति संचालित किसी प्राइवेट मैनेजमेंट को अस्त व्यस्त करते उसे देर नहीं लगती। क्या यह प्रजातान्त्रिक व्यवस्था है? गम्भीरता से यदि सोचा जाए तो उ.प्र. सरकार ने पहाड़ों में मोटर सड़कों का राष्ट्रीयकरण करके पहाड़ों के जनजीवन को खतरे में डाल दिया है। रोडवेज के कुमाऊँ में चालू होने से अब तक न जाने कितनी बार ऐसी हड़ताल हो चुकी है कि उनसे पहाड़ का जनजीवन क्षुब्ध हो उठा है। मैदानी में जहां रेलवे लाइनें है, वहां किसी प्रकार का काम चल भी सकता है किन्तु पहाड़ों में सरकारी रवैये के अनुसार यदि प्रतिकार की भावनायें लेकर के.एम.ओ.यू.. जी.एम.ओ.यू. या पहाड़ी क्षेत्रों में चलने वाली सरकारी यातायात समितियां भी काम करती तो पहाड़ों की क्या दशा होती!

आज समय की पुकार और पहाड़ों की मांग, मौजूदा परिस्थितियों को उदाहरण स्वरूप लेते हुये निश्चित रूप से यह है कि "वापस ले जाओ अपनी रोडवेज जो वक्त जरूरत पर साधनहीन पहाड़ी जनता को धोखा दे जाए" हड़तालों के अलावा भी रोडवेज पहाड़ों के हितों के अनुकूल नहीं है क्योंकि इससे पहाड़ों का शोषण हो रहा है। सरकार को चाहिए कि पहाड़ में चलने वाली रोडवेज बसों को वह मैदान की उन सड़कों पर चलाये जो आज भी प्राइवेट ऑपरेटरों के लिए छोड़ी हुई हैं। यह भली भांति स्पष्ट हो चुका है कि पहाड़ों की सेवा सहकारी या प्राइवेट स्थानीय मोटर कम्पनियों की तुलना में सरकारी रोडवेज कदापि नहीं कर सकती।

फिर भी, मौजूदा स्थितियों के यथोचित अध्ययन के बाद भी यदि सीमान्त सुरक्षा सेवाओं में योगदान के लिए उत्तर प्रदेश सरकार स्वयं को ही समर्थ समझती है तो उत्तराखण्ड के सभी मार्ग लेकर पुनः रोडवेज पहाड़ों में राष्ट्रीयकरण नीति का परीक्षण कर देखें और कुमाऊँ डिवीजन के समस्त मौजूदा और नये मार्गों को स्थानीय कम्पनियों को दे दें।

कुमाऊँ में मई १९३९ से कुमाऊँ मोटर औनर्स यूनियन जनता की सेवा करती आ रही है और अनेकों महत्वपूर्ण मार्गों से जन भावना के प्रतिकूल सरकार द्वारा वंचित कर दिये जाने पर भी लगभग ६००० परिवारों की रोजी रोटी आज भी अपने इस पुराने यातायात उद्योग पर निर्भर है। रोडवेज की बसों की हड़ताल के बावजूद कुमाऊँ में यातायात सुविधाजनक चल रहा है और २२० बस एवं ट्रकों की के.एम.ओ.यू. की फ्लीट में फिर भी बहुत सारी बसें ओर ट्रक खड़े है जिन्हें और अधिक नये मार्ग मिलने की नितान्त आवश्यकता है।

ऐसी दशा में सरकार का यह प्रजातान्त्रीय कदम होगा कि कुमाऊँ -उत्तराखण्ड से रोडेवेज की गाड़ियों को मैदानी सड़कों पर ले जाये और रोडवेज व्यवस्था पर जो व्यय सरकार अपने बजट से कर रही है उसे स्थानीय विकास की मदों में व्यय हेतु दे-दे, जैसे-पहाड़ों में भोजन के सस्ते होटल, सस्ते आवास आदि।

यातायात के विकास हेतु यदि सरकार वास्तव में कोई सहायता पर्वतीय क्षेत्रों के लिए करना ही चाहती है तो उसे चाहिए कि वह पहाड़ के मोटर ऑपरेटरों के लिए एक वित्तीय निगम की स्थापना कर दे जो कि आर्थिक सहायता की व्यवस्था ब्याज की सस्ती दरों पर पर्वतीय मोटर-ऑपरेटरों के लिए करें क्योंकि प्राइवेट फाईनेन्सर चक्रवृद्धि ब्याज लगाकर कर्ज लेने वाले गरीब मोटर मालिकों को नहीं पनपने देते, ऐसा अब तक के वाकयात से स्पष्ट है।

भीषण अन्नाकाल - गुप्त-अन्न निकालो !
वर्ष-१५, अंक-१२, २६ मार्च १९६७ (पृष्ठ २, साप्ताहिक पर्वतीय)

कुमाऊँ -उत्तराखण्ड के विभिन्न भागों से भुखमरी और अकाल की सूचनाएं प्राप्त हो रही हैं। पिछले वर्षों के निरन्तर सूखे के कारण पहाड़ों में खाद्यान्न संकट ने गंभीर रूप धारण कर लिया है स्मरणीय है कि ''पर्वतीय'' ने अपने दिनांक २१ नवम्बर १९६६ के अंक में ''एक सूखा और सदैव सूखा'' अग्रलेख में पहाड़ी जिलों की जनता, यहां के प्रतिनिधिगण और उ. प्र. सरकार को यथा समय भावी आंशका के प्रति सचेत कर दिया था। किन्तु प्रतिनिधिगण अपने चुनाव समझौते और गठबन्धन में व्यस्त रहे तो सरकार राज्य कर्मचारियों की हड़ताल का मुकाबला करने में। फलस्वरूप आज अप्रत्याशित स्थिति उत्पन्न हो गई कि कई घरों में दो जून चूल्हा जलना भी मुश्किल हो गया।

"पर्वतीय" के उपरोक्त अंक में छपे अग्रलेख के निम्न दो प्रकारों को जन-साधारण की जानकारी हेतु पुनः प्रकाशित किया जा रहा-

सूखे का मुकाबला करने के लिए राज्य सरकार जो प्रयास स्वयं कर रही है, उसके अलावा ५० करोड़ रू० की विशेष सहायता केन्द्र की ओर से दी गई है और सुखा पीड़ितों की सहायतार्थ धन एकत्र करने के लिए प्रधानमंत्री द्वारा एक विशेष कोष संग्रह भी प्रारम्भ किया गया है। यह है एक सूखे का युद्ध-स्तर पर सामना करने के लिए तैयारी। किन्तु उत्तर प्रदेश के ही वे क्षेत्र जहां की मुख्यमन्त्री सुचेता कृपलानी ही है और प्रधानमंत्री श्रीमती इंदिरा गाँधी जो कि कुछ ही मास पूर्व उ.प्र. के पहाड़ी जिलों की दयनीय स्थिति अपनी आँखों से देख कर गई है, जो सदैव से सूखा ग्रस्त एवं अभावग्रस्त क्षेत्र रहा है। २३११३२ एकड़ कृषि भूमि में से प्राचीन राज्यों के समय में बनी सूखों और नहरों को सम्मिलित करते हुए तथा तीन पंचवर्षीय योजनाओं के फलस्वरूप १८४९९१ एकड़ सिंचित क्षेत्र है। सूखे का असर राज्य के अन्य भागों की तुलना में पिछडे कई वर्षों में निरन्तर कुमाऊँ उत्तराखण्ड पर हुआ है, किन्तु सीमांत पर बसे ८५३० वर्ग मील क्षेत्र की समस्याओं को सरकार ने अब तक उसके महत्व, और उनकी आवश्यकताओं के अनुकूल नहीं आंका। नेतृत्व यहां का इतना निर्बल है कि होटल में बर्तन धो रहे एक पहाड़ी लड़के और एक पहाड़ी प्रतिनिधि के सोचने के तरीके में अधिक अन्तर नहीं। मतदाताओं द्वारा घेर लिए जाने पर वे शेर की तरह "सन्तोष हड्डी" चाटते रहने की नसीहत देकर अपन मजबूरी जाहिर करते है। अन्यथा कोई कारण ऐसा न था कि सिंचाई साधनों, पर्यटन के विकास के लिए इन डिविजनों को भी विशेष अनुदान न मिलता?

विगत तीन पंचवर्षीय योजनाओं के दौरान पहाड़ी जिलों को कोई भौतिक उपलब्धि हो पाई हो, अथवा नहीं, किन्तु जनसाधारण को अपने अधिकारों और कर्तव्यों का ज्ञान अवश्य हुआ है और अब उन्हें अधिक दिनों तक भुलावे या प्रलोभनों में नहीं रखा जा सकता। सूखे का मुकाबला करने के लिए उ. प्र. को दी गई विशेष सहायता

के वितरण से स्पष्ट हो जायेगा कि उत्तर प्रदेश की सरकार इन पिछले पहाड़ी जिलों को भी सूखाग्रस्त समझती है या नहीं। क्योंकि यहां के प्रतिनिधि गूंगे हैं ओर इन क्षेत्रों की सेवा के स्थान पर हुकूमत करने भेजे गये अधिकांश ऑफिसर्स सही रिर्पोट भेजकर क्यों सिरदर्द मोल ले?

आज़ादी से पूर्व इन क्षेत्रों को जो कई एक विशेष सुविधायें प्राप्त थी, उनका भी धीरे-धीरे उ. प्र. सरकार ने अपहरण कर लिया और पहाड़ी क्षेत्रों की जनता धैर्य पूर्वक अपने "देश-प्रेम" नाम की "सन्तोष हड्डी" चाटकर खुशहाली की प्रतिक्षा करती रही, किन्तु वह धैर्य अब एक भूल के रूप में चर्चित हो रही है। बिहार और बंगाल विस्थापितों कि भांति इन जिलों कि जनता भी व्याप्त कठिनाईयों और सरकार के उपेक्षा पूर्ण रूख में इस क्षेत्र को निर्जन छोड़कर विस्थापितों के रूप में सरकार पर भार बन गई होती तो इन जिलों की ३२ लाख जनसंख्या के पुनर्वास की समस्या की ओर से सरकार मुंह मोड़ देती?

यही बात बाद में सरकारी आंकड़ो से पुष्ट भी हुई। कुमाऊँ उत्तराखण्ड डिविजन को खाद्यान्न के मामले में "सरप्लस क्षेत्र" बताया गया "सरप्लस क्षेत्र" मानने के लिए तराई भावर की पैदावर की भी जोड़ लिया गया, किन्तु व्यावहारिक रूप में तराई- भावर से अनाज पहाड़ों को जा सकने पर प्रतिबन्ध लगा दिया गया। तराई-भावर की वह भरपूर उपज कहाँ जा रही है, यह उन क्षेत्रों के मार्केटिंग इन्सपेक्टर और उत्तर-प्रदेश की सरकार भली भांति जानती होगी।

पहाड़ों में व्याप्त भीषण अन्न संकट के समाधान के लिए सरकार को चाहिए कि सस्ते गल्ले की दुकानों की संख्या तुरन्त ही सभी पहाड़ी जिलों में दुगनी कर दे और प्रति यूनिट राशन की मात्रा कम से कम २० किलो मासिक अधिक निर्धारित करें अन्यथा संभव है पहाड़ों की भूखी जनता 'मरता क्या नहीं करता' की मिसाल पेश करने के लिए विवश हो जाए।

उ. प्र. के मुख्यमंत्री श्री चन्द्रभानु गुप्त यदि पहाड़ों के प्रतिनिधि अपने को समझते हैं तो पहाड़ की जनता उनसे चाहती है, कि गुप्त धन निकालें।

पृथक नियोजन परिषद या पृथक या केन्द्र शासित राज्य

वर्ष-१५ अंक-३२, २० अगस्त १९६७ (पृष्ठ २, साप्ताहिक पर्वतीय)

सर्वप्रथम चार वर्ष पूर्व 'साप्ताहिक पर्वतीय' ने उत्तर प्रदेश के पहाड़ी जिलों के विकास के लिए सुरक्षा की दृष्टि से, द्वितीय रक्षा पंक्ति को सुदृढ़ करने के लिए तथा इन पिछड़े क्षेत्रों की गरीब जनता की खुशहाली के लिए यह आवश्यक समझा था कि इन आठ पहाड़ी जिलों का पृथक या केन्द्र शासित राज्य बनाया जाए यही एक सही उत्तर है इन क्षेत्रों की सदियों पुरानी निर्धनता का।

इस मांग को कांग्रेस और अन्य दलों के लोगों ने भी दिल से सही माना है लेकिन दलीय अनुशासन या व्यक्तिगत लिहाज़ या स्वार्थ के कारण उनके पहाड़ी नेता दिल खोलकर इस मांग को अपने नेताओं या सरकार के पास नहीं रख सके। केवल कांग्रेस के एम.पी. महाराजा मानवेन्द्र शाह इस मांग को लेकर आगे आए और लगभग दो वर्ष तक ये उसके पक्ष में घूमे, कई सम्मेलनों में बोले और अध्यक्ष भी रहे।

१९६६ में लखनऊ में श्री लक्ष्मण सिंह अधिकारी ने पर्वतीय विधायकों की एक बैठक का संयोजन किया और उसमें पृथक या केन्द्र शासित पहाड़ी राज्य की मांग को आगे बढ़ाने के लिए एक सम्मेलन रामनगर में बुलाने का निश्चय किया।

रामनगर सम्मेलन भी हुआ लेकिन उस सम्मेलन पर श्री चन्द्रभानु गुप्त की गहरी छाया पड़ गई। कांग्रेसी विधायकों की आवाज निकलनी मुश्किल हो गई और महाराजा मानवेन्द्र शाह ने भी घुटने टेक दिए। फलस्वरूप यह प्रस्ताव हुआ कि पर्वतीय क्षेत्रों के लिए एक पृथक नियोजन परिषद बने और इन क्षेत्रों का प्रशासनिक ढांचा बदला जाए उसके बाद प्रधानमंत्री श्रीमती इंदिरा गांधी ने भी गढ़वाल दौरे के दौरान भाषणों में इस प्रस्ताव का समर्थन किया।

आज साम्यवादी पृथक पर्वतीय राज्य चाहते हैं और वे महाराजा मानवेन्द्र शह से इसलिए रूष्ट हैं कि उन्होंने पृथक राज्य की मांग का सौदा पृथक नियोजन परिषद में कर दिया और यदि कल उन्हें कांग्रेस सरकार कोई अवसर दे दें तो वे कोई भी अप्रिय समझौता कर सकते है।

कांग्रेस दल अभी अपनी उसी पुरानी मांग (पृथक नियोजन परिषद) को ही आलाप रहे हैं और अभी भी श्री चन्द्रभानु गुप्त या श्री कमलापति त्रिपाठी का मोह उनके विवेक को वाचाल नहीं होने दे पा रहा हैं। जनसंघ के श्री बलराज मधोक ने नैनीताल में इसी वर्ष पृथक 'पर्वतीय राज्य' की मांग को सही कहा है। किन्तु फिर भी पर्वतीय क्षेत्रों के जनसंघी नेता सक्रिय नहीं हो पाये है। जन-कांग्रेस अभी संगठित नहीं है और होने पर श्री चरण सिंह उनके मार्ग में श्री चन्द्रभानु गुप्त का पाठ अदा नहीं करेंगे। भविष्य की उदीयमान पार्टी संसोपा की चुप्पी इस बात का द्योतक है कि उन्हे कदाचित अभी अपनी शक्ति पर ही भरोसा नहीं है। प्रसोपा स्वास्थ्य मंत्री श्री प्रतापसिंह के नेतृत्व में है। कुछ कारणों से श्री प्रतापसिंह का मौन या विरोध सही है। फिलहाल निर्दलीय लोगों में श्री दयाकिशन पांडे ने इस मांग की मशाल अपने हाथों में ले रखी है।

पर्वतीय क्षेत्रों के निष्पक्ष एवं प्रबुद्धजन यह मानते है कि पृथक पर्वतीय राज्य आत्म निर्भर होगा और इसलिये पृथक राज्य ही सर्वोत्तम है किन्तु यदि आरम्भ में केन्द्र शासित राज्य के लिये भी सभी दल राजी हो जायें तो यह हमें हिमाचल की स्थिति में ले आयेगा जिस स्थिति में रहकर हिमाचल चंद वर्षों में ही इन क्षेत्रों से कहीं आगे बढ़ चुका है।

आज नहीं तो कल या परसों पृथक राज्य बनेगा ! और जो दल जितनी देर इस मांग को बढ़ाने में करेगा उसे होने वाले लाभ से उतना ही अधिक वंचित रहना पड़ेगा।

उत्तरांचल परिषद

वर्ष- १ अंक-२, ३ मई १९७२ (पृष्ठ ३, दैनिक पर्वतीय)

उत्तर प्रदेश के पहाड़ी जिलों के पिछड़ेपन को दूर करने के लिये सरकार के प्रयत्नों को पहाड़ी जनता अपूर्ण एवं असफल अनुभव करने लगी है। फलस्वरूप विगत कुछ वर्ष से यह भिन्न-भिन्न क्षेत्रों में पर्वतीय क्षेत्रों की समस्या के हल के भिन्न-भिन्न उपाय आंके जा रहे हैं। कुछ नेता समझते हैं कि पहाड़ी क्षेत्रों के लिये नियोजन आयोग में

एक पृथक कक्ष बने तो समस्या हल हो सकती है। केंद्रीय सरकार ने क्षेत्रीय असंतुलन के उन्मूलनार्थ उठाये गये कदम उत्तर प्रदेश के पहाड़ी क्षेत्रों के लिए पर्याप्त समझे हैं उत्तर प्रदेश सरकार ने मंडलीय नियोजन समिति के स्थान पर पर्वतीय विकास बोर्ड का गठन पर्याप्त समझा फिर पर्वतीय विकास निगम भी गठित किया और इधर समाप्त की गई कुमाऊँ वन समिति को भी पुनर्जीवित कर दिया गया।

पर्वतीय जनता के एक पक्ष का दृढ़ विश्वास है कि सारी समस्याओं का हल पूर्ण पृथक पर्वतीय राज्य ही है तो कुछ यह मानते है कि स्वशासी पर्वतीय राज्य की स्थापना पर्वतीय क्षेत्रों की समस्या के हल के लिये पर्याप्त है। पहले विचार के प्रवर्त्तक श्री मानवेन्द्र शाह भूतपूर्व संसद सदस्य टिहरी और दूसरे के प्रवर्तक कामरेड पी.सी. जोशी अल्मोडा़ हैं। कुमाऊँ में पहले विचार के संगठन का श्रेय श्री दयाकिशन पांडे, एडवोकेट को है। दूसरे विचार के अनुयायियों के नेता गढ़वाल में श्री गोविन्दसिंह नेगी, विधायक टिहरी हैं। विगत दो वर्ष से देखा गया है कि इस दिशा में इसीलिए प्रगति नहीं हो पाई कि इन दोनों शिखरों के संगठनकर्ता और संयोजक आपस में कहीं पर, कुछ कारणवश एक राय नहीं हो सके न हो सकते हैं।

प्रायः समान उद्धेश्यों के शिविरों को एक मंच पर एक तीसरा निर्दलीय संगठन ही ला सकता है और वही सभी दलों का सहयोग प्राप्त करके इन क्षेत्रों की समस्याओं के हल के उपाय के प्रयत्नों को सर्वदलीय स्वीकृति प्रदान करा सकता है।

हर्ष की बात कि नैनीताल के एक वरिष्ठ एडोवोकेट और निर्दलीय सज्जन श्री दानसिंह दरम्वाल ने निर्दलीय संगठन उत्तराचंल परिषद के गठन का बेड़ा उठाया है। अन्यत्र इस परिषद का प्रारूप-संविधान प्रकाशित है। जिसके अवलोकन से स्पष्ट है कि संयोजकों व इस परिषद के सदस्यों का मंतव्य किसी राजनैतिक उद्धेश्यों से प्रेरित न होकर विशुद्ध इस धारणा पर आधारित है कि किसी प्रकार इन पिछड़े पहाड़ी क्षेत्रों की गरीबी व बेरोजगारी दूर हो। इस वृहत्त उद्धेश्य की पूर्ति हेतु परिषद सभी दलों को एक मंच पर एकत्र करना चाहती है जो एक सराहनीय प्रयास है।

पिछड़े का पिछड़ा भाग

वर्ष- १ अंक-७, ९ मई १९७२ (पृष्ठ ३, दैनिक पर्वतीय)

स्वतंत्रता प्राप्ति के उपरान्त हर प्रधान मंत्री उत्तर प्रदेश का रहा है। ज्यों ज्यों प्रधानमंत्री के क्रम बढ़ते गये उत्तर प्रदेश का पिछड़ापन बढ़ता गया। हर योजना में क्रमशः प्रतिव्यक्ति केन्द्रीय सहायता देश के औसत से बहुत पीछे रही। प्रथम तीन योजनाओं के दौरान देश की प्रति व्यक्ति औसत केन्द्रीय सहायता उत्तर प्रदेश का औसत २५:४७, २७:१८ और ५८४६ रू० का था। इसी प्रकार प्रति व्यक्ति योजना परिव्यय भारत और उत्तर प्रदेश का ४०:२४, ५२:३४ और ९२:७५ था।

इधर १९६९ से १९७१ तक के तीन वर्षों के दौरान जो औद्योगिक लाइसेन्स केन्द्र द्वारा दिये गये हैं उनका वितरण भी निराशाजनक है। सबसे अधिक जनसंख्या वाले उत्तर प्रदेश को इस अवधि में कुल ४ लाइसेन्स दिये गये जब कि महाराष्ट्र को १३ बंगाल को १२, बिहार तामिल-नाडु प्रत्येक को १०, असम-मध्यप्रदेश प्रत्येक को ६ और गुजरात राजस्थान प्रत्येक को ५ औद्योगिक लाइसेन्स दिये गये।

औद्योगिक विकास पर ही किसी क्षेत्र की खुशहाली व विकासशीलता निर्भर करती है। उत्तर प्रदेश का अंश 'ऊंट के मुंह में जीरा' मात्र है यही कारण है कि उत्तर प्रदेश की प्रति व्यक्ति आय निरन्तर घटती जा रही है ओर वह दिनों दिन पिछड़ता जा रहा है।

ऐसे पिछड़े उत्तर प्रदेश के पिछड़े भाग हैं ८ पहाड़ी जिले। 'भूखा भूखे को खुशहाल बना पायेगा' यह असम्भव ही नहीं असत्य भी है इसलिये पहाड़ी जिलों की प्रगति के जितने भी दावे उत्तर प्रदेश सरकार करती है वह असम्भवताओं और असत्यों की कड़ी मात्र पिरोनी रहेगी।

पहाड़ों में नेतृत्व का अभाव

वर्ष-१ अंक-१ २, १४ मई १९७२ (पृष्ठ ३, दैनिक पर्वतीय)

उत्तर प्रदेश के पहाड़ी जिले नेतृत्व के अभाव से ग्रस्त हैं। उनमें हिमाचल का नेतृत्व करने वाले डॉ. परमार जैसे नेता की कमी है। जो उनकी भावना को समुचित मंचों और सम्बन्धित स्तरों पर प्रतिबिम्बित कर सके। उनकी वाणी बोल सके जिससे उनका सही प्रतिनिधित्व हो सके और उनकी समस्यायें सही रूप में सरकार तक पहुँचाई जा सकें।

पहाड़ के नेतृत्व को आज ९ वर्गों में विभक्त किया जा सकता है। (१) पहले वे नेतागण जो पर्वतीयजन की समस्याओं को महसूस करते हैं उसकी दुर्दशा की जिन्हें अनुभूति है और उस अनुभूति का यत्र तत्र समय आने पर पूरे जोर से अभिव्यक्ति करते हैं। (२) दूसरे नेता वे है जो यह अनुभव तो करते है कि पर्वतीयजन और पहाड़ी क्षेत्रों की विकट समस्यायें हैं उनका त्वरित हल होना चाहिए जो उस गति से नहीं हो पा रहा है जिस तीव्रता से होना चाहिये। लेकिन दलीय या निजी कारणों से अपनी भावनाओं को प्रकट करते डरते हैं। (३) तीसरे वे नेतागण है जो जनता से पहले स्वार्थ से प्रेरित हैं। जनता की समस्याओं की आड़ लेकर वे लम्बे चौड़े भाषण व वक्तव्य ऊँचे स्वर में देंगे लेकिन सरकार या अधिकारियों को ब्लैकमेल करने के लिये। जहाँ उनके मुँह में चुग्गा पड़ गया उनका बोलना ऐसा बंद हो जाता है जैसे किसी तरल पदार्थ के पाइप सील बन्द कर दिया गया हो! (४) चौथी प्रकार के नेता वे हैं जो अधिकारियों या व्यवसायियों की पर धौंस डपट व रोब गालिब करते है। उनके विरूद्ध सार्वजनिक सभाओं में सरकार में या अपनी पार्टी मीटिंग में धुआंधार बोलते हैं लेकिन जहां उनकी जेब में चन्दे के रूप में या किसी रूप में कुछ पड़ गया वे उसी अधिकारी के गुण गाने लगते हैं ऐसा नेता अपनी बेशर्मी को छुपाने के लिये अपने पूर्व कार्यों को अपनी अनिभिज्ञता का कारण बताने लगते हैं। (५) पाचवें प्रकार के वे नेता हैं जो पहाड़ी जनता को किसी प्रकार बहका कर चुनाव जीत जाते हैं और उसके बाद वे अपने को पूरे प्रदेश व देश का स्वयंभू नेता मानने लगते हैं। (६) छठे प्रकार के वे हैं जो केवल वोट प्राप्त करने हेतु अपने को पहाड़ी मानते हैं जीत जाने पर वे पहाड़ी कहलाना भी अपना अपमान समझते हैं। (७) सातवें प्रकार के वे नेता हैं जो मनसा-वाचा कर्मठ और ईमानदार हैं लेकिन उनकी सामर्थ्य इतनी कम है कि वे कुछ ठोस कर नहीं पाते। (८) आठवें प्रकार के नेता वे हैं जो ऊपर वालों की कृपा से पहाड़ों में नेता बने हैं। उन्हें पहाड़ों के हितों का ध्यान उतना नहीं होता जितना ऊपर के प्रति उनकी निष्ठा होती

है। (९) नवें प्रकार के वे नेता हैं जो नेता कम और व्यवसायी अधिक हैं। नेतागिरी की आड़ में धन्धा चलना चाहिये वे उसी में तृप्त हैं।

यह इन पहाड़ों का दुर्भाग्य है कि उसे ऐसा नेता नहीं मिलता जो पर्वतीयजन की दुर्दशा को सही रूप में महसूस कर, उसको पुरजोर कह सके और उसके लिये ईमानदारी से नि:स्वार्थ प्रयास कर सके। श्रीमती इंदिरा गांधी ने हाल के दौरे के दौरान जिस भावना को जन शब्दों में व्यक्त किया है, अधिकांश पहाड़ी नेतागण उस स्पष्टता से बोलते हुये भी डरते हैं। प्रथम वर्ग के सशक्त नेता न होकर, अधिकांश पहाड़ी नेता, दो से नवें वर्ग में आते हैं।

परियोजनाएं और विस्थापित

वर्ष-१ अंक-३३, ८ जून १९७२ (पृष्ठ ३, दैनिक पर्वतीय)

उत्तर प्रदेश के पिछड़े जिले टिहरी में बनने वाले एशिया के सबसे बड़े बांध की स्वीकृति केन्द्र सरकार ने दे दी है, और इस परियोजना पर शीघ्र ही कार्यारम्भ हो जायेगा। इस योजना के पूर्ण होने से प्रदेश के पश्चिमी जिलों की सिंचाई आवश्यकताओं की पूर्ति होगी व इससे उत्पन्न विद्युत से प्रदेश के औद्योगीकरण को बढ़ावा मिलेगा।

परन्तु इन सबके साथ जुड़ी हुई विडम्बना यह है कि इन परियोजनाओं के निमार्ण के लिए अधिग्रहित भूमि के विस्थापितों की समस्या का समाधान कालान्तर में लालफीताशाही व टालू प्रवृत्ति का शिकार बन कर रह जाता है।

इसका उदाहरण व्यास नदी पर बना पौंग बांध (हिमाचल) है। जिसके विस्थापितों की समस्या गत एक दशक में भी नहीं सुलझ पाई है जब कि इस सम्बन्ध के निर्माण के उपरान्त पंजाब, हरियाणा और राजस्थान इससे लाभ उठा रहे हैं। परन्तु विस्थापितों का मामला राज्य सरकारों और केन्द्र के बीच अभी भी विचार का विषय बना हुआ है। पिछले दिनों राजस्थान के संसद सदस्यों ने एक ज्ञापन प्रधानमंत्री को देकर इस मामले में हस्तक्षेप की मांग की है तथा हिमाचल सरकार पर आरोप लगाया है कि मुआवज़े की रकम को एक तरफा रूप से तय कर रही है। राजस्थान की परेशानी का कारण यह है कि उसे इस राशि का ५७.५ प्रतिशत देना पड़ेगा।

हिमाचल प्रदेश द्वारा मुआवज़े अथवा विस्थापितों के पुनर्वास के लिए जोर देना स्वाभाविक ही है। क्योंकि अन्तत विस्थापितों की समस्या से उसे ही निबटना पड़ेगा।

क्या यही स्थिति बाद में टिहरी बांध विस्थापितों की नहीं होगी। टिहरी के सांसद ने ध्यान इस ओर खींचते हुये कहा था कि किसी भी परियोजना को प्रारम्भ करने से पूर्व उससे विस्थापित होने वाले लोगों के पुनर्वास को भी उसी मद में जोड़ने की नीति अपनाई जाए। आज पौंग (हिमाचल) बांध के विस्थापितों की समस्या है तो कल टिहरी या अन्य किसी परियोजना में यही कहानी दोहराई जायेगी।

मध्यवर्ती हिमालय पर्यटन उद्योग

वर्ष-१ अंक-३७, १३ जून १९७२ (पृष्ठ ३, दैनिक पर्वतीय)

उत्तर प्रदेश के पर्वतीय क्षेत्रों के पर्यटनात्मक विकास के लिए स्वतंत्रता के इतने वर्षों बाद जाकर कहीं केन्द्र व प्रदेश सरकारों ने इसके महत्व को स्वीकार किया है। हालांकि स्वतंत्रता के तुरन्त बाद ही पर्वतीय क्षेत्रों के लिए तीन महत्वपूर्ण उद्योगों को सिद्धान्त स्वीकार किया गया था उनमें पर्यटन भी एक महत्वपूर्ण उद्योग है। परन्तु प्रशासन की लापरवाही और पर्वतीय क्षेत्रों की उपेक्षा से ये योजनाएं अपेक्षित रूप से विकसित नहीं हो सकीं और कुमाऊँ गढ़वाल मंडल के पर्यटन स्थलों का समुचित विकास नहीं हो पाया।

नैनीताल व मसूरी को अपवाद के रूप में कुछ देर के लिए छोड़ भी दिया जाए तो अन्य स्थलों की हालत यह है कि पर्यटकों के आवास के लिए कोई सुविधा तक उपलब्ध नहीं है। परन्तु उस ओर लगता है योजना निर्माताओं का ध्यान बिल्कुल नहीं है।

भवाली में कल वन एवं पर्यटन विभाग के अधिकारियों की बैठक में पर्वतीय अंचलों में पर्यटन विकास योजनाओं पर विचार किया गया। यह तो अभी तक विदित नहीं हुआ कि बैठक ने क्या संस्तुतियां कीं लेकिन इतना संकेत अवश्य मिला है कि नैनीताल के निकटवर्ती एक सौंदर्य स्थल किलबरी को एक आदर्श पर्यटन स्थल के रूप में विकसित करने के लिए केंद्र सरकार ने ५० लाख रुपये देने का प्रस्ताव किया है। जब कि उसने एक शर्त रखी है कि प्रदेश सरकार किलबरी तक मोटर मार्ग बना दे। वन विभाग के सूत्रों के अनुसार इस मार्ग के निर्माण पर १० लाख रुपये व्यय होंगे।

केन्द्र सरकार की उदारता के प्रति किसी भी प्रकार की शंका किये बिना इतनी अपेक्षा तो की ही जानी चाहिए कि केन्द्र सरकार व प्रदेश सरकार नैनीताल, अल्मोड़ा, रानीखेत, गोपेश्वर, उत्तरकाशी व मसूरी तथा सुप्रसिद्ध कौसानी के विकास के बारे में भी विचार करती।

अतः अब आवश्यक हो गया है कि पर्यटन को पर्वतीय क्षेत्रों का वृहद उद्योग समझकर उसे कार्यान्वित किया जाए। इससे जहां देश के कोने कोने से आने वाले पर्यटकों को सुविधाएं प्राप्त होंगी वहीं पर्वतीय क्षेत्र के निवासियों को भी लाभ पहुंचेगा।

फलोत्पादन और पहाड़ी क्षेत्र

वर्ष-४ अंक-२०८, ५ सितम्बर १९७५ (पृष्ठ ३, दैनिक पर्वतीय)

पहाड़ी क्षेत्रों के लिए पर्यटन और फलोत्पादन विशेष लाभकारी योजनाएँ स्वीकारी गई हैं। फलोत्पादन की दिशा में कश्मीर और हिमाचल प्रदेश ने उसे सिद्ध भी कर दिया। उत्तर प्रदेश के पहाड़ी क्षेत्र भी फलोत्पादन को अपनाते जा रहे हैं। १९५१ से फलोत्पादन पर विशेष ध्यान दिया जाने लगा जब रानीखेत में फलउपयोग निदेशालय की स्थापना की गई थी जो कार्यालय अब लखनऊ चला गया है।

१९५१ में फलोत्पादन २५१६ हेक्टेयर में होता था जो आज बढ़ कर ६९२१५ हेक्टैयर हो गया है। फलोत्पादकों को दिनोंदिन अधिक सहायता और सुविधायें सरकार सुलभ करा रही है। जिसके फलस्वरूप

फलोत्पादन के क्षेत्र के साथ उत्पादकों की संख्या में भी वृद्धि हुई है। ५.५ प्रतिशत ब्याज पर उन्हें ऋण सुलभ कराना और पौध संरक्षण हेतु ५० प्रतिशत अनुदान प्रेरणा का काम कर रहे है। पौधों, कीटनाशकों फलों ओर उर्वरक के यातायात में भी आंशिक आर्थिक सहायता सरकार दे रही है।

इन प्रेरक व प्रोत्साहनवर्द्धक योजनाओं के फलस्वरूप फलों के उत्पादन में पर्याप्त वृद्धि हुई है। लेकिन आज भी इस क्षेत्र के सेब जैसे फलों को देश की मंडियों में वह लोकप्रियता नहीं मिल पाई है जो कश्मीर और हिमाचल प्रदेश के सेब को है। यद्यपि यहां के सेब के कुछ प्रकार तुलना में अधिक रसीले और मीठे होते है।

इसका कारण फलों के विक्रय की सुनियोजित व्यवस्था का अभाव और उनके प्रचार की अनुपस्थिति है। परिणाम ये होता है कि यहां के उत्पादक को आकर्षक मूल्य नहीं मिल पाता और यहां का फलोत्पादक आर्थिक रूप से कश्मीर व हिमाचल के अपने समकक्ष से कहीं पीछे है। उत्पादन क्षेत्र के समीप और देश की प्रमुख मंडियों में संरक्षण की समुचित व्यवस्था का न होना भी उ. प्र. के पहाड़ी क्षेत्रों के फलोत्पादकों के आर्थिक लाभ में बाधक है क्योंकि उनके अभाव में उन्हें अपना फल तुरन्त जिस भाव हो बेचना पड़ता है। फलों की डिब्बा/पेटी के लिए रामगढ़ में केवल एक फैक्ट्री ऐग्रो चला रहा है जो अपर्याप्त है। ऐसी फैक्ट्रियों का हर फल उत्पादन केन्द्र के समीप होना नितान्त आवश्यक है। ताकि बिना फलों का संरक्षण किया जा सके और फल उत्पादकों को हानि से बचाया जा सके।

उत्तराखण्ड तीर्थ यात्रा

वर्ष २६ अंक ५२ २६ दिसम्बर १९७६ (पृ. स.२ साप्ताहिक पर्वतीय)

उत्तराखण्ड के पवित्र तीर्थ धामों बद्रीनाथ केदारनाथ गंगोत्री यमुनोत्री की यात्रा पर जाने वाले श्रद्धालु तीर्थयात्रियों की संख्या में प्रतिवर्ष निरंतर वृद्धि जारी है। साथ ही इन क्षेत्रों में विदेशी पर्यटकों के जाने पर लगे प्रतिबन्ध समाप्त हो जाने से उनकी संख्या भी निरंतर बढ़ी है। इस वर्ष लगभग सवा लाख यात्री उत्तराखण्ड की यात्रा पर पहुंचे।

परिवहन सुविधाओं के विस्तार तथा इस क्षेत्र के पर्यटनात्मक विकास के साथ इनकी संख्या में निरंतर वृद्धि होती ही जाएगी इसमें दो राय नहीं।

इसी तथ्य को दृष्टिगत करते हुए टिहरी गढ़वाल के संसद सदस्य श्री परिपूर्णानन्द पैन्यूली ने गत दिनों मंडलीय रेल उपयोगकर्ता सलाहाकर समिति में उत्तराखण्ड तीर्थ यात्रा के प्रमुख द्वार ऋषिकेश के लिए दिल्ली से एक सीधी गाड़ी बद्रीनाथ एक्सप्रेस चलाने का सुझाव दिया। यह एक अत्यन्त व्यवहारिक सुझाव है, इस सीधी गाड़ी के शुरू होने से देश के एक बड़े भाग से आने वाले तीर्थ यात्रियों को सुविधाजनक यात्रा सुलभ होगी वही अधूरी एक्सप्रेस की भीड़ भाड़ व कई कई दिनों तक प्रतीक्षा करने से भी वे बच सकेंगे।

ऋषिकेश के लिए देश के विभिन्न भागों से सीधी बोगी लगाने की भी व्यवस्था होनी चाहिए जिससे कि तीर्थयात्री सुविधापूर्वक यहां पहुँच सके व रेल विभाग को भी समुचित आय हो।

तीर्थयात्रियों की इस बढ़ती संख्या को आवास उपलब्ध कराने की दिशा में भी कार्य हो रहा है अभी राज्य सरकार के विभिन्न विभाग, पर्यटन विभाग के विश्रामगृह हैं तथा और भी विश्रामगृह व आवास गृह निर्माण की

योजना है। अनुमान है कि निकट भविष्य में पर्याप्त संख्या में पर्यटकों के लिए निजी सार्वजनिक व सरकारी आवास गृह उपलब्ध हो सकेंगे।

उत्तराखण्ड में तीर्थयात्रा व पर्यटन की अर्थव्यवस्था में एक महत्वपूर्ण भूमिका है। कई सौ परिवार यहां यातायात कम्पनियों से अपनी आजिविका कमा रहे हैं व इस प्रकार छोटे दुकानदार व होटल भी यात्रा में ही अपनी आजीविका अर्जन करते हैं।

परन्तु इस सबके बाद भी तस्वीर का दूसरा पहलू यह भी है कि उत्तराखण्ड में तीर्थयात्रा के बारे में अभी तक यह दृष्टि पैदा नहीं हो सकी है कि लघु कुटीर उद्योगों के माध्यम से एक अतिरिक्त आजिविका कमाने या साधन भी "यात्रा लाइन" के ग्रामीण इसे समझ सकें ।

आशा है राज्य सरकार व पर्यटन विभाग एक रचनात्मक दृष्टिकोण विकसित करने की दिशा में पहल करेंगे, तो कोई कारण नहीं चमोली व उत्तरकाशी के ऊनी वस्त्र व टिहरी व जौनसार का पापड़ी काष्ठ शिल्प तथा अन्य ऐसे परम्परागत शिल्प तीर्थ यात्रियों व पर्यटकों को आकर्षित न कर सकें तथा इन क्षेत्र के शिक्षित युवक स्वयं अपने रोजगार खोलने के लिए आगे न आएं।

पहाड़ों में औद्योगिक विकास की समस्यायें

वर्ष-५ अंक-२९९, ३० दिसम्बर १९७६ (पृष्ठ २, दैनिक पर्वतीय)

पहाड़ी क्षेत्रों में औद्योगिक विकास की ओर सरकार का ध्यान आकर्षित हुआ है। पांचवी पंचवर्षीय योजनावधि में २२,७० कोरड़ का प्रस्तावित प्राविधान पहाड़ी जिलों के औद्योगिक विकास के लिए किया गया है। चौथी योजना के अंत कि ८७९ लघु उद्योगिक इकाइयां पहाड़ी जिलों में स्थापित हो चुकी थी जिनमें से लगभग २०० में उत्पादन आरम्भ हो गया था। यह उत्साहवर्द्धक बात है कि स्थापित उद्योग ऐसे हैं जो या तो परम्परागत हैं या स्थानीय सुलभ कच्चे माल पर आधारित हैं।

उत्तर प्रदेश में ३८ जिले औद्योगिक दृष्टि से पिछड़े हुए घोषित किए गए हैं उनमें से देहरादून और नैनीताल को छोड़कर शेष ६ पहाड़ी जिले पिछड़े हुए घोषित किए गए हैं। किन्तु जहाँ हिमाचल देश के ११ में से ८ जिलों में १५% पूंजीगत अनुदान दिया जा रहा है वहाँ उत्तर प्रदेश के केवल एक ही जिला अल्मोडा़ का १५% पूंजीगत अनुदान स्वीकार किया गया है। जहाँ हिमाचल के शेष जिलों में भी १०% पूंजीगत अनुदान उद्योगियों को दिया जा रहा है वहाँ उ० प्र० के अल्मोडा़ को छोड़कर शेष पहाड़ी जिलों में ऐसे पूंजीगत अनुदान के प्राविधान का उल्लेख कहीं नहीं है।

लघु उद्योगों को ५०% परिवहन अनुदान आठों पहाड़ी जिलों के लिए सिद्धांत रूप से स्वीकार किया गया है और इसके लिये पांचवी योजना में १२ लाख रुपये का प्रावधान है किन्तु अभी तक इसको व्यावहारिक स्वरूप कदाचित नहीं मिल सका है।

हिमाचल प्रदेश में निर्णय लिया गया है कि वह लघु उद्योगों को पूंजी विनियोग के लिए दिए जाने वाले ऋणों पर सरकार ३% ब्याज की कमी को विशेष सहायता देगा। हिमाचल सरकार ने प्रथम पांच वर्ष तक राज्य

बिक्रीकर से उद्योगों को मुक्त करने का भी निर्णय लिया है और चुंगी शुल्क को अदायगी से भी मुक्त रखने का निर्णय लिया है।

आज उत्तर प्रदेश सरकार दावा करती है कि उ० प्र० के पहाड़ी जिलों के विकास के लिए बड़े कदम उठाए जा रहे हैं जिस प्रकार हिमाचल में, किन्तु यहाँ पहाड़ी क्षेत्रों के कई उद्योगियों द्वारा बार-बार लिखने पर भी न तो उन्हें बिक्रीकर की छुट मिली और न ही चुंगी शुल्क से मुक्ति मिली। इतना ही नहीं, पहाड़ी क्षेत्रों में पैदा किए जाने वाले उत्पादनों को मैदान को मंडियों तक भेजने के लिए रेलवे का आउट एजेन्सियों के अलावा मोटर ट्रांसपोर्ट कम्पनियों के कोई बुकिंग कार्यालय पहाड़ों में नहीं हैं। हर जगह रेलवे से माल नहीं भेजा जा सकता न हर जगह पहाड़ों में इतनी आउट ऐजेन्सियां ही रेलवे की हैं।

आवश्यकता इस बात की है कि 'रेलवे आउट एजेन्सियों' की संख्या अधिक बढा़ई जाए और ट्रांसपोर्ट कम्पनियों को भी बाध्य किये जाये कि वे माल बुकिंग की व्यवस्था पहाड़ी जिलों के प्रमुख नगरों में करें। आज यदि मोटर ट्रान्सर्पोट से माल भेजना हो तो उसे बुक करने के लिए, कम्पनियों की कोई भी बुकिंग करने लिये, ऋषिकेश, कोटद्वार, हल्द्वानी, रामनगर या टनकपुर आना पड़ता है। उत्पादन थोड़ा सा हो तो उसे मण्डियों तक बुकिंग के लिए लाना खर्चीला होता है और यदि उसे समय पर बुकिंग न करके अधिक माल जमा होने तक प्रतीक्षा की जाए तो ग्राहक का आर्डर समय पर नहीं पहुँचता।

इस प्रकार पूंजीगत अनुदान के आभाव में, रियायती ब्याज दर के बिना चुंगी शुल्क से छूट की अनुपस्थिति में, परिवहन अनुदान के प्रभाव में पहाड़ों और सस्ती बिजलीदर बिना उद्योगों के उत्पादन मैदानी क्षेत्रों के उद्योगों के उत्पादनों का बाजार में मुकाबला नहीं कर सकते। अतः हिमाचल प्रदेश की भांति ही उत्तर प्रदेश सरकार और पर्वतीय विकास विभाग को पहाड़ों के उद्योगों के विकास हेतु सक्रिय रूचि लेनी आवश्यक है।

पर्वतीय राज्य की मांग एक संशय

२४ दिसम्बर १९७७ (पृष्ठ २, दैनिक पर्वतीय)

पृथक पर्वतीय राज्य की मांग के समर्थन में रामनगर में एक और सम्मेलन हो रहा है जिसमें जनता पार्टी के नेता व कार्यकर्ता भी भाग ले रहे है दूसरी ओर उत्तर प्रदेश के मुख्यमंत्री श्री रामनरेश यादव का कहना है कि उत्तर प्रदेश के विभाजन की जनता सरकार की कोई नीति नहीं है।

इस प्रकार पृथक पर्वतीय राज्य की मांग एक संशय बन गई है। संशय अन्तिम सत्य की ओर अग्रसर होने का प्रथम लक्षण होता है यदि तथ्यों के संकलन और उनका विशलेषण किया जाये तो ऐसा लगता है कि विभाजन के बाद किसी अन्य सत्य की ओर अग्रसर हो रही है। यदि जनता पार्टी की कोई नीति राज्य में विभाजन की नहीं है तो जनता पार्टी के उच्च कमान ने या केन्द्रीय नेतृत्व ने इस सम्बन्ध में क्यों मौन साधा हुआ है और उसके नेताओं के लिए क्यों स्पष्ट निर्देशक सिद्धान्त इस सम्बन्ध में घोषित नहीं किये गये? पृथकवादी सम्मेलनों या अभियानों में भाग लेने वालों के विरूद्ध किसी अनुशासनात्मक कार्यवाही का निश्चय भी नहीं लिया गया है।

इस प्रकार 'पर्वतीय राज्य' की मांग, 'है' और 'नहीं है' के संशय में झूल रही है। मुख्यमंत्री का पहाड़ों का इस सम्मेलन के दिनों दौरा इस सम्मेलन की सफलता पर कितना प्रभाव डालता है वह इस मांग के भविष्य पर प्रकाश डालने वाला महत्वपूर्ण तथ्य होगा। मुख्यमंत्री ने विधानसभा की बैठक समाप्त होते ही सर्वप्रथम पहाड़ी क्षेत्रों का सप्तदिवसीय दौरा आरम्भ किया है। यह उनके इन पिछड़े क्षेत्रों के प्रति प्रेम का प्रतीक है जिसके लिए पर्वतीय जनता उनकी आभारी है और उनका हार्दिक स्वागत करती है।

आशा की जाती है कि इस भ्रमण से वे पहाड़ों की समस्याओं से परिचित होंगे उनके समाधानों पर पहुंचेंगे और अगले दौरे के दौरान उनसे पत्रकारों को तथ्यात्मक तथा व्यापक रूप से अवगत करा सकेंगे।

टिहरी बांध परियोजना जोश, दोष ओर रोष
१ मई १९७८ (पृष्ठ ३, दैनिक पर्वतीय)

टिहरी बांध बड़े जोश ओर उत्साह के साथ आरम्भ किया गया था। आरम्भ में टिहरी ओर पहाड़ी जनता को उससे होने वाले लाभों के सपने दिखाए गए। पहाड़ी जनता का सरल स्वभाव, उसे उसी रूप में स्वीकार किया गया जैसे उसे समझाया गया। किन्तु हर वस्तु के दो पक्ष होते है। जहाँ किसी से लाभ होते है वहीं उससे हानि भी जुड़ी रहती है। चयन का आधार यह होता है कि उससे होने वाले लाभ अधिक हैं या हानि अधिक है। उसे झांकते समय यह देखने की आवश्यकता होती है कि वे लाभ हानि आज ही के संदर्भ में न तोले जायें वरन् आज और कल, निकटवर्ती तथा दूरगामी संदर्भ में तोले जाने चाहिये।

टिहरी की जनता ने जब आवेश को छोड़कर विवेक से काम लेना आरम्भ किया तो उसे उस हरेबाग की हरियाली में फल-फूल कम ओर काँटें अधिक दिखने लगे। ज्यों-ज्यों तथ्यों का एकीकरण और उन पर विचार किया जाने लगा त्यों-त्यों टिहरी बाँध के निर्माण में दोष ही दोष दिखने लगे और उसके फलस्वरूप जनरोष उठने लगे और उसके विरोध हेतु एक सर्वदलीय संघर्ष समिति का गठन किया गया।

'टिहरी बाँध' के सम्बन्ध में पहली आपत्ति ये है कि उसे बिना पर्यावरणीय प्रभावों के अध्ययन के बनाया जा रहा है। हाल में सिंचाई मंत्री और मुख्य अभियंता ने टिहरी बाँध परियोजना संघर्ष समिति को इस परियोजना मद थी किसी पर्यावरणीय रिर्पोट के अस्तित्व के बारे में अपनी अनभिज्ञता स्पष्ट की। सरकार के पास ऐसी किसी रिर्पोट या उसके निकट या दूरगामी परिणामों के सबंध में अध्ययन के अभाव में समिति की दलीलों पर ही विश्वास करना पड़ेगा।

समिति ने विशेषज्ञों की राय के आधार पर यह भी तर्क प्रस्तुत किया कि जिस नदी पर बाँध बन जाता है उसका जल दूषित होकर वनस्पति व मनुष्य दोनों पर कुप्रभाव डालने लगता है। समिति का कहना है कि बाँध को बिना पर्यावरणीय प्रभावों के अध्ययन के नील नदी पर बांध बना दिया गया था। जिनके फलस्वरूप उस बाँध की तलहटी में रहने वाले लोग विभिन्न रोग ग्रस्त हो गये हैं। पर्यावरणीक असन्तुलन के फलस्वरूप नील नदी में जहाँ बाँध बनने के पूर्व १८ हजार टन मछली हर वर्ष पकड़ी जाती है उसका दर गिर गया।

परियोजना के सम्बन्ध में दूसरी आपत्ति यह दी जा रही है कि भाखड़ा, पोंगा, रिहन्द आदि बाँधो के विस्थापितों को आज २० वर्ष बीत जाने पर भी नहीं बसाया जा सका हैं और वे दर दर भटक रहें है। देहरादून

जिले के जिन क्षेत्रों में वन काटकर टिहरी बाँध के विस्थापितों को बसाने की योजना है वहां के निवासी वन कटान के विरूद्ध चिपको आन्दोलन करने जा रहे हैं इस प्रकार इस परियोजना के विस्थापित भी दर दर भटकते ही रह जायेंगे।

तीसरी आपत्ति इस परियोजना के सम्बन्ध में आर्थिक आधार पर यह है कि हिमाचल क्षेत्र में भूरक्षण का प्रतिशत विश्व में सर्वाधिक है इस प्रकार ५ अरब से बना यह प्रस्तावित बाँध ४० वर्ष के अल्प समय के लिए ७०,००० आबादी वाले लगभग ५ हजार हैक्टेयर भूमि जलमग्न हो जायेगी। उपरोक्त सभी तर्क यह सिद्ध करते है कि व्यापक पर्यावरणीय, आर्थिक एवं सामाजिक दृष्टिकोण से यह परियोजना जनहित में नहीं है।

सरकार की ओर से जब तक इन क्षेत्र व तथ्यपूर्ण आपत्तियों पर पूर्ण विचार न हो जाए और इस सम्बन्ध में उत्पन्न जन समस्याओं का अब तक समाधान और निराकरण न हो जाए इस परियोजना पर आगे काम रोक दिया जाना चाहिये अन्यथा टिहरी ही नहीं पर्वतीय क्षेत्रों की आम जनता में इससे सरकार के प्रति रोष एवं विरोध ही बढ़ेगा।

ऐसा प्रतीत होता है कि परियोजना केवल सिंचाई एवं विद्युत सम्बन्धी हितों वाले लाभों को देखकर बनाई गई है अन्य पहलूओं पर गम्भीरता पूर्वक विचार नहीं किया गया यदि ऐसा है तो परियोजना पर हर पहलू को ध्यान में रखकर पुनरावलोकन होना चाहिये।

उत्तराखण्ड राज्य

वर्ष-१, अंक-१ ६३, १९ जुलाई १९८० (पृष्ठ २, दैनिक पर्वतीय)

उत्तर प्रदेश के ८ पर्वतीय जिलों को मिलाकर पृथक 'उत्तराखण्ड राज्य' की मांग आज से नहीं कई वर्षों से चली आ रही है लेकिन अभी तक कई कारगर परिणाम नहीं मिले हैं। यह सही है कि 'उत्तराखण्ड राज्य' की मांग के लिए एक क्षेत्रीय पार्टी उत्तराखण्ड क्रान्ति दल का गठन किया गया है और यह वहृद स्तर पर पृथक राज्य बनाने के लिए कार्य भी कर रही है। अभी हाल में बद्रीनाथ में उत्तराखण्ड क्रान्तिदल के हुए सम्मेलन में कुछ महत्वपूर्ण निर्णय लिए गये इससे पहले हल्द्वानी में भी २ अप्रैल को महासम्मेलन हुआ था। जिसमें सर्वसम्मति से पार्टी का पुनः गठन किया गया था बद्रीनाथ सम्मेलन में जो प्रमुख निर्णय लिए गये है उनमें यह भी हैं कि १५ जुलाई तक 'उत्तराखण्ड राज्य' के लिए प्रधानमंत्री श्रीमती गांधी को एक ज्ञापन दिया जायेगा यदि इसके बावजूद भी कोई तथ्य नहीं निकलता तो २५ जुलाई से असहयोग आन्दोलन छोड़ दिया जायेगा।

उ. प्र. के ये पर्वतीय जिले आज तक उपेक्षित रहे है इसमें कोई सन्देह नहीं है विकास योजनाओं के लिए जितना पैसा आया उसका समुचित उपयोग नहीं किया गया। आज आज़ादी के ३३ साल बाद भी ये पर्वतीय जिले आर्थिक दृष्टि पिछड़े हुये हैं। भौगोलिक दृष्टि से संसाधनों के लिए इस क्षेत्र में पर्याप्त स्रोत हैं, लेकिन इन स्रोतों का दोहन करके मैदानी भागों को इसका लाभ मिलता है किसान के तौर पर देखा जाए तो पंजाब हिमाचल प्रदेश तथा हरियाणा जब से पृथक राज्य बने तब से ये चहुंमुखी प्रगति की ओर अग्रसर हैं। जबकि क्षेत्रफल व जनसंख्या में समकक्ष तथा उनसे ज्यादा है, इस दृष्टि से भी पृथक 'उत्तराखण्ड राज्य' की मांग उचित है।

पर्वतीय जिलों में पृथक राज्य के लिए पर्याप्त साधन हैं जिनसे काफी मुद्रा अर्जित की जा सकती है यदि घाटी नदी परियोजनाओं को कार्यान्वित किया जाए तो उ. प्र. को ही नहीं कई राज्यों को बिजली की आपूर्ति कर सकता है।

'उत्तराखण्ड राज्य' के लिए आज तक जितने भी कदम उठाये उनकी कुछ त्रुटियां जरूर रही हैं जब तक दोनों मंडलों की जनता में आपसी सद्भावना की कड़ी नहीं जुड़ती तब तक इस भाग के सफल होने में रूकावटें उत्पन्न होंगी। दूसरी बात यह है कि जिला तथा ग्राम स्तर पर ऐसे कार्यकर्ता नियुक्त किए जायें जो जनता को पृथक राज्यों के लाभों से अवगत करायें उत्तराखण्ड़ की राजधानी के लिए दोनों मंडलों की जनता की राय से उपयुक्त स्थान का चयन किया जाना जरूरी है बाद में इस प्रश्न को लेकर विवाद उत्पन्न न हो।

उत्तराखण्ड क्रांतिदल द्वारा किए गए कार्य सराहनीय है यदि अन्य राजनीतिक पार्टियों उ.क्र.द. के साथ सहयोग करें या संसद और विधान सभा में इस न्यायोचित माँग को उठाये और सरकार को पृथक राज्य की माँग से अवगत करायें तो पृथक 'उत्तराखण्ड राज्य' बनने की सम्भावनाओं को नकारा नहीं जा सकता।

पर्वतीय क्षेत्रों में आपदाओं से क्षति

वर्ष-१, अंक-१ ७५, १९ अगस्त १९८० (पृष्ठ २, दैनिक पर्वतीय)

गढ़वाल के विगत दिनों आये भूकम्प अतिवृष्टि एवं बाढ़ भूस्खलन से जो क्षति हुई है उसे देखते हुए सरकार को इन आठों जिलों को बाढ ग्रस्त क्षेत्र घोषित कर देना चाहिए। वहां युद्ध स्तर पर कार्य करवाना आवश्यक है क्योंकि इन आपदाओं से पर्वतीय जनता के सामान्य जीवन पर काफी प्रभाव पडा। इस बात की गढ़वाल के दो विधायकों - डॉ. शिवानन्द नौटियाल एवं श्री कुंवर सिंह ने भी प्रदेश सरकार से इस सम्बन्ध में मांग की है। इन विधायकों ने गढ़वाल के सीमान्त जिला चमोली के अगस्त मुनि, उखीमठ, कर्णप्रयाग, गैरसैण नारायणगढ़ थराणी एवं देशोबी आदि विकास खण्डों का दौरा किया है। तथा इन क्षेत्रों में आपदाओं से हुई क्षति और राहत कार्यों की जानकारी प्राप्त की है। कई मकान क्षति ग्रस्त हुये हैं। कई लोग मारे गये हैं। कई जानवरों की क्षति हुई है, तथा कई एकड़ भूमि बाढ़ की चपेट में आकर बह गई। प्राकृतिक विपदा ने यहां जो तबाही मचाई है उसे देखते हुए यह कहा जा सकता है कि यहां पर्याप्त सहायता कार्य नहीं हो रहे हैं। कितनी सहायता पीड़ित परिवारों को इस समय दिया जा रहा है यह बहुत कम है उन्हें इतनी तो सहायता दी जानी चाहिए जिससे वे अपनी बिगड़ी हालत में बहुत सुधार लाने के लायक हो। इसके लिए पर्वतीय क्षेत्रों के आपदा पीड़ितों के लिए अलग बजट की व्यवस्था की जानी चाहिए ताकि यहां कार्यकारी रूप से लोगों की दशा सुधारी जा सके। विद्यार्थियों की फीस माफ की जानी चाहिए सरकार वसूली यदि रद्ध करना सम्भव न भी हो तो कुछ समय के लिए स्थगित किया जाना चाहिए इन क्षेत्रों में सस्ते गल्ले की स्पेशल दुकाने खोली जानी चाहिए। मकान बनाने को वर्तमान सहायता राशि बढ़ाकर दस हजार रखी जानी चाहिए।

इन क्षेत्रों का भूगर्भीय सर्वेक्षण कराया जाना चाहिए जिससे इन क्षेत्रों के लिए योजनाएँ बनाई जा सकें। बांध जो प्रस्तावित हैं उनके निमार्ण कार्य किये जायें। लोगों को राहत देने के लिए कार्य के बदले अनाज योजनान्तर्गत

सड़कों, पैदल मार्गों पुलों का निर्माण किया जाना चाहिये जहां आगे खतरा हैं वहां के लोगों को सुरक्षित स्थानों में पहुंचाया जाना चाहिए। पीड़ित परिवारों के सदस्यों को सरकारी नौकरियों में प्राथमिकता देकर उनकी समस्या को हल किया जा सकता है।

पर्वतीय लघु उद्योग

वर्ष-९ अंक-२१३, २३ अगस्त १९८० (पृष्ठ २, दैनिक पर्वतीय)

देश के पर्वतीय क्षेत्रों के वन, खनिज और जड़ी-बूटियों सम्बन्धी प्राकृतिक सम्पदा होने के कारण लघु उद्योगों की बहुत सम्भावनाये हैं। राज्यों में इस प्रकार के उद्योगों को बढ़ावा भी मिल रहा है।

हिमाचल प्रदेश ऐसा प्रथम प्रदेश है जिसके पास पर्वतीय क्षेत्र में सर्वाधिक स्थानीय कच्चे माल से सम्बन्धित लघु उद्योग हैं यही कारण है कि राज्य को आत्मनिर्भरता प्राप्त होती ही जा रही है। उत्तर प्रदेश के ८ पर्वतीय जनपदों में लघु उद्योग का जिस गति से विकास नहीं हो पाया है।

ब्रिटिश काल में काष्ठकला का पर्वतीय अंचलों में काफी चलन था आर्कषक नक्काशी और लकड़ी के विभिन्न प्रकार की वस्तुऐं यहाँ के निर्यात की विशेषताओं का एक अंग हुआ करती थीं लेकिन स्वतंत्रता प्राप्ति के उपरांत बड़े-बड़े कल कारखानों के आगे काष्ठकला का ह्रास सा होता ही चला गया और इस कला का मशीनों से उभरने के स्थान पर पिछड़ना ही पड़ा। फलतः काष्ठ कला को लेकर जीने वाले लोग भी आहिस्ता आहिस्ता लुप्त होते जा रहे हैं।

लेकिन किसी भी समाज में स्थानीय या लघुउद्योग का समाप्त होना बहुत बुरी बात होती है क्योंकि इससे आर्थिक विषमताएं तो बढ़ती ही हैं क्षेत्रीय कला को भी क्षति पहुँचती है और रोजगार में कमी आती हैं।

पर्वतीय विकास की बढ़ती सम्भावनाओं के साथ-साथ इस प्रकार के स्थानीय रोजगार युक्त कक्षाओं के विकास व उनके प्रशिक्षण की यदि व्यवस्था कर दी जाए तो आर्थिक दृष्टि से लाभप्रद होगा। यह कार्य पोलिटेकनिक या आई.टी.आई. प्रशिक्षण संस्थान बखूबी कर सकते है।

रोजगार युक्त इन कलाओं के विकास को आगे बढ़ाने से हम पंजाब, हरियाणा और हिमाचल प्रदेश का मुकाबला आर्थिक क्षेत्र में और राजस्थान आदि का मुकाबला कलात्मक क्षेत्र में कर पायेंगे तथा यह निर्यात का एक बड़ा माध्यम भी होगा जिससे विदेशी मुद्रा भी कमायी जा सकती है।

पर्वतीय रंगमंचीय कला और विस्तार की संभावनाएं

वर्ष-९ अंक-२१६, ५ सितम्बर १९८० (पृष्ठ २, दैनिक पर्वतीय)

पर्वतीय युग विकास का युग है और विकास भी सांइस की मदद से तीव्र गति मय विकास। इसीलिए प्रत्येक व्यक्ति तेज रफ्तार में जान पड़ता है। ऐसे समय में मनोरंजन की बहुत बड़ी आवश्यकता होती है। चाहे वह संगीतमय मनोरंजन हो या अभिनय पूर्ण मंच का या फिल्मी पर्दे का मनोरंजन।

लेकिन आज वैज्ञानिक पद्धति वाले विकास शील युग में सिनेमाओं का चलन सर्वाधिक हो गया है क्योंकि मनोरंजन के प्रस्तुतिकरण के लिए यह सस्ता व आसान माध्यम है।

लेकिन सिनेमा से हट कर जो दिली और मानसिक सुकून देता है वह है रंगमंच का मनोरंजन, क्योंकि यह पारम्परिक पद्धतियों बतौर तरीकों पर होता है जिससे कि इसमें भारतीय संस्कृति की प्राचीनतम छवि सामने उभर आती हैं।

वास्तव में रंगमंच हमारी संस्कृति का प्रतीक है लेकिन यह तभी सम्भव है जब कि लोक कला को लेकर रंगमंच बनाया गया।

ऐसा ही है 'पर्वतीय रंगमंच' भी। यद्यपि समय के थपेड़ों ने अपने वेग से इसे काफी बदल डाला है पर्वतीय रंगमंच आज भी हमारे समाज व धर्म की पुरानी परम्पराओं से हमें अवगत कराता है। पर्वतीय रंग मंच हमें देश के उन अन्य भागों से भी परिचित करवाता है जो कि इस बात का प्रतीक है कि हमारी परम्पराऐं कितनी विकसित हैं। यही कारण है कि किलोमीटर की नपत से यद्यपि हम एक दूसरे से कई कि.मी. दूर हैं लेकिन परम्पराओं से आज भी जुड़े हुए हैं।

पर्वतीय रंगमंच के विस्तार के लिए उसके मौलिक स्वरूप में परिवर्तन लाना अनिवार्य है लेकिन परिवर्तन उतना ही होना चाहिए जिससे कि स्वरूप न बदले यदि ऐसा हुआ तो भारी क्षेत्र में विस्तार सम्भव है।

वन नीलामी और भूस्खलन

वर्ष-९ अंक-२१३, ८ सितम्बर १९८० (पृष्ठ २, दैनिक पर्वतीय)

विगत ६ सितम्बर को एक समाचार हमें मिला कि पर्वतीय क्षेत्रों के विधायकों का एक शिष्ट मण्डल जिसमें गढ़वाल क्षेत्र के विधायक अधिक थे मुख्य मन्त्री श्री विश्वनाथ प्रताप से मिला और उनको पर्वतीय क्षेत्र के विकास सहित विभिन्न अन्य मसलों के समाधान हेतु एक माँगपत्र (ज्ञापन) दिया। इस ज्ञापन में जो मुख्य मांगे उठायी गयी है उनमें वनों की नीलामी रोके जाने सम्बन्धी मांग भी शामिल है।

विगत वर्षों में भी पर्वतीय क्षेत्रों से विभिन्न संगठनों और राजनैतिक पार्टीयों और कार्यकताओं द्वारा इसी संदर्भ में माँग उठायी जाती रही है।

विगत जनता पार्टी के शासन काल में जो कि भारतीय जनता के लिये एक नया परिवर्तन था उससे आशा की जा रही थी शायद वनों की रक्षा के क्षेत्र में कुछ नीतियों में परिवर्तन हो पायेगा तत्कालीन शासन में एक महत्वपूर्ण बात यह हुई कि वृक्षारोपण कार्यक्रम अभियान विशेष रूप से चलाया गया।

उत्तराखण्ड ने देश और प्रदेश को अनेक चोटी के नेता दिये हैं जो की समय-समय पर महत्वपूर्ण और नेतृत्व के पद पर रहे लेकिन पर्वतों की प्राकृतिक सम्पदा के संरक्षण की ओर विशेष ध्यान नहीं दिया जा सका जिसके परिणाम स्वरूप पर्वतीय क्षेत्रों में भारी भूस्खलन होते रहे और मैदानी भागों में बाढ़ की स्थिति पैदा हो गयी।

विगत वर्षों में पर्वतीय क्षेत्रों में जिस अंधाधुंध गति से वनों का कटाव हुआ है उसके परिणाम स्वरूप वनों का क्षेत्रफल मात्र १७ प्रतिशत ही रह गया है। यूँ तो सम्पूर्ण देश में ही वनों का क्षेत्रफल अब कम रह गया है लेकिन पर्वतीय क्षेत्रों के मुकाबले अनेक अन्य पर्वतीय भागों में प्रतिशत अधिक ही है।

वनों की यदि कटाई से रक्षा न की गयी और यदि वनों का अंधाधुंध कटान जारी रहा तो परिणाम सुखद नहीं दुखद ही होंगे।

पवर्तीय क्षेत्रों के जन प्रतिनिधियों की इस क्षेत्र में जागृति सराहनीय है आशा की जानी चाहिये कि स्थानीय जनता भी इस भावना को समझेगी।

हिन्दी के पर्वतीय साहित्यकार

वर्ष-९ अंक-२२५, २३ सितम्बर १९८० (पृष्ठ २, साप्ताहिक पर्वतीय)

पिछले दो दशकों की अवधि में उत्तर प्रदेश के पर्वतीय अंचलों ने विशेषतया कुमाऊँनी क्षेत्रों ने देश की मातृ भाषा हिन्दी साहित्यक विधा में नये साहित्यकारों को पैदा कर एक नया स्वरूप दिलाने में महत्वपूर्ण भूमिका अदा की।

पर्वतीय धरा ने हिन्दी को न केवल हिमाँशु जोशी, शैलेश मटियानी, डॉ. लक्ष्मण सिंह बटरोही (डी.एस.बी. कॉलेज नैनीताल) पं. गोविन्द वल्लभ पन्त श्रीमती तारापांडे स्व. सुमित्रानन्दन पन्त स्व. डॉ. पीताम्बर त्रिवेदी 'पीत' स्व. मथुरा दत्त त्रिवेदी साहित्यकारों ही नहीं दिये बल्कि लोक साहित्य को एक नवीनता भी प्रदान की।

पर्वतीय लेखकों व साहित्यकारों या पत्रकारों में सर्वश्री मोहन चन्द्र त्रिवेदी, प. बद्रीदत्त पांडे, चन्द्रेश शास्त्री, विनोद तिवारी, गौरी शंकर जोशी और चन्द्रशेखर पाठक, महेश त्रिवेदी, धीरेन्द्र शाह, राजीव लोचन साह, पवन राकेश के नाम भी उल्लेखनीय है।

लेकिन इन सभी प्रतिभाओं के बावजूद हिन्दी साहित्य में पर्वतीय समाज को उभारने और स्थानीय परम्पराओं के राष्ट्रव्यापी स्वरूप देने में श्री शैलेश मटियानी, श्री हिमाँशु जोशी और गौरा पंत 'शिवानी' का सर्वाधिक योगदान रहा है।

शैलेश मटियानी वर्तमान प्रगतिशील युग के सबसे अच्छे पर्वतीय लेखकों में माने जाते हैं उनकी रचनाओं में मौलिकता के साथ-साथ भारतीय जनजीवन की अनेक स्वरूपों या धराओं का संगम भी मिलता है। वे आंचलिक लेखकों में सर्वप्रथम पंक्ति पर गिने जाते हैं। शैलेश मटियानी वास्तविकता दर्शाने वाली कलम व भाषा के धनी हैं, वे जो कहते है स्पष्ट कहते हैं।

हिमांशु जोशी की कलम मृदुल, कोमल और पर्वतीय अंचलों की शालीनता को धारण किये हुए स्थानीय सामाजिक परम्पराओं पर जीवित रही हैं। इसी प्रकार से स्व. डॉ. पी. त्रिवेदी 'पीत' ने अपनी साहित्य साधना से हिन्दी जगत में पर्वतीय जन जीवन के नये आयाम दिये और ४ दशक पूर्व यह साबित कर दिया कि पर्वतीय क्षेत्रों में भी हिन्दी साहित्य की महानतम प्रतिभाऐं जीवित हैं। उनकी सबसे बड़ी साहित्यिक साधना कुमाऊँनी की वह रामलीला और वे छायावादी कविताएं हैं जो स्वयं में बेमिसाल हैं।

इसी प्रकार से पर्वतीय अंचलों के अन्य लेखक साहित्यकार व पत्रकार हिन्दी भाषा की सेवा कर रहे हैं। नयी पीढ़ी के पत्रकारों, लेखकों को साहित्यिक रचनाओं की साधना अवश्य करनी चाहिए क्योंकि यह उनकी साधना के अवरुद्ध द्वार अवश्य खोलेंगे।

पर्वतों का आर्थिक पिछड़ापन
वर्ष-९ अंक-२२४, २ अक्टूबर १९८० (पृष्ठ २, दैनिक पर्वतीय)

कितनी विडम्बना की बात है कि सर्व सम्पदा से परिपूर्ण और देश तथा प्रदेश को औद्योगिक प्रगति के प्रमुख अंग उत्तर प्रदेश के पहाड़ आज़ादी से लेकर अब तक की ३४ वर्षों की अवधि में भी उपेक्षा की चक्की के बेरोजगारी और आर्थिक विषमताओं के पाटों में पिस्ता चला आया है।

यद्यपि वर्तमान शासन व्यवस्था का यह कदम बड़ा सराहनीय है कि पहाड़ों की आर्थिक प्रगति के लिए अब तक की सर्वाधिक राशि निर्धारित की गयी है लेकिन अब एक ही प्रश्न पैदा होता है कि क्या इस राशि का उपयोग वास्तव में सही ढंग से हो भी पायेगा और क्या यहाँ के बेरोजगारों को कोई राहत मिल पायेगी! इस प्रश्न का उत्तर ऐसी परियोजनाओं के लागू करवा कर प्राप्त हो सकते हैं जिनमें कि आर्थिक प्रगति के साथ-साथ रोजगार के स्वर्णिम अवसर उपलब्ध हो सकें।

पर्वतीय आर्थिक विषमताओं और बेरोजगारी के दूर न होने का प्रमुख कारण यह है की यहाँ अधिकांशतः विभागों के विभागाध्यक्ष या उच्चाधिकारी मैदानी क्षेत्रों के हैं जो कि योजनाएं यहाँ की परिस्थतियों के अनुकूल नहीं बना पाते है और नयी नियुक्तियां होती है तो बाहरी लोगों को भी बराबर का प्रोत्साहन दिया जाता है इसी के परिणामस्वरूप पर्वतीय क्षेत्रों के सेवारत लोगों का अनुपात १० और ८ का है।

स्थानीय स्तर के जितने भी विभाग है जैसे कि शिक्षा, स्थानीय निकाय, विश्वविद्यालय आदि आदि में भी नियुक्तियों के मामलों या रोजगार देने के विषय में आये दिन असन्तोष की भावना देखने को मिलती है।

प्रदेश सरकार को चाहिए कि वह पर्वतीय क्षेत्रों में विकास सम्बन्धी, सा.नि.वि. स्थानीय निकाय और शिक्षा जगत में स्थानीय अधिकारियों को भेजें ताकि स्थानीय विकास भी अधिकाधिक सम्भव हो सके और स्थानीय लोगों को रोजगार देने में किसी भी प्रकार की बेईमानी न हो पाये।

पर्वतीय अंचलों में पेयजल प्रदूषण
वर्ष-९ अंक-२३२, २ अक्टूबर १९८०

कहा जाता है कि जहाँ वन होते हैं वहाँ हमेशा ताज़ा हवा हुआ करती है और जहां ताज़ा हवा हुआ करती है वहाँ की जल वायु और पानी भी स्वच्छ होते हैं और हमारे पर्वतीय क्षेत्र जो कि प्राकृतिक सम्पदा के धनी है लेकिन कितनी विडम्बना की बात है कि ये ही क्षेत्र आज जल प्रदूषण के शिकार हैं।

प्राचीन काल में ही नहीं अपितु ब्रिटिश कालीन समय तक में पर्वतीय अंचल स्वच्छ व पौष्टिक जल के लिये मशहूर थे। ये कहा जाता था कि जो आदमी मैदान में एक रोटी खाता हो वह पहाड़ में ४ रोटी खाता है।

लेकिन आबादी के बाद बढ़ते दायरे और ज़मीन के घटते क्षेत्रफल के साथ-साथ पर्वतीय अंचलों की घनी आबादी और यहाँ तक कि ग्रामीण अंचलों तक में पेयजल प्रदूषण हो गया है।

पर्वतीय क्षेत्रों में पेयजल प्रदूषण का एकमात्र कारण है गंदगी से पेयजल को नहीं बचाया जाना और सरोवरों या ताल तलैयों अथवा नालों को बिना ठीक से साफ किया गया पानी, पीने के लिए जनता में वितरित कर दिया जाना; और प्राकृतिक स्रोतों का बन्द या कम हो जाना।

पर्वतीय क्षेत्रों में पेयजल सुविधा और सुधार की दृष्टि से प्रदेश जल निगम और जल संस्थान को विश्व बैंक से जो आर्थिक सहयोग मिलता रहा वास्तविक मायनों में उस राशि का इस्तेमाल कभी नहीं हो पाया।

अब तक विश्व बैंक स्थानीय सिवर लाइनों और पेय योजनाओं के लिए करोड़ों की राशि दे चुका है लेकिन ये राशि कहाँ गयी यह कोई भी नहीं जानता यदि जानते भी होंगे तो संस्थान और निगम वाले ही है।

लेकिन कुछ भी हो पर्यटन विकास और औद्योगिक व आर्थिक विकास के लिये यह आवश्यक है कि पर्वतीय अंचलों की पेयजल व्यवस्था को सुधारा जाए।

पर्वतीय अंचलों में हिन्दी विकास

वर्ष ९ अंक २४४, १६ अक्टूबर १९८० (पृष्ठ २, दैनिक पर्वतीय)

हमारी मातृ भाषा हिन्दी के विकास में उत्तरी क्षेत्रों का सर्वाधिक योगदान रहा है उत्तरी क्षेत्रों में उत्तर प्रदेश का हिन्दी के विकास में सर्वाधिक योगदान रहा है इस विशाल प्रदेश में आयोध्या और इलाहाबाद से लेकर वृन्दावन और हिमालय की कन्दराओं तक में हिन्दी का पालन पोषण और विकास ब्रिटिश काल से ही होता रहा है।

उत्तर प्रदेश के पर्वतीय अंचलों जिसे कि उत्तराखण्ड के नाम से भी जाना जाता है में हिन्दी का चलन हमेशा ही रहा है यद्यपि उत्तराखण्ड के पास गढ़वाल और कुमाऊँ जैसे क्षेत्रीय भाषा भाषी क्षेत्र है फिर भी आम बोलचाल की भाषा में हिन्दी के शब्द ८० प्रतिशत है और इनमें संस्कृत का ४० प्रतिशत तक है।

सम्भवतः उत्तराखण्ड में हिन्दी और संस्कृत मिश्रित भाषा होने के ही कारण इस भूमि ने समय समय में अनेक मशहूर लेखक और साहित्यकार दिये हैं आज भी इस धरा से सर्वश्री चंद्रेश शास्त्री, डॉ. लक्ष्मण सिंह बटरोही, शैलेश मटियानी, हिमांशु जोशी, शेखर पाठक एवं अन्य श्रेष्ठ प्रतिभाएं हिन्दी जगत को अपने साहित्य के प्रकाश से ज्योतिर्मय कर रही हैं।

उत्तराखण्ड में हिन्दी को वर्तमान परिपेक्ष्य के अनुसार नये आयाम देने की बहुत बड़ी आवश्यकता है यदि यहां हिन्दी का उचित विकास हो पाया तो यहां की संस्कृति और सभ्यता जो कि पश्चिमी चकाचौंध से अभी अछूती है देश की मातृ भाषा की साहित्यिक सरिता में नया योगदान दे सकेगी।

पर्वतों की शालीनता

वर्ष-९ अंक- २८५, ३० नवम्बर १९८० (पृष्ठ २, दैनिक पर्वतीय)

हिमालय ने अपनी गरिमा के अनुकूल अपने विशाल भंडार से देश को गंगा यमुना और सरस्वती जैसी नदियां देकर गंगा और यमुना के मैदानों को हरियाली ही नहीं दी अपितु अपनी गोद में ८ पर्वतीय जनपदों को आश्रय भी दिया

है जिनके विशालतम क्षेत्रफल से देश को ईंधन से लेकर इमारती लकड़ी तक के साधन और अपार प्राकृतिक खनिज व गैर खनिज सम्पदा भी मिली है।

इस उत्तराखण्ड क्षेत्र को देव और तपस्वियों की भूमि माना गया है और विज्ञान के वर्तमान विकासात्मक युग में नहीं अपितु पौराणिक ग्रन्थों में भी देश का यह मुख्य क्षेत्र माना जाता रहा है। देश में ब्रिटिश हुकूमत के खिलाफ जब-जब आवाज उठी तब-तब पर्वतीय अंचलों ने इसमें मुख्य भूमिका अदा की।

अपनी गौरवमय परम्पराओं को आज भी पर्वतीय अंचलों के उत्तर प्रदेश के ये आठों पर्वतीय जनपद पूर्व की भांति ही बनाये हुए हैं लेकिन आज़ादी के विगत चन्द वर्षों से पर्वतीय क्षेत्रों की शालीनता को कुछ ठेस पहुँचाने की बाहरी लोगों द्वारा चेष्टा भी की जाती रही है, यही कारण है कि कभी-कभी यहाँ की शान्त वादियों में हत्याओं, बलात्कार, डकैती, राहजनी, युवतियों को भगाये जाने की सी घटनाएं उभरती है और घटना चाहे कितनी ही साधारण सी या छोटी सी ही क्यों न हों यहाँ के शांति प्रिय व विशेष शालीनता से ओत-प्रोत लोगों के लिए गंभीर घटना होकर उभरती है।

यह सही बात है कि परम्पराओं और नियमों के भंग होने पर समाज की आर्थिक व सामाजिक प्रगति अवरूद्ध या छिन्न-भिन्न हो जाती है।

बदलते परिवेश में पर्वतों को भी अपनी प्राचीन व पीढ़ी दर पीढ़ी चली आ रही शालीनता को पुनः प्राप्त करने के लिये स्वयं में परिवर्तन लाने होंगे और इसके लिये यहाँ के सांस्कृतिक, बौद्धिक, राजनैतिक एवं सामाजिक परिवेश में नवीन चेतना का सूत्रपात किया जाना आवश्यक है।

उत्तर भारत में हिमपात

वर्ष-११, अंक-५, ६ जनवरी १९८२ (पृष्ठ २, दैनिक पर्वतीय)

उत्तर भारत के पर्वतीय क्षेत्रों में प्रतिवर्ष हिमपात पहाड़ में अधिकतर दिसम्बर के अंत और जनवरी में शुरू होना स्वाभाविक है। वहाँ पर जब-जब वर्षा हो जाती है परिणाम स्वरूप जम्मू कश्मीर राष्ट्रीय मार्ग कई घण्टे तक बन्द हो जाता है, जिसमें सड़क विभाग अपनी महत्वपूर्ण कार्य कुशलता के लिए प्रसिद्व है जो कुछ ही घण्टों में अवरूद्ध मार्ग को कार्ययुक्त कर देता है।

उत्तर प्रदेश के गढ़वाल, कुमाऊँ तथा दूसरे पर्वतीय क्षेत्रों में भारी हिमपात तथा राज्य के मैदानी इलाकों में ओला, हिमपात गिरना शुरू होता है तब जनजीवन अस्त व्यस्त हो जाता है अब तक शीत लहर के कुप्रभाव परिणामों से मरने वालों की संख्या बढ़कर ६० हो गई है मौसम विभाग ने तो यहाँ तक की ४८ घण्टों के दौरान राज्य के पश्चिमी जिलों के कुछ भागों में पाला गिरने तथा अनेक हिस्सों में ओला गिरने व भारी वर्षा होने की संभावना व्यक्त की है। ऐसे समय में तापमान एकाएक गिर जाता है। और ८ डिग्री से. हो जाता है परिणाम स्वरूप वर्षा की अधिकता इन्हीं दिनों होती है ०५/०१/८१ की रात एकाएक 14.8 मिमी. वर्षा रिकार्ड की गई। शाहजहांपुर में 15.7 मिमी. वर्षा रिकार्ड की गई। हिमालय की समस्त चोटियाँ बर्फ से ढकी हुई शर्मिली सी लग रही हैं। भीषण गर्मी के दिनों में भी बर्फ को अपनी गोद में बिठाये रहने वाली हिमालय की कुछ ऊँची चोटियाँ इस समय पूर्णतः अदृश्य हो गयी हैं।

हिमालय सदियों से ऋषि मुनियों की खास स्थली रहा है। धैर्य का प्रतीक, साहस हिम्मत और दृढ़ता का पाठ सिखाने वाले पर्वतराज हिमालय को भारत वर्ष का मुकुट एवं स्वावलम्बी हिमालय कहा गया है। इसी हिमालय में शिव तपस्या करते हैं। पर्वतों का जन्मदाता भी यही है गंगा एवं यमुना के उद्गम स्थल यह हिमालय सम्पूर्ण देश को गंगा एवं यमुना के रूप में जल आदि उपलब्ध कराकर हरा भरा करता है। पर्वतराज युधिष्ठिर इसी से होकर सीधे स्वर्ग तक जाने में सफल हुए थे।

यह तथ्य है कि महिमायुक्त हिमालय क्षेत्र एवं उसकी उप श्रृंखलाओं (कुमाऊँ एवं गढ़वाल की पहाड़ियों) में विकास की आवश्यकता का नारा बरसों से लगाया जा रहा है। उद्योग धन्धों का विकास यहाँ की समस्या पर आधारित उद्योग एवं पर्यटन को विकसित करने के सम्बन्ध में मताधिकगार घोषणाएं की जा चुकी हैं। कांग्रेस सरकार के नेतृत्व में इस ओर प्रयास भी हुए हैं। पर्यटन विभाग, उद्योग विभाग एवं पर्वतीय (कुमाऊँ गढ़वाल) विकास निगम मिलकर अपनी सामर्थ के अनुसार यहाँ के विकास के लिए कार्य भी कर रहे हैं। मगर इस तिकड़ी से उपेक्षा के अनुरूप कार्य ही नहीं हो पा रहा है। इस क्षेत्र में जड़ी बूटियाँ वन, उपज, दरी, कालीन, एवं होटल इत्यादि उद्योगों के विकास की असीम सम्भावनाएं विद्यमान हैं।

फलोत्पादन को दृष्टिगत रखते हुए बागवानी पर आधारित उद्योग भी यहां लगाये जा सकते हैं। परन्तु यह आश्चर्य की बात है कि अभी तक इन क्षेत्रों में उक्त संदर्भ में भारी उद्योग लगाये जाने की विशाल संभावनाओं के बाद भी इन सम्बन्ध में प्रकृति नगण्य है।

पर्वतीय क्षेत्रों की समस्याएं भी कम विचित्र नहीं हैं, सर्दियों में यहां के पहाड़ हिम की चादरों से ढक जाते हैं यहां के निवासी बेकारी के बोझ को ढोते फिरते हैं । इतना ही नहीं यहां तक देखा गया कि अपना घर बार छोड़कर रोजगार की तलाश में बेकारी के काले कम्बलों को ओढ़कर खाना-बदोश होकर दूर-दूर मैदानी भागों में निकल पड़ते हैं। इन खाना बदोश पहाड़ियों के मनीआर्डर की राह देखते आधे फटे पुराने वस्त्रों को तरसते बच्चे सरकार की विकास योजनाओं के आगे एक प्रश्न चिहन बन जाते हैं। इस प्रश्न को न तो किसी नेता ने कभी सोचा है और न ही यहां से विधानसभा एवं लोकसभा में आने वाले किसी प्रतिनिधी ने हल किया है, क्योंकि वे स्वंय सुविधा भोगी होकर आराम के सपनों के पालने में लगे हैं। प्रदेश के मुख्यमंत्री भले ही ईमानदारी से कार्य करने का दावा करें परन्तु कानून व्यवस्था की गम्भीर स्थिति उनके लिए प्रतिष्ठता एवं अस्तित्व का प्रश्न बन गई है। विकास कार्यक्रम दूसरे स्थान पर आ गये हैं। हिमालय में यदि हिम की बयान बाजी से ऊपर उठकर वास्तविक रूप में यहां विकास कार्यक्रम पर ध्यान नहीं दिया गया तो एक दिन यहां हिम के अलावा कुछ नहीं बचेगा।

२५ सितम्बर १९८२

नये पर्वतीय विकास मंत्री

उ.प्र. के मुख्य श्री श्रीपति मिश्र ने आखिर पर्वतीय विकास मंत्री का कार्य भार श्री बलदेवसिंह आर्य के कन्धों पर डाल दिया है देखे क्या करते हैं वे ? इससे पहले श्री विश्वनाथ प्रताप सिंह सरकार में पर्वतीय राज्य विकास मंत्री

का कार्य-भार श्री चन्द्रमोहन सिंह नेगी को सौंपा गया था, लेकिन वे अपने चुनाव चक्र में ही फंसे रहे। जिससे विकास तो क्या विकास के बारे में सोचने का भी उन्हें मौका नहीं मिला।

उ.प्र. के पहाड़ी जिलों की स्थिति दिन प्रतिदिन बिगड़ती जा रही हैं पर्वतीय अपना नैतिक कर्तव्य समझता है कि समय रहते उनको इस बात से अवगत करा दे। पर्वतीय विकास के बजट का जिस तरह दुरुपयोग अभी तक हुआ है उस से वे भली-भाँति परिचित हैं।

पर्वतीय विकास फाइलों में तो बड़ी तेजी से हो रहा है। लखनऊ में बैठे ही विकास हो जाता है चाहे पहाड़ों में हुआ हो या नहीं। यदि अधिकारी भ्रमण पर जाते भी हैं तो वहीं तक जाते हैं जहां तक रोड हो। गांवो में क्या हो रहा है? उन्हें कुछ नहीं मालूम जब वे पहाड़ों में स्थिति अपने क्षेत्रीय कार्यालयों मे जाते हैं तो उनके कार्यालयों के मुखिया जोरदार पार्टी से उनका स्वागत करते हैं, और वे उसी पार्टी मे रमजाते हैं। क्षेत्र में कार्य किस गति से चल रहा है, इससे उनको कोई लेना देना नहीं। और लखनऊ जाकर रिपोर्ट दी जाती है कि विकास कार्य जोरों पर है।

1974 में जब श्री बहुगुणा उ.प्र. के मुख्यमंत्री थे तो पर्वतीय विकास मंत्रालय उन्होंने ही बनाया था, और पहाड़ों के विकास के लिए कुछ योजनायें भी। लेकिन उनके मुख्यमंत्री पद से हटने के बाद उन योजनाओं की भी इति श्री हो गयी।

1974 से लेकर अब तक जितने भी पर्वतीय विकास मंत्री बने है भले ही उन्होंने अपना विकास किया हो लेकिन पर्वतीय विकास नही। यहाँ दीगर बात है कि लच्छेदार भाषण देकर पहाड़ की जनता को प्रभावित किया हो ताकि अगला चुनाव भी जीत सके। लेकिन व्यवहारिक रुप देने की कभी कोशिश नहीं की।

जगह-जगह पर्वतीय विकास गोष्ठियाँ होती रही कभी लखनऊ कभी दिल्ली, कभी नैनीताल कभी मसूरी, लेकिन नतीजा............ 'खोदा पहाड़ निकली चुहिया' योजनायें बनती है लेकिन उन पर अमल कौन करे.................... ?

ऐसे अधिकांश अधिकारियों को यहाँ भेजा जाता है जिनको केवल तनखा लेने से मतलब होता है उनकी बला से यहाँ कुछ हो न हो। या जिन्हें वहाँ के बारे में पूरी जानकारी नहीं होती।

श्री बलदेव सिंह आर्य, पुराने अनुभवी नेता हैं। पहाड़ों के बारे मे उन्हें पूरी जानकारी है इसलिए वह अपनी जानकारी का पूरा फायदा उठाएंगे ऐसा विश्वास है। देखें कहाँ तक सफल होते हैं ?

पिछड़े क्षेत्रों में विकास

वर्ष -३२ अंक-१५, ३० अप्रैल १९८३ (पृष्ठ २, दैनिक पर्वतीय)

किसी भी देश को तब तक प्रगतिशील नहीं कहा जा सकता हैं जहां एक ओर औद्योगीकरण तो हो रहा हो मगर पिछड़े क्षेत्रों की तरफ ध्यान नहीं दिया जा रहा हो पर वर्तमान में आंकड़ों को देखने से यह स्पष्ट जाहिर हो जाता है कि पिछड़े व पर्वतीय क्षेत्रों की उपेक्षा की गई है। इस सम्बन्ध में राष्ट्रीय जांच कमेटी ने भी कहा है क्षेत्रफल और आज़ादी के हिसाब से जिन क्षेत्रों को ज्यादा मदद करनी चाहिये थी उनको वास्तविक मदद नहीं दी गई है और ना ही राष्ट्रीय कार्यक्रम के अन्तर्गत पिछड़े क्षेत्रों को कोई मदद ही दी गई हैं।

आज पिछड़े व पर्वतीय क्षेत्रों की स्थिति यह है कि इन क्षेत्रों में पिछड़ापन बढ़ता जा रहा है और यहां का शिक्षित जन शहरों को पलायन कर रहा है। नतीजे में महिलाओं को श्रमिक कार्य करना पड़ता है। फलस्वरूप न तो आर्थिक उन्नति हो पाती है और ना ही मानसिक व शारीरिक। एक ओर शहरीकरण की बढ़ती रफ्तार ने जहां शहरों की आबादी को सघन कर दिया है वहीं पिछड़े क्षेत्र पिछड़ते जा रहे हैं। पूंजी के केन्द्रीकरण को बल मिल रहा है जबकि राष्ट्रीय उद्देश्य सत्ता का विकेन्द्रीकरण है। सत्ता के विक्रेन्द्रीकरण का अर्थ मात्र राजनैतिक विकेन्द्रीकरण से है। पिछड़े क्षेत्रों में विकास के लिए यह जरूरी है कुटीर व लघु उद्योगों से लेकर पिछड़े क्षेत्रों में औद्योगीकरण हेतु ७०% पूंजी का निवेश होना चाहिये ताकि औद्योगीकरण व पिछड़े क्षेत्रों के विकास का कार्य साथ-साथ चल सके।

पिछड़े क्षेत्रों में आज भी न तो यातायत की सुविधा है और ना ही रेल, परिवहन व बिजली आदि की सुविधा। इसके अतिरिक्त न सड़के हैं, न तकनीकी संस्थान हैं और ना ही चिकित्सालय आदि की व्यवस्था, ऐसे में मात्र औद्योगीकरण व शहरीकरण से कुछ भी विकास सम्भव नहीं है। विकास के लिए आवश्यक है कृषि आधारित परम्परागत उद्योगों को ग्रामीण क्षेत्रों में लाया जाए। शहरों में बनने वाले कई उद्योगों को कच्चा माल बाहर से आता है इसलिए यह भी जरूरी है कि वहां पर उसी प्रकार के उद्योग लगे।

पिछड़े या ग्रामीण क्षेत्र में होने वाला उत्पादन ही शहरी क्षेत्र में जाकर औद्योगिक उत्पादन बनता है। इसलिए पिछड़े क्षेत्र के विकास के लिए वहीं पर औद्योगिक उत्पादन केन्द्रों की स्थापना करनी चाहिये। नई तकनीक का विकास भी पिछड़े क्षेत्रों में त्वरित गति से पहुंचाना चाहिये।

विकसित ग्रामीण क्षेत्रों में आबादी सघन हो रही है। शहर में सघन आबादी की वैसे ही विकट समस्या है। इस बढ़ती आबादी के दबाव को पिछड़े क्षेत्रों में औद्योगिक क्रांति कर संभाला जा सकता है। अभी तक गुजरात, हरियाणा, पंजाब, महाराष्ट्र, तमिलनाडु कनार्टक व पश्चिमी बंगाल में उद्योगों का विकास हुआ है पर पहाड़ी क्षेत्र पूर्वांचल व केन्द्र शासित राज्य आज़ादी और क्षेत्रफल के हिसाब से काफी पिछड़े हुए हैं।

पिछड़े इलाकों में भी पर्वतीय अंचल की दशा काफी शोचनीय है। कुमाऊँ व गढ़वाल के सीमावर्ती इलाकों में आज भी न तो सड़के हैं और न ही यातायात के पर्याप्त साधन। कई स्थान ऐसे हैं जहां व्यापक फलोत्पादन केन्द्र स्थापित कर कई लोगों को रोजगार दिया जा सकता है। उद्योग धंधो के अभाव में यहां का अधिकांश व्यक्ति नौकरी के लिए बाहर पलायन करता है।

आज हालत यह है जहां पंजाब में १५% जनसंख्या गरीबी की रेखा पर है वहीं त्रिपुरा में यह स्थिति ९६% है। पर्वतीय क्षेत्रों में भी ८०% से अधिक लोग गरीबी की रेखा के नीचे हैं। इन हालातों को शीघ्र दूर न किया गया तो विकास मात्र एक सपना बनकर रह जाएगा।

वर्षा ऋतु का आगमनः पहाड़ों में भूस्खलन

वर्ष-३२ अंक -२५, ११ जुलाई ८३ (पृष्ठ २, दैनिक पर्वतीय)

वर्षा ऋतु के आगमन की बड़ी व्यग्रता से प्रतिक्षा की जाती है। खेत जंगल हरे-भरे हो जाते, हरियाली ही हरियली छिटक जाती है। एक ओर जहां वर्षा ऋतु ग्रीष्म की गर्मी से राहत प्रदान करती है वहीं दूसरी ओर यह तबाही भी

मचा देती है। मैदानी भागों में हर वर्ष बाढ़ आ जाती है। अनगिनत जान-माल का नुकसान होता है। चाहे इससे बचने के कितने ही उपाय किए जाये पर यह अपना कहर बरपा ही जाती है। आजकल सौराष्ट्र, असम, उड़ीसा व महाराष्ट्र बाढ़ की चपेट में है। उत्तरी भारत की नदियों का जलस्तर लगातार बढ़ता ही जा रहा है। मैदानी क्षेत्रों में बाढ़ का मुख्य कारण पहाड़ों में वनों का कटना है। पहाड़ों में वन के वृक्ष मिट्टी को रखते हैं, जिससे वह ना बहें और जड़ें पानी भी सोख लेती हैं। मगर जैसे-जैसे मुनष्य की भौतिक जरूरतें बढ़ी वैसे-वैसे वन कटते गये, पहाड़ बहते गये और मैदानी क्षेत्रों में बाढ़ का प्रकोप बढ़ता गया।

आज पर्यावरण का संतुलन पेड़ों के जरूरत से ज्यादा मात्रा में काटे जाने से इतना बिगड़ गया है कि श्री सुन्दरलाल बहुगुणा ने तो चिपको आन्दोलन ही चला दिया। आज चिपको आन्दोलन भारत की सीमायें भी लांघ गया है और सरकार को पर्वतों और वनों की ओर चेताने का श्रेय भी उसी को जाता है।

जब से पहाड़ों में सड़कों का जाल फैलने लगा और डाइनामाइट के धमाकों से पहाड़ उड़ाये जाने लगे तब से पर्वतों में भूस्खलन की दर में वृद्धि हुई है। सड़क बनाते समय स्थान और पर्वत की बनावट की सही जानकारी ठेकेदार नहीं लेते और न ही सरकार इस ओर ध्यान देती है। सन् ७८ में तो अलकनन्दा नदी में पूरा पहाड़ ही गिर गया था जिससे उसका बहाव अवरूद्ध हो गया था। ऐसी कई घटनायें पहाड़ों में आम हैं। इसका मुख्य कारण पहाड़ काटने के बाद उसे गिरने से रोकने के लिए कोई उपाय न किया जाना है। होना तो यह चाहिये कि वहां एक पुश्ता खड़ा कर दिया जाए जिससे मिट्टी न खिसक सके। मगर बहुधा देखा गया है कि सड़क बनाने वाले इस ओर ध्यान नहीं देते हैं। विगत वर्ष नेशनल हाइवे देहरादून मसूरी में कोल्हूखेत से झेड़ीपानी तक की रोड के लिए पहाड़ों का कटान हुआ। वैज्ञानिक चेतावनी के बावजूद पहाड़ काटे गये। नतीजा यह रहा कि काम के बीच में बरसात लगने से पूरी सड़क टूट गई और उस स्थान को पहली बार देखने से तो ऐसा लगता था कि वहां सड़क थी ही नहीं। आज कई पर्वत भागों पर सफर करते समय एक तरफ कटे नंगे पहाड़ नजर आते है। जरा सी पानी की बौछार से सारा मलवा सड़क में फैलकर मार्ग को अवरूद्ध कर देता है।

सड़क निर्माताओं को और प्रशासन को इस बात का ध्यान रखना चाहिए कि सड़क बनाने के लिए पहाड़ उचित है या नहीं, और सड़क निर्माण के बाद मलबा नीचे न आये इसका भी पूरा पूरा इन्तजाम करना चाहिये।

आज कल पर्वत नगरियों में कई अवैध निर्माणों से भी भूस्खलन का खतरा बढ़ जाता है। कई पहाड़ जिनका कटान प्राकृतिक रूप से नहीं होना चाहिये प्रशासनिक दबाव में आकर काटे जा रहे हैं। इन सबसे पर्यावरण भी दूषित हो जा रहा है। यह एक गंभीर विषय है अगर वर्षों से पहाड़ हर साल इसी तादाद में भूस्खलन के बहाने बहते गये तो हिमालय को इस सदी के अंत तक एक वैज्ञानिक चेतावनी के अनुसार रेगिस्तान बनने का खतरा है।

मगर खेद के साथ कहना पड़ता है कि बार-बार इस ओर ध्यान दिलाए जाने के बावजूद भी सरकार नहीं चेती है। अब वक्त आ गया है जब पर्वतों के नैसर्गिक सौन्दर्य को बरकरार रखने के लिए सरकार को रचनात्मक कार्यों में जनता के साथ मिलकर जुट जाना चाहिये। अन्यथा पर्वतों के लुप्त होने में ज्यादा देर नहीं लगेगी।

शोषण ग्रस्त पहाड़ी जिले

वर्ष-१२ अंक-१९१, ३० जुलाई ८३ (पृष्ठ २, साप्ताहिक पर्वतीय)

पर्वतीय जिलों में फैली भ्रष्ट व्यवस्था के कारण ये जिले सर्वथा शोषण के शिकार होते रहे हैं। यहाँ पर काम करने वाले ज्यादातर अधिकारी चाहे वह किसी भी विभाग के हों मैदानी क्षेत्रों से आते हैं। उन्हें न तो पहाड़ों के भूगोल का ना ही जन समस्याओं का ध्यान रहता है। इसी सन्दर्भ में कई बार पर्वतीय सेवा के लिए अलग कैडर बनाने की मांग की गई। ताकि यहां के शिक्षित नवयुवकों व नवयुवतियों को अपनी प्रतिभा का प्रर्दशन करने में सुविधा रहे।

मगर अफसोस इस बात का है कि शिक्षितों की जमात होते हुए भी ज्यादातर लोगों का अधिकारी वर्ग के लिए चयन नहीं हो पाता। उत्तर प्रदेश के आठों जिलों में अभी तक भी संघ लोकसेवा आयोग या प्रदेश लोक सेवा आयोग का कोई केन्द्र नहीं है। साधन के अभाव में यहाँ के लोग मैदानी क्षेत्रों में रहने वालों का मुकाबला नहीं कर पाते और नतीजन वे पिछड़ते जाते है। जाहिर है जब यहां के निवासी पिछड़ेंगे तो पहाड़ी जिले भी आर्थिक एवं विकास की दृष्टि से निरन्तर पिछड़ते रहेंगे।

आज पहाड़ों की तराई व भावर की दस प्रतिशत भूमि पर बाहरी तत्वों का कब्जा है। परोक्ष सरकारी वरद् हस्त प्राप्त हाने के बाद तराई के इलाकों में लोग बसाए गए थे इन क्षेत्रों ने इतनी तरक्की करी कि धीरे-धीरे यहां के मूल निवासियों की ज़मीन भी इनके हाथों बिकती चली गई। आज देहरादून, ऋषिकेश, काशीपुर, रूद्रपुर, श्यामपुर आदि के प्रसिद्ध कृषि क्षेत्र इन्हीं तराई मैदानों में है जहां पर्वतीय मूल के निवासियों का नामोनिशान लगभग मिट सा गया है।

कुछ भ्रष्ट अफसरों और ठेकेदारों के तालमेल से वन व वनों के खनिजों के खजाने को लूट सा लिया गया है। हर साल लगभग सवा दो लाख से ज्यादा रुपये का लीसा पर्वतों से लिया जा रहा है। जो पर्वतों के वनों के पेड़ों के साथ बलात्कार के समान है। एक समय तो सरकार ने टिहरी और उत्तरकाशी जिलों में ब्रिजा और तारपीन के तेलों का कारखाना स्थापित करने वालों के लिए आठ साल तक दो लाख घाव आवंटित करने की बात कही थी और लोगों ने अपनी पूंजी लगाकर कारखाने भी स्थापित किये। मगर किसी वजह से यह योजना क्रियान्वित न हो पाई।

वन संरक्षण अधिनियम १९८० से पर्वतवासी तो ईंधन के लिए भी तरस रहे है। मगर अफसरशाही की शह तले पर्वतीय जंगलों से खेत आदि और आँधी से टूटे पेड़ो के उद्योगों के नाम से निकासी की अनुमति लेकर काटी गई लकड़ियाँ पंजाब व हरियाणा राज्यों तक पहुँचा दी जाती हैं। इतना ही नहीं जड़ी बूटियों का पहाड़ में निकालने का अनुमति पत्र किसी क्षेत्र का होता है और निकाली वे किसी दूसरे क्षेत्र से जाती है। जिन पेड़ों को नहीं कटना होता है वे कटते रहते हैं।

पर्वतीय जिलों में बीस सूत्री कार्यक्रम भी ठीक प्रकार से क्रियान्वित नहीं किया जा सका जिससे अभी भी पहाड़ों के अन्दरूनी इलाकों में लोग अपनी मूल भूत समस्याओं से ग्रस्त है।

आज जिस प्रकार से पर्वतीय जिले उद्योग व रोजगार के क्षेत्र में आर्थिक रूप से पिछड़ रहे हैं और जिस प्रकार से पहाड़ी जनों के विशेषाधिकारों का हनन् किया जा रहा है उसे देखते हुए जम्मू कश्मीर की तरह पहाड़ी जिलों में

भी धारा ३७० जैसा प्रावधान होना चाहिए। शोषण की भी एक सीमा होती है और अब पहाड़ की युवा पीढ़ी में चेतना आ रही है। आम पहाड़ी जन अब यह सोचने लगा है कि पहाड़ियों को पर्वतों में प्राथमिकता प्रत्येक क्षेत्र में मिलनी चाहिए। सरकार को इन समस्याओं के समाधान हेतु गम्भीरता पूर्वक विचार करना चाहिए।

पहाड़ी जिलों का औद्योगिक विकास

वर्ष ३२ अंक २७ ६ अगस्त १९८३ (पृ. स. २ साप्ताहिक पर्वतीय)

पहाड़ी जिलों के उत्थान के लिए और वहां के निवासियों के स्वतः रोजगार के लिए यह आवश्यक है कि वहां का औद्योगीकरण हो। पर्वतों में ऐसे उद्योग लगने चाहिए जिनसे वातावरण प्रदूषित न हो और पर्वतों की नैसर्गिक सुन्दरता भी बरकरार रहे। विगत में कई बड़ी योजनाओं के बावजूद अभी औद्योगिक विकास की दृष्टि से पहाड़ी जिले प्रदेश के अन्य कई जिलों से पिछड़े हैं।

पिछले वर्ष प्रदेश सरकार ने नई इकाइयों को छूट देने की घोषणा की थी। घोषणा में कहा गया था कि जो इकाइयां एक अक्टूबर ८२ से ३१ मार्च ८५ के मध्य उत्पादन प्रारम्भ करेंगी उनके तैयार माल को केन्द्र व राज्य सरकार के बिक्री कर से सात वर्ष तक मुक्त रखा जायेगा। यदि इकाइयां, उद्योग शून्य जिलों में लगाई जाती हैं, छः वर्ष के लिए यदि वे पिछड़े जिलों में लगती हैं पांच वर्ष के लिए इस घोषणा के बावजूद कोई भी बड़ा उद्यमी पहाड़ों में अपनी पूंजी लगाने नहीं आया।

पर्वतों में सिर्फ केन्द्र सरकार ही अपनी योजनाएँ चला रही है। २० करोड़ रुपये की लागत का मेसर्स एच. एम.टी. का घड़ी कारखाना रानीबाग में है जिसके लिए ४९ एकड़ भूमि प्राप्त की जा चुकी है और जिस पर कार्य चल रहा है। ५० करोड़ रुपये का मेसर्स हिन्दुस्तान फोटो कच्ची सिनेफिल्म का कारखाना अल्मोड़ा में लग रहा है। अभी २० करोड़ की लागत से पर्वतीय क्षेत्र में मेसर्स भारत इलेक्ट्रॉनिक्स का संप्रेक्षण यंत्र कारखाना भी लगने वाला है।

इतना सब कुछ होने के बावजूद पहाड़ी जिलों के लिए यह बनने वाली योजनाओं में कहीं न कहीं अभाव अवश्य है। पहाड़ी जिलों के लिए यह आवश्यक है कि उसका शासन आठों जिलों में से एक उपयुक्त स्थान से होना चाहिये। यहां का विकास तब तक सम्भव नहीं जब तक इसका शासन लखनऊ से किया जाता रहेगा।

वर्तमान मुख्यमंत्री श्रीयुत श्रीपति मिश्र की राय है कि राज्य के सही ढंग से विकास के लिए उसे चार आई.जी. क्षेत्रों की तरह शिक्षा के मामले में भी इसी तरह विभाजित कर देना चाहिये। जब इतना सब हो सकता है तो प्रदेश के ८ पहाड़ी जिलों का (जो भौगोलिक सांस्कृतिक एवं आर्थिक दृष्टि से एक है) एक अलग ही राज्य क्यों नहीं गठित किया जा सकता है?

पर्वतीय क्षेत्र में ऐसे उद्योग अधिक संख्या में लगाये जायें जिनसे पर्वतों का कच्चा माल यहीं पर खप सके। यहां पेड़ों की आर्थिक और औद्योगिक प्रजातियों का रोपण होना चाहिये जिससे दियासलाई, प्लाइवुड, पैकिंग केस तथा कत्था आदि लघु उद्योगों के लिए कच्चे माल की सप्लाई हो सके। आठों पहाड़ी जिलों में वनों के विभिन्न पेड़ पौधों और उनके महत्व व पहाड़ों के जानवर आदि के बारे में विशेष जानकारी देने वाले केंद्र स्थापित किए जाने चाहिए।

योजनाओं के क्रियान्वयन में सबसे बड़ी दिक्कत इस बात की आती है कि ५२ जिलों में गठित उत्तर प्रदेश एक विशाल प्रांत है। जिसकी ठीक व्यवस्था किसी भी तरह से सुव्यस्थित ढंग से नहीं की जा सकती। विगत में भी सरकार ने पहाड़ी जिलों के पिछड़ेपन को दूर करने हेतु काफी प्रयास किये परन्तु क्रियान्वित एवं वास्तविक विकास के रूप में पहाड़ों का पिछड़ापन जहां का तहां रहा।

इसलिए सरकार को उत्तर प्रदेश राज्य के पुर्नगठन पर विचार करना चाहिये और प्रदेश को कम से कम ऐसे समान भौगोलिक एवं सांस्कृतिक धरोहर वाले ४ भागों में बांट देना चाहिए जिनमें एक पहाड़ी राज्य भी हो।

पहाड़ी जिलों के उत्थान का प्रश्न?

वर्ष-३२, अंक -२८, १२ अगस्त ८३ (पृष्ठ २, साप्ताहिक पर्वतीय)

वनाधीराज हिमालय की लघु श्रेणी के मध्य में बसे उत्तर प्रदेश के आठ पहाड़ी जिले देखने में तो काफी प्राकृतिक सौन्दर्य से पूर्ण हैं। पर अन्दर से वह कितने खोखले हैं, इस बात को केवल यहाँ के मूल निवासी ही जानते हैं। यहां की अर्थव्यवस्था तो बस मनीआर्डर ही पूरी करते हैं। प्रत्येक प्रकृति प्रेमी की प्यास बुझाने वाले यह आलौकिक क्षेत्र स्वयं में कितने अतृप्त हैं, गढ़वाल रायफल्स और कुमाऊँ रायफल्स में यहाँ के दूर सुदूर इलाकों के ७५ प्रतिशत नौजवान हैं इनके द्वारा घर को भेजे गए मनीआर्डर ही उनके घर वालें की आवश्यकताओं कि पूर्ति करते हैं पर वह भी कुछ ही हद तक।

पहाड़ी जिलों के ५१,११२ वर्ग किलोमीटर के क्षेत्र में कुल १७.१ प्रतिशत भूमि खेती योग्य हैं। इससे यहाँ की भूमि किसी भी स्थिति में उपजाऊ नहीं कही जा सकती। वन पहाड़ों के कुल ४६.७ प्रतिशत भू-भाग तक फैले है। पर यहाँ औद्योगिक की कमी है। हाल में राज्य सरकार ने इस और ध्यान दिया है और औद्योगिक महत्व प्रजातियों के रोपण का पाँच हजार हेक्टर के क्षेत्र में अभियान चलाया है। पर इन प्रजातियों को पनपने में समय लगेगा और तब तक इन प्रजातियों से सम्बन्धी उद्योग भी प्रायः ठप्प रहेंगे। कई करोड़ रू की लागत से लगे उद्योग भी तराई या उसके समीपवर्ती स्थानों पर लगे हैं जहाँ पर पर्वत वासियों की संख्या नगण्य है। जैसे सितारगंज (नैनीताल) में चीनी मिल व जसपुर (नैनीताल) में कताई मिल रानीबाग (नैनीताल) में एच.एम.टी. का कारखाना, राजपुर (देहरादून) में सीमेन्ट की फैक्ट्रियां व उद्योग इत्यादि। वस्तुतः यह सब इसलिए क्योंकि सत्ता के महत्वपूर्ण पदों पर पहुँचने के बाद कुछ व्यक्ति सिर्फ अपने क्षेत्रों और पहाड़ों का विकास चाहते हैं जिससे वे राजनैतिक लाभ उठा सके और पहाड़ों के नाम पर विकास भी हो जाए।

अभी तक दूर दराज गाँव में जहाँ पगडंडियां ही पहुँचने की एक मात्र साधन है विद्युत व पानी की लाईन एक सपना मात्र ही है। केन्द्र में छठी पंचवर्षीय योजना में उत्तर प्रदेश के आठ पहाड़ी जिलों के लिए ५७० करोड़ रू० की राशि रखी जो पाचँवी पंचवर्षीय योजना के २७६.६ करोड़ से कहीं ज्यादा है पर अभी तक पहाड़ी जिलों में माननीय प्रधानमंत्री जी के बीस सूत्री कार्यक्रम के तीसरे, चौथे, पाँचवे, आठवें, ग्यारहवें, चौदहवें, पंद्रहवे, सोलहवें, सत्रहवें सूत्रों के अंतर्गत किया गया कार्य उस स्तर तक नहीं गया जितनी इस २० सूत्रों की माला से अपेक्षा थी। गाँव गाँव में ग्रामोद्योग केन्द्र इस कार्यक्रम के लागू होने के ३ वर्ष बाद तक भी नहीं लग पाये हैं। सीलिंग की भूमि

और अतिरिक्त भूमि जरूरतमंदो को अभी तक नहीं मिली है कई स्थानों पर मजदूरों को मनमानी मजदूरी दी जाती है बहुधा पिथौरागढ़ और तराई भाबर के क्षेत्रों में ऐसे समाचार आम हैं।

पर्वतीय अंचल के कई गाँवों के अस्पतालों में डॉक्टरों का अभाव है जबकि २०० डॉक्टरों की नियुक्ति के आदेश इस वर्ष हाल ही में दिये गये हैं। पिथौरागढ़, चकरौता, जौनसार व पौड़ी टिहरी के अन्दरूनी इलाकों में अभी मातृ शिशु केंद्रों की स्थापना के लिए कोई ठोस कदम नहीं उठाये गये हैं।

महिलाओं और बालिकाओं की शिक्षा पर पर्वतों में बहुत कम ध्यान दिया गया है। जबकि पर्वतीय क्षेत्रों में कुल शिक्षा का प्रतिशत ३०.४ है। कई फल उगाने वालो लिये विपणन केन्द्र अभी तक नहीं खोले गये है जिससे उन्हे अपने इलाके से शहरों में फल बेचने आना पड़ता है। इस तरह देखा जाता है कि- आठ तो पहाड़ी जिले, और समस्या आठ हजार! ऐसे में कैसे पर्वतीय जिलों का उत्थान होगा यह एक अहम सवाल है। विगत में हिमाचल प्रदेश भी इसी प्रकार की समस्याओं से ग्रस्त था जब तक उसे पृथक राज्य का दर्जा न दे दिया। उत्तर प्रदेश के पहाड़ी जिले भी तभी तरक्की कर सकते है जबकि उन्हे स्वायत्त शासन का अधिकार मिले, और जब ५५,६७३ वर्ग किलोमीटर के हिमाचल प्रदेश व और २५ हजार वर्ग किलोमीटर से भी कम क्षेत्र के नागालैंड, मणीपुर, मेघालय, व त्रिपुरा को राज्य का दर्जा दिया जा सकता है तो फिर उत्तर प्रदेश के पहाड़ी जिलों को एक पृथक राज्य का दर्जा क्यों नहीं दिया जा सकता? जबकि उसका क्षेत्रफल इन सबसे कही ज्यादा व हिमाचल प्रदेश के बराबर ५१,११२ वर्ग कि.मी भी है। सरकार को इस ओर ध्यान देने की नितांत आवश्यकता है ताकि ये जिले मात्र शोषण के शिकार हो कर ना रह जाएँ।

समन्वित पर्वतीय विकास आवश्यक

वर्ष-३२, अंक-३०, १७ अगस्त ८३ (पृष्ठ २, साप्ताहिक पर्वतीय)

देश ने जबकि चारों ओर उन्नति की है, ५०.४ प्रतिशत पहाड़ी लोग अपार सम्पदा के होते हुए भी गरीबी की रेखा से नीचे रह रहे हैं। यह क्षेत्र हमेशा ही केन्द्र एवं राज्य सरकारों की उपेक्षा का शिकार हुआ है। साक्षरता की दृष्टि से जबकि यह क्षेत्र अन्य क्षेत्रों की अपेक्षा काफी सम्पन्न है फिर भी आर्थिक दृष्टि से काफी पिछड़ा हुआ है। यह क्षेत्र अपने आप में इतना सम्पन्न है कि इसका सही तौर पर उपयोग किया जाए तो आर्थिक सम्पन्नता प्राप्त कर सकता है। किन्तु उपेक्षित नीतियों के कारण अब तक अपनी दशा पर रो रहा है। केन्द्र एवं राज्य सरकार उत्तराखण्ड विकास के लिए कागजात काफी भरती है। किन्तु यह केन्द्र से यहां के निवासियों तक नहीं पहुँच पाती।

इसके पिछड़े रहने के दो मुख्य कारण हैं। इन क्षेत्रों के लिए गलत प्लांनिग और इन क्षेत्रों की समस्याओं से अनभिज्ञ अधिकारियों का चयन। तब तक इस क्षेत्र के लिए उसकी आवश्यकतानुसार कार्य योजनाओं का निर्धारण नहीं होता और पहाड़ों से संबधित विभागों में उसकी समस्याओं से परिचित अधिकारियों का चयन नहीं किया जाता तब तक यहां का विकास एक सपना ही बना रहेगा।

बड़ी-बड़ी योजनाओं से पहाड़ सम्पन्न नहीं होंगे बल्कि उनका अस्तित्व ही समाप्त हो जायेगा, क्योंकि जितने बड़े उद्योग पहाड़ों में लगेंगे, उससे कहीं ज्यादा पेड़ कटेंगे और पहाड़ टूटेंगे। पहाड़ों का विकास तभी सम्भव है जबकि वहा स्वयं में उपलब्ध उद्योगों को बढ़ावा मिले। दूर संचार की उपलब्धता प्राप्त हो। छोटे-छोटे औद्योगिक

इकाइयों की सम्भावनाओं का पता लगाया जाये और उन्हें इमानदारी से लागू किया जाए तथा इसमें यहाँ की जनता को लगाया जाये। ग्राम्य एवं लघु उद्योगों को जितना यहां बढ़वा दिया जाएगा उतना ही यहाँ आर्थिक सम्पन्नता आयेगी और पर्वतीय प्रतिभा पलायन को रोक लग सकेगी। बड़े उद्योगों को लाभ शहरी इलाकों के ग्रामों तक ही सीमित रहेगा। वह दूर दराज तक तब भी नहीं पहुँचेगा।

पहाड़ी क्षेत्रों में प्रतिभाओं की कमी नहीं है। यहां की साक्षरता ३७.४८ प्रतिशत देश की साक्षरता ३६.७ प्रतिशत से अधिक है। फिर भी यह क्षेत्र सबसे पिछड़े हुए हैं। यहाँ के पढ़े लिखे जवानों की पूरी फौज उत्तराखण्ड में है। उचित सुविधा न मिलने के कारण यहाँ का युवा वर्ग प्रशासनिक या अन्य उच्च सेवाओं आदि में प्रवेश नहीं कर पाता। ऐसे लाइब्रेरियां नहीं हैं जहां पढ़ा लिखा युवक कम्पीटिशन में बैठने की तैयारी कर सके। दिल्ली या लखनऊ में जा के ऐसे तैयारी वे अपनी आर्थिक निर्धनता के कारण नहीं कर पाते। और न ही यहाँ कोई कोचिंग इन्सट्यूट है इसलिये प्रतिभा संपन्न होते हुए भी पर्वतीय शिक्षित युवावर्ग को कलर्क या चतुर्थ श्रेणी के कार्यों में संतोष करना पड़ रहा है।

इस प्रकार पर्वतीय प्रतिभाओं का शोषण हो रहा है। इसको रोकना पहाड़ी जिलों के हित में सबसे पहले है। इनको छोटे-छोटे उद्योग धंधो में लगाया जाना चाहिये और उच्च सेवाओं की प्रतियोगी परीक्षाओं में बैठने की यहाँ के युवावर्ग को सुविधाएं उपलब्ध करायी जानी चाहिए और इन्हें, इन्हीं क्षेत्रों में कार्यरत किया जाना चाहिये ताकि ये पर्वतों के विकास में रूचि ले सके। मैदानी क्षेत्रों के अधिकारी जो एक कदम पैदल चलना पसंद नहीं करते और यहाँ की समस्याएं समझते ही नहीं वे कैसे समस्याओं को हल कर सकेंगे।

पहाड़ों में जो अपार संपदा छिपी हुयी है उसके दोहन की शिक्षा दी जानी चाहिये ताकि उसका उपयोग हो सके और उसका लाभ वहां की जनता को मिल सके। 'पर्वतीय विकास विभाग' को इस क्षेत्र की समस्याओं का सही मूल्यांकन करना होगा। उसके लिए तत्काल कार्यक्रम निश्चित करने होंगे और सही कार्यान्वयन पर बल देना होगा। राजधानी में बैठकर योजनाओं का सफल कार्यान्वयन नहीं हो सकता। पहाड़ों के प्रति उदासीन अधिकारियों को तुरन्त हटाकर ईमानदार अधिकारियों की नियुक्ति की जानी चाहिये ताकि पहाड़ों का और उद्धार हो और पर्वतीय विकास का नारा जो प्रधानमंत्री ने लगाया है साकार हो सके।

पहाड़ पीछे क्यों रहे?

वर्ष-३२, अंक-२९, २७ अगस्त ८३ (पृष्ठ २, साप्ताहिक पर्वतीय)

उत्तर प्रदेश के पर्वतवासियों की उपेक्षा सिर्फ इसलिए नहीं की जा सकती है कि वे पहाड़ी है। राष्ट्र व प्रदेश के साथ ही विकसित होना प्रत्येक पर्वतवासी का पैदाइशी हक है। आज पर्वतवासी स्वतंत्रता की ३६ वर्ष की उपलब्धियों का अपना हिस्सा मांगते हैं और उनकी मांग की आवाज़ प्रत्येक पर्वत की शिला, वृक्ष, झरनों और हरियाली में गूंज रही है।

पहाड़ी जिले के वासियों को सबसे बड़ा असंतोष इस बात का है कि आज भी ५४.०४ लोग गरीबी की रेखा से नीचे रहे रहे है। ४८ लाख ३६ हजार पर्वतीय जनसंख्या में लगभग २० प्रतिशत अनुसूचित जाति एवं जनजाति के लोग है जिनकी दशा अब बद से बदतर होती चली जा रही है जबकि वे बीस सूत्री कार्यक्रम के 7वें सूत्र के

अन्तर्गत वे विशेष सहायता के अधिकारी हैं और सरकार उनकी शैक्षिक और आर्थिक हितों की रक्षा करने व सामाजिक अन्याय व शोषण से उनकी मुक्ति प्रदान करने की कटिबद्ध है।

अन्य पहाड़ी क्षेत्रों की अपेक्षा उत्तर प्रदेश के आठ पहाड़ी जिलों में प्रति व्यक्ति विकास व्यय छठी योजना में सबसे कम 1992 रुपये है। होना तो यह चाहिये या कि प्रति व्यक्ति विकास व्यय, प्रति व्यक्ति आय (७२५ रुपये) कम होने के कारण ज्यादा हो।

अगर आंकड़ों में तुलना करें तो हिमाचल प्रदेश जिसकी प्रति व्यक्ति आय पहाड़ी जिलों से डेढ़ गुनी (११५४ रूपया) है को प्रति व्यक्ति विकास व्यय को १३५४ रूपया मिली है।

प्रदेश सरकार को पहाड़ी जिलों की ओर भेदभावपूर्ण नीति अपनाने के बजाए, विभिन्न क्षेत्रों में प्रति व्यक्ति आय, और गरीबी की रेखा से नीचे की जनसंख्या के प्रतिशत की, प्रति व्यक्ति व्यय देने का आधार मानना चाहिये था।

इस तरह पहाड़ी क्षेत्रों के साथ कितना अन्याय होता आया है। वह स्पष्ट है। आज देश में ३७ वाँ स्वतन्त्रता दिवस मनाया गया। देश के नेता नित्य नये दावे करते है कि देश में दिन दूनी और रात चौगुनी तरक्की करी है मगर पहाड़ी क्षेत्रों के विकास के प्रति उपेक्षापूर्ण रवैया क्यों अपनाया गया। क्या पहाड़ी क्षेत्र देश के बाहर है? आज प्रत्येक पर्वतवासी देश के नेताओं से देश में इन ३७ वर्षों में हुये विकास का अपना हिस्सा मांगता है।

सब कुछ होने के बाद भी पहाड़ी क्षेत्र साधनहीन ही रहे। क्या नहीं है इस मध्य हिमालय क्षेत्र में? प्रकृति की दी हुई अपार सम्पदा मगर जिसका उपयोग शायद शासन करना ही नहीं जानता। पहाड़ों में आकर श्रीमती गांधी कहती है कि "पर्वत हम पर बोझ नहीं है वरन् हमारा ही कितना बोझ उठाए हुये है"। आखिर कब तक यह पहाड़ी क्षेत्र औरों का भार कन्धे पर ढोयेगा जबकि वह शोषण की चक्की में स्वयं पिस रहा है।

गत वर्ष आठों पहाड़ी जिलों के विकास हेतु 1 अरब 20 करोड़ रुपये का परिव्यय स्वीकृत हुआ था। लगभग 1 अरब 37 करोड़ रुपये के पूंजी विनियोग से पर्वतीय क्षेत्र में कई उद्योगों की नींव पहाड़ी जिलों में पड़ी है । पर उद्योग ऐसे हैं कि जिनके लिए कच्चा माल बाहर से आयेगा। इन उद्योगों में रोजगार के क्षेत्र में पर्वतवासियों को कहां तक प्राथमिकता मिलेगी यह तो योजनाओं के पूरे होने पर ही पता चलेगा मगर बहरहाल पहाड़ी क्षेत्रों से खनिज सम्पदा बाहर जाती ही रहेगी। पूरे पर्वतीय क्षेत्र में केवल 13 भेड़ प्रजनन केन्द्र खोलने का प्रस्ताव है जबकि पहाड़ों में ऊन उद्योग के पनपने की सौ फीसदी सम्भावनायें हैं ।

अगर आज पहाड़ी क्षेत्रों की तरफ सरकार गौर नहीं करती तो कल तक यह शोषण के भार से इतने दब चुक होंगे कि शायद ही कोई इन्हें उबार सकेगा।

वनों का विनाश और पर्यावरण

वर्ष-३२, अंक-३२, १० सितम्बर ८३ (पृष्ठ २, साप्ताहिक पर्वतीय)

वन जो जन-जन के जीवन से जुड़े हैं का हर क्षेत्र में बहुत महत्व है। किन्तु आज जिस प्रकार वनों का नाश किया जा रहा है उससे जागरूक नागरिक का चिन्तित होना स्वाभाविक है। विगत दिनों एक राष्ट्रीय कार्यशाला का उद्घाटन करते हुये कांग्रेस (इ) के महा सचिव श्री राजीव गांधी ने कहा है पेड़ काटने की कीमत देश को आगे

चलकर बहुत महंगी पड़ेगी। वनों के लगातार विनाश पर प्रधानमंत्री, राष्ट्रपति सभी ने समय समय पर अपनी चिन्तायें प्रकट की हैं। किन्तु वन विनाशकारों पर इसका कोई प्रभाव नहीं पड़ा है। पर्यावरण समस्याओं की शिक्षा प्रणाली से जोड़े जाने के गंभीर प्रयास किए जाने की आज सबसे बड़ी आवश्यकता है।

प्रधानमन्त्री ने वनों के तेजी से नष्ट किये जाने पर अपनी गम्भीर चिन्ता प्रकट की है, और कहा है कि यदि इनका विनाश जारी रहा तो इसके घातक परिणाम होंगे। लोग पेड़ काटते समय यह नहीं समझते कि वातावरण को स्वच्छ बनाये रखने या हमारे स्वास्थ्य के लिए पेड़ों का कितना बड़ा महत्व है। ठेकेदार वनों को अपने लाभ के कारण साफ करते जा रहे है।

राज्य की सरकारों की भी वन आमदनी का सस्ता जरिया नजर आते हैं। इसी कारण वे राज्य की आमदनी अन्य स्त्रोतों से बढ़ाने के बजाए वनों से लाभ कमाने की सोचते रहते हैं।

लाभ के लिए राज्यों द्वारा वन का दोहन अब चरम सीमा पर पहुँच गया है। उदाहरण के तौर पर जम्मू कश्मीर में सन् १९४७ में वनों से राज्य की केवल ८७ लाख रुपये की आय थी। वहीं यह सन् १९८१-८२ में बढ़कर ३६ करोड़ हो गई। इस प्रकार वन कटते गये। उत्तराखण्ड हिमालय में वनों का विनाश ५.८ प्रतिशत को दर से हो रहा है। यह बात डॉ. एस. एस. शाह ने अभी एक रिपोर्ट में कही है।

वन जो भूमि कटान रोकने के लिए महत्वपूर्ण है यदि वन नहीं रहेंगे तो भूमि भी अपनी जगह स्थिर नहीं रह पायेगी और आज की ज़मीन कल रेगिस्तान में बदल जायेगी।

पर्यावरण असन्तुलन और लगातार वनों की कटाई के कारण अभी हाल ही में कुमाऊँ में अल्मोड़ा स्थित कुर्मी जैसे कई गांव भू-स्खलन की चपेट में आये और अब वहां ज़मीन धंसती जा रही है।

उ. प्र. सरकार में वनों में ठेकेदारी प्रथा को बन्द कर निगम की स्थापना की मगर वनों का अवैध कटान अब भी जारी है। वनों का कटान चाहे वैज्ञानिक दृष्टि से हो या चाहे अन्य किसी भी दृष्टि से कटान तुरन्त बन्द होना ही चाहिये।

हिमाचल पर्वत कभी जो हरे भरे नजर आते थे वहां अब नंगे पहाड़ दूर-दूर तक देखे जाने लगे है। होना तो यह चाहिये था कि एक पेड़ कटे तो दस पेड़ लगें परन्तु हो इसका एक दम उल्टा रहा है। वनों का महत्व गांवो तक नागरिकों में पहुँचाना चाहिये ताकि वे इसके महत्व को समझ और अवैध कटान को रोकने में सरकारी अभियान में अपना योगदान करें अन्यथा हमारे हर वर्ष मनाये जाने वाले वन महोत्सव सार्थक नहीं हो सकते।

यदि हिमालय का अस्तित्व कायम रखना है तो हमें वनों की ओर अत्यधिक ध्यान देना पड़ेगा। इस समय वनों के अभाव व रेगिस्तान के विस्तार की समस्या हमारे सामने है जिसे सिर्फ वृक्षारोपण द्वारा रोका जा सकता है।

वन किसी एक व्यक्ति, राज्य की सम्पति नहीं अपितु पूरे राष्ट्र की धरोहर है। आज आवश्यकता है एक नज़रिये की, ठोस योजना की जिससे कि पहाड़ों की नग्नता को वृक्षों द्वारा पाटा जा सके, अन्यथा शर्म के मारे पहाड़ भरभरा कर गिर पड़ेंगे।

यह सरकार का ही नहीं हर नागरिक का यह कर्तव्य है कि वह जंगलों का अपने जीवन में महत्व समझे और उसे रोकने की कोशिश करे। वनों की सुरक्षा के मामले में लोगों को अपने व्यक्तिगत स्थानों से थोड़ा ऊपर उठकर सार्वजनिक हित में भी सोचना चाहिये।

पर्वतीय क्षेत्रों के संतुलित विकास की उपेक्षा

वर्ष-३२, अंक-३६, ८ अक्टूबर १९८३ (पृष्ठ २, साप्ताहिक पर्वतीय)

एक ओर निरंतर यह घोषणा की जाती रही है कि उत्तराखण्ड के पर्वतीय अंचल के सामाजिक आर्थिक बौद्धिक विकास के लिए योजनाबद्व तरीके से कार्य किया जायेगा पर वास्तव में देखा जाए तो यहां पर प्रगति अन्य इलाकों के मुकाबले शून्य हो रही है। इस क्षेत्र के समन्वित विकास के नाम पर उत्तर प्रदेश सरकार द्वारा पर्वतीय विकास विभाग की स्थापना की गई और पर्वतीय विकास मंत्री का दिखावे का पद सृजित किया गया जबकि मंत्री महोदय की स्थिति ऐसी बनकर रह गई है कि उनके अधिकार शून्य ही है। अभी तक सरकार में 'पर्वतीय विकास मंत्री' का पद यूँ तो पर्वतीय नेताओं को दिया गया पर पर्वतीय विकास के नाम पर कमरे में बैठकर वे लोग योजनाएँ बनाते हैं जिनको पर्वतीय क्षेत्र की जानकारी नहीं होती। उदाहारण के लिए यहाँ पर कार्यरत जलसंस्थान, विद्युत परिषद, कुमाऊँ मण्डल विकास निगम आदि सभी घाटे पर चल रही हैं। कोटाबाग, अल्मोड़ा रामनगर, रानीखेत में अभी तक जल संकट है। कई ग्रामों में विद्युत आपूर्ति नहीं हो पाई है। और जहां तक छोटे उद्योगों की बात है उसकी स्थिति भी ठीक नहीं है। उत्तराखण्ड का अंचल जिसे 'पर्यटन उद्योग' के तहत काफी विकसित किया जा सकता था उस ओर भी पर्वतीय विकास विभाग ठोस योजनाएँ देने में असमर्थ रहा है।

उत्तराखण्ड के अंचल में दो विश्वविद्यालय कार्यरत हैं जिनके द्वारा प्रतिवर्ष हजारों की संख्या में शिक्षित बेरोजगारों की फौज खड़ी की जा रही है। यही नहीं विद्युत परिषद, शिक्षा विभाग, उद्योग विभाग में भी पर्वतीय जनों को नौकरियां न देकर अन्य इलाकों के लोगों को नौकरी दी जा रही है। इसका परिणाम यह हुआ है कि यहां के शिक्षित बेराजगारों में रोष है। क्या इन हालातों में संतुलित विकास की कल्पना की जा सकती है। पर्वतीय अंचल का बाहर से थोपे गए अधिकारियों द्वारा किस कदर शोषण किया जा रहा है वह इसी बात से पता लग जाता है कि शिक्षा विभाग, उद्योग विभाग, विद्युत विभाग में साक्षात्कार के बाद भी चयनित अभ्यर्थियों को नौकरी नहीं दी गई।

पर्वतीय विकास पर नई दिल्ली में सरकारी तौर पर बनी समीक्षा में भी स्पष्ट कहा गया है कि पहाड़ी इलाकों में संतुलित सामाजिक एवं आर्थिक विकास में राज्य सरकारों द्वारा 'उपेक्षापूर्ण' रूख अपनाया गया है। समीक्षा में स्पष्ट रूप से यह इंगित किया गया है पहाड़ी क्षेत्रों में सभी स्तरों पर कार्यक्रम लागू करने में 'खामियां' हैं तथा आमतौर पर समन्वय की कमी है जबकि बहुस्तरीय कार्यक्रम लागू करने में समन्वय नितांत आवश्यक है।

पहाड़ी क्षेत्र विकास कार्यक्रम उत्तर प्रदेश असम पश्चिम बंगाल में लागू किया जा रहा है और इनमें उत्तर प्रदेश के पहाड़ी जिलों की स्थिति अत्यंत खराब है। यहां अभी भी ग्रामीण अंचल को ७० फीसदी जनता गरीबी की रेखा से नीचे जीवन यापन करने को मजबूर है। इसका प्रमुख कारण यह है कि यहां के लिए जो योजनाएँ बनाई जाती है उनका क्रियान्वयन ठीक तरीके से नहीं होता और समन्वित विकास का नारा धरा का धरा रह जाता है।

यह एक बहुत बड़ी विडम्बना ही है कि 'पर्वतीय विकास' के लिए मिलने वाली केन्द्रीय सहायता को ७० प्रतिशत राशि उत्तर प्रदेश को मिलने के बावजूद यहां के पर्वतीय जनमानस का निरन्तर शोषण हो रहा है और विकास कार्यक्रम योजनाओं में भी कोई प्रगति नजर नहीं आ रही है।

ऐसी स्थिति में पर्वतीय जनों तथा पहाड़ी इलाकों का तब तक संतुलित विकास नहीं हो सकता जब तक विभिन्न विभागों, उद्योगों तथा प्रोजेक्टों में पर्वतीय लोगों को रोजगार नहीं मिलता। अतः प्रशासन इस ओर सोचे और पर्वतीय इलाकों के अनुरूप योजनाएँ बनाये।

पर्वतीय जिलों में उद्योग

वर्ष-३२, अंक-४१, १९ नवम्बर १९८३ (पृष्ठ २, साप्ताहिक पर्वतीय)

आठ पर्वतीय जिलों कि एक पृथक इकाई बनाने के लिए यह आवश्यक है कि इन जिलों में उद्योग का स्तर ऊपर उठे और एक नये राज्य के रूप में इसका आर्थिक रूप से पिछड़ापन दूर हो।

सरकार ने पर्वतीय क्षेत्र में उद्योगों को प्रोत्साहित करने के लिए कई कदम उठाने की घोषणा की है। निश्चित ही इस घोषणा से जहाँ उद्यमियों में प्रसन्नता की लहर दौड़ गई है वही बेरोजगारों को भी कम खुशी नहीं हुई है।

मंत्रीमंडल की एक बैठक, जो लखनऊ में हुई, में मुख्यमंत्री श्री श्रीपति मिश्र ने घोषणा करी की पर्वतीय क्षेत्रों में उद्योग लगाने के लिए जो प्लाट एवं शेड आवंटित होंगे उसके मूल्य का केवल पाँच प्रतिशत उद्यमी को देना होगा व शेष धनराशि 20 किस्तों में चुकानी पड़ेगी इसके साथ ही अन्य सुविधाएं भी उद्यमियों को प्रदान की गई हैं। मसलन परामर्श सम्बन्धी सहायता की धनराशि कुल लागत की ८० प्रतिशत कर दी गई है।

न्यूनतम विद्युत मूल्य की छूट जो केवल एक वर्ष तक के लिए थी उनको औद्योगिक इकाईयों के लिए जिनका कॉन्ट्रेक्टेड लोड दो से पाँच के बीच तक है इसके लिए बढ़ाकर दो वर्ष तक के लिए कर दी गई है। यह छूट दो हजार पाँच सौ फीट की ऊँचाई के उपभोक्ताओं को प्रदान की जाएगी व इस ऊँचाई पर विद्युत कनेक्शन में दी जाने वाली विकास छूट भी बढ़ाकर ५० प्रतिशत कर दी गई है। सरकार ने छोटी औद्योगिक इकाइयाँ जिनकी प्लांट और मशीनों का पूंजी निवेश २० लाख तक का है अवधि ऋण के ब्याज में भी सुविधा प्रदान करने का निर्णय लिया है।

इन सरकारी निर्णयों ने जनता में एक बार फिर आशा का संचार किया है कि उनके उत्थान के लिए कुछ प्रयत्न किये जा रहे हैं। मुख्यमन्त्री श्री मिश्र ने कई बार पर्वतीय पिछड़े क्षेत्र में औद्योगिक ईकाई लगाने की बात जो करी पर फिर चुप्पी बांधे बैठे रहे। अभी तक पर्वतीय क्षेत्र में ऐसे उद्योग नहीं लगे हैं जिसमें दो से तीन हजार लोग काम करते हों।

पर्वतीय क्षेत्रों में प्राकृतिक सम्पदा की कमी नहीं है। लेकिन कमी है तो उनके दोहन के संसाधनों की। कुमाऊँ एवं गढ़वाल की पहाड़ियों में अतीत से छिपे उस प्राकृतिक खजाने के दोहन के लिए अभी तक ऐसी कोई योजना नहीं बनी है जिससे लीसे की विकास की गति तीव्र हो। अलबत्ता कुछ लोगों ने इस प्राकृतिक सम्पदा को लूटकर पीढ़ियों के लिए अपनी तिजोरियां भर ली हैं।

पर्वतीय क्षेत्र के जनप्रतिनिधियों ने भी औद्योगिक पिछड़ेपन की तरफ से अपनी ऑखें मूँद रखी हैं व मात्र सत्ता पक्ष को लाभ पहुंचाने का बराबर प्रयास कर रहे हैं। अनेक राष्ट्रीय एवं अतंराष्ट्रीय स्तर के मसले पर तो यह बोल सकते हैं पर अपने देश के आर्थिक पिछड़ेपन को दूर करने की दिशा में कोई क्रांतिकारी कदम नहीं उठा सकते

हैं। अब तक पर्वतीय क्षेत्रों की सबसे बड़ी उपलब्धि है बेरोजगारी जिससे शिक्षित युवकों की जमात यहां से पलायन कर रही है या फिर उसे भूखे मरने की नौबत आने लगी है। ऐसे में मात्र आशावादी बने रहने से और चातक की तरह आकाश को ताकते रहने से कोई लाभ नहीं।

सरकार को भी अधिक से अधिक सरकारी उद्योगों की स्थापना यहां करनी चाहिये ताकि ज्यादा से ज्यादा युवक रोजगार पा सकें और उनका रोष भड़क न पाए। सरकार कहती है कि आठ पहाड़ी जिलों को (जो क्षेत्रफल के हिसाब से हिमाचल प्रदेश के बराबर हैं) हिमाचल प्रदेश के बराबर बजट दिया गया है। परन्तु इस बजट की राशि का कितना उपयोग यहां की बेरोजगारी घटाने एवं उद्यमों को लगाने में व्यय किया गया है? क्या यह पहाड़ी जिले हिमाचल के बराबर सम्पन्न हैं? क्या इनके आर्थिक विकास के लिए कोई ठोस कार्यक्रम है? यह सभी प्रश्न अनुत्तरित हैं।

पर्वतीय जनता को जागना चाहिये। उद्यमियों को उद्यम लगवाने का यह सरकार द्वारा सिर्फ भ्रम जाल रचा गया है जिनकी पृष्ठभूमि सिर पर मंडराता अगला चुनाव है।

पहाड़ों का विकास

वर्ष-३३ अंक-३, २१ जनवरी १९८४ (पृष्ठ २, साप्ताहिक पर्वतीय)

पहाड़ों के विकास के सम्बन्ध में न सिर्फ पर्वतीय विकास मंत्री का स्वर बहुत ऊंचा होता है, वरन् पिछले अनेक वर्षों से मुख्यमंत्री और प्रधानमंत्री भी बहुत ऊंचे स्वर में हमारे पड़ोसी क्षेत्र के विकास की बात करते आ रहे हैं। लेकिन उपलब्धियों पर निगाह डालकर "ढाक के तीन पात" वाली बात चरितार्थ होती है। विगत अनेक वर्षों से यह स्वर काफी ऊंचा है कि उत्तर प्रदेश के आठ पर्वतीय जिलों के लिए हिमाचल प्रदेश के बराबर बजट स्वीकृत किया गया है। ऐसा तो हम नहीं कहते कि विकास कार्य बिल्कुल नहीं हो रहा है लेकिन विकास के मामले में सत्तापक्ष का स्वर जितना ऊंचा होता है उस अनुपात में उपलब्धियां कुछ नहीं, हां आँकड़ेबाजी जरूर काफी हो रही है।

बीस सूत्री कार्यक्रम की भी आँकड़ेबाजी अधिक है, वास्तविकता कुछ और ही है। पिछले दिनों उत्तर प्रदेश के पर्वतीय विकास मंत्री श्री बलदेवसिंह आर्य के एक पुराने मित्र और गढ़वाल जनपद के जाने माने स्वाधीनता सेनानी श्री आदित्यराम दुत्पुड़ी का एक दर्द भरा पत्र इस क्षेत्र के लगभग सभी समाचार पत्रों में छपा कि वे विगत दस वर्षों के बाद अहमदाबाद से अपने गांव इस लोभवश लौटे कि उनके गांव में बिजली पानी आ गयी है। ८० वर्ष की वृद्धावस्था में जीवन की इस आवश्यक सुविधा का लोभ उन्हें अपने गांव लौटा लाया, लेकिन जब गांव लौटे तो देखा कि बिजली के खम्बे तो हैं लेकिन बिजली का कही पता नहीं, पानी के नल तो वर्षों से बिछे हुए है लेकिन पानी का कहीं पता नहीं और यह दुर्दशा पहाड़ के एक गांव की नहीं बहुत से गांवो की है। अन्तर सिर्फ इतना ही है कि श्री दत्पुड़ी ने अपने गांव की दुर्दशा की तरफ शासन का ध्यान आकर्षित करने का प्रयास किया, फल क्या होगा, सरकार की लाल फीताशाही पर निर्भर करता है। यूं आम आदमी की तरफ से अपने गाँव की दुर्दशा का बयान नक्कार खाने में तूती की आवाज से अधिक महत्व नहीं रखता।

अभी पिछले दिनों पर्वतीय विकास एवं परिवहन मंत्री श्री आर्य ने पौड़ी में काफी ऊंचे स्वर में यह घोषणा की कि २० सूत्रीय कार्यक्रम के क्रियान्वयन में ढील बर्दाश्त नहीं की जाएगी लेकिन उनकी घुड़की का असर नौकरशाही पर पड़ने वाला नहीं है। प्रदेश में और विशेषतः पहाड़ी क्षेत्रों में नौकरशाही के हौसले बहुत बुलंद हैं। नौकरशाह अपना समय बिताने और भ्रष्ट तौर तरीके से अपनी उदरपूर्ति में काफी माहिर हो गये हैं, खासतौर पर निर्माण सम्बन्धी विभागों का रवैया तो यह बना हुआ है कि वे खुले आम कहते फिरते हैं कि "उन्हें ऊपर तक पहुंचाना है" यह ऊपर कौन सी जगह है, यह तो वे नहीं बताते लेकिन सत्ता की शाखों पर बैठे हुए लोगों की तरफ इशारा जरूर करते हैं। काश, सत्ता की कुर्सी पर बैठे लोग इस नब्ज़ को पकड़ पाते तो उपलब्धियों की पकड़ सकारात्मक रूप अवश्य ही लेती।

नशा विरोधी आंदोलन

साप्ताहिक पर्वतीय वर्ष-३३ अंक-१२ ७ अप्रैल १९८४

पिछले एक महीने से चल रहे शराब विरोधी आन्दोलन से गाँव-गाँव में एक नई लहर आ गई है। गरीब जनता इस आन्दोलन का खुलकर विरोध कर रही है क्योंकि शराब से जो बुराईयाँ फैल रही हैं, उससे व्यक्ति का व्यक्ति पर से विश्वास खत्म हो गया है तथा शराब ने हजारों बुराईयाँ को जन्म दे दिया है।

डॉ. शमशेर सिंह बिष्ट के नेतृत्व में चल रहे इस आंदोलन के पीछे कोई स्वार्थ छिपा हुआ नहीं है। श्री बिष्ट को पहाड़ में स्त्री और बच्चों की बर्बादी के लिए वास्तव में दर्द है। उनके साथ काम करने वाले सहयोगी इमानदारी से कार्य कर रहे हैं परन्तु स्वार्थी तत्व उत्तराखण्ड वाहिनी को तरह तरह से बदनाम करने की कोशिश कर रहे है जिसके कारण आम जनता के मन में अभी भी शंका है कि उत्तराखण्ड वाहिनी के नेताओं का इस आन्दोलन के पीछे कोई रहस्य अवश्य छिपा होगा। इसीलिए कुछ लोग भी इस आन्दोलन का समर्थन करने में डरे हुये है। विशेष कर नगरों में चाहते हुये भी लोग सामने नहीं आ पा रहे हैं क्योंकि आज यही परिपाटी चलती आ रही है कि जनता के दुख दर्द और जनता के हित करने की बात कहकर प्रत्येक नेता ने जनता को धोखा दिया है।

शुरू में जब यह आन्दोलन चौखुटिया से चालू हुआ था तो रानीखेत तहसील के जिम्मेदार लोगों ने इनकी हंसी उड़ाई और लोगों से कहा कि "इन को पैसों की आवश्यकता हो गई है। ये लिकर के बड़े-बड़े व्यापारियों से पैसा लेना चाहते हैं"। आन्दोलनकारियों ने जगह- जगह लिकर की बोतलें तोड़ी और जो लोग शराब की तस्करी कर रहे थे उन्हें बेनकाब किया और उनके मुंह काले करके घुमाया। रानीखेत आउट एजेन्सी में एक लाख रुपये की शराब को सील करवाई।

उस वक्त लोग जगह-जगह यही तर्क दे रहे थे कि उत्तराखण्ड वाहिनी के लोग कानून अपने हाथ में ले रहे हैं। इस तरह कुतर्क देकर संघर्षरत युवकों के मनोबल गिरा रहे थे। कभी किसी ने नहीं कहा कि तस्कर गाँव-गाँव से नशीले पेय अवैध रूप से बिकवाकर खुद रातों रात लखपति और करोड़पति बनने की कल्पना करके मानवता के साथ गैर इन्साफी कर रहे हैं। क्योंकि शराब ने लोगों की सही सोचने की शक्ति को कुंठित कर दिया है।

व्यापक रूप से फैली हुई बुराई को खत्म करने के लिए कानून भी अकेला पड़ता जा रहा था। इसके लिए कानून को भी जनता का साथ चाहिए।

आन्दोलन के इरादे को अधिकारियों ने भांप लिया। इसलिए पुलिस कप्तान भटट्जी, परगनाधिकारी रानीखेत कुमांऊ कमीश्नर, नैनीताल ने शराब बन्द आन्दोलन का स्वागत ही नहीं किया बल्कि अपने-अपने स्तर से आन्दोलन करने वालों को सहयोग भी दिया।

प्रत्येक अच्छा सोचने वाला व्यक्ति इन लोगों के साथ जुड़ता जा रहा। जिन राजनीतिज्ञों और व्यापारियों के मन में कपट है और अपने निजी स्वार्थ के लिए तरह तरह की चालें खेलकर जनता को गुमराह करते रहे हैं, वे अल्मोड़ा में २ मार्च को जन समर्थन देखकर बहुत ही घबरा गये हैं।

नशे के पदार्थों का व्यवसाय करने वाले लोग बहुत पैसे वाले हैं। उनके सम्बन्ध राजनीति में प्रभाव रखने वाले लोगों से हैं। इसलिए अधिकारी भी उनसे डरते हैं। और छोटे व्यापारी उनसे दबे हुए हैं। ऐसी हालत में वे निर्भय होकर पूरे जिले में राज करते आ रहे हैं। उन तस्करों की बुराईयों पर छींटा कसने की हिम्मत किसी व्यक्ति की नहीं हो सकती है। यह एक संयोग भी है कि इस उ.स.वा. ने ऐसे लोगों को बेनकाब करना शुरू कर दिया है। इसलिए वे लोग भी संगठित होकर आन्दोलन को असफल बनाने के लिए पुरज़ोर कोशिश कर रहे हैं। यह राम और रावण का युद्ध है। एक ओर बन्दरों की सेना दूसरी ओर रावण के वीर, सजी सजाई सेना। चारों तरफ राम के विजयी होने का इंतज़ार है।

‘पर्वतीय’ से ....

ज्वलन्त एवं व्यापक विषय

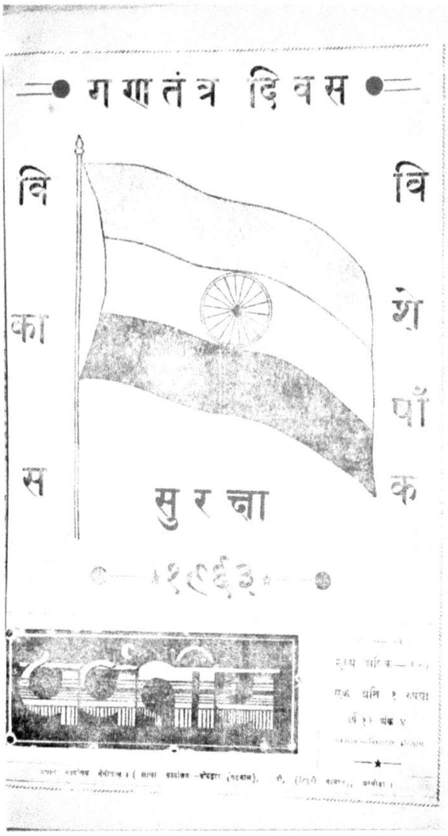
गणतंत्र दिवस
विकास
विशेषांक
सुरक्षा
पर्वतीय

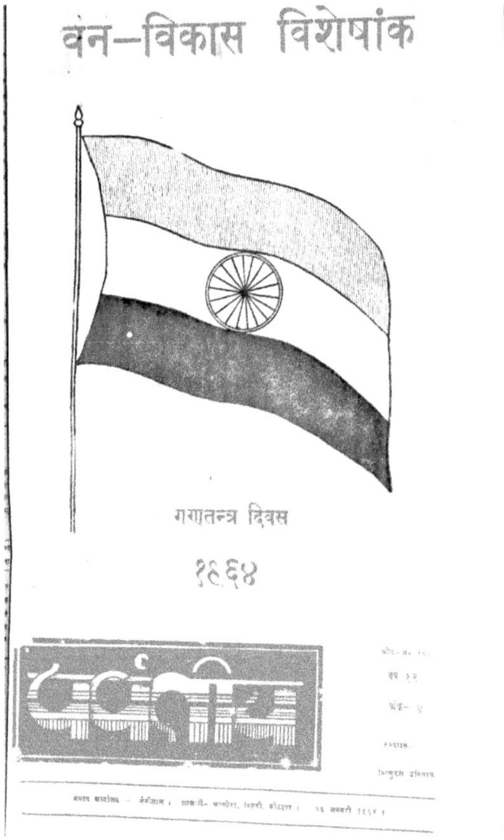
वन-विकास विशेषांक
गणतन्त्र दिवस
१९६४
पर्वतीय

पर्वतीय
नये भारत का निर्माण शारदा-विद्युत गृह खटीमा
प्रधान कार्यालय-नैनीताल-बृहस्पतिवार १६ जनवरी, १९५८
शाखा कार्यालय — कोटद्वार (गढ़वाल), टिहरी (टिहरी गढ़वाल), अल्मोड़ा।

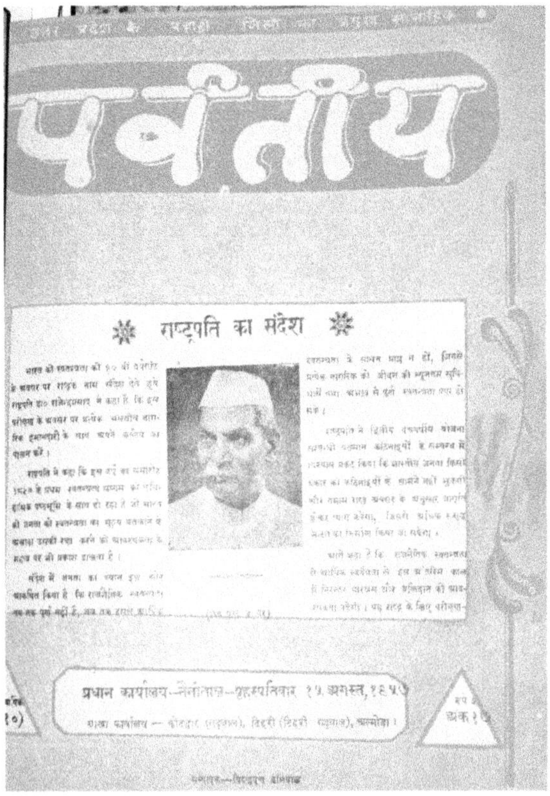
पर्वतीय
राष्ट्रपति का संदेश
प्रधान कार्यालय-नैनीताल-बृहस्पतिवार १५ अगस्त, १९५७
शाखा कार्यालय — कोटद्वार (गढ़वाल), टिहरी (टिहरी गढ़वाल), अल्मोड़ा।

'पर्वतीय' से : ज्वलन्त एवं व्यापक विषय

रजिस्टर्ड नं० ५-८२१

सम्पादक—विष्णुदत्त उनियाल

कानूनी सलाहकार—श्री पूर्णानन्द उपाध्याय, एम.ए. एल.एल.बी., एडवोकेट

पर्वतीय

अल्मोड़ा, गढ़वाल, नैनीताल, व टेहरी का निष्पक्ष निर्दलीय व निर्भीक साप्ताहिक

वर्ष १ अंक १३] अल्मोड़ा बुधवार ३० दिसम्बर १९५३ [मूल्य | वार्षिक ६) रु० | एकप्रति =)आ०

पहाड़ों में

कांग्रेस के गिद्ध-गति-गामी प्राण-पखेरू!

नेताओं के डगमगाते सिंहासन !! कांग्रेसी सुशेणों का परीक्षाकाल !!!

धर्म विश्वासी विश्व में आज भी ऐसे लोग हैं जो गमनागमन के सिद्धान्त पर विश्वास करते हैं और अपने इह लोक व परलोक के सुधारने की धुन में घुलते रहते हैं। इस धुन के ऐसे ऐसे भी रोगी दृष्टिगत या कर्णगत हुये हैं जो अपना परलोक सुधारने की आकांक्षा से अपने हाथों अपनी कब्र सजा लेते हैं, अपनी चिता का प्रबन्ध करालेते हैं, अपने कफन का व अर्थी का इन्तजाम करालेते हैं और अपने दशकर्म भी अपने सामने पूरे करा लेते हैं। यह हाल विशेषकर उन धार्मिक बुजुर्गों का होता है जो अपनी आने वाली नास्तिक सन्तानों पर अपने को वैतरणी पार कराने का विश्वास नहीं करते या जिन बेचारों की औरस संतान ही नहीं होती।

पहाड़ों में कहीं कहीं तो कांग्रेस ने इसी चलते फिरते जीवित शव का पाठ अदा किया और अपनी आंखों के सामने अपनी मृत्योत्तर दृश्य की झांकी भी देखली और अपनी चिता पर खुद भी लकड़ी जोड़ने में सहायता दी है। आम चुनावों में टेहरी गढ़वाल में कांग्रेस की १०० प्रतिशत हार इसी का सबूत थी। नगरपालिका चुनावों में गढ़वाल में कांग्रेस ने कहीं भाग न लेकर यही प्रतिबिंबित किया। और रामनगर टनकपुर में भी कांग्रेस ने चुनावों से दूर रहकर यही परिलक्षित किया कि कांग्रेस मर चुकी है। अन्यत्र नगरपालिका चुनावों में भी कांग्रेस के हर जगह दोनो गुटों ने लड़-खड़ाते को एक लात और जमादी। ६८ वर्ष की बुढ़िया कांग्रेस गिर पड़ी। कहीं कहीं कुछ रहमदिलों ने उपचार किया लेकिन फिर भी प्राणों को थोड़ा सा एक्स्टेन्शन मिला जैसे किसी को वसीयत में दस्तखत करने मात्र के लिये डाक्टर कुछ क्षण जिलाये रखते हैं। जैसे नगरपालिका के चुनाव आंकड़ों से झलकेगा। हलद्वानी में कांग्रेस को ७३६७ में से केवल २२०६ वोट मिले, अल्मोड़ा में ४३७२ में से १४७१, देवप्रयाग में ६२९ में से २९३, टेहरी में ६३४ में से २३१, ऋषिकेश में २४३९ में से ९०२ और काशीपुर में ५९६८ में से सिर्फ ७०१ वोट मिले।

संजीवनी की जरूरत

कहीं कहीं कांग्रेस को विजय हुई लेकिन बहुमत उसके पक्ष में न था। इस तरह आक्सीजन से सांसे बढ़वाकर कांग्रेस जीवित नहीं रह सकती। नगरपालिका चुनावों में

संपादकीय

उसे जो घातक तीर लगा है उसका इलाज न विलाप या पश्चाताप करना है न भाषणों के झाड़ताड़ हैं, और न दूसरों को उपदेशों के मंत्र हैं। बल्कि उसके लिये प्राणदा संजीवनी की जरूरत है। लेकिन ऐसा मालूम पड़ता है कि अब न लंका के सुशेण वैद्य ही अपने रहे हैं न द्रोणागिरी में संजीवनी बूटी ही। वहां भी कांग्रेस ने पहले ही हल चलवा दिये हैं।

एक मंत्र नेहरू जी ने दिया कि कांग्रेस मैन त्याग करें और जनता में जाकर सेवा करें और वही महा मंत्र २५ दिसम्बर को पं० पंत जी ने कांग्रेस विधान मंडलीय पार्टी की बैठक में ट्रान्समिट किया और कुछ अन्य उपदेश भी उसमें जोड़े। पंथ जी ने सदस्यों से कहा कि वे जनता की हार्दिक सेवा में जुटे जांय और नवयुवकों तथा बुढ़ों दोनों से अपना सम्पर्क बढ़ायें। आपने प्रत्येक सदस्य को कम से कम २५०० प्राथमिक कांग्रेस सदस्य बनाने को कहा। पंत जी की नेक राय में संगठन को मजबूत बनाने के लिये किसी की दो रायें नहीं हो सकती। लेकिन ये मंत्र व्यवहार में भी आ सकेंगे हमें विश्वास नहीं। क्योंकि आज तो कांग्रेसी अधिकांश सदस्यों को अपने परायों हो से फुरसत नहीं है। २५०० क्या २५ परायों से भी सदस्य सम्पर्क बढ़ालें तो कांग्रेस कभी मिट नहीं सकती लेकिन हमें इतनी भी आशा नहीं इसलिये पंत जी का उपदेश हमें तो अंधे की सूझ मालूम पड़ती है—

अंधे को अंधेरे में बहुत दूर की सूझी,
अंजीर तो मिलता नहीं, अंगूर की सूझी।

यह पंत जी और नेहरू जी भी महसूस करते हैं कि आज की मृतप्रायः कांग्रेस को सुषेणों और संजीवनी की सख्त आवश्यकता है। उसे संगठन के अन्दर, एकता की संजीवनी चाहिये, परस्पर सहनशीलता की संजीवनी चाहिये, त्याग-भावना व प्रेम-भावना की संजी-वनी चाहिये, तथा अनुशासन की संजीवनी चाहिये और उसे संजीवनी बताने वाले सुषेण और संजीवनी लाने वाले हनुमान चाहिये तभी कांग्रेस पुनर्जीवित हो सकेगी और कांग्रेस तभी जीवित रह सकेगी जब उच्चकोटि के नेता अपने अनुयायियों के पारास्परिक झगड़ों में इस या उस गुट का पक्ष न लेकर संगठन के हित में तुरंत निष्पक्ष न्याय पूर्ण निर्णय कर दिया करें। अन्यथा 'होइ हैं सोइ जो राम रचि राखा, का करि तर्क बढ़ावै साखा।'

—उनियाल।

बधाई

हम अपने पाठकों को 'बड़े दिन' की बधाई देते हैं और 'नव वर्ष' के लिये शुभकामनायें करते हैं। —सं०

गणतन्त्र दिवस १९६२ के शुभ अवसर पर प्रकाशित

विकास विशेषांक

—— पंचायत राज सत्ता के विकेन्द्रीकरण की दिशा में एक महत्वपूर्ण कदम है । उ० प्र० का नया पंचायत राज कानून एक क्रांतिकारी कदम है क्योंकि उससे सत्ता, जो आज तक अधिकारियों के पास थी वह अब जनता के निर्वाचित प्रतिनिधियों के हाथों में चली गई है ।"

१३वें गणराज्य दिवस के शुभ अवसर पर राष्ट्रपति डा. राजेन्द्रप्रसाद ने देश वासियों और विदेशों में रहने वाले भारतीय नागरिकों का अभिनन्दन करते हुए कहा कि मेरी "कामना है कि आने वाला वर्ष आपके लिए प्रसन्नता और सौभाग्य का वर्ष हो । मुझे आशा है और मेरी कामना है कि वर्तमान वर्ष विश्व में शान्ति और हमारी जनता तथा देश के लिए समृद्धि का वर्ष हो ।"

फोन—१८२

मूल्य वार्षिक—१०)

एक प्रति १ रुपया

वर्ष ६ — अंक ४२

सम्पादक—विष्णुदत्त उनियाल

प्रधान कार्यालय नैनीताल (शाखा कार्यालय—कोटद्वार (गढ़वाल), टिहरी (टिहरी गढ़वाल), अल्मोड़ा ।

विकास तथा विभिन्न विभाग

विकास का उद्देश्य यदि विकास आयुक्त श्री गोविन्द नारायन के शब्दों में ही कहा जाय तो 'द्विपत्तीय' होता है । 'एक ओर व्यक्ति की भौतिक आवश्यकतायें होती हैं और दूसरी ओर आध्यात्मिक जहां शारीरिक आवश्यकताओं की पूर्ति के लिए भोजन-वस्त्र निवास की उपलब्धि के लिये हमें कार्य करने हैं वहां मानवता का विकास भी आवश्यक है ।

हमारी आवश्यकता या क्षुधा के दो पक्ष हैं एक की शांति ठोस (MATERIAL) भोजन से होती है और दूसरे की अदृश्य व अस्पृश्य (ABSTRACT) भोजन से इनमें किसी एक को प्राथमिकता देना या एक की अनुपस्थिति में दूसरे पक्ष को भुला देना मानव के विकास को अपंग या निर्जीव कर देना होगा । उतना अवश्य है कि आत्मिक विकास के लिए शरीर का अस्तित्व अत्याव-श्यक है किन्तु यदि इस प्रतीक्षा में बैठा जाय कि पहले स्वस्थ शरीर को स्वस्थतर करने या शारीरिक आवश्यकताओं को ही पहले पूरा कर लिया जाय और पहले भौतिक विकास हो जाय फिर आत्मिक विकास किया जाय तो आज के कथित समस्याओं के पेचीदे युग में मनुष्य आजीवन रोटी कपड़े और मकान ही के लिये लड़ता रह जायगा । बुद्धि-मानी यही होगी कि जहां भौतिक अस्तित्व के साधनों का विकास हो उसके साथ ही साथ मानव का आध्यात्मिक विकास भी होता रहे और जहां मानव साकार के उपयोग से आनन्द लेता है वहां निराकार विकसित मानवता का भी रसास्वादन करे ।

किसी भी सरकार का कार्य जनता को विकास का अर्थ समझाना तथा उसके साधन व साध्य से परिचित कराना होना चाहिये । सार्वजनिक निर्माण मन्त्री श्री विचित्र नारा-यण शर्मा के अनुसार '......सरकार की ओर से क्या हो रहा है.....जनता को यदि इसका ज्ञान नहीं, तो वह विकास नहीं कहा जायेगा.......' । तात्पर्य यह है कि सरकार क्या क्यों कर रही है इसका जनता को सर्वप्रथम ज्ञान होना चाहिये, उसे भली भांति समझाना आना चाहिये तभी जनता में विकास कार्यों में रुचि और उनके प्रति उत्साह की लहर उठ सकती है। जनता के सहयोग के बिना विकास को गाड़ी का चलना कठिन ही नहीं असम्भव होगा । नियोजन मन्त्री श्री चन्द्रभानु गुप्त 'विकास' को 'युग की पुकार' कहते हुये 'उसकी सफलता के लिये सर्व पक्षी सहयोग' को नितांत आवश्यक मानते हैं और विकास आयुक्त श्री गोविन्द नारायन 'विकास के तीन स्तम्भों—जनता, जनप्र-तिनिधि-तथा जन सेवक-का सहयोग आवश्यक' बतलाते हैं । श्री विचित्र नारा-यण शर्मा, सार्वजनिक निर्माण मन्त्री तो 'सच्चा विकास' कहते ही उसे हैं "जिसमें सरकार, जनता, अमीर, गरीब, बड़े-छोटे, विद्यार्थी दुकानदार, किसान, सब, कुछ न कुछ सहयोग दें ।

संपादकीय

अब प्रश्न सहयोग प्राप्त करने का आता है । जन सेवकों को तथा जन प्रतिनिधियों को सरकारी सूचना-प्रपत्रों द्वारा या आफिशियल पत्रों के द्वारा विभिन्न सूचनायें देकर उनसे सहयोग का अनुरोध किया जा सकता है किन्तु आम जनता का सहयोग तभी प्राप्त हो सकता है जब विकास के साध्य व साधनों तथा कार्यक्रमों का प्रगाढ़ प्रचार हो । और जनता किये गये विकास कार्यों के लाभों से अवगत कराई जाये ।

सिद्धान्ततथा प्रचार के चमत्कारिक महत्व को सभी विभाग, जो विकास के उद्देश्य की ओर लेजाने वाली गाड़ी के विभिन्न (स्पेयर पार्ट) अंग मात्र हैं, मानते हैं और इसी लिये जहां सरकार ने प्रदेश में एक केन्द्रित प्रचारक विभाग सूचना विभाग खोला है और हर जिले में सूचना केन्द्र खोले वहां प्रायः हर विभाग ने भी अपने यहां पब्लिसिटी उपविभाग बड़े, खर्चों पर चला रखे हैं । फलतः प्रचार के उद्देश्य पूर्ति में सरलता आने के बदले प्रचार (DIARGHY) द्वैधप्रशासन के पाटों में अन्दर ही अन्दर पिसता रह रहा है । विभागों का सूचना विभाग के साथ वांछित सहयोग नहीं है । यही हाल जिलों में है । उधर सूचना विभाग अपने अस्तित्व को दृढ़तर व शक्तिशाली करने के लिये कभी कभी विभागों की असु-विधा, समय व स्थान को ध्यान में रखे बिना सभी को एक ही लाठी से हाकने लगता है । जो अंततया विकास में बाधक सिद्ध होता है । विकास खंडों के समाज शिक्षकभी अपेक्षित रूप में लोगों के रुख को अभी जागृत करने में असमंथ से हैं ।

श्री राम सहाय डिप्टी कमिश्नर कुमाऊं डिविजन ने पहाड़ों में जितनी अधिक प्रकृतिक सौन्दर्य पाया उतना ही अधिक यहां गरीबी, अशिक्षा व बेकारी को भी पाया । और हर्ष की बात है कि नियोजन मन्त्री व सरकार के कर्णधार भी इस तथ्य को समझते हैं और यहाँ की सर्वथा भिन्न समस्याओं को समाधानों के लिए विशेष साधनों को भी मानते हैं ।

किन्तु दुःख की बात ये है कि इच्छा होते हुए भी सरकार आज पहाड़ों में विकास कार्यों की गति को वांछित तीव्रता नहीं दे पाई है । पहाड़ों की प्रमुख काम दिखाऊ योजनायें फल उपयोग, और ऊनी योजना अभी भी प्रारंभिक स्थिति में हैं । यहां के महत्वपूर्ण कुटीर उद्योग बाहर के पूंजी पतियों को दिए जा रहे हैं । और प्रसाधनों का उपयोग यहां पूरा नहीं हो रहा है ।

सरकार को सीमावर्ती इस पर्वतीय प्रदेश में विकास की ओर विशेष ध्यान देने के लिए हर विभाग का एक रीजन पहाड़ के लिए पहाड़ों में ही कार्यालय के साथ शीघ्रातिशीघ्र स्थापित करा देने चाहिए जो केवल पहाड़ों की समस्याओं को उसकी भौगोलिक विभि-न्नताओं को दृष्टि में रखकर उनके समाधानों को सरकार को सुझाते रहें। और अपना सारा समय तथा सम्पूर्ण शक्ति व मस्तिष्क पहाड़ों के ही विषय पर लगा सकें ।

कई विभागों से स्मृतिपत्रों के बाद भी उनके लेख प्राप्त नहीं हो सके । जिससे यह अंक निर्दिष्ट पृष्ठ संख्या पर नहीं आ सका । आशा है इस प्रथम अनुभव का लाभ आगामी विशेषांक की सफलता में सहायक होगा ।

मूल्य वार्षिक—१०)
एक प्रति २० नया पैसा
वर्ष १० — अंक २
सम्पादक—विष्णुदत्त उनियाल

प्रधान कार्यालय—नैनीताल । (शाखा कार्यालय—अल्मोड़ा, टिहरी (टिहरी गढ़वाल), कोटद्वार (गढ़वाल) ।) बृहस्पतिवार १२ अप्रैल १९६२

पावन-पुनीत देवभूमि में

सुर-सरिताओं के समानान्तर सुरा-सरितायें !!

—उनियाल—

[illegible]ठों में तीन हठ प्रसिद्ध हैं [illegible], त्रियाहट, राजहठ । [illegible] को जिस चीज के लिए आप [illegible] करें उसे पाने की वह जिद [illegible] लेता है । त्रियाहठ के [illegible] आज की प्रेमिकाओं से [illegible] त्रेतायुग की कैकेयी तक भरे [illegible] । चाहे सर्वनाश हो जाये लेकिन हठ नहीं छूटता । संरक्षक और शुभचिन्तक समझते-समझाते [illegible] को प्राप्त हो जायें लेकिन हठ की अन्त्म प्रहारक लाठी उनके हाथ से नहीं छूट सकती । यही हाल है राजहठ का भी । फिर चाहे एकतंत्र हो, [illegible] हो या लोकतंत्र हो, राजहठ सदा राजहठ ही रहता है ।

[illegible] लोकतन्त्र में सरकार के संरक्षक या शुभचिन्तक जनता याने लोग होते हैं । कई मामलों में ये देखा जाता है कि जनता सरकार से जो अपेक्षा नहीं करती सरकार उसे अपने सम्मान का विषय बनाकर उसे करने का हठ सा धारण कर लेती है । चाहे किसी का स्थानान्तरण हो, किसी की पदोन्नति हो, किसी की पदमुक्ति हो, कोई निर्माण कार्य हो, कोई [illegible] लाइसेंस देने न देने की [illegible] या कोई नीति अपनाने [illegible] की बात हो, जहाँ और [illegible] सरकार पर राजहठ का प्रकोप आया वहां किसी की भी [illegible] शक्ति या भीमसेनी [illegible] टस से मस नहीं कर [illegible] । फिर चाहे जनता बोल [illegible], सरकार की हजार [illegible] लाभ होता रहे या उसे अपयश-अर्जन होता रहे सरकार [illegible] निश्चय नहीं तोड़ती ।

[illegible] यात्रा मार्गों पर तथा [illegible] जनजीवन के बीच [illegible] वर्षों उत्तर प्रदेश [illegible] द्वारा शराब की दुकानों [illegible] राजहठ का एक [illegible] उदाहरण है । ये पर्वतीय क्षेत्र पौराणिक युग ही से पवित्रता के केन्द्र रहे हैं । यहां के सात्विक जीवन की आसुरी प्रवृत्तियों से सुरक्षा करना राज्य का प्रथम पुनीत कर्तव्य होता है । ब्रिटिश शासनकाल में अप्रत्यक्ष रूप से भारतीय जनजीवन को भ्रष्ट एवं कलुषित करने की चेष्टा की जाती थी इसलिये इन क्षेत्रों में भी यत्र-तत्र वारुणी-विक्रय केन्द्रों की स्थापना की गई ।

स्वतन्त्रता के पश्चात अपनी सरकार से विदेशी सरकार की इस दुर्नीति के दुष्प्रभाव के सुधार की आशा थी किन्तु आय-वृद्धि के नशे में चूर हमारी पिछली सरकार अपने कर्तव्य-अकर्तव्य में भेद नहीं कर सकी और पहाड़ी जिलों में शराब शालाओं की संख्या में अचानक वृद्धि कर दी गई । सरकार के मन्तव्य को अवश्य सफलता मिली । हर [illegible] दुकान के रेवन्यू [illegible] वर्ष [illegible] वृद्धि हुई । टिहरी की [illegible] का ठेका जो [illegible] हजार का [illegible] हजार [illegible] उठा है [illegible] कर देता है कि [illegible] में कितनी [illegible] रोग [illegible] है । [illegible] गया [illegible] सर्वत्र [illegible] दुष्प्रभाव जीवन के केवल आर्थिक पहलू पर ही नहीं पड़ता वरन् जीवन के सभी क्षेत्रों में विकार पैदाकर उसके सभी स्वस्थ पक्षों को जर्जर कर देता है । गरीबी से पीड़ित बेरोजगारी से प्रताड़ित एवं अशिक्षा से प्रच्छन्न इन क्षेत्रों के लिए राजकीय कोष की अभिवृद्धि-दायिनी ये शराब-शालायें अभिशाप का स्वरूप धारण करके आईं ।

पर्वतीय जनता ने चारों ओर से इनका प्रबल विरोध किया और गरुड़ बागेश्वर जैसे स्थानों पर २ वर्ष पूर्व व्यापक सत्याग्रह की तय्यारी को तत्कालीन सरकार ने वहां दुकान बन्द कर देने का आश्वासन देकर टाल दिया था । गढ़वाल तथा टिहरी गढ़वाल, चमोली एवं उत्तरकाशी में भी इसी प्रकार के आश्वासन वहां व्याप्त विरोध को थपकी मात्र देते गये । लेकिन आश्वासन व्यवहार की भूमि में नहीं उतर सके । व्यवहार में सरकार राजहट-ग्रस्त हो चुकी थी और वह उसी पर अड़ी रही ।

इधर टिहरी में वहां की महिलाओं द्वारा शराब की दुकान के सामने धरना देना उस अन्तिम स्थिति का द्योतक है जब सरकार के आश्वासन जनविरोध को और अधिक टालने की दिशा में दम छोड़ चुके हैं ।

हर्ष की बात है कि उत्तर प्रदेश के मुख्यमंत्री श्री चन्द्रभानु गुप्त ने आश्वासन दिया है कि आगामी वर्ष तक यात्रा-मार्गों की शराब-शालायें समाप्त कर दी जायेंगी । हमें गुप्त जी के स्वभाव को जानने के बाद आशा ही नहीं विश्वास है कि उनके आश्वासन पुरानी सरकार के आश्वासनों की तरह कोरे और बेदम आश्वासन सिद्ध नहीं होंगे ।

[illegible] हाल में दिल्ली में अजमलखां पार्क में नशाबन्दी प्रदर्शनी का उद्घाटन करते हुए केन्द्रीय गृह विभाग के मंत्री श्री बी०एन० दातार ने घोषणा की है कि आगामी ४ वर्षों में सारे देश में शराबबन्दी लागू हो जायेगी और केन्द्रीय सरकार ने राज्य सरकारों को शराबबन्दी-जन्य हानि की पूर्ति का विश्वास भी दिलाया है । ऐसी स्थिति में हमें पूर्ण विश्वास है कि उत्तर प्रदेश सरकार अपनी वर्षों पुरानी हठ का अब परित्याग करेगी [illegible]

नये राष्ट्रपति

कांग्रेस कमेटी ने डा० राधाकृष्णन को राष्ट्रपति पद के लिए तथा बिहार के भूतपूर्व राज्यपाल डा० जाकिर हुसैन को राष्ट्रपति पद के लिए मनोनीत किया है । १६ अप्रैल को राष्ट्रपति पद के लिये नामांकन पत्र प्रस्तुत होंगे और यदि चुनाव हुआ तो ७ मई को होगा । उप राष्ट्रपति का चुनाव १२ मई को होगा । राष्ट्रपति पद के लिए मतदाता संसद के दोनों सदन तथा राज्य विधान सभाओं के निर्वाचित प्रतिनिधि होते हैं । उपराष्ट्रपति का चुनाव संसद के दोनों सदन करते हैं । १३ मई को राष्ट्रपति तथा उपराष्ट्रपति अपने कार्यभार को ग्रहण करेंगे ।

सम्पादकीय

पहाड़ी जिलों की गरीबी में

अन्नाकाल और पुलिस की वृद्धि

यह आम भावना पहाड़ी जिलों में बढ़ती जा रही है कि इस वर्ष निर्धन पहाड़ों में दो ही बातों की वृद्धि हुई। एक इस वर्ष अन्नकाल बढ़ा और दूसरा पहा[illegible] पुलिस विभाग बढ़ा।

× × × ×

वास्तव में यों तो पहाड़ी जिलों में अन्नाभाव हर वर्ष होता था और सदा ही अधिकांश जन संख्या को बाहर मैदान से मंगाए हुए अनाज पर निर्भर रहना पड़ता था किन्तु इस वर्ष सामयिक वर्षा न होने के कारण पहाड़ी जिलों की अधिकाँश पट्टियों में फसल सूख गई है। इधर मार्च में असामयिक वर्षा ने 'गिरते को एक लात और' का काम किया है। इससे पहाड़ी जनता में चिन्ता का संचार हो जाना स्वाभाविक ही है! यदि केवल अन्नाभाव ही हो और लोगों की जेबों में पैसा हो, धनाभाव न हो तो विषय इतनी गहन चिंता का न होता। लेकिन पहाड़ की ६५ प्रतिशत जनता की धनाभाव की स्थिति तो सदा ही से है, वह तो उनका ऐसा असंतोष है जिसका कोई आज तक समुचित इलाज न हो पाया है और उन्हें उसी असंतोष ही में संतोष की आदत सी पड़ गई है। ऐसी अवस्था में जहां धनाभाव तो जीवन का सर्वोत्तम साथी बन चुका है, वहाँ अन्नाभाव का भी हो जाना चिन्ता का विषय अवश्य ही है। और यदि कोई इस अवस्था में पहाड़ों से ये आशा करे कि उन्हें इस पर भी संतोष ही करना चाहिये तो यह उन्हें शमशानगति प्राप्त संतोष का उपदेश देना होगा।

× × × ×

पहाड़ों में पहले ही यह धारणा बढ़ रही थी कि इधर तो पहाड़ी जिलों में दिनोंदिन गरीबी की दिन दूनी रात चौगुनी वृद्धि हो रही है और दूसरी ओर सरकार ने उस गरीबी का इलाज काफी उद्योग धंधे व रोजगार के साधन-खोलने के बजाय उसका विषमारक (*Antidote*) पुलिस की वृद्धि में ढूंढ़ पाया है। जहां पहाड़ी जिलों में पहले एक एस०पी० शांति-सुरक्षा का स्तम्भ होता था वहां आज पहाड़ी जिलों में चार एस० पी० और उनके ऊपर एक डी० आई० जी०तथा चार डी० एस० पी० व ए० एस० पी० नियुक्त हो गए हैं और होने जा रहे हैं।

÷ ÷ ÷ ÷

लोगों की धारणा का जोर पकड़ना स्वाभाविक ही है। उनकी गरीबी का इलाज लाल पगड़ियों, की कतारों में नहीं हो सकता, उनकी क्षुधा शांति बर्छे बल्लमों की लाइनों से नहीं हो सकती, उनके धनाभाव की चिकित्सा आफीसरों की पल्टन सजा देने में कभी नहीं हो सकती और न उनके अन्नाभाव की स्थिति जगह जगह पुलिस लाइन व थानों का जाल बिछा देने से हो सकेगी।

\+ + + +

एक ओर पहाड़ों में गरीबी व अन्नकाल की दौड़ प्रकृतिदत्त हो और वहां दूसरी ओर सरकार पुलिस की दौड़ शुरू करवाये तो ये दोनों रेखायें कहीं पर भी मिलकर हाथ नहीं मिला सकेंगी।

\+ + + s

हम उत्तर प्रदेश सरकार से तथा केन्द्रीय सरकार से निवेदन करेंगे कि जिसने भी यहां पुलिस को बढ़ाने की योजना चालू की या करवाई हो-वह तनिक यह भी ध्यान इन गरीब पहाड़ों की ओर दें और देखें कि जितना आवश्यक व्यय पुलिस पर होगा उतना ही आवश्यक व्यय उद्योग-धन्धों व रोजगार दिलाने के साधनों पर होता, और यहां की गरीबी दूर हो जाती तो सरकार के लिए पहाड़ों की २१ लाख जनता मिलकर पुलिस से कहीं ज्यादा काम कर सकती और लाभ दायक सिद्ध होती।

÷ ÷ ÷ ÷

हम यह मानते हैं कि बार्डर जिलों के होने के कारण यहां पुलिस की आवश्यकता अधिक महसूस होनी स्वाभाविक है लेकिन हमारे विचार से बार्डर पर बसे इन पहाड़ी जिलों की जनता की गरीबी का निराकरण शीघ्रातिशीघ्र करना भी उतना ही महत्वपूर्ण है।

× ÷ ÷ ÷

पहाड़ों में पुलिस लाइनों के विस्तार से अवश्य-मेव ही कुछ लोगों को रोजगार मिलेगा। कुछ पुलिस में भर्ती होंगे और कुछ लोगों को, आस-पास के ग्रामीणों को अप्रत्यक्ष लाभ होगा। किन्तु यह लाभ पहाड़ों की दानवाकार निर्धनता के लिये "ऊंट के मुंह में जीरे" से ज्यादा कुछ न हो सकेगी।

÷ ÷ ÷ ÷

अतएव यदि बार्डर स्थित पहाड़ी जिलों को मजबूत बनाना है। जसे कि परम आवश्कीय है तो सर्व प्रथम उनसे बेकारी व गरीब का इलाज करना होगा। स्थान --स्थान पर कुटीर उद्योगों का जाल सा बिछा देना होगा। विभिन्न प्रकार के रोजगार के साधनों को शुरू करना होगा। जैसे—खानें, फलोद्योग आदि खोलने होंगे।

× ÷ × ÷

रोजगार के अभाव में बेकारी व गरीबी के होते हुए पहाड़ों में क्या कहीं भी चोरियां, डकैतियां, अनैकतिकता आदि की वृद्धि हो यह स्वाभाविक है। उसका मूल सुधार या बुनयादी इलाज होना चाहिए। पुलिस मात्र बढ़ाने से इच्छित सफलता की प्राप्ति कठिन ही नहीं असंभव ही रहेगी।

—विष्णुदत्त उनियाल

उत्तर प्रदेश के पहाड़ी जिलों का प्रमुख साप्ताहिक

अंक ३८

सम्पादक—
विष्णुदत्त उनियाल

साप्ताहिक

पर्वतीय
PARVATIYA

WEEKLY

मूल्य 10) वार्षिक
५) रियायती
≡)एक प्रति

शाखा कार्यालय — कोटद्वार, (गढ़वाल) टिहरी (टिहरी गढ़वाल) अल्मोड़ा ।

प्रधान कार्यालय—नैनीताल — बुधवार ६ फरवरी १९५७

वोट किसको दें ?

जब जब चुनाव सामने आते हैं । मतदाता के सामने विभिन्न पार्टियों के उंम्मीदवार भांति भांति के कार्यक्रम तथा प्रतिज्ञाओं की भेंट लेकर जाते हैं मतदाता को अपनी अपनी ओर आकर्षित करने का प्रयत्न करते हैं। दूसरी ओर स्वतंत्र उम्मीदवार भी अपने व्यक्तित्व एवं प्रभाव के नाम पर मतदाता को प्रभावित करने का प्रयत्न करते हैं। इस बहुमुखी एवं बहुरूपी प्रचार से आम मतदाता अस्पष्ट एवं अनिश्चित सा हो जाता है और बहुधा देखा गया जाता है कि मतदाता अपना मत एक निश्चित तथा स्पष्ट मस्तिष्क के साथ न देकर डांवाडोल मनोस्थिति में दान कर आता है। मतदाता की उस डांवाडोल मनोस्थिति के तुरंत निर्णय (जो वह प्रायः मतदान पेटियों के सम्मुख किया करता है) का लाभ अवसर या भाग्य के अनुसार उम्मीदवारों को मिला करता है और कभी कभी आश्चर्य चकित करदेने वाले परिणाम सुनने में आते हैं। जिनसे अंततया राष्ट्र को हानि होती है और मतदाता को स्वयं इस हनि को सहना पड़ता है।

इसलिये स्वस्थ प्रजा तंत्र के लिये यह अवश्यक होता है कि मतदाता उम्मीदवार को पहचान कर अपना मतदान करें। लोकतंत्र में उम्मीदवार को पहचानने के लिये दो मुख्य मापदंड होते हैं :—पार्टी तथा गुण।

स्वतंत्र उम्मीदवार

(१) सर्वप्रथम मतदाता को देखना यह चाहिये कि उम्मीदवार किसी राज नैतिक दल का है या नहीं। यदि उम्मीदवार किसी राज नैतिक दल का नहीं है तो उसे सर्वप्रथम (*Reject*) अस्वीकार कर देना चाहिये क्यों कि व्यक्ति कितना ही योग्य क्यों न हो लेकिन लोकतंत्र की नींव ही दलों पर पड़ती है न कि व्यक्तियों पर। जो उम्मीदवार लोकतन्त्र के इस मूल भूत सिद्धान्त को नहीं समझता उससे मतदाता कैसे आशा कर सकता है कि वह देश में लोकतंत्र के महल की दीवारों को मजबूत करने में अपना सहयोग देगा। लोक–तन्त्र दलों के द्वारा समाज में समष्टिवादी दृष्टिकोण की कामना करता है जब कि स्वतंत्र उम्मीदवार हमेशा व्यक्तिवादी दृष्टिकोण को लेकर चुनाव के अखाड़े में कूदता है। इसलिए दल और निर्दल उम्मीदवार में से मतदाता दल वाले उम्मीदवार को चुने।

राजनैतिक दल

(२) तब रहते हैं राजनैतिक दलों के उम्मीदवार। किसी भी उम्मीदवार की ओर अपने निश्चय का पलड़ा झुकाने से पहले मतदाता सभी दलों के कार्यक्रम को समझकर

सं पा द की य

इनमें से देखें कि किस दल का कार्यक्रम-साधन व समय के अनुसार व्यावहारिक है और समाज के लिए अधिक हितकारी है। जिस दल का कार्यक्रम समाज के बहुमुखी विकास के लिए अधिक उपयुक्त समझे वह उस दल को अपना मत देना निश्चय करे।

दलीय उम्मीदवार

(३) लेकिन यदि मतदाता केवल दल के प्रोग्राम या कार्यक्रम ही को देखकर मत दे दे तो यह भी उसके अपने चरम उद्देश्य स्वस्थ एवं समृद्ध लोकतन्त्र निर्माण के लिए घातक सिद्ध होगा। क्योंकि जब उस दल के कर्त्ता–धर्त्ता या चोटी के कुछ जिम्मेदार लोग यह समझ लेंगे कि मत उनके उम्मीदवार को नहीं सिर्फ कार्यक्रम को मिलता है। तो उनके निरंकुश मनोभाव, अनियंत्रित हो जाते हैं और वे अपने संबंधियों, खुशामदखोरों और अंध–अनुयायियों को पार्टी उम्मीदवारी का वरदान देना शुरू कर देते हैं। विधायिकायें हाथ उठाने वालों का जमघट मात्र बनकर कुछ इने गिने लोगों के हाथ में शक्ति की मुहर का काम करने लगती हैं या देश का शासन चंद परिवारों की धुरी के चहु ओर रौलर की भांति चक्कर लगाता रह जाता है और शेष साधारण जनता उस दल से दलती रह जाती है। धीरे धीरे उस दल के चोटी के "कुछ" की संख्या भी कम होते होते एक में समा जाती है। इस प्रकार अंत में लोकतन्त्र के चोले में अधिनायक तंत्र शासन करने लगता है। जिसका अधोत्तरण निश्चिततया जन विरोधी व जन घातक होता है।

इसलिए लोकतंत्र को इस प्रकार मृत्यु से बचाना भी मतदाता का प्रथम कर्तव्य है लोकतंत्र की रक्षा की संजीवनी भी मतदाता के ही हाथ में होती है। और वह संजीवनी है स्वस्थ एवं समृद्ध विरोधी दल का निर्माण।

विरोधी दल कैसे बनें ?

यह ऊपर कहा जा चुका है कि सबसे पहले उस दल के उम्मीदवार को वोट दीजिए जिसका कार्यक्रम आप देश के लिए सर्वोत्तम समझते हैं। किन्तु किसी भी दल के विरोध के बीज उसी दल में मौजूद होते हैं और दल के उच्चकोटि के सशक्त लोग उसके बीजारोपण के लिए जिम्मेदार होते हैं। हर दल के कर्त्ता-धर्त्ता उन निरंकुशता के कारण अपने दल की उम्मीदवारी के (*Marginal standard*) तटीय–स्तर का प्रायः उल्लंघन करते हैं। यह वो स्थिति होती है जहां विरोध का क्षेत्र मिलता है।

जहां मतदाता ने देखा कि सर्वोत्तम कार्यक्रम वाले दल का उम्मीदवार अपेक्षित-स्तर से नीचे है तो वह दूसरे नम्बर की अच्छे कार्यक्रम वाली पार्टी के उम्मीदवार को वोट दे-किन्तु यदि द्वितीय-उत्तम कार्यक्रम वाले दल का उम्मीदवार नहीं है या सामान्य स्तर से कम योग्य है तो वहां मतदाता ने तीसरे या चौथे दल के योग्य उम्मीदवार को वोट देना चाहिये।

LEADING NEWS MAGAZINE OF NORTHERN INDIA

अंक ४२

शुक्रवार १५ अक्टूबर '६५

जाधिराज
वीर विक्रम
ाह देव

जीवन वृत्त
ृष्ठ २ पर

पर्वतीय तथा सीमावर्ती क्षेत्र का प्रतिनिधि
समाचार साप्ताहिक

पर्वतीय

नैनीताल

वर्ष-१३, अंक ४२, शुक्रवार, १५ अक्टूबर '६५

कुछ आकर्षक पृष्ठ

प्रधान सम्पादक
विष्णुदत्त उनियाल

सम्पादकीय

नया नैपाल

सन् १८४६ से नैपाल राणाशाही के दलन की चक्की में पिस रहा था। सारा देश भय, आतंक और संशय के अंधकार में लिपटा पड़ा था जनता की अज्ञानता व अशिक्षा को राणाशाही का प्रहरी माना जाता था और जनता की गरीबी पर राणाशाही का मोटापा दिन दूना रात चौगुना बढ़ता जा रहा था। यहां तक कि महाराजधिराजों को भी चतुराई से प्रभावहीन स्थिति में रखा जाता था। नैपाल केवल अपनी सबसे ऊंची चोटी एवरेस्ट, श्रमजीवी शेरपाओं और उसके हट्टे कट्टे गुरखाओं के लिये ही विश्व में जाना जाता था।

१९५०-५१ में नैपाल की वह अमावस खत्म हुई और उसके आसमान पर तत्कालीन महाराजाधिराज त्रिभुवन और युवराज महेन्द्र के निर्देशन में क्रान्ति कौंध गई। राणाशाही ध्वस्त हुई और आज महाराजाधिराज महेन्द्र वीर विक्रम शाह देव के कुशल निर्देशन और सशक्त संरक्षण में हिम शिखरों से परिरंभित ५६००० वर्ग मील और ९५ लाख जन संख्या का उनमुक्त नैपाल स्वाधीनता का आस्वादन ही नहीं कर रहा है बल्कि प्रगति के प्रांगण में नवयोवन की अंगड़ाइयां लेने लगा है।

राजनैतिक रूप से भी नैपाल का संवैधानिक राजतंत्र, चीनी साम्यवाद और भारतीय संसदीय लोकतंत्र दो परस्पर विरोधी शासन पद्धतियों से घिरा हुआ है लेकिन महाराजाधिराज महेन्द्र बड़ी सफलता के साथ अपनी तटस्थता की नाव खे रहे हैं। नैपाल की भूमि के लिये उन्होंने दोनों पद्धतियों के शत प्रतिशत रूप को प्रतिकूल पाया इसलिए उन्होने वहां दल विहीन पंचायत प्रणाली का श्रीगणेश किया है। जिसका प्ररिणाम १९५१ से १९६० तक के लोकतंत्र की अपेक्षा कहीं अधिक लोकप्रिय और लाभकर समझा जा रहा है।

महाराजाधिराज महेन्द्र ने नैपाल के सीमित संबंधों को नैपाल के अस्तित्व और उसका समृद्धि के हित में व्यापक किया। बाडुंग सम्मेलन के पंचशील के सिद्धान्त को आत्मसात् किया और आज भारत, ब्रिटेन और अमरीका के स्थान पर ३९ देशों के साथ उसके दौत्य संबंध स्थापित हो चुके हैं। महाराजाधिराज महेन्द्र ने नैपाल के अस्तित्व को हिमालय की चहार दीवारी से बाहर लाकर राष्ट्र संघ और कई अन्य अन्तर्राष्ट्रीय संस्थाओं के द्वारा दुनिया के सामने अन्य देशों की समानान्तर कतार में खड़ा कर दिया है।

आर्थिक दृष्टि से नैपाल सदियों से एक कृषि प्रधान देश रहा है उसने औद्योगिक क्षेत्र में भी अब कुछ कदम रखे हैं। भारत, नैपाल को सहायता करने में अन्य दो देश अमरीका और चीन से बहुत आगे हैं। इसलिए और भौगोलिक स्थिति के कारण नैपाल का ९०% विदेशी व्यापार भारत के साथ है। भारत ने नैपाल औद्योगिक विकास को बढ़ावा देने के लिए बोंड सिस्टम समाप्त कर दिया है। विदेशी मुद्रा की आवश्यकता पूर्ति हेतु अब नैपाल निर्यात की ओर भी अधिक ध्यान देने लगा है। नैपाल की समृद्धि में भारत का चतुर्मुखी योग है क्योंकि भारत अपने पड़ोसी की खुशहाली को अपनी खुशी समझता है। महाराजाधिराज महेन्द्र की दूरदर्शिता से गलत फहमियां दूर हुई और भारत और नैपाल की मित्रता दिनोदित दृढ़ होती जा रही हैं। शिक्षा, संस्कृति एवं स्वास्थ्य आदि राष्ट्र निर्माण कार्यक्रमों की गति भी तीव्र हुई है। हर दिशा में नये नैपाल का निर्माण हो रहा है।

नैपाल आज एक नववधू की भांति है जो शनैः शनैः संकोच का घूंघट खिसका रही है, धीरे धीरे अपने घर को बनाने संवारने लगी है तथा बाहर वालों की दृष्टि में अपने घर के सम्मानको बढ़ाने की कोशिश करने लगी है। और उसके कुशल पथ-प्रदर्शक हैं महाराजाधिराज महेन्द्र।

...तथा सीमावर्ती क्षेत्र का प्रतिनिधि
समाचार साप्ताहिक

पर्वतीय

नैनीताल

वर्ष-१३, अंक ४४ शुक्रवार, ५ नवम्बर '६५

कुछ आकर्षक पृष्ठ

प्रधान सम्पादक
विष्णदत्त उनियाल

सम्पादकीय

अफ्रेशियाई सम्मेलन

५ नवम्बर को होने वाला अफ्रेशियाई देशों का सम्मेलन चीन को अपनी निराशाओं का और असफलताओं का सम्मेलन नजर आ रहा हैं इसलिए चीन तथा उसके गुर्गों ने इस सम्मेलन के स्थगन के लिए अफ्रेशियाई देशों में जी तोड़ प्रयत्न शुरू कर रखा है।

चीन को निराशा की अनुभूति हुई कि अलजीयर्स सम्मेलन में उसके मंतव्यों को एक प्रतिशत भी सफलता नहीं मिल पायेगी। और उसकी असफलाताओं पर सम्मेलन के निश्चयों की मुहर उसके काले कल और एकान्तवास की सूचक होगी। चीन की निराशा भी बहुमुखी है उसने जिस दिशा में अफ्रीकी-एशियाई देशों से अपेक्षा की वहीं उस पर निराशा का करारा तमाचा पड़ा। चीन ने अफ्रेशियाई देशों से यह आश्वासन चाहा था कि वे इस सम्मेलन में अमरीकी साम्राज्यवाद की निन्दा का प्रस्ताव करेंगे, उसे 'ना' मिली। चीन ने चाहा था कि सम्मेलन में रूस को न बुलाया जाय लेकिन अधिकांश देशों ने उसकी इच्छा के विरुद्ध रूस के शामिल किये जाने का समर्थन करके चीन को हताश कर दिया।

दूसरी ओर चीन की चालों का भंडाफोड़ अफ्रीकी देशों पर भी हो गया है। इन्दोनेशिया की घटनाओं ने सबकी आंखें खोलदी हैं कि चीन अफ्रेशियाई देशों के प्रति क्या दुर्भावना रखता है और किस प्रकार हर देश में अपने समर्थकों की सरकारें कायम करना चाहता है। अकरा में २१ अक्टूबर से अफ्रीकी एकता संगठन का सम्मेलन हुआ जिसमें अफ्रीका के ३६ स्वतत्र देशों में से २८ ने भाग लिया था। सर्वसम्मति से यह प्रस्ताव पास किया गया कि अफ्रीकी देशों में वैधानिक सरकारों के विरूद्ध बाहरी षडयंत्रों का मिलकर मुकाबला किया जाय। यह प्रस्ताव विशेषकर चीन की ही नाजायज हरकतों के विरुद्ध था जिसके कई प्रमाण पहिले ही थे। और इन्दोनेशिया ने जिसे और भी स्पष्ट कर दिया। चीन की करारी हार उस समय हुई जब अफ्रीकी देशों ने कश्मीर और वियतनाम पर कोई विचार का सुझाव शुरू ही में ठुकरा दिया। चीन की चाल चारों खाने चित्त हो गई।

पाकिस्तान और भारत के संघर्ष में भी चीन ने जो पाठ अदा किया उससे भी अफ्रेशियाई देशों की नजरों में चीन गिर गया है।

चीन अफ्रीशियाई देशों पर से रूस के प्रभाव को भी कम करने में असफल रहा है ज्यों ज्यों उसने रूस के विरूद्ध प्रचार किया कई देश चीन ही के विरुद्ध कड़ा रुख अपनाने लगे।

आज चीन के साथ अफ्रीका में केवल गिनी व तनजानिया और एशिया में केवल पाकिस्तान, कम्बोदिया, उत्तरी कोरिया और उत्तरी वियतनाम रह गये हैं इसलिए उसका किसी सम्मेलन से कोई आशा रखना दुराशा मात्र ही है। चीन प्रयत्न कर रहा है कि अलजीयर्स सम्मेलन न हो। चीन की आबादी अफ्रेशियाई जगत की आबादी का ५० प्रतिशत है इसलिए भी कई देश ये अनुभव करते हैं कि चीन के बिना सम्मेलन का वांछित फल नहीं निकल पायेगा। सम्मेलन हो या न हो लेकिन चीन के लिए अब उसका होना या न हो न बराबर है। चीन को यह सम्मेलन अपनी निराशाओं और असफलताओं का सम्मेलन पहिले ही से नजर आने लग गया है। जो अफ्रेशिया जगत के लिए एक शुभ भविष्य का द्योतक है।

समाचार साप्ताहिक

पर्वतीय

नैनीताल

वर्ष-१३, अंक ४६, शुक्रवार, १९ नवम्बर '६५

कुछ आकर्षक पृष्ठ

प्रधान सम्पादक
विष्णुदत्त उनियाल

सम्पादकीय

रोडेशिया

किसी भी राष्ट्र के लिए स्वतन्त्र होना या स्वतन्त्रता को बनाये रखने हेतु जो कुछ भी करना पड़े वह गौण ही होगा किन्तु ११ नवम्बर को रोडेशिया के सम्बन्ध में श्री स्मिथ ने जो एक तरफा घोषणा की वह विश्व के राजनयिक एवं कूटनीतिक क्षेत्रों में एक नई बात है। प्रश्न यह है कि श्री स्मिथ की घोषणा को 'आजादी' समझा जाय या विद्रोह ? एक ओर वर्षों की अपनी कोशिशों के बावजूद श्री स्मिथ रोडेशियन जनता का समर्थन नहीं पा सके और जब बहुमत के विरुद्ध वहां चलाये जा रहे आन्दोलन को रोकने के लिए ब्रिटेन ने आर्थिक प्रतिबन्ध लगाया तो श्री स्मिथ ने तथाकथित आजादी की घोषणा कर दी। ऐसी घोषणा करने में उन्होंने न रोडेशिया के बहुमत का ध्यान रक्खा और शायद न ही विश्व जनमत का।

किसी भी राष्ट्र को स्वतन्त्रता मिलने की भारत अपनी नीति के अनुसार सराहना ही नहीं समर्थन भी करता आया है बशर्ते कि वह सही माने में स्वतन्त्रता हो और देश का जनमत उसकी कामना और समर्थन करे। किन्तु जिस प्रकार अपने चन्द साथियों को लेकर श्री स्मिथ ने रोडेशिया में अल्प संख्यक और जातिवाद पर आधारित सरकार संगठित की वह रोडेशिया की आजाद सरकार कहलाने की हकदार नहीं। उससे वास्तव में अफ्रीकन देशों में जातीय दंगे और विश्व शान्ति को खतरा पैदा होने की सम्भावना है।

भारत के विदेश मन्त्रालय का यह कार्य सराहनीय है कि रोडेशिया की गति विधियों को देखते हुये मई में ही वहां से अपना कूटनीतिक प्रतिनिधि वापस बुला लिया था और हाल ही में आर्थिक सम्बन्ध भी तोड़ दिये हैं। हमारे विदेश मन्त्रालय की सूझबूझ ने साबित कर दिया है कि हम अफ्रीकन देशों के साथ हैं और उप निवेशवाद को स्थायी रूप देने वालों का विरोध करते हैं। भारत सरकार को चाहिए कि रोडेशिया की जनता को उप निवेषवाद को असफल बनाने के लिये हर सम्भव सहायता प्रदान करे।

अपनी सामयिक सूझबूझ और राजनीति के लिए ब्रिटिश राजनीतिज्ञ अचूक माने जाते रहे हैं किन्तु लगता है कि उस परम्परा के विचारक अब ब्रिटिश सत्ता के पास नहीं रह गये या फिर वहां की राजनीति लड़खड़ा चुकी है अन्यथा रोडेशिया में वह सब न होता जो हो रहा है। वहां के गवर्नर सर हम्फ्रे गिब्स और अल्प संख्यकों की सरकार के प्रधान मन्त्री के बीच रस्साकशी चल रही है यद्यपि ब्रिटेन द्वारा यहां की गोरी सरकार को मुअत्तिल समझे जाने के आदेश ११ नवम्बर को ही दे दिये गये थे। पांच दिन बाद ब्रिटेन के प्रधान मन्त्री श्री विल्सन को रोडेशियाई संकट को दूर करने हेतु सम्पूर्ण अधिकार मिले हैं जबकि इस बीच श्री स्मिथ वहां के कर्मचारियों को अपने प्रति वफादारी का पाठ पढ़ाने में प्रयत्नशील रहे।

सुरक्षा परिषद, संयुक्त राष्ट्र संघ तथा अफ्रीकी एकता संगठनों को जातिवाद पर बनी रोडेशिया की अल्प संख्यक नई सरकार का पूरा बहिष्कार करना चाहिए और विश्व के उपनिवेषवाद बिरोधी राष्ट्रों को इस तथाकथित आजाद सरकार को मान्यता नहीं देनी चाहिए।

रोडेशिया की ४० लाख जनता पर कुछ श्वेतों द्वारा शासन करने की यह साजिश अफ्रीकन ही नही विश्व के अनेक देशों को भविष्य खतरे में डाल सकती है। ब्रिटेन की सूझबूझ और सुरक्षा परिषद की सक्रियता की परीक्षा का यह विचित्र अवसर रोडेशिया में उत्पन्न हुआ है, जिसकी ओर सब की जिज्ञासात्मक दृष्टि लगी है।

समाचार साप्ताहिक

पर्वतीय

नैनीताल

वर्ष-१३, अंक ४७, शुक्रवार, २६ नवम्बर '६५

कुछ आकर्षक पृष्ठ

प्रधान सम्पादक
विष्णुदत्त उनियाल

सम्पादकीय

सतर्कता आवश्यक

युद्ध विराम के बाद पाकिस्तान अब कुचले हुये सर्प की भांति पूर्णरूपेण प्रतिशोध के लिये अपने को तैयार कर रहा है। पश्चिमी पाकिस्तान की सीमाओं में युद्ध विराम के उपरान्त अतिक्रमण तथा पूर्वी बंगाल में सीमा पर उत्तेजनात्मक कार्यवाहियां इसी श्रृंखला की कड़ियां हैं।

यह बात स्पष्ट रूप से सामने आ गई है कि पश्चिमी पाकिस्तान की गुलामी तथा अय्यूबशाही का जुआ पश्चिमी बंगाल अब उतार फेंकने को तैयार हो गया है। पूर्वी बंगालवासी पाकिस्तानी शासकों की मनोवृत्ति को समझने लगे हैं, इसलिए गत भारत-पाक आक्रमण में पूर्वी पाकिस्तान से कोई सक्रिय सहयोग पश्चिमी पाकिस्तान प्राप्त न कर सका, यद्यपि पाकिस्तानी तानाशाहों ने भारत को उत्तेजित करने का भरपूर प्रयास किया और इसी अभियान में पाकिस्तानी जहाजों ने अपने ही क्षेत्र में बमबारी की। यह सब पूर्वी पाकिस्तान में भारत के प्रति विरोध भड़काने के लिए किया गया था। मुस्लिम लीग, शासन के एजेन्टों और गुण्डों ने भारत के विरुद्ध घृणा फैलाने में पूरी शक्ति लगा दी पर 'भारत कुचलो दिवस' की असफलता इस अभियान का एक ज्वलन्त उदाहरण है। इन सब प्रयत्नों में पाकिस्तान का उद्देश्य पूर्वी बंगाल में साम्प्रदायिक दंगे भड़काना था जिनके फलस्वरूप भारत में भी इनकी पुनरावृति होती और तब भारत को आन्तरिक और बाह्य मोर्चों पर कठिनाई का सामना करना पड़ता, यह पाकिस्तानी तानाशाहों का भ्रम साबित हुआ।

परन्तु अब हमारी पूर्वी सीमाओं पर पाकिस्तान की नियमित और अनियमित सेनाओं का जमाव, सीमान्त क्षेत्रों से साधारण जनता का निष्क्रमण ये सब इस बात के द्योतक हैं कि पश्चिमी पाकिस्तान के युद्ध लिप्सु शासक पूर्वी बंगाल को भी युद्ध की ज्वाला में झोंकने के लिए तैयार हैं। पूर्वी पाकिस्तानी में भी चीनी प्रशिक्षकों की देख रेख में गुरिल्ला लड़ाई का प्रशिक्षण दिया गया है और पाकिस्तानी हलचलों से ऐसा लगता है कि आसाम में भी वह काश्मीर की तरह घुसपैठ करना चाहता है, क्योंकि आसाम पर भी उसकी गृद्ध दृष्टि लगी हुई है। गत वर्षों में पाकिस्तानियों का अवैध प्रवेश इसी खतरनाक योजना की भूमिका मात्र थी और ऐसे अवैध आव्रजकों को बड़ी संख्या में वापस भी भेजा गया परन्तु अभी भी आसाम में हजारों पाकिस्तानियों की उपस्थिति वर्तमान है। अतः निरन्तर सतर्कता आवश्यक है।

सीमा रक्षा के लिए प्रयास भारत के लिये स्वाभाविक ही हैं। परन्तु इस सम्बन्ध में यह पूर्वी बंगाल को लपेटने की सारी जिम्मेदारी पाकिस्तान की ही होगी।

उत्तरी सीमाओं पर चीन की उत्तेजनात्मक कार्यवाहियों को देखते हुए यह और भी आवश्यक हो जाता है कि हमें पाकिस्तान और चीन की मिली भगत का प्रत्युत्तर देने के लिए सतर्क रहना है। यह अब किसी से छिपा नहीं है कि पाकिस्तान के घुसपैठियों को चीनी प्रशिक्षकों ने ट्रेनिंग दी और पाकिस्तानी सेना ने चीन से प्राप्त शस्त्रास्त्रों को प्रयोग भी किया। अपनी पूर्वी सीमा पर घिरे संकट के बादलों का हम डटकर तो मुकाबला करेंगे ही परन्तु यह सब अय्यूबशाही के विरोध में होगा। पूर्वी बंगाल की जनता से भारत को कभी भी दुश्मनी नहीं रही है बल्कि भारत ने तो आत्म नियंत्रण कर युद्ध की लपटों से पूर्वी बंगाल को बचाने की ही भरसक कोशिश की है।

अस्तु समय की मांग को देखते हुये सीमाओं की रक्षा करने वाले केन्द्रीय त्रिपक्षीय सुरक्षा दल को छापामारों और अवैध घुसपैठियों के उंन्मूलन का भी पूरा प्रशिक्षण मिलना चाहिए।

(1)

समाचार साप्ताहिक

पर्वतीय

नैनीताल

र्ष-१३, अंक ४६, शुक्रवार, १७ दिसम्बर '६५

प्रधान सम्पादक
विष्णुदत्त उनियाल

सम्पादकीय

ताशकंद वार्ता—हिंद पाक सम्बन्ध

आगामी ४ जनवरी को भारत-पाक सम्बन्धों पर विचार विमर्श के लिए आयोजित श्री शास्त्री और श्री अय्यूब खां की ताशकन्द-वार्ता की तैय्यारियां सोवियत रूस में की जा रही हैं इस वार्ता को यहां काफी मत्वपूर्ण माना जा रहा है ।

मास्को में जारी की गई एक विज्ञप्ति के अनुसार 'सोवियत मंत्री परिषद' के अध्यक्ष श्री कोशिगीन जहां आवश्यकता होगी बात चीत में हिस्सा लेंगे । राष्ट्रपति जांनसन ने भी अपनी दो दिवसीय वार्ता के मध्य पाकिस्तानी सदर श्री अय्यूब से ताशकन्द वार्ता की सफलता की आशा व्यक्त की है ।

एशिया की परिवर्तित परिस्थतियों के प्रतिप्रेक्ष्य में यहे और भी आवश्यक हो जाता कि भारत और पाक के सम्बन्ध सुधरें । खैर यह तो भविष्य के ही गर्त में है कि पाकिस्तान इस स्वर्णिम अवसर का लाभ उठा भी पायेगा या नहीं । परन्तु यह तथ्य स्पष्ट रूप से उभर कर सामने आ रहा है कि अमेरिका और रूस का चीन के विस्तारवाद को रोकने के लिए मतैक्य है । और दोनों में ये कोई भी नहीं चाहता कि पाकिस्तान चीन के हाथ का कठपुतली बन जाय । इस सम्बन्ध में यह तथ्य भी उपेक्षणीय नहीं है कि गत भारत-पाक युद्ध में अपनी अजेय सामरिक शक्ति की डींग हांकने वाले शत्रु को पराजित कर भारत ने विजेता की स्थिति प्राप्त की है । परम्परा यह रही है कि विजेता की विजित से वार्ता आवश्यक नहीं होती फिर भी भारत की शांति आकांक्षा की प्रबल इच्छा रही है तथा उसी की पूर्ति के लिए भारत ने ताशकन्द वार्ता में भाग लेने की स्वीकृति प्रदान कर दी ।

ताशकन्द वार्ता में एक महत्वपूर्ण समस्या मात्र काश्मीर नहीं है बल्कि वह तो समस्या का मात्र एक अंग है । यह सब तो पाकिस्तानी की भारत विरोधी नीति व साम्प्रदायिक दृष्ट कोण के नजरिये में परिवर्तन व समस्याओं को व्यापक सन्दर्भ में देखने मात्र से सुलझ सकती हैं । सम्भवत: ताशकन्द वार्ता पाकिस्तान के लिए महत्वपूर्ण परीक्षा की घड़ी साबित हो जिसमें पाकिस्तान को विकृत कूटनीति भी दांव पर लग जाए ऐसी स्थिति में वार्ता की भविष्यवाणी कर सकना सम्भव नहीं ।

वैसे सोवियत क्षेत्रों में भी यह मत व्यक्त किया ही जा रहा है कि यह वार्ता कोई जादू की छड़ी नहीं जो भारत-पाक सम्बन्धों को अकस्मात सुधार देगी । फिर भी वार्ता का एक ऐसे मित्र देश में होना जो प्रारम्भ से ही भारत-पाक संघर्ष को पारस्परिक सहयोग से सुलझाने के लिए जोर देता रहा है, वार्ता के प्रति आशावन होना ही उचित है ।

"एक कली मुस्काई"
के निर्माता
श्री बसन्त जोगेलकर से एक मुलाकात
(पृष्ठ १५ पर)

समाचार साप्ताहिक

पर्वतीय

नैनीताल

वर्ष १४, अंक १६, शुक्रवार, २० मई, '६६

अगले पृष्ठों में

मुख पृष्ठ

श्री नेहरू को हिमालय से बेहद प्रेम था, और उन्हें अपने व्यस्त जीवन में जब भी अवकाश के क्षण मिलते थे तब वे उन्हें व्यतीत करने हिमालय की सुरम्य स्थलियों में आ जाते थे।

...और वहां के निवासियों के दिलों में श्री नेहरू की कई भीगी यादें हैं। नैनीताल की भीगी यादों में भी एक अमिट याद है स्व० श्री नेहरू का नैनी सरोवर में नौका विहार। शांतिदूत नेहरू 'शांति' को खे रहे हैं।

(चित्र: सूचना विभाग उ० प्र० के सौजन्य से)

प्रधान सम्पादक
विष्णुदत्त उनियाल

सम्पादकीय

भ्रष्टाचार उन्मूलन की ओर–एक और कदम

पिछले दो वर्षों में अपनी बड़ी निगरानी और भ्रष्टाचार विरोधी आन्दोलनों के फलस्वरूप केन्द्रीय जांच ब्यूरो को भ्रष्ट सरकारी कर्मचारियों को पकड़ने और उन्हें दण्ड दिलाने के कार्य में काफी सफलता मिली है। अब इस ब्यूरो ने इस उद्देश्य के लिये काम शुरू कर दिया है। सम्बन्धित विभागों के अध्यक्षों के सहयोग से अब इस ब्यूरो ने कुछ कार्यवाही करने की योजना बनाई है। कुछ खास विभागों, सरकारी संस्थानों और केन्द्र प्रशासित प्रदेशों पर यह ब्यूरो विशेष ध्यान देता रहेगा। जिन अधिकारियों की ईमानदारी पर सन्देह है, या जिनके खिलाफ शिकायतें हैं, उन पर यह ब्यूरो खास निगरानी रखेगा। इसी प्रकार ऐसे ठेकेदारों, फर्मों आदि की भी सूचियां बनाई जायेंगी, जो नियमों आदि की अवहेलना करते हैं या जिन पर भ्रष्ट कार्यवाइयां करने के सन्देह हैं। यह भी महसूस किया जा रहा है कि अगर प्रशासनिक सुधार किये जाएं, विधियां सरल बनायी जाएं, कुशलता बढ़ाई जाय, प्रशासनिक विलम्ब कम किए जाएं और जनता की शिकायतें व दिक्कतें सुनने और उन्हें दूर करने की व्यवस्था की जाए, तो भ्रष्टाचार को समाप्त करने में बड़ी मदद मिलेगी। अतः प्रत्येक मन्त्रालय, विभाग और सरकारी संस्थान को प्रशासनिक सुधार के उपाय करने की व्यवस्था करनी होगी।

जन–सहयोग

घूसखोरी और अन्य भ्रष्ट कारवाइयों को रोकने में सरकार तब तक सफल नहीं हो पावेगी जब तक वह जनता का सहयोग नहीं लेती। जन साधारण से इस बात की सूचना गोपनीय रूप से आमन्त्रित की जावे कि लोगों को प्रायः कैसी दिक्कतों का सामना करना पड़ता है और किस स्तर पर उन्हें अपना काम कराने के लिए रिश्वत आदि देनी पड़ती है। इसके अलावा जनता को भी इस बात का समुचित बढ़ावा दिया जाय कि वे अधिकारियों की भ्रष्ट कारवाइयों की सूचना दें। यह सराहनीय कदम है कि अब सरकार ने जानकारी देने वाले का नाम गुप्त रखने और जानकारी देने वाले को यह भी छूट दी जायेगी कि वह भले ही भ्रष्ट अधिकारी का नाम न बताए, केवल भ्रष्ट कारवाई की जानकारी ही दे दें। अब तक भ्रष्टाचार के मामले इसलिए भी पर्याप्त संख्या में नहीं पकड़े गए कि सूचना देने वाले व्यक्ति को अभियोगों की पुष्टि में सबूत आदि पेश करने पड़ते थे। जानकारी होते हुए भी लोगों में यह धारणा आ जाती थी कि कौन फजीहत और रंजिश मोल ले।

सरकारी मंत्रालयों और विभागों द्वारा अपने काम के बारे में ऐसी पुस्तिकाएं आदि प्रकाशित किए जाने का भी प्राविधान हो रहा है जिनमें यह जानकारी दी जायेगी कि अमुक विभाग जनता के लिए क्या काम करता है, वह काम किस प्रकार कराया जा सकता है, उसके लिए किस अधिकारी से मिलना चाहिए, किस काम में कितना समय लगेगा, किस जगह और कितना रुपया वैध रूप में जमा कराने की जरूरत है, किस अधिकारी से जानकारी मिल सकती है, कहां शिकायतें दर्ज की जानी चाहिएं आदि।

भ्रष्टाचार के अनेकों मामले समय–समय पर क्षेत्रीय समाचार पत्रों में प्रकाशित होते रहते हैं, अतः ब्यूरो को चाहिए कि जिला एवं राज्य स्तरों पर समाचार पत्रों के प्रत्येक अंक की कटिंगों पर जांच की जाय और उसके परिणाम सम्बन्धित पत्रों को सूचित किये जायं।

समाचार साप्ताहिक

पर्वतीय

नैनीताल

वर्ष १४, अंक २६, शुक्रवार, १२ जुलाई '६६

आकर्षण

विशिष्ट

टिप्पणी

लेख

कहानी

कवितायें

मुख पृष्ठ

परम्परागत अलंकरणों से सुसज्जित जौनसारी युवतियां : निश्छल सौंदर्य ।

प्रबन्ध सम्पादक- विष्णुदत्त उनियाल
सम्पादक- ब्रह्मानन्द बडोला

सम्पादकीय

जनता–जनतन्त्र और सरकार

भारतीय रुपये के अवमूल्यन के पश्चात् भी योजनाओं के लिये विदेशी ऋण की अधिकाधिक खींच के प्रयास में सरकारी नीति इस प्रकार कार्य कर रही है जैसे कि आगामी आम चुनावों का परिणाम इसी पर निर्भर हो । एक ओर देश के बड़े—बड़े नेता जनता को नसीहत देते हैं कि स्वदेशी माल का ही प्रयोग करें जैसा कि सन् १९४२ के आन्दोलन में महात्मा गांधी जी का नारा था, किन्तु यह आश्चर्यजनक है कि हमारे नेताओं में अधिक से अधिक विदेशी सहायता ऋण के रूप में प्राप्त करने की होड़ सी हो चली है ।

विगत तीन योजनावधि में भारत की आम जनता में कितनी खुशहाली आई है, इसका आभास जनता एवं उसके प्रतिनिधियों को भलीभांति हो चुका है । सरकार के रिकर्ड में जो प्रगति सूचक आंकड़े उपलब्ध होते हैं और जनता की जो वास्तविक स्थिति है उसमें भारी विरोधाभास परिलक्षित है । लोक कल्याणकारी राज्य की जो कल्पना जनसाधारण ने आजादी के पहले की थी, वह अभी तक कल्पना ही बनकर रह गई और संविधान में उल्लिखित समान अधिकार प्रजातन्त्रीय शासन प्रणाली, सत्ता का विकेन्द्रीयकरण आदि–आदि सुनकर कलेजा थामे हुए जनसाधारण देख रहे हैं कि इन सबके बावजूद हम कहां से कहां पहुंच चुके हैं । आशानुकूल विदेशी ऋण प्राप्त न होने अथवा अवमूल्यन के फलस्वरूप अब केन्द्र ने राज्यों से १० प्रतिशत कटौती करने को कहा है । इस कटौती का असर देश के लाखों परिवारों की रोजी पर छटनी के कारण पड़ सकता है । क्योंकि राज्यों में विभिन्न विभागों के सचिवों अथवा अध्यक्षों द्वारा इस कटौती को कार्यान्वित किया जाना है, अतः सम्भव है कि 'अनावश्यक' बतलाकर कुछ अस्थाई कर्मचारियों को सेवा से विमुक्त कर दिया जाय अथवा प्रासंगिक व्यय की मदों में आंशिक कटौती हो ।

जनता न केवल इस कटौती का स्वागत करेगी अपितु यदि आवश्यकता पड़ी तो संभवतः इससे भी अधिक के लिए स्वयं अनुरोध करे, बशर्ते कि सरकार उसके सम्मानीय नेताओं को बगल में झोली लटकाये विदेशों में याचनार्थ न भेजे । किन्तु मौजूदा अर्थ–व्यवस्था में ५ प्रतिशत से अधिक लोग शायद ही इस बात को पसन्द करें कि जनता पर अनेकानेक करों के भार भी बढ़ते जांय, रोजी पर लगे लोगों को बेरोजगार कर दिया जाय और विदेशों से कर्ज मांगना भी बन्द न हो । सरकार को जनसंघ कार्य–कारिणी की उन सिफारिशों पर विचार करना चाहिए जिनमें कहा गया है कि अपने उपलब्ध प्रसाधन और व्यय की जा सकने वाली धनराशि को दृष्टि में रखकर ही चौथी योजना को व्यवहारिक रूप दिया जाय ।

मिथ्या किन्तु उच्चभिलाषापूर्ण भारी–योजना का ढिंडोरा पीटना सर्वथा निरर्थक ही होगा, जब तक कि राज्यों में उत्पन्न गत्यावरोध की स्थिति पहले हल न हो ।

भारत के जनसंख्या एवं क्षेत्रफल में सबसे बड़े राज्य– उत्तर प्रदेश में जो स्थिति विद्यमान है, उसका उचित हल चतुर्थ योजना से कहीं अधिक महत्व रखता है । ट्रकों की हड़ताल, उत्तर प्रदेश बन्द, बांदा में हुई ८ व्यक्तियों की मृत्यु, राज्य कर्मचारियों की मागें सुनने और उन पर विचार करने के बदले उन्हें पुलिस से पिटवाना आदि बातें क्या प्रजातन्त्रीय सरकार के लिये शोभनीय है ? यह सब प्रकट करता है कि कहीं पर कोई त्रुटि अवश्य है, जिसे ढूंढ़ निकालना और ठीक करना प्रजातन्त्रीय सरकार का कर्त्तव्य है ।

समाचार साप्ताहिक

पर्वतीय

नैनीताल

वर्ष १४, अंक ३४, शुक्रवार, २ सितम्बर '६६

आकर्षण

मुख पृष्ठ

कुमाऊं के अंचल में अनेक ऐसे धार्मिक स्थल हैं जिनसे पौराणिक आख्यायें जुड़ी हुई हैं । खैर जो भी हो उनकी स्थिति पर आश्चर्य है और दर्शक का मस्तक इन धर्म स्थलियों के आगे श्रद्धानत हो जाता है । प्रस्तुत चित्र में गर्जिया देवी का मन्दिर वर्षों से नदी धारा में अडिग खड़ा है ।

★

प्रबन्ध सम्पादक- विष्णुदत्त उनियाल
सम्पादक- ब्रह्मानन्द अडोला

सम्पादकीय

भारत का पहला कागज संस्थान

भारत में प्रति व्यक्ति कागज की खपत १.३ किलोग्राम है । जब कि अमेरिका में २२६ किलोग्राम, स्वीडन में १४१, इंगलैण्ड में ११६ किलोग्राम प्रति व्यक्ति है । कागज की खपत बढ़ना एक अच्छा लक्षण इसलिए नहीं कि अनावश्यक पत्र व्यवहार और लालफीताशाही के तरीकों से कार्यालयों में फाइलों का ढेर बढ़ता जाय, लेकिन प्रजातांत्रिक देश में स्वस्थ जनमत के निर्माण एवं समाज शिक्षा के लिए पत्र-पत्रिकाओं व पुस्तकों की आवश्यकता को भुलाया नहीं जा सकता । इसी उद्देश्य से यह लक्ष्य रखा गया है कि आगामी १५ वर्षों में भारत में प्रति व्यक्ति कागज की खपत ७ किलोग्राम तक हो जायगी । अभी तक भारत में ७ लाख टन कागज बन पाता है और आवश्यकता अनुमानतः ५० लाख टन की होगी ।

उत्तर प्रदेश सरकार की इस ओर विशेष रुचि के फलस्वरूप हाल ही में सहारनपुर में, भारत का सर्वप्रथम कागज तकनीकी स्कूल की स्थापना होने जा रहे है । इसके लिए २५ लाख रुपये मूल्य के उपकरण उपहार के रूप में एवं ५ वर्ष के लिए ५ प्रशिक्षकों की सेवायें स्वीडन सरकार ने दी है । इसके अलावा १० लाख रु० मूल्य के उपकरणों की दूसरी किस्त भी इसी वर्ष प्राप्त हो जाने की आशा है ।

३५ एकड़ क्षेत्र में फली हुई इस संस्था में मैट्रिक पास युवकों के लिए तीन वर्ष और डिप्लोमा प्राप्त युवकों के लिए दो वर्ष की प्रशिक्षण अवधि है, जिसके उपरांत उन्हें प्रमाण पत्र दिये जायेंगे । प्रारम्भ में प्रतिवर्ष १०० छात्रों के प्रवेश की व्यवस्था होगी । इस संस्था की स्थापना से शिक्षित युवकों में नौकरी की तलाश में घूमने की प्रवृति कम होकर उन्हें तकनीकी कार्य अपनाने की ओर प्रेरणा मिलेगी और भारत का कागज उद्योग जो अब तक काफी पीछे है अन्य देशों के साथ कदम मिलाकर आगे बढ़ पायेगा ।

उपरोक्त संस्थान के संचालन में होने वाले आवर्तक व्यय का आधा-आधा भाग केन्द्रीय एवं उ० प्र० सरकार द्वारा वहन किया जायेगा । संस्था का निर्माण कार्य यद्यपि अभी चालू है किन्तु फिर भी सीमित संख्या में प्रवेश एवं प्रशिक्षण कार्य प्रारम्भ हो चुका है । राज्य सरकार को चाहिये कि कुमांऊ एवं उत्तराखण्ड डिवीजनों के प्रत्याशियों के लिए उपरोक्त संस्था में कम से कम २५ प्रतिशत स्थान सुरक्षित हों ताकि उस क्षेत्र के युवक भी कागज उद्योग के प्रशिक्षण प्राप्त कर सकने में प्राथमिकता पा सकें, जहां कागज के उत्पादन हेतु भारी मात्रा में कच्चा माल उपलब्ध है किंतु उसका लाभ उन्हें न मिलकर गंगा-यमुना के जल की भांति अन्यत्र उठाया जा रहा है ।

टनकपुर से लेकर देहरादून तक के पर्वतीय अंचल में कई पेपर मिलों की स्थापना रेलवे लाइन की सुविधा प्राप्त स्थान- देहरादून, ऋषिकेश, कोटद्वार, रामनगर हलद्वानी और टनकपुर में हो सकती है । इन स्थानों पर कागज उत्पादन हेतु पर्याप्त कच्चा माल सुलभ हो सकता है और शिक्षित, अल्पशिक्षित अथवा अशिक्षित, साधन-हीन पर्वतीय युवकों को प्रशिक्षणोपरांत आजीविका का प्रसाधन तो प्राप्त होगा ही साथ ही विदेशों से कागज के आयात पर जो करोड़ों रु० प्रति वर्ष व्यय होता आ रहा है, उसकी भी बचत हो सकेगी ।

केन्द्र एवं राज्य सरकार को इस ओर विशेष ध्यान देकर कोई ऐसा निर्णय लेना चाहिये जिससे सीमांत उद्योग और देश की आवश्यकता दोनों की पूर्ति हो सके ।

दैनिक पर्वतीय

दिनांक २४ मई १९७२

एक और गणराज्य

ब्रिटिश औपनिवेशिक दासता से स्वतंत्रता के २४ वर्षों के उपरांत २२ मई को श्रीलंका संविधान सभा के अध्यक्ष श्री टेनले तिल्लकरत्ने द्वारा संविधान में हस्ताक्षर करने के उपरांत श्रीलंका सर्वप्रभुतासम्पन्न गणराज्य के रूप में उदित हुआ।

एशिया महाद्वीप का दक्षिणवर्ती छोटा किन्तु महत्वपूर्ण यह द्वीप गत २४ वर्षों तक एक प्रकार से ब्रिटेन के संविधान के ही अनुरूप गवर्नर जनरल को ब्रिटिश मुकुट' का हो प्रतिनिधि माना जाता रहा। किसी भी संविधान के न होने से कई बार भ्रामक स्थितियां भी पैदा हो गई।

प्राकृतिक सुषमा एवं सौन्दर्ययुक्त अपने रबर तथा चाय व काफी के बागों के लिए प्रसिद्ध श्रीलंका की प्रथम प्रधानमन्त्री के रूप में श्रीमती श्रीमाओ भंडारनायके शपथ ग्रहण की। प्रथम राष्ट्रपति गवर्नर जनरल गोपल्लव मनोनीत किये गये हैं।

भारतीय उपमहाद्वीप में भारत, बंगलादेश के बाद अब श्रीलंका तीसरा गणतंत्र है। और आशा की जानी चाहिए कि इससे उपमहाद्वीप की लोकतंत्री शक्तियों को बल मिलेगा।

श्रीलंका ने अपने संविधान में सिंहली को राष्ट्र भाषा के पद पर आसीन करने के बाद अल्पसंख्यकों की भावना का भी आदर करते हुए उत्तरी व पूर्वी भागों में तामिल के उपयोग को जो छूट दी है उससे देश के २५ प्रतिशत तामिलभाषियों की चिंता दूर हो जायेगी।

सारे विश्व में श्रीलंका के गणतन्त्र के रूप अभ्युदय का हार्दिक स्वागत हुआ है। विश्व राजनीति में भी श्रीलंका में हुए इस परिवर्तन का व्यापक प्रभाव पड़ सकता है। आज हिन्द महासागर में विश्व शक्तियां जिस प्रकार अपना प्रभाव क्षेत्र बढ़ाने के लिए प्रयत्नशील है उस स्थिति में भारतीय उपमहाद्वीप के देशों को सजग एवं सन्नद्ध रहना होगा। और उसकी जिम्मेदारी श्रीलंका पर सबसे ज्यादा इसलिए भी आ जाती है कि वह हिंद महासागर का सुदूरवर्ती अन्तिम देश है। हिन्द महासागर में होने वाली किसी भी घटना का सीधा प्रभाव उसी पर पड़ेगा।

पर्वतीय क्षेत्रों का एकमात्र दैनिक

दैनिक पर्वतीय

DAINIK PARVATIYA NAINI TAL, U. P.

नैनीताल मंगलवार २२ अप्रैल १९७५ मूल्य २० पैसे

राष्ट्रपति थ्यू द्वारा त्यागपत्र

अमरीका की कटु आलोचना

विवाह सम्मेलन २८ मई से इलाहाबाद में

उत्तराखंड के वनों का निर्मम कटान जारी

मातली की तबाही से भी कोई सबक नहीं

—सुन्दर लाल बहुगुणा

छात्रों की हड़ताल

बागजाला के वनों में एक व्यक्ति और लूट

उत्तरकाशी पालिका के ६ सदस्यों के चुनाव २६ मई को होंगे

ग्रामीण युवा संघ का गठन

उ०प्र० सरकार चीनी मिलों के के राष्ट्रीयकरण के पक्ष में

भाबर अंचल के कृषकों द्वारा लैवी से मुक्ति की मांग

गेहूं को ३० प्रतिशत ओलावृष्टि से नष्ट

प्रत्येक रविवार को प्रकाशित

हर प्रकार की छपाई के लिए
पर्वतीय प्रेस
नैनीताल
फोन १८२

पर्वतीय

PARVATIYA NAINITAL, U.P.

रविवारीय दैनिक पर्वतीय समाविष्ट

मूल्य दैनिक पर्वतीय		
एक प्रति	......	२० पैसा
वार्षिक	......	६० रुपया
अर्द्ध वार्षिक	......	३० रुपया
त्रैमासिक	......	२० रुपया
मूल्य साप्ताहिक पर्वतीय		
एक प्रति	......	२० पैसा
वार्षिक	......	१० रुपया

—प्रसार व्यवस्थापक

प्रबन्ध सम्पादक विष्णु दत्त उनियाल — वर्ष २३ — अंक ४६ — रविवार दिनांक ७ दिसम्बर १९७५ — मूल्य २० पैसे

भारत बंगलादेश के बीच उच्च स्तरीय वार्ता प्रारम्भ

नई दिल्ली, ६ दिसम्बर । बंगला देश व भारत के बीच वार्ता आज प्रातः यहां आरम्भ हो गई है ।

बंगला देश के प्रतिनिधि मंडल का नेतृत्व बंगला देश के राष्ट्रपति के विशेष सहायक श्री ए० सत्तार कर रहें हैं । उनके साथ बंगला देश के नवनियुक्त विदेश सचिव श्री टी० हुसेन भी वार्ता में भाग ले रहे हैं ।

भारतीय प्रतिनिधि मंडल का नेतृत्व विदेश नीति नियोजन समिति के अध्यक्ष श्री पार्थसारथी कर रहे हैं तथा विदेश सचिव श्री केवल सिंह व प्रधानमंत्री के सचिव श्री धर भी भाग ले रहे है ।

बंगला देश में गत १५ अगस्त को हुई क्रांति के बाद ऐसा उच्चस्तरीय प्रतिनिधि मंडल पहली बार भारत आया है । बंगला देश के राष्ट्रपति श्री सईम ने एक प्रतिनिधि मंडल दिल्ली भेजने का प्रस्ताव ढाका में भारतीय उच्चायुक्त श्री समर सेन के सामने कुछ समय पहले रखा था । श्री समर सेन पर ढाका में हमले के बाद २७ नवम्बर को जब श्री सईम ने टेलीफोन पर प्रधानमंत्री श्रीमती इन्दिरा गांधी से बात चीत की तब भी उन्होंने प्रतिनिधि मंडल भेजने का प्रस्ताव दुहराया ।

शेख मुजीब के हत्यारे अमेरिका में शरण, नहीं

वाशिंगटन ५ दिसम्बर । अमेरिकी विदेश विभाग ने कहा है कि राष्ट्रपति शेख मुजीब के कथित हत्यारों को अमेरिका में शरण देने से इन्कार कर दिया जायेगा ।

सीनेटर एडवर्ड केनेडी को प्रेषित एक पत्र में विदेश उपमन्त्री राबर्ट मैक्लोस्की ने कहा ।

उत्तराखंड के युवक गांवों से नाता जोड़ें

हिमाचल प्रदेश के मुख्यमन्त्री डा० यशवंत सिंह परमार का आह्वान

उत्तरकाशी । हिमाचल प्रदेश के मुख्यमंत्री डा० यशवन्त सिंह परमार ने उत्तराखण्ड के शिक्षित नवयुवकों से अपील की है कि पहाड़ी गांवों से नाता जोड़ो । उन्होंने पर्वतीय युवकों द्वारा तराई क्षेत्रों में बसने और दूर मैदानी नगरों में नौकरी के लिए चले जाने की प्रवृत्ति को पहाड़ों के विकास में एक बड़ी बाधा बताया ।

डा० परमार हिमाचल प्रदेश की सीमा पर बसे उत्तर प्रदेश के अन्तिम गांव आराकोट में आयोजित द्विदिवसीय विकास गोष्ठी को जिसमें पुरोला और चकरोता तहसीलों के कई ग्राम नेता तथा उ० प्र० सरकार के विकास विभागों के उच्चाधिकारी व जन प्रतिनिधियों ने भाग लिया सम्बोधित कर रहे थे ।

पर्वतीय क्षेत्र के विकास के लिए यातायात और संचार साधनों के विस्तार पर बल देते हुए उन्होंने कहा कि यहां के फल, आलू और अन्य उत्पादनों को मैदानी मंडियों तक पहुचाने के लिए सड़कें पहली आवश्यकता है मोटर सड़कों के निर्माण के अलावा रज्जु मार्गों और सुरंगों का निर्माण भी करना पड़ेगा । जहां सड़क निर्माण सम्भव नहीं वहां नदियों का नौकायन के लिए सुलभ बनाना पड़ेगा ।

डा० परमार ने ३ हजार फुट से अधिक ऊंचाई वाले क्षेत्रों में ऐसे फल पैदा करने पर जोर दिया, जो मैदानी क्षेत्रों में नहीं हो सकते । उन्होंने कहा कि बरसात और गर्मियों में टमाटर और मटर पैदा करना भी पहाड़ी किसानों के लिए लाभदायक होगा । पहाड़ों के लिए भैंस को एक फालतू जानवर बताते हुए उन्होंने प्रोगरी जर्सी नस्ल की गायों को बढ़ावा बढ़ाने की आवश्यकता पर बल दिया ।

डा० परमार ने हिमाचल प्रदेश से मिले हुए उ० प्र० के गांवों को हिमाचल प्रदेश से बिजली देने की घोषणा की ।

हथियारों पर रोक की मांग

संयुक्त राष्ट्र, ६ दिसम्बर । संयुक्त राष्ट्र की मुख्य राजनीतिक समिति ने सिफारिश की है कि विश्व में आधुनिक घातक हथियारों के निर्माण पर रोक लगाने के लिए बात चीत की जाए इस प्रस्ताव के पक्ष में ९१ तथा विपक्ष में एक मात्र मत अल्बानिया का पड़ा । १५ देशों ने जिनमें मुख्य हथियार उत्पादक देश अमरीका व चीन आदि शामिल थे मतदान में भाग नहीं लिया ।

विश्व बैंक भारतीय ग्रामीण विकास से प्रभावित

वाशिंगटन ५ दिसम्बर । विश्व बैंक भारत के ग्रामीण अन्चल में किए जा रहे विकास कार्यों से बहुत प्रभावित हुआ है ।

विश्व बैंक के एक उच्चाधिकारी श्री मोंटेग्यू यूडिरमेन ने वाशिंगटन लौटने पर पत्रकारों से वार्ता करते हुए उक्त उद्गार व्यक्त किए । उन्होंने राजस्थान में दुग्ध उत्पादन योजना की प्रशंसा की ।

तानसेन संगीत समारोह प्रारम्भ

ग्वालियर । प्रख्यात संगीतकार तान सेन की मजार पर आज चार दिवसीय संगीत समारोह प्रारम्भ हो गया ।

ग्वालियर के किले से आज हिन्दू तथा मुस्लिम संगीतकारों द्वारा चादर गिलाब शरीफ तथा हरिकथा के गायन के साथ मजार पर लाई गई । संगीत समारोह का उद्घाटन सुप्रसिद्ध शास्त्रीय संगीत गायिका श्रीमती गिरिजादेवी आज रात को करेंगी ।

विजयनगर में स्पोज इस्पात का कारखाना लगेगा

नई दिल्ली (इप्रेस) । इस्पात मन्त्रालय के सूत्रों के अनुसार आगामी दो तीन वर्षों में विजय नगर में एक स्पोंज इस्पात का कारखाना लगाया जाएगा ।

इस कारखाने को लगाये जाने के संबध में एक रिपोट तैयार कर ली गई है । स्टील मेटलर्जिकल और इंजीनियरिंग कंसलूटेंट इंडिया लि० ने तैयार की है । रिपोट में बताया गया है कि कारखाने के लिए इस स्थान को इसलिए चुना गया है कि यहां पर इस्पात कोयला चूने में पत्थर आसानी से उपलब्ध हो सकेगा और दूसरे कारखाने को स्थापित करने के लिए अन्य सुविधाएं भी आसानी से प्राप्त हो सकेंगी इसकी उत्पादन क्षमता प्रतिवर्ष एक लाख टन की होगी ।

इस कारखाने के उत्पादन का बहुत से लघु व मध्यम से दर्जे के कारखानों में प्रयोग किया जा सकेगा । भद्रावती तमिल कर्नाटक आंध्र प्रदेश और केरला के लघु इस्पात कारखानों इसके उत्पादन का प्रयोग किया जा सकेगा ।

अधिकांश राष्ट्रीय कानूनों का हिंदी में अनुवाद

नई दिल्ली ५ दिसम्बर । लगभग सभी राष्ट्रीय कानूनों का राष्ट्र भाषा हिंदी में अनुवाद हो गया है ।

आज यहां केन्द्रीय विधि राज्य मन्त्री डा० सरोजनी महिषी ने सलाहकार समिति की बैठक में उक्त सूचना देते हुए बताया कि अब तक ८०० में से ५०० कानूनों का हिन्दी अनुवाद कर उन्हें राष्ट्रपति की स्वीकृति के उपरान्त सरकारी गजट में प्रकाशित कर दिया गया है ।

इस अवसर पर हिंदी सलाहकार समिति के सदस्यों ने सुझाव दिया कि देश के सम्विधान का एक जेबी संस्करण तैयार किया जाय ।

डा० महिषी ने सुझाव करते हुए कहा कि वे इस सम्बन्ध में राष्ट्रभाषा आयोग से विचार विमर्श करेंगी ।

पाकिस्तानी नेता संघर्ष की नीति छोड़ने को तैयार नहीं

नई दिल्ली ६ दिसम्बर । विदेश मन्त्री श्री यशवन्त राव बलवन्त राव चव्हाण ने कहा कहा कि भारत के साथ अपने सम्बन्धों में पाकिस्तान की दुमंही नीति के फलस्वरूप भारतीय उप महाद्वीप सामान्यीकरण की प्रक्रिया की गति धीमी हुई है ।

ऐसा प्रतीत होता है कि पाकिस्तान के नेता संघर्ष की अपनी पुरानी नीतियों को छोड़ने को तैयार नहीं हैं ।

श्री चव्हाणने कहा कि एक ओर तो पाकिस्तान तृतीय विश्व के देशों से कहना है कि वह भारत के सम्बन्ध सामान्य करने और उप महाद्वीप में स्थाई शांति कायम करने का इच्छुक है दूसरी ओर वह संघर्ष की भाषा इस्तेमाल करता है ।

राजधानी की एक पाक्षिक पत्रिका के साथ एक भेंट में विदेश मन्त्री ने कहा कि हाल के कुछ महीनों पाकिस्तान में भारत विरोधी प्रचार काफी बढ़ गया है और हमारे खिलाफ अनेक झूठे आरोप लगाए जा रहे हैं । जबकि हमने अपने किसी भी कार्य से ऐसे आरोप लगाने का उसे मौका नहीं दिया । बल्कि भारत पूरी निष्ठा के साथ शिमला समझौते और अन्य समझौतों का पालन कर रहा है ।

विदेश मन्त्री ने कहा कि पड़ौसी देशों के साथ अच्छे सम्बन्धों को भारत अत्यन्त महत्व देता है । लेकिन कुछ ऐसी शक्तियां भी हैं जो संदेह और भ्रम उत्पन्न करदेती हैं ।

श्री सादात से वार्ता पर संतोष व्यक्त

राष्ट्रपति श्री अहमद द्वारा दोनों देशों में सहयोग पर बल

काहिरा, ६ दिसम्बर । राष्ट्रपति श्री फखरुद्दीन अली अहमदीने मिश्र के राष्ट्रपति श्री अनवर सादात के साथ अपनी वार्ता को संतोषप्रद बताया है ।

श्री अहमद ने आज यहां राष्ट्रपति के साथ उनकी यात्रा के समाचार भेजनेवाले भारतीय सम्वाददाताओं से बातचीत करते हुए कहा ।

उन्होने कहा कि मिश्र व भारत में आर्थिक सहयोग कि दिशा में ज्यादा प्रगति नहीं हुई है इसे और बढ़ाया जाना चाहिए । श्री सादात ने भी इस बात को स्वीकार किया तथा कहा कि वे देखेंगे कि इस ओर प्रगति में क्या प्रयास किये जा सकते हैं ।

भारत और मिश्र में औद्योगिक ढांचा बन गया है लेकिन दोनों देशों को आर्थिक सहायता की आवश्यकता है जिसे तेल उत्पादक अरब देश आसानी से कर सकते है इस प्रकार आपसी सहयोग से क्षेत्र के विकास में ये देश महयोगदान कर सकते हैं ।

दोनो देशों ने भारत मिश्र यूगोस्लाविया के गुट निरपेक्ष के प्रयासों की सराहना की की । कोलम्बो सम्मेलन की बैठक पर विचार भी किया गया ।

इसके साथ ही दोनो नेताओं ने इस बात पर बल दिया कि गुटनिरपेक्ष सम्मेलन में नये सदस्यों को शामिल करते समय गुटनिरपेक्षता के सिद्धांत को भी प्रमुखता दी जाय ।

श्री सादात ने बंगलादेश की घटनाओं पर चिंता व्यक्त करते हुए कहा कि बंगलादेश में घट रही घटनाओं पर चिंता व्यक्त की तथा वहां पर अस्थिरता पर चिंता व्यक्त की ।

नरेन्द्र शिक्षा निधि

समाज सेवा शिविर आयोजित

नैनीताल(पत्र) । आचार्य नरेन्द्र देव शिक्षा निधि द्वारा यहां से ५२ किलो मीटर दूर हल्द्वानी–कालाढ़ूंगी मार्ग पर फतेहपुर में समाज सेवा शिविर का आयोजन किया गया है ।

श्री सिंह ने बताया कि शिविर में १०० छात्रों सहित युवक मंगल दल के १०० सदस्य भी भाग ले रहे हैं ।

शिविर में स्काउटिंग, पर्वतारोहण, ग्रामवासियों को स्वास्थ्य शिक्षा के साथ ही शिविर में भाग लेने वालों को स्वातंत्र्य इतिहास से भी अवगत कराया जाएगा ।

इस ५ दिवसीय शिविर में श्री के० सी० मिश्रा, गिरीश चन्द्र जोशी, डा० राधा मोहन एवं श्री नारायण दत्त भंडारी भी सम्बोधित करेंगे । शिविर का समापन कुमाऊं विश्व विद्यालय के कुलपति डा० देवी दत्त पंत करेंगे ।

श्री सिंह ने बताया कि शिविर में खेल कूद प्रतियोगिता का भी आयोजन किया जाएगा जिसमें ६ चल वैजयन्तीयां भी प्रदान की जांएगी ।

दैनिक पर्वतीय २४ मार्च १९८२ (२)

दैनिक पर्वतीय

उर्ध्वम, गच्छन्ति सत्वस्था:, मध्ये, तिष्ठन्ति राजसा ।
जघन्यगुण वृत्तिवस्था: अध: गच्छन्ति, तामसा ॥

अर्थात:-

सत्वगुण में स्थित हुये पुरुष स्वर्गादि उच्च लोक को जाते हैं । और रजोगुण में स्थित राजस पुरुष मध्य में अर्थात मनुष्य लोक में ही रहते है एवं तमोगुण के कार्यरूप निद्रा प्रमाद और आलस्यादि में स्थित हुये तामस पुरुष अधोगति को अर्थात कीट पशु आदि नीच योनियों को प्राप्त होते हैं ।

—श्री गीता

प्रकृति प्रकोप का इलाज

प्रकृति प्रकोप से फसलों को बचाने के लिए या कहने का अर्थ कि किसानों को संरक्षण देने के लिए आज की महान आवश्यकता एक मात्र फसल बीमा योजना है ।

पिछले दिनों देखा यह गया है कि बे मौसम बारिश का प्रकोप ओलावृष्टि तथा भारी मात्रा में बर्फ गिरने से खड़ी फसलों को जो नुकसान हुआ है उसे आंकना मुश्किल हो गया है । इस प्रकृति प्रकोप से बचने के लिए या इसका इलाज खोजने पिछले दिनों केन्द्र ने राज्यों से कहा है कि वे किसानों की समस्या को देखते हुये उनके संरक्षण के हित में फसल बीमा योजना तैयार करें । वैसे इस विषय पर कई बार संकेत भी दिए जा चुके हैं । फिर भी अभी तक बड़े दुख के साथ कहना पड़ रहा है कि व्यापक रूप से इस योजना का सन्तोषजनक रूप रेखा खड़ी नहीं की गई है जिससे कि किसान को अस्थिरता और प्रकृति की मार से बचने का प्रिय कोई रास्ता मिल सके ।

प्राय: देखा यह गया है कि अभी तक आंध्र, हरियाणा, हिमाचल, कर्नाटक, केरल, म० प्र०, उड़ीसा, राजस्थान, और उ० प्र० में कुछ सीमा तक फसल बीमा योजना का नाम मात्र को लागू किया गया था । यही योजना कर्नाटक में बारहमासी सिंचित क्षेत्र व धान की फसल पर लागू होकर रह गई । जिसका परिणाम यह निकला कि बीमा कम्पनी को फायदा होता रहा अर्थात किसानों को दूर के ढोल सुहावने वाली बात सिद्ध हुई । या खोदा पहाड़ निकला चूहा कि किसानों ने सोचा कुछ था परन्तु हुआ कुछ नही। आशाओं पर पानी फिरते देख संरक्षण के स्वप्न ही मात्र रह गए । अब प्रस्ताव सूखाग्रस्त क्षेत्रों में फैलाने का है इसका मतलब कागजों में अभी दर्ज ही किया गया है ऐसी विसंगतियां एक प्रदेश में नही कई प्रदेशों में अपना जाल बिछाये हुये है । प्रीमियम तथा फसल की क्षति पर राहत के बारे में भी अभी सन्तोषजनक और पूरे देश में एक रूप व्यवस्था होनी बाकी है कहने का तात्पर्य कि किसानों को जिस तरह की जिम्मेदारी मिलना चाहिये उस हद तक अभी आशातीत सफलता नहीं मिली है ।

किसान पृथ्वी का सच्चा पुत्र जिसका प्रधान इष्ट श्रम शक्ति बहाना अर्थात श्रम की ज्योति, जलाकर अपने तन मन धन की थाली में रख श्रद्धा भक्ति और लगन के गीत गाकर पृथ्वी की पूजा खेती के रुप में करता है किसान की एक मात्र दौलत खेती होती है खेती ही किसानों का भविष्य है और खेती का आधार किसान है । ऐसे अर्चक को पर्याप्त संरक्षण मिलना आज की महत्वपूर्ण आवश्यकता है क्योंकि इसे सब भली भांति जानते हैं कि देश की अर्थ व्यवस्था से खेती का सीधा संबन्ध है और इस क्षेत्र से जितनी बड़ी जनसंख्या जुड़ी है उससे सब भली भांति परिचित हैं । इसकी उपेक्षा करना अर्थात देश की अर्थ व्यवस्था पर संकट डालना है । अर्थात उसकी उपेक्षा नहीं की जा सकती है । इस कारण आर्थिक संरक्षण देने के लिए फसल बीमा को प्रभावी रूप से लागू किया जाना अति आवश्यक है इसमें विलम्ब अर्थात समय पर लागू न होना ही किसान का साहूकारों के हाथ बिक जाना है । और फिर वह उनके दुष्चक्र से निकल ही नहीं पाता है इस संकट का हल केवल २० करोड़ रुपये आंका गया है जो इस संकट को हटाने के लिए पर्याप्त प्रतीत नहीं होती है । अत: केन्द्र को चाहिये कि इस दिशा में किसान की भलाई को दृष्टिगत करते हुये शीघ्रता - शीघ्र प्रभावकारी कदम उठाना होगा क्योंकि घोषणायें तो काफी हो गई मगर रचनात्मक कार्य हेतु मूर्तरूप देना इस समय की महान आवश्यकता है ।

हिमालयी विचार

१६ अप्रैल ८३

लोकतन्त्र में चुनावी त्रुटियां

प्रजातांत्रिक ढांचे की शासन प्रणाली बगैर चुनावी प्रक्रिया के नहीं चल सकती और इसका अपना व्यापक महत्व है। चुनाव के द्वारा ही सरकारें बनती और बिगड़ती हैं। भारतीय प्रजातन्त्र भी एक लम्बे अरसे से चुनाव द्वारा ही अपनी जड़ें गहराई तक जमा चुका है और यहां पर होने वाले चुनावों की कई देशों द्वारा तारीफ भी की गई है पर पिछले कई वर्षों से चुनावी प्रक्रिया की कई खामियां भी सामने आई हैं और विभिन्न पार्टियों द्वारा चुनाव कानून में सुधार की मांग भी की जाती रही है। पर अभी तक इस दिशा में कोई ठोस कार्यवाही नहीं की गई।

मुख्य चुनाव आयुक्त श्री त्रिवेदी ने राजधानी में आयोजित एक गोष्ठी में मौजूदा चुनाव कानून की खामियां बताने के साथ साथ इसमें सुधार के लिए कई सुझाव भी बतलाये हैं। श्री त्रिवेदी के अनुसार अभी जो कानून है वह सिर्फ उम्मीदवारों पर अंकुश रखता है। राजनैतिक पार्टियों पर नहीं जबकि चुनावों में उम्मीदवारों की बजाय राजनैतिक पार्टियां ज्यादा अहमियत रखती हैं और सभी राजनैतिक पार्टियों का अनिवार्य पंजीकरण होना चाहिए और कम्पनियों तथा लोगों से मिलने वाले चंदे का पूरा हिसाब-किताब रखा जाना चाहिए।

चुनाव कानून में एक खामी यह भी है कि उम्मीवारों की संख्या कम करने के लिए उसके पास कोई उपाय नहीं रह जाता जिसके परिणाम स्वरूप कई छोटी मोटी पार्टियों की एक भीड़ खड़ी हो जाती है और निर्दलियों का तो खैर कहना ही क्या है। इसी सिलसिले में उपराष्ट्रपति श्री हिदायतुल्ला ने यह सुझाव दिया था कि जिन राजनैतिक पार्टियों को मतों का छटा हिस्सा न मिले उन पार्टियों को रद्द कर दिया जाना चाहिए।

चुनाव का सबसे बड़ा दुरुपयोग रूपये की ताकत द्वारा भी किया जा रहा है और इससे भ्रष्टाचार को भी बढ़ावा मिल रहा है। कानून सम्मत तरीके से कोई भी उम्मीदवार चुनाव नहीं लड़ता व एक निश्चित राशि से अधिक रूपया खर्च कर डालता है। सबसे बड़ी बात तो यह है कि इस पैसे की महामारी से दल बदल को भी प्रोत्साहन मिला है।

दलबदल भारतीय राजनीति और चुनाव के लिए एक ऐसी दूषित परम्परा बन गई है जसने लोकतंत्र की महत्वपूर्ण ठीक चुनाव को भी दूषित कर गया है जरूरत इस बात की है कि इस दूषित परम्परा को शीघ्रता शीघ्र दूर किया जाय।

एक अन्य निवेदन । में ४ हाई स्कूल और कालेज हैं। आवश्यकता एक प्राविधिक शिक्षण भी खुले।

प्रशासन को चाहि हमारी उपेक्षा न कर, के निराकरण का प्रयास

कल्याण सिंह घ
गगोलीहाट, पिथौ

एक सही कदम

महोदय,

आपके पर्वतीय प्रति देखने को मिली उत्तर प्रदेश में है एक मंत्रालय लेख छपा था, जिस तर्क पूर्ण तरीके से विकता को उजागर किय प्रशंसनीय है। आशा है आप अपने विचारोत्तेजक देते रहेंगे।

जगत
श्रीनगर ग

हल्द्वानी ट्रैफिक बिगड़ती हालत

महोदय आपके सम्मानि द्वारा मैं प्रशासन का हल्द्वानी में ट्रैफिक की स्थित की ओर दिलाना हूं जिससे आये दिन दुघ होती रहती हैं। प्रशासन ओर ध्यान दे।

रामनारायण, हल्द्व

प्रेस विधेयक

महोदय,

आपके १२ मार्च के में "प्रेस बिधेयक मर लेख समसामयिक लगा। में मिश्र सरकार द्वारा जि असंवैधानिक कदम उठाया उससे बुद्धिजीवी वर्ग के और दिमाग को कचोट था। आशा हैं कि प्रेस के राष्ट्रव्यापी बिरोध को

साप्ताहिक पर्वतीय १४ मई ८३

हिमालयी विचार

बेरोजगारों की संख्या में वृद्धि

भारत वर्ष में शिक्षित बेरोजगारों की संख्या निरन्तर बढ़ रही है और अगर इन शिक्षित बेरोजगारों को अगर कार्य नहीं मिला तो यह कभी भी विस्फोटक स्थिति को जन्म दे सकती है। १९८१-८२ के सरकारी आंकड़ों की रिपोर्ट है कि शिक्षित बेरोजगारों की संख्या १ करोड़ ९० लाख हो गई है। इनमें एक तथ्य यह भी है कि इन आंकड़ों के हिसाब से उच्च शिक्षा के लिए शिक्षित उम्मीदवारों का अभाव रहा। अतः ३५२ पद भरे ही नहीं जा सके। अनुसूचित जाति जनजातियों में शिक्षितता का प्रतिशत अत्यन्त ही निम्न रहा। अतएव उनके लिए आरक्षित स्थान भी खाली पड़े रहे।

उच्च सेवाओं में औषधि, विज्ञान, इन्जीनियरिंग फोटोग्राफी अग्नि शमन, खनिज, गणित, प्रशासन, पुरातत्व पत्रकारिता, समुद्री सेवा आदि में विशेष ज्ञान आवश्यक है पर शिक्षित बेरोजगार में कोई विशेष ज्ञान पाया नहीं गया। आखिर शिक्षित बेरोजगारों में विशिष्ट ज्ञान का अभाव क्यों? इसके पीछे कई कारण हैं- विश्वविद्यालय से निकलने के बाद ही प्रमाण पत्र लेकर शिक्षित युवा यह समझने लगता है कि वह अपने विषय का पण्डित हो गया है और वह आगे किसी किस्म का अनुभव प्राप्त करने की चेष्टा नहीं करता। साथ ही पारिवारिक व आर्थिक स्थितियों से मजबूर होकर आगे अध्ययन नहीं कर पाता। इसका कारण स्थानीय है। पढ़ा लिखा शिक्षित व्यक्ति स्थानीय स्तर पर ही कार्य पाना चाहता है। मजबूरी की हालत में ही नौकरी हेतु वह दूरस्थ स्थानों को जाता है।

आरक्षित नौकरियों के पीछे यह तथ्य है कि इनमें शिक्षा का प्रतिशत काफी कम है और शताब्दियों से पिछड़े रहने के कारण अभी उनके मानसिक रूप से विकसित होने में समय लगेगा। दलित और राजनीतिक आयोग को भी यह शिकायत है इन वर्गों के सुरक्षित स्थान भरे नहीं जाते। इसका मुख्य कारण यह है कि आरक्षित वर्ग में शिक्षा व योग्यता का अभाव है। वांछित योग्यता के मौजूद रहने पर आरक्षित स्थानों की पूर्ति नहीं हो पाती तथा राष्ट्रीय प्रतिभा को विकास का अवसर मिल नहीं पाता।

पर्वतीय क्षेत्रों में सर्वाधिक शिक्षितता का प्रतिशत होते हुए भी यहां के लोगों को पर्याप्त रोजगार नहीं मिलता क्योंकि इस अंचल में नौकरी उनको मिल जाती है जो अन्यत्र से आते हैं। अभी भी यहां पर उद्योगों की भारी कमी है और जो उद्योग खोले भी जा रहे हैं उनमें पर्वतीय लोगों को पर्याप्त स्थान नहीं मिल पाता। उच्च योग्यता होते हुए भी उन्हें छोटी नौकरी करनी पड़ती है क्योंकि दूरस्थ स्थानों में उनका अपना ही खर्चा इतना अधिक हो जाता है कि वे अपने घर को कुछ भी भेजने में असमर्थ रहते हैं।

इसलिए बेरोजगारी की समस्या जटिल से जटिल न हो जाए, इस विषय पर प्रशासन को सोचना चाहिये।

नहीं है? इस ओर पुनर्विचार की आवश्यकता है।

—तुलासिह,
महेश पांडे, लाखन
सिह, जगमोहन
नैनीताल।

पेयजल समस्या

महोदय,

आपके सम्मानित पत्र द्वारा हमें यह कहना है कि अल्मोड़ा सदैव पेयजल संकट से ग्रस्त रहा, प्रशासनिक स्तर पर भी पेयजल व्यवस्था को सुधारने की बात कई बार कही जाती रही पर आज भी अल्मोड़ा पानी को तरस रहा है। प्रशासन को इस ओर शीघ्र कार्यवाही करनी चाहिए।

—रामलाल
लाला बाजार
अल्मोड़ा।

पर्वतीय लोगों को रोजगार मिले

महोदय,

मैं आपके सम्मानित पत्र द्वारा सरकार का ध्यान इस ओर दिलाना चाहता हूं कि पर्वतीय क्षेत्रों में खाली जगहों पर पर्वतीय लोगों को स्थान दिया जाय जबकि देखा यह जाता है कि पर्वतीय जन तो उपेक्षित रहते हैं और अन्य लोगों को नौकरी मिल जाती है। पर्वतीय क्षेत्रों में ऐसे अधिकारी भेजे जाय जो यहां की वस्तु स्थिति से वाकिफ हो।

भैरवदत्त, श्रीनगर
गढ़वाल।

मताधिकार नहीं मिला

महोदय,

भारतीय गणतंत्र में आज मताधिकार नहीं मिला है, ऐसे लोगों में भारत के गुज्जर लोग आते हैं। अतः ऐसे लोगों को भी लाखों ऐसे लोग है जिन्हें मताधिकार प्रदान कर भारतीय प्रजातंत्र की गरिमा बनाए रखनी चाहिये।

रमेशचन्द्र आर्या
हल्द्वानी।

गंदगी

महोदय,

मैं नगरपालिका का ध्यान

जम्मू-कश्मीर को विशेष दर्जा क्यों ?

जम्मू-कश्मीर विधानसभा चुनाव के साथ ही जम्मू कश्मीर को प्रदत्त विशेष दर्जे की सार्थकता की बात भी आज उठ खड़ी हुई है। स्मरण रहे कि जम्मू कश्मीर में लगी धारा ३७० के अनुसार वह भारत के शेष राज्यों से अलग विशेष श्रेणी में आता है। इस विशेष दर्जे के कारण भारत के अन्य राज्यों के लोगों के बसने की बात तो दूर वे कहां जमीन तक नहीं खरीद सकते। यह विशेष दर्जा राज्यों के लोगों के लिए प्रदत्त मौलिक अधिकारों का हनन् करता है जो संविधान के अनुच्छेद १९(१) के (ड) द्वारा प्रदत्त हैं।

हाल ही में भाजपा के अध्यक्ष श्री अटल बिहारी वाजपेयी ने सवाल उठाया कि चूंकि धारा ३७० का संविधान में अस्थाई प्राविधान है अतः इसे घसीटते रहने का कोई औचित्य नहीं है। इस विशेष दर्जे से यह सिद्ध होता है कि जम्मू-कश्मीर अभी तक भारत का अभिन्न अंग नहीं बन पाया है क्योंकि संविधान के भाग तीन में मौलिक अधिकारों का अनुच्छेद १९(१) का (३०) लागू नहीं होता जिससे प्रत्येक भारतीय नागरिक को यह अधिकार है कि वह भारत के किसी भी हिस्से में जमीन खरीद कर बस सकता है। जबकि वस्तुस्थिति ऐसी है कि कश्मीर भारत का अभिन्न अंग है। स्वयं जम्मू-कश्मीर के मुख्यमन्त्री के शब्दों में वह भारतीय पहले हैं तब कश्मीरी।

इतना होने के बावजूद 'विशेष दर्जे' का लाभ डा० फारुख ने उठाना चाहा और पाकिस्तानी नागरिकों के पुनर्वास के लिए कानून बनाने तक की पहल की। संविधान में स्पष्ट उल्लेख है कि १ मार्च १९४७ के बाद पाकिस्तानी क्षेत्र में वास करने वाला व्यक्ति भारतीय नहीं वरन् विदेशी है फिर पाकिस्तान से विदेशियों के जम्मू-कश्मीर में लौटाने में फारूख अब्दुल्ला क्यों लगे हैं ? यह बात वास्तव में ध्यान देने काबिल है। विदेशी नागरिकों से सम्बन्धित प्रत्येक मामले पर केन्द्र सरकार का विदेश विभाग ही विचार करता है और राज्यों को इस मामले में कुछ भी अधिकार नहीं है।

यह विशेष दर्जा बरकरार रखना अब केन्द्र के लिए ज्यादा बुद्धिमत्ता वाली बात नहीं होगी, इससे देश के अन्य राज्यों में भी विशेष दर्जे की मांग उठेगी। जैसी हालत इस समय आसाम और पंजाब की है उससे तो यही लगता है कि कहीं कुछ हल न मिलने पर यह राज्य भी विशेष दर्जे की मांग न कर बैठे। जम्मू कश्मीर सरकार ने अनुच्छेद ३७० की धारा की आड़ में जो पुर्नवास कानून बनाया वह पूर्णतया साम्प्रदायिक लगे या न लगे मगर लोगों के दिल में एक सन्देह अवश्य छोड़ता है जैसे- पाकिस्तानी नियन्त्रित क्षेत्र में मुस्लिम बहुसंख्या में है। पंजाब और असम में भी अगर यह विशेष दर्जो की मांग उठने के साथ ही अनुच्छेद ३७० लागू हुआ तो भारत की अखण्डता एवं प्रभुसत्ता को निश्चय ही नुकसान होगा। दोनों ही राज्य सीमावर्ती हैं।

जम्मू कश्मीर के विशेष दर्जे के प्राविधान में स्पष्ट है कि यह अस्थाई उपबन्ध है अतः सरकार को चाहिये कि इस अस्थाई उपबन्ध को समाप्त करे ताकि भारत के अन्य राज्यों से इस विशेष दर्जे की मांग न उठ सके।

लेकिन खेद के साथ कहना पड़ता है कि न तो कांग्रेस सरकार और न जनता सरकार ही ने इस दिशा में कोई ठोस कदम उठाया।

.......नेताओं के डगमगाते सिंहासन!......

साप्ताहिक पर्वतीय वर्ष-१ अंक-१३ ३० दिसंबर १९५३

धर्म विश्वासी विश्व में आज भी ऐसे लोग हैं, जो गमनागमन के सिद्धान्त पर विश्वास करते हैं और अपने इस लोक व परलोक को सुधारने की धुन में घुलते रहते हैं। इस धुन के ऐसे ऐसे भी रोगी दृष्टिगत या कर्णगत हुये हैं जो अपना परलोक सुधारने की आकांक्षा से अपने हाथों अपनी कब्र सजा लेते हैं, अपनी चिता का प्रबन्ध करा लेते हैं, अपने कफ़न व अर्थी का इन्तजाम करा लेते हैं और अपने दशकर्म भी अपने सामने पूरे करा लेते हैं। यह हाल विशेषकर उन धार्मिक बुजुर्गों का होता है जो अपनी आने वाली नास्तिक सन्तानों पर अपने को वैतरणी पार कराने का विश्वास नहीं करते या निःसंतान होते हैं।

पहाड़ों में कहीं कहीं तो कांग्रेस ने इसी चलते फिरते जीवित शव का पाठ अदा किया और अपनी आखों के सामने अपनी मृत्योत्तर दृश्य की झांकी भी देख ली और चिता के लिए खुद भी लकड़ी जोड़ने में सहायता दी है। आम चुनावों में टिहरी गढ़वाल में कांग्रेस की १०० प्रतिशत हार इसी का सबूत थी। नगर पालिका चुनावों में गढ़वाल में कांग्रेस ने भाग न लेकर यही प्रतिचिंतित किया, और रामनगर टनकपुर में भी कांग्रेस ने चुनावों से दूर रहकर यही परिलक्षित किया कि कांग्रेस मर चुकी है। नगर पालिका चुनावों में भी कांग्रेस को हर जगह दोनों गुटों ने लड़खड़ाते को एक लात और जमा दी। ६८ वर्ष की बुढ़िया कांग्रेस गिर पड़ी। कहीं कहीं कुछ रहम दिलों ने उपचार किया लेकिन फिर भी प्राणों को थोड़ा सा एक्स्टेन्शन मिला जैसे किसी को वसीयत में दस्तखत करने मात्र के लिए डाक्टर कुछ क्षण जिलाये रखते हैं। जैसे नगरपालिका के चुनाव आकड़ों से झलकेगा। हल्द्वानी में कांग्रेस को ७३६७ में से केवल २२०९ वोट मिले, अल्मोड़ा में ४३७२ में से १४७१, देवप्रयाग में ६२३ में से २९३, टिहरी में ६३४ में से २३१, ऋषिकेश में २४३९ में से ९७२ और काशीपुर में ५९६८ में से सिर्फ ७०१ वोट मिले।

संजीवनी की ज़रूरत

कहीं कहीं कांग्रेस की विजय हुई लेकिन बहुमत उसके पक्ष में न था। इस तरह ऑक्सीजन से सांसे बढ़वाकर कांग्रेस जीवित नहीं रह सकती। नगरपालिका चुनावों में उसे जो घातक तीर लगा है उसका इलाज न विलाप या पश्चाताप करना है न भाषणों के झाड़ताड़ हैं, और न दूसरों को उपदेशों के मंत्र हैं। बल्कि उसके लिये प्राणदा संजीवनी की जरूरत है। लेकिन ऐसा मालूम पड़ता है कि अब न लंका के सुषेण वैद्य ही रहे हैं न दूनागिरी में संजीवनी बूटी ही। यहां भी कांग्रेस ने पहले ही हल चलवा दिये हैं।

एक मंच नेहरू जी ने दिया कांग्रेस में कि त्याग करें और जनता में जाकर सेवा करें और वही महा मंत्र २५ दिसम्बर को पं. पंत जी ने कांग्रेस विधान मण्डलीय पार्टी की बैठक में ट्रांसमिट किया और कुछ अन्य उपदेश भी उसमें जोड़े। पंत जी ने सदस्यों से कहा कि वे जनता की हार्दिक सेवा में कूद जायें और नवयुयकों तथा बूढ़ों दोनों से अपना सम्पर्क बढ़ायें। अपने प्रत्येक सदस्य को कम से कम २५०० प्राथमिक कांग्रेस सदस्य बनाने को कहा। पंत जी की नेक राय संगठन को मजबूत बनाने के लिये है, इसमें किसी की दो रायें नहीं हो सकती। लेकिन ये मात्र व्यवहार में भी आ सकेंगे हमें विश्वास नहीं। क्योंकि आज तो कांग्रेसी अधिकांश सदस्यों को अपने परायों ही से

फुर्सत नहीं है। २५०० क्या २५ परायों से भी सदस्य सम्पर्क बढ़ा लें तो कांग्रेस कभी मिट नहीं सकती लेकिन हमें इतनी भी आशा नहीं इसलिये पंत जी का उपदेश हमें तो अंधे की सूझ मालूम पड़ती है।

अंधे को अंधेरे में बहुत दूर की सूझी,
अंजीर तो मिलता नहीं, अंगूर की सूझी।

यह पंत जी और नेहरू जी भी महसूस करते हैं कि आज की मृतप्रायः कांग्रेस को संजीवनी की सख्त आवश्यकता है। उसे संगठन के अन्दर, एकता की संजीवनी चाहिये, परस्पर सहनशीलता की संजीवनी चाहिये, त्याग-भावना व प्रेम-भावना की संजीवनी चाहिये, तथा अनुशासन की संजीवनी चाहिये। और उसे संजीवनी बताने वाले सुषेण वैद्य और संजीवनी लाने वाले हनुमान चाहिये तभी जीवित रह सकेगी। और कांग्रेस तभी जीवित रह सकेगी जब उच्चकोटि के नेता अपने अनुयायियों के पारस्परिक झगड़ों में इस या उस गुट का पक्ष न लेकर संगठन के हित में तुंरत निष्पक्ष न्याय पूर्ण निणर्य कर दिया करें। "होइ है सोइ जो राम रचि राखा को करि तर्क बढ़ावै साखा"।

योग्यता का सम्मान

साप्ताहिक पर्वतीय वर्ष-२ अंक-४५ ५ दिसम्बर १९५४

उत्तर प्रदेश के मुख्यमंत्री पं. गोविन्द बल्लभ पन्त की योग्यता भारत की वर्तमान राजनैतिक व वर्तमान शासन प्रणाली में एक उच्च स्थान पर आसन्न हैं । एक योग्य व्यक्ति जहां भी रहे जगमगाते हीरे की भाति आर्कषण का केन्द्र होता है और आदर तथा सम्मान की सरिताओं के लिए विशाल सागर का स्वरूप होता है और उस स्थान तथा उस स्थान से सम्बन्धित क्षेत्र व समाज के लिए लाभ का प्रत्यक्ष स्वरूप होता है। इसलिए हर व्यक्ति, वंश, उप प्रदेश या प्रदेश उसे अपनाना चाहता है। पं. पन्त की कद्र का कारण भी उनकी काबलियत ही है। अभी तक केन्द्रीय मंत्री मण्डल में उन्हें खींचने के तीन प्रयत्न असफल हो चुके हैं। जहां केन्द्र उन्हें अपनी ओर खींचता है वहां उत्तर प्रदेश उन्हें और अधिक कसकर हृदय से लगा लेता है।

इस बार पं. नेहरू के एकाकीपन ने उन्हें केन्द्र में जाने के लिए उकसा ही दिया। फिर भी उत्तर प्रदेश के कुछ एम.एल. एज. का कहना है, कि यदि नेहरू जी पन्त जी के बिना एकाकीपन अनुभव करते हैं तो उत्तर प्रदेश भी पन्त के बिना एकाकीपन महसूस करेगा। यदि 'मेजोरिटी' को देखा जाए तो उत्तर प्रदेश के एम.एल.एज. के एकाकीपन के पक्ष में अधिक "सिर" हैं और नेहरू जी के पक्ष में एक, किन्तु चूँकि पं. नेहरू पं. पन्त का आह्वाहन देश की ओर से कर रहे हैं।

नेहरू जी के व्यक्तिगत प्रभाव के अतिरिक्त प्रजातांत्रिक दृष्टि से उ. प्र. के एम.एल.एज. का पक्ष कमजोर ही रहता है। चुनाव भारत तथा उत्तर प्रदेश के बीच है। निसन्देह उ. प्र. भारत का 'सबसे बड़ा प्रदेश' है और उसका समृद्ध होना आवश्यक है। लेकिन दूसरी ओर सारे भारत की समृद्धि अत्यधिक महत्व की है।

सीधा प्रश्न यह है कि पं. पन्त की योग्यता व दक्षता का सदुपयोग उत्तर प्रदेश की समृद्धि में लगाया जाए या भारत की समृद्धि में और इसलिए उन्हें लखनऊ में रखा जाए या दिल्ली में। तो हर समझधार व्यक्ति जो अपने

संकीर्ण स्वार्थ से परे होगा यही उत्तर देगा कि उन्हें दिल्ली में रहकर पं. नेहरू के हाथ मजबूत करके सारे भारत को समृद्ध व शक्तिशाली बनाना चाहिए। यदि सारे देश का शासन सुव्यवस्थित होगा तो उसके एक राज्य का शासन भी सफलता पूर्वक सुव्यवस्थित रह सकता है, और यदि केन्द्रीय मजबूती ढीली पड़ जाती है तो एक राज्य की मजबूती कुछ मायने नहीं रखती। सम्पूर्ण में समृद्धि निहित होती है। इसलिए पन्त जी की योग्यता का सदुपयोग देश की बृहद्तर भलाई तथा उच्चतर अच्छाई के हित में लखनऊ के बजाए दिल्ली में होना अधिक बुद्धिमानी व अधिक श्रेयकर होगा।

निस्संदेह, लखनऊ से दिल्ली जाने में उन लोगों को चिन्ता होगी जो पंत जी के गगन्नोत्मुखी यश के पैरों पर लटक कर उसके लिए भार बनकर उसकी प्रगति को धीमा किये हुये थे और पन्त जी को अपनत्व की ममता में लुभाये हुए हैं लेकिन 'महाभारत' में "कहा है कि परिवार के लिए व्यक्ति का, ग्राम के लिए परिवार का, प्रदेश के लिए ग्राम का और राष्ट्र के लिए प्रदेश का बलिदान कर देना चाहिए"। एक राजनीतिज्ञ की रूचि उक्त उच्च भावना के साथ पंत जी ने अपने प्रशंसको, खुशामदखोरों, जायज़ नाजायज़ लाभ उठाने वाले, संबंधियों, अनुयायियों, एम.एल.एज. या डाक्टरों, सबके लघुतर स्वार्थो का बलिदान कर देश के वृहतर हित के लिये दिल्ली जाने का निश्चय देकर महानता का परिचय दिया है। रिश्तेदारवाद, संकीर्णस्वार्थवाद, जिलावाद या प्रदेशवाद से ऊपर उठकर राष्ट्रीय दृष्टिकोण से देखा जाए तो हर नि:स्वार्थ दिमाग में यह बात आती है कि यदि भारत खुशहाल व समृद्ध होगा तो हमारा उत्तर प्रदेश और हमारे पहाड़ी जिले भी खुशहाल व समृद्व होंगे।

सामाजिक या राष्ट्रीय दृष्टिकोण के अतिरिक्त यदि पंत जी के निजी हित की दृष्टि से भी देखा जाए तो हर योग्य व्यक्ति की योग्यता का लाभ अधिक से अधिक विस्तृत होने के साथ उसका सम्मान भी अधिकाधिक विस्तृत होना चाहिए। हमें खुशी होगी यदि पन्त जी के सम्मान के सूर्य का प्रकाश उत्तर प्रदेश मान्य न रहकर सारे भारत व सारे विश्व में फैले और हमें आशा है कि उनके कोई भी संबन्धी या अनुयायी भी निजी स्वार्थ के अन्धे चश्मे को न पहनकर उनके सम्मान को पहाड़ों या उत्तर प्रदेश तक ही जकड़ा रहा हुआ नहीं चाहेंगे। बड़ा नाम ही एक व्यक्ति की योग्यता का उचित पारितोषिक जीवन में मिल सकता है और जो व्यक्ति पन्त जी के नाम या कीर्ति के फैलाव को उत्तर प्रदेश में बंधे रहकर सीमित रखना चाहते हैं हमारे विचार से वे पन्तजी के शुभचिन्तक नहीं खुशमदखोर और संकीर्ण-स्वार्थी मात्र हैं।

इन लोगों में कुछ तो अनभिज्ञ लोग है कुछ पंत जी के अंधे पुजारी हैं। और कुछ संकीर्ण स्वार्थी जीव, पन्त जी के नाम पर भी लूटते चले आ रहे हैं और कुछ ऐसे एम.एल.एज. भी है जो पंत जी का नाम लेकर उनसे किसी प्रकार नज़दीकपन का ढोल पीटकर या पिटवाकर अपने मकानों को सरकारी नौकरी के लिये नित्य सलामी का दरबार या "पत्रं पुष्पं फलं तोयं" अपर्ण कर मन्दिर बनाये हुये हैं; और उनके चले जाने के बाद जिन्हें अपने उन दरबारों या मंदिरों को पत्थरों के ढेर मात्र में बदल जाने का डर है; या जो अपनी योग्यता सेवा या त्याग से नहीं बल्कि पंत जी के नाम की माला जप कर तीसमार खां बने फिरते हैं।

वास्तव मे हर चीज़ के दो पक्ष होते है। हो सकता है कि पहाड़ी जिलों को पंत जी के जाने से हानि हो और यह भी हो सकता है कि पहाड़ों को फ़ायदा हो लेकिन हम कृष्ण पक्ष की ओर अपनी कल्पना को अभी से क्यों दौड़ायें हमें तो आशा करनी चाहिए कि- हर परिवर्तन की भांति यह परिवर्तन भी हमारे लिए विकास का लाभप्रद

सूचक सिद्ध होगा। हो सकता है कई नाजायज़ फायदा उठाने वालों की निराशा तो हार्ट फेल्युअर का काम भी कर सकती है लेकिन उक्त तर्क हम जन साधारण पहाड़ी के दृष्टिकोण से पेश कर रहे हैं। अपवाद सदा होते ही रहते हैं। किसी भी भावी मुख्यमंत्री से निराशा का मूड बना लेना गलत है, किसी भी व्यक्ति की अच्छाई बुराई का मापदंड उसके कार्य होने चाहिए, उससे सामाजिक या भौगोलिक संबंध नहीं, सकारण विचार किया जाए तो हर समझदार व्यक्ति यह अनुमान लगा सकता है कि अब पहाड़ों कि स्थिति ऐसी नहीं जिसे उत्तर प्रदेश की कोई भी सच्ची व योग्य सरकार नज़र अंदाज़ करके, पहाड़ों के विकास को गौण स्थान दे, और उसने यह गलती की भी तो केन्द्रीय सरकार अपने बॉर्डरों के हितार्थ पहाड़ी जिलों के विकास के लिए स्वयं धन देगी और राज्य सरकार को भी वहां के विकास के लिए बाध्य करेगी। आजतक राज्य सरकर ने चाहे कुछ किया या नहीं, पहाड़ों की ज़बान पर ताला रहता था और पहाड़ों में विरोधी दल के लोग तक पन्त जी व उनकी सरकार की आलोचना नहीं किया करते थे अब पहाड़ों की राजनीति में एक नये मोड़ का मौका या पहाड़ों की गरीबी व भुखमरी का स्थायी इलाज होगा।

राष्ट्रपति ने पंत जी को नेहरू जी के नये मंत्रीमण्डल में शामिल करने की स्वीकृति दी है और पंत जी शायद दिसम्बर के अंत तक दिल्ली चले जायेंगे। लोगों का अनुमान है कि पं. नेहरू उन्हें अपना भार भी समय आने पर सौप देंगे। हम पंत जी की हर क्रमशः उन्नति के लिये शुभ कामना करते हैं।

पहाड़ी जिलों की गरीबी में अन्नाकाल और पुलिस की वृद्धि

साप्ताहिक पर्वतीय वर्ष-४ अंक- ४ २८ मार्च १९५६

यह भावना पहाड़ी जिलों में बढ़ती जा रही है कि इस वर्ष निर्धन पहाड़ों में दो ही बातों की वृद्धि हुई, कि इस वर्ष अन्नाकाल बढ़ा और दूसरा पहाड़ों का पुलिस विभाग बढ़ा।

वास्तव में यों तो पहाड़ी जिलों में अन्नाभाव हर वर्ष होता था और सदा ही अधिकांश जनसंख्या को बाहर मैदान से आए अनाज पर निर्भर रहना पड़ता था! किन्तु इस वर्ष सामयिक वर्षा न होने के कारण पहाड़ी जिलों की अधिकांश पट्टियों में फसल सूख रही है। इधर मार्च में असामयिक वर्षा ने 'गिरते को एक लात और' का काम किया है। इससे पहाड़ी जनता में चिन्ता का संचार हो जाना स्वाभाविक ही है। यदि केवल अन्नाभाव ही हो, और लोगों की जेबों में पैसा हो, धनाभाव न हो तो विषय इतनी गहन चिंता का न होता। लेकिन पहाड़ में ९५ प्रतिशत जनता की धनाभाव की स्थिति तो सदा ही से है, वह तो उसका ऐसा असंतोष है जिसका कोई आज तक समुचित इलाज न हो पाया है और उन्हें उसी असंतोष ही में संतोष की आदत सी पड़ गई है। ऐसी अवस्था में जहां धनाभाव तो जीवन का सर्वोत्तम साथी बन चुका है, यहाँ अन्नाभाव का भी हो जाना चिन्ता का विषय अवश्य ही है। और यदि कोई इस अवस्था में पहाड़ों से ये आशा करे कि उन्हें इस पर भी संतोष ही करना चाहिये तो यह उन्हें शमशानगति प्राप्त संतोष का उपदेश होना होगा।

पहाड़ों में पहले ही यह धारणा बढ़ रही थी कि इधर तो पहाड़ी जिलों में दिनों दिन गरीबी की दिन दूनी रात चौगुनी वृद्धि हो रही है और दूसरी ओर सरकार ने उस गरीबी का इलाज काफ़ी उद्योग-धंधे व रोजगार के साधन

खोलने के बजाय उसके विषमारक (Antidote) की वृद्धि में ढूंढ पाया है। जहां पहाड़ी जिलों में पहले एक एस. पी. शांति सुरक्षा का स्तम्भ होता था वहां आज पहाड़ी जिलों में चार एस.पी. और उनके ऊपर एक डी.आई.जी. तथा चार डी.एस.पी. व ए.एस.पी. नियुक्त हो गए हैं और होने जा रहे हैं।

लोगों की धारणा का जोर पकड़ना स्वाभाविक ही है। उनकी गरीबी का इलाज लाल पगड़ियों की कतारों मे नहीं हो सकता, उनकी क्षुधा शांति बरछे बल्लमों की लाइनों से नहीं हो सकती, उनके धनाभाव की चिकित्सा अफसरों की पलटन सजा देने से नहीं हो सकती और न उनके अन्नाभाव की स्थिति में कमी जगह-जगह पुलिस लाइन व थानों का जाल बिछा देने से हो सकेगी।

एक ओर पहाड़ों में गरीबी व अन्नाकाल की दौड़ प्रकृतिदत्त हो और वहां दूसरी ओर सरकार पुलिस की दौड़ शुरू करवाये तो ये दोनों रेखायें कहीं पर भी मिलकर हाथ नहीं मिला सकेंगी। उत्तर प्रदेश सरकार से तथा केन्द्रीय सरकार से निवेदन करेंगे कि जिसने भी यहां पुलिस को बढ़ाने कि योजना चालू की या कार्यवाही की, वह तनिक यह भी ध्यान इन गरीब पहाड़ों की ओर देख कर करें कि जितना अब तक व्यय पुलिस पर होगा उतना ही आवर्तक व्यय उद्योग धंधों व रोजगार दिलाने के साधनों पर होता और यहां की गरीबी दूर हो जाती तो सरकार के लिए पहाड़ों की २१ लाख जनता मिलकर पुलिस से कहीं ज्यादा काम कर सकती और लाभदायक सिद्ध होती।

हम यह मानते हैं कि बार्डर जिलों के होने के कारण यहां पुलिस की आवश्यकता अधिक महसूस होनी स्वाभाविक है लेकिन हमारे विचार से बार्डर पर बसे इन पहाड़ी जिलों की जनता की गरीबी का निराकरण शीघ्रातिशीघ्र करना भी उतना ही महत्वपूर्ण है।

पहाड़ों में पुलिस लाइनों के विस्तार से अवश्यमेव ही कुछ लोगों को रोजगार मिलेगा। कुछ पुलिस में भर्ती होंगे और कुछ लोगों को, आस-पास के ग्रामीणों को अप्रत्यक्ष लाभ होगा। किन्तु यह लाभ पहाड़ों की दानवाकार निर्धनता के लिये 'ऊंट के मुंह में जीरे' से ज्यादा कुछ न हो सकेगा ।

अतैव यदि बार्डर स्थित पहाड़ी ज़िलों को मजबूत बनाना है, जैसे कि परम आवश्यक है, तो सर्वप्रथम उनसे बेकारी व गरीबी का इलाज करना होगा। स्थान-स्थान पर कुटीर उद्योगों का जाल सा बिछा देना होगा। विभिन्न प्रकार के रोजगार के साधनों को शुरू करना होगा। जैसे-खाने, फलोद्योग आदि खोलने होंगे।

रोजगार के अभाव में बेकारी व गरीबी के होते हुए पहाड़ों में ही क्या कहीं भी चोरियां, डकैतियां, अनैतिकता आदि की वृद्धि हो, यह स्वाभाविक है। उसका मूल सुधार या बुनियादी इलाज होना चाहिए। पुलिस मात्र बढ़ाने से इच्छित सफलता की प्राप्ति कठिन ही नहीं असंभव ही रहेगी।

पहाड़ों की बेकारी और द्वितीय पंचवर्षीय योजना

साप्ताहिक पर्वतीय वर्ष-४ अंक ५ ११ अप्रैल १९५६

प्रथम पंचवर्षीय योजना का प्रमुख लक्ष्य देश की खाद्य समस्या को हल करना था। उसमें सफलता मिली, देश में अनाज के भाव चाहे अभिलाषित रूप में घटे नहीं हैं किन्तु कम से कम अखिल देशीय स्तर पर अनाज के अभाव का भयंकर खतरा खत्म हो गया।

पहाड़ों में खेती को कितना, क्या ही प्रोत्साहन मिला कि वहां उस मात्रा में पहाड़ आत्मनिर्भर हो सके। इसलिए पहाड़ों मे प्रथम पंचवर्षीय योजना के अन्तर्गत यदि यह कहा जाए कि कुछ सही हुआ तो इसमें सत्य के विकृत किए जाने का कोई संदेह उत्पन्न नहीं हो सकता और न उसके लिए सरकार की नीति को ही गलत कहा जा सकता है।

सरकार की नीति से अवश्य असंतोष तब होता है जब यह देखा जाता है कि पहाड़ों में जो हो सकता था उसकी ओर समुचित ध्यान उस परिमाण में नहीं गया जिसमें जाना चाहिए था। फल उद्योग को जिस वृहत आकार में बढ़ावा मिलना चाहिए था, वह नहीं मिला, बल्कि उसे भी परीक्षण स्थिति (Experimental Stage) में ही कहा जा सकता है।

द्वितीय पंचवर्षीय योजना में मुख्य लक्ष्य देश की बेकारी को समाप्त करने के लिए उद्योगीकरण की योजना को प्राथमिकता दी जाने वाली है जो लक्ष्य अवश्य ही सराहनीय हैं।

किन्तु किसी भी रोग की चिकित्सा, सही चिकित्सा तभी सम्भव हो सकती है जब उस रोग का सही निदान हो जाए। जब तक यह निश्चय न हो जाए कि देश में कितने पूर्णकालीन बेकार हैं, कितने दीर्घकालीन बेकार हैं, कितने निपुण बेकार हैं कितने अनिपुण और कितने शिक्षित बेकार हैं तब तक बेकारी के लिए उद्योगीकरण करना या अन्य शासन निकालना भी परीक्षण मात्र ही कहा जाएगा।

जहां तक पहाडों की स्थिति हैं पिछले दिनों अल्मोड़ा के जिलाधीश की प्रेस कांफ्रेंस में, जिसमें जिले के द्वितीय पंचवर्षीय योजना के प्रारूप की सूचना दी गयी थी, यह प्रश्न किया गया था कि जिले मे कुल कितने बेकार हैं? और उनमे कितने कुशल, अकुशल व शिक्षित बेकार हैं? तो उत्तर कुछ नहीं मिल सका, बल्कि सही स्थिति जान सकने मे असमर्थता भी प्रकट की गई। यह स्थिति सारे पहाड़ों की है, और ऐसी ही सारे देश की होगी।

जहां बेकारों के पर्यवेक्षण ही संभावना न हो वहां जो भी उद्योग धंधे खुलेंगे या जो भी साधन निकाले जायेंगे वे सब अनुमान, अनुभव व परीक्षण मात्र ही रहेंगे, और उनसे उद्देश्य पूर्ति और लक्ष्य प्राप्ति कठिन ही नहीं असम्भव ही होगी।

अच्छा यह होता कि सरकार पंचायतों के द्वारा हर गांव में इस प्रकार की जानकारी प्राप्त करती और उसे जिला स्तर पर संशोधन कर आगे एकत्रित किया जाता। एंप्लॉयमेंट एक्सचेंज, जब तक उनमें अनिवार्य पंजीकरण बेकारों या अर्ध बेकारों का नहीं होता, के आकड़ों से कुछ अनुमान, बेकारों की संख्या या उनके प्रचार के विषय में लगाना, सर्वथा गलत सिद्ध होगा।

पहाड़ों में वर्तमान उद्योग धंधे कितने लोगों को रोजी दे रहे हैं उन आकड़ों से निराशा ही निराशा होती है! और द्वितीय पंचवर्षीय योजना में कितनों को रोजगार देने का लक्ष्य रखा गया है, वह क्या है; उस पर अगले अंक मे प्रकाश डाला जायेगा।

वोट किसको दें

साप्ताहिक पर्वतीय - वर्ष-४ अंक-३८ ६ फरवरी १९५७

जब जब चुनाव सामने आते हैं मतदाता के सामने विभिन्न पार्टियों के उम्मीदवार भांति-भांति के कार्यक्रम तथा प्रतिज्ञाओं की भेंट लेकर जाते हैं। मतदाता को अपनी अपनी ओर आकर्षित करते हैं। दूसरी ओर स्वतंत्र उम्मीदवार भी अपने व्यक्तित्व एवं प्रभाव के नाम पर मतदाता को प्रभावित करने का प्रयत्न करते रहते हैं। इस बहुमुखी प्रचार से आम मतदाता अस्पष्ट एवं अनिश्चित सी हो जाता है और बहुधा देखा यह जाता है कि मतदाता अपना मत एक निश्चित तथा स्पष्ट मस्तिष्क के साथ न देकर डावांडोल मनः स्थिति में दान कर आता है। मतदाता की उस डावांडोल मनः स्थिति के तुरंत निर्णय (जो वह प्रायः मतदान पेटियों के सम्मुख किया करता है) का लाभ, अवसर या भाग्य के अनुसार, उम्मीदवारों को मिला करता है और कभी कभी आश्चर्य चकित कर देने वाले परिणाम सुनने में आते हैं। जिनसे अंततया राष्ट्र को हानि होती है और मतदाता को स्वयं उस हानि को सहना पड़ता है।

इसलिए स्वस्थ प्रजातंत्र के लिये यह आवश्यक होता है कि मतदाता उम्मीदवार को पहचान कर अपना मतदान करें। लोकतंत्र में उम्मीदवार को पहचानने के लिये दो मुख्य मापदंड होते हैंः-पार्टी तथा गुण।

स्वतंत्र उम्मीदवार

(१) सर्वप्रथम मतदाता को देना यह चाहिये कि उम्मीदवार किसी राजनैतिक दल का है या नहीं। यदि उम्मीदवार किसी राजनैतिक दल का नहीं है तो उसे सर्वप्रथम (Immediately) अस्वीकार कर देना चाहिए क्योंकि व्यक्ति कितना ही योग्य क्यों न हो लेकिन लोकतंत्र की नींव ही दलों पर पड़ती है न की व्यक्तियों पर। जो उम्मीदवार लोकतंत्र के इस मूल-भूत सिद्धान्त को नहीं समझता उससे मतदाता कैसे आशा कर सकता है कि वह देश में लोकतंत्र के महल की दीवारों को मजबूत करने में अपना सहयोग देगा। लोकतन्त्र दलों के द्वारा समाज में समष्टिवादी दृष्टिकोण की कामना करता है जब कि स्वतंत्र उम्मीदवार हमेशा व्यक्तिवादी दृष्टिकोण को लेकर चुनाव के अखाड़े में कूदता है। इसलिए दल और निर्दलीय उम्मीदवार में से मतदाता दल वाले उम्मीदवार को चुनें।

राजनैतिक दल

(२) तब रहते हैं राजनैतिक दलों के उम्मीदवार। किसी भी उम्मीदवार की ओर अपने निश्चय का पलड़ा झुकाने से पहले मतदाता सभी दलों के कार्यक्रम को समझकर उनमें से देखें कि किस दल का कार्यक्रम साधन व समय के अनुसार व्यवहारिक है और समाज के लिए अधिक हितकारी है। जिस दल का कार्यक्रम समाज के बहुर्मुखी विकास के लिए अधिक उपयुक्त समझें वह उस दल को अपना मत देना निश्चय करें।

दलीय उम्मीदवार

(३) लेकिन यदि मतदाता केवल दल के प्रोग्राम या कार्यक्रम ही को देखकर मत दे दें तो यह भी उसके चरम उद्देश्य, स्वस्थ एवं समृद्ध लोकतन्त्र निर्माण, के लिए घातक सिद्ध होगा। क्योंकि जब उस दल के कर्त्ता-धर्ता

या चोटी के कुछ जिम्मेदार लोग यह समझ लेते हैं कि मत उनके उम्मीदवार को नहीं सिर्फ कार्यक्रम को मिलता है तो उनके निर्बल मनोभाव, अनियंत्रित हो जाते हैं और वे अपने संबंधियों, खुशामदखोरों और अंध-अनुयायिओं को पार्टी उम्मीदवारी का वरदान देना शुरू कर देते हैं। विधायिकायें हाथ उठाने वालों का जमावड़ा मात्र बनकर कुछ इने गिने लोगों के हाथ में शक्ति की मुहर का काम करने लगती हैं या देश का शासन चंद परिवारों की धुरी के चहुँ ओर रोलर की भांति चक्कर लगाता रह जाता है और शेष साधारण जनता उस दल से दबती रह जाती है। धीर-धीरे उस दल के चोटी के लोगों की संख्या भी कम होते होते एक में समा जाती है। इस प्रकार अंत में लोकतन्त्र के चोले में अधिनायक तंत्र शासन करने लगता है। जिसका अधोतरण निश्चिततया जन विरोधी व जन घातक होता है।

इसलिए लोकतंत्र को इस प्रकार मृत्यु से बचाना ही मतदाता का प्रथम कर्तव्य है। लोकतंत्र की रक्षा की संजीवनी भी मतदाता के ही हाथ में होती है। और वह संजीवनी है स्वस्थ एवं समृद्ध विरोधी दल का निर्माण।

विरोधी दल कैसे बनें?

यह ऊपर कहा जा चुका है। कि सबसे पहले उस दल के उम्मीदवार को वोट दीजिए जिसका कार्यक्रम आप देश के लिए सर्वोत्तम समझते हैं। किन्तु किसी भी दल के विरोध के बीज उसी दल में मौजूद होते हैं और दल के उच्चकोटि के सशक्त लोग उसके बीजारोपण के लिए जिम्मेदार होते हैं। हर दल के कर्त्ता-धर्ता उस निर्बलता के कारण अपने दल की उम्मीदवारी के तटीय स्तर (Marginal Standard) का प्रायः उल्लंघन करते हैं। यह वो स्थिति होती है जहां विरोध का क्षेत्र मिलता है।

जहां मतदाता देखे कि सर्वोत्तम कार्यक्रम वाले दल का उम्मीदवार अपेक्षित-स्तर से नीचे है तो वह दूसरे नम्बर की अच्छे कार्यक्रम वाली पार्टी के उम्मीदवार को वोट दे किन्तु यदि द्वितीय उत्तम कार्यक्रम वाले दल का उम्मीदवार नहीं है या सामान्य स्तर से कम योग्य है तो वहां मतदाता ने तीसरे या चौथे दल के योग्य उम्मीदवार को वोट देना चाहिये।

हर अवस्था में लोकतंत्र को जीवित रखने व उसे समृद्ध बनाने के हित में मतदाता का वह प्रमुख कर्तव्य होता है कि वह सर्वोत्तम कार्यक्रम वाले दल को वोट देते समय उसके कार्यक्रम तथा उसके उम्मीदवारों की सामान्य योग्यता को मध्यनजर रखते हुये इन के बीच एक समझौता (Compromise) या सीमा (Demarcation) स्थापन कर दे। अर्थात यह सिद्धांत बना दे कि उस दल के उम्मीदवारों में भी एक सामान्य योग्यता से नीचे के व्यक्ति को वोट न देकर दूसरे उत्तमतर कार्यक्रम वाले दल के सामान्य तथा अपेक्षित योग्यता के उम्मीदवार को अपना मत दे। यूँ तो एक सत्य यह भी है कि विचार विभिन्नता, विवेक विभिन्नता और दृष्टि अन्तर के कारण कार्यकम श्रेष्ठता के चुनाव में दलों को क्रम प्रदान करने से मतदान में विभिन्नता होती है और एक खिचड़ी विरोधी दल बनता ही है, लेकिन जो भी दल मतदाता सर्वोत्तम समझें हर हालत में उम्मीदवार को एक सामान्य योग्यता के मापदण्ड से मापना अत्यन्त आवश्यक होता है।

उम्मीदवार कैसा हो ?

- जब सामान्य उम्मीदवार को ढूंढना है तो उसके लिए भी योग्यता का मापदण्ड होना चाहिए। मतदाता देखें कि:- उम्मीदवार यर्थाथ में लोक तंत्र में विश्वास करता है या नहीं। वह कहीं लोकतंत्र के नाम व जाति-पाति, इलाकावाद जैसी अलोकतंत्रीय व संकीर्ण भावना का व्यक्ति तो नहीं है।
- उम्मीदवार का अपने ही दल के सिद्धांतो पर अटल विश्वास है या नहीं ? कहीं उम्मीदवार सिर्फ चुनाव लड़ने के लिए ही तो उस पार्टी में नहीं गया? जब उम्मीदवार अपने ही दल के सिद्धांतों के साथ ईमानदार नहीं होता वह जनता के साथ कभी ईमानदार नहीं हो सकता।
- उम्मीदार की शिक्षा या अनुभव इतना हो कि वह अपने क्षेत्र की समस्याओं को स्वयं समझता हो उनके हल के लिए सुझाव दे सकता हो और उन सुझावों को व्यावहारिक स्वरूप दिला सकता हो।
- मतदाता हर उम्मीदवार से उसका घोषणा पत्र मांगे। उसने क्षेत्र की क्या प्रमुख समस्यायें घोषणा पत्र में रखी हैं ओर उनका क्या हल सुझाया है और व उन्हें कहां तक पूरा कर पायेगा; कहीं उम्मीदवार अपने दल के राष्ट्रीय प्रोग्राम की आड़ में तो नहीं बहका रहा है। हर उम्मीदवार का अपना क्षेत्रीय घोषणा पत्र भी हो।
- उम्मीदवार नम्र, मिलनसार व मृदभाषी हो, आम जनता में से हो, जो लोगों के साथ मिलकर उनकी परेशानी महसूस करे और उन्हें ध्यान से सुने। ऐसा न हो कि चुनाव नजदीक आये तो कई चक्कर लग रहे हैं बार बार हाथ जोड़ रहें हैं और चुन लिए जाने के बाद गरीब जनता से सीधे मुंह बात भी नहीं करते।
- उम्मीदवार अगर पिछली बार चुना गया था किसी सार्वजनिक पद पर, तो उसका व्यवहार क्या था, उसने क्या काम किया कहां तक ईमानदारी के साथ अपनी जिम्मेदारी निभाई। कहीं अपने पद का दुरुपयोग तो नहीं किया।
- जहां मतदाता उम्मीदवार से सामान्य योग्यता की आशा करता है उसे भी अपनी ओर देखना जरूरी हो जाता है। वह स्वयं जाति-पाति या इलाकावादी जैसी लोक तंत्र घातक भावनाओं का शिकार न होकर सर्वोत्तम कार्यक्रम वाले दल के सर्वोत्तम उम्मीदवार को ही वोट दे, ताकि देश में स्वस्थ लोकतंत्र का विकास हो सके।

विकास तथा विभिन्न विभाग

साप्ताहिक पर्वतीय वर्ष-४ अंक-४१ (विकास अंक) २८ फरवरी १९५६-५७

विकास का उद्देश्य यदि विकास आयुक्त श्री गोविन्द नारायण के शब्दों में ही कहा जाये तो 'द्विपक्षीय' होता है। एक ओर भौतिक आवश्कतायें होती हैं और दूसरी ओर आध्यात्मिक। जहां शारीरिक आवश्यकताओं की पूर्ति के लिए भोजन-वस्त्र निवास की उपलब्धि के लिए हमें कार्य करने है यहां मानवता का विकास भी आवश्यक है।

हमारी आवश्यकता के दो पक्ष हैं। एक की शान्ति ठोस (Material) भोजन से होती है और दूसरे की अदृश्य व अस्पृश्य (Abstract) भोजन से। इनमें किसी एक को प्राथमिकता देना या एक की अनुपस्थिति में दूसरे पक्ष को भुला देना मानव के विकास को निर्जीव बना देना होगा। इतना अवश्य है कि आत्मिक विकास के लिए शरीर का अस्तित्व आवश्यक है किन्तु यदि इस प्रतीक्षा में बैठा जाये कि पहले स्वस्थ शरीर को स्वस्थतर या शारीरिक

आवश्यकताओं को ही पहले पूरा कर लिया जाये और पहले भौतिक विकास हो जाये फिर आत्मिक विकास किया जाये तो आज के मिश्रित समस्याओं के पेचीदे युग में मनुष्य आजीवन रोटी, कपड़े और मकान ही के लिए लड़ता रह जायेगा। बुद्धिमानी यही होगी कि जहां भौतिक अस्तित्व के साधनों का विकास हो उसके साथ ही साथ मानव का आध्यात्मिक विकास भी होता रहे और जहां मानव साकार के उपयोग से आनन्द लेता है वहां निराकार विकसित मानवता का भी रसास्वादन करे।

किसी भी सरकार का कार्य जनता को विकास का अर्थ समझाना तथा उसके साधन व साध्य से परिचित कराना होना चाहिये। सार्वजनिक निर्माण मंत्री श्री विचित्र नारायण शर्मा के अनुसार सरकार की ओर से क्या हो रहा है जनता को यदि इसका ज्ञान नहीं, तो वह विकास नहीं कहा जायेगा। तात्पर्य यह है कि सरकार क्या, क्यों कर रही है इसका जनता को सर्वप्रथम ज्ञान होना चाहिए, उसे भली भाँति समझाया जाना चाहिये तभी जनता में विकास कार्यों में रूचि और उनके प्रति उत्साह की लहर उठ सकती है। जनता के सहयोग के बिना विकास की गाड़ी का चलना कठिन ही नहीं असम्भव होगा। नियोजन मंत्री श्री चन्द्रभानु गुप्त 'विकास' को 'युग की पुकार' कहते हुए उसके सफलता के लिए 'सर्व पक्षी सहयोग' को नितान्त आवश्यक मानते हैं और विकास आयुक्त श्री गोविन्द नारायण 'विकास के तीन स्तम्भों- जनता, जनप्रतिनिधि तथा जन सेवक का सहयोग आवश्यक बतलाते हैं। श्री विचित्र नारायण शर्मा, सार्वजनिक निर्माण मंत्री तो 'सच्चा विकास' कहते ही उसे हैं जिसमें सरकार, जनता, अमीर, गरीब, बड़े छोटे, विद्यार्थी दुकानदार, किसान, सब कुछ न कुछ सहयोग दें।

अब प्रश्न सहयोग प्राप्त करने का आता है। जन सेवकों को तथा जन प्रतिनिधियों को सरकारी सूचना-प्रपत्रों द्वारा या आफिशियल पत्रों के द्वारा विभिन्न सूचनायें देकर उनसे सहयोग का अनुरोध किया जा सकता है किन्तु आम जनता का सहयोग तभी प्राप्त हो सकता है जब विकास के साध्य व साधनों तथा कायक्रमों का प्रगाढ़ प्रचार हो। और जनता को किए गये विकास कार्यों के लाभों से अवगत कराया जाये। सिद्धान्त: प्रचार के चमत्कारिक महत्व को, जो विकास के उद्देश्य की ओर ले जाने वाली गाड़ी के विभिन्न अंग (स्पेअर पार्ट) मात्र हैं, सभी विकास मानते हैं और इसीलिये जहां सरकार ने प्रदेश में एक केंद्रीय प्रचारक विभाग सूचना विभाग खोला है और हर जिले में सूचना केन्द्र खोले वहां प्रायः हर विभाग ने भी अपने वहां पब्लिसिटी उपविभाग बढ़े खर्चों पर चला रखे हैं। फलतः प्रचार के उद्देश्य पूर्ति में सरलता आने के बदले प्रचार द्वैतप्रशासन (Diarchy) के पाटों में अन्दर ही अन्दर पिसता रहा है विभागों का सूचना विभाग के साथ वांछित सहयोग नहीं है। यही हाल जिलों में है। उधर सूचना विभाग अकेले अस्तित्व को उजागर व शक्तिशाली करने के लिए कभी-कभी विभागों की असुविधा, समय व स्थान को ध्यान में रखे बिना सभी को एक ही लाठी से हाँकने लगता है। जो अन्ततः विकास में बाधक सिद्ध होता है। विकास खण्डों के समाज शिक्षक भी अपेक्षित रूप में लोगों के रूख को अभी जागृत करने में असमर्थ से हैं।

श्री राम सहाय डिप्टी कमिश्नर, कुमाऊँ डिवीजन ने पहाड़ों में जितनी अधिक प्राकृतिक सौन्दर्य पाया उतना ही अधिक यहां गरीबी और शिक्षा व बेकारी को भी पाया। और हर्ष की बात है कि नियोजन मंत्री व सरकार के कर्णधार भी इस तथ्य को समझते हैं और यहां की सर्वथा भिन्न समस्याओं के समाधानों के लिए विशेष साधनों को भी मानते हैं। किन्तु दुःख की बात यह है इच्छा होते हुए भी सरकार आज पहाड़ों में विकास कार्यों की गति

को वांछित तीव्रता नहीं दे पाई है। पहाड़ों की प्रमुख काम दिखाऊ योजनायें यथा फल उपयोग आदि अभी भी प्रारम्भिक स्थिति में हैं। यहां के महत्वपूर्ण कुटीर उद्योग बाहर के पूजींपतियों को दिए जा रहे हैं और संसाधनों का उपयोग यहां पूरा नहीं हो पा रहा है।

सरकार को सीमावर्ती पर्वतीय प्रदेश में विकास की ओर विशेष ध्यान देने के लिए हर विभाग का एक रीजन, पहाड़ के लिए पहाड़ों में ही कार्यालय के साथ शीघ्रताशीघ्र स्थापित करा देने चाहिए जो केवल पहाड़ों की समस्याओं को उसकी भौगिलिक विभिन्नताओं को दृष्टि में रखकर उनके समाधानों को सरकार को सुझाते रहे और अपना सारा समय तथा सम्पूर्ण शक्ति व मस्तिष्क पहाड़ों के विषय पर ही लगा सके। कई विभागों से स्मृति पत्रों के बाद भी उनके लेख प्राप्त नहीं हो सके जिससे यह अंक निर्दिष्टित पृष्ठ संख्या पर नहीं जा सका। आशा है इस प्रथम अनुभव का लाभ आगामी विशेषांक की सफलता में सहायक होगा।

पर्वतीय का पंचम वर्ष में प्रवेश
पहाड़ी जिलों के नेता तथा अधिकारियों से
साप्ताहिक पर्वतीय वर्ष-५ अंक-२ - ११ अप्रैल १९५७

'पर्वतीय' पंचम वर्ष में प्रवेश कर गया है। जहां दूसरे पत्र किसी दल, व्यक्ति या समूह के पराये सहारे की पक्की सड़क पर तीव्रता से दौड़ते हुये लाभपूर्ण स्थिति के शिखर पर पहुंचने का प्रयत्न कर रहे हैं वहां 'पर्वतीय' ने स्वावलंबन के अवरूद्ध युक्त पथ पर शनैः शनैः चल कर जनता की अधिकाधिक सेवा करके सफलता की ओर अग्रसर होना पसन्द किया है और उसे अपने ग्राहको, पाठकों, लेखकों, शुभचिन्तकों तथा प्रेमियों के सहयोग से सफलता भी प्राप्त हुई।

पिछले वर्षों व इन आम चुनावों में 'पर्वतीय' ने जिस निष्पक्षता का परिचय दिया आशा है उससे 'पर्वतीय' के नियमित पाठकों को 'पर्वतीय' की निष्पक्ष, निर्दलीय व निर्भीक नीति स्पष्ट हो ही गई होगी। कुछ अनियमित पाठकों के हृदय में यह गलत धारणा का बैठना अस्वाभाविक नहीं है कि वे पर्वतीय को इस या उस दल का समर्थक समझ बैठें किन्तु यदि वे नियमित रूप से पर्वतीय देखते रहें तो उनके भ्रम का स्वयं निराकरण हो जायेगा।

'पर्वतीय' ने जिस निष्पक्षता व निर्भीकता के साथ विगत चार वर्षों से जनता की सेवा की है, हमें हर्ष है कि जनता ने उसका स्वागत और उसकी प्रशंसा की है और उसी का परिणाम है कि 'पर्वतीय' आज पर्वतीय जनता की आवाज का प्रमुख साधन बन गया है।

हमें हर्ष है कि पहाडी़ ज़िले के सभी दलों के अधिकांश नेताओं तथा अधिकांश अधिकारियों ने भी 'पर्वतीय' का तथा 'तीखी-मीठी', 'बेपैरकी' 'मुस्कान व मुरझान'' तथा 'उड़ती उड़ती' आदि हास्य व्यंग्य युक्त स्तंभों में रचनात्मक आलोचना का पर्वतीय के दृष्टिकोण को समझकर स्वागत किया और सराहना की है। किन्तु कुछ नेताओं व अधिकारियों ने उसे गलत समझा है।

'पर्वतीय' की धारणा है कि सभी जनता नेता और सभी अधिकारी भारतीय हैं और सभी का उत्थान होना चाहिये , सभी की तरक्की हो और सभी अच्छे सुखी व समृद्ध भविष्य की और आगे बढ़ें अतः एवं 'पर्वतीय'

कभी कोई ऐसी चीज़ प्रकाशित करना उचित नहीं समझता जिससे किसी व्यक्ति, नेता या अधिकारी को कोई (मटीरियल लौस) हानि हो।

लेकिन खेद तब होता है जब हमारे कुछ नेता व कुछ अधिकारी स्वयं इस भावना से नहीं सोचते और दूसरे के नुकसान या पतन की ईंटों से अपने सुख के महल बनाने की भूल करने लगते हैं। नेता जनता को भुला बैठते हैं और सिद्वान्तों व साधनों की पवित्रता की चिन्ता किये बिना अपनी स्वार्थ सिद्धि की ओर दूसरों की कीमत पर अग्रसर होने लगे हैं।

इसी प्रकार कुछ-कुछ अधिकारी अपने नीचे के गरीब कर्मचारियों पर अत्याचार करके उनकी मानुषिक आवश्यकताओं और उनकी मानवीय भावना को भूलाकर, अपने कर्तव्यों व समय-पालन को ताक पर रखकर लोकतंत्र विरोधी पुराने ब्यूरोक्रेट की तरह आचरण करने लगते हैं तो दुखः होता है। यदि आप जनता के हित की व अपने गरीब सबोर्डिनेट्स की और अपनी ड्यूटी की परवाह नहीं करते और नवाबों की तरह ऐश करते रहें तो आप कैसे आशा करते हैं कि आज की जनता, आपके उच्चाधिकारी और लोकतंत्री प्रेस आपकी ओर आँख बन्द कर दें। मनुष्य जहां तक मनुष्य है गलतियां भी जरूर करता है लेकिन इन्सानियत और बुद्विमानी इसी में होती है कि वह अपनी गलतियों को महसूस कर ले और भविष्य के लिये सुधार करे।

ऐसे लोगों की गलतियां सदा (इग्नोर) अनदेखी की जाती हैं लेकिन हंसी आती है और आश्चर्य होता है जब हमारे कुछ अधिकारी लगातार गलतियां दोहराने के बाद भी यह आशा करते हैं कि प्रेस उनकी ओर आँख बन्द कर दे और उनकी तारीफ छापता रहे। वे भूल जाते हैं कि यदि लोकतंत्र में प्रेस उनकी शिथिलता, उनकी भूलें व उनकी गलतियों को न देखे और उनके लिये उनकी आलोचना न करे तो 'पर्वतीय' के विचार से प्रेस का अपनाना जनता के साथ, अपने साथ व अपनी प्रतिष्ठा के साथ धोखा करना है। इसलिये 'पर्वतीय' ऐसे अधिकारियों या नेताओं को कभी क्षमा नहीं करता और न करेगा। लेकिन चूँकि 'पर्वतीय' चाहता है कि बिना (मटीरियल लौस) क्षति के अधिकारी व नेता अपने अभावों को दूर कर अपने को सुधार लें जिससे वे अपने व जनता के लिये ज्यादा लाभप्रद हो सकें, इसलिये 'पर्वतीय' ऐसे अधिकारी व नेताओं को सांकेतिक सुझाव रचनात्मक आलोचना द्वारा देना उचित समझता है। यदि किसी को (मटीरियल लौस) पहुँचाने ही का उद्देश्य हो तो पर्वतीय ऐसे लोगों के विषय में प्रत्यक्ष लेख प्रकाशित कर सकता है और ऐसे फोटोज भी छाप सकता हैं जिनमें ऐसे अधिकारियों को कुछ कहने की गुंजाइश भी न रहे। लेकिन 'पर्वतीय' कभी किसी को नुकसान नहीं चाहता बल्कि उन्हीं के हित में व जनहित में उन्हें अप्रत्यक्ष सुझाव देकर सुधारना चाहता है। हमें हर्ष है कि अधिकांश नेताओं व अधिकारियों ने अपनी भावनाओं को लोकतंत्रीय ढांचे में बदल दिया हैं और थोड़ी देर जब वे आलोचना देखते हैं तो मनुष्यगत निर्बलतावश बुरा उन्हें अवश्य लगता हैं किन्तु एकान्त क्षणों में आत्मविश्लेषण करके वे महसूस करतें हैं 'हां लिखा तो गलत नहीं हैं' और वे अपनी कमियों को दूर कर देते हैं। आशा है हमारे नेता व अधिकारी भी आलोचना को इसी भावना के साथ देखेंगे और अपने अभावों को दूर करके अपने को समय के साथ सफलतापूर्वक चलने योग्य तथा जनता के लिये अपने को अधिक लाभदायक बनायेंगे।

कुछ नेताओं व अधिकारियों में एक गलत धारणा यह पाई गई है कि यदि उन के पास उनकी या उनके सबोर्डिनेटस की किसी गलती को लाया जाता है तो वे बताने वाले के कृतज्ञ न होकर उसे अपना फर्ज न मानकर,

उस पर उस गलती के सुधार का अहसान मानने लगते हैं। यह भावना भी लोकतंत्र में किसी के लिये शुभकारी नहीं और उससे हमारे नेताओं व अधिकारियों ने अपने को बचाना जाना चाहिये।

अंत में 'पर्वतीय' अपने लेखकों, सहयोगियों, पाठकों व प्रेमियों को उनके सहयोग व शुभकामना के लिये धन्यवाद देता है और निवेदन करता है कि उसे अधिक सफल बनाने के लिये वे अपने बहुमूल्य सुझाव व सहयोग सदा देते रहें।

पहाड़ी जिलों में अन्नाभाव

साप्ताहिक पर्वतीय वर्ष-५ अंक-३ १८ अप्रैल १९५७

उत्तर प्रदेश के पहाड़ी जिले अल्मोड़ा, नैनीताल, गढ़वाल तथा टिहरी गढ़वाल से अन्नाभाव के समाचार निरन्तर प्रकाशित होते रहे हैं। हमें विश्वास है कि सरकार द्वारा हर जिले में संचालित सूचना कार्यालय समाचार पत्रों के कटिंग अवश्य जिला अधिकारियों के पास भेजते रहे होंगे और सम्बंधित अधिकारी अन्नाभाव की स्थिति से अवश्य अवगत होते रहे होंगे।

दूसरी ओर सरकार ने हर गांव में एक मुखिया, हर पट्टी में पटवारी और हर परगने में एक कानूनगीय, नायब तहसीलदार तथा तहसीलदार रेवन्यू क्षेत्र में नियुक्त कर रखे हैं जिन के प्रमुख कर्तव्यों में भी सरकार को खाद्य स्थिति से अवगत कराना एक प्रमुख कर्तव्य है। जिनका भी नैतिक कर्तव्य होता है कि वे गांवो की विभिन्न समस्याओं व विशेषकर खाने पीने की समस्याओं से सरकार को सूचित करें। इतना ही नहीं हर विभाग ने कर्मचारियों की अच्छी पलटनें गांवो में नियुक्त की हुई हैं। जिनका भी प्रत्यक्ष व अप्रत्यक्ष कर्तव्य होता है कि गांवों या क्षेत्रों के सम्मुख संभावित समस्याओं व परेशानियों से सम्बन्धित अधिकारियों को अवगत करायें। इनके अतिरिक्त ग्राम सभाओं से कोई आम अछूता नहीं रहा हुआ है।

इतने सूत्रों व साधनों में से यदि किसी भी साधन या सूत्र से संम्बंधित अधिकारियों को किसी आने वाले संकट की सूचना मिलती है तो जिलों के केन्द्र में आराम कुर्सियां तोड़ने वाले उच्च अधिकारियों की नियुक्ति होती ही इसलिए है कि तुरन्त उन समाचारों पर कार्यवाही करें। खाद्य जैसी समस्या के विषय में भी इन उच्च अधिकारियों ने यह अपेक्षित था कि वे समाचार पत्रों में प्रकाशित हो रहे खाद्य संकटों की तुरतं जांच करवाने और उचित समाधान पहले ही विद्यमान रखते।

किन्तु हमारे अधिकांश इजीचेयर ऑफिसर को पत्रों की कतरनों को 'पेंडिग-फौर-एवर-फाइल' में सदा के लिए स्थगित फाइल में एकत्रित कर रख छोड़ते हैं। जिसका प्रत्यक्ष प्रमाण आज अल्मोड़ा के सीमावर्ती क्षेत्रों में भयंकर अन्नाकाल का आक्रमण हैं।

उत्तरी पूर्वी तथा दक्षिण-पश्चिमी गढ़वाल में भी अन्नकाल विकराल मुँह बायें खड़ी है कहीं से ओलावृष्टि के कारण फसल नष्ट होने के समाचार आ रहे हैं। और कहीं से अन्नावृष्टि के कारण फसल नष्ट होने के समाचार आ रहे हैं। टिहरी-गढ़वाल तथा नैनीताल के पहाड़ी क्षेत्रों में भी खाद्यान्न की समस्या विशेष संतोषदायक नहीं है।

अल्मोड़ा में स्थिति हमारे अधिकारियों की लापरवाही के कारण इतनी गम्भीर हुई कि वहां (एअरड्रापिंग) हवाई जहाज से नित्य लगभग ४५ मन खाद्यन्न चूर्ण आदि गिराये जाने की अतिव्ययकारी स्थिति उत्पन्न हुई है। उस पर यदि विश्लेषण करके देखा जाए तो नित्य १७०० सेर गेंहू केवल ४००० आदमियों की क्षुधा तब शांत कर सकता है जब एक आदमी ६ छटांक से ज्यादा एक दिन में न खाये। जबकि उस क्षेत्र की आबादी लगभग १ लाख है।

सरकार ने पहाड़ी जिलों में सस्ते गल्ले की दुकानें कहीं कहीं खोली हैं जो अपने अस्तित्व को चुनाव स्टंट से ज्यादा कुछ सिद्ध न कर सकी। १०-१० मील दूर से परिवार का एक कमाऊ आदमी अनाज खरीदने आये और वहां भी प्रतीक्षा में एक दिन पड़ा रहकर २) का अनाज प्राप्त कर सके इससे बड़ा मजाक गरीब जनता के साथ क्या हो सकता है? और फिर सरकार ने कभी यह नहीं सोचा कि उस गरीब के पास रूपया आयेगा कहां से? अगर वह दिन भर तो अनाज खरीदने में नष्ट करे फिर मजदूरी कब करेगा? पहाड़ी क्षेत्रों में क्रय-शक्ति पहले ना के बराबर होती है उस पर भी यदि उस गरीब को मजदूरी का समय न दिया गया तो उसकी क्रय-शक्ति रही सही भी समाप्त हो जाती है ओर यहां खाद्यान्न की उपस्थिति भी निरर्थक सिद्ध होती हैं।

अतएव सरकार: (१) पहाड़ी क्षेत्रों में सर्वप्रथम लोगों को मजदूरी दिलाने के लिए टेस्ट वर्क जगह जगह खोले और यहां के लोगों को स्थायी मजदूरी देने के लिये शीघ्रातिशीघ्र यहां उद्योग धंधे शुरू करे।

(२) और पहाड़ी जिलों में हर पांच चार मील के वृत क्षेत्र के केन्द्र में सस्ते गल्ले की दुकान खोले।

(३) पहाड़ों के किसी सुदूर कोने में भी अनाज का भाव रेलहेडज की मंडियों हल्द्वानी, रामनगर, टनकपुर, ऋषिकेश व कोटद्वार के भावों से ज्यादा न हो क्योंकि जब एक मैदान का मजदूर ढ़ाई तीन सेर के आटे के भाव के साथ अपनी ३०-४० की मजदूरी में मुश्किल से अपना व परिवार का गुजारा कर पाता है फिर सुदूर उत्तर हिमालय में रहने वाला ३०-४० का मजदूर किस प्रकार एक सेर या डेढ़ सेर आटे के साथ अपना निर्वाह कर सकता है।

यदि सरकार पहाड़ी क्षेत्रों को यथार्थ राहत देना चाहती है तो उसे उक्त तीन सुझावों पर शीघ्रातिशीघ्र कार्यवाही करनी चाहिये। अन्यथा इस प्रकार 'ऊंट के मुंह में जीरा' डाल-डाल कर उनके वोट बहुत ज्यादा देर तक नहीं खरीदे जा सकेंगे। सरकार को यहां की जनता की हालत में स्थायी सुधार का कदम शीघ्र उठाना चाहिये।

धनिक वर्ग और सुरक्षा कोष

साप्ताहिक पर्वतीय वर्ष-१० अंक-३५ २९ नवंबर १९६२

२० नवम्बर को लखनऊ में हुये प्रादेशिक सम्पादक सम्मेलन में सूचना मंत्री श्री बनारसी दास ने कहा कि प्रदेश के अधिकाश धनिक वर्ग से राष्ट्रीय सुरक्षा कोष के लिए उस उदारतापूर्वक सहयोग नहीं प्राप्त हो रहा है जिस उदारतापूर्वक व उत्साह से जनसाधारण सहयोग दे रहा है। सूचनामंत्री के इस कथन से हर ऐसा व्यक्ति जो प्रदेश में विभिन्न वर्गों से प्राप्त हो रहे सहयोग को ध्यान पूर्वक देखता हो, शत्प्रतिशत सहमत होगा। जहां एक ओर हम देखते हैं कि छात्र अपने स्कॉलरशिप की रकम दे रहे हैं, मिडडे मील्स का त्याग कर रहे, कई विधवायें अपना सर्वस्व दे रही हैं, कई निर्धन महिलायें अपने एकमात्र स्वर्ण आभूषण न्यौछावर कर रही हैं,

चपरासी, अध्यापक व अल्प वेतन भोगी क्लर्क व अधिकारी अपने एक-एक महीने का वेतन अर्पित कर रहे हैं, छोटे दुकानदार किसान व सामान्य साधन पूर्ति साधारण नागरिक अपनी हैसियत से अधिक सहयोग उत्साह व उमंग के साथ समर्पित कर रहे हैं, भिखारी तक अपने जीवन भर की संचित पूंजी देश रक्षा के लिए भेंट कर रहे हैं वहां दूसरी ओर जब हम देखते हैं कि कुछ लखपति व्यवसायी २०० पकड़ा रहे हैं, कुछ मिलों और फैक्ट्री के मालिक जो कई प्रकार के परमिट लाइसेंस व सुविधा सरकार से प्राप्त किये हुये हैं, १०००-५०० या २०० लेकर आगे आते हैं और कुछ कई प्रकार जायज़ नाजायज़ धन समेटने वाले, जो बिल्डिंगे खड़ी कर रहे हैं और नाना प्रकार संपत्ति समेटने में लगे हैं, कुछ सौ देने में भी रोते हुए दिखते हैं तो उनकी बुद्धि पर तरस आता है, और उन्हें भले ही शर्म न आये उन्हें देखने वालों को शर्म आने लगती है ओर वही सूझता है कि चुल्लू भर पानी में डूब मरने की नेक सलाह दी जाए।

आज किसी के सहयोग का अंकन राशि में नहीं वरन् आमदनी या भार में किया जायेगा। यदि एक ५०) मासिक आमदनी वाला ५ दे रहा है तो ५००० मासिक आय वाले ने ५०० नहीं उससे कहीं अधिक देना चाहिए। कम आबादी वाला पंजाब ३५ करोड़ अब तक जमा कर चुका है तो ६ करोड़ जनसंख्या वाला उत्तर प्रदेश अभी तक १ करोड़ ही राष्ट्रीय कोष में क्यों दे सका है ? जबकि उ. प्र. को सीमा संकट का सामना असम से भी अधिक करना पड़ेगा। हम नैनीताल जिले ही में कई ऐसे व्यवसायियों को जानते हैं जो सेल्स टैक्स और इक्साइज टैक्स के रूप में ही हजारों रूपया महीना बचा रहे हैं। क्या उन्हें राष्ट्रीय कोष में १००० रू० या ५०० रू० देने चाहिए इससे कम रुपये देते हुए शर्म नहीं आनी चाहिए?

हमें हर्ष है कि ६ लाख आबादी वाले नैनीताल जिले ने ३० लाख रूपया एकत्रित करने का निश्चय किया है। जिसका अर्थ ये होगा कि प्रति व्यक्ति ५ रू० कोष में आयेगा। यदि इसी अनुपात से सारा प्रदेश संचय करे तो उत्तर प्रदेश में ३० करोड़ रूपया एकत्रित हो सकता है। आशा है धनिक वर्ग यह महसूस करेगा कि जहाँ देश रक्षा में सामान्य लोग अपना सर्वस्व अर्पित कर रहे हैं उनका कर्तव्य हो जाता हैं कि वे भी अपनी स्थिति के अनूकूल दिल खोलकर राष्ट्रीय कोष में धन, सोना और ऊनी वस्त्र दें।

भाषा

साप्ताहिक पर्वतीय वर्ष-१३ अंक-११ ११ मार्च १९६५

एक बात हिन्दी को राजभाषा बनाने के सम्बन्ध में वर्तमान में स्पष्ट हो गयी है कि सत्तारूढ़ दल को उदासीनता के कारण अब हिन्दी कुछ समय के लिए एकता के सूत्र की भाषा बनने में समर्थ नहीं है। कांग्रेस की अन्दरूनी फूट और दलगत राजनीति ने उसे कभी गम्भीरता पूर्वक इस ओर सोचने का अवसर ही नहीं दिया। कांग्रेस ने हिन्दी को राजभाषा बनाने के प्रश्न को कभी राजनीतिक पृष्ठ भूमि में देखा ही नहीं। जब हिन्दी को राजभाषा के पद पर औपचारिक रूप से लाया गया तब तक हिन्दी विरोधी राजगोपालाचारी तथा प्रतिक्रियावादी देशद्रोही द्रविड मुनेत्र कडगम जैसे दल भाषा के प्रश्न पर भारत के विभाजन की योजना बना चुके थे और इस राजनीतिक कूट को उन्होंने व्यवाहारिक बना दिया होता अगर समय पर सब जाग न गये होते। फिर भारतीय राजनीति पर जवाहरलाल नेहरू

के महान व्यक्तित्व ने एक और अहसान किया उनके भाषा सम्बन्धी आश्वासनों ने देश के विघटन को रोकने में सहायता की।

प्रधान मन्त्री श्री लालबहादुर शास्त्री ने जिस धैर्य और सावधानी से गम्भीर परिस्थिति का मुकाबला किया वह प्रशंसा का विषय है।

हिन्दी एवं प्रदेश की भाषाओं को भावात्मक एकता का स्वरूप देने की इस समय आवश्यकता है। हिन्दी और क्षेत्रीय भाषाओं के विकास में राजनैतिक नेता वगैरह इस समय थोड़ी बहुत भी दिलचस्पी दिखलायें तो यह तनाव थोड़ा कम हो जायेगा।

हिन्दी भाषी क्षेत्र के नेताओं के सम्मुख इस समय सबसे बड़ा प्रश्न और समस्या यह है कि वह हिन्दी भाषी क्षेत्र की जनता के मन से भय और कटुता को निकाल बाहर करें और इसके लिए यह आवश्यक है कि वह हिन्दी क्षेत्र की भाषाओं के विकास पर अपना पूरा ध्यान केन्द्रित करें।

प्रश्न का एक दूसरा स्वरूप है। अंग्रेज़ी को हटाने के लिये वह उसका विरोध न करके क्षेत्र की भाषा को विकसित करें जिससे वह शक्तिमय हो जाए।

सरकारी नौकरियों में हिन्दी तथा क्षेत्रीय भाषओं को फौरन लागू कर दिया जाए। अंग्रेजी का हमारा ज्ञान कैसा है? इसको देखना हो तो आप संसद में दिये द्रविड़ मुनेत्र कडगम के सदस्यों के अंग्रेजी भाषण को सुन लीजिये आप स्वयं समझ जायेंगे।

यह बात हर भारतीय को स्पष्ट रूप से समझ लेनी चाहिये कि अंग्रेजी की दासता से हमारी एकता संभव नहीं है। अगर वह किसी चीज़ से सम्भव है तो हिन्दी से। इसके लिए हमें मानसिक तौर पर तैयार रहना है।

हिन्दी की मानसिक रूप से स्वीकार करने से यह तात्पर्य है कि हिन्दी को भारत की ४८ प्रतिशत लगभग जनता समझती और बोलती है शेष ५२ प्रतिशत को इस योग्य बनाना होगा कि वह हिन्दी को आत्मसात कर सके। इसके लिये आवश्यक है कि किसी प्रादेशिक भाषओं से अधिक से अधिक शब्द लें और उन्हें अपना कर भाषा को समृद्ध बनायें।

युद्ध का उन्माद

साप्ताहिक पर्वतीय – वर्ष-१३ अंक-४१ ८ अक्टूबर ६५

अनभिज्ञता जनता का यह गुण है जिससे उसे जिधर चाहो मोड़ लो। जनता के इस गुण की आवश्यकता तानाशाहों को सर्वप्रथम पड़ती है। पाकिस्तान के जिन गांवों को भारतीय सैनिकों ने अपने अधिकार में लिया उनमें मीलों तक कोई स्कूल नहीं थे। इससे प्रतीत होता है कि पाकिस्तान के तानाशाह अय्यूब ने बहुत चतुराई से पाकिस्तानी जनता का अनभिज्ञता से सिंचन किया है।

अनभिज्ञता व अविकसित दिमाग पर प्रचार और संकेतों का प्रभाव गहरा पड़ता है। पाकिस्तानी तानाशाहों ने भारत के विरूद्ध जेहाद शुरू किया। एक ओर पख्तून और पूर्वी पाकिस्तान के मुसलमानों के साथ द्वितीय श्रेणी के नागरिकों का सा व्यवहार हो रहा था। दूसरी ओर कश्मीरी मुसलमानों को मुक्ति का निरन्तर प्रचार किया जाता रहा।

पाकिस्तानी फौज को आधुनिकतम हथियारों से लैस किया गया और आखिर हिटलर की भांति एक दिन अय्यूब खान ने कह दिया कि हमारी शक्ति इतनी काफी है कि भारत को आसानी से कुचल सकती है। जनता और सेना को इस प्रकार विमोहन करके पाकिस्तानी तानाशाह ने कश्मीर पर हमला कर दिया। लेकिन जब अनुमान गलत बैठा और उल्टे भारतीय सेना पाकिस्तान में घुस गई और पाकिस्तानी सेना की बुरी तरह हार हुई तो पाकिस्तानी तानाशाह को मुंह दिखाना मुश्किल हो गया। लेकिन उनके सामने अस्तित्व बनाये रखने के लिये यह आवश्यक है कि पाकिस्तानी जनता और सेना का मनोबल बनाये रखें उन्हें हार महसूस न होने दें और इसलिये उन्हें पाकिस्तानी सेना के भारी नुकसान के बारे में नहीं बताया। अय्यूब खां अभी भी दहाड़ते हैं कि टैंक को लेकर वे आसानी से दिल्ली पहुंच सकते थे। युद्ध विराम के बाद जो पाकिस्तानी सेना यहां वहां भारतीय सेना के अधिकार के क्षेत्रों को हथियाने की निष्फल चेष्टा कर रही है, वह भी अपने आकाओं के ही इशारे पर कर रही है जो ये चाहते हैं कि सेना में वहीं जोश बना रहे।

टैंक, सेबर जेट और भारी परिमाण में अस्त्र शस्त्रों का नुकसान पाकिस्तान को उठाना पड़ा। अब वह चीन भाग रहा है। चीन भी विमान व टैंक नहीं दे सकता इसलिए उसने पाकिस्तान को ५० से १०० करोड़ तक की गुप्त सहायता दी है। पुनः ब्रिटेन और अमरीका से पाकिस्तानी तानाशाह हथियारों की याचना कर रहा है। इसलिए कि उसका जादू सेना और जनता पर बना रहे।

पाकिस्तान इसी प्रकार अपने को हथियारों से लैस करता जायेगा। अपनी जनता को तानाशाह जाहिल ही रखते जायेंगे ताकि उसको अपने भले बुरे का ज्ञान न हो पाये। फिर वे भारत के विरूद्ध इसी प्रकार आक्रमण करेंगे और तानाशाह केवल इसी तरीके से सत्ता अपने हाथों रख सकेंगे।

पाकिस्तानी तानाशाह ये भी खूब समझते हैं कि पाकिस्तानी जनता और सेना के ऊपर किया हुआ जादू जहाँ उतरा वहां वही सेना और जनता उनको पल भर में नष्ट कर देगी। इसलिये युद्ध विराम के तुरन्त बाद ही लड़ाई के मोर्चे की हार को दबाने के लिये और अपने को उस जानलेवा स्थिति से बचाने के लिये तानाशाहों ने राजनीतिक मोर्चे पर पाकिस्तानी जनता के आसूँ पोंछने की असफल कोशिश की। उन्हें देखना ये है कि कब तक वे जनता व सेना को किस प्रकार गलत फहमी में रख सकते हैं। वे युद्ध का उन्माद सेना और जनता के दिमाग से उतरने नहीं देना चाहते इसलिये हज़ार साल तक लड़ने का नारा दे रहे हैं। राजनीतिक मोर्चा और पुनः हथियार बन्दी के उनके सारे प्रयत्न अपनी जान बचाने की इसी योजना के अंग हैं।

होली

साप्ताहिक पर्वतीय वर्ष- १३ अंक-१२ १८ मार्च १९६५

त्यौहारों का देश है भारत। यहां के त्यौहार प्रतीक है हमारी संस्कृति के। संस्कृति ही यह प्रतीक है उस एकता की जो संस्कार जन्य है। दक्षिण हो या उत्तर, पूर्व हो पश्चिम वह इन राष्ट्रीय त्यौहारों के सूत्र में इस तरह पिरोया गया है कि उसके प्रदेश अलग से एक ईकाई नहीं बन सकते हैं।

होली उत्साह का त्यौहार है। बेनकाब चेहरों का त्यौहार। इस त्यौहार की सबसे बड़ी विशेषता यह है कि यह हर छोटे बड़े के मन में उल्लास लाता है। देश की एकता में इस त्यौहार का राष्ट्रीय महत्व है। भावात्मक ही नहीं यह प्रत्येक प्रकार से एकता का त्यौहार है।

दुष्ट प्रवृतियों की समाप्ति के प्रतीक स्वरूप इस त्यौहार में होलिका का दहन किया जाता है। जो फूट और झगड़े का प्रतीक है। इसे जला देना हमारा पुनीत कर्तव्य है। आज होली के इस उल्लासमय पर्व पर हम और आप उत्तर, दक्षिण, पूर्व और पश्चिम का भेद-भाव मिटाकर नव चेतना का आवाहन करें और उन तमाम तत्वों के प्रति उदासीन हो जाएँ जो देश भक्ति के मायने में विघटन की चेष्टा में कार्यरत हैं। आइये हम और आप भारत का प्रत्येक नागरिक भाषा, जाति, धर्म, प्रदेश के झगड़ों को मिटा दें और एक नूतन राष्ट्रीय एकता को जन्म दें तभी यह उल्लास सफल होगा।

पर्यटन उद्योग

साप्ताहिक पर्वतीय वर्ष-१३ अंक-१३ २५ मार्च १९६५

पर्यटन की रटन स्वतंत्रता के बाद बहुत लगाई गई। हर योजना की भांति पर्यटन में भी काम कम और शोर अधिक हुआ। इतना प्रचार कि मानो पर्यटन विदेशी मुद्रा लाने वाली मदों में पहला दूसरा स्थान जल्दी ही पा जायेगा। पहाड़ी क्षेत्रों को तो जैसे अपनी निर्धनता भागती सी दिखने लगी। पर्वतीय क्षेत्रों की नजरों में हजारों के बाद लाखों पर्यटक पहाड़ों की ओर आते दीखने लगे। लेकिन अचानक चीनी हमले का एक धक्का लगा और पर्यटन के सारे स्वप्न ध्वस्त हो गये।

सीमावर्ती क्षेत्र होने के नाते पर्वतीय क्षेत्रों के लिये तो पर्यटन उतना ही अधिक हानिप्रद समझा जाने लगा जितना पहले वह लाभप्रद समझा जाता था। फलस्वरूप उत्तर प्रदेश सरकार ने सारे क्षेत्रीय पर्यटन कार्यालयों पर ताले डाल दिये और उनका तामझाम समेटा जाने लगा। केन्द्रीय सरकार के संकेत पर पर्यटन कार्य रुका और कुछ कार्यालयों के कपाट खुले रखने का निश्चय किया गया लेकिन उस विभाग को परिवहन विभाग के एक अंधेरे कोने मे डाल दिया गया। उसका अस्तित्व उस अंधकार मे ना के बराबर हो गया। क्षेत्रीय कार्यालयों से प्रचार और प्रकाशन के अधिकार भी समेट लिये गये। और क्षेत्रीय पर्यटन कार्यालय या केन्द्र उन मंदिरों के जैसे रह गये जहाँ स्थापित मूर्तियों के दर्शन मात्र करके पर्यटक अपने अहोभाग्य समझ सके।

विगत कई वर्षों से न कोई ढंग के प्रकाशन हुये न समय पर कोई प्रचार ही कभी हुये। पर्यटन को उद्योग कहा जाता था। लेकिन न कभी वह उद्योग की तरह उत्तर प्रदेश सरकार द्वारा माना गया न उसे सुविधायें दी गई। केन्द्रीय सरकार ने पर्यटन को एक उद्योग माना है लेकिन उत्तर प्रदेश सरकार की मान्यता की स्वाति उसके कंठ में न टपक सकी।

सीमा पार की स्थिति को देखते हुये नियंत्रित स्थिति ही में सही, पर्यटन को उद्योग माना जाना चाहिये और पर्यटन के अनुकूल स्थानों में होटलों, जलपान गृहों तथा आवासों को उदार वित्तीय सहायता दी जाये। नगर पालिकाओं से सस्ते आवास बनवाये जायें, सरकारी आवासों का किराया उचित रखा जाए ताकि जहां होटलों पर नियंत्रण रह सके वहां दूसरी ओर पर्यटन उद्योग-रत व्यवसायियों को हानि भी न पहुँचे। पहाड़ों में हर विभाग के विश्राम गृहों को सुसज्जित व सुविधाजनक बनाया जाए। उनको मोटर सड़कों से जोड़ा जाए तथा उनमें खाद्य पदार्थ उपलब्ध कराने की व्यवस्था की जाए।

सरकारी तथा गैरसरकारी सभी साधनों को सक्रियता प्रदान की जाए तभी पर्यटन एक उद्योग की तरह इन क्षेत्रों को कुछ लाभ पहुँचा सकता है।

रंगमंच विकास

साप्ताहिक पर्वतीय वर्ष-१३ अंक-१४ १ अप्रैल १९६५

कुछ साल पहले प्रसिद्व नाट्य एवं फिल्म निर्देशक श्री हर्बट मार्शल नैनीताल आये थे और यहां की एक संस्था के सम्मुख बोलते हुए उन्होनें आश्चर्य व्यक्त करते हुए कहा था कि नाटक के क्षेत्र में जो धन खर्च किया जा रहा है वह नाटक के लिये नहीं किया जा रहा है बल्कि अफसरों पर खर्चा जा रहा है। श्री मार्शल ने कहा कि रंगमंच के विकास के नाम पर वहां जितना रूपया भत्ते आदि पर खर्चा जा रहा है वह एक प्रकार से पैसे का दुरूप्रयोग है। श्री मार्शल के भाषण का सार यह था कि बगैर घोड़ा खरीदे तमाम पैसा जीन पर खर्च कर दिया गया है पर घोड़ा नहीं खरीदा गया है।

अभी पिछले दिनों राजधानी मे तृतीय अंतर्राष्ट्रीय फिल्म समारोह हुआ और तत्पश्चात् इन फिल्मों का प्रदर्शन कुछ अन्य बड़े शहरों में हुआ। फिल्म एक तकनीकी कला है। और रंगमंच ठीक इसके विपरीत वैयक्तिक कला है। यहां हमें फिल्मों और नाटकों की तुलना नहीं करनी है। यहां हमें नाटक के विषय में ही सब कुछ कहना है। उत्तर प्रदेश सरकार तथा यहां के स्थानीय निकायों को कुछ सुझाव देने हैं।

भारत में नाटकों की महत्ता का वर्णन करना हमारा प्रयोजन नहीं है बल्कि प्रयोजन यह है कि हमें किस प्रकार नाट्य परम्परा को बनाये रखना है। नाटकों का प्रदर्शन और नाटक प्रेमी दर्शकों की संख्या बढ़ाने का प्रदत्त हमारे सामने है।

इस विषय में सबसे महत्व की बात यह है कि हमें सर्वप्रथम रंगशालाओं की आवश्यकता होती है। समस्त उत्तर प्रदेश में कोई भी शहर यह नहीं कह सकता कि उसके पास आधुनिक ढंग की रंगशाला और रंगमंच हैं। प्रदेश सरकारें नित नये सिनेमा हालों के निर्माण की आज्ञा देती हैं पर रंगशालायें बनाने का निर्देश नहीं देती हैं।

नाटक कला का विकास जनरूचि को परिष्कृत करने तथा प्रचार के माध्यम को बढ़ावा देने के लिये आवश्यक है। इस विषय में सर्वप्रथम कुछ क्षेत्रीय रंगमचों और रंगशालाओं का निर्माण स्थानीय निकाय प्रदेशीय सरकार के अनुदानों से आरम्भ करें तो यह कला अवश्य विकसित हो सकेगी।

पौलेण्ड का उदाहरण इस क्षेत्र में अनुकरणीय है यहां क्षेत्रीय और प्रदेशीय नाट्य शाखायें लाखों दर्शकों का मनोरंजन अपनी चल तथा अचल शालाओं से, आधुनिकतम रूप से तथा सज्जा के माध्यमों से करती हैं और अन्त में राष्ट्रीय स्तर पर आती हैं। लेकिन हमारे देश में ठीक इसके विपरीत कतिपय नाट्य संस्थायें- राष्ट्रीय नाट्य अकादमी के सहयोग से राष्ट्रीय स्तर पर हल्की तथा अधकचरी नकलों से अपने कार्यक्रमों को आरम्भ करती हैं और अन्त में होता यह है कि नाटक देखने वाली बहुत थोड़ी जनता भी इन्हें नहीं देखती है।

अब सारी समस्या का हल यही है कि प्रत्येक स्थानीय निकाय अपने शहर में अपने साधनों के अनुरूप रंगशालाओं का निर्माण करें तथा नाट्य कला को प्रोत्साहन दें और जनरूचि को साबित कर राष्ट्र के कलात्मक जीवन के विकास में सक्रिय सहयोग दें।

नया नेपाल

साप्ताहिक पर्वतीय वर्ष-१३ अंक-४२ १५ अक्टूबर ६५

सन् १८४६ से नेपाल राजशाही के दलन की चक्की में पिस रहा था। सारा देश भय, आंतक और संशय के अंधकार में लिपटा पड़ा था। जनता की अज्ञानता व अशिक्षा को राजाशाही का प्रहरी माना जाता था और जनता की गरीबी पर राजाशाही का मोटापा दिन दूना रात चौगुना बढ़ता जा रहा था। यहां तक कि महाराजधिराजों को भी चतुराई से प्रभावहीन स्थिति में रखा जाता था। नेपाल केवल अपनी सबसे ऊंची चोटी एवरेस्ट, श्रमजीवी शेरपाओं और उसके हट्टे-कट्टे गुरखाओं के लिये ही विश्व में जाना जाता था।

१९५०-५१ में नेपाल की वह अमावस खत्म हुई और उसके आसमान पर तत्कालीन महाराजाधिराज त्रिभुवन और युवराज महेन्द्र के निर्देशन में क्रान्ति कौंध गई। राजाशाही ध्वस्त हुई और आज महाराजाधिराज महेन्द्र वीर विक्रम शाह देव के कुशल निर्देशन और सशक्त संरक्षण में हिम शिखरों से परिरंभित ५६०० वर्ग मील और ९५ लाख जन संख्या का उन्मुक्त नेपाल स्वाधीनता का आस्वादन ही नहीं कर रहा है बल्कि प्रगति के प्रांगण में नवयौवन की अंगड़ाइयां लेने लगा है। राजनैतिक रूप से भी नेपाल का संवैधानिक राजतंत्र, चीनी साम्यवाद और भारतीय संसदीय लोकतंत्र दो परस्पर विरोधी शासन पद्धतियों से घिरा हुआ है। लेकिन महाराजाधिराज महेन्द्र बड़ी सफलता के साथ अपनी तटस्थता की नाव खे रहे हैं। नेपाल की भूमि के लिये उन्होंने दोनों पद्धतियों के शत प्रतिशत रूप को प्रतिकूल पाया इसलिए उन्होंने वहां दल विहीन पंचायत प्रणाली का श्रीगणेश किया है। जिसका परिणाम १९५१ से १९६० तक के लोकतंत्र की अपेक्षा कहीं अधिक लोकप्रिय ओर लाभकर समझा जा रहा है।

महाराजधिराज महेन्द्र ने नेपाल के सीमित संबंधों को नेपाल के अस्तित्व और उसकी समृद्धि के हित में व्यापक किया। बांडुंग सम्मेलन ने पंचशील के सिद्धान्त को आत्मसात् किया और आज भारत, ब्रिटेन और अमरीका के स्थान पर ३९ देशों के साथ उसके दूतत्व संबंध स्थापित हो चुके हैं। महाराजाधिराज महेन्द्र ने नेपाल के अस्तित्व को हिमालय की चारदीवारी से बाहर लाकर राष्ट्र संघ और कई अन्य अन्तर्राष्ट्रीय संस्थाओं के द्वारा दुनिया के सामने अन्य देशों की समानान्तर कतार में खड़ा कर दिया है।

आर्थिक दृष्टि से नेपाल सदियों से एक कृषि प्रधान देश रहा है उसने औद्योगिक क्षेत्र में भी अब कुछ कदम रखे हैं। भारत नेपाल को सहायता करने में अन्य दो देशों अमरीका और चीन से बहुत आगे हैं। इसलिए और भौगोलिक स्थिति के कारण नेपाल का ९० प्रतिशत विदेशी व्यापार भारत के साथ है। भारत ने नेपाल औद्योगिक विकास को बढ़ावा देने के लिए बौंड सिस्टम समाप्त कर दिया है। विदेशी मुद्रा की आवश्यकता पूर्ति हेतु अब नेपाल निर्यात की ओर भी अधिक ध्यान देने लगा है। नेपाल की समृद्धि में भारत का चतुर्मुखी योगदान है क्योंकि भारत अपने पड़ोसी की खुशहाली को अपनी खुशी समझता है। महाराजाधिराज महेन्द्र की दूरदर्शिता से गलतफहमियां दूर हुई और भारत और नेपाल की मित्रता दिनों दिन दृढ़ होती जा रही है। शिक्षा, संस्कृति एवं स्वास्थ्य आदि राष्ट्र निर्माण कार्यक्रमों की गति भी तीव्र हुई है। हर दिशा में नये नेपाल का निर्माण हो रहा है।

नेपाल आज एक नववधु की भांति है जो शनैःशनैः संकोच का घूँघट खिसका रही है, धीरे-धीरे अपने घर को बनाने संवारने लगी है तथा बाहर वालों की दृष्टि में अपने घर के सम्मान को बढ़ाने की कोशिश करने लगी है, और उसके कुशल पथ-प्रदर्शक है महाराजाधिराज महेन्द्र।

विजय व्रत

साप्ताहिक पर्वतीय वर्ष-१३ अंक-४३ २२ अक्टूबर ६५

स्वावलम्बन किसी भी व्यक्ति या राष्ट्र की दृढ़ता का प्रमाण है। स्वावलम्बन ही साहस का जनक है जिसके बल पर आत्म विश्वास पैदा होता है और कोई राष्ट्र किसी प्रकार की कठिनाई को भी हंसते हंसते सह लेता है।

प्रधानमंत्री श्री लालबहादुर शास्त्री ने राष्ट्र के नाम प्रसारित संदेश में कहा कि अन्न के लिये विदेशों पर निर्भर करना देश के आर्थिक स्वास्थ्य के लिए ही हितकर नहीं है वरन वह हमारी आत्म निर्भरता और आत्म सम्मान को आघात पहुंचाता है। आज स्वतंत्रता के १८ वर्ष बीत जाने पर भी हम खाद्यान्न के लिए विदेशों का मुंह ताकते रहें तो यह एक स्वतंत्र राष्ट्र के आत्म सम्मान के विरूद्ध तो है ही, इससे राष्ट्र में कृषि उत्पादन के प्रति उदासीनता भी आ गई। ठीक संकट के समय अमेरिका ने पूर्व निश्चित गेहूं की मात्रा को देने में जिस प्रकार हिचकिचाहट की और उसके नाते न्याय अन्याय का भेदभाव किये बिना भारत पर पाकिस्तान के साथ समझौते के लिए जो अप्रत्यक्ष दबाव डाला उससे भारत के स्वाभिमान को ठेस पहुंचना और उसका जाग उठना स्वाभाविक था। अमेरिका के इसी रुख को देखते हुये प्रधानमंत्री ने कहा कि हमें ऐसी स्थिति के मुकाबले के लिए तैयार रहना चाहिए जब विदेशों से खाद्यान्न की उपलब्धि अचानक बन्द भी हो सकती है।

भारत को अपनी कुल वार्षिक आवश्यकता का ८ प्रतिशत खाद्यान्न विदेशों से मंगाना पड़ता है। इस कमी को तीन प्रकार से दूर किया जा सकता है। पहला, उत्पादन बढ़ाकर, दूसरे अन्न को बर्बाद होने से बचाकर और तीसरे भोजन की आदतों व रवैये को बदलकर। उत्पादन बढ़ाने के लिए नई भूमि पर खेती की जा सकती है। वर्तमान कृषि योग्य भूमि में एक या दो के बदले जल्दी होने वाली अधिक फसलें उगाई जा सकती है। नकद फसलों के बदले खाद्यान्न की फसलें तैयार की जा सकती है, खेतों के आधुनिक संयत्रों, उन्नत बीज व उन्नत खाद तथा सिंचन साधनों की वृद्धि से उत्पादन बढ़ाया जा सकता है। तैयार फसल को नुकसान से बचाने के प्रयत्न भी आवश्यक हैं।

उत्पादन बढ़ाने के लिये किसान का फसल-बीमा द्वारा, उचित मूल्य निर्धारण द्वारा और उसे मध्यवर्ती मुनाफाखोरों के चंगुल से बचाकर तथा उदार सहायता देकर प्रोत्साहित करना भी खाद्यान्न वृद्धि के लिए आवश्यक है। आज भारत का किसान द्वितीय रक्षा पंक्ति को सुदृढ करने के लिए नयी उमंग से भरा हुआ है जिसका सदुपयोग शासन को बुद्धिमानी से करना चाहिये।

हमारे देश में अन्न संरक्षण व्यवस्था और फसल की सुरक्षा के समुचित साधन नहीं हैं, जिससे लगभग १५ प्रतिशत अन्न बर्बाद हो जाता है। फसल को पशु-पक्षी हानि पहुँचाते हैं तो एकत्रित अनाज को चूहे बड़ी मात्रा में भूगत कर देते है इस बर्बादी को आधा भी रोक लिया जाय तो हमारी खाद्यान्न समस्या हल हो जाती है। चौथी

योजना को कृषि प्रधान योजना बनाया जा रहा है कृषि उत्पादन के प्रति योजना और हमारे दृष्टिकोण में परिवर्तन नितान्त आवश्यक है।

भोजन में अन्न के साथ साग व फल अधिक लिया जाय, भोजन बर्बाद न होने दिया जाय, मोटा अनाज खाने की आदत डाली जाय तो उससे भी समस्या काफी हल होती है। अन्न के व्यवसायी अनावश्यक संचय न करके उसका नियमित प्रभाव बनाये रखें तो इससे कृत्रिम अभाव दूर रहता है। गृहणियाँ, अन्न की बर्बादी रोकने में और भोजन की आदतें बदलने में बड़ी सहायक हो सकती हैं। उत्तर प्रदेश नागरिक परिषद ने सप्ताह में एक बार अनिवार्यतः व्रत रखने की राय दी है उस व्रत को बड़ी सूझ-बूझ से विजय-व्रत की संज्ञा दी गई है। वास्तव में यह व्रत हमारी विजय में बड़ा भारी योग दे सकता है। देश रक्षा व देश सेवा के लिए यह व्रत प्रत्येक नागरिक का कर्तव्य हो जाना चाहिये। दीपावली आलोक का त्यौहार है इस अवसर पर हम सब अपने मन एवं मस्तिष्क को इस नयी चेतना से आलोकित करें।

अफ्रेशियाई सम्मेलन

साप्ताहिक पर्वतीय वर्ष-१३ अंक-४४ ५ नवम्बर १९६५

५ नवम्बर को होने वाला अफ्रेशियाई देशों का सम्मेलन चीन को अपनी निराशाओं का और असफलताओं का सम्मेलन नजर आ रहा है इसलिए चीन तथा उसके गुर्गों ने इस सम्मेलन के स्थगन के लिए अफ्रेशियाई देशों में जी तोड़ प्रयत्न शुरू कर रखा है।

चीन को निराशा की अनुभूति हुई कि अलजीयर्स सम्मेलन में उसके मंतव्यों को एक प्रतिशत भी सफलता नहीं मिल पायेगी। और उसकी असफलाताओं पर सम्मेलन के निश्चयों की मुहर उसके काले कल और एकान्तवास की सूचक होगी। चीन की निराशा भी बहुमुखी है। उसने जिस दिशा में अफ्रीकी-एशियाई देशों से अपेक्षा की, वहीं उस पर निराशा का करारा तमाचा पड़ा। चीन ने अफ्रेशियाई देशों से यह आश्वासन चाहा था कि वे इस सम्मेलन में अमरीकी साम्राज्यवाद की निन्दा का प्रस्ताव करेंगे, तो उसे 'ना' मिली। चीन ने चाहा था कि सम्मेलन में रूस को न बुलाया जाय लेकिन अधिकांश देशों ने उसकी इच्छा के विरूद्ध रूस के शामिल किये जाने का समर्थन करके चीन को हताश कर दिया।

दूसरी ओर चीन की चालों का भंडाफोड़ अफ्रीकी देशों पर भी हो गया है। इन्डोनेशिया की घटनाओं ने सबकी आंखे खोल दी हैं कि चीन अफ्रेशियाई देशों के प्रति क्या दुर्भावना रखता है और किस प्रकार हर देश में अपने समर्थकों की सरकारें कायम करना चाहता है। अंकारा में २१ अक्टूबर से अफ्रीकी एकता संगठन का सम्मेलन हुआ जिसमें अफ्रीका के ३६ स्वंतत्र देशों में से २८ ने भाग लिया था। सर्वसम्मति से यह प्रस्ताव पास किया गया कि अफ्रीकी देशों में वैधानिक सरकारों के विरूद्ध बाहरी षडयंत्रों का मिलकर मुकाबला किया जाय। यह प्रस्ताव विशेषकर चीन की ही नाजायज़ हरकतों के विरूद्ध था जिसके कई प्रमाण पहले ही थे और इन्डोनेशिया ने जिसे और भी स्पष्ट कर दिया। चीन की करारी हार उस समय हुई जब अफ्रीकी देशों ने कश्मीर और वियतनाम पर कोई विचार करने का सुझाव शुरू ही में ठुकरा दिया। चीन की चाल चारों खाने चित हो गई।

पाकिस्तान और भारत के संघर्ष में भी चीन ने जो पार्ट अदा किया उससे भी अफ्रशियाई देशों की नजरों में चीन गिर गया है।

चीन अफ्रशियाई देशों पर से रूस के प्रभाव को भी कम करने में असफल रहा है। ज्यों ज्यों उसने रूस के विरूद्ध प्रचार किया, कई देश चीन ही के विरूद्ध कड़ा रूख अपनाने लगे।

आज चीन के साथ अफ्रीका में केवल गिनी व तनजानिया और एशिया में केवल पाकिस्तान, कम्बोडिया, उत्तरी कोरिया और उत्तरी वियतनाम रह गये हैं। इसलिए उसका किसी सम्मेलन से कोई आशा रखना दुराशा मात्र ही है। चीन प्रयत्न कर रहा है कि 'अलजीयर्स सम्मेलन' न हो। चीन की आबादी अफ्रेशियाई जगत की आबादी का ५० प्रतिशत है इसलिए भी कई देश ये अनुभव करते है कि चीन के बिना सम्मेलन का वांछित फल नहीं निकल पायेगा। सम्मेलन हो या न हो लेकिन चीन के लिए अब उसका होना या न होना बराबर है। चीन को यह सम्मेलन अपनी निराशाओं और असफलताओं का सम्मेलन पहले ही से नजर आने लग गया है। जो अफ्रेशिया जगत के लिए एक शुभ भविष्य का द्योतक है।

रोडेशिया

साप्ताहिक पर्वतीय वर्ष-१३ अंक-४६ ९ नवम्बर ६५

किसी भी राष्ट्र के लिए स्वतन्त्र होना या स्वतन्त्रता को बनाये रखने हेतु जो कुछ भी करना पड़े वह गौण ही होगा किन्तु ११ नवम्बर को रोडेशिया के सम्बन्ध में श्री स्मिथ ने जो एक तरफा घोषणा की वह विश्व के राजनैतिक एवं कूटनीतिक क्षेत्रों में एक नई बात है। प्रश्न यह है कि श्री स्मिथ की घोषणा को 'आज़ादी' समझा जाय या विद्रोह? एक ओर वर्षों की अपनी कोशिशों के बावजूद श्री स्मिथ रोडेशियन जनता का समर्थन नहीं पा सके और जब बहुमत के विरूद्व वहां चलाये जा रहे आन्दोलन को रोकने के लिए ब्रिटेन ने आर्थिक प्रतिबन्ध लगाया तो श्री स्मिथ ने तथाकथित आज़ादी की घोषणा कर दी। ऐसी घोषणा करने में उन्होंने न रोडेशिया के बहुमत का ध्यान रखा और शायद न ही विश्व जनमत का।

किसी भी राष्ट्र को स्वतन्त्रता मिलने की भारत अपनी नीति के अनुसार सराहना ही नहीं समर्थन भी करता आया है, बशर्ते कि वह सही मायने में स्वतन्त्रता हो और देश का जनमत उसकी कामना और समर्थन करे। किन्तु जिस प्रकार अपने चन्द साथियों को लेकर श्री स्मिथ ने रोडेशिया में अल्पसंख्यक और जातिवाद पर आधारित सरकार संगठित की, वह रोडेशिया की आज़ाद सरकार कहलाने की हकदार नहीं। उससे वास्तव में अफ्रीकन देशों में जातीय दंगे और विश्व शान्ति को खतरा पैदा होने की सम्भावना है।

भारत के विदेश मन्त्रालय का यह कार्य सराहनीय है कि उसने रोडेशिया की गतिविधियों को देखते हुये मई में ही वहां से अपना कूटनीतिक प्रतिनिधि वापस बुला लिया था और हाल ही में आर्थिक सम्बन्ध भी तोड़ दिये हैं। हमारे विदेश मन्त्रालय की सूझबूझ ने साबित कर दिया कि हम अफ्रीकन देशों के साथ हैं और उपनिवेशवाद को स्थायी रूप देने वालों का विरोध करते हैं। भारत सरकार को चाहिए कि रोडेशिया की जनता को उपनिवेशवाद को असफल बनाने के लिये हर सम्भव सहायता प्रदान करें।

अपनी सामरिक सूझबूझ और राजनीति के लिए ब्रिटिश राजनीतिज्ञ अचूक माने जाते रहे हैं। किन्तु लगता है कि उस परम्परा के विचारक अब ब्रिटिश सत्ता के पास नहीं रह गये या फिर वहां की राजनीति लड़खड़ा चुकी है अन्यथा रोडेशिया में वह सब न होता जो हो रहा है। वहां के गर्वनर सर हम्फ्रे गिब्स और अल्पसंख्यकों की सरकार के प्रधानमंत्री के बीच रस्साकशी चल रही है यद्यपि ब्रिटेन द्वारा यहाँ की गोरी सरकार को मुअत्तिल समझे जाने के आदेश ११ नवम्बर को ही दे दिये गये थे। पांच दिन बाद ब्रिटेन के प्रधानमंत्री श्री विल्सन को रोडेशियाई संकट को दूर करने हेतु सम्पूर्ण अधिकार मिले हैं जबकि इस बीच श्री स्मिथ वहाँ कर्मचारियों को अपने प्रति वफादारी का पाठ पढ़ाने में प्रयत्नशील रहे।

सुरक्षा परिषद, संयुक्त राष्ट्र संघ तथा अफ्रीकी एकता संगठनों को जातिवाद पर बनी रोडेशिया की अल्प संख्यक नई सरकार का पूरा बहिष्कार करना चाहिए और विश्व के उपनिवेश्वाद विरोधी राष्ट्रों को इस तथाकथित आज़ाद सरकार को मान्यता नहीं देनी चाहिए।

रोडेशिया की ४० लाख जनता पर कुछ श्वेतों द्वारा शासन करने की यह साज़िश अफ्रीकन ही नहीं विश्व के अनेक देशों का भविष्य खतरे में डाल सकती है। ब्रिटेन की सूझबूझ और सुरक्षा परिषद की सक्रियता की परीक्षा का यह विचित्र अवसर रोडेशिया में उत्पन्न हुआ है, जिसकी ओर सब की जिज्ञासात्मक दृष्टि लगी है।

खाद्यान्न मूल्य नीति

साप्ताहिक पर्वतीय वर्ष-१३ अंक-१७ १२ नवम्बर १९६५

वर्तमान स्थिति में जब कि देश में विदेशी अनाज मंगाये जाने और उसके उपयोग के प्रति घृणा की भावना बढ़ती जा रही है और देश में होने वाले उत्पादन को कम आंका जा रहा है, इस बात की बहुत भारी आवश्यकता है कि सरकार की मूल्य नीति खाद्यान्न के क्रय के सम्बन्ध में उदार हो। कृषकों को इस बात का पूर्ण आश्वासन हो कि जिस निर्धारित मूल्य पर उनसे सरकार गल्ले की खरीद करें वह दर ऐसी हो कि कृषक को उसकी मेहनत का उचित मूल्य मिल सके। इससे उत्पादक को स्टॉक छिपाने या बिचौलियों को कुछ ऊँचे दामों पर बेचने का प्रयास लुके-छिपे रूप में करने की आवश्यकता नहीं पड़ेगी।

सरकार का मार्केटिंग एवं रसद विभाग इस बात पर कड़ी नज़र रखे कि कृषकों से जिस दर पर खाद्यन्नों की खरीद सरकार करती है उससे अधिक दरों पर बजारों में अनाज न बिके। इससे उत्पादकों की भ्रष्ट करने वाले बिचौलियों को अधिक दर पर कृषकों से गन्ना खरीदकर संचय करने की प्रवृत्ति समाप्त हो जायेगी। सहकारी क्रय-विक्रय समितियां भी इस ओर काफ़ी सहायक हो सकती हैं।

उ.प्र. सरकार का यह निश्चय सराहनीय है कि पंचायतों द्वारा २५ मन प्रति गाँव सभा व खाद्यान्न सुरक्षा कोष हेतु वसूल किया जायेगा। अन्य राज्यों के लिये भी यही व्यवस्था अनुकरणीय है। इसके साथ भी सरकार को यह प्रावधान भी तुरंत ही लागू कर देना चाहिये कि, जो कृषक चाहे, नकदी में समान देने के स्थान पर निर्धारित दर पर उतना अनाज दे सकते हैं। इससे एक अच्छा खासा सुरक्षित स्टॉक राज्यों में बन सकता है।

केंद्रीय सरकार ने खरीफ १९६५-६६ के लिये जो न्यूनतम कीमतें घोषित की हैं, उसके अनुसार प्रति क़्वींटल मोटा धान ३५ रू० से ४० तक, ज्वार (पीला) ३८ रू०, बाजरा ४० रू० और मक्का ३६ रू० है। ये कीमतें गत

३ वर्षों की कीमतों के मुकाबले सर्वोच्च हैं। चावल, आटा आदि के जो मौजूदा प्रचलित भाव बाजारों मे हैं उसका बहुत कुछ कारण प्रोसेसिंग के लाइसेंस दिये जाने में गलती है। बेहतर होगा की प्रोसेसिंग के लाइसेंस यथा सम्भव सहकारी समितियों या गाँव पंचायतों को दिये जाते।

देश में खाद्यान संकट कम करने के लिए उत्पादन वृद्धि तो प्रथम आवश्यकता है ही, इसके साथ-साथ मूल्य नीति भी एक महत्वपूर्ण प्रश्न है जिसका सीधा प्रभाव उत्पादक पर पडता है अब तक निश्चित सीमा से अधिक मूल्य वृद्धि को सरकार नहीं रोक पाई जिससे उन उत्पादकों में असंतोष और पछतावा पैदा होता है जो फसल के समय निर्धारित मूल्य पर अपना गन्ना सरकार को दे देते हैं, जबकि कुछ चतुर कृषक अधिक दरों पर बिचौलियों के हाथ गन्ना बेचकर अधिक लाभ उठाते हैं। यह स्थिति रोकी जानी चाहिए। पंचायत के सदस्यों को पूरा ज्ञान रहता है कि उनके गाँव में किस कृषक का कितना गन्ना पैदा हुआ है और किसको बेचा गया। अतएव अपने मार्केटिंग विभाग पर ही निर्भर न रहकर सरकार को पंचायतों का सहयोग प्राप्त करना चाहिए।

देश की सुरक्षा और आत्म निर्भरता में पंचायती राज संस्थाओं के सदस्यों का भरपूर सहयोग सरकार को प्राप्त करना चाहिए ओर उनका सहयोग पाने के लिए आवश्यक है कि सरकार इन संस्थाओं के प्रस्तावों और सिफारिशों पर विशेष ध्यान दे और उन्हें कार्यान्वित करने में स्वयं भी रूचि दिखावे। अक्सर होता यह है कि बड़ी बड़ी गोष्ठियां और सेमिनार आयोजित होते हैं- सैकड़ों प्रस्ताव पास होते हैं, किन्तु उनके १०% पर भी अमल नहीं होता जिससे कि इन संस्थाओं में शिथिलता आने लगती है।

ताशकंद वार्ता - हिन्द पाक सम्बन्ध

साप्ताहिक पर्वतीय वर्ष-१३ अंक-४९ १७ दिसम्बर १९६५

आगामी ४ जनवरी को भारत-पाक सम्बन्धों पर विचार विमर्श के लिए आयोजित श्री शास्त्री और श्री अय्यूब खाँ की ताशकन्द वार्ता की तैयारियाँ सोवियत रूस में की जा रही है इस वार्ता को यहां काफी महत्वपूर्ण माना जा रहा है।

मॉस्को में जारी की गई एक विज्ञिप्ति के अनुसार 'सोवियत मंत्री परिषद' के अध्यक्ष श्री कोशिगीन जहां आवश्यकता होगी बातचीत में हिस्सा लेंगे। राष्ट्रपति जॉनसन ने भी अपनी दो दिवसीय वार्ता के मध्य पाकिस्तानी सदर श्री अय्यूब से ताशकन्द वार्ता की सफलता की आशा व्यक्त की है।

एशिया की परिवर्तित परिस्थितियों के परिप्रेक्ष्य में यह और भी आवश्यक हो जाता कि भारत और पाक के सम्बन्ध सुधरें। खैर यह तो भविष्य के ही गर्त में है कि पाकिस्तान इस स्वर्णिम अवसर का लाभ उठा भी पायेगा या नहीं। परन्तु यह तथ्य स्पष्ट रूप से उभर कर सामने आ रहा है कि अमेरिका और रूस का चीन के विस्तारवाद को रोकने के लिए मतैक्य है। और दोनों में ये कोई भी नहीं चाहता कि पाकिस्तान चीन के हाथ की कठपुतली बन जाय। इस सम्बन्ध में यह तथ्य भी उपेक्षणीय नहीं है कि गत भारत-पाक युद्ध में अपनी अजेय सामरिक शक्ति की डींग हांकने वाले शत्रु को पराजित कर भारत ने विजेता की स्थिति प्राप्त की है। परम्परा यह रही है कि विजेता की विजित से वार्ता आवश्यक नहीं होती फिर भी भारत की शांति की आकांक्षा की प्रबल इच्छा रही है तथा उसी की पूर्ति के लिए भारत ने ताशकन्द वार्ता में भाग लेने की स्वीकृति प्रदान कर दी।

ताशकन्द वार्ता में एक महत्वपूर्ण समस्या मात्र कश्मीर नहीं है बल्कि वह तो समस्या का मात्र एक अंग है। यह सब तो पाकिस्तान की भारत विरोधी नीति व साम्प्रदायिक दृष्टिकोण के नज़रिये में परिवर्तन व समस्याओं को व्यापक सन्दर्भ में देखने मात्र से सुलझ सकती है। सम्भवतः ताशकन्द वार्ता पाकिस्तान के लिए महत्वपूर्ण परीक्षा की घड़ी साबित हो जिसमें पाकिस्तान की विकृत कूटनीति भी दांव पर लग जाए ऐसी स्थिति में वार्ता की भविष्यवाणी कर सकना सम्भव नहीं।

वैसे सोवियत क्षेत्रों में भी यह मत व्यक्त किया ही जा रहा है कि यह वार्ता कोई जादू की छड़ी नहीं जो भारत-पाक सम्बन्धों को अकस्मात सुधार देगी। फिर भी वार्ता का ऐसे मित्र देश में होने से, जो प्रारम्भ से ही भारत-पाक संघर्ष को, पारस्परिक सहयोग से सुलझाने के लिए ज़ोर देता रहा है, वार्ता के प्रति आशावान होना ही उचित है।

चेखव, मोपासां, प्रेमचन्द्र और मॉम

साप्ताहिक पर्वतीय वर्ष-१३ अंक-५० २४ दिसम्बर १९६५

किसी साहित्कार का निधन प्रत्यक्ष रूप से चाहे किसी देश -विदेश की हानि न हो, एक युग की हानि अवश्य होती है। यह अभी तक माना जाता रहा है कि साहित्यिक रूप से मान्यता प्राप्त लेखक व्यायसायिक दृष्टि से अधिक सफल नहीं हो पाता। किन्तु सॉमरसेट मॉम का लेखन इस बात का साक्षी है कि न केवल सफल, वरन् एक साहित्यिक लेखक जनता में बहुत अधिक प्रचलित भी हो सकता है। इनकी कुछ पुस्तकें जिनमें 'आफ ह्यूमन बॉन्डेज' तथा 'रेज़र्स एज' मुख्य है, जनता में बहुत ही लोकप्रिय हुईं और मॉम जन-जन के हृदय में स्थान पा सके।

मॉम का व्यक्तिगत जीवन स्वंय में एक अजीब प्रकार का था। इन्हें घुमक्कड़ जीवन बेहद प्रिय था। अपने साहित्य के लिए घूमना वह बहुत आवश्यक समझते थे। परिस्थितियों के कारण अपने मां-बाप की मृत्यु पर उन्हें अपने चाचा के यहां इंग्लैंड जाना पड़ा था। १८९० में ही क्षयरोग हो जाने के कारण इन्हें दक्षिणी फ्रांस भी जाना पड़ा था। इसके आलावा अपने जीवन भर इन्होनें दो बार भारत यात्रा करी। रूस यात्रा तथा बाद में स्पेन, मोरक्को, नीदरलैड, पुर्तगाल तथा इटली आदि भी घूमे। भारतीय आध्यात्मवाद से मॉम काफी प्रभावित हुए थे। अपनी पुस्तक 'ए राइटर्स नोटबुक' में उन्होंने भारत का वर्णन करते हुए लिखा है' "एक ऐसा देश है जहां एक साथ कई चीजें हैं। आगरा में ताजमहल, बनारस में घाट, मथुरा में मन्दिर और त्रावणकोट में पहाड़। एक ऐसा देश है जहां के किसान के पास एक लंगोट के अलावा कुछ भी शरीर ढ़कने को नहीं है और उसका रंग सूर्य की पकी धरती के रंग जैसा हो गया है। वह किसान कड़कड़ाती ठण्ड में और दिन की चिलचिलाती दोपहारी में भी खेत में जुटा रहता है .... "

मॉम दो बार भारत आये थे- पहली बार १९३८ में और दूसरी बार द्वितीय विश्वयुद्ध की समाप्ति पर। मॉम का जीवन एक अजीब प्रकार की उलझनों से भरा हुआ था। उन्हानें दोनों विश्वयुद्धों में ब्रिटिश इंटेलिजेंस में भाग लिया था। साहित्य में आलोचकों ने मॉम की न्याय संगत आलोचना नहीं की। एक समालोचक के अनुसार "या तो उन्हें त्यागा गया है या उनके साथ उपहास किया गया है"। यह केवल इसलिए कि वह व्यावसायिक दृष्टिकोण से सफल लेखक होते हुए भी साहित्यिक लेखक थे।

मॉम का अनुभूति पक्ष बहुत प्रबल था। यह उनकी घुमक्कड़ आदत का भी परिणाम था। उनका निधन १६ दिसंबर १९६५ को पेरिस में स्थानीय समय के अनुसार पांच बजे सुबह हुआ था। उनकी अवस्था इक्यानवे वर्ष की थी। विश्व इस आघात से एक महान प्रतिभा को खो बैठा है।

मॉम को एंग्लो अमेरिकन अस्पताल नाइस ले जाया गया, जब कि उनके स्वास्थ को उनके निवासस्थान रिबीरिया विला में आघात पहुँचा था। अस्पताल ले जाते समय वह अचेतन अवस्था में थे। डाक्टरों ने उन्हें देखते हुए कहा, "उनकी अवस्था बिलकुल वैसी ही है, जिस प्रकार विंस्टन चर्चिल की मृत्यु के समय हुई थी।''

लेखक के निजी सचिव श्री एलन सर्ले इस बात को मानने को कतई तैयार नहीं थें कि मॉम का देहान्त हो चुका है। उन्होंने कहा "मैं इस बात पर बड़ी कठिनाई से विश्वास कर पा रहा हूँ कि मॉम मर चुके हैं। यह सभी जानते है कि मैं पिछले ३६ वर्षों से उनका निजी सचिव रहा हूँ।''

मॉम अपने साहित्यिक जीवन के अलावा अपने व्यावहारिक जीवन में कितने महान थे यह सर्वविदित ही है।

दृढ़ता और शान्ति का पुजारी

साप्ताहिक पर्वतीय वर्ष-१४ अंक-५ १४ जनवरी १९६६

भारतीय राजनैतिक आकाश से असमय ही एक नक्षत्र अस्त हो गया जिसमें बहुत ही कम समय में देश को एक असाधारण शक्ति से भर दिया था। राष्ट्रीय सम्मान की अभिवृद्धि में महत्वपूर्ण योगदान देकर अन्तराष्ट्रीय क्षेत्र में नये कीर्तिमान स्थापित करने के लिए श्री शास्त्री का नाम भारतीय इतिहास में अमर रहेगा। उनके नेतृत्व काल में राष्ट्र ने एक आत्मविश्वासी शक्ति अर्जित की जो किसी भी देश के 'रेनेसां' काल के लिए अत्यावश्यक होती है।

आज से लगभग १८ मास पूर्व प्रधानमंत्री श्री नेहरू की मृत्यु के बाद श्री शास्त्री ने प्रधानमंत्रित्व संभाला था। वह काल जनता के मन में किस भांति संशयात्मक था, भारतीय राजनीति का प्रत्येक जागरूक व्यक्ति इसे जानता है। किन्तु यह भी सभी जानते हैं कि देशी-विदेशी ज्वलन्त समस्याओं से से जूझने में जो सूझबूझ शास्त्री ने दिखाई थी उससे वह जनता के मन में किस तरह स्थान बना गये थे। एक तथाकथित निम्न वर्ग से उठकर इतने बड़े पद को जागरूकता से निभाना शास्त्री जी की महानता को प्रदर्शित करता है।

श्री नेहरू की तटस्थता और सहअस्तित्व की नीतियों का पालन कर विश्व क्षेत्र में शास्त्री जी ने उन्हें बहुत ही योग्यता से सामने रखा। कदाचित् इसी से अभिभूत हो पाकिस्तान के राष्ट्रपति श्री अय्यूब खाँ ने उन्हें श्रद्धांजलि अर्पित करते हुए कहा, "श्री शास्त्री शान्ति के लिए मरे"। शत्रुओं की संख्या बढ़ाना तो आसान है किन्तु शत्रु को मित्र बनाना कठिन काम है। ऐसी स्थिति में गैर गुटबन्दी और सहअस्तित्व के सिद्धान्तों को सामने रखते हुए एक विजेता की भाँति आगे बढ़ते हुए और शान्ति की तीव्र कामना करते हुए उन्होंने ताशकन्द वार्ता में भाग लिया और यह सभी जानते हैं कि इससे दोनों देशों के सम्बन्धों में कितनी निकटता आ गई। श्री शास्त्री इस काम के लिए सदैव स्मरणीय रहेंगे।

पाक आक्रमण के दिनों उनकी दृढ़ता ने किस प्रकार भारतीय मनोबल ऊंचा उठाये रखा, गत वर्षारम्भ में उठे भाषाई विवाद को किस तरह थोड़े समय में ही सुलझाने का प्रयास किया, पंजाबी सूबे के मनसूबे के प्रश्न को किस

तरह हल करने की दिशा में शान्तिपूर्ण ठोस कदम बढ़ाने और नागा समस्या के समाधान का जो रूप सामने रखा ये सभी काम शास्त्री जी को अमर कर गये।

गाँधी और नेहरू की परम्परा का पालन करने में भी श्री शास्त्री कभी पीछे नहीं रहे। उन्होंने सदा यही प्रयास किया कि उन नीतियों का व्यवहारिक प्रयोग देश में भी हो पाये। पड़ोसी देशों से मित्रता बढ़ाने के लिए वह कितने इच्छुक थे यह उनकी हाल में की गई यात्राओं से विदित होता है। 'ताशकन्द वार्ता' और उसकी सफलता भारत और पाकिस्तान के लिए एक स्मरणीय देन है। और यह बात उनके महाप्रयाण दिवस शान्ति पर्व के रूप में याद की जायेगी। इस सन्दर्भ में यह भी कहा जा सकता है कि ताशकन्द घोषणा पर व्यवहारिक अमल ही उन्हें सच्ची श्रद्धांजलि होगी।

कथा समारोहः कलकत्ता
व्यक्तिवाद से समाजवाद तक !
साप्ताहिक पर्वतीय वर्ष-१४ अंक-१७ ११ फरवरी १९६६

कलकत्ता में दिसंबर के महीने में एक विराट कथा-जलसा आयोजित हुआ। जिसे कलकत्ता की एक सांस्कृतिक परिषद में आयोजित किया था। देश के ख्यातिप्राप्त और नये उपज रहे कथा-नायकों को अवसर दिया गया कि वे अपनी व्यक्तिगत प्रतिभाओं को भारतीय साहित्यकारों के सम्मुख रख सकें। इस बात के संबध में कतई मतभेद नहीं हो सकता कि इस आयोजन की रूप रेखा का मूल अत्यन्त आवश्यक था। यह बात दूसरी है कि कि इसे निभाया कैसे गया?

कथा-नायकों ने अपने और अपने साहित्य के सम्बन्ध में जो भी विचार प्रस्तुत किये वे अपने में ऐतिहासिक महत्व रखते हैं। भारतीय साहित्य के इतिहास में इस तरह का आयोजन कदाचित प्रथम बार हुआ है। सामारोह में जहाँ एक ओर पुरानी पीढ़ी के कथाकार जैनेन्द्र, भगवती चरण वर्मा और अमृतलाल नागर जैसे कथाकार उपस्थित थे, वहीं बिलकुल नये कथाकार गंगा प्रसाद विमल, रविन्द्र कालिया, दूधनाथ सिंह आदि भी थे। जैनेन्द्र के 'रहस्यवादी' दृष्टिकोणों से आधुनिक कथाकार यदि असंतुष्ट थे तो इसमें चौंकने की कोई बात नहीं। बंगला के एक कथाकार विमल मित्र को बुलाकर परिषद ने एक बहुत बड़ा काम किया। अच्छा होता यदि बंगला के कुछ और जागरूक कथाकार उसमें आते। (यह बात दूसरी है कि बंगला में 'आधुनिक' कथाकार हैं भी!)

समारोह में स्वतंत्रता के बाद हिन्दी कथा-साहित्य में उपजी मुख्य समस्याओं पर विचार किया गया। समारोह का आयोजन भी बड़े 'समाजवादी' ढंग से हुआ। (अध्यक्ष तीन-तीन रखे गये) हिन्दी के कतिपय, अधिकांश जागरूक, कथाकार व कथा-आलोचक उसमें विद्यमान थे। कथा समारोह के वक्तव्यों को पढ़ने के उपरान्त लगा कि बिलकुल नयी पीढ़ी का सोचने का ढ़ंग सबसे ज्यादा जागरूक था। क्योंकि सबसे अधिक महत्वपूर्ण वक्तव्य कमलेश्वर, गंगाप्रसाद विमल, दूधनाथ सिंह, ममता कालिया और श्रीकान्त वर्मा के ही रहे।

रविन्द्र कालिया और जैनेन्द्र कुमार के वक्तव्य अपने-अपने युग की 'ज़िदें' थी। जिनमें ईमानदारी से अधिक हठधर्मिता ही दिखाई दी। कमलेश्वर के वक्तव्य में एक गाम्भीर्य था। और साथ ही नयी पीढ़ी का सच्चा हृदय। गंगा

प्रसाद विमल व दूधनाथ सिंह के वक्तव्य आधुनिकता व आधुनिक व्यक्ति के सच्चे उद्गार थे- इसे कैसे नकारा जा सकता है? समारोह में अधिकतर, "दिल्ली ग्रुप" ही विद्यमान था। (रमेश बक्षी ने कुछ लेखकों के नाम गिनाये थे, जो किन्हीं कारणों से न आ सके।) हम सोचते हैं दिल्ली के बाहर नयी पीढ़ी के कुछ सजग, कथा मर्मज्ञ हैं।

कथा समारोह के लिए लेखकों के नामांकन करने वाली संस्था ने एक होशियारी का काम यह भी किया कि इसमें किसी भी तथाकथित सचेतन कहानीकारों को नहीं लिया। अच्छा काम इसलिए किया कि सचेतन ग्रुप में कोई भी जागरूक लोग नहीं हैं।

आधुनिक कथा के विविध आयामों की यह विचार-गोष्ठी अपने में महत्वपूर्ण रही और कुछ नये कथा नायक प्रकाश में आये। यह प्रसन्न्ता की बात है। जहाँ एक ओर पुराने लोगों ने अपनी 'व्यक्तिगत कुण्ठा' को दर्शाया वहीं नये लोगों ने विशुद्ध सामाजिक दृष्टिकोण अपनाया यह साहित्य इतिहास के लिए कितनी नयी बात है? शायद अब 'नयी आधुनिक' या 'अ' कहानी के प्रति शंकालु, लोगों को उत्तर मिल गया होगा। इस प्रकार के समारोह यदि प्रतिवर्ष होते रहें तो कुछ भ्रान्त धाराणाओं का निराकरण तो हो।

एक बात और कहना चाहेंगे। इस समारोह की समीक्षा विभिन्न पत्रिकाओं ने निष्पक्ष होकर नहीं दी। यह क्या अच्छी बात है? पत्रिकाओं के सम्पादक इस बात पर गौर करेंगे।

हिन्दी और हिन्दुस्तान

साप्ताहिक पर्वतीय वर्ष-१४ अंक-७ २५ फरवरी ६६

विश्व में भारत एक मात्र ऐसा देश है, जहां अपने देश के लिए ही कई नाम प्रयुक्त होते हैं। शासन स्वयं दो नामों को बिना किसी पूर्वाग्रह के प्रयोग करता है। बाजारों, सड़कों, दुकानों और मकानों पर कहीं भी, आप किसी व्यक्ति से एक प्रश्न पूछिए- ''क्या आप स्वतंत्र हैं?'' उत्तर मिलता है 'अवश्य' यह उत्तर उतना ही अर्थ का है जितना यह कहना कि 'हिन्दी हमारी राष्ट्र-भाषा है'। भारत में संविधान बनाते समय हिन्दी के बारे में बहुत सी बातें सोची गई थीं। बातें आज भी सोची जा रही हैं, पर केवल सोची ही जा रही है। हम इस बात का विरोध नहीं करते हैं कि कुछ रूढ़ शब्दों का प्रयोग आजकल अंग्रेजी़ में ही क्यों होता है? ये शब्द भाषा में आ चुके हैं। इसलिए प्रश्न नहीं उठता। पर आज प्रवृत्ति यह अधिक आ गई है कि हम यदि न भी चाहते हो, तो भी अपनी कुछ दम्भी आदतों के कारण विदेशी भाषा का प्रयोग जानबूझकर करते हैं।

हाल ही में नई दिल्ली में एक फ्रैंच भाषाविद् डॉ. लुत्से ने कहा था भारत में जो अंग्रेजी बोली जाती है, कुछ ही सालों बाद, उसका रूप ऐसा हो जायेगा कि वह किसी विलायती कुत्ते की समझ में भी नहीं आ सकेगी। यह बात केवल फ्रैंच भाषाविद् ने ही कही हो, ऐसी बात नहीं है। कई भारतीय विद्वान इस बात को कह चुके हैं। किंन्तु किसी विदेशी के द्वारा उद्धृत बात आज हमारे देश में विशेष महत्वपूर्ण मानी जाती है। इसलिए यहां उद्धृत है। बहरहाल डॉ. लुत्से ने बात बहुत सही कही है।

इस बात को नकारा नहीं कहा जा सकता कि भारत में आज कम-से-कम पच्चीस से अधिक प्रकार कि अंग्रेजियां बोली जाती हैं। ईश्वर जाने इनका भविष्य कैसा हो? एक ओर तो हम बातें करते हैं -स्वतंत्रता की, बन्धन

हीन समाज की और परम्पराओं को तोड़ने की। इसके बिल्कुल विपरीत दूसरी ओर जानबूझकर विदेशी भाषा का प्रयोग महज इसलिए करते है, कि वह 'उच्चता' की प्रतीक है। औसत भारतीय के लिए, एक अदद अंग्रेज़, एक वाक्य अंग्रेज़ी और एक जोड़ी अंग्रेज़ी पोशाक जिस व्यक्ति के पास है, आज के युग के लिए वही सबसे 'जागृत और सुसंस्कृत व्यक्ति है। इसके साथ ही हम बिल्कुल भूल जाते हैं कि हमारी भी कोई सभ्यता है, भाषा है और संस्कृति है। एक जर्मन व्यक्ति ने जब इसी शहर में देखा कि कुछ भारतीय (?) युवतियां एक अंग्रेजी गाने को गाते हुए 'माल' से गुजर रही थीं तो उसके आश्चर्य का ठिकाना ही न रहा। उसके अनुसार यह उतना ही आश्चर्यपूर्ण घटना है जितनी कि वह स्वयं रूसी या भारतीय गाने को गुनगुनाए। विदेशी तो बहुधा इस बात पर आश्चर्य प्रकट करते हैं कि एक देश ऐसा भी है जिसका अपना कुछ भी नहीं है। वह जितना भी है सिर्फ दूसरों के लिए ही है।

बहुधा कुछ व्यक्ति इस बात को बडी़ उत्सुकता से पूछ लेते हैं कि क्या हिन्दी में इतने शब्द आ गए हैं कि विचार व्यक्त किए जा सके? (वह स्वयं हिन्दी में ही बोलते हैं) अनेक बाते हैं जो हमारे मन में एक धारणा बनाए हुए हैं कि विश्व की सभी भाषायें ठीक है, पर हिन्दी ही है जिससे न तो शासकीय कार्य हो सकता है, न व्यक्तिगत वार्तालाप हो सकता है और न रोजमर्रा के कार्य। असल में, कोई भी भाषा (यदि वह भाषा है) न तो वह कमजोर होती है और न उससे समाज में असम्मान की वृद्धि ही होती है।

नेपाल जैसे देश में तक नेपाली भाषा में ही सारा कार्य होता है। बातें तो बहुत कुछ कही जाती हैं। और आज भी कही जा रही हैं, लेकिन उन पर कितना अमल हो पा रहा है। जिस देश की निर्यात ही यह है कि दुकानों पर सूचनापट अंग्रजी में होने पर दुकान का 'स्टैन्डर्ड' ऊंचा हो जाता है या आज भी किसी भारतीय के बदले में अंग्रेज़ (केवल अंग्रेज़) का प्रवेश अहोभाग्य माना जाता है, उस देश के भविष्य के बारे में क्या कहा जा सकता है ?

आलू प्रक्रियामान उद्योग

साप्ताहिक पर्वतीय वर्ष-१४ अंक-१७ २५ मार्च १९६६

उत्तर प्रदेश में इस वर्ष रबी अभियान के अन्तर्गत आलू के उत्पादन में अभूतपूर्व प्रगति हुई और इतना आलू पैदा हुआ कि उसकी बिक्री के लिए केन्द्रीय सरकार से व्यवस्था करने हेतु अनुरोध करना पड़ा। बिक्री का प्रश्न इस समाधान के साथ हल हो गया कि अन्य राज्यों को एक निर्धारित दर पर आलू की निकासी की जाये। १५,००० टन आलू ३४ रू० प्रति क्विन्टल की दर से मद्रास सरकार ने तुरन्त खरीदना स्वीकार किया है। प्रादेशिक सहकारी संघ लखनऊ द्वारा आलू की सप्लाई की जायगी।

उपेक्षात्मक रूख ?

सरकार ने सीधा और सरल रास्ता आलू की निकासी को पकड़ कर जिस प्रकार मूल प्रश्न से दामन छुड़ा लिया, वह उत्पादकों के प्रति उपेक्षात्मक रूख समझा जा रहा है। राज्य के उत्पादकों की आर्थिक स्थिति और भविष्य में भी अधिकाधिक आलू उत्पादन की प्रोत्साहित करने की दृष्टि से यह नितान्त आवश्यक था कि अधिक आलू पैदा करने वाले क्षेत्रों में इच्छुक उत्पादकों, सहकारी संस्थाओं या पंचायतों को आलू के प्रक्रियामन (Processing)

हेतु प्रोत्साहित किया जाता, इस आलू के प्रक्रियामान और ट्रेनिंग से उत्पादक को अधिक लाभ पहुंचेगा। सम्भवतः इस ओर एतदर्थ नियुक्त समिति ने ध्यान नहीं दिया।

उत्तर प्रदेश सरकार एवं उत्तर प्रदेशी सहकारी संघ को चाहिए कि वह प्रदेश कि सहकारी संस्थाओं एवं इच्छुक उत्पादकों को डिब्बाबंद आलू की सप्लाई के लिए सेना के आर्डर प्राप्त करे। सेना के अतिरिक्त अन्य उपभोकताओं में भी आलू से तैयार की गई विभिन्न प्रकार वस्तुओं की खपत भारी मात्रा में हो सकती है। त्रिचुर के लघु उद्योग सेवा संस्थान ने हाल ही में आलू छीलने की विद्युत-चालित मशीन तैयार की है, जिसका मूल्य केवल ३०० रू० है। इस प्रकार की विलायती मशीन अब तक ५०००रू० की थी। आलू के प्रक्रियामन की ओर लघु उद्योग सेवा संस्थान का यह महत्वपूर्ण योगदान है।

उत्तर प्रदेश के उद्योग एवं सहकारिता विभाग को इस ओर पहल करनी चाहिए और उत्पादकों को आलू के प्रक्रियामन का उद्योग चालू करने हेतु अधिक से अधिक आर्थिक सहायता एवं प्राविधिक जानकारी देनी चाहिए। आलू के उत्पादन में उ०प्र० के सभी पहाड़ी एवं सीमान्त जिले काफी अग्रणीय है, अतः इन जिलों की पिछड़ी आर्थिक स्थिति को देखते हुए अधिक से अधिक ऐसी प्रक्रियामन इकाइयों की स्थापना होनी आवश्यक है।

प्रधानमंत्री की विदेश यात्रा-कुछ ठोस उपलब्धियां

साप्ताहिक पर्वतीय वर्ष-१४ अंक-१३ ८ अप्रैल १९६६

भारत की प्रधानमंत्री निर्वाचित होने के बाद श्रीमती इन्दिरा गांधी को जैसी गहन परिस्थितियों का सामना करना पड़ा उनको सुधारने के लिए फ्रांस, अमेरिका, इंगलैंड और रूस आदि प्रमुख देशों का लगातार भ्रमण कर उन्होंने देश की समस्याओं को हल करने की ओर जिस उत्साह और रूचि का परिचय दिया है, वह देश के लिए गौरव का विषय है। पेरिस को रवाना होने से पूर्व उन्होंने 'वॉइस ऑफ अमेरिका' के एक सम्वाददाता को यह स्पष्टतः बतला दिया था कि ऐतिहासिक अनुभवों और भौगोलिक स्थितियों के अनुसार यह आवश्यक नहीं कि भारत के राष्ट्रीय हित में वही हो जो अमेरिका के हित में है। अपनी दृढ़ इच्छाशक्ति और राष्ट्र का स्वाभिमान व्यक्त करते हुये हमारी प्रधानमंत्री ने यह भी कहा था कि सच्चे अर्थ में चीन का मुकाबला भारत मजबूती और पूरी स्वतन्त्रता के साथ कर सकता है।

देश के इस स्वाभिमान की पृष्ठभूमि पर विभिन्न देशों के प्रमुखों के साथ जो वार्तायें श्रीमती गांधी की हुई हैं, वे देश के लिए ठोस उपलब्धियाँ कही जा सकती हैं। अमेरिका के राष्ट्रपति श्री जॉनसन ने भी बाद में अपने सहयोगियों को 'वाह्नइट हाउस' में बताया है कि वार्ता किसी लेन- देन या मांगो के आधार पर नहीं हुई। इसके बावजूद राष्ट्रपति जॉनसन ने अमरीकी कांग्रेस के नाम एक विशेष संदेश भेजकर भारत को अनाज और अन्य कृषि सम्बन्धी वस्तुयें भेजने का सुझाव स्वयं दिया। नेशनल प्रेस में भाषण करते हुए श्रीमती गांधी ने स्पष्ट शब्दों में कहा कि "भारत अमेरिका के लिये उतना ही महत्व रखता है कि जितना अमेरिका भारत के लिए।" श्रीमती गांधी के वे शब्द स्वयं में इतने सारगर्भित कहे जा सकते हैं कि पिछले पाक आक्रमण के दौरान अमेरीकी राजनीतिज्ञों को अपने रूख के लिये मन ही मन शर्मिन्दा होना पड़ा होगा।

ब्रिटिश प्रधानमंत्री से वार्ता के दौरान श्रीमती इन्दिरा गांधी ने भारत-पाकिस्तान संघर्ष के बारे में ६ सितम्बर को श्री विल्सन द्वारा दिये गये वक्तव्य की ओर उनका ध्यान दिलाया। श्री विल्सन का स्पष्टीकरण सुनने के बाद श्रीमती गांधी ने पत्रकारों को बताया कि अब इसमें सन्देह की गुंजाइश नहीं रह गई कि दोनों देशों के बीच सम्बन्ध और दृढ़ होंगे। आशा की जाती है कि श्रीमती गांधी से वार्ता हो जाने के पश्चात् अब इंगलैंड के उस रूख में परिवर्तन आ जायेगा, जिसकी भारतीय जनता ने भारत-पाक युद्ध के दौरान भर्त्सना की थी। ब्रिटिश प्रधानमंत्री से श्रीमती इन्दिरा गांधी ने आर्थिक या सैनिक सहायता के प्रश्न पर कोई बातचीत नहीं की।

प्रधानमंत्री की विदेश यात्रा से चीन और पाकिस्तान के प्रति भारतीय दृष्टिकोण को उपरोक्त प्रमुख राष्ट्रों ने समझा और उसका समर्थन भी परोक्ष-अपरोक्ष रूप से किया है। उन्होंने इस बात को भी भलीभांति विदेशी नेताओं को सुझाया है कि भारत की सुरक्षा, स्थायी लोकतंत्र में आस्था रखने वाले सभी देशों के हित में है और यदि भारत इसमें विफल रहा तो यह सारे लोकतंत्र जगत की असफलता होगी। वास्तव में विश्व के लोकतन्त्रामक देशों में भारत का अपना एक पृथक महत्वपूर्ण स्थान है और यह अन्य देशों की दृष्टि में श्रीमती गांधी ने यथोचित रूप में प्रकट किया है।

चिकित्सा सुविधाओं का अभाव

साप्ताहिक पर्वतीय वर्ष-१४ अंक-१४ १५ अप्रैल १९६६

उत्तर प्रदेश में प्रति मास औसतन ६ या ७ महिला डॉक्टर सेवाओं से त्यागपत्र देकर अन्यत्र चली जाती हैं। राज्य के स्वास्थ्य मंत्री श्री दाऊदयाल खन्ना ने इस तथ्य की ओर इशारा करते हुए बताया कि अधिकांश महिला डॉक्टर विवाह के उपरान्त त्यागपत्र देकर जाती हैं।

उत्तर प्रदेश जैसे राज्य में जहां कि अधिकांशतः दूरस्थ एवं ग्रामीण चिकित्सालयों में डॉक्टर उपलब्ध नहीं होते हैं और जहां का संचालक ओर सर्वेसर्वा कम्पाउंडर होता है वहां डाक्टरों द्वारा त्याग पत्र देकर चला जाना समस्या का एक गम्भीर पहलू भी है।

यद्यपि इस तथ्य से इनकार नहीं किया जा सकता है कि ग्रामीण क्षेत्रों में डाक्टरों द्वारा रूचि प्रदर्शित करने का आर्थिक पहलू भी है साथ ही ग्रामीण क्षेत्रों में सुविधाओ का अभाव भी है। परन्तु यह भी सत्य है कि नागरिक सुविधाओं के अभाव में बहुत जनसंख्या के ग्रामीण क्षेत्रों को उपेक्षित नहीं किया जा सकता है।

विदेशों में विशेष योग्यता प्राप्त चिकित्सक जहां सेवाभाव से प्रेरित होकर आदिवासी और पिछड़े क्षेत्रों में अपनी सुख सुविधाओं की परवाह किए बिना सेवा करते हैं वहां भारतीय डाक्टरों में वह सेवा भावना नहीं जगाई जा सकी है। इसमें कहां पर दोष है यह तो स्पष्टतया नहीं कहा जा सकता फिर भी उस दोष को दूर किया ही जाना चाहिए केवल चिकित्सा के पेशे से ही नहीं बल्कि अन्यत्र सभी जगहों से जहाँ यह बुरी तरह घर कर गई है।

ऐलोपैथिक अस्पतालों की यद्यपि वह भी पर्याप्त नहीं हैं। ग्रामीण एवं सुदूर क्षेत्रों में कार्यरत वैद्य एवं हकीमों को काफ़ी व्यवसायिक हानि उठानी पड़ी है। परन्तु आजकल सरकारी अस्पतालों से अपेक्षाकृत अच्छी सेवायें इन

लोगों से ग्रामीणों को प्राप्त होती हैं। वैसे अधिकांशतः वैद्य या हकीम पैतृक पेशे से ही इसे अपनाते हैं और कुछ अप्रशिक्षित और नीम हकीम भी होते है परन्तु कोई चारा भी तो नहीं।

ग्रामीण क्षेत्रों में पर्याप्त चिकित्सा सुविधाएं देने के लिए आवश्यक है कि ग्रामीण अंचलों के योग्य युवकों को मेडिकल कॉलेजों में प्रवेश दिया जाए तथा सुदूर क्षेत्रों में कार्यरत वैद्यों और हकीमों को और भी आधिक सुविधायें एवं सहायता प्रदान करने की आवश्यकता है अन्यथा ग्रामीण अंचलों के अस्पतालों में डॉक्टरों के अभाव का रोना रोया ही जाता रहेगा।

प्रजातन्त्र की लड़खड़ाती बुनियाद

साप्ताहिक पर्वतीय वर्ष-१४ अंक-१७ ६ मई १९६६

राष्ट्रपिता महात्मा गांधी का स्वप्न कि भारत में पुनः रामराज्य स्थापित हो इसके लिए उन्होनें देश में पंचायत राज की स्थापना पर जोर दिया था। अगस्त १९४९ में सर्वप्रथम उत्तर प्रदेश में पंचायत राज स्थापित हुआ जो धीरे-धीरे अन्य राज्यो में भी लागू होता चला गया। पंचायत राज को सक्रिय रूप देने के लिए हमारे विधायकों ने जो नियम और अधिनियम बनाए उनके उद्धेश्यों में प्रजातंत्र को विकेन्द्रीकरण की ओर ले जाने का स्पष्ट उल्लेख था।

उत्तर प्रदेश में पूरे उत्साह के साथ पंचायतों का कार्य आरम्भ हुआ। जनता ने इनका हार्दिक स्वागत किया तो कर्मचारियों ने इस व्यवस्था में पूरी आस्था के साथ कार्य किया। ग्रामीण क्षेत्रों में एक जागृति पैदा हुई, अनेकों रचनात्मक कार्य हुए और प्रत्येक साधारण व्यक्ति भी अपने को देश के प्रति जिम्मेदार और सामाजिक रूप से सुरक्षित समझने लगा था।

एक समान्य सी मनौवेज्ञानिक बात है यदि किसी के बच्चे की आदत बिगाड़नी है तो बिना जान पहचान और रिश्तेदारी के उसे पैसा देते जाइए और किसी व्यवस्था को निष्क्रिय करना हो तो उसके समानान्तर व्यवस्था कायम कर दीजिए। १९५१ मे पहला कदम था भारत की स्वावलम्बी जनता को अनुदान का चस्का देकर परावलम्बी बनाने का और धीरे-धीरे अमेरिकन अनुदान पर चलने वाले विकास क्षेत्रों की स्थापना। घर का आंगन साफ करना है तो अनुदान। बात-बात में अनुदान और प्रलोभन।

अपरिपक्व प्रजातन्त्र के नागरिकों को भांति-भांति के अनुदानों द्वारा और सरकार को संख्याविदों के द्वारा कुछ विदेशी तत्वों ने बापू जी की प्रेरणा के प्रति शिथिल और गुमराह कर दिया। विधान सभा में ग्रामीण जनता के हितों की रक्षा हेतु आवाज उठाने वाले प्रतिनिधियों की संख्या में भारी कमी के कारण सरकार को यह तक नहीं सुझाया गया कि जब देश में १९४९ से पंचायत राज चल रहा है तो 'ई' की मात्रा लगाकर 'पंचायती राज' बना देने का क्या अभिप्राय क्या है? स्पष्ट था पंचायत राज को एक और धक्का।

पंचायत राज की उपेक्षा प्रजातंत्रीय सरकार द्वारा अपनी पूर्व घोषित नीति की तो उपेक्षा है ही साथ ही विभाग में सेवारत राजकीय कर्मचारियों और पंचायत मंत्रियों के जीवन और भविष्य से भी खिलवाड़ है। प्रजातंत्रीय व्यवस्था में संभवतः किसी भी देश में और इतिहास में प्रजातन्त्र की प्रारम्भिक इकाइयों की अवहेलना नहीं की

गई। किन्तु यहां पंचायत मन्त्रियों से आज भी पचास रूपए मासिक वेतन पर सपरिवार गुजर कर लेने की आशा की जाती है। सहकारी सुपरवाइज़रों में भी राजकीय और अराजकीय का भेदभाव चल रहा है।

यहाँ के सभी राजनैतिक दलों का साँझा नारा है 'समाजवाद लायेंगे' किन्तु इस नारे को जितने ही जोर से पुकारा जाता है उतनी ही विषमता बढ़ती जा रही है। गावँ पंचायत, नगरपालिका, जिला परिषद, सहकारी संस्थायें, राज्य सरकार और केन्द्रीय सरकार के समान शिक्षा प्राप्त और समान कार्य करने वाले कर्मचारियों की मासिक वेतन और अन्य सुविधाओं की तुलना से स्पष्ट आभास मिलता है कि शनैः शनैः देश में प्रजातंत्र की बुनियाद लड़खड़ा रही है। इनमें प्रजातंत्र की मौलिक इकाई 'पंचायत' और सहकारी संस्थाओं के कर्मचारियों की स्थिति सर्वाधिक दयनीय है।

लोक कल्याणकारी राज्य में यदि समझदार नागरिक अपनी कठिनाइयों की ओर सरकार का ध्यान आकर्षित करने के लिए हड़ताल, अनशन या जलूस प्रदर्शन आदि अवांछित तौर-तरीके न अपनाते हों तो क्या सरकार के लिए यह वांछित है कि वह उनकी कठिनाइयों से विमुख हो जाए?

अतः सरकार को इस ओर अब अधिक देर किए बिना गम्भीरता से सोचना चाहिए कि दिनों- दिन प्रलुप्त होते जा रहे राम-राज्य के स्वरूप को किस प्रकार साकार किया जा सकता है।

लोकतन्त्र और छोटे समाचार-पत्र

साप्ताहिक पर्वतीय वर्ष-१४ अंक-१८ १८ मई १९६६

मई १९६४ में श्री आर.आर. दिवाकर संसद सदस्य की अध्यक्षता में छोटे समाचार पत्रों और पत्रिकाओं का स्तर सुधारने के सम्बन्ध में गठित जांच समिति की रिपोर्ट गत सप्ताह संसद में प्रस्तुत हुई। समिति ने छोटे समाचार पत्रों की विभिन्न कठिनाईयों का सूक्ष्म रूप से विवेचनात्मक अध्ययन किया है, ऐसा इस समिति की सिफारिशों के कुछ संक्षिप्त उदाहरण से प्रतीत होता है।

वास्तव में देखा जाए तो छोटे समाचार पत्रों की आर्थिक स्थिति जब तक स्वावलम्बी नहीं बन जाती और उन्हें सरकार की ओर से अखबारी कागज के आयात, मशीनों और कार्यालय भवन आदि प्रसाधन जुटाने के लिए समुचित सुविधायें नहीं मिलती, किसी भी राजनैतिक दल द्वारा "समाजवाद" लाने का आश्वासन, अपने अमली रूप में आ सकना दुर्लभ ही रहेगा। समाजवाद को व्यवहार में लाने के लिए छोटे, क्षेत्रीय और भारतीय भाषा के पत्रों से ही अपेक्षाकृत देश की अधिकाधिक जनता का निकट सम्पर्क होता है।

समिति ने छोटे समाचार पत्रों को प्रसाधन जुटाने सम्बन्धी सहायता के लिये एक पृथक निगम की स्थापना, ५० प्रतिशत विज्ञापन उन्हें दिये जानें, केन्द्र और राज्यों के राजस्व का १ प्रतिशत हिस्सा विज्ञापनों पर व्यय करने, पृष्ठ संख्या के आधार पर उनका मूल्य निर्धारित करना और वार्षिक पुरस्कार आदि कई ऐसे सुझाव सरकार को दिये गए हैं, जो महत्वपूर्ण हैं। केन्द्रीय सरकार को चाहिये कि इन सुझावों पर तुरन्त स्वीकृति प्रदान करें और उन्हें कार्यान्वित करे।

यह निर्विवाद है कि किसी भी लोकतन्त्रात्मक राज्य में एक स्वस्थ लोकतन्त्रामक व्यवस्था की स्थापना में समाचार पत्रों का महत्वपूर्ण स्थान होता है। इस संदर्भ में छोटे समाचार पत्रों का योगदान विशेष महत्व रखता है। छोटे और क्षेत्रीय पत्र-पत्रिकाओं को अभी तक भी ऐसी व्यवस्था और ऐसा वातावरण नहीं मिल पाता है कि वे

आर्थिक और राजनैतिक दबाव से प्रभावित हुये बिना निष्पक्ष समाचार और दृष्टिकोण जनता के सम्मुख प्रस्तुत कर सकें, क्योंकि उन्हें अपना अस्तित्व (Existence) भी बनाये रखना होता है। किसी पत्र-पत्रिका के स्तर से गिर जाने और पीली पत्रकारिता अपनाने का भी यह एक मूलभूत कारण पाया जाता है।

विभिन्न भाषाओं और श्रेणियों में छोटे समाचार पत्रों में से सर्वश्रेष्ठ पत्रों को प्रतिवर्ष पुरस्कार दिये जाने की व्यवस्था हो जाने से उनके स्तर में आशा के अनुकूल सुधार हो सकता है।

सरकारी विज्ञापनों के अतिरिक्त अर्द्धसरकारी एवं सहकारी संस्थाओं के विज्ञापनों को भी छोटे समाचार पत्रों के हित में नियमित किये जाने की आवश्यकता है। ग्रामीण क्षेत्रों में अधिक प्रसारित पत्रों को देश की जनसंख्या के अनुपात से अधिक प्राथमिकता मिलनी चाहिए।

भ्रष्टाचार उन्मूलन की ओर-एक और कदम

साप्ताहिक पर्वतीय वर्ष-१४ अंक-१९ २० मई १९६६

पिछले दो वर्षों में अपनी कड़ी निगरानी और भ्रष्टाचार विरोधी आन्दोलनों के फलस्वरूप केन्द्रीय जांच ब्यूरो को भ्रष्ट सरकारी कर्मचारियों को पकड़ने और उन्हें दण्ड दिलाने के कार्य में काफ़ी सफलता मिली है। अब इस ब्यूरो ने इस उद्देश्य के लिये काम शुरू कर दिया है। सम्बन्धित विभागों के अध्यक्षों के सहयोग से अब इस ब्यूरो ने कुछ कार्यवाही करने की योजना बनाई है। कुछ खास विभागों, सरकारी संस्थानों और केन्द्र प्रशासित प्रदेशों पर यह ब्यूरो विशेष ध्यान देता रहेगा। जिन अधिकारियों की ईमानदारी पर सन्देह है, या जिनके खिलाफ शिकायतें हैं, उन पर यह ब्यूरो खास निगरानी रखेगा। इसी प्रकार ऐसे ठेकेदारों, फर्मों आदि की भी सूचियां बनाई जायेंगी, जो नियमों आदि की अवहेलना करते हैं या जिन पर भ्रष्ट कार्यवाहियां करने के सन्देह हैं। यह भी महसूस किया जा रहा है कि अगर प्रशासनिक सुधार किये जाएं, विधियां सरल बनायी जाएं, कुशलता बढ़ाई जाए, प्रशासनिक विलम्ब कम किए जाएं और जनता की शिकायतें व दिक्कतें सुनने और उन्हें दूर करने की व्यवस्था की जाए, तो भ्रष्टाचार को समाप्त करने में बड़ी मदद मिलेगी। अतः प्रत्येक मन्त्रालय, विभाग और सरकारी संस्थान को प्रशासनिक सुधार के उपाय करने की व्यवस्था करनी होगी।

जन - सहयोग

घूसखोरी और अन्य भ्रष्ट कार्यवाहियों को रोकने में सरकार तब तक सफल नहीं हो पायेगी जब तक वह जनता का सहयोग नहीं लेती। जन साधारण से इस बात की सूचना गोपनीय रूप से आमन्त्रित की जाये कि-लोगों को प्रायः कैसी दिक्कतों का सामना करना पड़ता है और किस स्तर पर उन्हें अपना काम कराने के लिए रिश्वत आदि देनी पड़ती है। इसके अलावा जनता को भी इस बात का समुचित बढ़ावा दिया जाए कि वे अधिकारियों की भ्रष्ट कारवाइयों की सूचना दें। यह सराहनीय कदम है कि अब सरकार को जानकारी देने वाले का नाम गुप्त रखा जाएगा और जानकारी देने वाले को यह भी छूट दी जायेगी कि वह भले ही भ्रष्ट अधिकारी का नाम न बताए, केवल भ्रष्ट कार्यवाही की जानकारी ही दे दें। अब तक भ्रष्टाचार के मामले इसलिए भी पर्याप्त संख्या में नहीं पकड़े गए कि

सूचना देने वाले व्यक्ति को अभियोगों की पुष्टि में सबूत आदि पेश करने पड़ते थे। जानकारी होते हुए भी लोगों में यह धारणा आ जाती थी कि कौन फजीहत और रंजिश मोल ले।

सरकारी मंत्रालयों और विभागों द्वारा अपने काम के बारे में ऐसी पुस्तिकाएं आदि प्रकाशित किए जाने का भी प्रावधान हो रहा है जिनमें यह जानकारी दी जायेगी कि अमुक विभाग जनता के लिए क्या काम करता है, वह काम किस प्रकार कराया जा सकता है, उसके लिए किस अधिकारी से मिलना चाहिए, किस काम में कितना समय लगेगा, किस जगह और कितना रूपया वैध रूप में जमा कराने की जरूरत है, किस अधिकारी से जानकारी मिल सकती है, कहाँ शिकायतें दर्ज की जानी चाहिएं आदि।

भ्रष्टाचार के अनेकों मामले समय-समय पर क्षेत्रीय समाचार पत्रों में प्रकाशित होते रहते हैं, अतः ब्यूरो को चाहिए कि जिला एवं राज्य स्तरों पर समाचार पत्रों के प्रत्येक अंक की कटिंगों पर जांच की जाए और उसके परिणाम सम्बन्धित पत्रों को सूचित किये जायें।

निर्धनता के प्रथम दर्शन

साप्ताहिक पर्वतीय वर्ष-१४ अंक-२३ १७ जून ६६

स्वतंत्रता, समृद्धि और सम्पन्नता की प्रतीक होती है। किन्तु उत्तर प्रदेश के पर्वतीय क्षेत्रों ने स्वतंत्रता के सही अर्थ की अनुभूति नहीं की। इन क्षेत्रों में आज भी निर्धनता बेरोजगारी और अशिक्षा का बोलबाला है। आश्वासन और दौरे नेताओं की देन हैं, वह इन क्षेत्रों को मिली। लेकिन आश्वासन व्यवहारिकता में परिणीत नहीं हो पाये। नियोजन की प्रगति निराशाजनक रूप से शिथिल रही है। १७ जून से भारत की प्रधान मंत्री ने प्रथम बार देश के सर्वाधिक पिछड़े क्षेत्रों का दौरा टिहरी उत्तरकाशी से शुरू किया। उन्होनें आश्वासन दिया कि पहाड़ी जिलों की योजनाओं के कार्यान्वयन की गति तीव्रतम की जायेगी। इससे आशा का संचार होता है किन्तु पिछले मंत्रियों और मुख्यमंत्रियों के आश्वासनों के स्मरण के सामने अन्धेरा ही दीखता है। इन पर्वतीय क्षेत्रों की निर्धनता एक कहावत का काम करती है। देश की प्रति व्यक्ति आय ३१४.४ रू० है। और उत्तर प्रदेश की २७३ रूपए है। इस पिछले प्रदेश में भी ये पहाड़ी क्षेत्र बहुत पीछे हैं। इन क्षेत्रों की प्रति व्यक्ति आय २८४ रूपए है। जिनमें से यह देहरादून और नैनीताल जिलों को छोड़ दिया जाए तो प्रति व्यक्ति आय अल्मोड़ा-पिथौरागढ़ की १७६ रू० गढ़वाल-चमोली की २९४ रूपए और टिहरी उत्तरकाशी की १२९ रूपए है। जिन क्षेत्रों को देश के सबसे कम आय वाले जिलों का "गौरव" है उन क्षेत्रों में प्रथम बार प्रधान मन्त्री का दौरा एक विशेष महत्व रखता है।

प्रधानमंत्री इस बात की और अवश्य ध्यान देंगी कि ७ आने रोज की आमदनी वाले सीमान्त वासी ४ रु० किलो चावल के युग में यदि सीमाओं की रक्षा का दम भरते हैं तो ये उनकी देश प्रेम से भरपूर भावना अवश्य है लेकिन उनकी ये निर्धनता उनके संकल्प को पूरा करने में उन्हें कहां तक और कितना सहयोग दे सकती है?

प्रधानमंत्री ने तीन योजनाओं की संपूर्ति के पश्चात इन क्षेत्रों की दयनीय दशा का स्वयं अवलोकन किया है और, आशा है, वे उसके सुधार के लिए अवश्य कुछ ठोस रूख अपनायेंगी ताकि सीमा रक्षा के सीमान्त वासियों के संकल्प, समय पर व्यवहारिक सिद्ध हो सकें।

प्रधानमंत्री ने फिलहाल ये तो महसूस किया कि पर्वतीय क्षेत्रों के लिए पृथक नियोजन परिषद होनी चाहिए क्योंकि इन क्षेत्रों की स्थिति मैदानी क्षेत्रों से भिन्न है। और इतने बड़े मैदानी क्षेत्रों के साथ इन थोड़े से पहाड़ी क्षेत्रों की समस्याओं पर जितना ध्यान जाना चाहिये नहीं जा पाता।

एक शुभ संदेश

साप्ताहिक पर्वतीय वर्ष-१४ अंक-२६ ८ जुलाई १९६६

प्रधानमंत्री श्रीमती इन्दिरा गांधी का मुखपृष्ठ पर प्रकाशित संदेश उत्तरकाशी, टिहरी, गढ़वाल, अल्मोड़ा, पिथौरागढ़ और नैनीताल जिलों के १७ से २१ जून १९६६ के भ्रमण के उपरान्त उत्तर प्रदेश कांग्रेसी कमेटी के जनरल सेक्रेटरी श्री हेमवती नन्दन बहुगुणा को लिखे गए पत्र में भेजा था।

कुछ पत्रों में ये पूछा गया कि श्रीमती गांधी तो नेहरू जी के निकटतम थीं और पहले ही इन क्षेत्रों की दयनीय दशा जानती थीं फिर आज चुनाव के कुछ ही महीने पहले उन्हें पहाड़ों के लिए पृथक नियोजन परिषद की आवश्यकता क्यों पड़ी वे आज तक क्यों नहीं बोलीं? ये इसलिए मालुम पड़ता है कि श्री बहुगुणा प्रधानमंत्री के दौरे के दौरान उनके साथ रहे और श्री बहुगुणा को ये श्रेय जाता है कि ये प्रधानमंत्री को पहाड़ी जनता की समस्यायें समझा सके। प्रधानमंत्री के सम्मुख टिहरी उत्तरकाशी व पौड़ी की सार्वजनिक सभाओं में श्री बहुगुणा ने पर्वतीय क्षेत्रों के लिये पृथक नियोजन की आवश्यकता पर बल दिया फलतः प्रथम बार भारत के प्रधानमंत्री ने पौड़ी में पहाड़ी जिलों के लिये पृथक नियोजन की आवश्यकता की घोषणा की। पहाड़ी जिलों के लिए यह एक ऐतिहासिक पत्र है और एतिहासिक सन्देश है जो पर्वतीय जनता की खुशहाली की प्रथम किरण कही जा सकती है।

इससे पूर्व १०, ११ जून को रामनगर में हुये राजनैतिक सम्मेलन में भी पृथक नियोजन की मांग का प्रस्ताव हुआ था। जिस सम्मेलन का उदघाटन श्री चन्द्र भानु गुप्त ने किया था और जिसकी अध्यक्षता श्री जगमोहन सिंह नेगी ने की थी। मुख्यमंत्री श्रीमती सुचेता कृपलानी ने इस सम्मेलन का उदघाटन किया था और वे प्रधानमंत्री के साथ भी दौरे में थीं।

इस पत्र की भावना को कार्यान्वित किया गया तो निश्चय ही पहाड़ी क्षेत्रों के लिए कई योजनायें बनेंगी जिनका कार्यान्वयन वर्तमान शिथिल प्रशासन से सम्भव नहीं हो सकता। इसके लिए पर्वतीय क्षेत्रों के प्रशासनिक ढांचे में परिवर्तन आवश्यक होगा जो लालफीताशाही से मुक्त हो और ऐसे अधिकारियों और कर्मचारियों से सम्पन्न हो जिन्हें इन क्षेत्रों के विकास के प्रति वास्तविक रूचि व सहानुभूति हो।

यह प्रशासनिक ढांचा जिला स्तर पर स्वशासन से सम्भव होगा, केन्द्रीय शासित होने से सम्भव होगा, पृथक प्रदेश होने से बन पायेगा या हिमाचल प्रदेश के साथ मिलकर प्राप्त होगा वह विचारणीय प्रश्न है।

फिलहाल जन भावना यह है कि यदि उत्तर प्रदेश के साथ रहकर ही इन क्षेत्रों के विकास के मार्ग के रोड़े यथा लालफीताशही, प्रशासनिक भ्रष्टाचार दूर करके प्रशासनिक रूचि एवं निपुणता लायी जा सकती है तो यह सर्वश्रेष्ठ बात होगी। अन्य कोई भी कदम उत्तर प्रदेश सरकार के रूख ही पर निर्भर करता है।

जनता-जनतंत्र और सरकार

साप्ताहिक पर्वतीय वर्ष-१४ अंक-२७ १५ जुलाई १९६६

भारतीय रुपये के अवमूल्यन के पश्चात् भी योजनाओं के लिये विदेशी ऋण की अधिकाधिक खींच के प्रयास में सरकारी नीति इस प्रकार कार्य कर रही है जैसे कि आगामी आम चुनावों का परिणाम इसी पर निर्भर हो। एक ओर देश के बड़े-बड़े नेता जनता को नसीहत देते हैं कि स्वदेशी माल का प्रयोग करें जैसा कि सन् १९४२ के आन्दोलन में महात्मा गांधी जी का नारा था। किन्तु यह आश्चर्यजनक है कि हमारे नेताओं में अधिक से अधिक विदेशी सहायता ऋण के रूप में प्राप्त करने की होड़ सी हो चली है।

विगत तीन योजनावधि में भारत की आम जनता में कितनी खुशहाली आई है, इसका आभास जनता एवं उसके प्रतिनिधियों को भलीभांति हो चुका है। सरकार के रिकोर्ड में जो प्रगति सूचक आंकड़े उपलब्ध होते हैं और जनता की जो वास्तविक स्थिति है उसमें भारी विरोधाभास परिलक्षित है। लोक कल्याणकारी राज्य की जो कल्पना जनसाधारण ने आज़ादी के पहले की थी, वह अभी तक कल्पना ही बनकर रह गई और संविधान में उल्लिखित समान अधिकार प्रजातन्त्रीय शासन प्रणाली, सत्ता का विकेन्द्रीकरण आदि-आदि सुनकर कलेजा थामे हुए जनसाधारण देख रहे हैं कि इन सबके बावजूद हम कहां से कहां पहुंच चुके हैं। आशानुकूल विदेशी ऋण प्राप्त न होने अथवा अवमूल्यन के फलस्वरूप केन्द्र ने राज्यों से १० प्रतिशत कटौती करने को कहा है। इस कटौती का असर देश के लाखों परिवारों की रोजी पर छटनी के कारण पड़ सकता है। क्योंकि राज्यों में विभिन्न विभागों के सचिवों अथवा अध्यक्षों द्वारा इस कटौती को कार्यान्वित किया जाना है, अतः सम्भव है कि 'अनावश्यक' बतलाकर कुछ अस्थाई कर्मचारियों को सेवा से विमुक्त कर दिया जाए अथवा प्रासंगिक व्यय की मदों में आंशिक कटौती हो।

जनता न केवल इस कटौती का स्वागत करे अपितु यदि आवश्यकता पड़ी तो संभवतः इससे भी अधिक के लिए स्वयं अनुरोध करे, बशर्ते कि सरकार उसके सम्मानीय नेताओं को बगल में झोली लटकाये विदेशों में यात्रार्थ न भेजे। किन्तु मौजूदा अर्थव्यवस्था में ५ प्रतिशत से अधिक लोग शायद ही इस बात को पसन्द करें कि जनता पर अनेकानेक करों के भार भी बढ़ते जाए, रोजी पर लगे लोगों को बेरोजगार कर दिया जाए और विदेशों से कर्ज मांगना भी बन्द न हो। सरकार को जनसंघ कार्यकारिणी की उन सिफारिशों पर विचार करना चाहिए जिनमें कहा गया है कि अपने उपलब्ध प्रसाधन और व्यय की जा सकने वाली धनराशि को दृष्टि में रखकर ही चौथी योजना को व्यवहारिक रूप दिया जाए।

मिथ्या किन्तु उच्चाभिलाषापूर्ण भारी योजना का ढिंढोरा पीटना सर्वथा निरर्थक ही होगा, तब तक कि राज्यों में उत्पन्न गत्यावरोध की स्थिति पहले हल न हो।

भारत के जनसंख्या एवं क्षेत्रफल में सबसे बड़े राज्य-उत्तर प्रदेश में जो स्थिति विद्यमान है, उसका उचित हल चतुर्थ योजना से कहीं अधिक महत्व रखता है। ट्रकों की हड़ताल, उत्तर प्रदेश बन्द, बांदा में हुई ८ व्यक्तियों की मृत्यु, राज्य कर्मचारियों की मांगे सुनने और उन पर विचार करने के बदले उन्हें पुलिस से पिटवाना आदि बातें क्या प्रजातन्त्रीय सरकार के लिये शोभनीय हैं? यह सब प्रकट करता है कि कहीं पर कोई त्रुटि अवश्य है, जिसे ढूंढ निकालना और ठीक करना प्रजातन्त्रीय सरकार का कर्तव्य है।

असम्मानजनक - समझौता या अमेरिकन गेहूं।

साप्ताहिक पर्वतीय वर्ष-१४ अंक-३० ५ अगस्त १९६६

प्रजातंत्रीय सरकार से अपेक्षा की जाती है कि किसी मामले को प्रतिष्ठा का विषय बनाकर वह हठपूर्ण नीति न अपनावे, बल्कि परस्पर वार्ता एवं विचार विर्मश करके गलतफहमियों को दूर करें। इस सम्बन्ध में प्रदेश कांग्रेस के अध्यक्ष श्री कमलापति त्रिपाठी की राय सही थी कि दमनपूर्ण नीति से राज्य कर्मचारियों की हड़ताल का हल नहीं निकल सकता जहां तक कर्मचारियों की हड़ताल का प्रश्न है, वह इसलिये सराहनीय है कि समाज में उनकी निरन्तर गिरती हुई प्रतिष्ठा और आर्थिक स्थिति की चुनौती उन्होनें स्वीकार की और एक होकर आत्म सम्मान की रक्षा के लिये अपनी आजीविका तक दाँव पर लगा दी। उनकी एकता ही दूसरे शब्दों में सामाजिक एकता भी है क्योंकि समाज के ९५ प्रतिशत परिवारों से एक, दो या अधिक व्यक्ति सरकारी विभागों में कार्य करते हैं। सरकार को चाहिए कि कर्मचारियों की मांगो पर सहानुभूति पूर्वक विचार करे और कर्मचारियों को इस एकता को कायम रखते हुये उसका उपयोग प्रदेश के जन-जीवन की खुशहाली के लिये करे।

प्रदेश के ५ लाख कर्मचारी यदि इसी प्रकार एक होकर संकल्प कर लें कि राज्य में भ्रष्टाचार, ब्लैक मार्केटिंग, कीमतों में वृद्धि और जन-साधारण के प्रति अन्याय नहीं होने देंगे, तो कोई कारण नहीं कि राज्य के प्रशासन में सुधार और जन-जीवन में खुशहाली न आये। जनता की सरकार को ऐसे हथकन्डे अपनाना शोभा नहीं देता, जिसके लिये स्वयं कांग्रेस ने आज़ादी के पूर्व अंग्रेजी हुकूमत की धज्जियां उड़ाई थीं।

हड़ताल की अवधि में राज्य कर्मचारियों के पक्ष का समर्थन करने वाले विरोधी दलों द्वारा सरकार और कर्मचारियों के बीच हुये समझौते को सरकार के लिये 'अपमानजनक' बतलाया जाना एक स्वस्थ एवं प्रजातांत्रिक विरोध नहीं कहा जा सकता। वास्तव में देखा जाए तो उ.प्र. की मौजूदा स्थिति के लिये सरकार से अधिक जिम्मेदार राज्य के विरोधी दल हैं। जिसमें से कई दल तो इसलिए सरकार के किसी भी कार्यक्रम का विरोध आये दिन करते रहते हैं कि वे 'विरोधी' हैं।

यह दलील सामने आ सकती है कि कांग्रेस की बहुमत सरकार विरोधी दलों द्वारा प्रस्तुत मांगों और संशोधनों आदि को नहीं मानती और अनेकों बार कांग्रेस सरकार पर 'तानाशाही' का अभियोग तक लगाया जाता है, किन्तु क्या जनता की किसी वाजिब मांग को लेकर विरोधी दल के विधायकों ने कभी यहां तक भी सोचा कि सब मिलकर ऐसी सदस्यता से त्यागपत्र दे दें और अपने मतदाताओं को दिखा दें जो आश्वासन देकर उन्होंने वोट मांगें थी, वह पूरे न हो सके इसलिये वे त्यागपत्र दे रहे हैं। अपने मतदाताओं के प्रति विधायकों का दायित्व यहीं तक पूरा नहीं हो जाता कि उनको (विधायकों) वेतन भत्ते व रेलवे फ्री पास मिल जाएं, किसी कर्मचारी की बदली कर दें, किसी को सस्ते गल्ले की दुकान दिला दें या किसी प्रा. स्कूल भवन का उदघाटन कर दें अथवा उत्तरायण (आकाशवाणी) से कोई वार्ता प्रसारित कर गौरवान्वित हो जाएँ।

मुख्यमंत्री श्रीमती सुचेता कृपलानी द्वारा जो समझौता राज्य कर्मचारियों के साथ किया गया है, वह न तो सरकारी सम्मान के प्रतिकूल है और न ही उत्तर प्रदेश की जन -भावना के विपरीत। उत्तर प्रदेश के सम्मान को जिससे ठेस पहुंचती है वह है देश का सबसे बड़ा और उपजाऊ राज्य होते हुये, अमेरिकन गेहूं की बढ़ती हुई खपत।

भारत का पहला कागज संस्थान
साप्ताहिक पर्वतीय वर्ष-१४ अंक-३४ २ सितम्बर १९६६

भारत में प्रति व्यक्ति कागज की खपत १.३ किलोग्राम है। जबकि अमेरिका में २२६ किलोग्राम, स्वीडन में १४१, इंग्लैंड में ११६ किलोग्राम प्रति व्यक्ति है। कागज की खपत बढ़ाना एक अच्छा लक्षण इसलिए नहीं कि अनावश्यक पत्र व्यवहार और लालफीतेशाही के तरीकों से कार्यालयों में फाइलों का ढेर बढ़ता जाए, लेकिन प्रजातांत्रिक देश में स्वस्थ जनमत के निमार्ण एवं समाज शिक्षा के लिए पत्र-पत्रिकाओं व पुस्तकों की आवश्यकता को भुलाया नहीं जा सकता। इसी उद्धेश्य से यह लक्ष्य रखा गया है कि आगामी १५ वर्षों में भारत में ७ लाख टन कागज बन पाता है और आवश्यकता अनुमानतः ५० लाख टन की होगी।

उत्तर प्रदेश सरकार की इस ओर विशेष रूचि के फलस्वरूप हाल ही में सहारनपुर में, भारत के सर्वप्रथम कागज तकनीकी स्कूल की स्थापना होने जा रही है। इसके लिए २५ लाख रुपये मूल्य के उपकरण उपहार के रूप में एवं ५ वर्ष के लिए ५ प्रशिक्षकों की सेवायें स्वीडन सरकार ने दी हैं। इसके आलावा १० लाख रू० मूल्य के उपकरणों की दूसरी किस्त भी इसी वर्ष प्राप्त हो जाने की आशा है।

३५ एकड़ क्षेत्र में फैली हुई इस संस्था में मैट्रिक पास युवकों के लिए तीन वर्ष और डिप्लोमा प्राप्त युवकों के लिए दो वर्ष की प्रशिक्षण अवधि है, जिसके उपरांत उन्हें प्रमाण पत्र दिये जायेंगें। प्रारम्भ में प्रतिवर्ष १०० छात्रों के प्रवेश की व्यवस्था होगी। इस संस्था की स्थापना से शिक्षित युवकों में नौकरी की तलाश में घूमने की प्रवृति कम होकर उन्हें तकनीकी कार्य अपनाने की ओर प्रेरणा मिलेगी और भारत का कागज उद्योग जो अब तक काफ़ी पीछे है अन्य देशों के साथ कदम मिलाकर आगे बढ़ पायेगा।

उपरोक्त संस्थान के संचालन में होने वाले आवन्तक व्यय का आधा-आधा भाग केन्द्रीय एवं उ.प्र. सराकर द्वारा वहन किया जायेगा। संस्था का निर्माण कार्य यद्यपि अभी चालू है किन्तु फिर सीमित संख्या में प्रेवश एवं प्रशिक्षण कार्य प्रारम्भ हो चुका है। राज्य सरकार को चाहिये कि कुमाऊँ एवं उत्तराखण्ड डिवीजनों के प्रत्याशियों के लिए उपरोक्त संस्था में कम से कम २५ प्रतिशत स्थान सुरक्षित हों ताकि उस क्षेत्र के युवक भी कागज उद्योग का प्रशिक्षण प्राप्त कर सकने में प्राथमिकता पा सकें, जहां कागज के उत्पादन हेतु भारी मात्रा में कच्चा माल उपलब्ध है किंतु उसका लाभ उन्हें न मिलकर गंगा-यमुना के जल की भांति अन्यत्र उठाया जा रहा है।

टनकपुर से लेकर देहरादून तक के पर्वतीय अंचल में कई पेपर मिलों की स्थापना रेलवे लाइन की सुविधा प्राप्त स्थान-देहरादून, ऋषिकेश, कोटद्वार, रामनगर हल्द्वानी और टनकपुर में हो सकती है। इन स्थानों पर कागज उत्पादन हेतु पर्याप्त कच्चा माल सुलभ हो सकता है और शिक्षित, अल्पशिक्षित अथवा अशिक्षित, साधन-हीन पर्वतीय युवकों को प्रशिक्षणोपरांत आजीविका का प्रसाधन तो प्राप्त होगा ही साथ ही विदेशों से कागज के आयात पर जो करोड़ों रू० प्रति वर्ष व्यय होता आ रहा है, उसकी भी बचत हो सकेगी।

केन्द्र एवं राज्य सरकार को इस ओर विशेष ध्यान देकर कोई ऐसा निर्णय लेना चाहिये जिससे सीमांत उद्योग और देश की आवश्यकता दोनों की पूर्ति हो सके।

उ.प्र. के ७५०० पंचायत मन्त्रियों का प्रश्न ?

साप्ताहिक पर्वतीय वर्ष-१४ अंक-३५ ९ सितम्बर १९६६

ब्रिटिश सरकार की गुलामी से छुटकारा पा लेने के बाद भारत के लिए राष्ट्रपिता महात्मा गांधी जी का विचार था एक बार पुनः रामराज्य की स्थापना, जिसमें प्रजातन्त्र की विकेन्द्रित इकाइयों के द्वारा देश एक सूत्र में बंधा रहे। इस स्वप्न को कार्यान्वित करने के लिये देश में पंचायत राज शासन प्रणाली उन राष्ट्रीय नेताओं ने प्रारम्भ की थी, जो भारतीय परम्परा और संस्कृति के अनुसार देश का विकास चाहते थे।

देश के स्वतन्त्रता आन्दोलन के बाद १५ अगस्त १९४९ से पंचायत राज की स्थापना एक महत्वपूर्ण एतिहासिक बात थी। स्वतन्त्रता संग्राम के अधिकांश कार्यकर्ता एवं शिक्षित युवक इस विभाग के पुनीत उद्देश्यों से प्रभावित होकर विभाग में आये और प्रारम्भ के कुछ ही वर्षों में कई राज्यों में जनता की पंचायत राज के प्रति भरपूर आस्था उमड़ उठी। किन्तु गह बात उस वर्ग को शूल दर्द की तरह पीड़ित करने लगी जिसकी खुशहाली विदेशियों की खुशामद और चापलूसी पर निर्भर करती थी।

फलस्वरूप कुछ न कुछ बहाना या आधार लेकर विदेशी अनुदान और ऋणों से चलाने वाली सामुदायिक विकास नामक योजना प्रारम्भ हुई। अधिकारियों और कर्मचारियों को विदेशी गुरूओं की कृपा से दीक्षा मिली। विदेशी दीक्षाओं का प्रचार और प्रसार कुछ ही वर्षों मे भारतीय जनता को स्वार्थी और परावलम्बी बनाते हुये शुक्ल -पक्ष के चांद की तरह बढ़ने लगा। देश में तीन पांच वर्षीय योजनायें पूरी हो जाने के बाद जो पूर्णिमा आई है, उसके प्रकाश से देश का शायद ही कोई भाग अछूता रहा हो। हर भारतीय के आगे प्रश्न चिन्ह (?) लटक रहा है-क्या यही वह रामराज्य है जिसकी पूज्य गांधी जी ने कल्पना की थी।

पंचायतों की नींव सुदृढ़ बनाने और देश में स्वावलम्बन की भावना संचारित करने के लिए विभिन्न राज्यों में पंचायत मंत्री अथवा पंचायत सचिवों के रूप में जिन उत्साही व्यक्तियों ने अपने जीवन के १६ से अधिक वर्ष निरन्तर सामाजिक व आर्थिक संघर्षों के बावजूद व्यतीत कर दिए हैं , अब अधेड़ या वृद्धावस्था में छुईमुई की तरह कुम्हला रहे हैं। उनकी सेवाओं का भारतीय रुपये की भांति अवमूल्यन, प्रजातन्त्र को एक करारा तमाचा कहा जा सकता है। लड़खड़ाती स्थिति में उ.प्र. के कुछ पंचायत मंत्री गत ९ अगस्त को अपनी दुर्दशाओं पर आंसू बहाने लखनऊ में एकत्रित हुए और अब विभिन्न जिलों में वे अपने भविष्य पर विचार करने को मजबूर हुए।

उत्तर प्रदेश सरकार के पंचायती राज मंत्री इस बात पर आमादा हैं कि राज्य के लगभग ७५०० पंचायत मत्रियों को उनकी महत्वपूर्ण सेवाओं पर पर्दा डालकर "अनुपयोगी" न घोषित कर दिया जाए। राष्ट्रीय विचार के प्रतिनिधियों, ग्राम सभा प्रधानों, सरपंचों, क्षेत्र प्रमुखों और जिला परिषद अध्यक्षों को गम्भीरता पूर्वक इस प्रश्न पर विचार करना चाहिए। और यदि वे समझते हैं कि पंचायत मंत्रियों ने गांवो के उत्थान हेतु अपने जीवन की इतनी लम्बी अवधि व्यतीत की है, तो उन्हें सरकार को इस बात के लिए बाध्य करना ही चाहिए कि पंचायत मन्त्रियों को भी सम्मानपूर्ण जीवन व्यतीत करने का अधिकार है और मौजूदा मूल्य-सूचक अंक के अनुसार उनके वेतन में समुचित वृद्धि की जाये। ग्राम सेवक से उनका-वेतनमान किसी भी दशा में कम नहीं होना चाहिए। उ. प्र. सरकार के इस कदम को शायद ही समर्थन मिल सके कि पंचायत मन्त्रियों के पदों को समाप्त करके ग्राम सेवकों की संख्या में वृद्धि की जाये।

कुमाऊँ विश्वविद्यालय की मांग - त्रिमुख दृढ़ता चुनौती।

साप्ताहिक पर्वतीय वर्ष-१४ अंक-४१ २१ अक्टूबर १९६६

पिछल ११ वर्षों से चली आ रही कुमाऊँ विश्वविद्याालय की मांग नैनीताल के छात्रों की हड़ताल से एक त्रिमुखी-चुनौती के रूप में आगामी- सामान्य निर्वाचनों के ठीक पूर्व उत्तर प्रदेश सरकार, अभिभावकगण एवं सत्तारूढ़ राजनैतिक पार्टी के समक्ष एक गम्भीर समस्या बनकर आई है। मेरठ और कानपुर विश्वविद्यालय खुल जाने और कुमाऊँ विश्वविद्यालय की स्थापना को टाल दिये जाने के कारण पर्वतीय जिलों के प्रति पक्षपातपूर्ण रूख अपनाया जा रहा है और जैसा कि विद्वान एडवोकेट श्री दयाकिशन पांडे ने एक सार्वजनिक सभा में कहा, इससे ८ पर्वतीय जिलों के पृथक राज्य की मांग को और भी बल मिलता है।

अभिभावकों में इसलिए पश्चाताप है कि कुमाऊँ विश्वविद्यालय की स्थापना के लिए उनका अपना जो कर्तव्य था, उसके लिए पूरी निष्ठा के साथ वे संभवतः प्रयास नहीं कर पाये और उनके होनहार छात्रों को हड़ताल का आश्रय लेना पड़ा। संक्रामक रोग की तरह देश के विभिन्न भागों में फैल रही हड़तालों में जिस प्रकार उधम मचा है, हिंसाएं और तोड़फोड़ सुनी जाती है, उसकी तुलना में सौभाग्य से यहां के छात्रों ने हड़ताल के लिए जो विषय चुना है वह रचनात्मक एवं जनहित का है। अभिभावकों के लिए विचारणीय प्रश्न यह पैदा हो गया है कि आने वाली फाइनल परीक्षाओं में उनके छात्रों का परिणाम क्या होगा? और अवांछित परिणाम के लिए कौन जिम्मेदार है।

यद्यपि कुमाऊँ-उत्तराखण्ड के सभी राजनैतिक दलों के नेता कुमाऊँ विश्वविद्यालय के औचित्य पर जोर देते हुए उसकी स्थापना की मांग करते आये हैं, जिनका प्रकाशन 'पर्वतीय' के एक दर्जन से अधिक अंको में क्रमबद्ध रूप से हो चुका है, फिर भी इस सर्व सम्मत मांग पर सरकार सक्रिय रूप से अमल भी करे, इस ओर प्रयासों की कमी रही है। फलतः कुमाऊँ-उत्तराखण्ड की सबसे पहली और न्यायोचित मांग सबसे पीछे धकेल दी गई अथवा टाल दी गई। इसका परिणाम आने वाले आम चुनावों में कुमाऊँ -उत्तराखण्ड के आठ जिलों में कांग्रेस प्रत्याशियों के समक्ष एक प्रश्न चिन्ह (?) बनकर लटक रहा है। क्योंकि उनके पास इस बात का कोई तर्क-संगत उत्तर नहीं कि तृतीय पंच वर्षीय योजना में पूर्व प्रावधान के अनुसार यह विश्वविद्यालयों की स्थापना के समय भी पिछले कुमाऊँ की आवाज अनसुनी क्यों की। कुमाऊँ उत्तराखंड में अब इतनी जन -जागृति अवश्य आ चुकी है कि जनता इस दलील के सामने चुप नहीं होगी कि "हमने तो पूरी कोशिश की, लेकिन सरकार नहीं मानी"। विरोधी राजनैतिक दल भी इस कमजोरी का पूरा फायदा उठाएंगे, भले ही किसी चतुर राजनीतिज्ञ ने कुमाऊँ की जन-भावना को निर्बल समझकर इस प्रश्न को आगामी चुनाव के लिए एक स्टंट बनाकर एक बार पुनः विजयश्री प्राप्त करने के उद्देश्य से रख छोड़ा हो।

यह बड़े आश्चर्य एवं दुख की बात है कि राष्ट्र के सीमांत क्षेत्र वासियों की भावनाओं से आखिर इस प्रकार का खिलवाड़ क्यों किया जा रहा हैं। उत्तर प्रदेश की सरकार क्या इस क्षेत्र की सरकार नहीं या उस सरकार में इस क्षेत्र से जो निर्वाचित प्रतिनिधी हैं, वे यहां की जनता के वास्तविक प्रतिनिधि नहीं अथवा इस क्षेत्र को उच्च शिक्षा, विकास के प्रसाधन एवं खुशहाली की आवश्यकता नहीं ?

पृथक नियोजन परिषद या पृथक केन्द्र शासित राज्य

साप्ताहिक पर्वतीय वर्ष-१५ अंक-३२ २० अगस्त १९६७

सर्वप्रथम चार वर्ष पूर्व 'साप्ताहिक पर्वतीय' ने उत्तर प्रदेश के पहाड़ी जिलों के विकास के लिये, सुरक्षा की दृष्टि से, द्वितीय रक्षा पंक्ति को सुदृढ़ करने के लिए तथा इन पिछड़े क्षेत्रों की गरीब जनता की खुशहाली के लिए यह आवश्यक समझा था कि इन आठ पहाड़ी जिलों का पृथक या केन्द्र शासित राज्य बनाना जाए। यही एक सही उत्तर है इन क्षेत्रों की सदियों पुरानी निर्धनता का।

इस मांग को कांग्रेस और अन्य दलों के लोगों ने भी दिल से सही माना है लेकिन दलीय अनुशासन या व्यक्तिगत लिहाज या स्वार्थ के कारण उनके पहाड़ी नेता दिल खोलकर इस मांग को अपने नेताओं या सरकार के पास नहीं रख सके। केवल कांग्रेस के एम.पी. महाराजा मान्वेन्द्र शाह इस मांग को लेकर आगे आए और लगभग दो वर्ष तक वे उसके पक्ष में घूमे, कई सम्मेलनों में बोले और अध्यक्ष भी रहे।

१९६६ में लखनऊ में श्री लक्ष्मण सिंह अधिकारी ने पर्वतीय विधायकों की एक बैठक का संयोजन किया और उसमें पृथक या केन्द्र शासित पहाड़ी राज्य की मांग को आगे बढ़ाने के लिए एक सम्मेलन रामनगर में बुलाने का निश्चय किया।

रामनगर सम्मेलन भी हुआ लेकिन उस सम्मेलन पर श्री चन्द्रभानु गुप्त की गहरी छाया पड़ गई। कांग्रेसी विधायकों की आवाज निकलनी मुश्किल हो गई और महाराजा मानवेन्द्र शाह ने भी घुटने टेक दिए। फलस्वरूप यह प्रस्ताव हुआ कि पर्वतीय क्षेत्रों के लिए एक पृथक नियोजन परिषद बने और इन क्षेत्रों का प्रशासनिक ढांचा बदला जाए । उसके बाद प्रधानमंत्री श्रीमती इंदिरा गांधी ने भी गढ़वाल दौरे के दौरान भाषणों में इस प्रस्ताव का समर्थन किया।

आज साम्यवादी पृथक पर्वतीय राज्य चाहते हैं और वे महाराजा मान्वेन्द्र शाह से इसलिए रूष्ट हैं कि उन्होंने पृथक राज्य की मांग का सौदा पृथक नियोजन परिषद में कर दिया और यदि कल उन्हें कांग्रेस सरकार कोई अवसर दे दें तो वे कोई भी अग्रिम समझौता कर सकते हैं। कांग्रेस दल अभी अपनी उसी पुरानी मांग (पृथक नियोजन परिषद) को ही अलाप रहें हैं और अभी भी श्री चन्द्रभानु गुप्त या श्री कमलापति त्रिपाठी का मोह उनके विवेक को वाचाल नहीं होने दे पा रहा है। जनसंघ के श्री बलराज मधोक ने नैनीताल में इसी वर्ष पृथक पर्वतीय राज्य की मांग को सही कहा है किन्तु फिर भी पर्वतीय क्षेत्रों के जनसंघी नेता सक्रिय नहीं हो पाये हैं। जन कांग्रेस अभी संगठित नहीं हैं और होने पर श्री चरणसिंह उनके मार्ग में श्री चन्द्रभानु गुप्त पाठ अदा नहीं करेगा। भविष्य की उदयमान पार्टी संसोपा की चुप्पी इस बात का द्योतक है कि उन्हें कदाचित अभी अपनी शक्ति पर ही भरोसा नहीं हैं। प्रसोपा स्वास्थ्य मंत्री श्री प्रतापसिंह के नेतृत्व में है कुछ कारणों से श्री प्रतापसिंह का मौन या विरोध सही है फिलहाल निर्दलीय लोगों में श्री दयाकिशन पांडे ने इस मांग की मशाल अपने हाथ में ले रखी हैं।

पर्वतीय क्षेत्रों के निष्पक्ष एवं प्रबुद्धजन यह मानते हैं कि पृथक पर्वतीय राज्य आत्मनिर्भर होगा और इसलिये पृथक राज्य ही सर्वोत्तम है किन्तु यदि आरम्भ में केन्द्र शासित राज्य के लिये भी सभी दल राजी हो जायें तो यह हमें हिमाचल की स्थिति में ले आयेगा जिस स्थिति में रहकर हिमाचल चंद वर्षों में ही इन क्षेत्रों से कहीं आगे बढ़ चुका है।

आज नहीं तो कल या परसों पृथक राज्य बनेगा और जो दल जितनी देर इस मांग को बढ़ाने में करेगा उसे होने वाले लाभ से उतना ही अधिक वंचित रहना पड़ेगा।

शिक्षा नीति

साप्ताहिक पर्वतीय वर्ष-१५ अंक-३३ २७ अगस्त १९६७

स्वत्रन्त्रता के बीस वर्ष बाद भी हमारी शिक्षा नीति का निर्धारण नहीं हो पाया है। कभी हिन्दी को राष्ट्र भाषा बताकर सन् १९६५ तक उसे अंग्रेज़ी का स्थान देने की बात कही गई। तो कभी अंग्रेज़ी की समाप्ति की अवधि कुछ वर्ष बढ़ाई गई और अब तो स्थिति यह है कि अंग्रेज़ी को तब तक हटाया जाएगा अब तक कोई एक भी प्रदेश उसे हटाने के विरोध में या उसे रखने के पक्ष में होगा।

फिर तीन भाषाई सिद्धान्त की कुछ वर्ष तक रट लगाई गई लेकिन अब उसे भी अदूरदर्शितापूर्ण घोषित किया जा रहा है। और अब प्रदेशों के शिक्षा मंत्रियों की औपचारिक बैठक में निश्चय होता है कि छात्रों की प्रतिभा के विकास हेतु विश्वविद्यालय क्षेत्र तक शिक्षा का माध्यम क्षेत्रीय भाषाएं होनी चाहिए। हिन्दी और अंग्रेज़ी में से कोई भी एक भाषा छात्र ले सकेगा।

यद्यपि ये निश्चय अनौपचारिक बैठक के हैं। किन्तु चूंकि ये औपचारिक लोगों के निश्चय हैं इसलिए उन्हें मूर्त रूप मिलना कोई कठिन बात नहीं है।

स्वतन्त्रता के २० वर्ष बाद भी हमारे देश में शिक्षा केवल ३० प्रतिशत लोगों तक ही सीमित है वह भी उच्च शिक्षा केवल ३० प्रतिशत तक ही पहुँच पाई है। इसका अर्थ ये है कि सही सोचने या समझने की शक्ति, यदि वे चाहें तो केवल १० प्रतिशत जनता तक ही सीमित है। वह भी ये कल्पना करके कि उच्च शिक्षित लोग यदि चाहें तो सही सोच और समझ रखते हैं। शेष ९० प्रतिशत जनता को किसी भी समस्या का कोई भी भाष्य किया जा सकता है और जो जो भाष्यकर्ता जितना ही अधिक बाचाल होगा वह अपने विचार से जनता को प्रभावित कर सकता है।

ऐसी स्थिति में हमारा देश सही माने में लोकतन्त्र के लिए उर्वरा भूमि नहीं की जा सकती। लोकतन्त्र सही दिशा में तभी जा सकता है जब अधिक जनता उच्च शिक्षा प्राप्त हो और सही दिशा में सोचने समझने की शक्ति में सम्पन्न हो।

इस दृष्टिकोण से क्षेत्रीय भाषाओं में उच्च शिक्षा का होना नितांत आवश्यक है लेकिन दूसरी ओर लोकतन्त्र को सुदृढ़ करने के लिए यह भी आवश्यक है कि देश में एकता हो उसमें प्रांत व भाषा के भेद न हो। यह भेदभाव केवल एक सम्पर्क भाषा ही के द्वारा दूर हो सकते हैं। अंग्रेज़ी तो ३०० साल शासकीय भाषा रहने पर भी जनता में नहीं आ सकी इसलिए हिन्दी एक मात्र भाषा है जिसे सम्पर्क भाषा के रूप में देश अपना सकता है।

श्रेष्ठ यही होगा कि हिन्दी को राष्ट्रीय भाषा के रूप में विकसित किया जाता और अंग्रेज़ी को वैकल्पिक भाषा का रूप दे दिया जाता और उच्च शिक्षा तक प्रादेशिक भाषाओं को माध्यम बना दिया जाता। जो हो शिक्षा नीति के निर्धारण में अब देर नहीं होनी चाहिए और जो नीति हो उसको दृढ़ता के साथ लागू किया जाना चाहिए।

विकास गोष्ठियों के मुद्दे
साप्ताहिक / दैनिक पर्वतीय - वर्ष- अंक १३ मई १९७२

हाल में प्रधानमंत्री की उपस्थिति में अल्मोड़ा में आयोजित विकास गोष्ठी में एक वक्ता ने विकास गोष्ठियों की निरर्थकता से खिन्न होकर कहा कि मैं उतनी विकास गोष्ठियों में अब तक भाग ले चुका हूँ जितने मैंने अब तक मुर्दे फूंके है। वक्ता ने गम्भीरता पूर्वक कहा हो या चुटकी कसते हुये लेकिन उसके द्वारा की गई तुलना गलत नहीं लगती।

जैसे शव यात्रा के बाद, शव दहन के उपरान्त, शव यात्री वापस चले जाते हैं। उसी प्रकार इन विकास गोष्ठियों में लिये गये निर्णय और पारित प्रस्ताव भी गोष्ठी की समाप्ति के साथ ही समाप्त हो जाते हैं। उनकी कार्यवाही सम्बधित अधिकारी द्वारा लिख ली जाती है और ऊपर के अधिकारियों तथा विभाग को अग्रसारित कर दी जाती है। वहां उन पर कदाचित ही कोई अमल होता है। गोष्ठी की संस्तुतियों का दम सचिवालय के तहखानों में जाकर घुट जाता है और फिर एक विकास गोष्ठी की पुनरावृत्ति राज्य, मंडल या जिला स्तर पर वर्ष में एक दो बार हो जाती है। अधिकारी व जन प्रतिनिधि मिलते हैं, प्रस्ताव पास कर जाते हैं और अपना भत्ते का बिल वसूल लेते हैं।

यही क्रम चलता आ रहा है प्रथम पंचवर्षीय योजना से लेकर आज तक। ऐसी स्थिति में एक जन प्रतिनिधि को सच्चाई की अनुभूति होना स्वभाविक सा है। और उसकी उदगार उसकी गहराई को अभिव्यंजित करते हैं।

गोष्ठियों का आयोजन विकास का स्वांग सा हो गया है। फलस्वरूप उक्त वक्ता की भांति सभी को इसी प्रकार की अनुभूति और अहसास अवश्य होना होगा। कोई अपनी निराशा को छुपा लेते है और कोई सांकेतिक शब्दों में प्रकट करते हैं। लेकिन प्रधानमंत्री की उपस्थिति में उक्त वक्ता द्वारा विकास गोष्ठी की तुलना शव दहन से करना महत्वपूर्ण है और फलदायी हो सकता है। क्योंकि श्रीमती गाँधी जन भावना की गहराई तक जाने का प्रयत्न करती हैं और विकास में स्वाभाविक रूचि रखती हैं। यदि उन्हें विकास गोष्ठी द्वारा जनता और जन प्रतिनिधियों में व्याप्त निराशा की गहराई का अनुभव हो सका तो उनकी त्वरित निश्चय लेने की आदत अवश्य कुछ हल प्रस्तुत कर सकेगी।

सही जगहों पर बैठे गलत लोग
दैनिक पर्वतीय वर्ष-१ अंक-१७ १९ मई १९७२

हमारी सामाजिक व्यवस्था ने हर वर्ग विशेष के लिए अपने स्वार्थों की पूर्ति के लिए अनेक शरण स्थलों का निर्माण कर, वर्ग भेद को और भी गहरा कर दिया है। इस खाई के भरने के आसार फिलहाल अभी कुछ वर्षों तक तो दिखाई नहीं देते हैं। स्वातंत्र्योत्तर भारत में यदि कुछ पाया है तो यही अटूट मात्रा में पनपा है।

इसका परिणाम है कि प्रशासनिक सेवाओं से लेकर अन्य महत्वपूर्ण पदों पर अक्सर ऐसे लोग छंटकर चले आते हैं जो उस पद के लिए योग्य तो नहीं पर उस पर बोझ अवश्य बन जाते हैं। अपने चारों ओर फैले वातावरण में यदि हम एक दृष्टि डालें तो ऐसे कई उदाहरण आसानी से मिल जायेंगे।

पूना इंस्टीटूयट के वैज्ञानिक श्री शाह की आत्महत्या के उपरान्त उस प्रतिभावन वैज्ञानिक तथा उनकी आत्महत्या की चर्चा खूब हुई व वैज्ञानिक संस्थाओं में हो रही अनियमितताओं की ओर देश का ध्यान आकर्षित हुआ। इससे पहले भी अनेक होनहार लोगों ने समाज द्वारा की जाने वाली उपेक्षा के कारण जीवन का अंत कर दिया है या वे कुंठायुक्त जीवन जी रहे हैं। यह किसी से छिपा नहीं। वर्तमान अपराधी-पहुँच व भाई भतीजावाद के युग में शायद कोई विरला ही होगा जो उन्नति के उस सोपान पर पहुँच सके जिसकी वह कामना करता है, यह आजकल साधारणतया सोचा जाने लगा है। समाज के लिए यह सोच काफी घातक साबित हो सकती है।

समाज के शिक्षित वर्ग में कुंठा का एक प्रमुख कारण परम्पराओं के निर्वाह की मजबूरी भी है जिससे वह अपने को बिल्कुल कटा हुआ पाता है। क्योंकि उसकी वर्तमान शिक्षा चाहे वह कितनी ही ऊंची क्यों न हो उसे केवल पाश्चात्यता की ओर ही उन्मुख करती है। आज की शिक्षा उसे अपनी संस्कृति और अपने संस्कारों से विमुख होने की शिक्षा देती है। जिसकी वजह से आज हमारे समाज में एक ऐसे वर्ग की संख्या में वृद्धि होती जा रही है जो अपने को मुख्य धारा से कटा हुआ पाता हैं। ऐसे लोग उन पदों पर पहुँचते हैं जहाँ उन पर ऐसी बड़ी जिम्मेदारियाँ सौंपी जाती हैं तो वे बौने साबित होने लगते हैं ।

जिम्मेदारियों के पद पर जब आज का युवक ऐसे अयोग्य लोगों को आसीन देखता है तो कुछ कुंठित तो होता ही है साथ ही उसमें आक्रोश की भावना भी उत्पन्न होती है।

इस प्रकार की मनोवृत्ति को रोकने के लिए अब समय आ गया है कि प्रशासनिक सेवा नियमों में सुधार किया जाय। उन्हें समाज के लिए उपयोगी तथा भारतीय संविधान द्वारा प्रदत्त सभी नागरिकों को समान एवं समुचित अवसर की भावना के अनुरूप बनाया जाय न कि किसी व्यक्ति विशेष को अनुग्रहीत करने या उसे खपाने के लिए इस प्रकार का व्यवहार किया जाय कि उसकी अयोग्यतायें भी योग्यता में शुमार हो जाये । तभी सही जगहों पर सही लोग आ सकेंगे।

महाशक्तियां शान्ति की खोज में ?
दैनिक पर्वतीय वर्ष-१ अंक-१९ २३ मई १९७२

अमेरिकी राष्ट्रपति श्री रिचर्ड निक्सन अपनी बहुप्रतीक्षित मॉस्को यात्रा पर कल रवाना हो गये। उनकी इस यात्रा तथा सोवियत नेताओं से उनकी भेंट से विश्व राजनीति पर क्या प्रभाव पड़ेगा इसका पूर्वानुमान लगाना तो एकदम सम्भव नहीं है, फिर भी आशा की जानी चाहिए कि दक्षिण पूर्व एशिया में जो रक्त रंजित नाटक खेला जा रहा है उस पर पटाक्षेप होने की दिशा में कुछ व्यवहारिक प्रयत्न होंगे।

मॉस्को यात्रा पर रवाना होने से पूर्व श्री निक्सन ने वाशिंगटन से २४ मील दूर एन्ड्रयूज हवाई अड्डे पर अपनी यात्रा के उद्देश्यों पर प्रकाश डालते हुये कहा कि वे कोई बहुत बड़ी युगान्तकारी यात्रा पर तो नहीं जा रहे हैं लेकिन फिर भी उन्होंने आशा प्रकट की कि दोनों देशों के बीच मैत्री व सदभावना में वृद्धि होगी।

चीन यात्रा तथा उसकी नाटकीय व्यवस्था के बावजूद भी राष्ट्रपति निक्सन को चीन में अपेक्षित सफलता नहीं मिली है। वियतनाम प्रश्न जहाँ का तहाँ अमेरिका के गले पडा़ ढोल सा बन गया है। वहाँ अब उसे सम्मानपूर्वक उतारने में सोवियत संघ कितना सहायक होगा यह इस यात्रा व सोवियत नेताओं के रुख पर ही निर्भर करेगा।

राष्ट्रपति निक्सन का कार्यकाल अपने वियतनाम युद्ध के ही लिए याद नहीं किया जायेगा बल्कि वे अमेरिका के प्रथम राष्ट्रपति हैं जिन्होंने सोवियत संघ तथा चीन की यात्रा की।

विश्व राजनीति के इन बदलते समीकरणों ने अब सारे विश्व को, विशेषकर महाशक्तियों को, आपस में टकराव रोकने के लिए विचार विमर्श हेतु विवश कर दिया है। केवल अमेरिका ही नहीं बल्कि सोवियत संघ की भी यही नियति है और शांति की उसी आकांक्षा से, या यूँ कहिए कि अपनी अस्तित्व रक्षा के लिए, किसी समय के घोर शत्रु अब मित्र बन गये हैं।

परन्तु शांति की यह आकांक्षा तभी पूरी हो सकती है जब ईमानदारी से इस पर अमल किया जाय। क्योंकि राजनीति के दर्शन के अनुसार यह विचार व्यवहारिक नहीं हो सकता। अतः अच्छा यही है कि परस्पर समझौते से बीच का रास्ता निकाल लिया जाय। यदि श्री निक्सन इसमें अंशतः भी सफल हुए तो आशा की जानी चाहिए कि वियतनाम का रक्त रंजित अध्याय शीघ्र ही इतिहास की वस्तु हो जायेगा।

एक और गणराज्य

दैनिक पर्वतीय - २४ मई १९७२

ब्रिटिश औपनिवेशिक दासता से स्वतंत्रता के २४ वर्षों के उपरांत २२ मई को श्रीलंका संविधान सभा के अध्यक्ष श्री टेनले तिलकरत्ने द्वारा संविधान में हस्ताक्षर करने के उपरांत श्रीलंका सर्वप्रभुतासंपन्न गणराज्य के रूप में उदित हुआ।

एशिया महाद्वीप का दक्षिणवर्ती छोटा किन्तु महत्वपूर्ण यह द्वीप गत २४ वर्षों तक एक प्रकार से ब्रिटेन के संविधान के ही अनुरूप गर्वनर जनरल को ब्रिटिश मुकुट का प्रतिनिधि मानता रहा। किसी भी संविधान के न होने से कई बार भ्रामक स्थितियां भी पैदा हो गईं।

प्राकृतिक सुषमा एवं सौन्दर्ययुक्त अपने रबर तथा चाय व कॉफी के बागों के लिए प्रसिद्ध श्रीलंका की प्रथम प्रधानमंत्री के रूप में श्रीमती सिरिमावो भंडारनायके ने शपथ ग्रहण की। प्रथम राष्ट्रपति गर्वनर जनरल गोवल्लव मनोनीत किये गये हैं।

भारतीय उपमहाद्वीप में भारत, बंग्लादेश के बाद अब श्रीलंका तीसरा गणतंत्र है, और आशा की जानी चाहिए कि इससे उपमहाद्वीप की लोकतंत्री शक्तियों को बल मिलेगा।

श्रीलंका ने अपने संविधान में सिंहली को राष्ट्र भाषा के पद पर आसीन करने के बाद अल्पसंख्यकों की भावना का भी आदर करते हुए उत्तरी व पूर्वी भागों में तामिल के उपयोग को जो छूट दी है उससे देश के २५% तामिलभाषियों की चिंता दूर हो जायेगी।

सारे विश्व में श्रीलंका के गणतंत्र के रूप अभ्युदय का हार्दिक स्वागत हुआ है। विश्व राजनीति में भी श्रीलंका में हुए इस परिवर्तन का व्यापक प्रभाव पड़ सकता है। आज हिन्द महासागर में विश्वशक्तियां जिस प्रकार अपना प्रभाव क्षेत्र बढ़ाने के लिए प्रयत्नशील है उस स्थिति में भारतीय उपमहाद्वीप के देशों को सजग एवं सम्बद्ध रहना होगा, और उसकी जिम्मेदारी श्रीलंका पर सबसे ज्यादा इसलिए भी आ जाती है कि वह हिंद महासागर का सुदूरवर्ती अन्तिम देश है। हिन्द महासागर में होने वाली किसी भी घटना का सीधा प्रभाव उसी पर पड़ेगा।

विकेन्द्रीकरण की ईकाई

दैनिक पर्वतीय वर्ष-१ अंक-२० २४ मई १९७२

स्वर्गीय राम मनोहर लोहिया ने एक आदर्श लोकतन्त्री व्यवस्था "चौखम्भा राज्य" का विचार प्रस्तुत किया था। उसमें ग्राम एक महत्वपूर्ण स्वायत्तशासी ईकाई के रूप में कल्पित की गई थी। उनकी कल्पना के अनुसार लोकतन्त्र की आधारशिला ही प्रशासन की छोटी से छोटी इकाई थी।

महात्मा गाँधी भी गांवो को एक स्वावलम्बी इकाई के रूप में ही देखना चाहते थे। उनके रामराज्य की परिकल्पना ही ग्रामीण स्वावलम्बन पर अधारित थी। परन्तु समयांतर के साथ देश में राजनीति का जो घिनौना रूप सामने आने लगा उसमें ग्राम सभांए भी अछूती नहीं रही हैं। परिणाम यह हुआ कि नाममात्र के अधिकारयुक्त ये इकाइयां भी भ्रष्टाचार का गढ़ बन गई। वे नौकरशाह जो पहले ही इस व्यवस्था से चिढ़े हुये थे उन्होंने इस पर अधिकारी दर अधिकारी बैठा दिये। ग्राम प्रधान केवल शोभा की वस्तु भर बन कर रह गया। केवल वे ही प्रधान ब्लौक कार्यलायों में अपना काम करवा सकने की स्थिति में रह गये जिनकी पहुँच ऊपर तक थी या जो दंबग थे और ये काम भी कितने पूरे हुये? केवल कागजी आंकड़ों की पूर्ति इसमें हुई।

उत्तर प्रदेश में ११ वर्षों बाद ग्राम पंचायतों के चुनाव प्रारम्भ होते ही जैसे हिंसा के समाचार प्राप्त हो रहे हैं वह परिकल्पना से बाहर है। यदि ग्राम सभा के ही पदों के लिए सर फुटावल होती है तो यह इसी बात का परिचायक है कि देश में अभी वह राजनैतिक जागरूकता उत्पन्न नहीं हुई है जिसकी अपेक्षा लोकतन्त्र की इन प्रारम्भिक पाठशालाओं से की जाती है।

ग्राम सभाओं के सदस्य वैतनिक नहीं होते हैं फिर उसके लिए इतना झगड़ा क्यों? क्या यह उस आशंका की ओर इंगित नहीं करता है कि ग्राम सभाओं में भष्टाचार के कई रास्ते खुल गये हैं और अगर पुश्तैनी या गुटबाजी की वजह से संघर्ष होते हैं तो उसे उचित नहीं कहा जा सकता है।

अतः आवश्यक है कि अब जो भी आगामी चुनाव होने वाले हैं उसमें प्रत्याशी तथा उनके समर्थक संयम का उदाहरण प्रस्तुत करें ताकि उनकी राजनैतिक परिपक्वता के ऊपर किसी को भी उंगली उठाने का मौका न मिले।

अर्द्ध विराम और पूर्ण विराम

दैनिक पर्वतीय वर्ष-१ अंक-२५ ३० मई १९७२

अमेरिका और सोवियत संघ द्वारा आपसी हित के आधा दर्जन समझौते किये गए हैं। परन्तु उनमें से एक निश्चय ही ऐसा है जिससे शेष विश्व भी, उतना ही सम्बद्ध रहा है जितना कि ये दोनों देश स्वयं हैं।

यह परमाणु अस्त्रों को सीमित करने का समझौता है। घातक परमाणु अस्त्रों की होड़ विश्व को पूर्ण विनाश पर ही ले जाकर रोकती, यह निश्चित था। यह समझौता दोनों देशों द्वारा मानव जाति के हित में उठाया गया कदम है। दोनों पक्ष इस तथ्य को स्पष्ट रूप से समझते थे कि यदि परमाणु युद्ध छिड़ जाता तो मानव जाति पर इसका

विनाशक प्रभाव पड़ना निश्चित था। वर्तमान समझौता समय की मांग था लेकिन हथियारों की होड़ रोकने में केवल अर्द्ध विराम मात्र है।

शस्त्रों की विनाशकारी होड़ को पूर्ण विराम की परिणीति तक पहुंचाना मानव जाति के कल्याण की परम आवश्यक शर्त है। हथियारों का उत्पादन कई प्रकार की बुराईयों की जड़ है। सर्वप्रथम यह राष्ट्रीय सुरक्षा के लिए अनिवार्यता की सीमा लांघने के बाद अधिपत्य आक्रमण और साम्राज्यवाद का मार्ग प्रस्तुत करता हैं।

दूसरे, यह एक प्रकार के आर्थिक शोषण और आर्थिक साम्राज्यवाद का साधन बन गया है अत्यधिक मात्रा में शस्त्रों का उत्पादन करने वाले देश पिछड़े एशियाई, अफ्रीकी व लैटिन अमेरीकी देशों में हथियार सप्लाई करके वहां युद्धों, गृह यृद्धों तथा अशांति के बीच अपना उल्लू सीधा करते रहे हैं। इन देशों में हथियारों की आवश्यकता उत्पन्न करने के बाद इन अभागे देशों को पूर्णतः अपने हाथ की कठपुतली बनाकर उनकी स्वतंत्रता व सम्प्रभुता का हनन भी निरन्तर होता रहा है।

अन्ततः हथियार, जो मूलतः विनाश का साधन है, मानव के प्रेम व अहिंसा के आदर्शों को सदैव चुनौती देता रहता है।

वर्तमान संधि से घातक हथियारों की होड़ कुछ धीमी पड़ जाने की आशा करना अनुचित न होगा यदि सम्बद्ध पक्ष पूर्ण ईमानदारी से संधि पर अमल करते रहें, परिस्थितियों के दबाव के सम्मुख न झुककर भी अमल करते रहें, भविष्य में पूर्ण विराम की ओर प्रगति की आशा की जा सकती है लेकिन इसकी बुनियादी शर्त राष्ट्रों के बीच पारस्परिक विश्वास की भावना का मजबूत होना है।

इस दिशा में भावी प्रगति की दृष्टि से संधि के अन्तर्गत उद्देश्यों की पूर्ति और अमल के लिए स्थायी सलाहकार आयोग की नियुक्ति प्रशंसनीय है।

सजगता का तक़ाज़ा

दैनिक पर्वतीय वर्ष-१ अंक-२७ ३० मई १९७२

'गरीबी हटाओ'! के नारे के साथ साथ लोगों में जीवन की मूल आवश्यकताओं की पूर्ति तथा उच्चतर जीवन स्तर प्राप्ति की आकाँक्षाओं की पूर्ति के लिए ठोस और रचनात्मक योजनाओं के निर्माण की आशा किया जाना स्वाभाविक ही है।

आज से आरम्भ हो रही 'राष्ट्रीय विकास परिषद' की द्वि दिवसीय गोष्ठी में पांचवी पंचवर्षीय योजना के प्रति दृष्टिकोण निर्धारण इस पृष्ठभूमि में बहुत महत्वपूर्ण हो जाता है। परिषद योजना निर्माण की उच्चतम नीति निर्मात्री में क्षेत्रीय असन्तुलन दूर किया जाए। देश के पिछड़े हुए भागों को भी आर्थिक विकास के उसी सोपान तक पहुंचने का उपयुक्त अवसर दिया जाए जिस तक के देश के सम्पन्न और विकसित भाग पहुँच चुके हैं। क्षेत्रीय असन्तुलन से देश के लोगों के जीवन में आर्थिक संकट है अतः उसे बहुत सजग रह कर अपना कार्य करना होता है।

इसी सजगता का तक़ाज़ा है कि आर्थिक विकास विषमता और शोषण की ही स्थिति उत्पन्न नहीं करता है वरन् पिछड़े भागों को असंतोष से जन्मे विद्रोह के मार्ग पर भी अग्रसर करता है।

योजना आयोग ने न्यूनतम आवश्यकताओं की परिधि को भी कुछ व्यापकता प्रदान की है। अब भोजन, कपड़ा, मकान, और चिकित्सा सुविधायें ही नहीं वरन् १४ वर्ष तक के बालकों के लिए प्रारम्भिक शिक्षा, गांवो में सड़क निर्माण, ग्रामीण विद्युतीकरण, गन्दी बस्तियों के सुधार आदि के कार्यक्रम भी न्यूनतम आवश्यकताओं के अन्तर्गत शामिल किए गए हैं। न्यूनतम आवश्यकताओं की बदलती परिभाषाओं के इस संदर्भ में क्षेत्रीय असन्तुलन की खाई और भी अधिक चौड़ी हो जाती है। इस तथ्य पर विचार किया जाना भी महत्वपूर्ण है।

उत्तर प्रदेश के पर्वतीय भाग भी देश के उन पिछड़े हुए अभागे क्षेत्रों में से हैं जहां कि अभी तक भी जनता की न्यूनतम आवश्यकताओं की पूर्ति नहीं हो पायी है। न्यूनतम आवश्यकताओं की परिधि की व्यापकता को दृष्टि में रखते हुए तो यह कहा जा सकता है कि वर्तमान जीवन स्तर बिल्कुल ही असंतोष जनक है।

यदि देश के अन्य भागों में विकास की गति को ध्यान में रखा जाए और फिर पर्वतीय क्षेत्रों के पिछड़ेपन के स्थिति की तुलना इससे की जाए तो स्थिति की गम्भीरता का अनुमान सहज ही हो जाता है। पर्वतीय क्षेत्रों का धैर्य अपनी चरम सीमा तक पहुँच चुका है अतएव शीघ्र ही उनकी स्थिति में सुधार के लिए कुछ किया जाना आवश्यक है। पांचवी पंचवर्षीय योजना के व्यापक लक्ष्यों के निर्धारण में उनकी आवश्यकताओं का ध्यान रखा जाना आवश्यक है।

संकुचित स्वरूप की जिद
दैनिक पर्वतीय वर्ष-१ अंक-२७ १ जून १९७२

अलीगढ़ मुस्लिम विश्वद्यिालय का अल्पसंख्यक स्वरूप बनाए रखने की मांग को प्रधानमंत्री श्रीमती गांधी ने यह कहकर अस्वीकार कर दिया है कि केन्द्रीय सरकार के धन से चलने वाले किसी विश्वविद्यालय का अल्पसंख्यक स्वरूप नहीं रखा जा सकता। उन्होंने यह भी कहा कि अगर सरकार ‘अलीगढ़ मुस्लिम विश्वविद्यालय’ के सम्बन्ध में यह मांग स्वीकार कर लेती है तो अन्य अल्पसंख्यक शिक्षा संस्थाओं के बारे में भी उसे यही सिद्वान्त लागू करना पड़ेगा।

प्रधानमंत्री श्रीमती गाँधी द्वारा यह अस्वीकार सामयिक ही नहीं बल्कि एक व्यवहारिक काम भी है। यदि ‘अलीगढ़ मुस्लिम विश्वविद्यालय’ का यह अल्पसंख्यक स्वरूप स्वीकार कर लिया जाता है तो देश में अनेक सम्प्रदाय ऐसे हैं जो अपने अल्पसंख्यक होने का दावा कर सकते हैं। इससे अन्ततः साम्प्रदायिक विद्वेष को ही प्रसार मिलेगा।

युग परिवर्तन के साथ साथ अब ‘अलीगढ़ मुस्लिम विश्वविद्यालय’ के स्वरूप में परिवर्तन आवश्यक हो गया है। उसे युग की धारा के साथ चलना ही होगा। आज मुस्लिम विश्वविद्यालय का सम्बन्ध केवल मुस्लिम सम्प्रदाय से ही नहीं रह गया है। बल्कि आज तो स्थिति हो गई है यहां सभी धर्मों के आठ हजार छात्र हैं। इस प्रकार इसे केवल एक सम्प्रदाय विशेष की ही संस्था क्यों बतलाकर रखा जाए, यह आज की मौजूदा स्थितियों में समझ में आने लायक बात नहीं है।

अब समय आ गया है कि देश की मुस्लिम जनता को देश की मुख्य शिक्षा धारा के साथ जोड़ा जाए ताकि वह भी देश के अन्य लोगों के साथ आगे बढ़ सके। ऐसी स्थिति में 'अलीगढ़ मुस्लिम विश्वविद्यालय' को केवल उस रूप में बनाए रखने की ज़िद करना अजीब सा लगता है।

प्रधानमंत्री के इस आश्वासन के बावजूद, कि उसके ऐतिहासिक स्वरूप में कोई भी हस्तक्षेप करने के लिए सरकार की कोई मंशा नहीं है इस सम्बन्ध में एक विधेयक लोक सभा के विचाराधीन है जिसमें यह है कि विश्वविद्यालय कोर्ट में अध्यापकों व छात्रों को प्रतिनिधित्व दिया जायेगा। इससे छात्रों की एक बड़ी मांग की पूर्ति तो अपने आप ही हो जाती है। फिर छात्रों द्वारा यह आन्दोलन क्या इस ओर इंगित नहीं करते हैं कि कुछ स्वार्थी राजनैतिक तत्व इस अवसर का फायदा उठा लेना चाहते हैं।

यह आज समय की मांग है कि साम्प्रदायिक आधार पर किसी भी संस्था को यह विशेषाधिकार नहीं मिलना चाहिए।

एक और विशेषाधिकार समाप्त

दैनिक पर्वतीय वर्ष-१ अंक-२८ २ जून १९७२

ब्रिटिश सरकार ने भारत में ऐसे कई वर्गों का निर्माण किया था जिनसे भारतीय समाज में हमेशा वर्गभेद की खाई बनी रहे। और अभिजात्य के नाम पर वह वर्ग दूसरों को अपने से हीन समझे तथा अपनी सुरक्षा के लिए सत्ता के प्रति आस्थावान बना रहे।

इन्हीं में एक वर्ग था आई.सी.एस. अधिकारियों का जिन्हें कई विशेषाधिकार प्राप्त थे। वे ब्रिटिश जो इन पदों पर नियुक्ति होकर आते थे उनके लिए ये विशेषाधिकार स्वाभाविक ही थे अन्यथा सात समुद्र पार भारत में कोई क्यों आता। परन्तु भारतीय अधिकारियों को ये अधिकार उस वर्ग भावना को ही पैदा करने के दिए गये थे।

स्वतंत्रता के उपरान्त भी इन अधिकारियों के ये अधिकार यथावत स्वीकार कर लिए गये और आज तक ये अधिकार यथावत चलते रहे हैं। परन्तु युग परिवर्तन के साथ-साथ महाराजाओं के अधिकार समाप्त हुए तो उसके साथ ही आई.सी.एस. अधिकारियों के इन विशेषाधिकारों को भी समाप्त करने की मांग उठती रही।

लोक सभा ने २९ मई को ४ के मुकाबले २८६ के भारी बहुमत से इन अधिकारियों के अधिकारों को समाप्त करने के बाद इस कार्यक्रम का अनुमोदन कर दिया। यह कांग्रेस द्वारा उठाया गया एक और प्रगतिशील कदम था।

ब्रिटिश शासन की परम्परा के अनुसार, विशेष अधिकार प्राप्त इन अधिकारियों के विशेषाधिकारों की समाप्ति, उस तथाकथित अभिजात्य वर्ग को समाज के समकक्ष लाना आज की नितान्त आवश्यकता है।

इसके साथ ही समाज में आजकल कुछ ऐसे वर्ग भी तो पैदा हो रहे हैं जिन्हें अलिखित रूप से विशेषाधिकार प्राप्त हैं। यह वर्ग आज राजा महाराजाओं और आई.सी.एस. वर्ग से भी अधिक शक्तिशाली होता जा रहा है। जिसकी वजह से प्रशासन में भ्रष्टाचार और साधनों का दुरूप्रयोग तो सामान्य सी बात है ही परन्तु मौका पड़ने पर आदर्शवाद की दुहाई देने वाले इस वर्ग द्वारा समाज का जो नियत शोषण होता है उस पर भी अंकुश लगाना युग की एक बड़ी मांग है।

पुराने जमाने के राजा महाराजाओं तथा आई.सी.एस. अधिकारियों के बाद अब यही वर्ग विशेषाधिकार प्राप्त करता जा रहा है चाहे वह अलिखित ही क्यों नहीं हैं।

स्वाध्यायान्मा प्रमदः

दैनिक पर्वतीय वर्ष-१ अंक-२९ ३ जून १९७२

वैदिक काल से ही गुरू शिष्य को उसके भावी कार्यक्रम मौलिक सिद्धांतों पर दृढ़ रहने तथा सामाजिक दायित्व के प्रति सजग रहने का उपदेश देते हुये दीक्षा मंत्र "सत्यं वद धर्मं चर, स्वाध्यायान्मा प्रमदः" का उपदेश आज तक देते आ रहे हैं। ये वेद वाक्य हमारी संस्कृति के मूल मंत्र बन गये हैं।

इन तीन आदेशों में हमारे महाऋषियों ने जीवन का यह आधारभूत सत्य उद्घटित किया था कि सत्य ही जीवन है, धर्म ही जीवन है और स्वाध्याय की इस प्रक्रिया में कभी भी प्रमाद न हो।

युग परिवर्तन के साथ साथ सामाजिक स्थितियों में परिवर्तन आया। शिक्षा पद्धतियां युग के अनुरूप बदलती रही परन्तु गुरू के ये उपदेश हर युग में शिष्य का मार्ग दर्शन करते रहे हैं।

ये दीक्षान्त समारोह अत्यंत धार्मिक वातावरण, पवित्र भाव, निष्ठा एवं निष्ठात्मक विचारों के साथ मनाये जाते रहे हैं। परन्तु जब से पाश्चात्य पद्धति की नकल पर इन दीक्षान्त समारोहों का आयोजन किया गया है, ये महज उपाधियां वितरित (लगभग विद्यालयों के वार्षिक समारोहों) वाले औपचारिक समारोहों में परिवर्तित होते जा रहे हैं। उस परम्परा की तरह जो आज हमारे शिक्षा जगत में घुस आई है जिसमें केवल परीक्षा पास कर लेना और उसके बाद डिग्री प्राप्त करना ही ध्येय बनकर रह गया है। क्योंकि डिग्री ही एक मात्र उच्चशिक्षित होने का प्रमाण बन गई है।

उत्तर प्रदेश के शिक्षा मंत्री डॉक्टर रामजी लाल सहाय का यह उद्बोधन कि "शिक्षा को वर्तमान युग की आवश्यकताओं के अनुरूप बनाया जाए" व दीक्षांत समारोहों में कुछ नये निर्देश "राष्ट्र भक्त बनो, प्राणपण से राष्ट्र की रक्षा करो, राष्ट्रीय एकता बनाए रखो, देश का विकास करो मानवीय जीवन के मूल्यों को समझो" नितान्त सामयिक हैं।

परन्तु आज की परिस्थितियों में अपने भविष्य के प्रति अनिश्चित तथा कुण्ठित युवा वर्ग इस प्रकार के उपदेशों से इतना ऊब चुका है कि वह अब आगे इन्हें नहीं सुनना चाहता। ताली दोनों हाथ से बजती है यदि इस कहावत के आधार पर देखा जाए तो हमारे बड़ों ने भी स्वयं इन आदर्शो पर अमल करना चाहिए ताकि आने वाली पीढ़ी उस आदर्श को ग्रहण कर सके।

कर्म ही धर्म है। और अपने कर्तव्य के प्रति जागरूकता भी एक प्रकार से स्वाध्याय है लेकिन दुर्भाग्यवश हमारे देश में औपचारिकता के इस युग में हर चीज़ महज खानापूरी हो गई है। स्वाध्याय की नितान्त उपेक्षा हमारा स्वभाव बनता जा रहा है। फिर युवा वर्ग पर ही दोष क्यों?

अतः आज की आवश्यकता है कि रोजगार के अधिकाधिक अवसरों को खोजने के लिए प्रयास किये जाएँ। शिक्षा को जीवनोपयोगी बनाया जाए व प्रत्येक व्यक्ति की प्रतिभा का उपयोग समाजोत्थान के लिए हो। न कि

भाई भतीजावाद की आपा धापी में अयोग्य लोगों को ऊँचे पदों पर बैठा दिया जाए और प्रतिभाशाली युवक आत्महत्याएं करते रहें।

युग परिवर्तन के साथ साथ दीक्षान्त के मंत्रों का अर्थ आज की स्थितियों में हमारे लिए और भी महत्वपूर्ण हो गया है इससे बड़ी बात तो "स्वाध्यायान्मा प्रमदः" पर प्रवृत होना युग की मांग है। नित्य नये अन्वेषणों के अभाव में पिछली शताब्दी में हम कई दशक पिछड़े हैं और आगे भी पिछड़ते रहेंगे। विदेशों से आयातित ज्ञान विज्ञान को भी अंततः वातावरण में अपने आपको ढालना होता है।

दोस्ती की विज्ञप्ति

दैनिक पर्वतीय वर्ष-१ अंक-३० ४ जून १९७२

मॉस्को में अमेरिका और सोवियत संघ के बीच हुई शिखर वार्ता की समाप्ति के बाद जारी की गयी विज्ञप्ति दोनों महाशक्तियों के बीच भावी मधुर सम्बन्धों की बुनियाद सिद्ध हो सकती है। परन्तु वियतनाम युद्ध के विषय में किसी शान्ति प्रयास की आशा प्रत्यक्ष रूप से फलीभूत नहीं हुई। इसी प्रकार पश्चिम एशिया के तनाव क्षेत्र की समस्या के किसी ठोस हल की आशा करने वाले लोगों को भी संयुक्त विज्ञप्ति से निराशा ही हाथ लगी है। यदि इन दोनों अशान्ति के क्षेत्रों के विषय में कोई गुप्त समझौता किया गया है तो इसका परिणाम सामने आने में कुछ समय लगना तो अपेक्षित होगा ही।

शिखर वार्ता राष्ट्रपति निक्सन की व्यक्तिगत सफलता के रूप में भी देखी जा सकती है। चीन से सम्बन्ध स्थापना और मॉस्को शिखर वार्ता की सीढ़ियों पर चढ़कर श्री निक्सन आगामी राष्ट्रपति पद के चुनाव में सफलता की मंज़िल तक पहुँचने की आशा कर सकते हैं।

संयुक्त विज्ञप्ति में कुल मिलाकर यह तस्वीर उभरती है कि सोवियत संघ ने अमेरिका के प्रति कुछ रियायतें की हैं। यह विशेष तौर पर द्वितीय विश्व युद्ध के दौरान लिये गए कर्ज़ों के भुगतान और वियतनाम समस्या के उल्लेख के तरीके से भी स्पष्ट होता है। इसके पीछे सोवियत संघ द्वारा अपने देश के तीव्र आर्थिक विकास और अमरीकी बाजार तथा वस्तुओं की प्राप्ति की तीव्र आकांक्षा विद्यमान है। इसके बदले में सोवियत संघ अमरीका से अपने लिए भी विश्व में समान स्तर की स्पष्ट स्वीकारोक्ति पाना चाहता है।

समुद्र के टकराव की सम्भावनाओं पर रोक, सामरिक परमाणु अस्त्रों पर नियंत्रण, व्यापारिक सम्बन्धों को थोपना, विज्ञान तकनीक तथा अंतरिक्ष अनुसंधान के क्षेत्र में पारंपरिक सहयोग शिक्षा व सांस्कृतिक आदान प्रदान द्वारा दोनों देशों ने एक दूसरे के लिए सुरक्षा बढ़ा ली है। शेष विश्व की जनता के लिए नहीं। इसी प्रकार यूरोप के मामलों में दोनों में बढ़ता सहयोग आपसी हित में है चाहे यूरोप के निवासी इसे सन्देह की दृष्टि से ही क्यों न देखें।

परन्तु अन्तर्राष्ट्रीय तनाव दूर करने और विश्व शांति स्थापित करने के दोनों देशों के दावे संयुक्त विज्ञप्ति की कसौटी पर खरे नहीं उतरते हैं। शिखर वार्ता दोनों देशों की सामयिक आवश्यकता थी इसीलिए यह वियतनाम समस्या जैसी रूकावट के बावजूद भी सम्पन्न हुई। परन्तु इसका आधार आपसी सम्बन्धों की अधिक स्थिर व

रचनात्मक आधारशिला रखना ही सिद्ध हुआ है न कि विश्व शान्ति स्थापना के उत्तरदायित्व को अनुभव करना। इस प्रकार यह संयुक्त विज्ञप्ति केवल आपसी मित्रता की स्थापना का आधार है।

साम्प्रदायिकता पर रोक

दैनिक पर्वतीय वर्ष-१ अंक-१३ ६ जून १९७२

संसद द्वारा दंड प्रक्रिया कानून (संशोधन) बिल स्वीकार कर लिये जाने से साम्प्रदायिक, क्षेत्रवाद तथा हिंसा को सीमित करने का एक प्रयत्न किया गया है। साम्प्रदायिक की भीषण समस्या के हल क्षेत्रवाद को सीमित करने की समस्या लोकतंत्र के सुचारू संचालन की आवश्यक शर्त है। साम्प्रदायिकता और क्षेत्रवाद भारतीय जन जीवन के लिए एक प्रकार से अभिशाप बना हुआ है। थोड़े ही समय के अन्तराल में देश में कहीं ना कहीं उत्पन्न होते रहने वाले साम्प्रदायिक तनावों से जनजीवन दूषित होता है। जनता की एकता देश की शक्ति होती है। उस शक्ति को इन तनावों से बचा कर रखना सरकार का पुनीत कर्तव्य होता है। अतः इस दिशा मे किया गया कोई भी कार्य स्वागत योग्य ही कहा जायेगा।

इसी प्रकार देश में समय-समय पर अलगाव के पृथकवाद के स्वर भी सुनाई पड़ते हैं ये भी साम्प्रदायिकता की भांति देश की एकता और शांति के लिए चुनौती हैं। इसका भी समुचित समाधान खोजा जाना कम महत्वपूर्ण नहीं होता है।

संसद द्वारा पारित वर्तमान विधेयक इन उद्देश्यों की पूर्ति में कहाँ तक सफल होता है यह तो भविष्य ही बतलाएगा। बहुत कुछ सरकार की नेकनियती और तात्कालिक लक्ष्यों के स्वरूप पर निर्भर करेगा। कानून बना देना पर्याप्त नहीं हैं। साम्प्रदायिकता व क्षेत्रीयता भड़काने वाले व्यक्तियों व संस्थाओं को कानून की परिधि में लाने की समस्या फिर भी विद्यमान रहेगी। साम्प्रदायिक कौन है? इसे परिभाषित कैसे किया जाए? क्या केवल द्रमुक को क्षेत्रवाद व अलगाव का स्रोत मान लेने से काम चल जाएगा? क्या वे बुरी मनोवृतियां कानून बनाये जाने मात्र से कुचली जा सकेंगी?

बुनियादी आवश्यकता इन मनोवृत्तियों को समाप्त करने के लिए राजनीतिक धरातल पर कोई कारवाई करने की थी। राजनैतिक धरातल पर समाज में जागरूकता उत्पन्न कर साम्प्रदायिक व क्षेत्रीयता विरोध की कारवाई की जा सकती है जो कि अधिक कारगार सिद्ध हो सकती है। विरोधी दलों के विरूद्ध वर्तमान विधेयक प्रयोग न करने का आश्वासन सरकार द्वारा दिया गया है इस कानून के प्रयोग का अधिकार केन्द्रीय सरकार के पास ही रहना किसी हद तक सुरक्षा का आश्वासन प्रदान करता है क्योंकि अधिक हाथों द्वारा कानून के दुरूप्रयोग की सम्भावना समाप्त हो जाती है।

फिर भी आशा की जानी चाहिए कि वर्तमान कानून किसी सीमा तक सरकार के साम्प्रदायिकता व क्षेत्रवाद सीमित करने के प्रयत्नों में किसी हद तक सफल होगा।

सामुहिक विनाश की दिशा में
दैनिक पर्वतीय वर्ष-१ अंक-३४ ८ जून १९७२

स्टॉकहोम में राष्ट्रसंघ के पर्यावरण सम्मेलन में अधिकांश विकासशील देशों ने विकसित देशों पर आरोप लगाया है कि वे मानव के सामुहिक विनाश के लिए तैयारी कर रहे हैं।जो क्षति उठानी पड़ी है उसकी पूर्ति समृद्ध राष्ट्रों को करनी चाहिए वहां वह भी मांग की गई।

वायु दूषण आधुनिक विज्ञान का मानव के प्रति एक अत्यन्त अभिशाप सिद्ध होने जा रहा है। विश्व की अनेक ऐसे औद्योगिक नगर हैं जहाँ मिलों की चिमनियों के धुएं के ऊपर आकाश बीमार सा लगता है और उन नगरों के लोग स्वच्छ आकाश की तृष्णा लिये अपने काम में लगे रहते हैं।

वायु दूषण का मुख्य कारण वातावरण में व्याप्त ऊर्जा का उत्पादन है। तीव्र गति वाहनों तथा हमारे इर्द गिर्द घूमती मोटर गाड़ियां, मिलें, वायु दूषण के लिए सबसे ज्यादा जिम्मेदार हैं।

वायु दूषण के लिए एक और सबसे बड़ा कारण है अंधाधुंध बमबारी, बुलडोज़रों और रसायनों का बेतहाशा उपयोग। प्रकृति के सन्तुलन को बिगाड़ कर मानव जाति के लिए ही एक आसन्न संकट उत्पन्न किया जा रहा है।

स्वीडन के प्रधानमंत्री ओलोफ पाल्मे ने अमेरिका द्वारा वियतनाम में वनस्पति विनाश की कार्यवाही की निन्दा करते हुए तथा परोक्ष रूप से अमेरिकी युद्ध नीति की आलोचना करते हुए कहा कि जानबूझ कर पर्यावरण को नष्ट करने की इस प्रक्रिया को अविलम्ब रोका जाय।

प्राचीन काल से ही हमारे ऋषि मुनि वातावरण की स्वच्छता पर जोर देते आए हैं। परन्तु पाश्चात्य औद्यौगिकरण की अंधी नकल में कहीं हम भी उसी तरफ तो नहीं बढ़े जा रहे हैं जहां जाकर आज समृद्ध राष्ट्रों को एक बार फिर पर्यावरण की रक्षा के लिए सोचना पड़ रहा है।

यह उन विकासशील देशों के लिए और भी विचारणीय प्रश्न है जिन्हें एक ओर विकास की मंजिलें तय करनी हैं और दूसरी ओर इस समस्या से जूझना है। इसके लिए आवश्यक यह ही है कि हम मध्य मार्ग को ही अपनाएं। औद्यौगिकरण के साथ साथ पर्यावरण रक्षा के उन उपायों पर भी अमल करना आवश्यक है जो समृद्ध औद्यौगिक देश अपनाएंगे।

तीर्थ यात्रा: दृष्टिकोण में परिवर्तन आवश्यक
दैनिक पर्वतीय वर्ष-१ अंक-३५ ९ जून १९७२

बद्री केदार को पवित्र भूमि में प्रतिवर्ष लगभग १ लाख से भी अधिक तीर्थ यात्री आते हैं। इस देवभूमि की यात्रा के लिए प्रथम पड़ाव हरिद्वार है और उसके बाद ऋषिकेश एक प्रकार से तीर्थ यात्रा का सारा भार इन दोनों नगरों पर ही पड़ जाता है।

परंतु इन दोनों नगरों में तीर्थ यात्रियों के साथ जो व्यवहार होता है उसे कतई शोभनीय नहीं कहा जा सकता है। आज जब कि तीर्थ यात्रियों की भीड़ बढ़ जाती है तो धर्मशालाओं के इन दोनों नगरों में आवास की कीमत भी

बढ़ जाती है। अनेक तीर्थ यात्रियों की यही शिकायत रहती है कि धर्मशालाएँ इस यात्रा काल में होटलों से भी अधिक महँगी हो जाती हैं।

इधर विगत एक दशक में ऋषिकेश में अनेक आश्रमों एवं भव्य अट्टालिकाओं का निर्माण हुआ है परंतु उन आश्रमों में भी केवल साधन सम्पन्न तीर्थ यात्रियों के लिए ही स्थान उपलब्ध होता है। लगभग यही स्थिति उन सभी धर्मशालाओं की है जो इस विस्तृत क्षेत्र में फैली हुई हैं।

तीर्थ यात्रा मार्ग में आवास की कमी की वजह से यात्रियों को जो कठिनाई होती है वह भुक्त भोगी ही जानते हैं। सरकारी डाक बंगले व टूरिस्ट होटल तो पहले ही बड़े लोगों के लिए सुरक्षित हो जाते हैं फिर उस साधारण तीर्थ यात्री को कौन पूछे। आवास व्यवस्था के अभाव तथा ऋषिकेश व हरिद्वार में यात्रियों के साथ बहती गंगा में हाथ धोने की जो प्रक्रिया चलती है उसमें ही उस की जेब का एक बड़ा भाग समाप्त हो जाता है। फिर वह आगे फूंक फूंक कर कदम रखता है।

तीर्थ यात्रा गढ़वाल मंडल के एक बड़े उद्योग के रूप में पनप सकता था लेकिन स्थिति यह है कि तीर्थ यात्रियों को सुविधा देने की ओर किसी का भी ध्यान प्रतीत नहीं होता है। तीर्थ यात्रा काल में यातायात की अव्यवस्था इतनी हो जाती है कि टिकट तक काले बाजार में बिकने शुरू हो जाती हैं। हफ्ते से पहले अपना आरक्षण कराने पर भी इस बात का विश्वास नहीं होता कि टिकट मिल ही जायेगा।

इन तथ्यों को दृष्टिगत करते हुये आवश्यक हो जाता है कि इस क्षेत्र में तीर्थ यात्रा को एक उद्योग के रूप में विकसित किया जाए। हरिद्वार तथा ऋषिकेश से तीर्थ यात्रियों से मनमाना वसूलने की जो प्रक्रिया प्रारम्भ होती है उस पर नियंत्रण किया जाए।

ऐसी धर्मशालाएँ जहां यात्रियों से होटलों से अधिक किराया लिया जाता है उन पर कडी़ नज़र रखी जाए। साथ ही सस्ते किन्तु अच्छे होटलों की एक श्रृंखला का निमार्ण बद्रीनाथ, केदारनाथ व उत्तरकाशी तक किया जाना अत्यन्त आवश्यक है।

इस सबके लिए आवश्यक है कि तीर्थ यात्रा को गढ़वाल मंडल की दृष्टि से आंका जाए। स्थानीय लोगों को ऋण अथवा सहायता देकर छोटे-छोटे आवासीय होटल व अतिथि गृह बनाने की प्रेरणा दी जाए। जिससे स्थानीय लोगों को रोजगार भी मिलेगा और यात्रियों को सुविधा भी प्राप्त होगी।

विकास निगम दिशाभ्रम

दैनिक पर्वतीय - ७ सितम्बर १९७५

उत्तर प्रदेश में विकास की गति तीव्र करने के उद्देश्य से ५ विकास निगम बनाये गए हैं। पर्वतीय विकास निगम, बुन्देल खण्ड निगम, पूर्वी उ० प्रदेश विकास निगम, मध्य उ० प्रदेश विकास निगम तथा पूर्वी उ० प्रदेश विकास निगम।

उन निगमों का प्रमुख उद्देश्य इन क्षेत्रों में औद्योगिक वातावरण बनाने के लिए छोटे उद्योगों की स्थापना द्वारा उत्पादन बढ़ाना और उसके विक्रय की व्यवस्था कृषि उद्योग, लघु सिंचाई, पर्यटन जैसे कार्यों में अपनी सम्पूर्ण शक्ति के साधन लगाकर इन क्षेत्रों में विकास का वातावरण बनाना है।

इन नियमों में वरिष्ठतम है 'पर्वतीय विकास निगम' बड़े भाई के नाते इस निगम को दूसरों का मार्ग दर्शन भी करना है। पहाड़ी क्षेत्रों में औद्योगिक वातावरण बनाने की दिशा में पिछले दो वर्षों से कई इकाइयों की स्थापना के समाचार समाचारपत्रों में प्रकाशित होते रहें हैं।

किन्तु अभी उत्पादन की स्थिति तक कोई ईकाई नहीं पहुँच पाई है। शिथिलता जैसे सभी सार्वजनिक क्षेत्र के प्रयासों में होती है यहां भी स्वाभाविक है क्योंकि इसकी सारी २ करोड़ की प्रदत्त पूंजी उ०प्र० सरकार द्वारा दी गई है। किसी व्यक्ति विशेष का स्वहित उसमें निहित नहीं है जो प्रेरणा व स्फूर्ति के स्रोत का काम करता।

पहाड़ी क्षेत्रों में उद्योग इसलिए नहीं पनपे कि पूंजी व तकनीक की सुलभता के बाद, आज तक, विक्रय का ज्ञान व साधन न होने के कारण पहाड़ी किसी भी उद्योग को आरम्भ करने में डरता है। देश की सुदूर मंडियो में वह समय समय पर नहीं जाता जिससे उसे यह जानकारी नहीं हो पाती कि वह क्या उत्पादन करे और उसे कहां और कैसे बेचे।

'पर्वतीय विकास निगम' पहाड़ में संभावित उद्योगों की स्थापना करके और उन के उत्पादन का विक्रय करके पहाड़ी उद्योगों को दिशा ज्ञान करा सकता था लेकिन अभी उसकी इकाईयां ही उत्पादन की स्थिति में नहीं आ पाई हैं इसलिए अभी वह अपने मूल उद्देश्यों से काफी दूर है। इसी प्रकार पर्यटन में भी अभी निगम ने कोई ऐसा कार्य नहीं किया जिसका पहाड़ी लोग अनुकरण कर सकें।

इधर निगम स्वयं भी दिशा भ्रम से पीड़ित प्रतीत होता है। निगम को वे कार्य करने चाहिए जो पहाड़ का सामान्य निवासी नहीं कर सकता है। उद्योग धन्धों व पर्यटन में, दिशा दात्री के बजाय वह व्यवसाय में घुसकर पहाड़ी व्यवसाईयों के साथ एक प्रतिद्वंदी बनता जा रहा है।

निगम हल्द्वानी में बजरी व रोड़ी बेचेने लगा है। नैनीताल के बाजार में मिट्टी तेल बेचने लगा है और पर्यटन के नाम पर रोडवेज बसें लेकर यात्रियों को कौसानी, बद्रीनाथ तक भेजने में लगा है जो कार्य गढ़वाल व कुमांऊ के दुकानदार व मोटर आपरेटर दशकों से करते आ रहे हैं। यह भी लोग कहते सुने जाते हैं, कि निगम यात्रा मार्गों पर चाय की दुकानें भी खोलने जा रहा है।

इस प्रकार निगम अपने मूल उद्देश्यों से भटक गया है और जहां वह पहाड़ी लोगों के लिए पथ प्रदर्शक व निर्देशक का काम करता, उनके हृदय में उसके प्रति उदासीनता ही नहीं विरोध की भावना आने लग गई है।

यह आवश्यक है कि निगम सेबों की व्यवसाय की तरह अन्य व्यवसायों में बहुत दूर जाने से पूर्व अपने को दिशा भ्रम से बचाए। निगमों में कुछ अधिकारी अवश्य लगनशील हैं और वे काफी कुछ कर भी रहे हैं। लेकिन 'डेपुटेशन' पर भेजे गये अधिकारियों व सेवा मुक्त नौकरशाहों को निगमों में पुनः नियुक्ति देकर निगम का उद्धार नहीं हो सकता।

'डेपुटेशनिस्ट' में चन्द ही ऐसे होंगे जो निगमों के उद्देश्यों के प्रति निष्ठावान होते हैं। शेष इस भावना से आश्वस्त रहते हैं कि यदि निगम समाप्त हो भी जाएगा तो वे अपने पैतृक विभाग में चले जायेंगे। इसी प्रकार रिटायर्ड व्यक्ति पहले ही थका थकाया रहता है, उसमें भी दो तीन वर्ष यूँ ही व्यतीत कर लेने की स्वाभाविक भावना होती है।

यदि निगम को सफल बनाना है तो उनमें औद्योगिक और विक्रय प्रशिक्षण युक्त ऐसे बेरोजगार युवकों को नियुक्त किया जाय जिन्हें ये डर निरन्तर रहे, कि यदि निगम असफल हुआ तो वे फिर बेरोजगार हो जायेंगे। उनके ऊपर सरकार का आर्थिक नियंत्रण नहीं निरीक्षण अवश्य कड़ा होना चाहिए ताकि सरकारी पूंजी सुरक्षित रहे।

नशाबंदी सराहनीय कदम
दैनिक पर्वतीय - ५ अक्टूबर १९७५

केन्द्र सरकार द्वारा नया कानून लागू करने के लिए अपनाया १२ सूत्रीय कार्यक्रम सराहनीय तथा सामयिक कदम कहा जायेगा। 'गांधी जयंती' के अवसर पर इन कार्यक्रमों की घोषणा पूज्य बापू के प्रति सच्ची श्रद्धांजली है।

केन्द्र सरकार संविधान निर्देशक सिद्धांतों को व्यावहारिक स्वरूप प्रदान करने के लिए इधर कृत संकल्प है। २८ वर्ष इन निर्देशक सिद्धांतों का संविधान के पन्नों में दबकर दम घुटता आ रहा है। देर ही से सही लेकिन प्रभाव सही और सराहनीय है। निर्देशक सिद्धांतों में पूर्ण नशाबंदी भी एक है जिसे इस १२ सूत्री कार्यक्रम के द्वारा खुली हवा मिलेगी और उसे व्यावहारिक परिधान प्राप्त होगा। गांधी जी ने बड़ी सोच विचार के उपरांत पूर्ण नशाबंदी को संविधान के निर्देशक सिद्धांतों में सम्मिलित करवाया था नशा व्यक्ति के स्वास्थ्य के लिए हानिकारक होकर समाज के स्वास्थ्य को दुर्बल बना देता है शारीरिक स्वास्थ्य हानि के साथ-साथ नशा व्यक्ति व समष्टि के चारित्रिक स्वास्थ्य का भी ह्रास कर देता है। आज समाज व प्रशासन में व्याप्त भ्रष्टाचार के लिए बड़ी मात्रा मदिरा मोहक मंत्र सिद्ध होती आई है। क्लब तथा होटल इसके अड्डे माने जाते थे जहाँ पी और पिलाई जाती थी और तदुपरांत हर प्रकार के भ्रष्टाचार को जन्म मिलता था। इन स्थानों पर नशाबन्दी की घोषणा एक स्वागत योग्य कदम है।

कुछ राज्य सरकारें नशाखोरी को इसलिए चलन में रखना चाहती थीं कि उससे आय बढ़ती है। यह एक लीचड़ दलील थी। आय बढा़ने के साधन अन्य भी हो सकते हैं। केन्द्र सरकार ने उनके इस तर्क के उपचार के रूप में उन्हें इस कार्यक्रम से होने वाली आर्थिक हानि को पूरा करने का आश्वासन दिया है। अब राज्य सरकारों को नशाबंदी कार्यक्रम को लागू करने में कोई अड़चन नहीं आनी चाहिये।

यदि राज्य सरकार पूर्ण मनोयोग से इस कार्यक्रम को अमल में लायें तो यह राज्यों में व्याप्त भ्रष्टाचार को समाप्त कर उनके प्रशासन को स्वच्छता प्रदान करेगा जिसके लिए वे निरन्तर सचेष्ट है।

केन्द्र सरकार पुनः धन्यवाद की पात्र है कि उसने समाज व शासन में व्याप्त बुराइयों के मूल में पहुंचने और उसे समाप्त करने की दिशा में ईमानदारी से प्रयास आरम्भ किये हैं।

शिक्षा प्रसार के साथ गुणात्मक भी हो
दैनिक पर्वतीय वर्ष-५ अंक-२९७ २५ दिसम्बर १९७६

केन्द्रीय उपशिक्षा मंत्री श्री डी.पी. यादव ने महमूदाबाद (उत्तर प्रदेश) में प्राथमिक शिक्षकों के सम्मेलन में भाषण करते हुए रहस्योदघाटन किया कि केन्द्रीय शिक्षा मन्त्रालय में शिक्षा पर विभिन्न समितियों की रिपोर्टों की संख्या ३६०० है।

शिक्षा जैसे महत्वपूर्ण क्षेत्र में आमूल परिवर्तनों की माँग निरन्तर की जाती है। और हर क्षेत्र से शिक्षा को व्यवहारिक जीवन में उपयोगी बनाने, शिक्षा का स्तर उन्नत करने के लिए आवाज उठाई जाती रहती है। और इन परिवर्तनों के लिए विचार करने हेतु जब कोई कदम उठाये जाते हैं तो उस पर गम्भीरतपूर्वक विचार किया जाना

भी उतना ही आवश्यक होता है। इसके लिए विशेषज्ञ समिति का गठन किया जाता है और उसकी रिपोर्ट की प्रतीक्षा की जाती है जो स्वाभाविक ही है। परन्तु समितियों की रिपोर्ट व उनकी सिफारिशों को व्यवहार में आते आते तक एक लम्बा समय गुजर जाता है या फिर परिस्थितियां ही परिवर्तित हो जाती हैं।

शिक्षा मे अब नई शिक्षा व्यवस्था १०+२+३ की नई प्रणाली को लागू करने के लिए कदम उठाए जा रहे हैं। इस नई शिक्षा व्यवस्था में विज्ञान एवं टेक्नोलॉजी को पाठ्यक्रम का मुख्य आधार बनाया जा रहा है। इसे जितनी जल्दी सभी राज्यों में लागू किया जाए उतना ही शिक्षा के क्षेत्र में एक उचित कदम होगा। अभी पिछले दिनों माध्यमिक शिक्षा परिषदों के राष्ट्रीय सम्मेलन में भी इस बात पर बल दिया गया था। अन्य सभी क्षेत्रों में भी इसका स्वागत किया गया है।

देश में स्वतंत्रता उपरांत शिक्षा के क्षेत्र में जितनी प्रगति हुई है यदि उस पर विहंगम दृष्टि डाली जाए तो यह एक गौरव पूर्ण उपलब्धि है। जहां सन् १९४७ में देशभर में मात्र ३ लाख शिक्षक थे वहीं अब उनकी संख्या २७ लाख पहुंच चुकी है। छात्र संख्या डेढ़ करोड़ के स्थान पर १० करोड़ हो गई हैं। इसी अनुपात में शिक्षण संस्थाओं का भी संख्या बड़ी है। सन् ४७ में जहां देश में शिक्षा का बजट मात्र ८० करोड़ रुपये था। वह अब २५०० करोड़ रुपये तक पहुंच गया है।

डाक्टरों इंजीनियरी तथा अन्य डिप्लोमा विषयों के लिए भी तब की तुलना में अब छात्रों की संख्या कई गुना बढ़ गई है। मेडिकल कॉलेजों में १ लाख ८ हजार छात्र पढ़ रहे हैं। इंजीनियर में ३६ हजार तथा डिप्लोमा में ४६ हजार छात्र पढ़ रहे हैं।

भारतीय शिक्षा प्रणाली और शिक्षा व्यवस्था में दिनों दिन जो गुणात्मक परिवर्तन होते जा रहे हैं उससे अब विश्व के विकासशील देशों में भी भारतीय इंजीनियरों, डाक्टरों तथा शिक्षित युवकों की ओर आशा भरी नजरों से देखा जाने लगा है।

लेकिन इस सबके बावजूद इस बात को भी हमें नहीं भुला देना है कि भारत जैसे विशाल, विविध भौगोलिक आर्थिक परिस्थितियों वाले देश के लिए हमें ऐसी शिक्षा व्यवस्था को अपनाने की दिशा में निरन्तर प्रयत्नशील रहना होगा जिसमें हमारा शिक्षित युवक अपने परिवेश में जुड़कर राष्ट्र के विकास के लिए अपनी क्षमता, बुद्धि कौशल व दक्षता का उपयोग पूर्णतया कर पाने में समर्थ हो।

उसे ऐसी उपयोगी शिक्षा मिल सके कि वह बेरोजगारों की भीड़ में शामिल होने के बजाए स्वयं कोई रोजगार प्रारम्भ कर सके।

कफलटा कांड: हरिजनों की सुरक्षा

दैनिक पर्वतीय वर्ष-१ अंक-११२ १४ मई १९८०

यह हमारे देश का दुर्भाग्य ही कहा जा सकता है जहां आज़ादी के ३३ साल बाद भी हरिजनों को हेय दृष्टि से देखा जा रहा है हरिजनों पर सबसे अधिक अत्याचार उत्तर प्रदेश तथा बिहार में हुए हैं। और बिहार में तो इस तरह कि हत्याओं का गढ़ सा बन गया है जिसका ज्वलंत उदाहरण पिपरा, बलेछी है जहां हरिजनों को जिंदा जलाया गया

है व इसी तरह का एक ज्वलंत उदाहरण उत्तर प्रदेश के सुदूरवर्ती पहाड़ी जिला अल्मोड़ा के रानीखेत तहसील के अंतर्गत 'कफलटा गाँव' के सवर्णो तथा हरिजनों के बीच संघर्ष में १४ हरिजनों को अपनी जान गँवानी पड़ी। आखिर कब तक हरिजनों पर ऐेसे अत्याचार होते रहेंगे? क्या ऐसी घटनाओं को रोकने के लिए सरकार के पास कोई विकल्प है? इस सम्बन्ध में २२ व्यक्तियों को गिरफ्तार किया गया है लेकिन सिर्फ गिरफ़्तारी की प्रक्रिया से हरिजनों पर बढ़ते हुए अत्याचारों को रोका जा सकता? यह एक प्रश्न चिन्ह बन गया है।

सरकार के पास इसका विकल्प है तो क्या है, जो आज तक हरिजनों की सुरक्षा की व्यवस्था नहीं कर पा रही है ? बिहार के पिपरा और बेलछी कांड की पुनरावृत्ति उ. प्र. के कफलटा गांव में हुई। आज जितनी भयाक्रांत स्थिति हरिजनों की है उतनी पहले कभी नहीं थी कफटला गांव में यह घटना तब घटी जब पीपली जा रही हरिजन की एक बारात उक्त गांव में मंदिर से गुजर रही थी जिसपर सवर्णों ने आपत्ति की। उनका कहना था कि इस मंदिर के सामने दुल्हे को पालकी से उतरना चाहिये। हरिजनों ने इस बात को मानने से इन्कार किया दोनों दलो में हुए संघर्ष में १४ हरिजन व एक सवर्ण मारा गया।

इन छोटी-छोटी बातों को लेकर इस प्रकार घटना घटती रही तो वह एक शर्म व चिन्ता का विषय है। हरिजनों पर हो रहे अत्याचारों को रोकने के लिए सरकार को कड़े से कड़े कदम उठाने चाहिए जिससे इस तरह की घटनाओं की पुनरावृत्ति न हो सके।

नौ राज्यों में विधान सभा चुनावों का प्रचार जोरों पर है। प्रत्येक दल हरिजनों की सुरक्षा की हामी भरेगें। श्रीमती गांधी ने भी अपने चुनाव प्रचार में कहा है कि कांग्रेस (इ.) हरिजनों तथा दलितों के दमन के खिलाफ है और हमारी पार्टी ने हमेशा उनके हितों का समर्थन किया है। अगर देखा जाए तो श्रीमती गांधी के जनवरी में सत्ता में आने के बाद कफलटा गांव में हरिजनों पर हुये अत्याचार की यह दूसरी घटनाा है इस घटना को देखते हुए उनके कथन की पुष्टि कहां तक सत्य होती है? सभी राजनीतिक दल वोट खींचने के लिए इस तरह खोखला प्रचार अपने निजी स्वार्थों के लिए करते हैं।

सांस्कृतिक आदान प्रदान

दैनिक पर्वतीय वर्ष-९ अंक-११८ १९ मई १९८०

यह सर्वविदित है कि यदि हम किसी भी क्षेत्र में उन्नति और विकास के लिए पग बढ़ाना चाहते हैं तो यह आवश्यक होगा कि हम दूसरों से आदान प्रदान करें और उनसे सबक लेकर अपने अधूरेपन को पूरा करें। इसी बात की प्रेरणा से पाकिस्तान से भारत लौटने के बाद भारतीय लेखक तथा उर्दू के विद्वान प्राध्यापक गोपी चन्द नारंग ने अपने विचारों को व्यक्त किया, व यहां की कमी को पूरा करने के लिए सुझावों को सामने रखा। ऐसा करने से एक दूसरे के सांस्कृतिक या अन्य क्षेत्रों में नवीनीकरण आ जाता है तथा दूसरों को उत्सुकता भी प्रदान करता है। जैसा कि उक्त लेखक ने पाकिस्तान कि जनता के विचार रखे हैं कि वह भारतीयों के साथ सांस्कृतिक आदान प्रदान के लिए उत्सुक हैं।

वास्तव में साहित्यकार, कलाकार या शायर सांस्कृतिक आधार पर एक कुशल राजदूत की भूमिका निभाने में सक्षम रहने के साथ उपयुक्त सिद्ध भी होते हैं। इतना ही नहीं प्रतिभा के धनी व्यक्ति हर क्षेत्र में अपना स्थान बनाने

में पीछे नहीं रहते हैं। जहाँ राजनीतिज्ञों को पहुँचने में देर लगती है वहाँ कला के धनी अपनी प्रतिभा की ख्याति व उसके प्रदर्शन से दूसरों का दिल जीते बगैर नहीं रहते हैं अर्थात् यदि हम इसे इस तरह कहें कि राजनीतिज्ञों की तुलना में जितना संस्कृति, कला और साहित्य के दूत दो देशों में मित्रता, सौमनस्य स्थापित करने में सिद्ध होते हैं उतना दूसरे नहीं, तो इसे कोई अतिशयोक्ति नहीं कहा जा सकता।

मगर अफसोस की बात है कि योग्यता का कोई मूल्य नहीं है। हम जानते हुए भी विद्वानों की कीमत नहीं करते हैं या उन्हें उचित पद नहीं देते हैं। यहाँ पर हमारी स्वार्थपरता काम आती है और हम विद्वानों के सद्भावनापूर्ण विचारों की उपेक्षा कर देते हैं। यह हम अपने थोड़े से स्वार्थ में पड़ कर देशहित और समाज हित के साथ छल कपट की भावना रखने का कार्य करते हैं।

देखा यह गया है कि पाक से हमारे सांस्कृतिक रिश्ते जुड़कर भी टूटे और इस सम्बन्ध में जब तक कोशिश की तब तक दूसरी बात खड़ी हो गई इस ओर ध्यान ही नहीं दिया गया। हमेशा एक प्रश्न यहां के लिये बन गया और बुद्धिजीवी तरह-तरह की खिचड़ी बनाने लगे।

हमने इस खिचड़ी को पकने दिया। इस कारण यह प्रश्न बन गया कि राजनीति का सांस्कृतिक से क्या सम्बन्ध है? मगर हम हर जगह राजनीति को घुसाते हैं और यही हमारी एकता की फूट का कारण भी बन जाता है, जो कि जनहित में उचित नहीं है। क्योंकि राजनीति राज चलाने की नीति है, सांस्कृतिक सम्बन्धों से इसका कोई सम्बन्ध नहीं है। मगर हमने इस पर कभी विचार ही नहीं किया। यह समस्या बनकर खड़ी रही उसका हल कभी निकल ही नहीं सका। इसका हल निकाल सकता है तो साहित्यकार या कलाकार। कोई राजनीतिज्ञ नहीं।

कुछ वर्षों पूर्व गुजराती लेखक पाकिस्तान से जब लौटे थे तो उन्होंने इन्हीं विचारों को सामने रखा था। उन्होंने बिल्कुल साफ-साफ बताया था, कि पाक में बसे गुजराती, खोजा, दोहरी, मेनन अभी भी गुजराती भाषा को गले लगाये हैं व आदर करते हैं लेकिन गुजराती साहित्य का आदान-प्रदान न हो सका। आश्चर्य की बात है कि एक भाषा-भाषी दोनों देशों के उर्दू लेखक हर विधा से परिचित नहीं। इसका क्या कारण है? कभी इस पर भी चिंतन मनन करके देखा होता तो कितना अच्छा होता। यह भी सर्वमान्य है कि कला कभी कैद पसन्द नहीं करती है। ठीक उसी प्रकार लेखन में दीवारें खड़ी नहीं होनी चाहिए।

एक तरफ की उत्सुकता के बनिस्पत दोनों तरफ यही उत्सुकता उठती तो अवश्य ही दो दूरस्थ हृदय या विचार मिलने में सफल होते। मगर इसके लिये दोनों को जोर देना हितकर है। हमें यह भी नहीं भूलना चाहिए कि हिन्दी के अनेक विद्वान लेखकों की भाषा उर्दू से दूर नहीं है, करीब ही है। यदि सचमुच में देखा जाय तो लिपि का ही अन्तर देखा जाता है। आज के कवियों ने तो हिन्दी की नई ग़ज़लों का निर्माण कर भेद मिटाने में काफी मदद की है। अर्थात सोचने का विषय है कि विधा में करीबी होते हुए फिर साहित्य की दुविधा का क्या कारण है। जबकि यह तो स्पष्ट है कि पाक की जनता में भारतीय फिल्म, साहित्य, संगीत आदि के प्रति स्नेह, पूर्ण सम्मान देखा गया।

प्राध्यापक नांरग जैसे विख्यात विद्वान द्वारा भारतीयों के मन की झलक को भी प्रकट किया गया है। सांस्कृतिक आदान-प्रदान के लिए जरूरी है कि तानाशाही रूख न अपना कर निष्पक्ष, निर्भीक और न्याय की भूमिका वाला लोकतंत्र जो आदान-प्रदान रूपी बीज को बोकर उसे अपनी छाया में फलने फूलने का अवसर प्रदान कर सकता है।

विश्व पर्यावरण दिवस

दैनिक पर्वतीय वर्ष-९ अंक-१३६ ११ जून १९८०

विश्व में बढ़ती हुई जनसंख्या तथा वायु, जल ताप व रसायनिक प्रदूषण से पर्यावरण के बढ़ते हुए खतरे को देखते हुए 'विश्व पर्यावरण दिवस' मनाया गया।

विश्व में पर्यावरण को संतुलित करने के लिए विभिन्न उपाय किये जा रहे हैं क्योंकि प्रदूषण से प्राकृतिक असन्तुलन का खतरा दिन प्रतिदिन बढ़ता जा रहा है। पर्यावरण की समस्या आज विश्व के लिए चुनौती बनती जा रही है उसका वैज्ञानिक उपाय नितांत आवश्यक है। आज हम प्रकृति में खुद ही अपने सुख साधनों के लिए विष वमन कर रहे हैं जो हमारे ही लिए प्राणघातक बनता जा रहा है।

अथाह औद्योगिकरण व परमाणु विस्फोट से वायु प्रदूषण बढ़ता जा रहा है, वायु में कार्बनकोबाल्ट की अधिक मात्रा से ओज़ोन की पट्टी को भी खतरा उत्पन्न हो गया। दूसरी तरफ अन्धाधुन्ध वृक्षों के कटान से पहाड़ खल्वाट होते जा रहें हैं जो कि एक चिन्तनीय विषय है। इस दिशा में उ० प्र० के पर्वतीय जिलों में 'चिपको आन्दोलन' चला जिससे सघन वृक्षों के जंगलों का कटान रूक सके। चिपको आन्दोलन पर्यावरण सन्तुलन बनाने में एक महत्वपूर्ण कदम था। अब भारत सरकार भी इस विषय में विचार कर रही है।

चिपको आन्दोलन को अग्रसर करने में सर्वोदयी नेता श्री सुन्दर लाल बहुगुणा का प्रमुख योगदान रहा है। चिपको आन्दोलन से भारत को ही नहीं विश्व को चेतावनी मिली है कि यदि वृक्षों का कटान इसी तरह चलता रहेगा तो एक दिन पूरे जीवित प्राणियों को प्राणवायु का अभाव हो जायेगा जिसके लिये वैकल्पिक उपाय निकालने अति आवश्यक हैं। यदि पेड़ों को काटा भी जाता है तो प्रकृति में सन्तुलन बनाए रखने के लिए वृक्षारोपण जरूरी है। वृक्षों के कटने से भूक्षरण व भूस्खलन बढ़ रहा है। वृक्षों को वैज्ञानिक विधि से काटा जाना चाहिए।

जहां वायु प्रदूषण का खतरा बढ़ रहा है वहीं जल प्रदूषण भी चरम सीमा से बढ़ रहा है। आज पूरे देश में बड़ी-बड़ी नदियां गन्दे नाले के समान लगती हैं, जिससे पीने के पानी की समस्या जटिल होती जा रही है। अधिक उपज के लिए प्रयोग किए जा रही रासायनिक खादों से भी प्रदूषण बढ़ रहा है।

प्रदूषण को रोकने के लिए संयुक्त राष्ट्र संघ के सदस्यों ने एक आचार संहिता बनाई है जिस पर भारत भी अमल कर रहा है। 'विश्व पर्यावरण दिवस' के अवसर पर ऐसे कदम उठाने चाहिए, जिससे पर्यावरण में संतुलन बना रहे।

काले धन पर रोक

दैनिक पर्वतीय वर्ष-९ अंक-१६० ३ अगस्त १९८०

केन्द्रीय वित्त मंत्री श्री वैंकटरमण ने हाल ही में कहा है कि वह छिपे धन का पता लगाने के लिए निवारक नज़र बन्दी कानून का सहारा ले सकते हैं। किन्तु उन्होंने इसके लिए सांसदों की मदद मांगी हैं। ठीक भी है। इसके बिना वह कुछ करने की स्थिति में नहीं होंगे। श्री वैंकट रमण का कहना है कि 'मुद्रा' रद्द करने से जनता का विश्वास डिगता है। इसलिए इस प्रश्न पर सावधानी पूर्वक विचार करने की आवश्यकता है।

काले धन को सफेद करने के लिए सरकारी वादे जारी करने पर विचार किया जा सकता है। इन सब बातों को देखते हुए यह तो कम से कम जान पड़ता है कि सरकार का ध्यान इस विषम समस्या की ओर है और वह इस पर रोक लगाने के लिए तत्परता दिख रही है। वित्तमंत्री ने यह बात पहले भी इस वर्ष मई में, आयकर आयुक्तों का जब सम्मेलन हुआ था, रखी थी। उन्होंने कहा कि कर निर्धारण की प्रक्रिया में कुछ इस प्रकार का सुधार आवश्यक है कि कर वंचना के साथ ही साथ काले धन के विस्तार पर भी रोक लगायी जा सके।

करों की चोरी कोई नयी बात नहीं हैं। हमेशा यह समस्या बनी रही है। हर वर्ष बजट पत्र में इसका उल्लेख रहता है, कई उपाय होते हैं, चेतावनियां दी जाती हैं, किन्तु समस्या अपने आसन को छोड़ने का नाम नहीं लेती। क्योंकि उसे हिलाने की ताकत शायद चेतावनी में नहीं होती है। सभी कहते हैं कि कर व्यवस्था, उत्पादन तथा मूल्यों पर नियंत्रण, काले धन को निरन्तर प्रोत्साहन देते हैं क्योंकि ऐसी स्थिति में काला बाजार बड़ी तेजी से फलता फूलता है। वितरण प्रणाली दोष पूर्ण रहती है और इस स्थिति में काला बाजारी और सरकारी विभाग में एक तरह से आर्थिक रिश्ता बन जाता है।

वस्तुतः इस समस्या को पूरे सामाजिक आर्थिक एवं राजनीतिक परिपेक्ष्य में देखना होगा। क्योंकि फिलहाल मोटे तौर पर इस समय फिल्म उद्योग में अकेले करीब ४० अरब रूपया और पूरी अर्थव्यवस्था में लगभग २ अरब के करीब काला धन घूम रहा है। कुछ विशेषज्ञों के अनुमान में वर्तमान स्फीति में दबाव का कारण छिपा काला धन है।

इतना समझ ही लेना चाहिये कि भारत में कर की चोरी और काले धन के विस्तार को मात्र कानूनी बल पर रोका नहीं जा सकेगा। इसके लिये कुछ मूल्यमानों को प्रभावी बनने से ही किसी हद तक रोक मिल पायेगी।

३० वर्षों से यही अनुभव मिलता रहा है कि समाज के गिरते हुए सामाजिक मूल्यों और बढ़ती हुयी आर्थिक आकांक्षाओं को आज के खर्चीले युग में गलत राजनीति से सर्वाधिक प्रोत्साहन मिलता है इस काले धन का रोग भारत में ही नहीं विश्व के करीब-करीब सभी देशों में है। जब तक कर लगाना जरूरी रहेगा और बेकार के नियंत्रण का सहारा लिया जाता रहेगा तब तक काले धन की समस्या किसी एक रूप में बनी रहेगी इसे कभी नष्ट नहीं किया जा सकेगा।

विकास शील देशों के श्रम और श्रमिक का शोषण

साप्ताहिक / दैनिक पर्वतीय - वर्ष- अंक- ३ सितम्बर १९८०

श्रम और श्रमिक प्रत्येक अविकसित और विकासशील देश की सबसे बड़ी निधि माने जाने जाते हैं क्योंकि वे देशों के ऐसे स्रोत होते हैं जिसके ऊपर देश की अर्थव्यवस्था का सबसे बड़ा आधार होता है। जहां तक आर्थिक श्रमिक का प्रश्न है केवल मिलों के या कृषि का उत्पादन देने के अर्थ को लेकर ही आर्थिक श्रमिक नहीं कहलाये जा सकते अपितु सफाई, सड़क निमार्ण या रिक्शा या नाव चालक भी इसी श्रेणी में आता है।

विकासशील और अविकसित देशों में श्रमिकों के शोषण के लिए शासन के अतिरिक्त वे श्रमिक संगठन भी हैं, जो कि उनके हमदर्द तो दिखावे के होते हैं अपितु उनका वास्तविक उद्देश्य और कार्य पद्धति कुछ और ही होती है। यही कारण है कि ऐसे देशों में श्रमिक आन्दोलन सर्वाधिक होते हैं और जब उनका शासन से फैसला होता है तो कई बार यह स्पष्ट हो जाता है कि श्रमिकों का हित तो दबा दिया गया और उनके नेता अपना उल्लू सीधा कर

ले गये। फलतः शासन, जनता और औद्योगिक संगठनों को आर्थिक व दैनिक उपयोग की असुविधा होती है जिसका परिणाम यह होता है कि श्रमिक वर्ग बहुमत में सहानुभूति खो बैठता है।

भारत भी विश्व के विकासशील देशों में से एक है यहाँ प्रत्येक ३ व्यक्तियों में से २ व्यक्ति श्रमिक का जीवन जीते हैं। उस का कारण स्पष्ट है कि देश की आबादी अनियन्त्रित है और उत्पादन तथा आर्थिक उपलब्धता बहुत कम और इतनी कम है कि हम अपना स्तर २० वर्षों तक भी नहीं उठा सकते है।

विकासशील देश होने के नाते ही भारत में आज़ादी के पिछले ३२ वर्षों में श्रमिकों का बराबर शोषण होता रहा है।

देश की आर्थिक स्थिति को सुदृढ़ बनाने के लिए औद्योगिक और कृषि उत्पादनों का विस्तार अनिवार्य है। और इसके लिए श्रमिकों के कल्याण के बारे में ठोस कदम उठाये जाने आवश्यक हैं।

लेकिन विकासशील और अविकसित देशों में हमेशा ही श्रमिकों के शोषण की प्रक्रिया रही है। क्योंकि आर्थिक प्रगति की चक्की के पाटों में श्रमिक ही पिसता है। यही कारण है कि इन देशों में श्रमिक आन्दोलन का असन्तोष सर्वाधिक दिखने में आता है।

ग्रामीण समस्यायें और समाधान

दैनिक पर्वतीय वर्ष-१ अंक-२५ ३ नवंबर १९८०

भारतीय परम्परा भारतीय संस्कृति और भारतीय जन-जीवन की वास्तविक झांकी के दर्शन यहाँ के ग्रामों में ही झलकते हैं। हमारे देश की कुल आबादी का ८० प्रतिशत ग्रामों में ही निवास करता है और यह कहना गलत नहीं है कि जब तक भारत के गांवो की दशा नहीं सुधरेगी हम वास्तविक उन्नति नहीं कर सकते। इस ओर प्रशासन द्वारा पुनः "गांव की ओर" का नारा भी दिया गया है पर हमारे गांव आज भी इतने समस्या ग्रस्त हैं, कि वे स्वयं अपना विकास करने की स्थिति में नहीं हैं।

आज के परिवेश में सरकार और व्यक्ति के लिए यह परम आवश्यक है कि वह अपनी समस्याओं को जानें और उन्हें दूर करने का प्रयत्न करें। हमारे गांवो में सबसे बड़ी समस्या अशिक्षा की है और अशिक्षा के फलस्वरूप वे आधुनिक तकनीक से अनभिज्ञ रहते हैं। यहाँ तक की तकनीकी सहायता लेने में तक में वे हिचकते हैं।

दूसरी बड़ी समस्या बेरोज़गारी की है। गांवो में अभी भी उद्योग धंधों का अभाव है जिससे ग्रामवासियों को काम नहीं मिल पाता। नतीजा यह है गांवो को छोड़ शहरों का रूख करके फुटपाथी जिन्दगी व्यतीत करने के लिए बाध्य हो जाते हैं।

इसके अतिरिक्त गांवो में पानी, बिजली व सड़कों की समस्या भी विकट है। कई गांवो में अपने सामान को बेचने हेतु ट्रांसपोर्ट तक की सुविधाएं मुहय्या नहीं है। अस्पतालों की कमी का रोना भी, कई गांव मुद्दत से रोते चले आ रहे हैं। इन सभी समस्याओं के तहत भारतीय गांवो की और ध्यान देना अति आवश्यक है।

कतिपय महानगरों का विकास करने मात्र से वास्तविक प्रगति नहीं हो सकती। अतः देश को सशक्त और विकासोन्मुख बनाने के लिये गांव की समस्याओं के प्रति सतत जागरूक रहना पड़ेगा।

देश आत्मनिर्भरता की ओर

दैनिक पर्वतीय वर्ष-२ अंक-४१ १४ फरवरी १९८१

राष्ट्रीय विकास परिषद की बैठक जो आज नई दिल्ली में शुरू हो रही है, छठी पंचवर्षीय योजना के दौरान उसमें विशेष रूप से भारत में व्याप्त गरीबी की रेखा एवं बेरोजगारी क्षेत्रीय अपमान्यता को दूर करने का प्रयत्न किया जायेगा।

श्रीमती गांधी ने कहा है कि छठी पंचवर्षीय योजना के दौरान भारत वर्तमान समय में जिस गरीबी की रेखा से गुजर रहा है उसको दूर करने के पूर्ण प्रयास किये जायेंगे। विशेष रूप से ग्रामीण क्षेत्रों में जो गरीबी की समस्या है उसको दूर किया जायेगा और उसके समाधान के उपाय इस योजना में किये जायेंगे। योजना आयोग के अध्यक्ष के रूप में श्रीमती गाँधी ने कहा है कि छठी पंचवर्षीय योजना में देश की अर्थव्यवस्था एवं आर्थिक विकास दर में ५ प्रतिशत की जो वृद्धि हुई है उसमें भी बढ़ोत्तरी करने की पूर्ण कार्यवाही की जायेगी और उस पर परिषद में विशेष रूप से विचार किया जाएगा।

बिजली उत्पादन के संबंध में श्रीमती गाँधी ने कहा है इस ओर भी छठी योजना में विद्युत विकास के लिए वित्तीय सहायता की पूर्णरूप से व्यवस्था की गई है तेल संशोधन कोयला आदि के क्षेत्र में इस ओर विशेष ध्यान दिया जा रहा है।

वैसे भी वर्तमान समय में भारत खनिज सम्पदा की ओर धीमी गति से विकास कर रहा है परन्तु आर्थिक सहायता एवं नए-नए मशीनी उपकरणों तथा तकनीकों के कारण विद्युत व्यवस्था तथा खनिज व्यवस्था में भी पूर्ण रूप से विकास करने की पूर्ण सम्भावनायें बनाये हैं। ग्रामीण क्षेत्रों में कृषि के सम्बन्ध में उन्होंने कहा है कि वर्तमान समय में सरकार किसानों को उपज बढ़ाने के लिए नये-नये प्रकार की योजनाओं से लाभान्वित कर रही है परन्तु वर्तमान समय में किसान अपने पुराने तरीके से ही खेती कर रहे हैं जोकि उनकी पैदावार बढ़ाने में सक्षम नहीं हो पा रही है उन्होंने कहा है कि छठी पंचवर्षीय योजना में ग्रामीण किसानों को खेती के लिए नये-नये यन्त्र एवं उपकरण आधुनिक ढाँचे से खेती करने के सम्बन्ध में बैंकों द्वारा सस्ते ब्याज दर पर ऋण उपलब्ध कराने की व्यवस्था की गई है।

इस योजना में देश के आम नागरिक की समस्याओं के सम्बन्ध में भी इस परिषद में प्रावधान रखा गया है। श्रीमती गाँधी ने कहा है कि देश में बेरोजगारी की समस्या को देखते हुए यह आवश्यक है देश में छोटे बड़े एवं लघु कुटीर उद्योगों की प्रोत्साहन एवं उनकी आर्थिक विस्तरीय सहायता पर्याप्त मात्रा में दी जाए जिसके फलस्वरूप उद्योग धन्धों का विकास होगा और उनमें अधिक से अधिक लोगों को रोजगार मिल सकता है जिससे उस क्षेत्र के नवयुवक काफ़ी लाभान्वित हो सकते हैं।

श्रीमती गांधी ने विगत तीस वर्षों का वर्णन करते हुए कहा है कि उन तीस वर्षों के दौरान अब देश आत्मनिर्भर हो गया है विशेष रूप से खाद्यानों के सम्बन्ध में श्रीमती गांधी ने कहा कि छठी पंचवर्षीय योजना में देश गरीबी की रेखा को दूर कर लेगा और खाद्यान्न के सम्बन्ध में हमें किसी भी राष्ट्र के सम्मुख हाथ नहीं फैलाना पड़ेगा। उद्योग धन्धों के सम्बन्ध में भी उन्होंने कहा है कि हमारे देश में वर्तमान समय में बड़े बड़े कारखानों का विकास

पूर्ण रूप से किया जा रहा है और उनमें नयी नयी तकनीकी मशीनी यंत्रो का उपयोग किया जा रहा है जिसके कारण देश औद्योगिक क्षेत्र में आत्मनिर्भर हो सकता है।

छठी पंचवर्षीय योजना पर विचार करते हुए श्रीमती गाँधी ने कहा हैं कि इस योजना में विशेष रूप से कमजोर पिछड़े वर्गों के लोगों की समस्याओं के सम्बन्ध में पूर्णरूप से विचार एवं उन्हें हल करने के प्रावधान रखे गये हैं यदि इस योजना ने पिछड़े एवं कमजोर वर्ग के लोगों का विकास एवं उनकी आर्थिक समस्याओं को दूर करने के प्रयास किए जायेंगे तो निश्चय ही यह योजना काफ़ी सीमा तक महत्वपूर्ण समझी जा सकती हैं जिसकी सराहना की जानी चाहिए। यह भविष्य ही बता पायेगा।

छठी पंचवर्षीय योजना में यदि जो प्रारूप रखे गये हैं और उन पर यदि विशेष रूप से कार्यवाही की गई तो निश्चय ही देश आत्मनिर्भरता की ओर अग्रसर हो सकता है आत्मनिर्भरता की समस्या विगत तीस वर्षों से चली आ रही है जिसको इस पंचवर्षीय योजना में हल होने की पूर्ण सम्भावना है ऐसी आशा व्यक्त की जा रही है।

विशेष रूप से यदि देश खाद्यान्नों एवं बेरोजगारी की समस्या को हल कर देगा तो देश में वर्तमान समय में बढ़ती हुई गरीबी अवश्य दूर हो सकती है और देश आत्मनिर्भर हो जायेगा।

निकाय कर्मचारियों की स्थिति

दैनिक पर्वतीय वर्ष-११ अंक-१२ १५ जनवरी १९८२

हर नगर में स्थानीय निकाय के कर्मचारियों की अहम भूमिका रहती है। सफाई, जल आपूर्ति, सड़क की मरम्मत एवं रात्रि विश्राम ऐसी चीजें है जिनका नागरिकों पर सीधा प्रभाव पड़ता है। स्थानीय निकाय के कर्मचारियों की अहम् भूमिका को सरकार स्वीकार नहीं करती। स्थानीय निकाय के कर्मचारियों की उपेक्षा के कारण शहरी जीवन अब नारकीय होने लगा है। कर्मचारियों के असन्तोष का प्रभाव नागरिकों पर पड़ने के बावजूद सरकार इन कर्मचारियों की समस्याओं की ओर देखने को तैयार नहीं है।

स्थानीय निकाय के कर्मचारियों को इतना कम वेतन मिलता है कि उससे उनके परिवार का भरण पोषण सम्भव नहीं है। कम वेतन तथा अन्य सुविधाओं के अभाव में भी कर्मचारियों ने अपना सन्तुलन बनाए रखा है तथा वे अपने कार्य को मुस्तैदी से कर रहे हैं। परन्तु सरकार उनकी स्थिति को सुधारने का नाम ही नहीं लेती। स्थानीय निकाय के कर्मचारियों की सुख सुविधा का ध्यान सरकार को पहले रखना चाहिए, परन्तु सभी स्तरों से सरकार ने इन कर्मचारियों को सबसे पीछे कर दिया है। वेतन सभी से बहुत कम, आवास की कोई व्यवस्था नहीं, चिकित्सा, शिक्षा, मनोरंजन का अभाव मुख्य रूप से सामने आता है।

जन मानस की सुख सुविधाओं का ध्यान रखने वाला कर्मचारी क्या कभी अपने स्तर को सुधार पाएगा? यह ऐसा प्रश्न है जिसका उत्तर प्रदेश सरकार देना ही नहीं चाहती। आखिर कब तक अभावों और रोटी की समस्या से स्थानीय निकाय के कर्मचारी जुझते रहेगें? इनका जीवन स्तर कब सुधरेगा? क्या इन्हें भी गणतन्त्र भारत की परिभाषा का ज्ञान हो पाएगा? इन प्रश्नों का जवाब आम नागरिकों को सोचना चाहिए? नेता, प्रशासक, अभियन्तागण केवल भ्रष्टाचार में लिप्त हैं वे इस ओर देखना ही नहीं चाहते। इस ओर इन नेताओं, प्रशासकों अभियन्ताओं का

ध्यान आकृष्ट कराने पर इन्हें प्रताड़ित किया जाता है। जबरन अवैधानिक कार्यवाही कर दी जाती है। अनुपस्थित दिखाकर वेतन रोक लिया जाता है। आखिर यह काम कब तक चलेगा?

प्रबुद्ध नागरिकों को चाहिए कि वे इन निरीह स्थानीय निकाय के कर्मचारियों की दशा की ओर गम्भीरता से ध्यान दें तथा अपना मत प्रकट करें। हम आशा करते है कि नागरिक इन कर्मचारियों की समस्याओं को नजदीक से देखने का कष्ट करेगें एवं अपनी सहानुभूति तथा अपना सहयोग प्रदान करेंगे ताकि ये निरीह कर्मचारी अपने उत्थान के लिए प्रयास करने का साहस कर सकें।

प्रकृति प्रकोप का इलाज

दैनिक पर्वतीय वर्ष-११ अंक-६५ २४ मार्च १९८२

प्रकृति प्रकोप से फसलों को बचाने के लिए या कहने का अर्थ कि किसानों को संरक्षण देने के लिए आज की महान आवश्यकता एक मात्र फसल बीमा योजना है।

पिछले दिनों देखा गया है कि वे मौसम बारिश का प्रकोप ओलावृष्टि तथा काफ़ी मात्रा में बर्फ गिरने से खड़ी फसलों को जो नुकसान हुआ है उसे आंकना मुश्किल हो गया है। इस प्रकृति प्रकोप से बचने के लिए या इसका इलाज खोजने पिछले दिनों केन्द्र ने राज्यों से कहा कि वे किसानों की समस्या को देखते हुये उनके संरक्षण के हित में फसल बीमा योजना तैयार करें वैसे इस विषय पर कई बार संकेत भी दिए जा चुके हैं। फिर भी अभी तक बड़े दुख के साथ कहना पड़ रहा है कि व्यापक रूप से इस योजना का संतोष जनक रूप रेखा खड़ी नहीं की गयी है जिससे कि किसान की अस्थिरता और प्रकृति की मार से बचने का कोई रास्ता मिल सके।

प्रायः देखा यह गया है कि अभी तक आंध्र, हरियाणा, हिमाचल, कर्नाटक, केरल, मध्यप्रदेश, उड़ीसा, राजस्थान, और उत्तर प्रदेश में कुछ सीमा तक फसल बीमा योजना का नाम मात्र को लागू किया गया था। यही योजना कर्नाटक में बारहमासी सिंचित क्षेत्र व धान की फसल पर लागू होकर रह गई। जिसका परिणाम यह निकला की बीमा कंपनी को फायदा हो रहा है अर्थात किसानों को दूर के ढोल सुहावने वाली बात सिद्ध हुई। या खोदा पहाड़ निकला चूहा। कि किसानों ने सोचा कुछ था परंतु हुआ कुछ नहीं। आशाओं पर पानी फिरते देख संरक्षण स्वपन ही मात्र रह गया। अब प्रस्तावों सूखाग्रस्त क्षेत्रों में फैलाने का है। इसका मतलब कागज़ों में अभी दर्ज किया गया है। ऐसी विसंगतियाँ एक प्रदेश में नहीं कई प्रदेश में अपना जाल बिछाए हुए हैं। प्रीमियम तथा फसल की क्षति पर राहत के बारे में भी संतोषजनक और पूरे देश में एक रूप व्यवस्था होनी बाकी है। कहने का तात्पर्य है कि किसानों को जिस तरह की राहत मिलनी चाहिए उस हद तक अभी आशातीत सफलता नहीं मिली है।

किसान पृथ्वी का सच्चा पुत्र जिसका प्रधान इष्ट श्रम शक्ति बहाना अर्थात श्रम की ज्योति, जलाकर अपने तन मन धन थाली में रख श्रद्धा भक्ति और लगन के गीत गाकर पृथ्वी की पूजा खेती के रूप में करता हैं। किसान की एक मात्र दौलत खेती होती है। खेती ही किसानों का भविष्य है और खेती का आधार किसान हैं। उसे अथक पर्याप्त संरक्षण मिलना आज की महत्वपूर्ण आवश्यकता है। क्योंकि इसे सब भली भाँति जानते हैं कि देश की

अर्थव्यवस्था से खेती का सीधा संबंध और इस क्षेत्र से जितनी बड़ी जनसंख्या जुड़ी है उससे सब भली भाँति परिचित हैं। इसकी उपेक्षा करना अर्थात देश की अर्थव्यवस्था पर संकट डालना है। उसकी उपेक्षा नहीं की जा सकती है। इस कारण आर्थिक संरक्षण देने के लिए फसल बीमा को प्रभावी रूप से लागू न होना ही किसान का साहूकारों के हाथ बिक जाना है। और फिर वह उनके दुष्क्रम से निकल ही नहीं पाता है। इस संकट का हल २० करोड़ रुपये आंका गया हैं जो इस संकट को हटाने के लिए पर्याप्त प्रतीत नहीं होती है।

अतः केन्द्र को चाहिए कि इस दिशा मे किसान की भलाई को दृष्टिगत करते हुए शीघ्रातिशीघ्र प्रभावकारी कदम उठाना होगा क्योंकि घोषणायें तो काफ़ी हो गईं मगर रचनात्मक कार्य हेतु मूर्तरूप देना इस समय की महान आवश्यकता है।

असम वार्ता

दैनिक पर्वतीय वर्ष-११ अंक-८६ १५ अप्रैल १९८२

'अतिसर्वत्र वर्जयते' ठीक इसी प्रकार अनावश्यक हठ पकड़ लेना हितकर नहीं होता। असम द्वारा विदेशियों की समस्या की ढपली पीटते कितना समय हो गया। मगर समस्या समस्या ही बनी रही उसका हल न खोजा गया न खोजने की कभी युक्ति पर विचार किया। वार्ता हुई मगर भंग हो गई।

इन सभी वार्ताओं से यही निर्णय निकल रहा है कि आंदोलनकारी अपने हठ पूर्ण निर्णय पर अडिग हैं। वह झुकना नहीं चाहते है। इस कारण यही होगा कि वार्ता के दौर चलते रहेंगे समस्या समस्या ही बनी रहेगी हल के नाम पर कुछ नहीं होगा। सिर्फ समय की बरबादी होगी और प्रश्न आपकी जगह पर खड़ा रहेगा।

हमेशा यह होता है किसी वार्ता का सफल होना; दोनों पक्षों का झुककर अपने निर्णय को खोजना होता है जिसमें राष्ट्रीयता की भावना होती है और देश हित को ध्यान में रखकर तथा संकीर्ण और स्वार्थपरता की दुर्गन्ध को तिलान्जलि दी जाती है।

सचमुच देखा जाए तो बात छोटी है। मगर तिल का ताड़ बना कर खून खराबा और जब तक किसी को विदेशी घोषित न कर दिया जाए तब तक उसे विदेशी की संज्ञा देकर घोषित करना उचित नहीं बल्कि अशोभनीय है। सरकार भी इसे भली भांति जानती है और विदेशी शब्द का प्रयोग कहाँ और किसके लिए किया जाता है उसकी नीतिरीति अलग है। मगर असम आंदोलन कारी इस बात से भी सहमत नहीं हैं। क्योंकि केन्द्रीय सरकार द्वारा १९५६ में जारी किये गये निर्देशों पर विचार करना होगा तथा १६ जून १९६५ को केन्द्रीय सरकार ने जो कहा था कि पूर्वी पाकिस्तान से जो भी अल्प संख्यक आये उनके पास यात्रा के वैध कागज पत्र हों या न हों उन्हें भारतीय नागरिकता प्रदान की जाए। मगर सोचने की बात यह है कि आंदोलनकारी इसे भी मानने को तैयार नहीं हैं। वह विदेशियों की पहचान सम्बन्धी प्रस्ताव को १९५५ के नागरिक अधिनियम के अन्तर्गत चाहते हैं। साथ ही विदेशी नागरिकता अधिनियम और पासपोर्ट अधिनियम जारी करने की मांग पर ढ़ढ़ हैं।

इसमें स्पष्ट है कि केन्द्रीय सरकार विचारधारा को त्याग कर अपने कहे हुए पर कालिख पोते और संकट में जिनको सहारा दिया है, अर्थात शरणार्थी घोषित किया है, उसे अब शरण देने से इन्कार किया जाए यह अशोभनीय

ही नहीं, निन्दनीय भी होगा। मगर यदि असम आंदोलनकारी अपने पर अडिग हैं तो यह भी सम्भव नहीं है कि कोई राष्ट्र अपने कहे हुए से हट जाये क्योंकि यह एक जिम्मेदार सरकार और राष्ट्र का कर्तव्य नहीं है।

अनुमान यह भी किया जा रहा है कि तीस लाख से लेकर चालीस लाख तक मुसलमान पहले पूर्वी पाकिस्तान और अब बांगला देश से असम आ चुके तथा आना जारी है इसे रोक लगाना चाहिए यहां तक तो सोचना और मांग करना हितकर परन्तु इस ओर भी कदम उठाना जरूरी है कि बांगलादेश से और लोग न आयें इसके लिए अपनी सीमा पर कटीले तारों की सीमा बन्दी का मार्ग निकालना होगा और साथ ही जगह-जगह चौकी भी स्थापित करनी होगी जिससे प्रहरी की जागरूकता क्रियाशील रहे और आने वाले के विरूद्व कार्यवाही की जा सके।

इन्सेट-१ ए की सफलता

दैनिक पर्वतीय वर्ष-११ अंक-८८ १६ अप्रैल १९८२

भारत जिस गति से सफलता की सीढ़ी पर पग रख रहा है उसे देखकर ऐसा लगता है कि भारत विकासशील राष्ट्रों की पंक्ति में अपना स्थान बनाने व बढ़ने में किसी प्रकार की कोई कमी नहीं कर रहा है। विज्ञान तथा टेक्नौलाजी के क्षेत्र में भी महत्वपूर्ण सफलता प्राप्त करने में भी सफल रहा है। अर्थात अनेक विकसित देशों के समक्ष आ गया है यदि यह कहा जाये तो कोई अतिशयोक्ति न होगी।

यह तो सर्वविदित है कि हमारे वैज्ञानिकों द्वारा पृथ्वी की कक्षा में उपग्रहों की स्थापना तो पहले ही हो गई थी। भारत ने बहुउद्धेशीय उपग्रह इन्सेट १-ए पृथ्वी को कक्षा में स्थापित कर अन्तरिक्ष टेक्नोलॉजी के क्षेत्र में नई उपलब्धि सफलता की सीमा पर अर्जित की है।

दो बार खराबी आने के कारण प्रक्षेपण स्थगित करना पड़ा था। इस खराबी से कुछ समय के लिए जरूर शंकाओ ने जन्म ले लिया। साथ ही साथ दोबार निश्चित समय को टालना भी पड़ा। इन सब विध्न बाधाओं से मिल कर दूरसंचार टेक्नोलॉजी में नये युग का शुभारम्भ हो गया है। २५७ करोड़ रुपये इन्सेट-१ ए की यह परियोजना कोई छोटी-मोटी योजना नहीं हैं। मगर इसके उद्देश्यपूर्ण परिणामों से कितने ही रूके हुए कार्यों में गति आ जायेगी और विकास तथा प्रगति में चार चाँद लग जायेंगे।

भारत के अंतरिक्ष आयोग के अध्यक्ष प्रो० सतीश धवन ने जो जानकारी दी उससे पता चलता है इन्सेट १ ए की सहायता से मानसून की भविष्यवाणी में होने वाली दर में सिर्फ ५ प्रतिशत की कमी भी की जा सके तो भी १०० करोड़ रुपये से अधिक की बचत हो सकती है। यह बचत कितनी ही धीमी परियोजनाओं को जन्म देने में सहायक होगी जो देश की प्रगति और विकास में आशातीत सफलता ग्रहण करने में अति सहायक होंगी साथ ही बेरोज़गारी पर चढ़ाई भी करने की शक्ति अर्जित होगी।

हर्ष का विषय है कि इससे टेलीफोन सर्किट की स्थापना, रेडियो सम्पर्क तथा दूरदर्शन प्रसारण में भी पर्याप्त सहायता पहुँचेगी। वैसे जहाँ तक पूर्ण बहुउद्देशीय सफलता का सवाल है, देश के सुदूरवर्ती क्षेत्रों में भी रेडियो व टेलीविजन की सुविधा पहुँचाने में इस बहुउद्देशीय उपग्रह इन्सेट १ ए की गौरवमय भूमिका है जो देश की जनता में और आशा को दृढ़ करने की ज्योति जलायेगी।

यह कैसा भाषा आंदोलन

दैनिक पर्वतीय - वर्ष-११ अंक- ९४ २१ अप्रैल १९८२

यह तो सर्वविदित है कि जो राज्यों की स्थापना हुई है वह भाषा को ध्यान में रखकर ही की गयी थी। उसमें कन्नड़, हिन्दी, अंग्रेज़ी या बिहारी, बंगाली, गुजराती को प्राथमिकता का कोई सवाल नहीं रखा था। राज्यों को उनकी भाषा के अनुसार गठित कर दिया था। फिर नकल का अनुसरण करना या भाषा विवाद को लेकर आन्दोलन करना न्यायोचित नहीं है।

यदि भाषा को लेकर सभी आंदोलन करने लगेंगे तो भारत के राज्यों के और टुकड़े करने पड़ेंगे और फिर विकास और प्रगति की गति धीमी करके राज्यों को बंटवारे की ओर ध्यान देना होगा। अर्थात आगे कदम बढ़ाने की बजाय रूकना या पिछड़ना पड़ेगा। भाषा आन्दोलन खड़ा करना या कन्नड़ भाषा आंदोलन करना, यह बात विचित्र सी जान पड़ती है।क्योंकि राज्यों की जो स्थापना हुई थी वह इसी आधार को ध्यान में रखकर की गई थी कि वहां की क्षेत्रीय भाषा को राज्य भाषा का दर्जा प्राप्त हो तथा उसे विकास का स्वप्न साकार करने का सुनहरा अवसर प्राप्त हो। हम आज उस बात को भूल गये कि कर्नाटक राज्य का निर्माण भी कन्नड़ भाषी होने के कारण किया था।

परन्तु आज यह विचारणीय बात है कि राज्य की स्थापना को २५ वर्ष हो रहे हैं। आज भाषा को लेकर आन्दोलन करना ऐसा प्रतीत होता है जैसे सोकर नींद टूटी हो अर्थात जब नींव के ऊपर महल बनाने का समय आया तो यह नहीं हुआ, वह नहीं हुआ सोचना व्यर्थ है। जवानी में आकर रेत महल तोड़ना बनाना उचित नहीं है बल्कि प्रगति और विकास के पथ पर परिश्रम बिन्दु की सरिता बहाकर जवानी की दहलीज पर पग रखना होता है। यहां पर बचकानी बातें अर्थात बचपन में बोलने वाली भाषा को लेकर ही हाथ पैर पटकना उचित नहीं। मगर यहां तो बात सीधी-सीधी नहीं है। यहां तो भाषा विवाद को लेकर जो राजनीति शुरू की गई उससे भाषा व राज्य निर्माण की कमर तोड़ने की चाल चलना दिखता है।

जहां राज्य की व उसके क्षेत्र की भाषा को राजकाज तथा लोक व्यवहार में अंग्रेज़ी का स्थान ग्रहण करना था, वहां हिन्दी को भी, जिसे राष्ट्र की प्रमुख राजभाषा के रूप में स्वीकार किया गया था, इस प्रकार विकसित किया जाना था, जिससे १५ वर्षों में वह अंग्रेज़ी को पूर्ण रूप से हटाकर सही अर्थों में देश की सम्पर्क भाषा बन जाये। मगर यह सोचना स्वप्न बना रहा, साकार होने की आशा में बैठे रहिये। अंग्रेज़ी के भक्तों ने हिन्दी को यह दर्जा न मिलने देने के लिए एड़ी चोटी एक की और दांव पेंच से विघ्नबाधायें खड़ी कर दीं और आज भी अपनी हरकतों से पीछे नहीं आगे ही हैं। यह किसी से छिपा नहीं और परिणाम भी आंखो के सामने देख रहे हैं कि अंग्रेज़ी अपनी जगह है और उसने यह दिखा दिया कि उसकी जड़े इतनी गहरी हैं कि कितने ही उखाड़ने वाले अपनी आहुति देंगे मगर गहराई तक नहीं पहुँच सकेंगें। अंग्रेज़ी बल्कि फलने-फूलने में सदैव आगे रही और राष्ट्रभाषा बन गई। उसके विरोधी भी, हाथ पैर पटक-पटक कर थक जाने पर चुप हो गये। हिन्दी का मोह भी छोड़ने लगे क्योंकि हिन्दी का स्थान गौण हो गया है। इसका ताजा उदाहरण जेद्दाह में भारतीय दूतावास के स्कूल में देखने को आया जहां शिलान्यास पर केवल अंग्रेज़ी और अरबी अंकित है और हिन्दी का कहीं नाम नहीं है।

सर्वप्रथम तो यह करना होगा कि अपनी स्वार्थपरता त्याग हिन्दी को देश की सम्पर्क भाषा बनाने के लिए समवेत प्रयत्न किये जायें, अन्यथा तब तक क्षेत्रीय भाषाओं की शिकायतें-शिकायतें ही रहेंगी इन शिकायतों का हल निकालना मुश्किल होगा।

शिक्षा है या व्यर्थ का खर्च
दैनिक पर्वतीय ३० अप्रैल १९८२

छात्रों में उद्दण्डता, अनुशासनहीनता, अकर्मण्यता आदि जो हो रहा है उसका एक मात्र कारण है अयोग्य शिक्षकों द्वारा दी जाने वाली शिक्षा। थोड़ी सी मांग या बन्दरों की नकल कर तोड़-फोड़ और हड़ताल की राह पर अधिक रूची रखना इनका मुख्य ध्येय रहा। क्योंकि पहले का विद्यार्थी गुरू भक्त, माता पिता का आदर करता, शिक्षा के अध्ययन के समय सभी प्रकार की दुनियादारी से दूर रहता, बल्कि एक ही बात का ध्यान रखता कि हमें विद्याध्ययन कर योग्यता प्राप्त करना है जिसके लिये हमें अनुशासन प्रिय होना अति आवश्यक है। इस कारण अनुशासन में रहकर योग्य रत्न निकलते थे।

परंतु आज यह देखने को नहीं मिलता है। इस कारण अब अभिभावक भी खोज में रहते हैं कि किसी अच्छे स्कूल में हमारा बच्चा प्रवेश पाकर योग्य बने। इतनी बात के लिए उन्हें क्या परेशानी उठानी पड़ती है उसे कोई भुक्त भोगी ही बता सकता है। परंतु कोई आम आदमी की परेशानी को क्या जाने।

पिछले कुछ वर्षों से शिक्षा का स्तर इतना गिर गया है कि वह किसी से कुछ छिपा नहीं हैं कॉलेजों तथा विश्वविद्यालयों की स्थिति हो या स्कूल प्राथमिक या प्राइमरी का राग हो। दिल्ली हो या बम्बई हो या अन्य भारतीय महानगरों की छवि हो। सब जगह किताबें बढ़ रही हैं इतना तक की वज़न बच्चों से नहीं उठ रहा है। यह कैसी शिक्षा और कैसी प्रणाली जो बच्चों को तो परेशानी मगर स्वयं अभिभावकों का सिर दर्द बन गया है। पुस्तकें खरीदते तो दाम बढ़ रहे हैं! दूसरे वर्ष बचने की सोचो तो पुस्तकें बदल रही हैं यह कोई शिक्षा है? यह पद्धति से खिलवाड़ है।

आजकल देखा यह भी गया है कि महानगरों में तो बड़े घरानों के बच्चे या साधन सम्पन्न घर के बच्चे हर हालत में किसी विश्वविद्यालय में प्रवेश पाने में समर्थ तो रहते हैं मगर साधारण परिवारों के बच्चों की हालत ने तो इस बढ़ती वृद्धि और महंगाई की स्थिति ने नाक में दम कर दिया है। क्योंकि अब ये शिक्षा के विद्यालय, छोटा या बड़ा, सब जगह पैसे की ताकत बन गये हैं। अर्थात शिक्षा बनाम पैसे की ताकत कहना कोई अतिशयोक्ति न होगी। क्योंकि शिक्षा के नाम पर जो लूट खुले आम चल रही है यह देखते ही बनती है। स्कूल का कोटा हो या साधारण चन्दा कमरे की मांग तथा सब कुछ पैसे वालों के द्वारा ही पूरे होते हैं अर्थात पैसा ही प्रवेश का साधन है इतना ही नहीं फीस के नाम पर पैसा इकट्ठा किया जाता है।

अंग्रेज़ों माध्यम शिक्षा देने वाले स्कूलों का कुछ समाचार लिखना ही बेकार है जो साधन सम्पन्ता की श्रेणी पर बैठे हैं उन्हीं के बच्चों का इन स्कूलों पर एकाधिकार है। मगर शिक्षा की अच्छाई या अंग्रेजी की चकाचौंध मध्यम वर्ग के लोग अपने को पढ़ाना चाहते हैं। उनके दर्द का अहसास उनके सिवा दूसरा कोई नहीं जान सकता

है। मगर कुछ तर्क भी खड़ा कर देने से टका सा जवाब दे देते हैं कि जब पब्लिक स्कूलों का खर्च वहन नहीं कर पाते हैं तो हिन्दी स्कूलों को क्यों छोड़ते हैं और अंग्रेजी शक्कर की लालच की दौड़ क्यों भरते है।

पब्लिक स्कूल और अंग्रेजी माध्यम के प्रति मोह के मनोविज्ञान को समझने में देर नहीं लगती है। यह तो सर्वविदित है और हर अभिभावक को पसन्द है कि वह अपने बच्चों को अच्छा पढ़ा लिखाकर उच्च शिक्षा की डिग्री दिलाकर अच्छी से अच्छी नौकरी पर पहुँचाएं। अच्छी नौकरी पाने के चक्कर में चाहे वह सरकारी हो या गैरसरकारी, इसके लिए अंग्रेजी का ज्ञान होना अनिवार्य नहीं बल्कि बोलना अतिआवश्यक हैं। क्योंकि अंग्रेज़ तो चले गए मगर अपना उतरन छोड़ गये और पश्चिमी सभ्यता के पुजारी उसे पूजते आ रहे हैं।

इसके लिए अंग्रेज़ी बोलने की कला सिर्फ पब्लिक स्कूलों में ही सीखी जा सकती हैं। यही कारण है कि हिंदी स्कूलों के छात्र बाबू, बड़ा बाबू, शिक्षक या दरोगा तक ही पद बढ़ा पाते हैं। मगर पब्लिक स्कूलों से निकले छात्र राजपत्रित अधिकारी बनते हैं। इसके कुछ अपवाद जरूर होगें। इसके लिए इस समस्या का हल स्पष्ट है कि शिक्षा का भी पूर्णतः राष्ट्रीयकरण करना न तो उचित होगा और न ही व्यवहारिक। मगर शिक्षा को पूर्ण रूप से व्यावसायिक ना बनाया जाये।

आरक्षण की छवि कहां कैसी

दैनिक पर्वतीय वर्ष-३ अंक-१०७ ९ मई १९८२

सरकार द्वारा नियुक्त 'मण्डल आयोग' की रिपोर्ट गिरती हुई प्रतीक्षा के बाद आखिर संसद में पेश कर दी गई। आयोग की सिफारिशों ने विवाद को उठाने में किसी प्रकार का शक नहीं रखी। वैसे सरकार को उठने वाले विवाद और उलझनों का पहले से ही संदेह था यही कारण है कि संसद में रिपोर्ट आने में हिचकिचाती रही थी। क्योंकि सरकार कभी एक पक्ष पर नहीं सोचती। वह हमेशा 'सर्वे भवन्तु सुखिन: सर्वे भवन्तु निरमाया' के सिद्धांत के आधार पर अपने पग बढा़ती है। यही सरकार की सफलता का मुख्य आधार है। यही कारण था कि सरकार आयोग की सिफारिशों से पूर्ण रूपेण सहमत नहीं थी। अतःसंसद में भी इस स्वीकृति के लिये ठोकरे खानी पड़ीं।

जहाँ तक सिफारिशों का सवाल है वहाँ तक तो केन्द्र और राज्य सरकारें राजकीय (सार्वजनिक) उद्योगों, राजकीय सहायता प्राप्त संस्थानों तथा शैक्षणिक संस्थानों मे २७ प्रतिशत रिक्त स्थान पिछड़े वर्गों के लिये सुरक्षित करने का सवाल है। इसे शायद आयोग ने इस आधार पर ही उचित समझा होगा की कुल आबादी का जो आरक्षण है वह ५२ प्रतिशत है अर्थात पिछड़े वर्गों की समीक्षा की जाए तो मालूम होना चाहिये की ३४७३ जातियों और उपजातियों के लोग आते हैं मगर जो कुछ भी हो यही कहा जा सकता है कि इसमें किसी प्रकार के कारण अवश्य हैं जिन्होंने इस प्रकार की सिफारिशों को बल दिया उच्चन्यालय का यह निर्णय शत प्रतिशत उचित है कि आरक्षण की संख्या कुल संख्या के पचास प्रतिशत से ज्यादा नहीं होनी चाहिए। यह निर्णय न्यायालय द्वारा किसी विशेष सन्दर्भ को दृष्टिगत करते हुए पचास प्रतिशत ही सीमा अधिकतम बताई।

आरक्षण कहीं कहीं प्रतिभा पलायन में भी सहायक हो जाता है क्योंकि योग्यता की जगह अयोग्य आरक्षण के बल पर जगह प्राप्त कर लेते हैं, जहां प्रतिशत और डिवीजन का कोई सवाल नहीं रहता है ऐसी जगह पर

आरक्षण सिफारिश या ज़बरदस्त दवाब बन जाता है अतः आरक्षण का प्रतिशत बढ़ाने की बनिस्पत आज का समय पिछड़े वर्गों के बच्चों के लिए विशेष एवं उच्च शिक्षा तथा प्रशिक्षण आदि की व्यवस्थाएं बढ़ाना ज्यादा न्यायोचित होगा न कि आरक्षण का विस्तार करना न्यायोचित है। पिछड़ा पन हमने शिक्षा के अर्थों से लगा लिया अर्थात कम शिक्षा होना। जबकि पिछड़ापन कई प्रकार का हो सकता है। दूसरा पिछड़ापन अर्थिक भी होता है पिछड़ापन आर्थिक ही नहीं सामाजिक भी होता है। अतः आरक्षण का विस्तार असन्तोष की आग लगाने का काम भी कर सकता है। आरक्षण का विस्तार करने से पहले हमें उसके गुण दोष आदि पर विचार करना चाहिए जिससे चिंगारी उठने का मौका ही न मिले और न ही असन्तोष किसी आंगन में फले-फूले।

असन्तोष की आग फैलने का यह उदाहरण है कि आरक्षण के विरोध में गुजरात तथा देश के अन्य भागों में आन्दोलन की लहर फैल गयी। अर्थात ठीक ही कहा है कि 'अति सर्वत्र वर्जयेत' अधिकता किसी भी क्षेत्र में हो, बढ़कर भ्रष्टाचार को जन्म दे देती है। यह आन्दोलन भले आरक्षण इतिहास के अनुसार ठीक हो मगर हमने कभी यह भी सोचा है कि केवल आरक्षण के बल पर पिछड़े वर्ग के अन्य वर्ग के बराबर आ सकते हैं कभी इस पर भी विचार करके सोचा होता तो मालूम होता कि आरक्षण का विस्तार करने से इसका सही सदुपयोग हो रहा है या नहीं कि सिर्फ दुरूपयोग हो रहा है। आरक्षण का ऐसा भी रूप देखा जाता है कि अपनी सामाजिक व आर्थिक उन्नति के बावजूद हर जगह आरक्षण आरक्षण की टाँग अड़ाते और अपने ही बन्धुओं को इससे वंचित रखते हैं। इस कारण आरक्षण के प्रश्न को हल करने की बनिस्पत पिछड़े वर्ग के हित में या पिछड़े इलाकों में शैक्षिणिक व प्रशिक्षण संस्थान खोले जाने पर अधिक ध्यान दिया जाये या इसके खोलने की मांग उठे तो देश और समाज तथा पिछड़े वर्ग को अति लाभकारी होगा। क्योंकि आरक्षण से ही सभी समस्याओं का हल नहीं हो जाता है। आर्थिक विषमता एक वर्ग में नहीं वह तो सभी वर्गों में होती है इस कारण आरक्षण का प्रश्न कहीं कहीं खटकने लगता है।

पर्यावरण की रक्षा जरूरी

दैनिक पर्वतीय वर्ष-११ अंक-१११ ११ मई ८२

पर्यावरण प्रदूषण आज के मनुष्य के सामने एक विकट समस्या बनता जा रहा है। जहाँ हमें औद्योगिक विकास ने उत्पादन और विकास की दिशा में असीमित कदम बढाने में सहयोग दिया है वहीं प्रदूषण की समस्या चुनौती बनाकर बढ़ रही है। इस बात को आज हम ही नहीं विश्व के वे सभी देश लोहा लेना मान रहे हैं जो विकास और प्रगति को ऊँचाई पार करने में पीछे नहीं रहे हैं जहाँ मनुष्य का स्वास्थ्य फलना फूलना चाहिये वहां प्रदूषण ने तरह-तरह की कठिनाईयां खड़ी करके उसे रोग युक्त बना दिया है। अतः यह वाक्य कोई अतिशयोक्ति ना होगा कि सरकार को करोड़ों रूपया स्वास्थ्य की रक्षा के लिए पानी की धार की तरह बहाना पड़ रहा है।

इसका मुख्य कारण इस प्रकार है हम घोड़े की रेंज के समान पीछे न देखकर विकास और प्रगति के क्षेत्र में दौड़ लगाने में मस्त रहे हैं परन्तु प्राकृतिक-संतुलन कहाँ फैला है इसकी ओर से उदासीन रहे हैं। यह कोई दोषारोपण नहीं सौ प्रतिशत सही है। फिर परिणाम यह हुआ है कि महानगरों में वायु और जल सम्बंधित प्रदूषण बढ़ता गया

हम अपनी प्रगति विकास को देखकर ही प्रसन्न होते रहे। विकास का अर्थ दोहन करना नहीं। और दोहन भी इस तरह कि उसको फलने फूलने व खाद पाने का मौका न देकर खून और चमड़ी चूसने में आ जाए तो यह दोहन भी क्या दोहन है। यह किसी के साथ न्याय संगत नहीं है। प्रकृति है या दूध देने वाला पशु! हमारा प्रकृति के साथ ताल मेल बनाकर प्रगति करने का लक्ष्य होता तो दूसरी समस्या खड़ी नहीं होती, इससे भले ही हम विश्व की दौड़ में प्रथम नम्बर न पाकर दूसरे ही रहते तो कोई बात नहीं थी मगर वाहवाही के लिए हम अपने को घायल कर बैठे यह कोई उचित नहीं।

यह सर्वविदित है कि जितना हम स्वयं को प्रकृति वातावरण से दूर रखेंगे उतना ही अस्वस्थ्य होकर परिस्थितियों के शिकार होते जायेंगे अतः वैज्ञानिक और विशेषज्ञों की राय अनुचित नहीं है क्योंकि कोई पग उठाने से पहले हमारी दूर दृष्टि पूर्ण नियोजन को ध्यान मे रखने वाली हो तो किसी प्रकार की कोई परिस्थिति सामने आने का कोई सवाल ही नहीं आ सकता है। अन्यथा इस तरह की स्थिति खड़ी होना आम बात है। प्रकृति से विपरीत चलने से हमें विकास से जितना लाभ मिलेगा उससे प्रत्यक्ष या परोक्ष रूप से हानियों से बचना मुश्किल होगा।

प्राकृतिक साधनों के नियमित दोहन के कारण ही पर्वतीय क्षेत्रों में बाढ़ और भूस्खलन जैसी विभीषिकाएँ मनुष्य के सामने आई है। अतः समय रहते पर्यावरण प्रदूषण की समस्या का निदान होना अति आवश्यक है।

प्रधानमंत्री श्रीमती गाँधी ने पर्यावरण विशेषज्ञों कानून निर्माताओं की संगोष्ठी का उदघाट्न करके उन्होंने विधायकों और सांसदों से परिचय किया और पर्यावरण सम्बंधी चेतावनियों पर ध्यान देने तथा सक्रिय योगदान की ओर ध्यान देने को कहा। प्रधानमंत्री का यह कहना उचित है कि दोहन हितकर तो है परन्तु अनियमित या प्रतिनिधित्व दोहन उसी प्रकार दुखदाई है जिस प्रकार कि संचित धन को बिना किसी सीमा के खर्च किया जाये और उसमें बचाने का कोई ध्यान स्वप्न में भी न किया जाये। तब संचित राशि का एक ना एक दिन समाप्त होना दीनता के द्वारा पर खड़ा होना होता है। ठीक उसी प्रकार प्रकृति दोहन की स्थिति है।

श्रम शोषण आखिर कब तक ?

दैनिक पर्वतीय वर्ष-११ अंक -११७ १८ मई १९८२

आज श्रम शोषण के सम्बन्ध में जितना भी लिखा जाये, वह थोड़ा है। जहाँ देखो वहां श्रम शोषण की शक्ति देखने मिल सकती है। इनमें ज्यादातर श्रम का शोषण ठेकेदार और रोजगार देने वाले करते हैं। अन्य व्यक्ति भी श्रमिक, महिलाओं, बच्चों का शोषण करने में पीछे नहीं हैं। अफसोस की बात है कि बच्चों को जन्म देने वाली महिला और देश के भविष्य निर्माता बच्चे जब शोषण के शिकार कर लिए जायेंगे तब देश की स्थिति को किस तरह आंका जायेगा व उनका भविष्य क्या होगा यह कहना मुश्किल है।

इसके साथ ही अमानवीय व्यवहार और कम उम्र के बच्चों से मजदूरी कराके तथा उन्हें कम मजदूरी देने की घटनाएं आये दिन सुनने में आ रही हैं। यह तो दूर समाचार पत्र भी इसे बखानने में पीछे नहीं हैं। इस सम्बन्ध में दो नवीन घटनाओं से शोषण की स्थिति का खुला चिट्ठा सामने आये बिना नहीं रहता है। एक घटना तो गुजरात के स्थित बेरावल की है जिसमें केरल की सैकड़ों महिलाओं को नौकरी और ज्यादा पैसों का व मजदूरी

का लालच देकर वहां लाया गया था। वहां उनके श्रम का ही शोषण नहीं हुआ बल्कि उनके साथ अभद्र व्यवहार भी किया गया।

दूसरी घटना ठेकेदारी के शोषण की देश की राजधानी में ही देखने की मिल सकती है जहां कि एशियाई खेल की तैयारी जोर शोर से चल रही है वहीं- दिया तले अन्धेरा वाली कहावत भी चरित्रार्थ होती है। वहां पर निर्माण कार्य में नये श्रमिकों को उचित मजदूरी के नाम पर ठेकेदार अंगूठा दिखा रहे हैं। साथ ही उसमें कम उम्र के बच्चे भी कार्यरत हैं। यह बात जब उच्चतम् न्यायालय के कानों तक पहुंचाई तो एशियाई खेल से सम्बन्धित अधिकारियों को आदेश दिये कि ठेकेदारों द्वारा १४ वर्ष से कम उम्र के बच्चों को काम पर क्यों लगाया गया? और ऐसे कानून का उल्लंघन उनके ठेकेदारों द्वारा क्यों किया गया? साथ ही कानून सम्मत मजदूरी क्यों नहीं दी जाती है? क्यों न दिया तले अन्धेरा की जगह पथ जगमग करने का पग उठाया जाय। हम ऊंची बातों को हांकते हैं मगर क्या उस पर स्वयं पालन करते हैं और करते हैं तो कितना पालन करते हैं, कभी इस पर भी ध्यान दिया है? अर्थात नहीं। मगर अब ध्यान हमें अवश्य देना होगा। यह देश के भविष्य की बात है, समाज में न्याय और अन्याय की बात है।

सवाल यह उठता है कि जिन लोगों के साथ इस तरह का व्यवहार होता रहता है वह मौन हो सब कुछ सहते रहते हैं। आवाज के नाम पर या न्याय के नाम पर चुप आखिर क्यों? एक तरफ न्याय एक तरफ इनकी चुप्पी आखिर इससे समस्या का समाधन निकाला जा सकेगा? नहीं। दूसरी बात इस तरह का अन्याय और जुल्म ढाने वाले ठेकेदार अन्याय की मार मारने वाले अपराधी क्या सभी कानून से अनिभिज्ञ रहते हैं? क्या इससे थोड़ा भी डरना नहीं चाहते हैं। सब कुछ जानते हुए उससे खिलवाड़ करना अपनी मनमानी की सीमा से दिनों दिन बढ़ना अपने हाथ बंधे बताकर आवाज को बंद करना है। अतः बेचारा कोई मुंह उठाना स्वप्न में भी नहीं सोच सकता है। साथ ही साथ ये अपराधी इनकी पेट की भूख से भी अच्छी तरह परिचित होने के साथ इनकी गरीबी को पहचानते हैं। इस कारण ये सब कुछ जानकर 'घर का भेदी लंका ढावे' जैसी कहानी गढ़ने में सफल होते रहते हैं और किसी को कुछ पता ही नहीं रहता है। यदि कुछ पता चल गया तो मुंह बन्द कर देते है जो फिर सदा सदा को चुप हो जाता है।

यह एक निर्विवाद तथ्य है कि विश्व में लगभग साढ़े पांच करोड़ बाल श्रमिक हैं जिसमें २ करोड़ के आस पास भारत में ही हैं। जिसमें २६ लाख से अधिक लड़कियां हैं। अधिकतर कृषि कार्य में बच्चे ज्यादा काम करते पाये जाते हैं। कृषि कार्य कम जोखिम वाला व सर्व सुलभ है। पकड़ में या समझ में आ जाने वाला कार्य है, फिर शहर से देहात तक कानून की पहुंच कौन करेगा ऐसे लंबे हाथ या पग किसी के नहीं जो इस ओर दौड़ लगायें। लोग अधिकतर स्वयं या स्वयं के घर के बाल बच्चों से कृषि कार्य में हाथ बँटा कर कार्य सम्पन्न करते हैं। मगर जहां आपत्ति की बात उठानी चाहिए वहां नहीं उठाई जाती, हालाँकि शहरों में तो ऐसी कोई बात नहीं। ठेकेदारों के सामने तो कोई मजबूरी नहीं। न्यूनतम मजदूरी देने में फिर क्यों आनाकानी करते हैं व सरेआम दिन-दहाड़े कानून का उल्लंघन कर शोषण करने में अपनी प्रगति समझ रहे हैं और इस दौड़ में दिन दूनी रात चौगुनी रफ्तार भर रहे हैं। आखिर क्यों? क्या इसलिए कि हमारा कोई कुछ नहीं बिगाड़ सकता है। हम गुण्डे पालने और पैसों की मार से मुंह बन्द करना जानते हैं। यह इनकी निर्धनता या मजबूरी में नाजायज फायदा उठाना है।

सभ्य समाज कहने वालों के माथे पर इस तरह का शोषण और अमानवीय घटनाएं एक कलंक है जो इस तरह की घटना अपने भाई बहनों के ऊपर होते देखते सुनते और चुप्पी साधकर इस ओर से अनभिज्ञ बन जाते हैं।

शहरों का विकास

दैनिक पर्वतीय वर्ष-११ अंक-१२० २७ मई १९८२

गांव हो, या छोटा शहर, इनके विकास के लिए आर्थिक अभाव बाधा बना रहता है। चाहे वह अनाज भरने वाला गाँव हो या ऐतिहासिकता के लिए प्रसिद्ध कस्बा, राष्ट्रीय मार्ग का किनारा हो या शहर का पड़ोसी हो। इससे विकास नहीं हो जाता है। विकास के लिए यह आवश्यक है कि विकास के दृष्टिकोण से स्थापित वहां की कमेटियों, नगर पार्षदों या टाऊन एरिया की कमेटियाँ, के पास धनाभाव न होना चाहिए। तभी विकास की सीढी पर ग्राम से लेकर शहर साहस और हिम्मत के साथ उन्नति के शिखर को पाने की चढ़ाई कर सकते हैं। इसका अभाव ही उपेक्षित बने रहने का कारण है। मगर केन्द्रीय सरकार के गृह निर्माण, सार्वजनिक निर्माण तथा विभाग ने लोहे को सोना बनाने का कार्य किया है और देश भर के ३५ छोटे शहरों के विकास के लिए चार करोड़ बीस लाख रुपये की राशि स्वीकृत करके उनको सजने संवरने का सुअवसर दिया है ताकि वह अपनी प्रतिभा और कर्तव्यनिष्ठा का परिचय देने आगे आयें। इससे यह अवश्य होगा कि छोटे-छोटे उद्योगों में लगे लोग व व्यापारी वर्ग इन छोटे शहरों की ओर आकर्षित होंगे। परिणाम स्वरूप शहरों के विकास का पथ प्रदर्शित होगा।

इससे यह भी हो सकता है कि रोजगार की दौड़ भरने वालों की भीड़ भी कम होगी और महानगरों का वातावरण उन्हें अपने पडो़स में ही प्राप्त होने लगेगा। छठी पंचवर्षीय योजना में २३१ छोटे शहरों को वास्तविक शहर का वातावरण स्थापित करने, वहाँ अस्पताल की व्यवस्था बालक बालिकाओं के पढ़ने लिखने के लिए कॉलेज का खोलना व अन्य दूसरी सुविधाएँ जुटाने का संकल्प सराहनीय है। अवश्य ही केन्द्रीय सरकार, राज्य सरकार व स्थानीय स्वायत्ता संस्थाओं में एकता, सद्भाव और आपसी तालमेल का बीज अंकुरित होगा। जो शहरों के लिए लाभदायक होगा।

यह तो नहीं झुठलाया जा सकता है कि रोजी-रोटी का प्रश्न, अभावग्रस्त गांवो से लाखों लोगों को जिस तरह पलायन करा रहा है उससे महानगरों का संकट बढ़ जायेगा और समाधान निकालना मुश्किल होगा। इसके लिए यह आवश्यक है कि समय रहते उचित पग उठा लिए जाएँ। यह कहीं अधिक हितकर होगा, अन्यथा जो अप्रिय चर्चाएं उठ रही हैं कि महानगरों में बाहर से आने वालों पर रोक लगा दी जाए इस तरह की घटनाओं पर यदि पहले से ही ध्यान दिया होता तो क्यों आज इस तरह कि चर्चाएं खड़ी होतीं। अर्थात यदि हम इस बात को दस या बीस साल पूर्व सोच लेते जो आज सोचा गया है तो और भी हितकर होता। इस तरह की सहायता देना हितकर तो है मगर बार-बार कब तक ऐसा किया जाता रहेगा? यह एक प्रश्न चिन्ह बनता है इसके लिए यह आवश्यक है कि वहां के नये कारखानों से कर वसूलकर वहां का विकास किया जाये व छोटे-छोटे उद्योग स्थापित कर उसके कर से वहां के विकास की दर में चार चांद लगायें। यह पद्धति हमेशा जगमग बनाने में सहायक होगी व बार-बार अनुदान का चक्कर भी हट जायेगा। साथ ही साथ नगर परिषदों की आत्म निर्भरता में प्रबलता आयेगी।

फिल्म उद्योग और वीडियो
दैनिक पर्वतीय वर्ष-११ अंक-१२८ २९ मई १९८२

फिल्म उद्योग के विकास के लिए उपयुक्त सिफारिशें जो कार्यकारी दल ने दी हैं, उस रिपोर्ट में वीडियो टेक्नोलॉजी के आरम्भ की बात भी की गई है। जहां तक वीडियो टेक्नोलॉजी का भारत के फिल्म उद्योग पर हितकर नहीं तो दुष्प्रभाव भी नहीं पड़ेगा क्योंकि देश में वीडियो के बाज़ार भी कम नहीं हैं।

वीडियो वास्तव में फिल्मों को सिनेमाघरों से उठाकर लघु सिनेमाघरों में बदलता है। जो बड़े सिनेमाघरों में दिखाई जाने वाली फिल्में लघु सिनेमाघरों में दिखाई जाने लगेंगी, अधिकता हो जाएगी परिणामस्वरूप देखने वालों की संख्या में असर अवश्य पड़ेगा। और इनके खिलाफ आवाज उठ सकती है इसे नहीं बचाया जा सकता है।

भारतीय फिल्मों की नकली वीडियो से अन्तर्राष्ट्रीय बाजार पहले से ही चौपट होने से नहीं बचा है। नहीं तो पश्चिम एशिया, अमरीका तथा इग्लैण्ड वीडियो फिल्मों के बाजार हैं। मगर भारतीय फिल्म उद्योग इनके डर से गुदड़ी नहीं त्यागने वाला है।

फिल्म उद्योग में कर्मठ कार्य करने वाले भारतीय फिल्म निर्माता और वितरकों की वह भी किसी न किसी रूप में परेशान या उदास अवश्य है। उनकी उदासी या परेशानी का मुख्य कारण देश में सिनेमाघरों की बहुतता होने की जगह कमी भी खटकती है। इसके साथ ही सिनेमा दर्शकों द्वारा ऊँची टिकटों की दरें पहले ही भूचाल मचाने में पीछे नहीं रही है। इन सबका असर फिल्म निर्माता पर पड़ता है और निर्माता हाथ पर हाथ रखकर पछताने के सिवा कुछ भी कर ही नहीं पाता है। अधिकांश फिल्में घाटे में डूबने के सिवा कुछ भी नहीं रह जाती हैं अतः उनको बचाने या बचने की कोई जगह ही नहीं रहती है वीडियो टेक्नोलॉजी आरम्भ करने से पूर्व अति हितकर यही होगा कि पहले सर्वप्रथम हम फिल्म उद्योग को और मजबूत सशक्त आधार देने में सफल बनें।

तब कहीं दूसरी ओर सोचने की बात करें तो उत्तम होगा। साथ ही साथ सिनेमाघरों के निर्माण को बढ़ाने के लिए प्रोत्साहन और लागत में कमी की आवश्यकता लाया जाना भी कम उल्लेखनीय नहीं है। वीडियो टेक्नोलॉजी फिल्म प्रदर्शन के अलावा शिक्षा, टेक्नीकल प्रशिक्षण आदि अनेक ऐसे जनहित कार्यों के लिए लाभकारी हो सकती है जो कि आज के समाज के लिए आवश्यक है भले ही उपयोग सीमित क्यों न कहा जाये। मगर इसके लिए आयात भी करने का सुझाव दिया जा सकता है क्योंकि जब हमारे पास सीमित मांग है तो उसमें अधिक पूंजी लगाना हितकर भी नहीं है। यदि हम वीडियो टेक्नोलॉजी के पक्ष में हैं, तो सर्वप्रथम हमें वीडियो फिल्म नकलची और कॉपी राइट अधिकारों की उपेक्षा या उल्लंघन आदि व्यवस्थाओं पर नज़र रखना ही नहीं रोकथाम करना जरूरी होगा तत्पश्चात् इस टेक्नोलॉजी को शुरू करना सोने में सुहागे का कार्य होगा।

जन मानस का हित किसी भी नई टेक्नोलॉजी का उपेक्षा विरोध करने में नहीं। कला का विकास उद्योग का विकास रोजगार बढ़ाने के साथ ही साथ बेरोजगारी की कमर तोड़ने में सहायक होती है। मगर उसके गुण दोषों की समीक्षा के साथ ही अपनाना हितकर है। आँखें बन्द करके कदम बढ़ाना कभी हितकर न रहा है न रहेगा। आयात

और निर्यात की पद्धति से पूर्व सोचना समझना हमारा कर्तव्य है कि इसका भविष्य क्या से क्या होगा। हम बिना सोचे समझे नकल के पीछे चल देते हैं जबकि नकल में अकल की जरूरत होती है, हम स्वार्थ के पीछे लकीर के फकीर बने रहते हैं चाहे उसमें हित हो या अहित हमें उससे लेना देना कुछ नहीं है सिर्फ हमारा स्वार्थ का उल्लू सीधा होना चाहिए। यही कारण हमारे पीछे रहने का व दुखदायी होता है। कभी-कभी यह देखा गया है कि नई टेक्नोलॉजी वह भूमिका नहीं निभा पाती है जिस उद्देश्य से घोषित करके आरम्भ की जाती है अर्थात् बीच में भटक जाती है टी.वी. टेक्नोलॉजी हमारे सामने एक प्रत्यक्ष उदाहरण है टी.वी. टेक्नोलॉजी अन्य देशों में केवल मनोरंजन ही नहीं जन संचार और शिक्षा के क्षेत्र में मदद करता है।

लेकिन हमारे देश में यह थोड़ा अभी भी खटक रहा है क्योंकि टी.वी. टेक्नोलॉजी अपने उद्देश्य पूरे करने में सफल न हो सकी जहाँ तक कार्यक्रमों के स्तर की बात है वह तो कहना बेकार है मगर आम जनता के पास तक पहुँचाना टी.वी. का टेढ़ी खीर हो गया है रंगीन टी.वी. के साथ कुछ सुधार आये यह तो अंधेरे की बात है इस पर कुछ कहना मन के लड्डू खाना है अतः वीडियो टेक्नोलॉजी के सम्बन्ध में भी गहरा अध्ययन करना अति आवश्यक है।

अनौपचारिक शिक्षा

दैनिक पर्वतीय वर्ष-११ अंक-१३३ ४ जून १९८२

आज शिक्षा के सम्बन्ध में बड़ा ही सोचने समझने के लिए मजबूर कर दिया है। संविधान निर्माताओं की परिकल्पना धूल में मिल गई, जिन्होनें स्वप्न सजाये थे कि स्वतन्त्रता प्राप्ति के बाद के ग्यारह वर्षों में तमाम बच्चों की शिक्षा की समस्या हल हो जायेगी। मगर स्वतन्त्रता प्राप्ति के ३५ वर्ष व्यतीत करने के बाद भी हम ऐसा प्रतीत हो रहा है कि हम जहां के तहाँ ही पड़े हैं और लक्ष्य पाने की लालसा के स्थान पर हाथ मलते रहे हैं। इस बात ने भविष्य की उम्मीदों पर भी पानी डालने का काम किया है।

प्रौढ़ शिक्षा के क्षेत्र में विशेष प्रगति न करके ढोल पीटना ज्यादा रहा है अर्थात यदि हम यह कहें कि साक्षर बनाने के स्थान पर निरक्षरता के क्षेत्र में ज्यादा प्रगति हुई अर्थात निरक्षरों की जनसंख्या घटने की बजाए बढ़ी है यदि ऐसा कहा जाये तो कोई अतिशयोक्ति न होगा। इस क्षेत्र में हमने किन्हीं से सबक लिया होता तो अति उत्तम होता। मगर हमने इस ओर कोई ध्यान ही नहीं दिया। कितना अच्छा होता यदि हमने साम्यवादी देश चीन व अन्य देशों से कुछ सीखा समझा होता तो हमारी व्यवस्था का हल खोजने की राह अत्यन्त पास में ही मिलने में सहायक होता।

हाँ यह बात कहना बेकार है कि स्कूलों कॉलेजों की संख्या नहीं बढ़ रही। ऐसा नहीं बल्कि इनकी संख्या मांग के मुताबिक बढ़ी ही हैं। मगर फिर कौन सा ऐसा कारण हमारे शिक्षा के क्षेत्र मे आगे आकर हमारे प्रगति के पथ को रोकता है? उसका एक ही उत्तर मिलता है कि वह यह कि गरीबी, सामाजिक पिछड़ापन और स्कूलों की दूरी अधिक बाधक बनकर रही है। हमें मालूम होना चाहिए कि देश के करोड़ों बच्चे स्वतन्त्रता प्राप्ति के बाद भी अपने जीवन में स्कूलों का मुंह देखने में असमर्थ रहते हैं।

जहां तक 'सन्तोषम् परम सुखम' का सवाल है, वहाँ तक तो वह भी कहा जा सकता है प्राथमिक तथा उच्चस्तरीय स्कूलों में दाखिला लेने वाले छात्रों की संख्या बढ़ी। क्योंकि आँकड़े यह बताते है कि इस समय करीब ९ करोड़ बच्चो के नाम पहली से सातवीं तक में दर्ज हैं लेकिन चौथी कक्षा तक पहुंचते-पहुंचते ६३ प्रतिशत बच्चों की संख्या कम हो जाती है वह भी गलत नहीं है। आगे की कक्षाओं में सिर्फ ३७ प्रतिशत बच्चे ही जा पाते हैं, इतना ही नहीं बच्चे जब और बड़े होते हैं तो आश्चर्य की बात वह कि २३ प्रतिशत बच्चे फिर माध्यमिक में रह जाते हैं, १४ प्रतिशत बच्चे फिर स्कूल से निकल जाते हैं।

इन आँकडों से सबसे बड़ी समस्या यह खड़ी होती है कि आखिर बच्चे स्कूल क्यों छोड़ देते हैं साक्षर होने के बजाए निरक्षर रहना पसन्द क्यों करते हैं। इन्हीं सब कारणों को आज हटाने की बड़ी जरूरत है। इसके साथ हमें स्कूली शिक्षा की व्यवस्था में क्या कमियाँ हैं उसका भी अध्ययन करना जरूरी है। ग्रामीण क्षेत्रों गन्दी बस्तियों के स्कूलों की दशा भी वैसी है जैसा वहां का नाम! कहने का तात्पर्य है की टाट पट्टियाँ हैं तो स्कूल की पूर्ति नहीं, इमारत है तो टाट पट्टियाँ नहीं इसका रोना हमेशा किसी न किसी कमी को बताता रहा है। कई बार यह भी देखा गया कि अध्यापक नहीं या कहीं अध्यापिकाएं नहीं हैं। कहीं आवश्यक सामान की पूर्ति नहीं हैं कही पाठ्यक्रम और वातावरण बच्चो को आकर्षित नहीं करता है। गरीब भारतीय परिवार में हर किसी माता पिता की बच्चों को पढ़ाने की इच्छा होती है। मगर वह पूरी नहीं हो पाती मजबूरन उसे निराश होकर घर बिठाना पड़ता है।

आन्ध्र हो या असम, बिहार या कश्मीर उड़ीसा या राजस्थान, उ.प्र. और पश्चिमी बंगाल अर्थात ९ राज्य में ८० प्रतिशत शैक्षणिक दृष्टि से पिछड़े ही हैं। मगर अब शिक्षा मन्त्रालय अनौपचारिक शिक्षा की एक विशेष योजना पर विचार विमर्श कर उसे मूर्तरूप देने जा रहा है। इसके अन्तर्गत छठी पंचवर्षीय योजना के काल में ५३ लाख बच्चों को शिक्षित करने का लक्ष्य है जो केन्द्रीय अनुदानों की मदद से चलायी जाने वाली योजना के अन्तर्गत १९८४-८५ तक अनौपचारिक शिक्षा के १५७४५० केन्द्र खोलकर ५३ लाख बच्चों को पढ़ाने के लिए हैं।

योजना तो बहुत अच्छी है मगर इसमें किसी प्रकार का पक्षपात या कोटे सम्बन्धी नीति न अपनाई जाये तो यह आशा से अधिक सफल हुए बगैर नहीं रहेंगी इसे अन्याय से बचाने के लिए नौकरशाही और लाल फीताशाही को हटाकर मिशन भावना का संचार करना देश, समाज, व योजना के हित में सोने में सुहागा का काम करेगा।

बचत और मुद्रा स्फीति

दैनिक पर्वतीय - ६ जून १९८२

बचत करना ऐसी युक्ति है, जो आड़े समय में, मुसीबत के समय में, मजबूरी को आसानी में बदलने का कार्य करती है। मगर बचत कैसे हो? इसके लिए यही एक उपाय सरल है कि बूंद बूंद से घड़ा भर जाता है अर्थात हमारा दृढ़ संकल्प यदि स्थिर रहा तो हम बचत कर पाते हैं, और अस्थिर रहा तो जो कुछ बचत किया हुआ

हमारे पास रहता है वह भी गँवा देते हैं। इस कारण ही सरकार ने पोस्ट ऑफिस में पास बुक और बैंक में खाते खोलने की योजना चलायी जो बहुत सफल हुई। क्योंकि इसमें मनुष्य तब ही पैसा निकालता था जब उसके पास कोई बड़ी विपत्ती टूट पड़ती थी। घर जैसा, दो-चार या दस रुपये की जरूरत में नहीं क्योंकि, घर में, अपने पास जब चाहो तब खर्च करो। मगर बैंक में बार बार जाना स्वंय अच्छा नहीं लगता है। इससे बचत बढ़ती है खर्च भी नहीं होता है।

मुद्रा स्फीति में १०० प्रतिशत की वृद्धि से रुपये का मूल्य आधा हो जाता है। इस कारण यह चिन्ता का विषय बन जाता है साथ ही साथ लोग नगद बचतों के खिलाफ रहते हैं।

बल्कि अपनी बचत को टिकाऊ साज सामान या सोने चाँदी में लगाना बेहतर समझते हैं। यह तो सभी जानते हैं कि हमारे मुद्रा स्फीति की दर ने पिछले वर्षों में काफी ऊँची उड़ान भरी है। परिणाम स्वरूप प्रत्येक वस्तु के भाव ड्योढ़े से दुगने हुए अर्थात जमीन में न रहे, काफी उठे। दूसरी तरफ रुपये की क्रय शक्ति गिर गयी। ब्याज की दरें इतनी ऊँची नहीं कि वे मूलधन के वास्तविक मूल्य को बनाये रख सकें। इस कारण यह देखा गया है कि सीमा से अधिक पाबन्दी के बाद भी सोने चाँदी के लिए भारतीयों की चाह वही है जो पहले थी।

हाँ यहाँ एक बात अवश्य ध्यान देने की है कि यदि हम सचमुच लोगों को अधिकाधिक बचत की ओर मोड़ना चाहते हैं तो यह जरूरी होगा कि प्रोत्साहन के रूप में मुद्रा स्फीति तथा मूल्यों में नियंत्रण करने के साथ ही ब्याज की दरें ऊँची रखनी होगी। तभी हम अल्प बचत के लक्ष्य को प्राप्त कर सकते हैं। अभी मुद्रा स्फीति इस तरह आसमान पर चढ़ी है कि लोग ऊँची ब्याज पर धन उठाना घाटे का सौदा समझते हैं। इसके लिए यह अनिवार्य होगा कि ब्याज की दरें निश्चित की जाने के साथ मूल्य वृद्धि पर नियंत्रण रखा जाय।

इसके लिए उद्योग महासंघ और भारतीय वाणिज्य ने एक दस्तावेज प्रस्तुत कर जो सुझाव दिया है वह हितकर है कि बीमा पालिसी की बचतों के वास्तविक मूल्य ह्रास रोकने के लिए उनके अदायगी मूल्य को महंगाई सूचक अंक से जोड़ दिया जाय। मूल्य ह्रास का एक उदाहरण दिया गया है कि १९६०-६१ में ली गयी २०,००० रुपये की बीमा पालीसी का २० वर्ष बाद पूर्ण अदायगी मूल्य २८,००० रुपये होता था। जबकि इतनी राशि का वास्तविक मूल्य मात्र ६२४० रुपये बैठता है। भारतीय रुपये के गिरे हुए मूल्य के अनुसार उसका अदायगी मूल्य ८९४८० रुपये होना चाहिए था। वह सिद्धान्त शत प्रतिशत सही है। मगर इसमें अनेक कठिनाइयों को सामना करना पड़ेगा। इसके लिए हमें नीचे से ऊपर तक वेतन भी मूल्य सूचकांक से जोड़े रखना जरूरी है। बीमा पालिसी तो एक उदाहरण और सुझाव था।

यदि हम सही चिन्तन मनन करें तो मालूम होगा कि मुद्रा स्फीति और मूल्य नियंत्रण से समस्या का सही हल ही न होगा बल्कि काले धन को समाप्त करने में भी सहयोग मिलेगा। अधिकतर देखा यह गया है कि पुरानी मशीनरी व अन्य वस्तुओं का मूल्य घटने के बजाय बढ़ता है हम यह भूल चुके हैं कि २० हजार रुपये की मशीन १० हजार कि.मी. चलने के बाद भी अपनी कीमत बढ़ा कर देती है जबकि वही मशीन नई हालात की उतने में नहीं आती है। कभी इस पर भी विचार किया है कि आखिर ऐसा क्यों? वही, इससे मिलती जुलती स्थिति आज बचत के सम्बन्ध में है जिसे सभी जानते हैं।

पेयजल समस्या

दैनिक पर्वतीय वर्ष-११ अंक-१३९ १० जून १९८२

यह देखा गया है कि जब आग लगती है तो पानी की व्यवस्था पर विचार विमर्श करते है जबकि होना यह चाहिए कि हम भविष्य की तैयारी करके रखें कि यदि ऐसा हुआ तो हमारे पास पर्याप्त साधन हों। मगर ऐसा नहीं इससे धन जन की हानि के साथ राष्ट्रीय सम्पत्ति का नुकसान होता है। उसी प्रकार हम देखते आ रहे हैं कि पाँच वर्षों से राजस्थान राज्य में पानी की समस्या सिरदर्द बन गई है। लगभग दो करोड़ लोगों के सामने यह विकट समस्या खड़ी हो रही है। पेयजल मनुष्य जीवन के लिए अनिवार्य है। इसकी चेतावनी भी संसद के शीतकालीन अधिवेशन में सांसदों ने दी थी। विधानसभा में भी इसकी चर्चा हुए बगैर नहीं रही थी। मगर चर्चा या विचार विमर्श से क्या होगा जबकि सभी प्यास से तड़फ रहे है। इस समय तो पानी चाहिए विचार विमर्श तो पहले करना था। यदि चार-पाँच वर्ष से हम इस समस्या को देखते आ रहे हैं और तभी इस पर गंभीरता पूर्वक कदम उठाकर प्रयत्न किए होते तो पानी की त्राहि त्राहि शायद जो आज राजस्थान वासियों के सामने है, वह नहीं होती।

राजस्थान में अनगिनत समस्याओं के घेरे में एक समस्या यह भी कम नहीं है। यहाँ पानी की समस्या मुख्यरूप से इस कारण है कि यहाँ भूमि पथरीली है। यदि यहाँ कुआँ खोदने की योजना पास होती है तो उसमें श्रम की बरबादी, खुदाई में खर्च बढ़ने, पानी नीचे होने के कारण पथरीली जगह को खोदने के लिये शक्तिशाली बरमों की आवश्यकता पड़ेगी। अर्थात इतनी उपलब्धी के बाद भी स्वप्न साकार करना टेढ़ी खीर है।

मगर अफसोस की बात है कि २३ वर्ष के बाद राजस्थान नहर अपना प्रथम चरण ही पूरा नहीं कर सकी है बल्कि "नौ दिन चले अढ़ाई कोस" वाली कहावत चरितार्थ होती है। जिसमें अभी धनराशि के साथ समय भी अधिक लगने की सम्भावनाएं है।

आंकड़े बताते है कि ३३,३९५ कुल गाँवों में से २३,२४६ गाँवों को सरकार द्वारा अकाल ग्रस्त घोषित किया गया है। क्योंकि यहाँ चारा और पानी के अभाव में मजबूर होकर पड़ोसी राज्यों पर भार बनना पड़ रहा है। पानी का अभाव क्या हुआ कि चारा का अभाव अपने आप सामने खड़ा हो गया।

अकाल की चपेट से पचास से ९० प्रतिशत फसल का नुकसान हुए बगैर नहीं रह सका है। इससे केन्द्र और राज्य भली भांति परिचित है मगर इससे कुछ नहीं हुआ सिर्फ आश्वासन मिले। मगर यह सही है कि ओस चाटने से प्यास नहीं बुझती है। क्योंकि मन्त्रियों और अधिकारियों के आश्वासन से तात्कालिक कुछ परिणाम निकलने वाले नहीं क्योंकि जून के महीने में जब सिर पर गर्मी का पूर्ण बोलबाला होता है तो पेयजल की समस्या कहाँ से कहाँ तक पहुंचेगी, कुछ कहा नहीं जा सकता हैं। हाँ, छठी योजना में पूरे देश के हितों को ध्यान में रखते हुए २० अरब रुपये पेयजल समस्या में खर्च करने का लक्ष्य है। अब यह तो भविष्य ही बतायेगा कि इसमें राजस्थान को कितना हिस्सा मिलेगा उसी पर भविष्य की योजनाएँ अपने पग बढ़ाने में समर्थ हो सकेंगी।

राजस्थान सरकार ने अपनी सहानुभूति की दृष्टि से एक अरब रुपये की धनराशि आर्थिक कठिनाइयों के बाद स्वीकृत की जो एक महत्वपूर्ण कदम है। ये अकाल ग्रस्त राजस्थान के लिए ऊँट के मुँह में जीरा जैसा है

मगर समायोजित सहायता राहत की दिशा में पारस का कार्य करती है जो जन मानस के हृदय में स्थान बनाने में समर्थ होती है।

सरकार ने राजस्थान में पानी की समस्या को स्थायी समझते हुए ४ अरब ९१ करोड़ रुपये की लागत से एक पेयजल योजना बनाकर मुश्किल को आसान करने में सफल कदम बढ़ायें हैं। पेयजल के सम्बन्ध में गम्भीरतापूर्वक लिए गये ये कदम संकल्प बद्ध है और सम्भव है कि केन्द्र भी इसमें भली भांति आशा के अनुरूप धनराशि देगा। मगर यह तो आगामी वर्षों की संभावनाएँ हैं।

एशिया शान्ति को आशंका

दैनिक पर्वतीय वर्ष-११ अंक-१४० १२ जून १९८२

यह तो दीर्घ समय से संकेत मिल रहे हैं कि लेबनान स्थित फिलिस्तीनी अड्डों के सफाये के लिए इज़राइली सैनिक कार्यवाही कभी भी हो सकती है। इस कारण यह आकस्मिक हमला नहीं कहा जा सकता है मगर कुछ भी हो इज़राइल द्वारा लेबनान पर जो उत्तर पश्चिमी सीमा के पार है, पर भारी हमला किया जाना उचित नहीं हैं। ऐसे समय में हमें सूझबूझ और धैर्य से साहस हिम्मत और समझदारी से कार्य लेना चाहए। इज़राइल के इस हमले से एशिया की शान्ति को पुनः खतरे में पड़ना कहा जाय तो कोई अनुचित न होगा क्योंकि इसका प्रभाव अरब देशों पर पड़े बगैर नहीं रह सकता है। मगर शोचनीय स्थिति यह है कि कोई भी इज़राइल के विरोध में कदम उठाने में समर्थ नहीं हैं। पिछले कुछ दिनों हुए जब इज़राइल मिस्र का सिनाई क्षेत्र खाली करके लौट गया।

आश्चर्य की बात तो यह है कि संयुक्त राष्ट्र की शान्ति सेना तैनात होते हुए भी सीमान्त क्षेत्र के आस पास के गाँवो में इज़राइल के लेबनान हमले के बाद फिलिस्तीनियों पर बमबारी होती रही है। यह भी सर्व विदित है कि इज़राइल भी पीछे नहीं रहा और लेबनानी क्षेत्र में मुँह तोड़ जवाब देता रहा है पिछले दिनों की ही बात है, कि कुछ बम गिरने से कितने ही लोग हताहत हुए थे। लेकिन इज़राइल द्वारा लेबनान पर किया हुआ हमला, सिर्फ अड्डों की सफाई ही नहीं बल्कि इसके पीछे कुछ और राज़ भी हो सकता है जिसे कुछ कहा नहीं जा सकता। जो सिर्फ स्थिति की गणना करके ही आंका जा सकता हैं। क्यों कि इज़राइल की सुसंगठित सेना का सामना टेढ़ी खीर होने के साथ- साथ लेबनानी सेना ओर फिलिस्तानी मुक्ति संगठन को लोहे के चने चबाने के बराबर है।

लेबनान पर यह हमला चतुराई के चक्रव्यूह का प्रतीक है। जब भी हमला करता है तो वह चाहे इज़राइल हो या अन्य कोई राष्ट्र अपने लक्ष्यों को प्राप्त करने के बाद ही दम लेता है। उसके पहले रूकना या युद्धविराम के प्रश्न पर विचार करना अंधेरे में डंडे घुमाने के समान है। यह भी हो सकता है कि फिलिस्तीनी मुक्ति संगठन को भारी नुकसान उठाना पड़े। वैसे इज़राइल 'कैम्प डेविड समझौते' के अन्तर्गत, फिलिस्तीनियों को स्वायत शासन देने के विचार करने को सहमत हो चुका है। मगर यह किन शर्तों के अन्तर्गत होगा- इसे तो भविष्य ही बता सकता है।फ्रांस में अमेरिका सहित ७ औद्योगिक राष्ट्रों के नेताओं की आर्थिक कार्यवाही चल रही है जिसमें युद्धविराम की अपील करना भी सम्मिलित है, जिसे औपचारिकता ही कहा जा सकता है।

हाय। नारी तेरी यही कहानी

दैनिक पर्वतीय वर्ष-१३ अंक-१४४ १९ जून १९८२

राम, कृष्ण, अर्जुन, अभिमन्यु, भरत भीष्म की जननी सुभाष, भगत, गांधी, जवाहर तिलक को, गोद,सीता, सावित्री, शकुन्तला, सुलोचना की अमूल्य शक्ति नारी ही थी। मगर अफसोस है कि आज उसी नारी का बेमौत मरना पड़ रहा हैं जो कि भारत के लिए कलंक है। इस विषय ने अपनी पुत्री के प्रति माता पिता को गम्भीर विषय के रूप में प्रबुद्धजीवी को सोचने के लिए मजबूर कर दिया है।

छोटे गांवों की आवाज उठकर वही समाप्त हो जाती है। मगर दिल्ली जैसे अन्य नगरों में महिलाओं की विशेषकर नव विवाहिताओं के जलकर मरने या सताये जाने से डूबने की घटनाएं आम हो गई हैं। ऐसी घटनाओं की सूची समाचार पत्रों की बाढ़ बन गई है। यह आखिर क्यों? क्या कभी इस ओर भी सोचा समझा और विचारा है। आखिर नारी के ऊपर इतने अत्याचार क्यों जो इन महिलाओ को आत्म हत्या करने के लिए मजबूर कर देता है।

देखा गया है कि अधिकांश काण्ड ससुराल वालों व पति द्वारा दहेज कम के कारण इस तरह के काण्डों की ओर मोड़ दिये जाते हैं। ये घटनाएं निश्चय ही आम जनता को जहां चौंकाती हैं वहीं प्रबुद्ध जीवी के मस्तिष्क को झकझोरे बगैर नहीं रहती हैं। जिससे समझदार वर्गों में रोष की भावना जागृत होना स्वाभाविक है। कहीं कहीं जो इस तरह के काण्ड दब जाते हैं या अपने प्रभाव से दबा दिये जाते हैं। वहीं दूसरी ओर जिनके बयान मिल जाते हैं उसमें जो रूप प्रकट होता है, वह भी किसी से छिपा नहीं है। रमा देवी काण्ड ने कितने प्रदर्शन किये और पार्टियों से कराये। वह किसी से छिपे नहीं हैं। मगर अफसोस कि इस तरह की घटनाओं में किसी प्रकार की कमी न आई और न आने की आशा दिख रही है। इसे क्या कहा जा सकता है। मगर पुलिस की तत्परता और कार्यकुशलता ठीक उतने ही समय तक दिखाई देती है जब तक जनाक्रोश अपनी गति पर होता है पर ज्यो ही धीमा हुआ कि पुलिस के कानूनी दाव पेंच व भाग दौड़ भी ढ़ीली हो जाती है। अर्थात अपराधी अपराध करके भी दण्ड से मुक्त रहता है। परिणाम स्वरूप न्यायालय भरपूर प्रमाणों के अभाव में अपराधी व्यक्तियों को कड़ा दण्ड देने में असमर्थ हो जाते हैं।

अब महिलाओं के शोषण का सबसे घिनौना रूप जो समाचारों के रूप में प्रकाश में आया है वह अरब शेखों द्वारा किशोरियों के साथ अन्याय करना है। इस अन्याय की शिकार किशोरियों का हैदराबाद के दलालों द्वारा अस्थाई निकाह कराकर अरब के देशों को मौज मस्ती की व्यवस्था कराना है वह भी चाँदी के चंद टुकड़ो पर। कितना दिल दहलाने वाली चालें हैं कि इसी देश के लोग इस तरह का व्यापार फैलाकर कब तक अन्याय की आग को जलाते रहेंगे। कितना अनुचित है कि इन किशोरियों को अरब यात्रियों से अस्थाई निकाह करके उनकी पत्नी बनकर शेखों के भारत में रहने तक होटल में रहना पड़ता है। इसे भाग्य की विडंबना कहा जाएगा जब वे शेख अपने देश जाते है तो इन किशोरियों को तलाक देकर छोड़ जाते हैं यदि कोई किशोरी साथ चली गई तो वह उसका सौभाग्य या प्रभु वरदान समझिये।

पुलिस सूत्रों के अनुसार हैदराबाद के कुछ लोगों ने इस घिनौने अपराध को पैसों के लालच में आकर व्यापार बना दिया आश्चर्य की बात यह है कि इन निकाहों में काजी की फीस और दलालों की फीस निश्चित रहती है मेहर के रूप में लड़की के हाथ में पाँच सौ लेकर तीन या चार हजार रुपये दे दिये जाते है। मगर वह घोषणा मात्र रहती थी मगर इनके हाथ में प्रसाद जैसी ही रकम हाथ लगती है। अधिकांश राशि बिचैलिये प्राप्त करने में सफल हो जाते है। यह कोई नई घटना नहीं पहले से भी इस तरह की अनेक वारदातें भारतीय लड़कियों की बिक्री को लेकर प्रकाश में आई है। मगर उनका नाम मात्र को खण्डन कर दिया गया। मगर मशीन अपनी गति पर 'ज्यों कि त्यों' चालू ही रही। अत्याचारों की सीमा यहाँ तक रही कि जो किशोरियों भारत से अरब शेखों की पत्नी बनकर गई है वह भी सुख के स्वप्न देख नहीं सकी और अत्याचार की घाव में जलना पड़ा है।

मगर अब इस ओर चुप बैठकर किसी की प्रतीक्षा करना उचित नहीं है हर हृदय महिलाओं के शोषण से जलने लगा है। इस कारण उत्पीड़न बंद होना ही चाहिए। यह घटनाएँ भारतीय सामाजिकता के ऊपर कुठराघात हैं और राष्ट्रीय गौरव पर धब्बा है।

हमारा सभ्य और स्वाधीन कहना यहां उचित नहीं है। जहाँ ढोल बराबरी का पीटा जाता है मगर अत्याचार नारी सहे वह कैसा न्याय। अर्थात नारी इतनी दयनीय क्यों हो गई किसी ने ठीक कहा है कि "हाय। नारी तेरी यही कहानी, आंचल में दूध और आंखों में पानी"। क्या कभी नारी को न्याय मिलेगा उसकी दुनिया गौरव की अधिकारी बनेगी? या कोरी बातों के जाल बुनकर संतोष किया जाता रहेगा। क्या सरकारी स्तर पर इस ओर ध्यान दिया जायेगा। आज इन प्रश्नों के हल करने की आवश्यकता है। इसके लिए जरूरी है कि सामाजिक चेतना हो।

और इससे महत्वपूर्ण बात यह है कि इसके लिए नारी को स्वयं अपने आत्मविश्वास को जगाकर दुर्गा की शक्ति समझकर संघर्ष करना होगा तभी शोषण और उत्पीड़न की कमर तोड़कर नारी जाति के वास्तविक गौरव को प्राप्त किया जा सकता है।

श्रममेव जयते

साप्ताहिक पर्वतीय वर्ष-३१ अंक-२४ २८ अगस्त १९८२

हमारा राष्ट्रीय नैतिक नारा है "सत्यमेव जयते" नैतिक शिक्षायें ऐच्छिक होती हैं। लोकतंत्र में हर नागरिक उसे अपनी परिस्थितियों और बुद्धि विवेक के अनुसार स्वीकारता है और व्यवहार में लाता है। इस नारे को नित्य दोहराते हमारा राष्ट्रीय जीवन सत्य से निरन्तर दूर होता गया। शासक से लेकर शासित तक किसी का काम असत्य के बिना नहीं चलता। जो राजनीतिज्ञ जितना अधिक रंगीन झूठ बोल सके वह उतना ही अधिक सफल होता दिखता है। यही स्थिति दिखती है व्यवसायिक क्षेत्र में। आज़ादी के बाद हमने पहले से अधिक तस्कर, चोरबाजार, डकैत आदि ऐसे ही वर्ग के लोग पैदा किये हैं। यहाँ तक कि गेरुआ वस्त्र धारण करने वाले साधु, सन्यासी तक में देखा जाता है कि जो सत्य से जितनी दूर और असत्य के जितने समीप है वह उतना ही अधिक सफल है। बड़े बड़े राजनेता और पूँजीपति उनके भक्त होते हैं, साधु सन्यासी व बाबाओं में भी वर्गीकरण हो गया है। वे जनता के लिये

कम और विशिष्ट वर्ग के लिये अधिक होते जा रहे हैं? और उसे वे अपनी सफलता मानते हैं। वे भी व्यावहारिक सत्य, जो वास्तविक सत्य से दूर ही नहीं कभी कभी सर्वथा विपरीत होता है, को ही सत्य मानते है। और उसी की जय होती है।

इधर श्रीमती इन्दिरा गांधी ने श्रम ही साधना है को "श्रममेव जयते" का रूप दिया है। श्रम व्यक्ति का व देश की खुशहाली के लिये आवश्यक है। लेकिन भारत में मलूकदास की नैतिक शिक्षा की जड़े सदियों गहरी है।

"अजगर करे न चाकरी पंछी करे का काम,
दास मलूका कह गये सबके दाताराम"।

गांवों में आज भी जब बच्चा पैदा होता है तो कहा जाता है जिसने पेट दिया है उसके साथ भाग्य भी दिया होगा। अकर्मण्यता की इस गहरी अफीम के नशे को "श्रममेव जयते" का नैतिक नारा चूर कर सकेगा, ऐसा संभव नहीं लगता। उसे व्यवहारिक परिभाषायें दी जाने लगती है। एक डकैत बिना श्रम के डकैती नहीं डाल सकता। एक तस्कर श्रम ही नहीं, जानलेवा श्रम करके तस्करी करता है। हमारा श्रमिक कम काम अधिक दाम में विश्वास करने लगा है और ट्रेड यूनियन उनकी इस स्वाभाविक इच्छा को और अधिक बलवती करती है।

विश्व में जहां भी श्रम का लाभ हुआ है, यह वहीं हुआ है जहां लोकतांत्रिक शासन प्रणाली की जगह एक व्यक्ति, एक वर्ग या सर्वहारा की तानाशाही रही है। भारत जैसे विशाल देश, जिसके प्राकृतिक साधनों का दोहन अधिकतम हो चुका हो, में यह नैतिक नारा सफल नहीं हो सकता। यह श्रीमती गांधी भी जानती हैं। तो क्या यह नारा किसी भावी तानाशाही का सूचक है? श्रीमती गांधी की विशेषता है कि वे ऐसी नेता हैं जो अर्थहीन व उदेद्श्य हीन नारा नहीं देतीं।

मेरठ के दंगे में किसका हाथ ?

साप्ताहिक पर्वतीय वर्ष-३१ अंक-३१ १६-२२ अक्टूबर १९८२

एक महीने तक मेरठ साम्प्रदायिक दंगों की आग में धधकता रहा। पुलिस भी वहाँ थी, प्रशासन भी था फिर नियंत्रण क्यों नहीं हो सका? अन्दर ही अन्दर जब तक साम्प्रदायिकता का दानव कभी 'हिन्दु' कहकर कभी 'मुस्लमान' कहकर इस देश के नागरिकों को, सहृदय इन्सानों को निगलता रहा, जिनका कसूर सिर्फ इतना था कि वे मेरठ के उस क्षेत्र में थे वो जहाँ आग भड़की और दुर्भाग्य से उस आग से बच निकलने मे सफल न हो सके। पर सत्तारूढ़ दल का या विपक्ष का कोई भी नेता वहां जाने का साहस न जुटा सका। जब उस दानव का पेट भर गया कितने ही निरपराध लोगों की जाने गयीं, कितने ही घायल और बरबाद हो चुके तो स्थिति का जायज़ा लेने विभिन्न राजनितिक दलों के संसद सदस्यों का एक मिला-जुला दल मेरठ पहुँचा। स्थिति का जायज़ा लेने के बाद जब संसद में इस विषय पर बहस हुई तो हर एक का मत एक दूसरे से भिन्न था।

गृह मंत्री ने भवन वक्तव्य में स्वीकार किया कि कहीं न कहीं अवश्य ही प्रशासन की ढील तथा उत्तर प्रदेश का खुफिया विभाग इसके लिए दोषी हैं जो स्थिति पर सही नज़र न रख सका, न ही ठीक से नियंत्रण कर सका।

हमारी प्रधानमंत्री ने यहाँ तक कह डाला कि इन दंगों को भड़काने में अखबारों का हाथ है क्योंकि उन्होंने बढ़ा-चढ़ाकर खबरें छापी।

लेकिन बड़े आश्चर्य की बात है कि साम्प्रदायिकता के उस दानव के चेहरे पर जो नकाब पड़ी है, उसे किसी भी राजनेता ने छुआ तक नहीं। छुये तो कैसे, उधाड़े तो कैसे? नकाब-स्वयं उन सब ने डाली जो अपने-अपने राजनीतिक स्वार्थ की पूर्ति के लिए अपने-अपने तरीके से उस नकाब के उलटने का मतलब है अपने ही हाथों अपने ही अपराधी चेहरे को आम आदमी के सामने उजागर करना।

इतनी ही हिम्मत यदि आज के हमारे नेताओं में होती तो ये जुबान से लोकतंत्र और धर्मनिरपेक्षता का नारा लगाते हुए दोनों हाथों से उसका गला न घोटते चले जाते। छिछली और स्वार्थ की राजनीतिक, जाति, धर्म और साम्प्रदायिकता की आड़ में सामने वाले पर तीर चलाकर गद्दी हथियाने की राजनीति ने आज हमें चौराहे पर ला खड़ा किया है।

इस देश का न हिन्दू साम्प्रदायिक है, न मुसलमान, दोनों ही मनुष्य हैं, और दोनों ही इस बात को अच्छी तरह समझते हैं कि आपस में इस झगड़े में विनाश दोनों का ही होता है।

साम्प्रदायिक हैं इस देश की संकीर्ण राजनीति, समझौतावादी राजनीति की आड़ में पलने वाले कुछ साम्प्रदायिक दानव जो निश्चय ही न हिन्दुओं की कोटी में आते हैं न ही मुसलमानों की कोटी में और इन्हें नकाब उढ़ाकर, इन्हें कभी इस बहाने, कभी उस बहाने संरक्षण देकर, पाल-पोस कर सत्ता के भूखे हमारे ये नेता इतनी बड़ी ऐतिहासिक भूल कर रहे हैं कि आने वाली पीढ़ियाँ इन्हें कभी क्षमा नहीं करेंगी।

...... और लोकतंत्र कराह कर रह जायेगा

साप्ताहिक पर्वतीय वर्ष-३१ अंक-३२ २३-२९ अक्टूबर १९८२

संविधान निर्माताओं ने लोकतंत्र की रक्षा व सुदृढ़ता प्रदान करने के लिए विचाराभिव्यक्ति की स्वतंत्रता को प्रमुख रूप से महत्व दिया पर। "बिहार प्रेस विधेयक" जो मात्र चार मिनट में बना और बहुमत द्वारा पारित भी कर दिया गया क्या यह जाहिर नहीं करता कि यह विधेयक लोकतंत्र की जड़ों पर कुठाराघात है?

उम्मीद थी केन्द्र सरकार इस लोकतंत्र विरोधी विधेयक को वापस ले लेगी, पर प्रधानमंत्री श्रीमती इन्दिरा गांधी द्वारा यह कह जाने पर कि "अभी न तो उन्होंने इस विधेयक को स्वीकार ही किया है और न ही अस्वीकार ही किया गया है" किस ओर इंगित करता है, यह वास्तव में एक विचारणीय और जलता हुआ प्रश्न चिन्ह है। कई सवाल सामने आते हैं - क्या इसके द्वारा लेखन मात्र प्रोपेगेंडा बनकर नहीं रह जायेगा? क्या जनता की वास्तविक समस्यायें दबकर नहीं रह जायेंगी ?

एक ओर तो अखबार नवीसियों को सुविधा की बात बढ़ चढ़कर की जाती है, पर क्या इस विधेयक ने यह साबित नहीं कर दिया है कि उन्हें प्राप्त सुविधा व सुरक्षा कितनी खोखली है?

वास्तविकता न कभी छुपी है और ना ही छुपाई जा सकती है। बिहार भ्रष्टाचार का वह अड्डा है जहां माफिया संगठन सक्रिय है, नक्सलवादी तत्व वहां बराबर सर उठाए रहते हैं, कैदियों की आँख फोड़ने के कुकृत्य

वहीं हुए, खेतिहर मजदूरों का शोषण जितना वहाँ पर होता है वह जगज़ाहिर है। अब ऐसी स्थिति में वास्तविकता को अगर समाचार पत्र छापते हैं तो गुनाह करते हैं, क्या इस विधेयक से विचाराभिव्यक्ति को नंपुसक नहीं बनाया जा रहा है?

अगर यह कानून बन गया तो देखा देखी सभी जगह इस तरह के कानून बनेंगे, और लोकतंत्र कराह कर रह जाएगा।

लोकतंत्र की सुरक्षा को देखते हुए इस विधेयक को हर संभव कानून बनने से रोका जाना चाहिए।

चुनाव, योजनाएँ व वायदे

साप्ताहिक पर्वतीय वर्ष-३१ अंक-४० १८ दिसम्बर १९८२

प्रायः कहा जाता है कि शासक दल अपनी स्थिति का लाभ उठाकर चुनाव कार्यक्रमों के निर्धारण में प्रभावी होता है। कब चुनाव कराने हैं, यह वही अपनी सुविधा देख कर उसके अनुसार जन उपयोगी योजनायें व कार्यक्रम आरम्भ कर सकता है या चालू योजनाओं के कार्यान्वयन की गति तीव्र कर सकता है। जिससे मतदाताओं का शासकदल के प्रति आकर्षण स्वभावतः हो जाता है और उससे मतदान में शासक दल को लाभ हुए बिना नहीं रहता, दूसरा आरोप यह भी लगाया जाता है कि सत्ताधारी दल के मंत्री अपने चुनाव प्रचार में सरकारी साधनों का उपयोग करते हैं जो साधन विपक्षियों के पास नहीं होते।

लेकिन यह सुविधायें जो भी सत्ता में रहता है उन सबको सुलभ हैं। हालांकि बाहरी तौर पर यह कहा जाता है कि चुनाव के दौरान न कोई योजनायें शुरू की जायें, न कोई वादे किए जायें यह सुविधा सन् १९८० के लोकसभा चुनाव के समय जनता पार्टी को भी सुलभ थे जब वह हारी और ऐसी सुविधा कांग्रेस (ई) को भी सुलभ थी जब वह १९७७ के लोकसभा चुनावों में हारी थी। वही सुविधायें अगर कांग्रेस (ई) को आज आन्ध्र, कर्नाटक व त्रिपुरा के चुनावों में सुलभ हैं, फिर भी उनका प्रभाव मतदाता पर आज बहुत कम होता है। आज तो मतदाता इतना सजग हो गया है कि वह जानता है कि अमुक घोषणा के पृष्ठ में प्रेरक तत्व क्या हैं और यह घोषणा कब तक प्रभारी रहेगी। वह चुनाव तक ही होगी या उसके बाद भी चलेगी। आज वोटर और शासक दल "तुम डार डार हम पात-पात" की कहावत चरितार्थ करते हैं।

आज वोटर उन लोगों को भी अच्छा सबक सिखाते हैं जो चुनावों में रूपया बांटते हैं, कम्बल-धोती बांटते हैं या शराब पिलाते हैं। वे सब नकदी और वस्तुओं का उपयोग भी कर लेते हैं। और फिर वोट भी नहीं देते इस प्रकार के घूस देने वाले उम्मीदवार की हार पर मन ही मन मुस्कुराते हैं। इसलिए इन बातों से घबराना क्या; आन्ध्र में चुनाव के पूर्व सूखा और बाढ़ सहायता के पूर्व ६० करोड़ रूपया स्वीकार किया गया था। मतदान तिथि की घोषणा के तीन ही दिन पूर्व मुख्यमंत्री ने रियायती दर पर चावल उपलब्ध कराने की घोषणा की जिससे सरकार को १० करोड़ से अधिक भार पड़ेगा या ५० बच्चों को करोड़ रुपये से मध्याह्न भोजन योजना की घोषणा की; कर्नाटक के मुख्यमंत्री ने गरीबों को भूखण्ड वितरित किये; भूमिहीनों को भूमि बाँटी। जनजाति व गरीबों को ऋण वितरित किए, गन्दी बस्ती में रहने वाले बच्चों के लिए स्कूल खोले, यह सब कोई विशेष अन्तर मतदान पर नहीं

डालता मतदाता पूर्व निर्धारित मंशा के अनुसार मत डालता है। केवल नाम मात्र को ही मतदाता ऐसे प्रलोभनों से प्रभावित होते हैं। फिर यदि कुछ प्रभाव ऐसे कामों से पड़ता भी है तो यह सुविधा सभी दलों को जो सत्ता में होते हैं उपलब्ध हैं।

वैसे सिद्धांततः चुनाव के दौरान ही नहीं उससे कम से कम छः माह पूर्व अवधि के दौरान सरकारी पक्ष को कोई विशेष योजनायें उन क्षेत्रों के लिए नहीं बनानी चाहिए या घोषित करनी चाहिए, जहाँ चुनाव होने वाले हों, लेकिन यह सब नैतिकता की बाते हैं और आज नैतिक चरित्र की अपेक्षा सत्ताधारी दल से करने से पूर्व विपक्ष को भी अपने अंतर मे झाँकना चाहिए कि उनका हर काम, हर आन्दोलन या वक्तव्यों के पीछे नैतिकता का क्या स्तर, है इसलिए नैतिक जिम्मेदारी सभी को निभानी जरूर होती है। वैधानिक जिम्मेदारी निभाने में यदि कोई चूकता है उसके लिए चुनाव कानून में पर्याप्त नियंत्रक प्रावधान हैं।

भारतीयता की भावना हेतु कठोर कदम की आवश्यकता
साप्ताहिक पर्वतीय वर्ष-३१ अंक-३३ २७ नवम्बर १९८२-४ दिसम्बर १९८२

आज बंगाल का रहने वाला अपने को बंगाली कहता है, पंजाब का पंजाबी, कश्मीर का कश्मीरी, महाराष्ट्र का मराठी, गुजरात का गुजराती, बिहार का बिहारी और कर्नाटक, तमिलनाडु, केरल और आन्ध्र वासी अपने को दक्षिण भारतीय कहने में गौरव मानते है। पूर्वांचल की स्थिति भी इसी पृथकता की भावना का परिणाम है, जहाँ नगालैंड में अशांति है, मिजोरम में अशांति है, और असम में अपने प्रकार की अशांति है।

इस अपने पृथक अस्तित्व की पृथकता का पूर्ण रूप देने के लिए कई राज्य विभिन्न रूप में अधिक अधिकारों की मांग कर रहे है और कुछ उसके लिए पूर्व स्थिति बना रहे है। बंगाल और त्रिपुरा की मार्क्सवादी सरकारें राज्यों को अधिक अधिकार चाहते है। तमिलनाडु भी यही चाहता है जम्मू कश्मीर को पहले ही संविधान की धारा ३७० के अधीन विशेष अधिकार प्राप्त है। दक्षिण के राज्यों में कांग्रेसी (इ) सरकारें है, लेकिन उनमें दिल्ली के निरन्तर हस्तक्षेप से व्यापक असन्तोष है फलस्वरूप आन्ध्रा में एन.टी. रामारव के नेतृत्व में 'तेलगू देशम' दल बन रहा है। कर्नाटक में भी राजकुमार के नेतृत्व में एक नया दल क्रान्तिरंगम बन रहा है।

आज सारा देश दलों के दलबदल में फंसा है कोई दल देशव्यापी प्रभाव नहीं रखता। तमिलनाडु में द्रमुक और अन्ना द्रमुक, आन्ध्रा में ''तेलगू देशम'', महाराष्ट्र में शिवसेना, कश्मीर में नेशनल कान्फ्रेन्स, पंजाब में अकाली दल, मुस्लिम लीग, जमायते इस्लामी, झारखंड, नागा उग्रवादी मिजोफ्रंट आदि जैसे क्षेत्रीय राजनैतिक दल उभर रहे हैं। इनमें से सर्वाधिक अशांति पूर्वांचल में नागा विद्रोहियों और मिजोफ्रंट ने की हुई थी इधर एक बड़ी समस्या अकालियों ने पैदा की है। वे पंजाबी भाषी सूबा मिलने के बाद अब प्रान्तीय स्वतंत्रता चाहते है और कुछ उग्रवादी तो खालिस्तान नाम का पृथक राष्ट्र ही चाहते है।

इस उग्रवादी और पृथकतावादी भावना को जन्म दिया भाषावार प्रान्तों के गठन ने और विभिन्न पृथकतावादियों को समय-समय पर केन्द्र से मिलने वाली रियायतों ने।

फलस्वरूप आज देश में चारों ओर अशान्ति है केन्द्र को घेरा जा रहा है, मजबूर किया जा रहा है। कोई अपने को भारतवासी कहने को तैयार नहीं रह गया है, केवल उत्तर प्रदेश, राजस्थान, हिमाचल प्रदेश, मध्य प्रदेश हरियाणा ही भारत रह गये है।

ऐसी स्थिति में यदि किसी को भी रियायतें दी गई तो यह पृथकता की भावना और जोर पकड़ेगी। इसलिए आवश्यकता है इस भावना को कठोरता से दबाने की वह चाहे पूर्वांचल से उठे या पंजाब से कश्मीर से उठे या दक्षिण से। तभी देश में भारतीयता की भावना मजबूत हो सकती है।

गंगा और ताजमहल पर संकट
दैनिक पर्वतीय वर्ष-१२ अंक-५ ६ जनवरी ८३

भारत से गंगा की पवित्रता चली गई और ताजमहल का सौंदर्य नहीं रहा तब जैसे कहावत है, देश दीन और दुनिया दोनों से पिछड़ जायेगा। रसायन वक्ताओं का कहना है कि गंगा का पानी अब पीने योग्य नहीं रहा। भू-विद्या विशारदों का कहना है कि ताज की शोभा को घुन लगना शुरू हो गया है। दोनो के ही पीछे प्रत्यक्ष कारण है। कानपुर में मिलों के धुआं धप्पड़, चर्म उद्योग की छीजन और रंगबाजी तथा इलाहाबाद के उर्वरक खादों का कचरा पीकर गंगा जल की पवित्रता कहाँ रहेगी? इसमें जहरीले जीवाणुओं का प्रवेश हो गया है। यमुना किनारे के शहरों की जलकल व्यवस्था में अपर्याप्त और गंदा पानी आने लगा है, क्योंकि दिल्ली के जल भंडार से बचे खुचे पानी में मथुरा की रंगरेजी की धोवन और अब रासायनिक खाद का रंग मिल जायेगा, जिसका असर ताज की मीनारों पर भी होता है कालिन्दी कूलों से युक्त शहरों के किनारों में मल-मूत्र विसर्जन होते हैं, यही शहरों के गन्दे नालों का पानी खेतों में जाकर देश को धन-धान्य के लिए आत्म निर्भर बना दें, वह गंगा के परलोक साधन से नीचा गिरकर लोक साधन के लिये भी उपयुक्त नहीं रहा। कैलाश-नाथ की जटाओं का पवित्र जल रामेश्वरम् के सिर पर चढ़कर भारतीय राष्ट्र के रक्त सूत्रों को जोड़ता है, वह वाराणसी के घाटों से नीलकंठ महादेव के ऊपर चढ़ाया जाकर शहर की गंदी नालियों से नागरिकों के स्वास्थ्य को खराब करता है। गंगा स्नान कर शीशियों में जल भरकर गाँव और घरों में लाया जाता है, जो औषधि रूप में प्रयोग होता है, जो मरने वाले के मुँह में डाल कर स्वर्गधाम की राह ले जाता है। वह अब शीशी में ही सड़ने लगा है। हरिद्वार, सोरो, राजघाट और तीर्थराज प्रयाग के संगम जल की भी वह पवित्रता नहीं रही। शहर बढ़ते हैं, उद्योगीकरण बढ़ेगा; तेल, पेट्रोल, धुआँ मशीनों से हवा पानी का रूप बदलेगा, उससे विषैले जीवों का भी उत्पादन होगा। अमृत पैदा हुआ तो उसके साथ हालाहल ने भी जन्म लिया। मशीन और वैज्ञानिक प्रयोगों से अमृत पीने वाले देवता भी हम बनते है, पर जहर पीकर असुर भी बनना पड़ता है, जिसका असर शरीर, मस्तिष्क और हमारे आचरण पर भी होता है।

प्रदूषण की समस्या अब प्रत्येक देश के सामने राष्ट्रीय समस्या बन गयी है। उत्तम पदार्थों के आहार से शरीर पुष्ट होता है। उससे मल-मूत्र भी बनता है। गंदगी के खाद से ही धरती-माता सोना उगलने लगती है। विज्ञान की तरक्की से दस बीस वर्ष पहले जहां उम्र का औसत पचास साठ वर्षों के बीच में था वहाँ पिछले दशक में वह ६०-७० के बीच में हो गया। अमेरिका में वह इस दशक में ७०-८० के बीच में हो जायेगा। भारत में भी स्वतंत्रता

प्राप्ति के बाद मानव की उम्र का औसत बीस वर्ष बढ़ा है जो अब पचास से ऊपर है। लक्ष्य है इस शताब्दी के अन्त तक 'जीवेत शरदः शतम्' की आशा पूर्ण कर लेगा, पर वहीं वैज्ञानिक विस्फोट एटम बम बनकर मानव जाति का बीज वंश भी मिटा सकता है। अतः जीवनाधार जलवायु में गंगा की पवित्रता और ताज का लावण्य भी लाया जा सकता है और उसे मृत्यु का संदेश भी बनाया जा सकता है। गंगा और ताज की भौतिक उपलब्धियाँ हैं - एक प्रकृति की देन और दूसरी मनुष्य कृति। दोनों पर ही मशीन युग का संकट है। ताज के सौंदर्य को अक्षुण रखने के सरकारी आश्वासन और उपायों के बावजूद भी वैज्ञानिक मत यह है कि ताज के स्वास्थ्य और सौंदर्य पर कुप्रभाव हो रहा है। न्यूटन के आविष्कार में पुरातन मिटता जा रहा है।

ताज, एलोरा, अंजता की गुफा और दिल्ली, आगरा की स्थापत्य कला ही सब कुछ नहीं है प्राचीन कला और प्राकृतिक सौंदर्य के स्तूप और दृश्य देश के कोने-कोने में हैं। उनकी रक्षा की जाए जो हमारी सभ्यता संस्कृति के प्रतीक हैं, हड़प्पा और मोहन जोदड़ो की खुदाई में चार हजार वर्ष पूर्व की सभ्यता के दर्शन हो रहे हैं।

कश्मीर समस्या और जिया

दैनिक पर्वतीय वर्ष-१२ अंक-८ २८ मार्च १९८३

जम्मू-कश्मीर की समस्या भारत और पाकिस्तान दोनों के दिलो-दिमाग पर छाई हुई है। ३६ वर्ष के इतिहास में इसे लेकर दो बार युद्ध हो चुका है। इस प्रश्न पर दोनों ही देश आरम्भ में अपनाये गये अपने-अपने रूख पर अड़े है। संयुक्त राष्ट्र संघ भी इस विवाद का हल ढूंढने में असफल रहा है। दोनों देशों की आज़ादी के बाद से ही दोनों के सम्बन्ध कभी सामान्य नहीं हुए हैं। आम धारणा यह है कि जम्मू- कश्मीर विवाद के कारण ही सम्बन्ध इतने वर्षों से खराब हो रहे हैं। अगर समस्या सुलझ गई होती, तो भारत व पाकिस्तान में गहरी मैत्री स्थापित हो सकती थी। एक अन्य मत है कि जम्मू कश्मीर विवाद सम्बन्धों के खराब रहने का कारण नहीं। वह भारत और पाकिस्तान के बीच गहरे अविश्वास और इतिहास जन्य आशंकाओं का प्रकटीकरण है।

लेकिन यह यथार्थ है कि कश्मीर का सवाल अब तक दोनों देशों की मैत्री में एक गंभीर बाधा थी। १९७१ के युद्ध के बाद हुए समझौते में यह व्यवस्था है कि दोनों देश सब समस्याओं को आपसी बातचीत द्वारा तय करेंगे और संबंधों को सामान्य बनाने का प्रयत्न करेंगे लेकिन पाकिस्तान ने सच्चे दिल से उस पर कभी अमल नहीं किया है। वह दिखावा करके ही बैठ गया। अफगानिस्तान में सोवियत सेनाओं के आने के बाद पाकिस्तान ने यह अनुभव किया है कि भारत से सम्बन्ध सामान्य होने पर वह अपनी पूर्वी सीमा के बारे में निश्चिंत हो सकता है तभी उसने भारत के साथ अनाक्रमण संधि करने का प्रस्ताव किया जबाव में भारत ने अपने अनाक्रमण तथा मैत्री संधि के प्रस्ताव को दुहराया। दोनों देश इस समय एक दूसरे के प्रस्तावों के मसविदे पर विचार कर रहे हैं और अगले महीने इस्लामाबाद में सचिव-स्तर की वार्ता होने वाली है। नई दिल्ली में निर्गुट राष्ट्र सम्मेलन के अवसर पर भारत-पाक संयुक्त आयोग की स्थापना का समझौता हो चुका है।

भारतीय विदेश मंत्री श्री पी.वी. नरसिंह राव ने गत दिन राज्यसभा में उत्तर दिया कि कश्मीर समस्या कब तक हल हो जायेगी यह नहीं कहा जा सकता। उसका अर्थ यही है कि कश्मीर का सवाल संबंधों के विकास में आड़े नहीं

आने दिया जायेगा। समस्या पर भारतीय रूख को उन्होंने पहले दोहराया है। प्रश्न पाक अधिकृत कश्मीर लौटाए जाने का है जिस पर पाकिस्तान ने अवैध कब्ज़ा कर रखा है। दोनों देशों के संबंधों में सुधार स्पष्ट दिख रहा है। उसमें तेजी लाने की आवश्यकता है। व्यापार, वैज्ञानिक तथा सांस्कृतिक संबंधों के विकास से ही यह सम्भव है।

इस बीच जनरल ज़िया ने डेनमार्क रेडियो को दी गई एक मुलाकात में फिर कश्मीर का सवाल उठाया है और कहा है कि शिमला समझौते के अन्तर्गत भारत को पाक अधिकृत कश्मीर को वापस मांगने का कोई हक नहीं है। उन्होंने यह भी कहा कि पाक को किसी भी अन्तराष्ट्रीय मंच पर इस सवाल को उठाने का अधिकार है। एक तरफ पाकिस्तान संयुक्त आयोग की स्थापना और अन्य उपायों के साथ भारत के साथ दोस्ती का हाथ बढ़ा रहा है और दूसरी और 'शिमला समझौते' की भावना के विपरीत भारत के विरूद्ध प्रचार कर रहा है। लगता है ज़िया को गुटनिरपेक्ष सम्मेलन में वह सवाल उठाकर संतोष नहीं हुआ है और वे इस प्रकार दुष्प्रचार करके शिखर सम्मेलन की सफलता और उसकी भावना को आघात पहुँचाने पर आमादा हैं।

कहीं ऐसा तो नहीं है कि गुटनिरपेक्ष सम्मेलन से अन्तरराष्ट्रीय जगत में भारत की जो छवि उभरी है उसको किसी तरह बिगाड़ने के लिये यह प्रचार किया जा रहा हो। जो भी हो वह अनुचित ही नहीं आपत्तिजनक भी है। इस तरह के प्रचार से पाक किसी को गुमराह नहीं कर सकेगा। पाकिस्तान को समझ लेना चाहिए कि दोस्ती तभी मजबूत हो सकती है जब वह संयम से काम लेगा और शिमला समझौते का पूरी तरह पालन करेगा।

लोकतन्त्र में चुनावी त्रुटियां

साप्ताहिक पर्वतीय वर्ष-३२ अंक-१३ १६ अप्रैल १९८३

प्रजातांत्रिक ढांचे की शासन प्रणाली बगैर चुनावी प्रक्रिया के नहीं चल सकती और इसका अपना व्यापक महत्व है। चुनाव के द्वारा ही सरकारें बनती और बिगड़ती हैं। भारतीय प्रजातन्त्र भी एक लम्बे अरसे से चुनाव द्वारा ही अपनी जड़े गहराई तक जमा चुका है और यहां पर होने वाले चुनावों की कई देशों द्वारा तारीफ भी की गई है। पर पिछले कई वर्षों से चुनावी प्रक्रिया की कई खामियां भी सामने आई हैं और विभिन्न पार्टियों द्वारा चुनाव कानून में सुधार की मांग भी की जाती रही हैं। पर अभी तक इस दिशा में कोई ठोस कायवाही नहीं की गई।

मुख्य चुनाव आयुक्त श्री त्रिवेदी ने राजधानी में आयोजित एक गोष्ठी में मौजूदा चुनाव कानून की खामियां बताने के साथ-साथ इसमें सुधार के लिए कई सुझाव भी बतलाये हैं। श्री त्रिवेदी के अनुसार अभी जो कानून हैं वह सिर्फ उम्मीदवारों पर अंकुश रखता है। राजनैतिक पार्टियों पर नहीं जबकि चुनावों में उम्मीदवारों की बजाए राजनैतिक पार्टियां ज्यादा अहमियत रखती हैं और सभी राजनैतिक पार्टियों का अनिवार्य पंजीकरण होना चाहिए और कम्पनियों तथा लोगों से मिलने वाले चंदे का पूरा हिसाब-किताब रखा जाना चाहिए।

चुनाव कानून में एक खामी यह भी है कि उम्मीदवारों की संख्या कम करने के लिए उसके पास कोई उपाय नहीं रह जाता जिसके परिणाम स्वरूप कई छोटी मोटी पार्टियों की एक भीड़ खड़ी हो जाती है और निर्दलियों का तो खैर कहना ही क्या है। इसी सिलसिले में उपराष्ट्रपति श्री हिदायतुल्ला ने यह सुझाव दिया था कि जिन राजनैतिक पार्टियों को मतों का छटा हिस्सा न मिले उन पार्टियों को रद्द कर दिया जाना चाहिए।

चुनाव का सबसे बड़ा दुरूपयोग रुपये की ताकत द्वारा भी किया जा रहा हैं और इससे भ्रष्टाचार को बढ़ावा मिल रहा है। कानून सम्मत तरीके से कोई भी उम्मीदवार चुनाव नहीं लड़ता व एक निश्चित राशि से अधिक रूपया खर्च कर डालता है। सबसे बड़ी बात तो यह है कि इस पैसे की महामारी से दल बदल को भी प्रोत्साहन मिला है।

दल बदल भारतीय राजनीति और चुनाव के लिए एक ऐसी दूषित परम्परा बन गई है जिसने लोकतंत्र की महत्वपूर्ण ठीक चुनाव को भी दूषित कर गया है जरूरत इस बात की है कि इस दूषित परम्परा को शीघ्रातिशीघ्र दूर किया जाए।

बेरोज़गारी की संख्या में वृद्धि

साप्ताहिक पर्वतीय - १४ मई १९८३

भारत वर्ष में शिक्षित बेरोजगारों की संख्या निरन्तर बढ़ रही है अगर इन शिक्षित बेरोजगारों को कार्य नहीं मिला तो यह कभी भी विस्फोटक स्थिति को जन्म दे सकती है। १९८१-८२ के सरकारी आंकड़ों की रिर्पोट है कि शिक्षित बेरोजगारों की संख्या १ करोड़ ९० लाख हो गई है। इनमें एक तथ्य यह भी हैं कि इन आंकड़ों के हिसाब से उच्च पदों के लिए शिक्षित उम्मीदवारों का अभाव रहा। अतः ३५२ पद भरे ही नहीं जा सके। अनुसुचित जाति जनजातियों में शिक्षितों का प्रतिशत अत्यन्त ही निम्न रहा। अतएव उनके लिए आरक्षित स्थान भी खाली पड़े रहे।

उच्च सेवाओं में औषधि, विज्ञान, इंजीनियरिंग फोटोग्राफी अग्नि शमन, खनिज, गणित, प्रशासन, पुराततव पत्रकारिता, समुद्री सेवा आदि में कोई विशेष ज्ञान पाया नहीं गया।

आखिर शिक्षित बेरोजगारों में विशिष्ट ज्ञान का अभाव क्यों? इसके पीछे कई कारण है- विश्वद्यिालय से निकलने के बाद ही प्रमाण पत्र लेकर शिक्षित युवा यह समझने लगता है कि वह अपने विषय का पंडित हो गया है और वह आगे किसी किस्म का अनुभव प्राप्त करने की चेष्टा नहीं करता। साथ ही पारिवारिक व आर्थिक स्थितियों से मजबूर होकर आगे अध्ययन नहीं कर पाता। इसका कारण स्थानीय है। पढ़ा लिखा शिक्षित व्यक्ति स्थानीय स्तर पर ही कार्य पाना चाहता है। मजबूरी की हालत में ही नौकरी हेतु वह दूरस्थ स्थानों को जाता है।

आरक्षित नौकरियों के पीछे यह तथ्य है कि अनुसुचित जाति जनजातियों में शिक्षा का प्रतिशत काफी कम है और शताब्दियों से पिछड़े रहने के कारण अभी उनके मानसिक रूप से विकसित होने में समय लगेगा। दलित और राजनीतिक आयोग को भी यह शिकायत है इन वर्गों के सुरक्षित स्थान भरे नहीं जाते। इसका मुख्य कारण यह है कि आरक्षित वर्ग में शिक्षा व योग्यता का अभाव है। वांछित योग्यता के न होने से आरक्षित स्थानों की पूर्ति नहीं हो पाती तथा राष्ट्रीय प्रतिभा को विकास का अवसर नहीं मिल नहीं पाता।

पर्वतीय क्षेत्रों में सर्वाधिक शिक्षितों का प्रतिशत होते हुए भी यहां के लोगों को पर्याप्त रोजगार नहीं मिलता क्योंकि इस अंचल में नौकरी उनको मिल जाती है जो अन्यत्र से आते हैं। अभी भी यहां पर जो उद्योग खोले जा रहे हैं उनमें भी पर्वतीय लोगों को पर्याप्त स्थान नहीं मिल पाता। योग्यता होते हुए भी उन्हें दूरस्थ स्थानों में नौकरी करनी पड़ती है जहाँ उनका अपना ही खर्चा इतना अधिक हो जाता है कि वे अपने घर को कुछ भी भेजने में असमर्थ रहते हैं।

इसलिए बेरोज़गारी की समस्या जटिल से जटिलतम न हो जाए, इस विषय पर प्रशासन को सोचना चाहिये।

किसानों में असमानता का बढ़ता अन्तर
दैनिक पर्वतीय वर्ष-३२ अंक-१८ २८ मई १९८३

सरकार ने बड़े पैमाने पर छोटे किसान, हरिजन वर्ग और गरीबों की सुविधाओं के लिए अनेक कल्याणकारी कार्यक्रम तो चलाये, मगर अफसोस है कि, इन कार्यक्रमों का लाभ उन तक नहीं पहुँचा जिनके लिए ये कार्यक्रम आयोजित किये गये। नतीजा यह है कि एक तरफ धनी व मध्यम स्थिति के किसानों और दूसरी तरफ छोटे किसानों और खेतिहर मजदूरों के बीच अमीरी-गरीबी की खाई बढ़ रही है। अमीर किसान और समृद्ध हो रहा है। व मध्यम किसान अमीर होने जा रहा है। मगर छोटा किसान व खेतिहर मेहनतकश मजदूर गरीबी के गहरे गड्ढे में और नीचे गिरता चला जा रहा है।

हाल ही में पंचमढ़ी में सम्पन्न गोष्ठी में इस तरफ विचार किया गया व पाया गया कि सरकारी कल्याणकारी योजनायें केवल योजनायें ही रहीं व कार्यान्वित न हो सकीं। अगर हुई भी तो उनका प्रतिशत नगण्य है। उदाहरणतः उत्पादन वृद्धि और उसका लाभ मिला केवल ६ प्रतिशत को, और वह भी उस वर्ग को मिला जो सब सुविधा रखता है और जिसके पास भूमि और सरकार से प्राप्त साधन अधिक हैं। ५० प्रतिशत साधनहीन ग्रामीण जनता न उत्पादन का लाभ ले पायी और न बाजार का। इस निरीह ग्रामीण जनता को अपनी मेहनत कम दाम पर बेच, आवश्यकता पूरी करने हेतु बाजार से खाद्यान्न मंहगे भाव खरीदना पड़ता है जो इसके शोषण का प्रतीक है।

गोष्ठी में भाग लेने वाले सभी विद्धान इस विचार पर एकमत थे कि उत्पादन में बढ़ोतरी का लाभ केवल एक विशेष वर्ग ही ले पाया व 'गरीबी भगाना' केवल एक नारा मात्र बनकर रह गया, सरकारी उद्धेश्य नहीं। मगर केवल समस्या का विश्लेषण करने से कोई समस्या नहीं सुलझती वरन् समस्या के साथ उसके समाधानों पर भी विचार विमर्श होना आवश्यक है। परन्तु गोष्ठी में वही 'ढाक के तीन पात' वाली कहावत चरितार्थ हुई- समाधान का उत्तरदायित्व सरकार पर है। इसलिए केवल समस्यायें ही उठीं न कि साथ-साथ उनके समाधान भी।

हर समय यही बात कही जाती है कि अधिकतम सीमा से बाहर की भूमि का वितरण नहीं हुआ। इस कारण केवल ६ प्रतिशत किसान ३४ प्रतिशत भूमि लेकर बैठे है। व ५० प्रतिशत के पास केवल ९ प्रतिशत भूमि ही है। यहीं से असमानता और गरीबी की विभाजन रेखा खिंच जाती है।

क्या कारण है कि यह भूमि सुधार हेतु बनाई गई योजना असफल रही? इसकी अन्तिम जिम्मेदारी किसकी है? भूपतियों के वर्ग का सही ढंग से विश्लेषण नहीं हुआ है जिससे यह ज़ाहिर ही नहीं होता कि कौन इस वर्ग में है कौन नहीं? अंत मे दिलो दिमाग को झझकोरने वाला तो यह प्रश्न है कि क्या सिर्फ भूमि वितरण से ही गरीबी दूर की जा सकती है? कोई भी इन प्रश्नों का उत्तर आसानी से नहीं दे सकता है। इच्छा शक्ति के अभाव के कारण आर्थिक और सामाजिक असमानता दूर करने के लिये राष्ट्रीय संकल्प प्रभावहीन होकर रह गये है। सरकार में ही निहित स्वार्थ, राष्ट्रीय संकल्प पर हावी होकर उसे नुकसान पहुँचाते है।

कुछ ज्वलंत प्रश्न जो उभर कर सामने आते हैं:-

शहरी अंचल और पूंजीवादी सम्पति की कोई सीमा नहीं है। जबकि ग्रामीण भूमिहीनों के शोषण को खत्म करना एक अनिवार्य मुद्दा बना लिया गया मगर लोगों के भूमि पर मौरूसी हक के बावजूद भूमि की विरासत और मौलिक अधिकार सीमित कर ही जोत की भूमि का सीमा निर्धारण रहा है जो कानूनी लफड़ा बन कर रह गया है। इससे कृषि भूमि का सीलिंग कानून नाकामयाब हो रहा है।

कानून के सृष्टा ही खुद कानूनों के उल्लंघन पर तुले हुये हैं। नए जमीदारों का सीधे शासन से सम्पर्क है। यह नया मध्यम वर्ग स्वतंत्रता काल और तथाकथित भूमि सुधार कानूनों की उपज है।

कृषि पदार्थो के मूल्य बढ़ते हैं तो लाभ केवल बड़े या मध्यम वर्गीय किसान ही बटोर पाते हैं। सरकार मूल्य निर्धारण से छोटे किसानों को तुरन्त ही अपनी फसल बेचनी पड़ती है व कठिनाई के समय बाजार से मंहगे दाम पर अन्न खरीदना पड़ता है। बड़ा किसान मंडी में माल ले जा कर सरकारी रेट से ३० प्रतिशत अधिक मूल्य पर बेचता है। साधनों की कमी के कारण छोटा किसान कम मूल्य पर ही अनाज बेचने को बाध्य है। केवल भूमि वितरण से ही गरीबी की समस्या का समाधान नहीं हो सकता। यह सरकार को समझ लेना चाहिये कि सरकारी नीति में नये संशोधनों की जरूरत है।

जम्मू -कश्मीर को विशेष दर्जा क्यों ?

साप्ताहिक पर्वतीय वर्ष-३२ अंक-१९ ४ जून १९८३

जम्मू-कश्मीर विधानसभा चुनाव के साथ ही जम्मू कश्मीर को प्रदत्त विशेष दर्जे की सार्थकता की बात भी आज उठ खड़ी हुई है। स्मरण रहे कि जम्मू कश्मीर में लगी धारा ३७० के अनुसार वह भारत के शेष राज्यों से अलग विशेष श्रेणी में आता है। इस विशेष दर्जे के कारण भारत के अन्य राज्यों के लोगों के बसने की बात तो दूर वे वहां जमीन तक नहीं खरीद सकते। यह विशेष दर्जा राज्यों के लोगों के लिए प्रदत्त मौलिक अधिकारों का हनन् करता है जो संविधान के अनुच्छेद १९(१) के (ड़) द्वारा प्रदत्त है।

हाल ही में भाजपा के अध्यक्ष श्री अटल बिहारी बाजपेयी ने सवाल उठाया कि चूंकि धारा ३७० का संविधान में अस्थाई प्रावधान है अतः इसे घसीटते रहने का कोई औचित्य नहीं है। इस विशेष दर्जे से यह सिद्ध होता है कि जम्मू-कश्मीर अभी तक भारत का अभिन्न अंग नहीं बन पाया है क्योंकि संविधान के भाग तीन में मौलिक अधिकारों का अनुच्छेद १९(१) का (३०) लागू नहीं होता जिससे प्रत्येक भारतीय नागरिक को यह अधिकार है कि वह भारत के किसी भी हिस्से में जमीन खरीद कर बस सकता है। जबकि वस्तुस्थिति ऐसी है कि कश्मीर भारत का अभिन्न अंग है। स्वयं जम्मू-कश्मीर के मुख्यमंत्री के शब्दों में वह भारतीय पहले हैं तब कश्मीरी। इतना होने के बावजूद 'विशेष दर्जे' का लाभ डा. फारूख ने उठाना चाहा और पाकिस्तानी नागरिकों के पुनर्वास के लिए कानून बनाने तक की पहल की। संविधान में स्पष्ट उल्लेख है कि १ मार्च १९४७ के बाद पाकिस्तानी क्षेत्र में वास करने वाला व्यक्ति भारतीय नहीं वरन् विदेशी है फिर पाकिस्तान से विदेशियों के जम्मू-कश्मीर लौटने में फारूख अब्दुल्ला क्यों लगे हैं? यह बात वास्तव में ध्यान देने काबिल है। विदेशी नागरिकों से सम्बन्धित प्रत्येक मामले पर केन्द्र सरकार का विदेश विभाग ही विचार करता है और राज्यों को इस मामले में कुछ भी अधिकार नहीं हैं।

शिक्षक का सम्मान

साप्ताहिक पर्वतीय वर्ष-३२ अंक-३१ ३ सितंबर ८३

शिक्षक का अर्थ प्रायः स्कूल विद्यालय और कॉलेजों में पढ़ाने वाले अध्यापक से ही माना जाता हैं। परन्तु इसका मतलब सिर्फ ये नहीं है। शिक्षक एक समाज का रचनाकार होता है। घटनाओं को अप्रत्याशित मोड़ देना उसके बाएँ हाथ का खेल है। सदियों से शिक्षकों का सम्मान होता आया है इसका कारण भी स्पष्ट है। एक नवीन कृति के रचनाकार को लोग सम्मान ही देंगे। शिक्षक वह है जो हर विषय और नैतिकता की शिक्षा देता है।

वर्तमान काल में लोगों के नैतिक सिद्धांतों का पतन हुआ और इसी से अब सम्मान के मूल्य में भी कमी आई है। प्रायः शिक्षक का सम्मान अब महज एक औपचारिकता बन कर रह गया है । आज छठी योजना के अनुसार प्रारम्भिक शिक्षा पर १०५ करोड़ और विश्वविद्यालय स्तर की शिक्षा पर ७६२ करोड़ रू० फूँक कर जो जमात तैयार होती है वह सम्मान के नाम पर आगे सिर झुकाने का व पीछे गाली देने का काम करती है।

महज यह कहने से कि "शिक्षक का सम्मान करो" - क्या शिक्षक को वास्तव में वह सम्मान मिल जाएगा जो उसे मिलना चाहिये? किसी के लिए भी सम्मान तो हृदय से फूटता है, फिर शिक्षक ही एक अपवाद क्यों रहें?

शिक्षकों के गिरते सम्मान के लिए सिर्फ छात्रों या समाज को ही दोषी नहीं करार दिया जा सकता है। एक कहावत है 'जैसे बोओगे वैसा पाओगे'। और दूसरी है 'बोये पेड़ बबूल का तो आम कहाँ से पाए'। वही बात आज के सामाजिक परिप्रेक्ष्य में लागू होती है। एक रिपोर्ट में बताया गया है कि विगत कुछ वर्षो से विश्वविद्यालयों में छात्रों से ज्यादा शिक्षक हड़ताल पर रहे। प्राथमिक विद्यालयों में भी शिक्षक हड़ताल पर रहे। प्राथमिक स्तर के छात्र आम तौर पर हड़ताल करते ही नहीं, मगर कहीं अपवाद भी हो सकता है।

लेकिन इन सब बातों से मालूम पड़ता है कि समाज में प्रायः विद्यालयों में पढ़ाने वाले शिक्षक भी अपने गिरते हुए सम्मान के लिए उत्तरदायी हैं। अपने स्वार्थ को सर्वोपरि रखकर छात्रों के अध्ययन में बाधा पहुँचाने के आरोपित कुछ शिक्षक किस प्रकार से उस गुरू की गौरवमयी परम्परा का निर्वाह कर सकते हैं जहाँ से वे पूजे जायें ?

हर वर्ष ५ सितम्बर को प्रसिद्ध शिक्षाशास्त्री डॉ. राधा कृष्णन का जन्म दिवस, शिक्षक दिवस के रूप में मनाया जाता है। पर क्या शिक्षक सिर्फ इसी दिन सम्मान के योग्य रहता है? आम धारणा के अनुसार शिक्षक तो वर्ष के ३६५ दिनों में से प्रत्येक दिन सम्मान का हकदार है।

आज वह शिक्षक जिसने देश के बड़े से बड़े राजनेता, वैज्ञानिक, प्रशासनिक अधिकारी, इंजीनियर इत्यादि को शिक्षा दी है, उनका पद इन सबसे नीचे क्यों समझा जाता है? क्या वेतन से ही पदों की नपाई होती है ?

कुछ लोग यह समझते हैं कि मात्र एक शिक्षक ने ही उनके बच्चों को सुधारने का या कुछ बनाने का ठेका ले रखा है और बालक को विद्यालय भेजकर उनका अपना कर्तव्य पूरा हो जाता है। लोग यह भी शिकायत करते हुए पाये जाते हैं अमुक शिक्षक ठीक नहीं, उसका आचरण खराब है। जो पान खाता है, सिगरेट शराब इत्यादि पीता है वो बच्चों को सही आचरण कैसे सिखा पाएगा? लोग यह नहीं समझते कि शिक्षक भी एक इंसान है और

अपनी निजी जिंदगी जीने का पूरा हक रखता है। कहने वाले यह भूल जाते हैं कि बच्चे के प्रथम शिक्षक उसके अभिभावकों का आचरण भी सही होना चाहिये। एक शराबी व जुआरी बाप अपने बच्चों को क्या शिक्षा दे सकता है। शराबी, जुआरी या चोर डाकू बनने की?

कोई भी समाज शिक्षक की उपेक्षा करके आगे नहीं बढ़ पाया है। कबीर ने भी कहा कि "शीश दिये जो गुरू मिले तो भी सस्ता जान"। आज आवश्यकता है कि शिक्षक को वो सम्मान दिया जाए, जिसका वह भागीदार है तभी समाज का उत्थान हो सकता है।

उद्योग क्षेत्र में आशा का संचार

साप्ताहिक पर्वतीय वर्ष-३२ अंक-३३ १७ सितम्बर ८३

केन्द्रीय उद्योग मंत्री श्री नारायण दत्त तिवारी ने आश्वासन दिया है कि आगामी २ वर्षों में विकास की दर १० प्रतिशत तक बढ़ सकती है। इससे उद्योग क्षेत्र में बड़ी आशा और नये उत्साह का संचार हुआ है। पिछले वर्षों तक उद्योगो में गिरावट आने का एक कारण देश के अनेक भागों में सूखे की स्थिति थी। इस विषम स्थिति से उपभोक्ताओं की माँग एकदम कम हो गई थी। किन्तु इस वर्ष देश में अच्छी वर्षा हुई उससे निश्चय ही कृषि उत्पादन में वृद्धि होगी और इसके साथ-साथ उपभोक्ताओं द्वारा वस्तुओं की मांग भी बढ़ेगी। जो उद्योग इस विश्वव्यापी मन्दी के कारण लडखड़ा गये थे, अब सम्भव है वह व्यापक पैमाने पर उत्पादन कर अपनी बेहतर स्थिति बनाने में कामयाब होगें।

इसमें भी सन्देह नहीं कि बिजली कोयला और उचित ऋणों की लगातार चली आ रही कमी यदि पूरी कर दी गई तो उत्पादन की लक्ष्य प्राप्ति आसानी से हो सकेगी।

गत वर्ष कई राज्यों में जो भयंकर सूखा पड़ा उसका प्रभाव बिजली पर पड़ा और उद्योगों को बिजली की कमी का शिकार होना पड़ा। कई छोटे उद्योग तो बिजली की कमी के कारण या तो बंद हो गये थे या उनमें उत्पादन बहुत घट गया, जिसका प्रभाव देश के उत्पादन लक्ष्य पर भी बहुत बुरी तरह हुआ किन्तु सौभाग्य की बात है कि इस वर्ष की वर्षा ने सारी स्थिति बदल दी है। अब जो बिजली सिंचाई के लिए किसानों को दी जाती थी उसकी मांग काफ़ी कम हो गई और और उद्योगों पर लगा बिजली प्रतिबन्ध भी बहुत हद तक हटा लिया गया है। जिससे उत्पादन बेरोक टोक हो सकेगा।

हालाँकि इस वर्ष की वर्षा से जो सुखद स्थिति बनी है यह कोई बहुत राहत देने वाली नहीं मानी जा सकती यह तो मौसम पर निर्भर करती है। हमें तो स्थाई समाधान की आवश्यकता है। जब तक बिजली का स्थाई समाधान नहीं निकलता तब तक हमें वर्षा पर निर्भर रहना पड़ेगा। इसके लिए केन्द्र व राज्य सरकारों को निजी क्षेत्र को साथ लेकर योजना बद्ध तरीके से स्थाई समाधान निकालने की आवश्यकता है।

ऋण सुविधाओं की कमी भी विकास कार्यक्रमों पर बहुत बड़ी बाधा है। यह शिकायत हमेशा रहती है कि बैकों और वित्तीय संस्थाओं से आवश्यकतानुसार ऋण सुलभ नहीं हो रहा है। इस समस्या को भी वित्तमन्त्री से बातचीत कर उद्योग मंत्री को हल कर लेना चाहिये ताकि ऋण के अभाव में उद्योग पर बुरा प्रभाव न पड़े।

कई उद्योगों में पुरानी मशीने हैं और बहुत से उद्योगों में तो मशीनें इतनी जर्जर हो गई हैं कि उनसे उत्पादन कर पाना सम्भव है ही नहीं। ऐसी मशीनों से कार्य कुशलता कैसी बढ़ सकेगी? उद्योगों में आधुनिक मशीनों को लाया जाना चाहिये और यह तभी सम्भव होगा जब ऋणों की सुविधा समुचित मिले। उद्योगमन्त्री जी ने उद्योगों को जो राय दी है उसका अनुसरण कर उद्योगों को उत्पादन बढ़ाने की ओर अग्रसर होना चाहिये।

मगर उद्योग उत्पादन बढ़ाने का कार्य या विस्तारवाद तभी सम्भव है जबकि आश्वासनों पर गौर किया जाये और वे क्रियान्वित भी हो। यहां ध्यान देने वाली बात यह है कि मात्र बड़े उद्योगों से ही देश का विकास सम्भव नहीं है। विकास छोटे स्तर के उद्योगों से ही सम्भव है। आज जब देश में बेरोजगारी का बोल-बाला बढ़ रहा है तब यह स्वाभाविक ही है कि लोग स्वतः रोजगार हेतु उद्योग लगाने की ओर प्रेरित हों ओर यह सिर्फ छोटे पैमाने पर ही सम्भव है। इसके लिए सरकार की तरफ से भी बहुत प्रोत्साहन मिलता है, पर प्रायः यह प्रोत्साहन घोषणा के रूप में ही किया जाता है और वास्तविक स्तर पर यह प्रोत्साहन बहुत कम है।

देखा तो यह गया है कि प्रायः अफसरशाही सरकारी घोषणाओं पर हावी होकर लघु उद्योगों को कम करने की साजिश रच रही हैं। सरकार को सचेत रहने की आवश्यकता है ताकि आम जनता का हित बरकरार रहे और लघु उद्योग को प्रोत्साहन मिलता रहे।

पर्वतीय अंचलो में शिक्षित बेरोजगारों की बढ़ती समस्या

साप्ताहिक पर्वतीय वर्ष-३२ अंक-३७ २२ अक्टूबर १९८३

किसी भी देश, प्रदेश और राष्ट्र की प्रगति तब तक अवरूद्ध रहेगी जब तक उस देश प्रदेश और राष्ट्र की युवा शक्ति को प्रोत्साहन नहीं दिया जायेगा। पर वर्तमान समय में युवा वर्ग पढ़ लिख कर जब बेरोजगारी, फ्रस्टेशन व परेशान हाल रहता है तो उसकी शिक्षा रचनात्मक न रहकर विद्रोही रूख अख्यितार कर लेती है।

शिक्षित बेरोजगारी की समस्या यूँ तो सारे देश में विद्यमान है पर उत्तराखण्ड में शिक्षित बेरोजगारों की समस्या सबसे जटिल समस्या बनकर रह गई है। कुमाऊँ व गढ़वाल विश्वविद्यालय के तत्वाधान में चलने वाले महाविद्यालयों से प्रतिवर्ष हजारों की संख्या में स्नातक और स्नाकोत्तर डिग्रियां लेकर छात्र और छात्रायें बेरोजगारी की लाईन मे लग जाते हैं। यहाँ पर शिक्षा प्राप्त करने वाले लोग मध्यम वर्गीय और निर्धन वर्ग के हैं।

शिक्षा प्राप्त कर वे नौकरी के अतिरिक्त कोई धंधा भी नहीं कर सकते हैं। इस समय पर्वतीय अंचल में शिक्षा प्राप्त युवा वर्ग का ७५ प्रतिशत बेरोजगार हैं, और अपनी शिक्षा के विपरीत निम्न स्तर की नौकरियां करने को भी बाध्य हैं। यूँ प्रशासनिक तौर पर बराबर यह कहा जाता है कि उत्तराखण्ड में हर सरकारी, अर्द्धसरकारी विभागों में स्थानीय हितों को ध्यान में रखकर स्थानीय बेराजगार लोगों को नौकरियों में रखा जायेगा और इसके लिए शासकीय आदेश भी दिए जा चुके हैं पर यह सबसे बड़ी विडम्बना है कि इन आदेशों की स्पष्ट अवहेलना कर गैर पर्वतीय लोग ही अधिकांशतः नौकरियों में लिए जाते हैं।

उदाहरण के लिए कई पर्वतीय लोग जो डॉक्टर हैं इंजीनियरिंग व टैक्निकल ट्रेनिंग ले चुके हैं हजारों की संख्या में बेकार हैं जबकि अस्पतालों में ४०० से ऊपर जगहें खाली हैं। शिक्षा विभाग में भी सैकड़ों पद रिक्त हैं, विद्युत विभाग ने तो स्थानीय हितों की उपेक्षा से क्रुद्ध होकर हड़ताल कर दी।

सरकारी विभागों में जहाँ पर्वतीय शिक्षित बेरोजगारों की उपेक्षा हो रही है, वहीं यहाँ पर खुलने वाले उद्योगों में भी गैर पर्वतीय लोगों का ही वर्चस्व कायम है। इन उद्योगों के प्रबन्ध में पर्वतीय शिक्षित लोगों को न लिया जाकर अन्य लोगों को रखा जा रहा है।

सोयाबीन उद्योग, लालकुआं पेपर मिल में इस प्रकार की धांधली को देखते हुये उत्तराखण्ड शिक्षित बेरोजगार संगठन को यहाँ तक कहना पड़ा कि अगर यहाँ के शिक्षित लोगों को रोजगार न दिया गया तो उन्हें नौकरियां छीनने को बाध्य होना पड़ेगा।

उत्तराखण्ड में रोजगार के साधन उपलब्ध न होने के पीछे कई कारण रहे हैं। जैसे यहाँ पर विकास की योजनाओं को उन अधिकारियों द्वारा बनाया जाता है जिन्हे पर्वतीय परिस्थितियों का ज्ञान नहीं होता और अंततोगत्वा योजनायें असफल रहती हैं और विकास गति रूक जाती है। इस बात को दिल्ली में एक सरकारी सर्वेक्षण में समर्चित भी किया गया है।

एक अन्य महत्वपूर्ण कारण यह भी है कि यहां के विश्वविद्यालयों में पर्वतीय क्षेत्रों में उपलब्ध जड़ी बूटी उद्योग, होमसाइंस तथा यहाँ पर प्राप्त प्राकृतिक संसाधनों का ज्ञान कराने वाले विषय नहीं हैं जिनसे युवा वर्ग में यह उत्साह पैदा हो कि वे अपना रोजगार स्वयं खोज सकें। जब तक युवा वर्ग की बेरोजगारी दूर करने के लिए वास्तविक कदम नहीं उठाये जायेंगे तब तक उत्तराखण्ड की प्रगति की बात करना बेमानी होगी।

साम्प्रदायिक दंगे - निदान ?

साप्ताहिक पर्वतीय वर्ष-३२ अंक-३८ २९ अक्टूबर १९८३

भारत अपनी गोद में विभिन्न जाति, धर्म मत एवं सम्प्रदाय के लोगों को समाये हुए हैं। सभी मैत्री बन्धुत्व की भावना से यहाँ रहें, ऐसा हमारा उद्देश्य है, यह उद्देश्य अपने आप में महान है। विश्व में अन्यत्र शायद ही कोई ऐसा देश होगा जहां इतनी सारी जातियों, मतों ओर सम्प्रदाय के लोग रहते हों और एकता के सूत्र में पिरोये हुए हों।

मगर प्रायः जैसे देखा जाता है कि एक गन्दी मछली सारे तालाब को गन्दा कर देती है, उसी प्रकार देश में कुछ असामाजिक तत्व ऐसे हैं जो किसी भी समय लोगों की धार्मिक और साम्प्रदायिक भावनाओं को भड़काकर शान्ति व्यवस्था भंग करते हैं और कानून व्यवस्था का हनन् करते हैं।

आज हमारे देश को साम्प्रदायिकता का अजगर निगलने को तैयार बैठा है। हाल ही में हैदराबाद में विशाल पैमाने पर दंगे एवं चाकूबाजी की घटनाएं घटीं। उत्तर प्रदेश भी इससे अछूता न रहा। फैजाबाद से टांडा कस्बे में हुए झगड़े में ४ लोग मारे गये व कई घायल हुये। ७५ गिरफ्तार भी हुए। अकबरपुर में रेलों के चलने में बाधा डाली गई। अन्तिम समाचार तक वहाँ पूरी तहसील में कर्फ्यू लागू था। महाराष्ट्र में कोल्हापुर व शीलार के दंगों में ८ आदमी मारे गये।

भारत व वेस्टइंडीज़ के बीच श्रीनगर में हुए एक दिवसीय मैच मे जमायते इस्लामी पीपुल्स लीग, जमायते तुलबा और महजए आज़ादी आदि पार्टियों के कार्यकर्ताओं ने ऐसा प्रदर्शन किया जैसे मैच भारत में न होकर विदेश में हो रहा हो। करीब १२० लोग गिरफ्तार भी हुए पर इससे फायदा तो शून्य ही हुआ जबकि देश के प्रत्येक कोने में साम्प्रदायिकता को दंगों का रूप देने वाले तत्व मौजूद हैं।

कुछ संगठन भारत की राजनीति में रंगे तो जरूर है पर उद्देश्य उनका साम्प्रदायिक फूट फैलाना है और ऐसे संगठनों में राष्ट्रीय भावना का सर्वथा अभाव है। ऐसे संगठन भारत के हित में अपना हित नहीं देखते वरन् अपना हित विदेशों से जुड़ा हुआ समझते हैं।

कई विदेशी ताकतें भी इन तत्वों व संगठनों को बढ़ावा देने का कार्य करती हैं। उदाहरण के तौर पर पाकिस्तानी शासक जब-जब जनता का विश्वास खो बैठते हैं, तो भारत विरोधी हवा को वहां बढ़ावा देकर जनता को भारत के विरुद्ध करने की कोशिश कर उसे गुमराह करते हैं। सिर्फ अपने देश में ही नहीं वरन् पाकिस्तानी शासक भारत में स्वार्थी राजनीति में लिप्त संगठनों को आर्थिक सहायता प्रदान कर यहां भी भारत विरोधी हवा फैलाना चाहते हैं।

आज भारत आर्थिक कठिनाई के दौर से गुजर रहा है। विदेशों में उसके ऊपर करोड़ों डॉलर ऋण है ऐसे में सरकार विकासवादी कार्यक्रम से अगर अपना ध्यान हटाकर साम्प्रदायिक दलों को सम्भालने में लगाए तो नुकसान तो आखिर भारतीय जनता का होगा। आवश्यकता है तो ऐसे तत्वों को पहचानकर उनपर कड़ी निगरानी रखने की ताकि ये जनता को गुमराह न कर पाये। विदेशी ताकतों से सहानुभूति रखने वाले व राष्ट्रीय भावना विरोधी प्रचार करने वाले संगठनों एवं तत्वों को कभी भी बर्दाश्त नहीं किया जा सकता।

देश की उन्नति में सार्वजनिक प्रतिष्ठान

साप्ताहिक पर्वतीय वर्ष-३४ अंक-४२ २३ नवंबर १९८३

देश को विकास के रास्ते पर अग्रसर करने की महत्वपूर्ण जिम्मेदारी काफ़ी हद तक सार्वजनिक प्रतिष्ठानों को जाती है। यदि इनका ही ढर्रा ठीक नहीं होगा तो हम विकास की दृष्टि से ज्यादा आगे नहीं बढ़ सकते।

सार्वजनिक प्रतिष्ठानों के ऊपर उत्पादन और संसाधनों में बढ़ोत्तरी का भी उत्तरदायित्व है। इस समय देश के अधिकतर सरकारी उपक्रम अपनी पूर्ण क्षमता से कार्य नहीं कर पा रहे हैं।

इन सार्वजनिक प्रतिष्ठानों के कामकाज से प्रधानमंत्री भी संतुष्ट नहीं हैं। ऐसा उनके एक पत्र से जाहिर होता है जो उन्होंने विभिन्न मन्त्रियों को भेजा है। उन्होंने कहा कि सरकार तो पूंजी लगाती रहे और सरकारी प्रतिष्ठान नाकारा है तो ऐसे कार्य कैसे चलेगा? श्रीमती गाँधी ने यह भी कहा कि सार्वजनिक क्षेत्र की इकाइयां अपने काम के स्तर को नहीं सुधार रही है जिसकी जिम्मेदारी अकुशल प्रबन्ध पर है।

वास्तव में यह सत्य है कि जिन प्रतिष्ठानों में अधिकारी अच्छे और लगन के साथ कार्य करने वाले हैं, वहां उत्पादन बढ़ रहा है वही उत्पादकता बढ़ रही है और नफा दिखने वाले इसी प्रकार के कुछ प्रतिष्ठान ही प्रधानमंत्री के कथन के सामने अपवाद स्वरूप खड़े हैं।

देश में कोयला, बिजली, रेलवे उर्वरक आदि क्षेत्रों में विशेष तौर से उपलब्धि निराशाजनक है। देश में संसाधनों की कमी निरन्तर बढ़ रही है और अगर ऐसे में उत्पादकता में भी बढ़ोतरी न हो तो फिर ऐसे में देश गर्त के गड्डे के अलावा कहां जा सकता है।

२० सूत्री कार्यक्रम अपने उद्देश्य में कागजों में अवश्य बेहतरीन रूप से सफल रहा होगा मगर बाहर निकल कर देखा जाए तो इसकी उपलब्धियां प्रायः शून्य ही नज़र आती है।

देश में बढ़ती हुई जनसंख्या ही इसका कारण है अगर साल में योजना हजार लोगों के लिए बनी और फायदा लेने वाले अन्त में १५ सौ हो गए तो योजना का विफल होना स्वाभाविक ही है। सरकार द्वारा सर्वप्रथम परिवार नियोजन के कार्यक्रम में तेजी लानी चाहिये अन्यथा योजनायें विफल ही होती जाएगी।

प्रत्येक उत्पादन की कीमत बढ़ रही है परन्तु उपलब्धि निराशाजनक है क्योंकि कई परियोजनायें प्रतिष्ठानों की अकर्मण्यता से चालू रहने के बाद बन्द कर देनी पड़ती है या ऐसी परियोजनाओं को चलाये रखा जाता है जो कि किसी भी रूप में लाभप्रद सिद्ध नहीं होती।

सरकार को एक आयोग बनाने की आवश्यकता है जो समय-समय पर विभिन्न सार्वजनिक प्रतिष्ठानों की योजनाओं की जांच सरकार को उनकी उपयोगिता के बारे में सूचित करता रहे। इसके अकर्मण्य अधिकारियों की गतिविधियों में भी अकुंश लगेगा। अन्यथा सारी योजनायें मात्र फाइलों के ही ढेर में रखी रह जाएगी और सरकार को अपने उद्देश्यों में विफलता ही मिलेगी।

बढ़ती कीमतों पर चिंता

साप्ताहिक पर्वतीय वर्ष-३३ अंक-२ १४ जनवरी १९८४

देश मे उपभोक्ता वस्तुओं की मूल्य वृद्धि के बारे में सतारूढ़ दल और विपक्षी दोनों ही चिन्तित हैं। यह चिन्ता कितनी सैद्धांतिक और कितनी औपचारिक है यह तो वे ही जाने किन्तु आम उपभोक्ता इस बीच असाधारण मूल्य वृद्धि से परेशान है। खासकर मध्यम व निम्न वर्गीय उपभोक्ताओं का घरेलू बजट या तो घाटे में चल रहा है अथवा उसमें कटौती की जाने लगी है। इस स्थिति में व्यक्तिगत बचत की तो बात ही सोचना निरर्थक है। पिछले दो महीने के भीतर मूल्य वृद्धि की प्रवृति में जिस असाधरण गति से वृद्धि हुई है उससे मध्यम वर्गीय परिवारों में भारी अस्त व्यस्ता आई है। अगर इस प्रवृति को तत्काल नियन्त्रित नहीं किया गया तो देश में भारी आर्थिक गड़बड़ियां पैदा होंगी और ऐसी गलत स्थितियां पैदा हो जाएंगी जिससे राष्ट्रीय कानून और व्यवस्था की समस्या भी पैदा हो सकती है। वित्त मंत्री के इस कथन से कि मूल्य वृद्धि ज्यादा भयावह नहीं है, शायद ही कोई व्यक्ति सहमत होगा।

अनिवार्य और आवश्यक उपभोक्ता वस्तुओं की इस असाधारण मूल्य वृद्धि पर चिन्ता प्रकट करना भले ही आम उपभोक्ता को आत्मसंतुष्टि दे और वह इनकी चर्चा करके उन वस्तुओं के अभाव की परेशानी कम महसूस करने लगे, जिनकी वह मूल्य वृद्धि के परिणाम स्वरूप खरीद नहीं पा रहा है किन्तु सरकार का व सम्पूर्ण व्यवस्था का दायित्व इस प्रकार की औपचारिक चिन्ता मात्र से पूरा नहीं हो जाता। उसकी इस असाधारण मूल्यवृद्धि की तह मे जाना होगा जो इस मूल्य वृद्धि की प्रवृति के लिए जिम्मेदार है। इतना ही नहीं उसका समाधान भी तत्काल किया जाना चाहिये।

इस बात से इंकार नहीं किया जा सकता है कि अन्तराष्ट्रीय बाजार में मूल्य वृद्धि से भारतीय उत्पादन प्रभावित हुआ है और मूल उद्योगों में उत्पादन व्यय में वृद्धि हुई है। इसके परिणाम स्वरूप देश में उपभोक्ता वस्तुओं के मूल्य में स्वाभाविक वृद्धि होगी।

लेकिन बाजार भाव जिस गति से बढ़ रहा है उसमें सभी जगह यह बहाना नहीं किया जा सकता उदाहरण के लिए सब्जी उत्पादन को ही लें। इसके उत्पादन में लोहा, सीमेंट, तेल तथा कोयले के मूल्यों से कोई सीधा सम्बन्ध जोड़ना गलत होगा और तर्क भी वाहियात है कि लोहे अथवा डीजल के मूल्य वृद्धि के कारण टमाटर के मूल्यों में वृद्धि हुई है। इस प्रकार की मूल्य वृद्धि पर अंकुश लगाया जाना चाहिये क्योंकि यह अन्तराष्ट्रीय मूल्य वृद्धि की प्रवृति का नाजायज़ उपयोग है क्योंकि ऐसी वस्तुएं जिनका स्थानीय स्तर पर उत्पादन होता है और बाजार भाव भी स्थानीय होता है इनका मूल्य निर्धारण अन्तर्राष्ट्रीय मूल्यों से नहीं होता। दरअसल इस प्रकार की मूल्य वृद्धि नितांत क्षेत्रीय तथा सामाजिक होती है और यह प्रशासनिक स्तर पर उपभोक्ता के हित में रोकी जा सकती है।

इस समय मूल्य वृद्धि का कारण अन्तराष्ट्रीय बाजार में मूल्य वृद्धि तो है ही साथ ही देश में बढ़ती हुई मुद्रा स्फीति की दरें भी इसका एक बहुत बड़ा कारण हैं। केन्द्र व राज्य सरकारों को चाहिये कि वह 'मुद्रा स्फीति' को नियंत्रित करने के लिए प्रभावी कदम उठायें और वित्तीय अनुशासन को सख्ती से लागू करें। जो राज्य सरकारें ऐसा नहीं कर रही हैं, वहां राजनैतिक व सार्वजनिक स्तर पर इसका विरोध किया जाना चाहिये। क्यूंकि सरकारों को गलत कार्य करने की छूट देना आम जनता के हित में नहीं है।

मूल्य वृद्धि रोकने की भले ही कोई जिम्मेवारी आम उपभोक्ता की नहीं हैं किन्तु वह इस संदर्भ में व्यक्तिगत उत्तरदायित्व से मुक्त नहीं हो सकता अगर वह चाहे तो व्यक्तिगत और सामूहिक स्तर पर इस सार्वजनिक समस्या को काफ़ी सीमा तक हल करने में सहायक हो सकता है इसके लिए वे मनमानी कीमतों का विरोध करने के लिए उनकी खरीदारी रोक कर इस प्रवृति को निरुत्साहित कर सकते हैं साथ ही विलासिता तथा आरामदायक वस्तुओं की खरीदारी बन्द करके वे व्यापारियों को मूल्य कम करने के लिए बाध्य कर सकते हैं।

सीधा साधा चुनावी बजट

साप्ताहिक पर्वतीय वर्ष-३३ अंक-९ ३ मार्च १९८४

वित्तमंत्री प्रणव मुखर्जी ने अखबारों की सुर्खियां रंगने के लिये अपने १९८४-८५ के बजट में कई रियायतें दी हैं और नकदी फसलों के किसानों, नौकरी पेशा बाबुओं और धन्ना सेठों तक को एक फ़ौरी राहत का अहसास करवा दिया है। यह और बात है कि उसके बावजूद वे अर्थव्यवस्था की जेब से २ अरब ७३ करोड़ रुपये निकाल ले गए हैं। दरअसल बजट सिर्फ ख़ुशफ़हमी फैलाता है। कुल बजट घाटा २० अरब ३५ करोड़ रुपये है जो नये बजट प्रस्ताव मंजूर हो जाने के बाद भी १७ अरब ६२ करोड़ रू० रह जायेगा।

छठी योजना के बीच किये गए आंकलन से साफ हुआ था कि योजना कार्यक्रम जारी रखे जाएँ तो भी योजना खर्च २० प्रतिशत कम होगा। सरकार ने इसका सामना छठी योजना को वक्त से पहले बर्फ में सुलाकर किया। बाजार में मुद्रास्फीति इस साल अच्छी फसल के बावजूद काबू नहीं हुई इसलिए चंद दिनों पहले सरकार ने योजना व्यय को पांच फीसदी और गैर योजना व्यय को तीन फीसदी घटाने की घोषणा की थी। इस हालात में, बढ़ा घटा बजट क्या गुल खिलाएगा आसानी से समझा जा सकता है। दरअसल बाजार से उठाया गया कर्ज भी

इस घाटे में जोड़ना चाहिए और इस तरह बजट का बोझ जितना दिखता है उससे ज्यादा पड़ने वाला है। पिछले तीन साल नाम, एशियाड और चोगम आदि में किए गए अंधाधुंध खर्च का नतीजा निकलना ही था।

इस बात की उम्मीद बेकार है कि टैक्स में राहत और उत्पादन करों में कमी से चीज़ों के भाव गिरेंगे और उद्योगों में उत्पादकता बढ़ेगी। छूट और राहतें सब में बराबर नहीं बंटी। उत्पादन कर की छूट महगें उपभोक्ता सामान पर जितना असर डालती है उतना आम जरूरत की चीजों पर नहीं। औसत आदमी के लिए राहतें सजाऊ ज्यादा हैं। मतदाता को भ्रमित कर अगले आम चुनाव में वाहवाही लूटने के काम आएँगी।

अर्थव्यवस्था के ढांचे को ज्यों का त्यों रखा गया है। आर्थिक जीवन के बढ़ते हुए जोख़िम के कारण छोटी बचतों का फायदा सरकार को मिलता है। राष्ट्रीय जमा योजना के जरिए ५ अरब रुपये सरकार हासिल कर लेगी। मुद्रास्फीति के कारण टैक्सों में राहत ज़रूरी हो गई थी, पर अर्थव्यवस्था के कुल खाके में बिना परिवर्तन किए इन राहतों के फायदे चार दिन से ज्यादा नहीं रह पाते।

सरकार के योजना व्यय में काफी अंश ऊर्जा साधनों के खातिर जाता रहा है। इसका अनुपात ३६ प्रतिशत तक जांच का है। इस बजट में भी यह दिशा बरकरार है। बिजली उत्पादन बढ़ाने पर ही ४७ फ़ीसदी खर्च बढ़ाया जा रहा है। योजना खर्च में कुल २५ फ़ीसदी की ही वृद्धि हुई है। साफ है कि बाकी मुद्दों को मुंह जोहने के लिए मजबूर रखा गया है।

कई सालों से योजना खर्च में बजट के योगदान का अनुपात घट रहा है। १९८१-८२ में जहां वह ७३ प्रतिशत था वहीं पिछले वर्ष ६०.०४ प्रतिशत ही रह गया था। इसकी दिशा भी बदली नहीं है। कुल मिलाकर इस चुनावी साल राहत का अहसास पैदा करने के लिए बजट तमाम मुसीबतों को अगले सालों के कंधे पर डाल देता है।

देश की एकता को आंच

साप्ताहिक पर्वतीय वर्ष-३३ अंक-१ २४ मार्च १९८४

प्रत्येक देश की प्रगति उसकी एकता पर निर्भर करती है। जब भी एकता भंग होती है, तब देश का अस्तित्व संकट में पड़ जाता है। भारत का इतिहास इस कथन की पुष्टि करता है। दुर्भाग्य से धर्म, जाति, सम्प्रदाय और क्षेत्रवाद के नाम पर आज देश के विभिन्न भागों में विघटनकारी तत्वों ने सिर उठा रखा है। इनके खिलाफ जेहाद छेड़ने का जो आवाहन प्रधानमंत्री श्रीमती इन्दिरा गांधी ने किया है वह निसंदेह महत्वपूर्ण और सामयिक है।

भारत की यह खूबी रही है कि विभिन्न धर्मो, जातियों और सम्प्रदायों के लोग यहां राष्ट्रीयता के एक सूत्र में बाधें रहे हैं। इसका मुख्य कारण यही है कि यहां जितने भी संत-महात्मा हुए सबसे प्रेम, सद्भावना और सहिष्णुता का संदेश दिया। शंकराचार्य, गुरूनानक और कबीर जैसे संतो के साथ-साथ अशोक, समुद्रगुप्त और अकबर जैसे सम्राटों ने भी इन आदर्शों के लिए काम किया। स्वतंत्रता के बाद भी राजनीतिक नेताओं ने देशों की एकता और अखंडता को बनाए रखने के लिए निरन्तर प्रयत्न किया है।

भारत की स्थिरता से कुछ विदेशी शक्तियां क्षुब्ध हैं और वे जासूसी और तोड़फोड़ के जरिये यहां की एकता और शान्ति को भंग करने के लिए साज़िश कर रही हैं। असम और पंजाब में उग्रवादियों को इन तत्वों द्वारा हर

संभव मदद दिए जाने की खबरें भी यदा-कदा ही आती रहती हैं। जासूसी का एक बड़ा गिरोह पिछले दिनों पकड़ा गया है। आर्थिक प्रलोभन में हमारे ही देशवासी गुप्त सूचनाएं विदेशी एजेंटों को देते रहते हैं। राष्ट्रदोह की इन घृणित हरकतों की जितनी निन्दा की जाए कम है। जागरूक नागरिक इन साजिशों का भांडाफोड़ करके देश की सुरक्षा के काम में महत्वपूर्ण भूमिका अदा कर सकते हैं।

प्रधानमंत्री ने अपने भाषण में उन तत्वों की ओर भी ध्यान आकर्षित किया है जो नफरत और सन्देह के बीज बोकर राष्ट्र के मनोबल को कमजोर करने की कोशिश कर रहे हैं। देश के किसी भी भाग में जब कभी दंगे या उपद्रव होते हैं तो उसके पीछे यही विषाक्त वातावरण होता है। इसमें कोई सन्देह नहीं कि हिंसा हमारी सबसे बड़ी शत्रु है। देखा गया है कि हिंसा के दौर में निर्दोष और निरीह लोग मारे जाते हैं। इसलिए यह जरूरी है कि दूषित प्रचार को फौरन रोका जाए। पंजाब और असम की हिंसक घटनाओं से सबक लेकर राष्ट्र विरोधी और समाजविरोधी तत्वों पर कठोर अंकुश लगाने की जरूरत है। प्रधानमंत्री ने यह ठीक ही कहा है कि ऐसे तत्व हमारी बुनियादी जीवन मूल्यों और आदर्शों के लिए चुनौती हैं। यदि उनकी अवांछनीय और आपित्तजनक खाइयों को हम बर्दाश्त करते रहेंगे तो अपनी आज़ादी को ही खतरे में डाल देंगे।

देश की सुरक्षा का दायित्व केवल सरकार का ही नहीं, हर नागरिक का है। राष्ट्रीय एकता प्रश्न सुरक्षा से जुड़ा हुआ है। सरकार और राजनीतिक नेता ही राष्ट्रीय एकता बनाए रखने के लिए उत्तरदायी नहीं हैं। पत्रकार, धर्म प्रचारक और सामाजिक कार्यकर्ता भी इस कार्य में महत्वपूर्ण योगदान कर सकते हैं। देश की राजनीतिक पार्टियों से हमें शिकायत है कि राष्ट्रीय महत्व के प्रश्नों के हल के सम्बन्ध में भी वे आम सहमति का विकास नहीं कर पाए हैं।

राष्ट्रीय एकता के सवाल पर राजनीति करने की इजाज़त नहीं दी जा सकती है, देश की एकता को आज आँच आ रही है यह तो निर्विवाद है। देश की जनता इस स्थिति का मुकाबला किस ढंग से कर सकती है- यह विचारणीय विषय है। यह काम सिर्फ राजनीतिज्ञों पर नहीं छोड़ा जा सकता है।

साम्प्रदायिक सदभाव एकमात्र मलहम

साप्ताहिक पर्वतीय वर्ष-३३ अंक-२४ १६ जून १९८४

आखिर हुआ वही जिसका अंदेशा था। उग्रपन्थियों ने केन्द्र सरकार की धैर्य परीक्षा करनी चाही और केन्द्र ने धैर्य का परिचय दिया, अपने हाथ दो साल तक रोक कर। मगर विगत दिनों सरकार का धैर्य चूक गया जब उग्रपन्थियों द्वारा निरपराध लोगों को निशाना बनाया जाने लगा। परिणाम हुआ सेना का स्वर्ण मन्दिर में प्रवेश और आतंकवादियों के गढ़ का सफाया। आमतौर पर जैसे कि हर बड़ी क्रिया की प्रतिक्रिया होती है उसी प्रकार सरकार के कदम की प्रशंसा भी हुई और भर्त्सना भी।

मगर नतीजों ने साबित कर दिया कि सिवाय सेना के स्वर्ण मन्दिर में भेजे जाने के अलावा उग्रवादियों का सफाया सम्भव नहीं था, जो निरपराधों की हत्या कर मन्दिर में छिपे बैठे थे। मुख्यतः प्रतिक्रियायें सरकार के कदम के अनुकूल ही हुईं मगर कई जगह सरकार को प्रतिकूल प्रतिक्रियाओं का भी सामना करना पड़ा।

प्रतिकूल प्रतिक्रियाओं का मुख्य आरोपी था कि सेना में स्वर्ण मन्दिर में प्रवेश कर उसकी पवित्रता को हानि पहुँचाई है। यहां यह समझ लेना यह आवश्यक होगा कि हालात ही ऐसे बन गए थे कि इसके आलावा कोई चारा नहीं था। उग्रवादियों ने स्वर्ण मन्दिर को जितना भ्रष्ट शराब की बोतलों ओर गांजा चरस व हथियार और बम बनाने का अड्डा बनाकर किया वहीं सैनिकों ने अपनी जान कुर्बान कर के भी उस मन्दिर की पवित्रता की रक्षा की। जहाँ एक तरफ उग्रवादियों का विचार मुख्य गुरुद्वारा हरमिन्दर साहब को बम से उड़ा देने का था, वहाँ सैनिकों ने अपनी जान की परवाह न कर उनके इस नापाक इरादे को नाकाम कर दिया। सैनिकों ने हरमिन्दर साहब व अकाल तख्त की तरफ से गोलियों की भारी बौछार को अपनी छाती पर झेला और हरमिन्दर साहब की तरफ एक भी गोली नहीं चलाई। अलबत्ता अकाल तख्त पर मजबूर होकर उसे गोली चलानी पड़ी जहां सन्त भिंडरवाला अपने सहयोगियों के साथ छुपे थे। सैनिक सूत्रों के अनुसार अकाल तख्त के तहखाने से इतनी लाइट मशीनगनों से फायर हो रहे थे जितनी कि आमतौर पर दस से बारह किलोमीटर क्षेत्र में लगाई जाती है।

सेना ने उग्रवादियों से हुई मुठभेड़ में काफ़ी बड़ी मात्रा में हथियार बरामद किये। हाई ट्रांसमीटर व टेलीप्रिंटर की बरामदगी यह दर्शाती है कि उग्रवादियों का सम्पर्क किसी विदेशी ताकत से बना हुआ था। जो भारत में आंतरिक उपद्रव भड़काना चाहती थी। मंदिर परिसर में मिले ३०.९३ लाख रू के ५ किलो सोना, सवा किलो चांदी, डेढ़ किलो हीरों से पता लगता था कि इन्हें बाहर से आर्थिक मदद भी मिल रही थी। जो लोग इस सैनिक कार्यवाही का विरोध करते हैं उन्हें यह समझ लेना चाहिए कि स्वर्ण मन्दिर तो पवित्र सैनिक कार्यवाही के बाद हुआ जब उसे उग्रवादियों से मुक्त कराया गया, जब वहां से शराब की बोतलों और चरस गांजे को जब्त कर बाहर भेजा गया व जब पवित्र स्थल के प्रांगण से हथियारों और बम फैक्ट्री को हटाया गया। जो समझते हैं कि सरकार को वह कार्यवाही नहीं करनी थी, तो क्या उनके पास इस बात का जवाब है कि स्वर्ण मन्दिर की उग्रवादियों से किस प्रकार मुक्त कराया जाता? जबकि बातचीत द्वारा समस्या के हल के लिए सरकार की अपील बार-बार अकाली दल द्वारा ठुकराई जाती रही या उस पर अड़चने लगाई जाती रही।

जो कुछ भी स्वर्ण मन्दिर में घटित हुआ वह एक महज ऐसा कार्य था जो कर्तव्य की बलिदेवी पर भावनाओं का बलिदान मांगता था। भाइयों को भाइयों पर गोली चलानी पड़ी सिर्फ पवित्र स्वर्ण मंदिर की पवित्रता की रक्षा के लिए। क्योंकि उग्रवादियों ने ऐसी घृणा की भावना फैला दी थी जहां मानवता की मृत्यु हो जाती है और दानवता का जन्म होता है।

अब जबकि पंजाब लगातार (सिवाय छुटपुट घटनाओं के) शान्ति की ओर अग्रसर हो रहा है, यहां आवश्यकता है साम्प्रदायिक सद्भाव की, भाईचारे की, वह मौका किसी की हार या जीत का उत्सव मनाने का नहीं है और न ही कोई हारा या जीता है। इस समय स्वर्ण मन्दिर की दीवारों से लेकर प्रत्येक हिन्दुस्तानी के हृदय में अजीब सा सूनापन है हृदय दुखी है। प्रत्येक हृदय चोट खाया हुआ है। ऐसे में विभिन्न राजनीतिक दलों व समाज सेवी संस्थाओं को चाहिए कि वे आगे आएं और इन सूने व दुखी हृदयों में साम्प्रदायिक सद्भाव का मलहम लगाए जिससे इनके घाव शीघ्र भर सके।

क्या जनता सन्तुष्ट है ?

दैनिक पर्वतीय वर्ष-३४ अंक-७ १५ फरवरी १९८६

एक ओर सरकार स्वयं मंहगाई को रोकने के लिए बार-बार जनता को विश्वास दिला ही हैं, तो दूसरी ओर वह ऐसी घोषणा करती है कि महंगाई और बढ़ जाये।

१९८५ का रेल बजट व आम बजट आम नागरिक के लिए काफ़ी बोझ बना हुआ था, उस पर १९८६ के बजट से पहले ही पेट्रोलियम पदार्थों की कीमत में भारी वृद्धि करके जनता को और अधिक आर्थिक संकट में डाल दिया।

जैसा कि हम अपने ३ फरवरी (१९८६) के अंक के मुख्य पृष्ठ पर पहले ही लिख चुके हैं कि इस प्रकार की वृद्धि का मध्यमवर्ग मजदूर व किसान वर्ग पर भारी आर्थिक बोझ होगा और इस पर सरकार को पुनः विचार करना चाहिये।

गत ५ फरवरी को केन्द्रीय मंत्री मण्डल ने जनता की बेचैनी तथा विपक्ष व सत्ता दल के लोगों की मांग पर पुनः विचार किया और उसके बाद वित्त मंत्रालय तथा पेट्रोलियम मंत्रालय के बीच विचार विमर्श के बाद विमानों में काम आने वाले तेल को छोड़कर अन्य पेट्रोल उत्पादों के मूल्यों में कमी कर दी गई।

नए मूल्यों की घोषणा में मिट्टी के तेल में प्रति ली० ९ पैसे, डीजल में प्रति ली० ८ पैसे, पेट्रोल में प्रति ली० ११ पैसे तथा खाना पकाने की गैस में प्रति सिलिन्डर ४रू० १७ पैसे की कमी कर दी गई। अब मिट्टी का तेल प्रति ली० २.२५ रू०, डीजल ३.५० रू० प्रति ली०, पेट्रोल ७.४३ रू० प्रति लीटर तथा खाना पकाने की गैस सिलिन्डर ५७.३२ पैसे मिलेगा।

वित्त मंत्रालय में पेट्रोलियम पदार्थो की मूल्य वृद्धि का कारण बताते हुए कहा कि आयात पर आने वाले भारी खर्च में कमी करने के लिए इनकी खपत पर अंकुश लगाना और इनके विकल्पों की खोज को प्रोत्साहित करना तथा १९८६-८७ की वार्षिक योजना के लिए धन जुटाना, ताकि विकास योजनाओं को आगे बढ़ाया जाये। सरकार एक दलील और दे रही है कि मूल्य वृद्धि गरीबी मिटाने के अपने संकल्प को कार्यान्वित करना चाहती है।

हम सरकार के विचारों का आदर करते हैं, किन्तु इस प्रकार की मूल्य वृद्धि से गरीब ही सर्वाधिक प्रभावित होता है, इस का ध्यान भी सरकार बनाने वाले नेताओं को ध्यान में रखना चाहिये। विपक्षी दल अभी भी संतुष्ट नहीं हैं और गृहणी भी नाराज है। उनका कहना है कि मूल्यों में कटौती बहुत कम है।

सरकार चलाने वालों को यह जानना आवश्यक है कि मूल्य बढ़ाकर राहत देने से क्या जनता संतुष्ट है?

स्मृति गवाक्ष

स्मृति गवाक्ष - पर्वतीय परिवार

बिष्णु दत्त उनियाल - संस्थापक संपादक 'पर्वतीय'

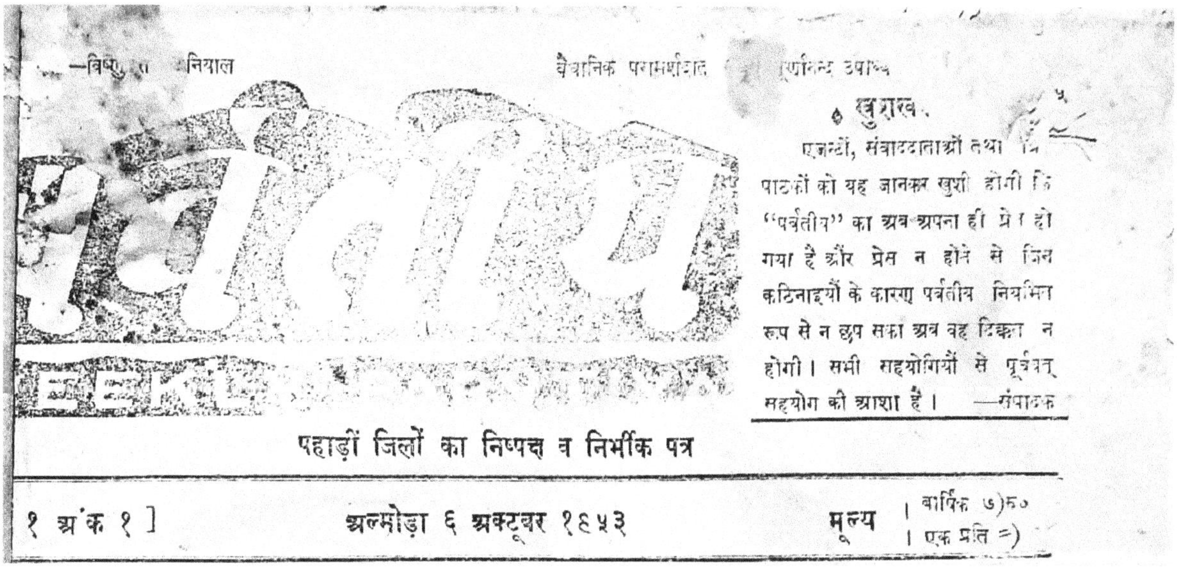

—विष्णु त अनियाल वैज्ञानिक परामर्शदाता पूर्णानन्द उपाध्

पर्वतीय

पहाड़ों जिलों का निष्पक्ष व निर्भीक पत्र

१ अंक १] अल्मोड़ा ६ अक्टूबर १९५३ मूल्य । वार्षिक ७)८० । एक प्रति =)

सूचना

एजन्टों, संवाददाताओं तथा पाठकों को यह जानकर खुशी होगी कि "पर्वतीय" का अब अपना ही प्रेस हो गया है और प्रेस न होने से जिन कठिनाइयों के कारण पर्वतीय नियमित रूप से न छप सका अब वह दिक्कत न होगी। सभी सहयोगियों से पूर्ववत् सहयोग की आशा है। —संपादक

सम्पादक—विष्णुदत्त उनियाल कानूनी सलाहकार श्री पूर्णानन्द उपाध्याय, एम.

पर्वतीय

WEEKLY PARVTIYA

वर्ष १ अंक २] अल्मोड़ा मंगल वार १३ अक्टूबर १९५३ [मूल्य । वार्षिक ७)८० । एकप्रति का =)

एजन्टों, सं पाठकों को यह जा "पर्वतीय" का अब छ गया है और प्रेस न कठिनाइयों के कारण पर्वती रूप से न छप सका अब वह होगी। सभी सहयोगियों से सहयोग की आशा है। —संपादक

पर्वतीय

WEEKLY PARVTIYA

वर्ष १ अंक २]

पर्वतीय

देश-विदेश

शहीद सैनिक परिवारों को नागरिक समिति द्वारा सहायता

अध्यापकों का वेतनक्रम समान होना चाहिए

शिल्पकारों का वृहद् सम्मेलन

Virdi Radio House,
THE MALL, NAINI TAL

"रीटा सिलाई मशीन"

विर्दी रेडियो हाउस
माल, नैनीताल

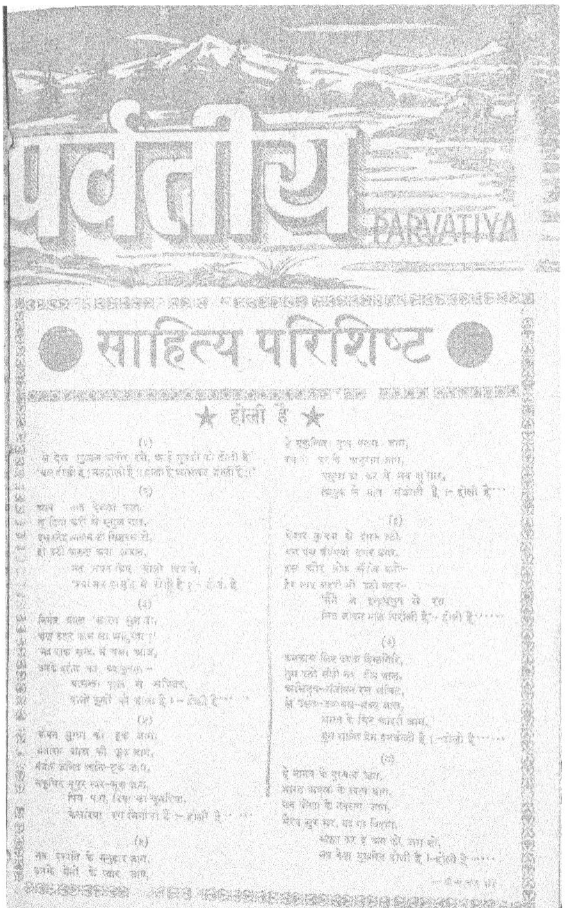
पर्वतीय
PARVATIYA

साहित्य परिशिष्ट

★ होली है ★

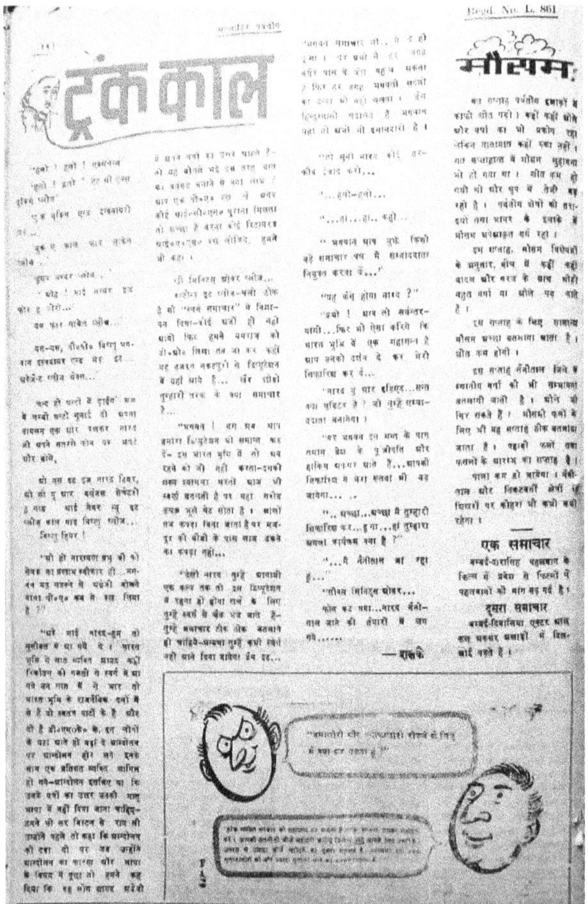
ट्रंक काल

मौसम

एक समाचार

दूसरा समाचार

पर्वतीय के प्रांगण में युवा साहित्यकार एवं पत्रकार (फोटो सौजन्य : देवेंद्र मेवाड़ी)

पर्वत के दफ्तर में देवेंद्र मेवाड़ी एवं बटरोही (फोटो सौजन्य : देवेंद्र मेवाड़ी)

हमारे मार्गदर्शक थे उनियाल जी

देवेंद्र मेवाड़ी

सन् 1962 में मैं उच्च शिक्षा प्राप्त करने के लिए शहर नैनीताल के डी.एस.बी. राजकीय कॉलेज में पहुंचा, जो मेरे सपनों का शहर था। डी.एस.बी. में मैंने बी.एस.सी. जीव विज्ञान में एडमिशन लिया। पढ़ाई के साथ धीरे-धीरे शहर से पहचान बढ़ी। मालरोड में आते – जाते नगरपालिका की लाइब्रेरी से थोड़ा आगे दाहिनी ओर ऊपर 'पर्वतीय' समाचारपत्र का दफ्तर था। दफ्तर ही क्या प्रिंटिंग प्रेस भी उसी में था। उसकी बगल में एक ओर सैक्लेज की बेकरी थी जहां बहुत स्वादिष्ट पेस्ट्रियां मिला करती थीं। लेकिन, मुझ जैसे लिखने के शौकीन लड़के को अखबार का स्वाद अधिक अच्छा लगता था। इसलिए नज़र बार-बार 'पर्वतीय' के दफ्तर की ओर जाती थी। मैं वहां जाना चाहता था। लेकिन, गांव से आया हुआ मैं संकोची लड़का बिना परिचय के वहां जाने से झिझकता रहा।

अपनी एन.सी.सी. प्लाटून की एक परेड में नैनीताल के ही एक कैडेट लक्ष्मण सिंह बिष्ट से परिचय होने पर पता लगा कि वह कहानियां लिखता है और उसकी कहानियां छप भी रही हैं। उसने बताया, अपना उपनाम उसने 'बटरोही' रखा है। हमारा परिचय बढ़ता गया और दोस्ती भी। हम दोनों अधिकतर समय कहानियों, पत्रिकाओं और अखबारों में छपे लेखों की चर्चा करने लगे। मैंने उससे कहा, "यहां से 'पर्वतीय' अखबार भी तो छपता है। किसी दिन वहां चलते हैं, क्यों?"

"हां, क्यों नहीं। मैं वहां संपादक बिष्णुदत्त उनियाल जी, चीफ रिपोर्टर कैलाश साह और सीनियर सब-एडिटर महेश कुकरेती को थोड़ा जानता हूं। उनियाल जी उस अखबार के मालिक भी हैं और संपादक भी। नैनीताल ही नहीं, प्रदेश में भी उनका बड़ा सम्मान है। महेश कुकरेती हर समय वहां रहते हैं और अखबार तथा प्रेस का काम देखते रहते हैं। चलो, चलते हैं किसी दिन।"

एक दिन हम घूमते हुए 'पर्वतीय' के दफ्तर पहुंचे। सामने खिड़की पर सिगरेट पीते, बड़ी-बड़ी आंखों से बाहर हवा में ताकते-सोचते जिन्हें देखा, भीतर जाकर पता लगा वे कैलाश साह हैं। वे 'पर्वतीय' में 'ट्रंक कॉल' कालम लिखते थे जो ओखलकांडा में मेरे शिक्षक बड़े भाई साहब को बहुत अच्छा लगता था। इसलिए साह जी के नाम से मैं पहले से परिचित था। वहीं हरे ट्वीड का कोट पहने विन्रम महेश कुकरेती भी मिले और चीफ कंपोजिटर भवानी दत्त भी। हम साह जी के पास बैठे। महेश भाई ने गर्मा-गर्म चाय मंगा दी। उस दिन परिचय हो

जाने के बाद मैं गाहे-ब-गाहे 'पर्वतीय' जाने लगा। बाद में दोस्ती का दायरा बढ़ा तो मैं, बटरोही, सईद, वीरेन डंगवाल, ओम प्रकाश और श्याम टंडन भी कभी-कभी वहां मिलने लगे।

एक दिन कैलाश साह और महेश के साथ बैठा था कि उन्होंने चश्मा पहने, दुबले-पतले और सॉफ्ट-स्पोकन संपादक बिष्णुदत्त उनियाल जी से परिचय कराया। उनियाल जी यह जान कर बहुत खुश हुए कि मैं लिखता हूं और विज्ञान का विद्यार्थी हूं। मैंने उन्हें दो-एक बार अपनी छोटी-सी बिटिया के साथ सैक्लेज की ओर जाते और पेस्ट्री लाते देखा था। (आज यह संस्मरण उसी छोटी-सी लेकिन बड़ी हो गई बिटिया सीमा उनियाल मिश्रा के संदेश और फोन पर हुई बातचीत के कारण लिख रहा हूं। बहुत खुशी हुई यह जानकर कि सीमा अब जानी-मानी संगीतकार और गायिका है।)

फिर तो जब कभी उनियाल जी 'पर्वतीय' साप्ताहिक के दफ्तर में होते, उनसे बातें होतीं। वे 'पर्वतीय' में भी लिखने के लिए प्रोत्साहित करते। वे अभिभावक की तरह बातें करते थे और मुझे कहानी, कविता के साथ ही विज्ञान पर भी लिखने की राय देते रहते थे। वहां कभी-कभी पर्यटन विभाग में काम करने वाले वरिष्ठ पत्रकार महेश त्रिवेदी भी आ जाते और चर्चा में शामिल हो जाते। बडोला जी भी वहां काम करते थे जो बाद में 'सीमांचल' के संपादक बने।

एक बार मैं मालरोड पर घूमते-घूमते प्रसिद्ध भाषा-विज्ञानी डॉ. हेम चंद्र जोशी और श्रीमती जोशी को भी 'पर्वतीय' के दफ्तर में ले गया था। मित्र बटरोही और वीरेन भी तब साथ थे। संयोग से उस अवसर का फोटो भी खिंच गया था। एक और सुखद संयोग से हम कई मित्रों ने 'साप्ताहिक पर्वतीय' के प्रांगण में फोटो खिंचवाया था जो बागेश्वर से आए मित्र एम.एल. साह के कैमरे से खींचा गया था। उसमें महेश कुकरेती भी हमारे साथ थे। 'पर्वतीय' में उस दौर में मेरी दो कहानियां 'शैवाल' और 'ताज के किनारे' और 'होना' तथा कुछ अन्य कविताएं भी छपीं।

बी.एस.सी. करने के बाद सन् 1964-65 में मैंने उत्साहित होकर प्रांतीय वन सेवा (पी.एफ.एस.) की परीक्षा दी और उसमें पास हो गया। मैरिट लिस्ट अखबारों में छप गई। रिक्तियां 25 थीं और मैरेट में मेरा स्थान तेईसवां था। लेकिन, बहुत समय तक स्वास्थ्य परीक्षण तथा ट्रेनिंग के लिए पत्र न आ पाने के कारण मैं परेशान था। तब उनियाल जी भी हिम्मत बंधाते रहते थे और लखनऊ जाने पर इस बारे में मंत्री स्तर पर पता करने का आश्वासन देते थे। उन्होंने शायद कोशिश भी की थी लेकिन कुछ पता नहीं लगा। तब मैंने अगले वर्ष फिर परीक्षा दी और 30 रिक्तियों के लिए मेरिट में मेरा 18 वां स्थान आया। विडंबना यह रही कि तब भी ट्रेनिंग के लिए पत्र नहीं आया। उनियाल जी ने पता करने की फिर कोशिश की लेकिन उस बार भी कुछ पता नहीं लगा। मैंने एम.एस.सी. (वनस्पति विज्ञान) की नियमित परीक्षा अच्छे अंकों के साथ पास कर ली।

निराशा के उन दिनों में मैंने गर्मी की छुट्टियों में नैनीताल में ही रहने का निश्चय किया। लेकिन, सोचा, छुट्टियों में रहने के लिए कमरे का 10 रुपए और होटल में खाने का 60 रुपए का खर्च कहां से आएगा? बटरोही से चर्चा की तो उसने कहा- चलो, उनियाल जी से बात करते हैं। गए हम उनियाल जी के पास और उन्हें अपनी समस्या बताई। वे बोले, "आपकी यह समस्या हल हो सकती है। आप दोनों 'पर्वतीय' की मदद कीजिए और मैं आप दोनों की मदद करूंगा।"

"हमें क्या करना होगा?" हमने पूछा।

"पत्रकारिता, संपादन। आप दोनों का तो शौक है लेखन। तो 'पर्वतीय' को सहयोग दीजिए। मैं इस सहयोग के लिए आप दोनों को 60-60 रुपए दूंगा," उन्होंने कहा। फिर पूछा, "खाने का तो इससे हो जाएगा, लेकिन कमरे का किराया कैसे देंगे?"

हमने खुश होकर आभार व्यक्त करते हुए कहा, "वह हम कर लेंगे। कल से हम 'पर्वतीय' में काम शुरू कर देंगे।"

हम खुश होकर लौटे। उन दिनों साठ रुपए बहुत थे हमारे लिए। रुपयों के साथ-साथ अखबार में काम करने का अनुभव तथा प्रशिक्षण भी मिलना था। मैं कभी बटरोही के पास रहता और बाकी समय बाजार में प्रेम सिंह बिष्ट जी के यहां। दिन में 'पर्वतीय'। दफ्तर जाने का कोई तय समय नहीं था। उनियाल जी ने ऐसी कोई पाबंदी हम पर नहीं लगाई। जरूरी यह था कि अखबार का काम सुचारू रूप से चलता रहे।

वहां हम समाचारों का संपादन करते, समाचार लिखते, प्रूफ रीडिंग करते, फीचर लिखते। बाद में कैलाश साह जी 'नेशनल हेरल्ड' अखबार में लखनऊ चले गए। वे गर्मियों के पर्यटक सीजन में 'पर्वतीय' में एक कालम लिखा करते थे - 'लो, फिर बहारें आईं।' वह 'पर्वतीय' का बहुत लोकप्रिय कालम था जिसमें पर्यटकों के आने से नैनीताल की बदली-बदली फ़िजा के रंगों का जायजा लिया जाता था। साह जी के जाने के बाद उस कालम की जिम्मेदारी मुझे दे दी गई। तब 'लो बहारें आई' मैं लिखने लगा।

कुछ दिन बटरोही और मैं एक-सा काम करते रहे। फिर उनियाल जी ने काम का विभाजन कर दिया। बटरोही साहित्य और मैं विज्ञान देखने लगा। यानी, उनियाल जी संपादक के रूप में हमें हमारे विषयों में संवारने लगे। मैं यह बात तब समझा, जब मैंने जून 1966 में देश की कृषि अनुसंधान की शीर्षस्थ संस्था भारतीय कृषि अनुसंधान संस्थान (पूसा इंस्टिट्यूट) में नौकरी के लिए आवेदन करते समय उनियाल जी से अनुभव का प्रमाण-पत्र देने का अनुरोध किया। उन्होंने 'पर्वतीय' के लैटरहेड पर अंग्रेजी में प्रमाण-पत्र दिया जिसमें उन्होंने लिखा कि 'श्री देवेंद्र सिंह मेवाड़ी साप्ताहिक पर्वतीय में सहायक संपादक (विज्ञान) के रूप में दो वर्ष तक जुड़े रहे और उन्होंने संतोषजनक रूप से कार्य किया। वे बहुत मेहनती, विश्वसनीय और लगनशील व्यक्ति हैं। मैं इनके उज्जवल भविष्य की कामना करता हूं- बिष्णुदत्त उनियाल, संपादक 'पर्वतीय'।

प्रमाण-पत्र में हस्ताक्षर करने के बाद वे अपनी कुर्सी से खड़े उठे और उन्होंने प्रसन्नता के साथ प्रमाण-पत्र मेरे हाथों में सौंपा। फिर बैठ कर हंसते हुए कहने लगे, "प्रमाण-पत्र के बारे में आपको मैं एक मज़ेदार बात बताता हूं। सुपात्र के लिए यह सच्चे सिक्के की तरह होता है जो कहीं भी चल जाता है। अगर व्यक्ति सुपात्र नहीं है तो यह खोटा सिक्का हो जाता है जो कहीं नहीं चलता। आप सुपात्र हैं इसलिए यह चलता रहेगा।" उनकी यह बात मैं कभी नहीं भूलता। कई लोग केवल नौकरी पाने के लिए प्रमाण-पत्र बटोर लेते हैं लेकिन उस विषय या क्षेत्र में उनकी गहरी रूचि नहीं होती। तब प्रमाण-पत्र की असलियत का जल्दी ही पता लग जाता है। उन्होंने मुझे सुपात्र माना, यह मेरे लिए उनका आशीर्वाद था। वह प्रमाण-पत्र 54 वर्ष बाद आज भी मैंने सहेज कर रखा हुआ है।

भारतीय कृषि अनुसंधान संस्थान (पूसा इंस्टिट्यूट) में मेरा चयन हो गया और नियुक्ति पत्र भी आ गया। इस खबर से उनियाल जी बहुत खुश हुए। यह सुनकर और भी अधिक खुश हुए और हंसने लगे, जब मैंने उनसे कहा – "सर, आपका भेंट किया हुआ सिक्का चल गया!" जून 1966 के आखिरी सप्ताह में नई नौकरी ज्वाइंन करने

के लिए मैंने नैनीताल को अलविदा कहा। आदरणीय उनियाल जी से वही मेरी आखिरी मुलाकात थी। उनकी स्मृति को मैं नमन करता हूं।

सम्प्रति पर्वतीय - सहायक संपादक (विज्ञान)
(वरिष्ठ विज्ञान लेखक साहित्यकार इलैक्ट्रोनिक व, प्रिंट मीडिया में सक्रिय)
भारतेन्दु हरिश्चंद्र राष्ट्रीय बाल साहित्य पुरस्कार एवं साहित्य अकादमी पुरस्कार से सम्मानित

कठिनाई भरे दिनों में जिनसे मिला सहारा... सहज, सरल, सौम्य उनियालजी.

विनोद तिवारी

अब सोचता हूं कि अगर उस मुश्किल समय में श्री उनियाल जी से मदद न मिली होती तो क्या होता?

बहुत तरह से कठिनाई भरे थे वे दिन।

मैं नैनीताल के डी. एस. बी. डिग्री कॉलेज से एम. ए. का इम्तहान दे चुका था। रिजल्ट आना अभी बाकी था इस बीच टाइम्स ऑफ इंडिया ग्रुप के एक विज्ञापन पर नजर पड़ने पर उसका उत्तर दिया। इस विज्ञापन में कहा गया था कि संस्थान को युवा पत्रकारों की जरूरत है। चुने गये लोगों को संस्थान में प्रशिक्षित किया जाएगा और फिर अपने ही यहां नियमित सेवा में रख लिया जाएगा। दिल्ली में पहली लिखित परीक्षा हुई और उसके बाद पहला इंटरव्यू भी दिल्ली में ही हुआ। ईश्वर की कृपा से मुझे चुन भी लिया गया। बताया गया कि बहुत जल्दी मुझे मुंबई आने को कहा जाएगा जहां मेरा प्रशिक्षण शुरू होगा. बुलावे पर तुरंत आना होगा, अत: मैं तैयार रहूं।

कोई भी पूछ सकता है कि इसमें कठिनाई वाली बात कहां आई? एम ए. का रिजल्ट आने से भी पहले नौकरी पक्की, इसे तो सौभाग्य ही कहा जाएगा!

बहुत दिन हो गए, बुलावा नहीं आया।

55 बरस पहले के नैनीताल की आज कल्पना कर पाना बहुत मुश्किल है। सीमित साधनों वाला सीमित सा शहर जो सिर्फ गर्मियों में आने वाले टूरिस्ट्स की राह तकता, बाकी समय सर्दी से सिकुड़ता काटा करता था। लोकल आबादी इतनी कम कि जाड़ों में मालरोड पर वही स्थानीय लोग मिलते जो नैना देवी के दर्शन करके लौट रहे या वहां जा रहे होते। डिग्री कॉलेज में पढ़ाई के लिए पहाड़ के गांवों से आए लड़के यहां वहां किराये के कमरे लेकर अपना और अपने गरीब परिवारों का भविष्य सुधारने के सपने संजोते। कम आबादी की वजह से लगभग हर कोई, हर किसी को जानता-पहचानता था. उनमें भी श्री बिष्णुदत्त जी उनियाल को तो ज्यादा ही लोग जानते थे। वे पत्रकार थे और नगर से निकलने वाले एकमात्र अखबार, 'पर्वतीय' के संपादक - प्रकाशक। मैं भी उन्हें जानता था लेकिन परस्पर परिचयवश नहीं, मैं मात्र एक छात्र, वे नैनीताल के जाने पहचाने व्यक्तित्वों में से एक। मालरोड में वे बहुधा दिख जाते--हमेशा सूट-टाई से सुसज्जित, सुनहरे फ्रेम के चश्मे और सदा संवरे, किंचित भूरापन लिए बालों वाले उनियाल जी लोगों से घिरे ही होते। उन्हें अकेले कहीं आते जाते नहीं ही देखा। इस छोटे से नैनीताल में यह बात भी इधर से उधर पहुंच गई थी कि मुझे मुंबई में नौकरी मिल गई है। मैं जाने कितनी बधाईयां स्वीकार कर चुका था और अब आलम यह कि `आया नहीं उधर से, कोई जवाब देखो...'

उस समय के आम पहाड़ी परिवारों की तरह हमारा सात भाई बहनों वाला परिवार भी अत्यंत सीमित आय में जीवनयापन करने को बाध्य था। नैनीताल में तब हमारा कोई स्थायी निवास स्थान भी नहीं था. किराये के मकान में रहते थे। पिताजी बोर्डर एरिया के एक सरकारी स्कूल में टीचर थे, उन्हीं के भेजे मनिऑर्डर के बल पर हम नैनीताल में पढ़ने की `लक्जरी' बर्दाश्त कर पाते थे। यह मनीऑर्डर रहन सहन की मूल सुविधाओं के लिए भी हर माह छोटा ही पड़ जाता और इसलिए जल्दी नौकरी मिल जाना ईश्वर की बड़ी कृपा रही। लेकिन बंबई आने का बुलावा? वह जाने राह में कहां रह गया! महीना गुजर गया, डेढ़ महीना गया दो महीने होने को आए, बुलावा नहीं आया। तब फोन सेवा की हालत यह थी कि तल्लीताल पोस्ट ऑफिस से कॉल बुक करो जो जाने कहां कहां से होती हुई मुंबई से जुड़ती जिसमें डेढ़ दो घंटे लगते और फिर पता चलता,`उधर से जवाब मिल नहीं रहा...'

इस उहापोह की हालत में एक दिन डिग्री कॉलेज के प्रिंसिपल महोदय श्री झम्मनलाल शर्मा जी ने मिलने आने का संदेशा भिजवाया। कॉलेज की एक्स्ट्रा करिक्यूलर एक्टिविटीज में सक्रिय होने की वजह से उन्हें मेरा नाम याद था और जैसा मैंने पहले कहा, उस समय के नैनीताल में लोकल लोगों में से किसी को ढूंढ़ निकालना कोई मुश्किल काम नहीं था। उन्होंने मुझे बताया कि कुमाऊं क्षेत्र के एक नामी नेता श्री बी. डी. पांडे ताड़ीखेत में ग्राम पंचायतों के सदस्यों को प्रशिक्षित करने वाली एक संस्था चलाते हैं। उन्हें उस संस्था में काम करने के लिए किसी उत्साही युवक की जरूरत है। पांडे जी प्रभावशाली व्यक्ति हैं और इस संस्था का नाम अच्छा है जिसका काफी विस्तार होना बाकी है. अगर तुम चाहो तो मैं तुम्हारी नियुक्ति वहां करवा सकता हूं।'

मुंबई जाने का सपना अब तक धुंधला पड़ने लगा था। प्रिंसिपल महोदय की बातों का असर ऐसा हुआ कि मैं तुरंत हां कर बैठा. ऑफर बुरा नहीं था--रहना खाना सदा के लिए फ्री, हर माह नैनीताल आना जाना नि:शुल्क और आसपास के गांवों में जाने के लिए जीप की सुविधा। मेरे हां कह देने पर भी प्रिंसिपल साहब ने सलाह दी, `पहले एक बार वहां आकर देख आओ। सब ठीक लगेगा तब पांडे जी से मिल कर वेतन तय कर लेना. वे तुम्हें वहीं मिलेंगे।'

आपकी जिज्ञासा सही है कि इस सारी कहानी में श्री उनियाल जी कहां हैं?

बस, थोड़ा सा ही धैर्य और. इस बैकग्राउंड के बगैर बात बनेगी नहीं न!

दो दिन बाद जाने की बात थी। ताड़ीखेत, रानीखेत के पास कोई छोटी सी जगह थी। मतलब, पहले नैनीताल से रानीखेत जाना होगा। वहां से दुबारा बस लेनी होगी। वह बहुत बारिश भरा दिन था। लेकिन नैनीताल में तो बारिश कभी भी हो जाती है। उसकी वजह से कोई काम रुकता नहीं। मैं जब तल्लीताल बस स्टैंड पहुंचा तो मालूम हुआ कि बारिश की वजह से भवाली रोड बंद पड़ी है। उस तरफ कहीं आगे जाना हो तो हल्द्वानी वाला रास्ता पकड़, घूम कर जाना होगा और फिर बस बदलनी पड़ेगी।

मतलब यह कि अब मैं रास्ता नहीं पकड़ रहा था, रास्ता मुझे पकड़ चुका था, मेरे जाने बगैर!

मैं हल्द्वानी वाली बस में जा बैठा। बारिश तेज हो गई। नये मुसाफिर कोई आए नहीं दो-चार जो बैठे थे, उन्हीं को लेकर बस चल पड़ी। मेरा रास्ता तो पहले ही बन चुका था, शायद इसीलिए यह बस भी ज्योलीकोट के आसपास कहीं पर, चाय की गुमटी के पास रुक गई। आगे रास्ता बंद था, उस पर मलबा आया हुआ था। अब क्या हो! ड्राइवर कंडक्टर ज़ायजा लेने उतरे और दो चार मुसाफिर जो थे, सब पहाड़ी, चाय की गुमटी में जा बैठे। यहां मैंने पहली बार नोटिस किया कि अरे, सामने तो उनियाल जी बैठे हैं, 'पर्वतीय' के यशस्वी संपादक. नैनीताल की जानी मानी हस्ती!

बातचीत की शुरूआत उनियाल जी ने की, `कहां तक जाना है आपको?' बड़ा शालीन संबोधन. नामी संपादक एक सामान्य छात्र से पूछ रहा था।

`ताड़ीखेत.' मैने बताया। फिर वह सारी कहानी सामने आ गई कि मैं वहां जा क्यों रहा हूं। यह भी कि पत्रकारिता में रुचि होते भी मैं पंचों को पढ़ाने जैसे सर्वथा अपरिचित काम के लिए कैसे राजी हो गया।

`आपके प्रिंसिपल साहब का प्रस्ताव अच्छा है. देख आईये ताड़ीखेत। पसंद आ जाय और आप खुश हों तो बहुत बढ़िया। अगर किसी वजह से बात न बने तो लौट कर मुझसे मिल लीजिएगा। मैं हल्द्वानी तक ही जा रहा हूं परसों वापस आ जाउंगा। आप चाहें तो मैं आपको 'पर्वतीय' में रख सकता हूं।'

मैने कहा न, रास्ता मुझे तलाश रहा था!

मुझे उनकी बात पर सहसा विश्वास नहीं हुआ। कहां मैं नौकरी की तलाश में इस टूटी सड़क से किसी अपरिचित जगह चला जा रहा हूं और कहां, घर बैठे, अपनी पसंद का काम मुझे ऑफर किया जा रहा है! मैंने उनसे फिर पूछा कि क्या वे मुझे सचमुच रख लेंगे? उन्होंने कहा, "मैंने यह सुना तो था कि नैनीताल से किसी लड़के का सेलेक्शन टाइम्स ऑफ इंडिया ग्रुप के लिए हुआ है लेकिन बाकी की बातें आपसे ही पता लगीं। यह भी अजीब संयोग है कि आपसे यहां, इस हालात में मुलाकात हो रही है। मैं निश्चित ही आपको रख लूंगा लेकिन पहले आप पांडे जी से मिल कर उनके प्रस्ताव के बारे में ठीक से सोच लीजिये..."

अब तक दो बसें मलबे के इधर और उधर भी आ खड़ी हुईं थीं। मुआइना मशविरा करने गये कंडक्टर ने आ कर खबर दी, "मलबा साफ करने वाले तो जाने कब तक आएंगे। इस काम में रात भी हो सकती है. इसलिए आप लोग अपना सामान ले कर धीरे धीरे पैदल मलबे के पार चले जाएं। उधर खड़ी बस आपको आगे ले जाएगी। यह बस उधर के मुसाफिरों को लेकर यहीं से वापस नैनीताल लौट रही है"।

मैंने उनियाल जी से विदा मांगी, “मैं नैनीताल लौट रहा हूं। आपके वापस आते ही ‘पर्वतीय’ जॉइन करने आ जाऊंगा.”

“अरे, यह क्या कर रहे हैं? प्रिंसिपल साहब को पता चलेगा कि आप आधे रास्ते से लौट आए तो बुरा मानेंगे. पांडे जी भी मेरे परिचितों में से हैं। ये लोग कुछ गलत न सोचें इसलिए आपको एक बार वहां हो ही आना चाहिए। और फिर क्या पता वहां पहुंच कर वह ऑफर ज्यादा बेहतर लगे”।

लेकिन मैं तो फैसला कर चुका था, उसी बस से नैनीताल लौट आया।

इसके बाद शुरू हुआ उनियाल जी को नजदीक से समझने का सिलसिला। मेरा सलेक्शन भले ही टाइम्स ग्रुप के लिए हो गया था पर पत्रकारिता में तो मैं था कोरा ही। ‘पर्वतीय’ में ए... बी... सी से काम सीखने का मौका मिला। पहला सबक जो उनसे मिला वह था नम्रता। उनियाल जी बेहद नम्र और शांत व्यक्ति थे। बार बार हो जाने वाली गलतियों की ओर भी बड़े धैर्य और सहज भाव से इंगित भर करते। अब तक अपनी अनुभवहीनता की वजह से मुझे यह भ्रम था कि पत्रकार और खासतौर पर संपादक बड़े रूखे और डांट फटकार करने वाले होते हैं। पहले पहल यह भ्रम उन्हें देख कर टूटा और टाइम्स में चले जाने के बाद `माधुरी’ पत्रिका के संस्थापक संपादक श्री अरविंद कुमार के साथ काम करके, जिनका मार्गदर्शन मुझे 24 वर्षों तक मिलता रहा और सच तो यह है कि आज भी मिलता है. यही बात श्री उनियाल जी के साथ भी है। आज मैं मुंबई विश्वविद्यालय में जनसंचार विषय का गैस्ट लेक्चरर हूं तो नये विद्यार्थियों को कुछ समझाते हुए जैसे उनियाल जी ही मेरे मुंह से बोलने लगते हैं। जो कुछ उन प्रारंभिक दिनों में उन्होंने बताया समझाया था, आज उसी तरह काम आ रहा है, पीढ़ी दर पीढ़ी आगे वितरित हो रहा है।

उनियाल जी ‘पर्वतीय’ के कार्यालय में लगातार कम ही बैठा करते। सुबह के समय आवश्यक काम समझा कर बाहर चले जाते। काम का नेचर ही कुछ ऐसा था कि उन्हें निरंतर व्यस्त रहना होता। बीच में जिस समय मौका मिला, आते, मेरे किये गये काम को जांचते, फेरबदल करते, उसकी वजह समझाते और फिर व्यस्त हो जाते या चले जाते। पहाड़ के अंदरूनी भागों की बहुत सी खबरें तब डाक से आया करतीं। उनका संपादन करने में क्या सावधानियां बरतनी होती हैं और कैसे अखबार को रोचक बनाने के लिए खबरों के शीर्षक रोचक होने चाहिएं, इन पर उनका विशेष जोर रहा करता। आज प्रेस लॉज और एडीटिंग नाम के जो पेपर्स पत्रकारिता पाठ्यक्रमों में रखे जाते हैं, वे सब उनके अनुभवजन्य खज़ाने में थे। पेज लेआउट के जरिये पाठक को कैसे पत्र का मित्र बनाया जा सकता है, इसका ज्ञान भी उन्हीं ने दिया। आज हालांकि ज़माना कंम्प्यूटर का है और यह काम उसी से किया जाता है लेकिन उनकी दृष्टि किसी कम्प्यूटर से कम नहीं थी। टाइम्स ऑफ इंडिया में हुई ट्रेनिंग के दौरान पेज मेकिंग के ये गुर बड़े काम आए क्योंकि तब तक भी कम्प्यूटर युग आरंभ नहीं हुआ था।

अब मेरे पास नैनीताल में ही नौकरी थी, ‘पर्वतीय’ की प्रतिष्ठा थी, काम करने का शांत वातावरण था जो किसी तरह की टेंशन से सर्वथा मुक्त था। कभी कभार उनियाल जी किसी मीटिंग में साथ ले जाते तो बिना कुछ बोले-पूछे समझ में आता कि शालीन बातचीत का क्या महत्व है। और मैं यह कहे बिना भी नहीं रह सकता कि कभी कभार बढ़िया किस्म की कॉफी पी कर तरोताज़ा हो लेने का गुर भी बिष्णु दत्त जी ने ही सिखाया। नैनीताल की मालरोड पर स्थित ‘पर्वतीय’ कार्यालय के साथ ही एक उम्दा कॉफी शॉप भी थी जिसकी पेस्ट्रीज का स्वाद

अब तक भूल नहीं पाया हूं मैं। उनियाल जी जब कभी ज्यादा थके हुए लौटते तो वहीं बैठते और काम की बातें करने के लिए मुझे वहीं बुला लेते, कॉफी पिलाते, साथ में पेस्ट्रीज ऑर्डर करते। तब मेरी तो इतनी औकात थी नहीं कि कभी वहां कॉफी पीने की सोचूं. जेब में जरा भी पैसा नहीं होता था लेकिन अपने संपादक जी के साथ वहां की रईसी का लुत्फ खूब लिया।

दिन अच्छे कट रहे थे या यूं कहूं कि अच्छे दिन कटते जा रहे थे। एक रोज टाइम्स ऑफ इंडिया से पत्र आ गया जिसमें लिखा था कि कंपनी के बंबई कार्यालयों में हड़ताल हो जाने के कारण आपको अब तक बुलाया नहीं जा सका था। तीन महीने चली हड़ताल अब खत्म हो गई है। अब आप जितनी जल्दी हो सके, बंबई कार्यालय में उपस्थिति दर्ज कराएं लेकिन किसी भी स्थिति में यह समय सीमा 15 दिन से ज्यादा नहीं होनी चाहिए।

अब इसे खुशी कहें या असमंजस! उनियाल जी ने काम इतना सिखा दिया था कि उनके बाहर जाने पर कार्यालय में कोई असुविधा न हो। सब कुछ आराम से चल रहा था। बंबई जाने की इच्छा तो थी लेकिन पास में पैसा एक भी न था। जो लोग पहाड़ की मनीऑर्डर इकॉनॉमी की त्रासदी झेल चुके हैं वे ही इस बात को समझ सकेंगे कि हर काम के लिए मनीऑर्डर का इंतजार अक्सर कितना विकट हो जाता था। उस सीमित पैसे वाले मनीऑर्डर के बल पर किसी से उधार भी कितना लिया जा सकता था?

पत्र उनियालजी को दिखाया। उन्होंने भरपूर बधाई दी, `आज `पर्वतीय' का एक कर्मचारी देश के एक बड़े संस्थान में कैरियर शुरू करने जा रहा है, यह हमारे लिए गर्व की बात है।' इस खुशी में मिठाई मंगवाई गई और उनियाल जी ने इस तरह मुझे अहसास दिलाया कि सचमुच मैं उज्जवल भविष्य की दिशा की ओर प्रस्थान कर रहा हूं। मेरे कुछ कहे बगैर उन्होंने मेरा आर्थिक संकोच दूर करते हुए मुझे 250.00 दिये और मैं किसी अहसान के बोझ तले दबा महसूस न करूं इसलिए स्पष्ट किया, "आपने डेढ़ महीना काम किया। 150.00 रु प्रतिमाह के हिसाब से 225.00 रु. और 25.00 रु. उस कर्मचारी को प्रोत्साहन राशि जिसने हमारा भी नाम रोशन किया"। सोचिये भला! कैसे उदारमना थे बिष्णु (स्वरूप) उनियाल जी!

उनकी दी हुई धनराशि से बक्सा-बिस्तरा-जूता-कपड़ा जैसा सारा जरूरी सामान खरीद, जिसमें मेरी इजा और दिदि का भी भरपूर सहयोग था, मैं पूरी तैयारी के साथ हफ्तेभर के अंदर बंबई के लिए रवाना हो सका। परिवार ने भारी मन से मुझे विदा किया। पिताजी तब सुदूर बोर्डर एरिया में थे जिन्हें इस बात का पता कई दिन बाद तब लगा जब उस समय के जुझारु युवा नेता प्रतापसिंह उर्फ प्रताप भैय्या टूर करते हुए उनके स्कूल तक पहुंचे। मैं जिस वक्त बंबई सेंट्रल स्टेशन पर उतरा तो जेब में सिर्फ 25.00 रुपये बाकी बचे थे ! उस समय रुपये की क्रयशक्ति का अनुमान इस तथ्य से लगाया जा सकता है कि तब बंबई में एक साधारण से लॉज में दोनों टाइम के खाने सहित रहने का किराया मात्र 5.00 रु. प्रतिदिन ही देना पड़ा था। उनियाल जी की दी हुई उस प्रोत्साहन राशि, उनके आशीर्वाद तथा अपने संघर्षरत परिवार की दुआओं का प्रताप था कि बंबई में संघर्ष के दौरान भी जेब में इससे कम राशि कभी रही हो ऐसी नौबत कभी नहीं आई।

सम्प्रति 'पर्वतीय' - सह सम्पादक 'पर्वतीय'

(सम्पादक माधुरी, अध्यापक मुम्बई विश्व विद्यालय, निदेशक अकेडमी ऑफ़ ऑडियो विजुअर्ल आटस् एंड जर्नलिज़्म)

हनुमन्त सिंह रावत

श्री बिष्णु दत्त उनियाल जी, मेरे फूफा जी थे और मैं उन्हें 'अंकल' कहता था। वे उत्तराखण्ड के प्रख्यात पत्रकार थे और यह मेरा सौभाग्य रहा कि मैं उनके साथ अपने नैनीताल प्रवास के दौरान पत्रकारिता के महीन गुर उनसे सीखे। जो सबसे बड़ी बात थी कि वह सादगी से सीधी बात कहते थे और कहे पर अमल भी करते थे।

जब 1953 में उन्होंने अल्मोड़ा में पहली बार अपना अखबार निकालने की सोची, तो उसके लिए प्रेस लगाने की आवश्यकता थी और उसके लिए चार सौ रुपये की आवश्यकता थी। 'अंकल' ने मुझे बताया कि इसके लिए अल्मोड़ा के प्रसिद्ध व्यक्ति जो काफी जायदाद वाले थे आगे आए (उनका नाम मुझे अभी ज्ञात नहीं) और लोन के गारंटर बने और बैंक से लोन लेकर उन्होंने अपना अखबार शुरू किया।

अंकल के लेख इतने विचारोत्तेजक और समकालीन समस्याओं से जूझते हुए होते थे कि तत्कालीन उत्तर प्रदेश के मुख्यमंत्री पं. गोविन्द बल्लभ पन्त उनको लखनऊ बुलवा कर कई समस्याओं के समाधन के बारे में चर्चा करते थे। यह सिलसिला अनवरत चला। श्री हेमवती नन्दन बहुगुणा और श्री नारायण दत्त तिवारी जी उनको बहुत मानते थे। श्री तिवारी जब भारत के उद्योग मंत्री थे तो उन्होंने कई बोर्डों के सदस्य के रूप में उन्हें नामित किया, परन्तु 'अंकल' ने कोई भी पद नहीं स्वीकारा। उनका कहना था कि मेरे पास अपनी बात कहने का माध्यम यानि कि, अखबार है। श्री ब्रह्मदत्त जो उ.प्र. के वित्तमंत्री रहे, उनसे भी काफी बातें आर्थिक मुद्दों पर होती थीं। देश के कई वरिष्ठ पत्रकार, लेखकों के साथ, राजनेताओं के साथ उनकी जान पहचान थी और कई चर्चित लोगों को उनके माध्यम से मुझे भी मिलने का सौभाग्य मिला।

अंकल के व्यक्तित्व के कई और सादगी भरे और ज़िंदादिली से भरे संस्मरण है। मुझे यह भी पता चला कि उन्होंने शुरू में बैंक में अपने नाम का कोई बचत खाता खोला ही नहीं। अखबार के नाम का चालू खाता ही था। यह बहुत बड़ी बात है। वे कहते थे पत्रकारिता एक 'मिशन' है, 'प्रोफेशन' नहीं।

कई बार वे शाम को प्रेस से निकलकर पैदल ही मल्लीताल के बोट हाउस क्लब जाते थे। प्रेस के कर्मचारी यह बात जानते थे। रास्ते में ही वे उनसे मिलकर बोलते, "साहब आपसे कुछ जरूरी काम था, कुछ एडवांस मिल जाता।'' अंकल ने कभी किसी को ना नहीं किया, वे पैसा दे देते और कहते, "अकाउन्टैन्ट को लिखवा देना", पर लिखवाता कोई नहीं था। यह बात अंकल को भी पता थी, पर कभी भी उन्होंने इसको नहीं उठाया। कर्मचारियों को माह अन्त में पूरी ही तनख्वाह मिलती थी। इससे उनकी सहृदयता झलकती है। मैंने एक बार देखा कि प्रेस में काम कर चुका एक कार्मिक उनसे मदद मांगने आया। उस समय उनकी जेब में जो कुछ पैसे थे सारी जेबें झाड़ कर उसको सारे रुपये दे दिए। यहां तक कि अठ्ठनी, चवन्नी भी (जिनकी 80 के समय कीमत होती थी) और कहा, "प्यारे लाल आज इतना ही है।'' वो हतप्रभ रह गया, क्योंकि उसकी आस से ज्यादा रुपए उसको मिल गये थे। ''प्यारेलाल'' अंकल का आत्मीय संबोधन था और अक्सर वे अपने कनिष्ठों को आत्मीयता से 'प्यारेलाल' बुलाते थे।

उनको खाने का बहुत शौक था। मैं सर्दियों में उनके साथ रहता था और हम "मटन दो प्याजा'' बनाते थे। मैंने यह बनाना उन्हीं से सीखा। साथ ही सूजी का हलवा भी मैंने कुरकुरा करके बनाना सीखा।

एक बार हम दिल्ली काम से गये। भजनपुरा जहां पर हम रुके थे सुबह-सुबह अंकल ने बोला कि हमें काम के लिए जल्दी निकलना है। नाश्ता भी नहीं करने दिया। हम लोग दरियागंज पहुंचे और अंकल सीधे "राजधानी रेस्टोरैन्ट'' में ले गए, जहां हमने जमकर तंदूरी चिकन खाया और फिर काम पर निकले।

काम की व्यस्तता के बीच वे अपने छोटे-छोटे शौक पूरा करने का वक्त निकाल लेते। एक बार दिल्ली में शाम को काम खत्म होते ही अंकल ने कहा चांदनी चौक में फिल्म "सरगम'' लगी है और फिर हमने फिल्म देखी। फिल्म का उन्हें बेहद शौक था। जब पहली गढ़वाली फिल्म "जग्वाल'' बनी और देहरादून में रिलीज हुई तब वे बुआ के साथ दिल्ली से देहरादून फिल्म देखने पहुंचे।

जाड़ो में सिगड़ी जलाकर और उनके किस्से सुनने के साथ हम रेवड़ी मूंगफली खाते रहते थे। साथ ही गुड़ की चाय पीते थे।

एक बार अंकल कार से आ रहे थे तो बुआ (श्रीमती सावित्री उनियाल) ने कहा था कि रास्ते से गुड़ ले आना। गन्नों के सीजन के दौरान बिजनौर, धामपुर सभी जगह सड़क किनारे गुड़ बनता था। जब वे नैनीताल पहुँचे और कहा गुड़ गाड़ी से निकाल लो तो देखा गया कि पूरी डिक्की गुड़ की भेलियों से भरी थी। उनके मजाक करने का ढंग ऐसा भी था। यह गुड़ बहुत दिन चला और कई लोगों को बंटा और जाहिर था बुआ की नाराजगी तो उनको झेलनी पड़ी।

'अंकल' बहुत मिलनसार थे और जिंदादिल भी। उनके मित्र व जानने वाले प्रत्येक क्षेत्र में थे। माल रोड में स्थित घर में दिनभर मिलने वालों का आना जाना लगा रहता। गर्मियों में तो उनके कई मित्र कुछ दिन छुट्टीयां मनाने भी आते थे। कुछ तो मई-जून में दो-दो महीने डेरा डाले रहते थे। अंकल को भी मेहमान नवाज़ी का बहुत शौक था। घुमने-घुमाने को भी ले जाते थे। उस समय पूरे नैनीताल में 3-4 कारें थीं, जिनमें एक अंकल की थी और मेहमान नैनीताल से भीमताल, रामगढ़, मुक्तेश्वर इत्यादी घूमने जाते थे।

उनका व्यक्तित्व बहुत बड़ा था। प्रशासक व प्रशासनिक अधिकारी सभी उनका सम्मान करते थे। वह सबको बड़ा सहज बना लेते थे और बहुत ही आत्मीयता से पेश आते थे। हँसी मजाक उनके स्वभाव में था। उनके ठहाके दूर-दूर तक गूंजते थे।

नैनीताल में पहली बार जब पॉप्लर पेड़ लगाये जाने थे तो नगरपालिका प्रशासक ने वे पेड़ माल रोड में लाईब्रेरी और उनके घर के सामने लगवाए और उनको बड़ा करने में अंकल ने खूब रुचि ली। आजकल वे लगभग समाप्त हैं। बाद में पर्यावरण में उनसे निकली रूई नुकसानदेह होती है यह जानकर आजकल सभी सार्वजनिक जगहों से ये हटाये जा रहे हैं।

नैनीताल को जो उनका प्रमुख योगदान है, वह है झील के किनारे किसी भी इमारत का न बनना। जब बोट हाउस क्लब ने उनकी लकड़ी की इमारत को गिराकर उसकी जगह एक पक्की इमारत बनाने की सोची तो उन्होंने इसके लिए न्यायालयों में मुकदमा लड़ा और झील की प्राकृतिक सौन्दर्यता और पर्यावरण की सुरक्षा देखते हुए पक्की इमारत पर रोक लगी और अभी तक यह बदस्तूर जारी है, झील के किनारे कोई पक्का निर्माण नहीं हुआ।

उनके व्यक्तित्व के बहुत पहलू हैं। गढ़वाल के एक दूरदराज गांव से निकलकर शिक्षा ग्रहण करना और पत्रकारिता जगत में अपने को स्थापित करना। समाज कल्याण हेतु 'चैरिटेबल ट्रस्ट' बनाना और गरीब छात्रों को प्रोत्साहित कर उच्च शिक्षा के लिए छात्रवृत्ति देना उनकी समाज के प्रति सकारात्मक सोच का द्योतक है। यह सिलसिला आज भी जारी है।

उनकी पत्रकारिता साफ थी और वे किसी प्रलोभन में नहीं पड़े। बाद में जिस प्रकार की पत्रकारिता शुरू हो गयी थी जिसे "पीत पत्राकारिता" या "यलो जर्नलिज्म" कहा जाता है, उससे उन्हें सख्त नफरत थी और यही एक प्रमुख कारण था उनके समाचार पत्र को बन्द करने के फैसले का।

मात्र 67 वर्ष की उम्र में उनका देहावसान हो गया था, परन्तु उनके पहाड़ के प्रति योगदान जिसमें उनका पहला प्रमुख विस्तृत लेख "उत्तराखण्ड राज्य क्यों और कैसे" राज्य बनने से करीब 40-45 साल पहले छापना जिसमें राज्य के समस्त पहलुओं की चर्चा हुई थी और बाद में यह कई लोगों के शोध का विषय रहा, प्रमुख है। समाज के प्रति अपने योगदान स्वरूप उन्होंने एक ऐसा हॉस्टल स्थापित किया था, जहां रहकर पहाड़ के गरीब बच्चे प्रतियोगी परीक्षा की तैयारी कर सकें, प्रमुख योगदान है। उनकी आकास्मिक मृत्यु बाद में यह बन्द हो गया। उन्होंने भारत के प्रथम जर्नलिस्ट होस्टल की नैनीताल में भी स्थापना की थी, जहां पर पत्रकार लोग आकर गर्मी में रूक सकते थे। कालान्तर में यह भी बन्द हो गया। परन्तु उनके योगदान को नकारा नहीं जा सकता।

उनकी जन्मशति के अवसर पर "अंकल" को मेरा कोटि-कोटि नमन।

सम्प्रति 'पर्वतीय' - सम्पादक
(केन्द्रीय रिज़र्व पुलिस में वरिष्ठ अधिकारी)

आनन्द प्रकाश

मेरे पिताजी 'पर्वतीय' अखबार, उनियाल निकेतन, माल रोड में उनियाल जी के वहाँ काम करते थे। पिताजी ने उनियाल जी से कहा "मेरा बेटा छठी क्लास तक पढ़ा है, क्या आप उसके लिये कुछ कर सकते हैं?" तो उनियाल जी ने कहा मेरे साथ भेज दो। मैं उनके साथ चला गया। उनियाल जी ने मुझे प्रेस में रख दिया।

उन्होंने हमें बहुत सहयोग दिया। तीन महीने बाद उन्होंने मुझे, उस समय, 30 रुपया देना शुरू किया। सन् 1964-65 की बात है उनके साथ काम करता रहा। प्रेस का भी काम करता था काफी समय तक यह इसी तरह से चलता रहा। इसी बीच में मेरी माँ की तबियत खराब हो गयी थी। मैं बहुत दुखी हो गया था। उनियाल जी ने मेरी बहुत मदद की। उस समय हमारे पास खाने को भी नहीं था। पहनने को भी नहीं था। मैं प्रेस में नंगे पैर आता था। उन्होंने ही मुझे जूता भी दिया। कहते थे फिक्र मत कर सब हो जायेगा।

उनियाल जी ने ही सबसे पहले "टूरिस्ट गाईड" निकाली वह हमारे ही हाथों से बनी। फिर उनियाल जी ने साप्ताहिक अखबार को दैनिक 'पर्वतीय' कर दिया। काफी समय तक यूँ ही चलता रहा एक दिन उनियाल जी ने कहा कि मैं अखबार को हल्द्वानी ले जा रहा हूँ तुम्हें ले जाने की मेरी पूरी इच्छा है। मैंने कहा "सर मैं तो गरीब घर का सबसे बड़ा हूँ, घर की जिम्मेदारी मेरे पर ही है"। इस कारण मैं नहीं जा पाया।

बी.डी. उनियाल जी बड़े देवता समान थे और बड़े अच्छे आदमी थे। विचारों के भी बड़े सुन्दर थे। निष्पक्ष वादी थे। उन्होंने कभी यह नहीं समझा कि कोई छोटा है, या बड़ा। कोई गरीब है, या अमीर इस तरह की भावना उनके अन्दर नहीं थी। आज के समय में, उनका जैसा आदमी, उनका जैसा व्यक्तित्व, इतने सुन्दर विचार व भावनाएं, नहीं देखीं।

सम्प्रति 'पर्वतीय' - कम्पोज़िटर

गोविन्द

मैं तो बहुत ही बच्चा था तब से 'पर्वतीय' प्रेस जाता था उस समय 'पर्वतीय' साप्ताहिक निकलता था। मुझे देखने की बडी उत्सुकता होती थी तो वहाँ घूमने जाते थे और शौक जैसा लगने लगा। अपना नाम लिखना आदि- आदि अच्छा लगने लगा फिर पिताजी की मृत्यु हो गयी और मैं अकेला रह गया। धीरे-धीरे मैने वहीं काम करना शुरू कर दिया।

नैनीताल से पहली बार हरिद्वार शिफ्ट करी वहाँ कुछ तकनीकी दिक्कत आयी। फिर वहां से दिल्ली शिफ्ट की पूरी युनिट के साथ। वहां पर लाईट की दिक्कत हो गयी उसके बाद वहाँ से फिर ये नैनीताल ले आये। अपना जो पहले का था साप्ताहिक, वह शुरू कर दिया और दैनिक बन्द कर दिया। फिर धीरे-धीरे इनका स्वास्थ खराब होने के कारण अखबार बन्द कर दिया फिर ये कोटद्वार शिफ्ट हो गये।

फिर उन्होंने अपनी प्रिंटिंग प्रेस भी दी हमें। शेखर व मुझे साथ में करने को दी। हमारी भी इच्छा थी मेरा खुद भी विचार था अपना वीकली निकालने का। हमने एप्लीकेशन वैरीफिकेशन लिए भी भेज दिया। इनकी यूनिट ले आए हम दोनों ने अपनी प्रिंटिग प्रेस हनुमानगढ में लगा दिया लेकिन पेपर निकाल न सके। बहुत मुश्किल था। धीरे धीरे हमने अपना जॉब शुरू किया अलग-अलग विभागों से कार्य शुरू किये धीरे धीरे कार्य चलता था लेकिन कोई सफलता नहीं मिल पाई।

उनके अपने कुछ उसूल थे। पत्रकारिता कैसे की जाती है। कैसे लिखना पड़ता है। क्या लिखना पड़ता है। हर एक को गाईड करते थे। इसी प्रकार हमें भी लिखने का शौक वहीं से हुआ। मैं उनके पेपर में भी लिखता तथा अलग भी लिखना शुरू किया।

ऐसे लोग कम मिल पाते हैं। वे एक पत्रकार जैसा होता है, होना चाहिए, वैसे थे।

सम्प्रति 'पर्वतीय' - कम्पोज़िटर, मशीन मैन, लेख प्रकाशित

जीवन लाल

मेरी सबसे पहले मुलाकात नरेन्द्र नामक लड़के से हुई वह 'पर्वतीय' में कार्य करता था। उसके माध्यम से हम 'पर्वतीय' में गये। वहाँ काम की कोई कमी नहीं रहती थी। जो भी जाता था काम मिल ही जाता था मैंने चार-पाँच साल काम किया।

उनियाल जी अपने आप में एक अलग ही व्यक्तित्व थे। ज्यादातर समय उनका दिल्ली में ही गुजरता था पर तनख्वाह के समय वह नैनीताल पहुँच जाते थे। तनख्वाह वह खुद अपने हाथों से ही हर कर्मचारी को देते थे। तनख्वाह देते समय पूछते थे कि तुम कुछ और भी चाहते हो। जहाँ तक काम की बात है हमने तो कम्पोज़िंग ही की उसमें ज्यादा पढ़े लिखे की जरूरत नहीं थी। सब हाईस्कूल से नीचे के ही लोग थे।

उनियाल जी की सबसे बड़ी बात यह थी कि वह कर्मचारियों की भी बातें मान लेते थे। एक बार कहा कि "किसी को लगता है कि वह ठेके (contract) में काम करेगा तो मैं उस हिसाब से पैसे दूंगा"। जबकि उस वक्त ठेके का चलन था नहीं और लोग तनख्वाह पर ही काम करते थे।

एक बार तनख्वाह लेते समय मैंने सिर्फ जिक्र किया कि "सर आपने एक बार यह बात कही थी, सर मैं ठेके पर काम करना चाहता हूँ"। वे बड़े खुश हुए। वह बोले "यह बड़ी अच्छी बात है। जितना काम करोगे उतना पैसा मिलेगा"। तुरन्त वहाँ पर मैनेजर साहब को बताया कि आज से जीवन लाल जी जो काम करेंगे उस काम को नोट कर लिया जाए। मैंने काम करना शुरू किया जब पूरा महीना बीता तो हिसाब लगाया 60 रु. लगभग तनख्वाह होती थी 30 रुपये ओवरटाईम हो जाता था। उस समय मैंने ओवरटाईम भी नहीं किया। जब पूरे महीने का हिसाब जोड़ा तो 125 या 130 रुपये आये वे इस बात से बड़े खुश हुए।

पैसे के हिसाब में आदमी बचत की सोचता है, परन्तु हमारे हित को देखते हुए उनियाल जी ने उसी दिन से ठेके पर कार्य दे दिया। उससे हर कर्मचारियों को काम मिला। इसी से ही उनके व्यक्तित्व का पता चलता है कि वह कर्मचारियों के हित में कितना रहते थे। स्वभाव के बड़े अच्छे थे, बड़ा ही मृदुल स्वभाव था।

सम्प्रति 'पर्वतीय' - कम्पोज़िटर

देवेन्द्र सनवाल

प्रारंभिक दिनों में अल्मोड़ा से 'पर्वतीय' पत्र निकलता था। श्री बी. डी. उनियाल जी इसको निकालते थे, पहले यह साप्ताहिक था फिर यह दैनिक हो गया था। अभी भी कुछ फाइलें होंगी। काम की लगन रहती थी। मैंने भी 'पर्वतीय' में काम किया। वे बहुत ही सज्जन व्यक्ति थे। बड़ी लगन के साथ काम किया करते थे। कभी-कभी तो खाना भी नहीं खा पाते थे, क्योंकि 'पर्वतीय' पत्र तैयार करना होता था।

सम्प्रति 'पर्वतीय' - सह संपादक
(प्रसिद्ध स्वतंत्रता संग्राम सेनानी और वरिष्ठ पत्रकार देवेन्द्र सनवाल जी का नवंबर २०१८ में ९४ वर्ष की आयु में निधन हो गया।)

धीरेन्द्र शाह

1972 में मैंने हल्द्वानी एम.बी.पी.जी. कॉलेज से बी.ए. की परीक्षा उत्तीर्ण की। मेरा इरादा वकील बनने का था। लेकिन दुर्भाग्यवश इसी वर्ष 7 सितम्बर को मेरे पिता जी का स्वर्गवास हो गया और मेरे सामने एक नयी चुनौती आयी बेरोजगारी की। नैनीताल के लिए मैं नया था, और कुछ ऐसे काम की तलाश में था जो मुझे रास आए, जो

आर्थिक रूप से फायदेमंद भी हो। कुछ समय मैंने निजी दुकानों में तथा बाटा कम्पनी में भी कार्य किया क्योंकि मजबूरी थी। कार्य का होना अनिवार्य था। उसी दौर में मैं दैनिक 'पर्वतीय' के सम्पर्क में आया।

दैनिक 'पर्वतीय' के सम्पादक बिष्णुदत्त उनियाल जी से मेरी बातचीत हुई। उन दिनों दैनिक 'पर्वतीय' में महेश कुकरेती जी बैठा करते थे। उन्होंने भी काफी सहयोग दिया। मैं एक प्रूफ रीडर की हैसियत से वहाँ पर नियुक्त हुआ। कुछ वर्षों तक उसी पद पर रहने के बाद मैं सहायक सम्पादक के पद पर पहुंचा और रिपोर्टिंग भी करता था। इस प्रकार सामाजिक दायरा भी बदल गया। 1977 से 1981 तक मैं दैनिक 'पर्वतीय' में पूर्ण रूप से सह सम्पादक के पद पर आसीन रहा।

उनियाल साहब बहुत सहृदयी व्यक्ति थे। कर्मचारी व मालिक के बीच कोई भेदभाव नहीं था। पत्रकारिता का उन्हें बहुत व्यापक अनुभव था। इसलिए वह नये लोगों को प्रोत्साहित करते रहते थे। मुझे भी उनका काफी सहयोग प्राप्त हुआ और जो मैं हूँ उन्हीं की देन है।

दैनिक 'पर्वतीय' यहाँ से हरिद्वार भी ले जाया गया। उनियाल जी ने कहा कि हरिद्वार से भी प्रकाशन किया जाए। मै भी हरिद्वार गया लगभग छः महीने सम्पादक की हैसियत से कार्य किया। उसके बाद उनका विचार दिल्ली जाने का हुआ। दिल्ली जाने की तैयारी के रूप में एक दिन मुझसे भी कहा कि आपको भी चलना होगा। मैंने कहा "मैं पहाड़ नहीं छोड़ सकता, मेरी मजबूरी है"। क्योंकि परिवार भी मुझे देखना था। हरिद्वार तक तो मैं गया लेकिन दिल्ली जाने में असमर्थतता व्यक्त की। समाचार पत्र को दिल्ली ले गये। कुछ समय बाद अस्वस्थता के कारण अखबार को नहीं छाप पाये। दिल्ली में प्रकाशन बन्द हो गया।

दैनिक 'पर्वतीय' प्रथम हिन्दी दैनिक पत्र था जो कि उत्तराखण्ड, 'उत्तर प्रदेश के पर्वतीय क्षेत्र' कहना चाहिए और हिमांचल प्रदेश का पहला हिन्दी दैनिक समाचार पत्र था। काफी अच्छा प्रसार था। और समाज में अच्छी पकड़ थी। दैनिक 'पर्वतीय' में हमने कर्मचारियों, महिलाओं की समस्याओं, विद्यार्थियों की समस्याओं तथा अन्य सामाजिक समस्याओं तथा नैनीताल नगर की समस्याओं व उनके रख-रखाव के लिए काफी संघर्ष किया। दैनिक 'पर्वतीय' का प्रकाशन बन्द होना जहां तक मेरी राय है दुर्भाग्यपूर्ण रहा और मै यह सोचता हूँ कि दैनिक 'पर्वतीय' के नाम से कोई प्रकाशन लाया जायेगा तो पूर्ण रूप से समाज उसको स्वीकार करेगा।

उनियाल जी से हमारे सम्बन्ध पारिवारिक सम्बन्धों के रूप में थे। उन्होंने कभी भी कर्मचारी के रूप से नहीं देखा। मुझे क्या किसी भी कर्मचारी को वह पारिवारिक सदस्य के रूप में ही देखते थे, क्योंकि उन्होंने बहुत लम्बा व जटिल संघर्ष किया था। इसलिए उनको पता था कि बेरोजगारी क्या होती है और बेरोज़गार व्यक्ति किस तरह से अपना जीवन यापन कर सकता है। इसी रूप में वह व्यक्ति को आंकते थे। शोषणवादी प्रक्रिया उनके अन्दर नहीं थी। जहां तक कर्मचारियों का सवाल है, सब के साथ मृदुल व्यवहार रहता था। किसी भी समस्या के समाधान के लिए उनका भरपूर योगदान रहता था। किसी भी कर्मचारी की शिकवा-शिकायत उनसे रही हो, ऐसा कभी देखने को नहीं मिला। जहां तक काम की बात है, आज से कहीं ज्यादा काम उन दिनों होता था। क्योंकि तब नैनीताल बहुत शान्त था। प्राकृतिक सौन्दर्य का खजाना था। नैनीताल में बड़े-बड़े सम्मेलन हुआ करते थे, और 'ऐक्टीवीटीज्' भी। आज तो कुछ ऐसा है ही नहीं। मैं भी कार्य करता था, हर क्षेत्र को कवर करना होता था। खेल से लेकर राजनीति तक और अपराध-जगत से लेकर सांस्कृतिक आयोजनों तक। कभी-कभी तो अकेले रहकर भी यह कार्य

निपटाने पड़ते थे। पत्रकारों का भी सहयोग मिलता था। लेकिन अपने समाचार पत्र के लिए हम कई बार अकेले हो जाते थे। जब कोई और नहीं होता था क्यूंकि उनियाल जी का व्यवहार व भावना कार्य के प्रति ऐसी रहती थी कि किसी भी सूरत में काम निपटाना है।

सम्प्रति 'पर्वतीय' - संपादक
(पत्रकार, संपादक – नैनीयात्रा, शाह टाइम्स)

महेश जोशी

सन् 1976 या 77 की बात होगी सन् मुझे ठीक से याद नहीं है। मैं गाँव से आया था, साल डेढ़ साल हो गया था और वेधशाला में था। बाद में हनुमानगढ़ी में कमरा ले लिया था। मज़दूरी करता था। एक दिन ऐसे ही हम मालरोड में घूम रहे थे। तब दैनिक 'पर्वतीय' मालरोड में हुआ करता था। गुरुदीप होटल के पास वहाँ चलते फिरते एक सज्जन मिले उन्होंने मुझसे पूछा तुम्हारा नाम क्या है, क्या करते हो, कहाँ से आये हो? तब उनको मैंने बताया कि मैं पढ़ना लिखना चाहता हूँ फिलहाल मेरे पास रोज़गार भी नहीं है। अपने कमरे के लिए किराये की ही व्यवस्था नहीं हो पा रही है। तो उन्होंने कहा कि "यहाँ से एक अखबार निकलता है दैनिक 'पर्वतीय' वहाँ काम सीख लो फिलहाल। तुम प्रेस का काम सीखोगे - कम्पोज़िंग वगैरा जिससे तुम्हारा खर्चा निकलेगा। हमारे साथ बैठोगे तो कुछ चीजें सीखने को भी मिलेगी"। 10-15 दिन बाद फिर वे मुझको मिल गये उन्होंने पूछा तुम आये नहीं गलती कर रहे हो। फिर मैं दूसरे दिन चला गया।

उस समय दैनिक 'पर्वतीय' अखबार ट्रेडिल मशीन में छपता था। छः सात लोग एक शिफ्ट में होते ही थे। कम्पोज़िंग में 10-12 लोग होते ही होंगे। मुझे सीखने में 10-15 दिन तो लगे और फिर स्पीड पकड़ने में डेढ़ दो महीने लगे। मैंने काम करना शुरू किया। चार पाँच महीने हुए मेरा खर्चा निकलने लगा एक मुश्त जोड़कर जो उसका हिसाब-किताब बनता था वह मिलता था। उनियाल जी से एक बार किसी काम से पैसे मांगे। वे नहीं दे पाए तो मैं परेशान व नाराज हो गया और काम पर नहीं लौटा। फिर एक दिन वे मुझे रस्ते में मिले व मुझे समझा-बुझाकर वापिस बुला लिया।

पर्वतीय में मेरे अनुभव चाहे अच्छे रहे या कटु, मैंने सारा काम पर्वतीय से सीखा जो आज भी मेरे काम आ रहा है। जहाँ-जहाँ भी काम किया, वह वहीं से सीखा हुआ अनुभव है।

सम्प्रति पर्वतीय - पर्वतीय प्रेस कम्पोज़िटर
(अन्य पत्र पत्रिकाओं से संबद्ध)

प्रो. लक्ष्मण सिंह बटरोही

सन् 1964-65 की बात है जब हम एम.ए. के विद्यार्थी थे। मैं हिन्दी से एम.ए. कर रहा था, मेरा एक साथी देवेन्द्र मेंवाड़ी वह एम.एस.सी. वनस्पतिक विज्ञान विद्यार्थी था। हम एक ऐसे मंच की तलाश में थे जहां पर हम साहित्य, संस्कृति की बातें एक दूसरे से कर सके। उन दिनों साप्ताहिक पत्रिका निकलती थी 'पर्वतीय'। 'पर्वतीय' के सम्पादक बिष्णु दत्त उनियाल नैनीताल के एकमात्र पत्रकार थे। छोटे-मोटे एक दो अखबार शायद और भी निकलते थे, लेकिन उनका कोई महत्व नहीं था।

उनियाल जी एक मिशन के साथ नैनीताल आये थे। नैनीताल में ही उन्होंने अपना आशियाना बनाया। वहीं से उन्होंने 'पर्वतीय' पत्र निकालना प्रारम्भ किया। कैलाश साह एक पत्रकार हुआ करते थे। वह भी बड़े प्रबुद्ध व साहित्य व विज्ञान में बड़ी गहराई से जुड़े हुए थे। बड़े जुझारू रूप में पत्रकार थे। कैलाश साह जी के साथ बी.डी. उनियाल जी ने हमसे कहा कि "जो साहित्य में रूचि रखने वाले विद्यार्थी हो क्यों न 'पर्वतीय' में लिखो। हम इसको साहित्य, संस्कृति व राजनीति की एक प्रमुख पत्रिका के रूप में आगे बढ़ाना चाहते है"। आर्थिक दृष्टि से हमारी स्थिति खराब थी। कभी-कभी तो फीस जुटा पाना भी मुश्किल हो जाता था।

उनियाल जी ने कहा "यहां काम करो जितना हो सकता है, हम तुम्हारी मदद करेंगे"। हम कॉलेज से आने के बाद 'पर्वतीय' प्रेस में जाते थे। बिस्कुट व नाश्ता भी करवाते थे। जहाँ तक मुझे याद है 30 रुपया महिना हमें देते थे। 30 रुपये बहुत बड़ी राशि होती थी उस समय में, वह भी विद्यार्थी के लिए हमें एक साहित्यिक पत्रकार के अलावा एक राजनीतिक पत्रकार के साथ ही सहृदय इंसान के रूप में भी बिष्णु दत्त उनियाल जी का बहुत बड़ा योगदान मिला। ऐसे समय में उनके द्वारा की जाने वाली मदद कितनी बड़ी हो सकती है, इसका अंदाजा लगाया जा सकता है, कि केवल आर्थिक आधार पर ही नहीं बल्कि हमारे साहित्यिक संस्कारों की नींव रखने में भी उन्होंने बहुत बड़ा योगदान हमको दिया। 50-60 सालों के बाद आज भी उनका चेहरा, उनकी बातें, उनका व्यक्तित्व हमें निरन्तर स्मरण आते हैं। और ऐसा लगता है कि हमारी साहित्य व पारम्परिक नींव रखने में उन्हीं का योगदान है।

उनियाल जी अपने समय में पूरे उत्तराखण्ड से निकलने वाली विभिन्न साहित्यिक व सांस्कृतिक पत्र-पत्रिकाओं के अगुवा थे।उनकी एक बड़ी बात यह थी कि जिस रूप में हम लिखते थे वे उसे उसी रूप में स्वीकार करते थे। कभी अड़चन नहीं लगायी। इससे सम्बधित एक बार बड़ा विचित्र किस्सा हुआ कि उनियाल जी कि सिचुएशन ऑड हो

गयी। महेश कुकरेती काम देखते थे तो महेश कुकरेती ने हमसे कहा कि "मुझें कही जाना पड़ रहा है कुछ करना होगा तो देख लेना"। प्रूफ पढ़ते हुए देखा कि न्यूज के बाद कुछ ढाई इन्च के कॉलम में मैटर के लिए खाली जगह बच गई थी। तो हमने वहाँ एक चुटकला लिख दिया। वह प्रिंट में चला गया। कुछ दिनों बाद एक समुदाय के लोगों ने उनियाल जी को एक भावना आहत होने का नोटिस भेज दिया। "क्यों न वैधानिक रूप से आपको नोटिस दिया जाय?"

उनियाल जी ने उन लोगों को बताया समझाया और कहा कि वे तो विद्यार्थी हैं बिना किसी गलत भावना के चुहलबाजी में एक अपनी ओर से चुटकला लिख दिया है और इसका कोई मतलब नहीं। उन्हें समझा कर फिर नोटिस का भी उन्होंने उत्तर दिया, विभिन्न कोशों नालन्दा, ऑक्सफर्ड इत्यादि से चुटकले के शब्द का शब्दार्थ करते हुए। और हमें समझाया कि जो लिखना हो किसी की भावना आहत नहीं होनी चाहिए। ये सब बातें वहीं से सीखी।

अखबार में अलग हेडिंग के साथ उससे संबन्धित समाचार होते थे। नैनीताल से 'पर्वतीय' निकलता था तो वहाँ कि खबरें, लोगों की समस्याएं, प्रकृति, संस्कृति सब इसमें शामिल होती थी।

वे उमदा प्रकार के पत्रकार थे। वे हमसे कहते थे युवा हो तो केवल समस्या नहीं उसका समाधान सुझाव भी दो। युवाओं के मन में क्या विचार है? उनका समाधान क्या हो सकता है?

नैनीताल के टूरिज़्म नगर होने के कारण सभी राष्ट्रीय स्तर के लेखक, साहित्यकार नैनीताल आते थे, इसमें लिखते थे, इससे जुड़े थे।

स्वतंत्रता के बाद नैनीताल का एक मध्य वर्ग बना। पहले नैनीताल में अंग्रेज बुद्धिजीवी और भारतीय उनकी जरूरतों को पूरा करने वाले होते थे। वो ही रहते थे। 50-60 के दशक में विद्यार्थियों, सोचने वाले समाज के लोगों का वर्ग बना जिसका हम भी हिस्सा थे। हम कह सकते है कि 'पर्वतीय' ने मध्य वर्ग को एक स्वर प्रदान किया।

हिलस्टेशनों की अपनी संस्कृति नहीं थी अंग्रेजों की संस्कृति का प्रभाव था, नैनीताल का अपना कोई हिंदी भाषी समाज विकसित नहीं हो पाया था। इस विषय पर उनियाल जी से हमारी बात भी होती थी।

'पर्वतीय' से हिंदी भाषा का उनियाल जी ने विस्तार भी किया था। उनके बाद हिंदी भाषा के इस सपने का सांस्कृतिक विस्तार किसी ने नहीं किया। वे पर्वतीय क्षेत्र के, समाज के, नैनीताल के सांस्कृतिक, प्रशासन संबन्धित सभी बातचीतों में शामिल रहते थे। कभी धमकी भरे स्वर में भी लिख दिया करते थे। कुछ लोग उनके बारे कहते थे कि डरा कर काम कराते हैं पर हमें पता है वे स्पष्टवादी थे और पर्वतीय समाज की व्यापक समस्याओं को उठाते थे। यही उनका मतलब था। बड़ी और मुख्य बात ये है कि उनियाल जी नैनीताल के रहने वाले नहीं थे। पर यहाँ आकर शुरूआत में खुद ही सभी पन्नों के स्तम्भ लिखते हुये, चार पन्ने के अखबार से 30-32 पन्नों के अखबार का रूप दिया उन्होंने 'पर्वतीय' को। यह एक बहुत बड़ी बात थी।

(सम्प्रति 'पर्वतीय' साहित्य सम्पादक, साहित्यकार, समीक्षक, से. नि. प्रोफेसर - हिन्दी विभाग कुमाँऊ वि. वि.)

ललित मोहन जोशी

जब मैं स्कूल में पढ़ता था तो माल रोड से दैनिक 'पर्वतीय' निकलता था। मैं वहाँ एक दिन गया मैंने देखा कि उल्टे शब्द सीधे कैसे होते हैं। एक जिज्ञासा जागी। मैंने वहाँ एक कर्मचारी से पूछा। उन्होंने मुझे बताया कि किस तरह से उल्टे अक्षर सीधे होते हैं। मेरी जिज्ञासा और भी बढ़ती गयी। मैने सोचा क्यों न मैं भी पत्रकारिता के क्षेत्र में जाऊँ।

नैनीताल से प्रकाशित बिष्णु दत्त उनियाल जी के माध्यम से जो दैनिक 'पर्वतीय' समाचार पत्र निकलता था वह अपने आप में पत्रकारिता का एक बहुत बड़ा माध्यम हुआ करता था। मैं अपने को बड़ा ही सौभाग्यशाली समझता हूँ कि मैंने बिष्णुदत्त उनियाल, यमुनादत्त वैष्णव, ब्रह्मानन्द बड़ोला, विद्यानन्द त्रिवेदी और कई बुजुर्ग लोगों के साथ कार्य किया। उन्हीं की प्रेरणा से मैं पत्रकारिता क्षेत्र में चल रहा हूँ।

जब मैं दैनिक 'पर्वतीय' कार्यालय में पहुँचा तो बिष्णुदत्त उनियाल जी का स्वभाव बड़ा ही अच्छा लगा। गरीबों के वे हमेशा सच्चे हितैषी रहे कभी भी गरीबों के साथ अन्याय नहीं होने दिया। कलम की लेखनी से हर वर्ग को ऊपर उठाया। जब हम 'पर्वतीय' में जाया करते थे तो हमें भी वह कापी दे दिया करते थे कि तुम भी कुछ लिखो। हमें भी जिज्ञासा होती थी कि कुछ लिखूं कभी बाज़ार के बारे में, कभी किसी समस्या के बारे में, कभी बी.डी. पाण्डे अस्पताल के बारे में लिखना शुरू किया। उस समय श्री धीरेन्द्र साह जी कार्य संभालते थे।

बी.डी. उनियाल जी ने पहले 'सीमांचल' साप्ताहिक नाम से एक पेपर की स्थापना की। तल्लीताल में उसका गठन किया था। मुझे याद है उन्होंने अपनी बेटी के नाम से इसको चलवाया, फिर हम सीमांचल साप्ताहिक पेपर से जुड़ गये श्री बडोला के साथ।

सम्प्रति 'पर्वतीय' - रिपोर्टर एवं पत्रकार

(पत्रकार)

श्याम लाल

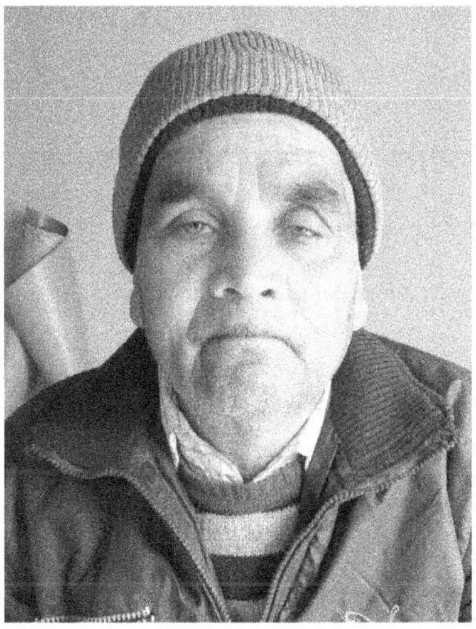

सन् 1972 के आसपास 16-17 साल की उम्र में मैंने 'पर्वतीय' प्रेस में काम करना शुरू किया। दैनिक 'पर्वतीय' लगभग 8-10 पन्नों का पेपर निकलता था। दो शिफ्टों में काम होता था। 30-40 लोग काम करते थे। मैंने बहुत लम्बे अरसे तक काम किया। मैं कम्पोज़िंग में था। भवानी दत्त भट्ट जी कम्पोज़िंग सिखाते थे। मैंने बहुत जल्दी ही काम सीख लिया था। अक्षरों के खानों का चार्ट बनाकर हमें दिया जाता था उससे जल्दी सीखा जाता था।

'पर्वतीय' में सिलिंड्रिकल मशीन लगी। उसके बाद ही अखबार दैनिक हुआ। उससे पहले पैर से चलने वाली ट्रेडल मशीन थी। रंगीन प्रिंट के लिए ब्लॉक बनकर आते थे। रंग भरने के लिए उतना हिस्सा खाली छोड़ कर

दोबारा जो रंग भरना होता था, भर दिया जाता था। ब्लॉक बरेली व हल्द्वानी से बनकर आते थे। विज्ञापन का पर्चा आता था तब ब्लॉक बनाकर छापते थे या ब्लॉक बने बनाये डाक से आते थे हर हालत में अखबार आधी रात में छप के तैयार हो जाता था। साथ ही साथ अपने अखबार कि मुहर भी हम रबड़ गलाकर बनाते थे। बिजली उन दिनों कम जाती थी। रात को भी कई बार क्लब से लौटते हुए हमारे काम को देखने उनियाल जी आ जाते थे। महेश बाबू और भवानी दत्त भट्ट के सुपुर्द सब होता था। पर उनियाल जी भी राउंड मारते थे।

उनका शांत व अच्छा स्वभाव था। वर्करों के साथ कोई भेद भाव नहीं करते थे। मिसेज उनियाल भी बड़ी सादगी वाली महिला थीं। वे शिक्षा विभाग में थीं। हल्द्वानी अखबार ले जाने तक मैं साथ था पर बाद में अखबार कहीं और ले जाने पर मैं नहीं गया। वहाँ से काम सीखने के बाद मैं और जगहों पर लगा। आज भी उधर से आते-जाते देखते हैं तो यादें आ जाती हैं।

सम्प्रति 'पर्वतीय' - कंपोज़ीटर

शेखर

'पर्वतीय' के बारे में (बरेली 'अमर उजाला' वाले) कहते थे तुम्हारा अखबार टाइम पर कैसे निकल जाता है? हम 'पर्वतीय' टाइमली रात 1 बजे पास आउट कर देते थे। तब वह लोग यह बात कहा करते थे। हमारा कुछ मैटर हमेशा स्टैडिंग टुरिज्म पर होता था। उन दिनों टेलीप्रिन्टर न्यूज लेने के लिए चलता था। हम दिल्ली भी जाते थे। उस समय उनके (उनियाल साब के) पास एंबेसडर कार हुआ करती थी एक ड्राईवर गढ़वाल की तरफ का था। "प्यारे लाल दिल्ली चलते हो नये ऐडिशन की तैयारी करते हैं"। हम भी काम के लिए कभी हरिद्वार जाते थे, कभी देहरादून कभी कहीं - कभी कहीं।

जिससे घनिष्ठता हो जाती थी उनियाल जी उसे प्यारे या "प्यारे लाल क्या हाल है" ऐसे कहते थे। हम तो उनके साथ क्लब भी चले जाते थे। बाद में उन्होंने अपनी ट्रेडील मशीन प्रैस दी और लगाने को कहा। तब इस प्रोजेक्ट को हनुमानगढ़ में मैने लगाया। सारे विभागों में उन्होंने हमारा परिचय कराया। परिचय भी वो आई.ए.एस., आई.पी.एस. से ही करवाते। सीधे डी.एफ.ओ. से एस.एस.पी. से और नीचे वालों से नहीं। तब हम विभागीय काम करते थे। उनके जाने से हमें बहुत ज्यादा नुकसान हुआ। वे हमें दिशानिर्देश भी देते रहते थे। काम कैसा चल रहा है, कमी तो नहीं है, सब पूछते रहते थे। दुःख तकलीफ में भी पूछते थे। जैसे रजाई पतली हो गई, ठण्ड लग रही है तो "इनके लिए मोटी रजाई बनाओ"! हमारे रहने, खाने काम सब चीजों का वह ध्यान रखते थे।

सम्प्रति 'पर्वतीय' - कंपोज़ीटर

'पर्वतीय' परिवार
अन्य सदस्य परिचय

कैलाश साह

जन्म: 11.12.1937, भवाली (नैनीताल)

स्व. श्री कैलाश साह 'पर्वतीय' के चीफ रिपोर्टर थे। उन्होंने 'पर्वतीय' को महत्वपूर्ण योगदान दिया।

वे प्रमुख राजनैतिक और सामाजिक घटनाक्रमों पर बेबाक लिखते थे। इसके अलावा श्री साह एक नियमित व्यंग्य कॉलम 'ट्रंकाल' भी लिखा करते थे जिसमें पाठकों को सम-सामयिक घटनाओं पर उनकी चुटीली टिप्पणियां पढ़ने को मिलती थीं।

पर्यटक सीजन में वे 'पर्वतीय' में 'लो, फिर बहारें आई' कॉलम भी लिखते थे। यह रसीला-चुटीला कॉलम भी पाठकों का पसंदीदा कॉलम था जिसमें उन्हें पर्यटन, पर्यटकों और नैनीताल की अपनी तैयारियों के साथ ही 'सीजन' से जुड़ी तमाम गतिविधियों की रोचक जानकारी मिल जाती थी।

'पर्वतीय' में पत्रकारिता का अनुभव अर्जित करने के बाद श्री कैलाश साह ने 'नेशनल हेरल्ड' तथा 'नवजीवन' समाचार पत्र के फील्ड रिपोर्टर की जिम्मेदारी संभाली और बाद में दिल्ली की 'समाचार भारती' समाचार एजेंसी में सेवा आरंभ की।

वे सोवियत संघ सूचना केन्द्र, नई दिल्ली में अनुवाद का कार्य करते रहे और फिर अंतिम क्षणों तक भारतीय ग्रामीण विद्युतीकरण निगम, नई दिल्ली में सह-निदेशक (प्रकाशन) के पद पर नियुक्त रहे।

विज्ञान लेखक के रूप में हिंदी में इनका स्थान प्रमुख है। चिकित्सा पत्रकारिता को हिंदी में विशेष दिशा देकर कैलाश साह ने हिंदी पत्रकारिता में अपना स्थान बनाया है।

कैलाश चंद्र पपनै

जन्म: 05.02.1948, नैनीताल; शिक्षा: स्नातकोत्तर, पी. एच. डी.

स्व. कैलाश चंद्र पपनै ने पत्रकारिता की शुरुआत सन् 1972 में नैनीताल से श्री बिष्णु दत्त उनियाल द्वारा प्रकाशित समाचार पत्र 'पर्वतीय' से की। उन्होंने 'पर्वतीय' में न्यूज रिपोर्टिंग का कार्य किया।

उन दिनों 'पर्वतीय' में टेलीप्रिन्टर द्वारा पी. टी. आई. से समाचार सीधे आते थे। आने वाले समाचारों का संकलन करना व लेखन कार्य इत्यादि वे देखते थे।

बाद में उन्होनें कुछ समय दिल्ली प्रेस ट्रस्ट आफ इंडिया के साथ कार्य किया। दिल्ली में ही सन् 1976 में हिन्दुस्तान समाचार पत्र के साथ सब एडिटर के रूप में कार्य करते हुए लम्बे अंतराल तक विभिन्न पदों पर रहे।

ब्यूरो चीफ के पद पर 'हिन्दुस्तान' पत्र से सन् 2008 में सेवानिवृत हो गये।

वे अनेक पत्र पत्रिकाओं से जुड़े थे तथा अंत समय तक नियमित रूप से उनके लेख प्रकाशित होते रहते थे।

बी.एन. बडोला

स्व. श्री बी.एन. बडोला का जन्म 1931 में पौड़ी गढ़वाल के यमकेश्वर विकास खण्ड के ग्राम आसों दमराड़ा में हुआ था। गढ़वाल में जूनियर हाईस्कूल की परीक्षा पास करने के उपरान्त कुमाऊँ मंडल के अल्मोड़ा से हाईस्कूल, इन्टर व स्नातक की परीक्षा पास की। श्री बडोला का विवाह ललित प्रसाद की पुत्री दुलारी जोशी

से हुआ। श्री बडोला ने राजपत्रित अधिकारी के रूप में मुरादाबाद, रामपुर, अल्मोड़ा व नैनीताल जिले में अपनी सेवाएं दी।

उन्होंने वर्ष 1960 में राजपत्रित अधिकारी के पद से त्यागपत्र दे दिया और नैनीताल के प्रसिद्ध समाचार पत्र 'पर्वतीय' के सम्पादक के रूप में कार्य करना प्रारम्भ किया। तत्पश्चात 'सीमांचल' समाचार पत्र का प्रकाशन आपने वर्ष 1967 से संभाला जिसका आरम्भ व प्रकाशन 1964 से 'पर्वतीय' के संस्थापक- सम्पादक श्री बी.डी. उनियाल ने किया था।

दिनांक 7 मार्च 1997 को नैनीताल के बी.डी. पाण्डे चिकित्सालय में उनका स्वर्गवास हो गया।

भवानी दत्त भट्ट

स्व. भवानी दत्त भट्ट 'पर्वतीय' के सबसे पुराने व वरिष्ठ कम्पोजीटर (फोरमैन) थे।

उनके द्वारा कई नये कर्मचारियों को कम्पोज़िंग का प्रशिक्षण दिया गया; कुछ आगे चलकर प्रेस में ऊँचे पदों पर पहुंचे। वे प्रेस में छपाई व अन्य कार्यों के समीक्षक थे।

अपने शांत सरल, स्वभाव व कार्यकुशलता के कारण कर्मचारियों एवं सह संपादको में उनका सम्मान एवं स्थान था।

भवानी दत्त जी उनियाल जी के साथ रामनगर, हल्द्वानी, नैनीताल, हरिद्वार, दिल्ली तथा अन्तिम सफर पदमपुर मोटाढ़ाक, कोटद्वार तक रहे । उनका ये साथ सन् 1988 में श्री बिष्णु दत्त उनियाल जी के देहान्त तक बना रहा।

श्री भवानी दत्त भट्ट जी का जन्म सन् 1940 में ग्राम डांडा दमराड़ा, पो. आ. चाई दमराड़ा, विकास खण्ड यमकेश्वर, जिला पौडी गढ़वाल के ग्रामीण परिवार में हुआ। उन्होंने गांव में रहकर आठवीं कक्षा तक की शिक्षा प्राप्त की। मात्र 16 वर्ष की आयु में भवानी दत्त जी श्री बिष्णु दत्त उनियाल जी के पास रामनगर/हल्द्वानी कार्य करने हेतु आ गये। उन्होंने उनियाल जी के साथ रह कर काम के साथ-साथ 10वी कक्षा प्राइवेट रूप में उत्तीर्ण की। भवानी दत्त भट्ट जी बचपन से ही संपादक जी (पं. बिष्णुदत्त उनियाल का प्रचलित नाम) के साथ हर कार्य में साथ रहे।

भवानी दत्त भट्ट जी उनियाल जी के देहांत से शोक ग्रस्त हुये और 1993 में कोटद्वार में उनका निधन हो गया। उनकी मृत्यु के बाद भी उनके पुत्र बी. डी. उनियाल (पर्वतीय) चैरेटेबल ट्रस्ट के साथ जुड़े रहे।

महेश्वर प्रसाद कुकरेती

जन्म: 07.10.1942 जसपुर (गढ़वाल); शिक्षा: स्नातक

महेश्वर प्रसाद को ब्रह्मानंद बडोला ने रामपुर से श्री बिष्णु दत्त उनियाल के पास 'पर्वतीय', नैनीताल जाने को कहा। 'पर्वतीय' में हर स्तर पर कार्य सीखने व करने वाले व्यक्तियों के लिए स्थान दिया जाता था। तब ट्रैडल मशीन में 'हेल्पर' के रूप में कार्य आरम्भ किया तथा कम्पोज़िंग, एडिटिंग सीखी।

'पर्वतीय' के संपादक विनोद तिवारी के टाइम्स ऑफ़ इन्डिया ग्रुप ज्वाइन करने के बाद महेश्वर प्रसाद बिष्णु दत्त उनियाल द्वारा उपसम्पादक बनाये गये। उनकी योग्यता एवं लगन को देखते हुये बिष्णु दत्त उनियाल द्वारा प्रकाशित पत्र 'सीमांचल' के संपादक का कार्य भी कुछ समय के लिये उनको सौंपा गया जिसे उन्होंने बखूबी निभाया। वे 'पर्वतीय' के अति लोकप्रिय सम्पादक रहे। तदोपरांत वे पंजाब केसरी से सम्बद्ध रहे।

माणिक लाल डबराल

जन्म: 1958 कोटद्वार, पौड़ी गढ़वाल; शिक्षा:हाई स्कूल

माणिक लाल डबराल ने 1973 में 'पर्वतीय' में कम्पोज़िटर और फिर प्रूफ रीडर के रूप में कार्य प्रारम्भ किया।

उनके पांच वर्ष के अथक परिश्रम एवं योग्यता को देखते हुये 1978 में पत्र के संस्थापक बिष्णु दत्त उनियाल द्वारा वे साप्ताहिक 'पर्वतीय' के सम्पादक नियुक्त किये गये और दैनिक 'पर्वतीय' में समाचार सम्पादक का पद भी संभाला।

आगे जाकर 1980 के दशक की शुरुआत में बिष्णु दत्त उनियाल द्वारा 'पर्वतीय' का प्रकाशन हरिद्वार एवं दिल्ली से आरम्भ करने पर माणिक लाल डबराल हरिद्वार आ गये और 'पर्वतीय' में कार्यरत रहे।

विवाहोपरांत, पारिवारिक दायित्वों के कारण माणिक लाल डबराल 1984 में अपने गांव लौट गये और बाद में वे अन्य पत्र पत्रिकाओं से भी सम्बद्ध रहे हैं।

[पर्वतीय परिवार के सदस्यों में कुछ सदस्यों का परिचय सम्मिलित नहीं हो पाया। कुछ और सदस्य जो समय - समय पर पर्वतीय का अमूल्य हिस्सा रहे हैं वे हैं - गौरी शंकर जोशी, जयबल्लभ पंत, महाराज किशोर, गरुड़ध्वज जोशी, हीराबल्लभ तिवारी, रंजीत सिंह भाकुनी, गिरधारी लाल अमोली, महेश त्रिवेदी एवं अन्य। 'पर्वतीय' के साथ आप सभी का स्मरण किया जाता रहेगा।]

स्मृति गवाक्ष - परिचित एवं पाठक

प्रो. अजय रावत

बी.डी. उनियाल जी से मेरा सम्पर्क बचपन से था मेरे पिताजी के अच्छे मित्र थे। शादी नहीं थी तो हमारे घर उनका आना जाना लगा रहता था। कभी-कभी मैं भी पिताजी के साथ उनसे मिलने भी जाया करता था। जब मैने एम.ए. किया उससे पहले मैं इंजीनियरिंग की, एक साल। तब लोगों ने कहा कि तुम्हे इंजीनियरिंग नहीं छोड़नी चाहिए थी। ज्यादातर लोग मुझे हतोत्साहित करते थे। उनियाल जी ने ही मेरे पिताजी को समझाया कि इंजीनियरिंग ही सब कुछ नहीं है इस दुनिया में, इसको बी.एस.सी. या बी.ए. करने दे। एम.ए. करने के बाद मुझे लगा कि मै सिविल सर्विस के लिए कोशिश कर सकता हूँ, लेकिन मेरा उस तरफ ध्यान व रूझान भी नहीं था। एक दिन मालरोड में ही उनियाल जी मिले और पूछा कि तुम क्या कर रहे हो मैंने कहा कि मैं बड़ी दुविधा में हूँ एक तरफ मैं चाह रहा हूँ कि रिसर्च करूँ और टीचिंग में जाऊं और दूसरी तरफ सिविल सर्विस में जाऊं। उनियाल जी ने कहा कि तुम अन्दर से क्या करना चाहते हो, तो मैंने कहा कि मैं समाज के साथ जुड़ा रहना चाहता हूँ। उनियाल जी ने कहा कि तुम समाज के साथ जुड़ना व समाज के साथ रहना है तो केवल समाजसेवी बनने से कोई लाभ नहीं है। सबसे अच्छा यह है कि तुम रिसर्च करो यदि तुम युनिवर्सिटी में आ जाते हो तो अपने क्षेत्र के बारे में कुछ कर सकते हो अपने क्षेत्र के बारे में शोध करो। समाज के सर्वहारा वर्ग, गरीब वर्ग तथा अन्य वर्गों के बारे में समाचार पत्रों में अच्छा शोध पत्र लिखो। अपने विचारों को रखो इससे तुम हमेशा समाज के साथ जुड़े रहोगे। उन्होंने कहा कि सिविल सर्वेन्ट जब तक पावर में हो महत्वपूर्ण रहता है, पर एक शिक्षक यदि शिक्षक है, शोध अच्छा करता है, अपना कार्य अच्छी तरह करता है तो वो बहुत कर सकता है समाज के लिए।

मैंने उनसे पूछा कि मैं इतिहास में एम. ए. का छात्र हूँ। तो अगर मैं काम करूँ तो किस विषय पर काम करूँ? तो उनियाल जी ने कहा कि "इंडियन हिस्ट्री पर बाद में भी काम हो सकता है और पढते भी रहे हो। हाँ आंचलिक इतिहास का अपना महत्व होता है। स्थानीय लोग क्या सोचते है, परम्परा के बारे में, समाज के बारे में, यहां की लोक संस्कृति है, नृत्य है, संगीत है, स्वतंत्रता संग्राम के बारे में जो काम हुए है, उनसे हट कर काम करना पडेगा। वौलिस, एटकिन्सन, और नैनीताल गॅजिटियर वो अच्छे हैं पर अंग्रेज़ों की दृष्टिकोण से लिए गए है। बद्रीदत्त पाण्डे जी ने भी अच्छा काम किया है"।

आंचलिक इतिहास के विषय पर जब मैंने सोचा, उनसे बात की तो उन्होंने कहा कि "गढवाल पर शोध करना उचित रहेगा। क्योंकि कुमाऊँ, गढवाल में जो एक आपस में मिसअण्डस्टैडिंग है और जो जानकारी आपस में नहीं है एक दूसरे के बारे में वो बनेगी। अच्छा लगेगा कि कुमाऊँ का शोधार्थी गढवाल पर काम कर रहा है"।

मैं ब्रिट्रिश गढवाल और टिहरी गढवाल पर तुलनात्मक अध्ययन करने लगा तब मैंने उनियाल जी से भी बात करी कि जब मै पढता हूँ तो एडमिनिस्ट्रेटिव हिस्ट्री वन व्यवस्था पर आधारित है तो या तो लैण्ड रेवेन्यू से अधिक महत्वपूर्ण मुझे वन व्यवस्था या यहाँ की लीगल हिस्ट्री लग रही है। उनियाल जी ने मुझे प्रशासनिक इतिहास का अध्ययन करने की सलाह दी। ब्रिट्रिश गढवाल में जो स्वतंत्रता आन्दोलन हुआ उसकी अनुगूंज टिहरी गढवाल में हुई उसका तुलनात्मक अध्ययन करने की सलाह दी।

तब मैंने रियलाइज किया कि वाकई हमारी स्वतंत्रता संग्राम को प्रारम्भ करने का प्रयास वन आन्दोलन से था। कई मायने में उनियाल जी ने शोध के संदर्भ में भी मुझे काफी प्रेरित किया। मिलिट्री हिस्ट्री के विषय में भी उन्हें और मिसेज उनियाल को भी बहुत ज्ञान था। मेरा स्वतन्त्रता संग्राम, उत्तराखण्ड की सैन्य परम्परा के विषय में भी नज़रिया बनाने में उनका प्रभाव था।

मैं उनसे प्रभावित हुआ और मैंने उनसे कहा कि मैं इसी क्षेत्र में जाऊंगा। मैं उन्हें अच्छा भी मानता था, और उनका सम्मान भी था। वे थोड़ा हट के थे। मैं मानता हूँ कि वे मेरे रोल मॉडल है। उस समय उन्होंने नैनीताल में पर्वतीय समाचार पत्र प्रारम्भ किया था। हिन्दी पत्रकारिता का पहला समाचार पत्र था। नैनीताल से महत्वपूर्ण समाचार पत्र 'पर्वतीय' उन्होंने प्रारम्भ किया था। मुझे लगता था यह व्यक्ति समाज में जो लोग कार्य कर रहे हैं उससे हट के कार्य कर रहे हैं आज तो मीडिया चाहे पत्र मीडिया हो या इलेक्ट्रॉनिक मीडिया हो इन्हें महत्त्व दिया जाता है। उस समय पत्रकारिता को उतना महत्व नहीं दिया जाता था उसके बाद भी उन्होंने नैनीताल से समाचार पत्र प्रारम्भ किया। उस समय मैने देखा कि बाद में बड़े-बड़े पत्रकार डॉ. लक्ष्मण सिंह बिष्ट 'बटरोही', देवेन्द्र मेवाड़ी, महेश कुकरेती जी, जो सम्पादक भी थे। धीरेन्द्र साह सहायक सम्पादक बाद में सम्पादक रहे। कैलाश पपनै जो बाद में हिन्दुस्तान में चले गये। यह सब लोग शुरू में ही उनियाल जी के साथ ही जुड़े थे। इन सबकी पत्रकारिता की जो शुरूआत थी वह पर्वतीय समाचार पत्र से ही प्रारम्भ हुयी। पर्वतीय अन्य समाचार पत्रों से भिन्न था वह इसलिए था कि सामाजिक समस्या नैनीताल की समस्याएं व जो भी घटनाएं घटती थी चाहे वह सामाजिक घटनाएँ हो चाहे थियेटर से जुड़ी हो या लोक संस्कृति से पर्वतीय समाचार पत्र में देखा जा सकता था।

उनियाल जी कि एक वॉकिंग एनसाइक्लोपीडिया थे। जितना महत्वपूर्ण व्यक्ति को ज्ञान होना चाहिए उन्हें हर विषय का बहुत ज्ञान था। राजनीतिज्ञों और अफसर शाहों से भी उनका मिलना जुलना था समाज के सभी वर्ग के लोगों के साथ-साथ, पर कभी लिखने में अखबार के आरटिकल में किसी कारण समझौता नहीं किया।

हमारे सम्बन्ध उनसे पारिवारिक सम्बन्ध थे। बाद में यह सम्बन्ध और बढ़े। उनकी पत्नी जी.जी. आई.सी. में टीचर थीं। मेरी माँ उनकी कुलीग थी तथा मेरी माँ की अच्छी मित्र थीं और मेरी मौसी की भी। सम्बन्ध ऐसे थे कि हम अक्सर एक दूसरे के वहाँ आते-जाते थे। हम वहां फाड़ा (डुबके) खाने अक्सर जाते थे। अक्सर हमारी बातें अध्ययन को लेकर होती थी। कई मायनों में वह और उनियाल जी बहुत मजाकिया भी थे। हमारे यहाँ पार्थिव पूजा होती थी उसमें जो गीत व आरती होती थी उसमें उनकी पूर्ण रूप से भागीदारी होती थी मेरी माँ व सावित्री उनियाल भी पूजा-पाठ वाली थीं। पूजा-पाठ वाला वातावरण से भी हमारे उनके परिवार से सम्बन्ध ज्यादा गहरे हो गये।

(व्यक्तिगत परिचय, प्रोफेसर से. नि. इतिहास विभाग कुमाँऊ वि. वि.)

श्री ओमप्रकाश

उनियाल जी की क्या तारीफ करें, वे इतने सक्षम थे कि वे दूसरों को समझा देते थे। गरीबों का तो उन्होंने हर सूरत से भला किया और अमीरों का भी। गलत किसी के लिए कलम नहीं उठाई गयी। जो हुआ उनसे, हर सूरत मदद करी, तन से भी, मन से भी, धन से भी।

किसी के संग कोई बुराई नहीं रही। जो भी उनके वहाँ रहे, हम भी रहे, किसी ने कहा कि ऐसा करना है हो जायेगा, वादा नहीं करते थे पर हो जायेगा और टाईम आने पर वह हो भी जाता था। जैसे नौकरी पर लगा दिया। वह टाईम ऐसा था उनकी आत्मियता ऐसी थी कि अफसर के पास फोन कर दिया कि यह हमारा आदमी है। ठीक है। काम कर देंगे। पूरे परिवार को मैं तो भगवान बिष्णु, महेश परमात्मा कर के मानता हूँ भगवान उनको ऊँचे से ऊँचा स्थान दे।

वैसे ही उनकी मिसेज (पत्नी) का था वह भी एक देवी रूप थी। वे भी भला करने में ही रहते हर एक का। ऐसे आदमी कम मिलते हैं हज़ारों में एक लगाइये। उनका राहयोग तो बहुत अच्छा रहा। हम क्या कर राकते हैं। उनके लिए दुआ ही दुआ कर सकते हैं।

(व्यक्तिगत परिचय, कर्मचारी)

भुलाए नहीं भूलता वह पोस्टकार्ड
चन्द्रशेखर तिवारी

नैनीताल का वह यादगार दिन आज भी मन को प्रफुल्लित कर देता है। आज से कोई अड़तीस साल पहले की बात है। उन्हीं दिनों मैंने नैनीताल के डी.एस.बी.कॉलेज से एम.ए.(भूगोल) की परीक्षा उत्तीर्ण की हुई थी। दोपहर बाद जब मैं उस दिन कॉलेज से घर पहुंचा ही था कि पिताजी ने शाबासी देते हुए मेरे हाथ में एक पोस्टकार्ड थमाया और कहा था कि तुम्हें एक हजार रुपये धनराशि की छात्रवृति प्राप्त हुई है जो तुम्हारे आगे पढ़ाई में काम आएगी। मैंने झटपट ही कार्ड को उलट-पुलट कर पढ़ लिया। कार्ड के अन्त में मुहर लगी थी 'पर्वतीय चेरिटेबिल ट्रस्ट', माल रोड ,नैनीताल। पोस्टकार्ड में मुझे मेधावी छात्र के बतौर, साथ ही साथ पत्रकारिता व लेखन में सम्बद्ध रहने के एवज में, छात्रवृति प्रदान किए जाने की सूचना दी गई थी। कुछ ही दिनों में स्वयं अपने हाथों से श्री बिष्णुदत्त उनियाल जी ने उस एक हज़ार रुपये राशि का चैक मेरे हाथों में थमाया। इस सम्मान को पाकर मेरा मन गर्व से अभिभूत था। अगले दिन पिताजी ने अपनी तरफ से दो हजार रु. देकर तल्लीताल की स्टेट बैंक की शाखा में मेरे नाम से खाता खुलवाकर उस चैक को जमा करवा दिया। आज भी उस पोस्टकार्ड की छवि एक प्रकाश पुंज की तरह मेरे मन में अंकित है।

दैनिक 'पर्वतीय' के सम्पादक श्री बिष्णु दत्त उनियाल जी का व्यक्तित्व कई मायनों में बहुत विशिष्ट था। कुशल सम्पादक व पत्रकार के अलावा वह पत्रकारों के कल्याण और आर्थिक तौर पर कमजोर मेधावी छात्रों के पुरज़ोर हिमायती थे। इसी सामाजिक सेवा कल्याण की भावना से प्रेरित होकर उन्होंने 'पर्वतीय चेरिटेबिल ट्रस्ट' की स्थापना की थी।

साथ ही यह भी एक बड़ी बात थी कि उस दौर में ही उन्होंने नैनीताल आने वाले पत्रकारों के लिए 'पर्वतीय' कार्यालय परिसर में ही हॉस्टल की सुविधा उपलब्ध कराई थी। संयोगवश मेरे लिए यह और भी सौभाग्य की बात रही कि इसी 'पर्वतीय चेरिटेबिल ट्रस्ट' की ओर से 2010-12 मेरी बड़ी सुपुत्री को निफ्ट की पढ़ाई तथा 2017 में मेरी कनिष्ट पुत्री को विश्वविद्यालय में उच्च अध्ययन के लिए छात्रवृति प्राप्त होने का अवसर मिला। आज अपने पिताश्री के इस सामाजिक कार्य को उनकी सुपुत्री श्रीमती सीमा उनियाल जी जिस सहजता व सेवा भाव के साथ आगे बढ़ा रही हैं वह निश्चित ही सराहनीय और स्तुत्य प्रयास है। स्व. बिष्णु दत्त उनियाल जी को भावपूर्ण नमन।

(रिसर्च एसोसिएट दून पुस्तकालय एवं शोध केन्द्र)

जगन्नाथ सिंह बिष्ट

उनियाल जी पर्वतीय क्षेत्र के बहुत पुराने पत्रकार थे हमारे नैनीताल के। उनके बारे में बहुत कुछ तो नहीं जानता लेकिन जितनी मेरी याददाश्त है उतना आपको अवगत करा देना चाहता हूँ।

उनियाल जी एक दबंग पत्रकार थे। साथ-साथ बड़े सहानूभूति करने वाले मेलजोल करने वाले थे। अपने पहाड़ी व पर्वतीय क्षेत्र व नैनीताल में जितने भी पुराने लोग थे उनसे उनियाल जी का व्यवहार बड़ा ही मधुर व बड़ा उत्तम रहा।

उनियाल जी पहले पत्रकार थे जिन्होंने पहाड़ को नया आयाम दिया है। और खास कर मैंने देखा कि उन दिनों कांग्रेस का बड़ा दबदबा होता था। ज्यादातर वो श्याम लाल वर्मा जी के सम्पर्क में रहते थे, ताकि उन्हें कोई नया समाचार मिल सके। बाद में उन्होंने स्थानीय लोगों को भी जोड़ा ताकि किसी तरह से वह ख़बरों को ले आयें ताकि विस्तार करके इस पत्रिका को आगे बढ़ाने का मौका मिल जाये।

स्व. गंगा प्रसाद जी 'पर्वतीय' पत्रकारिता से जुड़े थे और उन्होंने मेरा भी एक इंटरव्यू किया था। सन् 1976 में, मैं अपने दो बच्चों के साथ बैठा था तब उन्होंने मेरे से बहुत कुछ सवाल पूछे थे क्योंकि मैं खेल जगत में बॉडी बिल्डिंग से जुड़ा था। शायद अभी भी वह पर्वतीय पत्र मेरे पास रखा हुआ है।

हम हमेशा उनियाल जी को याद करते हैं वे बहुत अच्छे थे। शाम को भी चलते तो सभी लोगों से नमस्कार व अच्छी तरह दो मिनट बात करके चलते थे और पूछते भी थे कि भाई कोई ऐसी खबर है, जो आपकी नज़र में है! पहले वे स्वयं ही 'पर्वतीय' पत्र का काम करते थे। बाद में तो कुछ लोगों को अपने वहाँ रखा। लोगों का रूझान भी रहा ताकि शहर के बारे में बतलायें। उस समय में नगर पालिका होती थी। नगर पालिका की जो समस्या व शहर की जो समस्या होती थी सब चीज़ों को वह विस्तार पूर्वक रखते थे। आज महसूस हो रहा है कि उनके न होने पर निराशा तो जागी है। मैं ज्यादा इतना ही कह सकता हूँ कि उनका कार्यों को आगे बढ़ाया जाये।

(पर्वतीय के पाठक)

डॉ. डी.एन. बडकोटी

बिष्णुदत्त उनियाल जी से मेरी भेंट पहली बार अपने मित्र श्री राधाकृष्ण कुकरेती के दफ्तर में देहरादून में हुई थी। 'नया ज़माना' पत्र का ऑफिस था। गोरे वर्ण के बादामी सूट पहने हुए बड़े सादगी के साथ बी.डी. उनियाल बैठे हुए थे। वहाँ मैं गया, उस समय मैं स्टूडेन्ट था बारहवीं का, मेरी उम्र सत्रह साल की रही होगी। मुझे पढ़ने लिखने का शौक था कुछ लेफ्टिस्ट ओरिएन्टेशन था तब, अखबार वालों से मिलना-जुलना रहता था।

श्री राधाकृष्ण कुकरेती द्वारा उनियाल जी से मेरा परिचय करवाया गया तो मैंने जब 'नमस्ते' की तो वे उठ खड़े हुए कुर्सी से तो मुझे अच्छा सा नहीं लगा क्योंकि मैं स्टूडेन्ट था। पर अन्त में मैंने देखा कि इनमें महानता देखिए कि इतने छोटे बच्चे की नमस्ते का जवाब ये उठ करके दे रहे हैं। "एट दैट टाइम ही माइट हैब बीन टचिंग फोर्टी फाइव और फिफ्टी"। (उस समय वे शायद पैंतालीस या पचास वर्ष के रहे होंगे)

सम्पादकों में उनकी प्रतिष्ठा बहुत मानी हुई थी बहुत इज्ज़तदार। सम्पादक हमेशा इज्ज़तदार नहीं होते हैं, उनकी एक 'इमेज' थी। राधाकृष्ण कुकरेती की भी एक 'इमेज' थी। किसी ने कभी ज़िन्दगी में ये नहीं कहा कि दलालबाज़ी की दलाली करी। उनकी (उनियाल जी की) ट्रेनिंग नहीं थी पत्रकारिता में परन्तु जो मानक उन्होंने स्थापित किए थे पत्रकारिता के, वे बहुत ईमानदारी से स्वयं अपने मानकों से जीवन भर डिगे नहीं। नैनीताल बेस्ड थे वो। उनका अखबार 'पर्वतीय' मुख्यतः नैनीताल से निकलता था। उसके बाद मेरी मुलाकात उनसे कभी नहीं हुई। परन्तु चर्चाएं जब भी होती थीं तो उनका ज़िक्र होता रहता था।

(पर्वतीय के पाठक, कवि, से. नि. प्रोफेसर गढ़वाल विश्वविद्यालय)

डौली कपूर

उनियाल अंकल से मुझे मिलने का अवसर मिला जब हमारा परिवार दिल्ली में ही रहता था । मैं दिल्ली में पली बढ़ी और उन दिनों, दिल्ली सरकार के सांस्कृतिक विभाग - साहित्य कला परिषद में मैं प्रोग्राम ऑफिसर थी, ड्रामा संभालती थी। सीमा, संगीत व नृत्य संभालने आई, हम कमरे में साथ बैठते थे, धीरे धीरे मित्रता हो गयी।

उनियाल अंकल कभी दिल्ली आते तो ऑफिस भी बेटी सीमा से मिलने आ जाते। मुझे वे बहुत ही सहज और आसानी से बातचीत करने वाले मृदुभाषी, सरल सज्जन लगे। एक दो बार परिषद के प्रोग्राम में भी आए। सीमा और मैं साथ ही होते। हम सब 'भज गोवींदम्' में दक्षिण भारतीय खाना खाने भी गये। मेरा बेटा तब तीन वर्ष का था, तब क्या बातें हुईं याद नहीं पर अंकल से मिलकर बहुत अच्छा लगा, यह मुझे याद रहा।

उनके काम व लोकप्रियता के विषय में मुझे बाद में पता चला। उन्हीं दिनों उनका आकस्मिक निधन हो गया बहुत दुख हुआ। शायद उनसे मिलना किसी को भी अच्छा लगता उनका व्यक्तित्व ही इतना शालीन था।

(व्यक्तिगत परिचय)

My Days with B.D. Uniyal (Parvatiya) Charitable Trust at Durgapuri, Kotdwar

Tapish Chandra Nautiyal, IFoS

I have been associated with B. D. Uniyal, (Parvatiya) Charitable Trust and its Himalayan Study and Thought Centre at Durgapuri, Kotdwar during my post- M.Sc. Days, way back in 1987. I did M.Sc. from Government PG College, Kotdwar in the year 1986 and wanted to prepare myself for various competitive examinations. In the year 1987, I came across Himalayan Study and Thought centre at Durgapuri which was run by the Trust.

It was Late Sh B.D. Uniyal ji, the Chairperson, who had offered me to teach spoken English to the classes which were being run by the trust at a rented space in Kotdwar. Spoken English classes were run by the Trust free of cost for the interested candidates so that they can prepare themselves better for interviews of various jobs. There were other teachers teaching Mathematics/General studies and other subjects required for appearing in competitive examinations.

The purpose of the entire effort was to provide a facility to the students who were unable to afford costly coaching in big cities with no specific cost chargeable to them. They were only expected to be sincere in their effort and, therefore, the discipline of attendance was maintained and strictly enforced. Absence without notice was dealt with sternly so that the students take coaching seriously. There were a large number of students in all the three classes which used to be supervised personally by B.D Uniyal Sir. He used to come all the way along with hostellers from Himalayan Study and Thought centre, Durgapuri in the Trust vehicle which was deliberately kept as an open trekker jeep which must have been quite uncomfortable for the person of his age, but it was still kept as it could accommodate more students.

The object of establishing a library, study centre/hostel at Durgapuri was to create a facility where good students from weaker background could be provided facilities, and where they could be groomed academically as well as for overall personality development.

My class specially used to be interactive as it was a class of spoken English, and more than anything else, it was to eliminate the inhibition among students about speaking any language with confidence. Having studied in a public school, it was not that difficult for me but it was quite a challenge to make students shed their inhibition as they were initially too conscious, and were always shy of making mistakes, which they did anyway. Many of them were from my college and had heard of me delivering debates in English, and wanted to do the same. So it made my job a bit easier but nonetheless challenging. After a few classes I could at least bring some enthusiasm in the class and some of them could shed their inhibition in a few days. The effort continued and a good number of them could muster confidence to speak the language without inhibition.

Subsequently, in the month of October 1987 the B.D Uniyal Trust Campus Hostel/ Library was ready and I was also asked to join the Hostel. I stayed in the Hostel for around 7 months. There were around 7-8 hostellers at that time (boys as well as girls) with a lady hostel warden. Ground floor was for the boys, and the first floor for the girls. I was a student as well as teaching faculty and stayed on the ground floor in room number four. Once there in the trust building, classes started in the campus itself. The same trekker vehicle, which was the hallmark of the Trust in Kotdwara, used to bring students from the city, since the hostel was around 5 kilometers away, in the outskirts, and there was no regular public transport. Life in the hostel was rather busy and disciplined. As everything was being provided, there could not be any excuse for loitering around for any job whatsoever. Therefore, the only choice was to be in the room and study. Evenings, we did have volleyball games with some workers which was really good exercise.

The hostel was really comfortable, with single room accommodation with attached toilet. There were four boys initially. One great advantage of coming and staying in the hostel was that there was a good library facility in the Trust campus itself with a regular librarian, who was my student and therefore special dispensation was available. Instead of two books, I could take two more to my room. Then, if there was any need for a new book, we could bring the same to Uniyal Sir's notice, and it was promptly procured.

All facilities were provided to students free of cost in the hostel. The food was cooked by the mess staff and was promptly served on time, just like any household. Most of the time Uniyal Sir used to have the same food, so the staff always took great care to prepare fresh food for all the hostellers. At times, when he had health issues, then only separate *khichdi*/boiled food was prepared for him. The atmosphere was that of a good extended family, and this had a very good effect on the overall atmosphere.

The four boy hostellers did have some leisure time during tea breaks and meal time. As faculty, I used to get some amount as honorarium, which was a great deal, very useful, and helped me in managing logistics for appearing in various competitive examinations. Some sort of travel assistance was also provided to the other students for appearing in competitive examinations depending on their requirements.

In the hostel, there was only one television which was in his (Uniyal Sir's) drawing room. I had special liberty to listen to English news with him which was followed by the English serial "Oshin." This was the time when I had ample opportunity to interact with Late Sh. B.D. Uniyal "*Parvatiya*."

He was a noble soul and always encouraged all of us to work hard and not to worry about expenses. Any books/magazines/papers, required by us for preparation purposes, were promptly provided.

But for his untimely demise the institute would have helped many more students in achieving their goals. Thanks is very insignificant a word for such noble souls. He was genuine social worker who wanted to help anybody and everybody who wanted to rise in life and achieve their objectives.

These days, it is very rare to be helpful to the people you do not know, but here was one who searched talented and needy young students and provided them all the help and support so that they may be successful in their lives. This is what we call yeomen service to the society.

It is very heartening to see that the Trust has continued its legacy of helping the deserving candidates by way of providing educational scholarships and financial support to students. I wish I could also follow the founder's footsteps and do something for the betterment of my society at large.

('हिमायलन अध्ययन एवं विचार कुंज',बी डी उनियाल {पर्वतीय }
चैरिटेबल ट्रस्ट , कोटद्वार में अध्यापक एवं विद्यार्थी)
भारतीय वन सेवा में वरिष्ट अधिकारी

दीवान लाल

बी.डी. उनियाल जी बहुत गणमान्य व्यक्तियों में से एक थे बहुत साफ सुथरा स्वभाव था।

उन्होंने पर्वतीय प्रेस लगायी। नैनीताल में यह पहली प्रेस थी। जिसमें पूरे उत्तर प्रदेश और उसके पहाड़ों की खबरें छपती थी। साप्ताहिक खबरें छपती थीं। लोक पर्वो के भी पर्वतीय में लेख छपते थे।

वे हर व्यक्ति से मिलते थे। बड़े ही मिलनसार व्यक्ति थे क्लब जाने का उनको शौक था।

लोगों से मिलकर समस्या का समाधान निकालते थे। पेपर के माध्यम से उन्होंने पर्वतीय क्षेत्रों के व अन्य लोगों को जागरूक किया।

पर्वतीय प्रेस में उन्होंने बहुत से लोगों को रोजगार दिया। किसी के भी साथ उनका दुर्व्यवहार नहीं रहता था। पहले 'पर्वतीय' साप्ताहिक पत्र था बाद में दैनिक 'पर्वतीय' हो गया था।

(पाठक पर्वतीय)

डॉ. नारायण सिंह जन्तवाल

हम छात्र जीवन में जब नैनीताल आये, एक समाचार पत्र के रूप में विशेषकर नैनीताल से निकलने वाले समाचार पत्र के रुप में दैनिक 'पर्वतीय' जो श्री बिष्णुदत्त उनियाल जी निकाला करते थे। वह अपने पूरे समर्पण के साथ और जो टीम उनके साथ थी, बहुत परिश्रम करके, पूरे समाचारों को देते थे।

विशेषकर हमारे पर्वतीय क्षेत्रों के समाचारों व नैनीताल के समाचारों को प्रमुखता से रखा करते थे। लोगों में एक बड़ी जिज्ञासा रहती थी कि सुबह को कब अखबार बंटे कब पढ़ें। चर्चा-परिचर्चा उसमें रहती थी। साथ ही लोगों के जो छात्रों से सम्बन्धित समाचार होते थे, हम 'पर्वतीय' में जाते थे और वह 'पर्वतीय' में छपा भी करते थे।

देखा जाए तो पत्रकारिता की एक बहुत बड़ी संस्था थी इस क्षेत्र में इस दैनिक पर्वतीय प्रेस के रूप में। बी.डी. उनियाल जी की अगुवाई में बहुत से नौजवान यहाँ प्रशिक्षित हुए, जिनके पास और कोई दूसरा रास्ता था नहीं।

उस स्तर से काम किया और पत्रकारिता की जो आधारभूत बाते हैं, जनता के प्रति जो समर्पण होना चाहिए, कलम चलाने में और उसको आगे रखने में, इन सारी बातों को सीखकर यहां से हमारे नवजवानों ने केवल प्रादेशिक स्तर पर ही नहीं बल्कि राष्ट्रीय व अन्तर्राष्ट्रीय स्तर पर भी अपना बहुत बड़ा स्थान बनाया है।

उसका लाभ ये है कि हमारी राष्ट्रीय स्तर पर भी पुरानी विशिष्ट संस्कृति के विषय में, जंगलों के विषय में, पहाड़ की समस्याओं व परिस्थितियों के बारे में, पहाड़ के विकास की बात उठाने में उनकी अहम भूमिका रही है। इस प्रकार एक बहुआयामी योगदान उनियाल जी का रहा न केवल नैनीताल वरन उत्तराखण्ड के लिए।

आज भी वह लोग काम कर रहे हैं । इस रूप में भी हम देखते हैं तो बी.डी. उनियाल जी को पत्रकारिता के क्षेत्र में एक भीष्म पितामह कहा जा सकता था। उन्होंने समाचार पत्र निकाला जनता के बीच काम किया बहुत से लोगों को उन्होंने तैयार किया, दिशा निर्देश दिया जिसका परिणाम यह है कि आज बहुत से लोग दूर दराज के क्षेत्रों में भी अच्छी जगह पर हैं। उनका व्यक्तित्व बड़ा ही स्नेहपूर्ण था जो लोग उनके सम्पर्क में रहते थे उनको प्रेरित करने का उनको एक अध्यापक के रूप में सिखाने का, जनपक्षीय खबरों को प्रमुखता देने का उनका नजरिया था। वह एक सामाजिक व्यक्ति थे सभी से मिलने वाले व्यक्ति थे। सम्पूर्ण व्यक्तित्व था उनका। उनकी स्मृतियाँ लोगों के पास आज भी बनी हुयी हैं।

आजकल पत्रकारिता का मिशन हाशिये पर जा रहा है। कारपोरेट और व्यवसायिकता रह गई है। ऐसे में 'पर्वतीय' जैसे पत्रों का बहुत बड़ा स्थान है। 'पर्वतीय' से प्रेरणा लेकर जिन तबकों की आवाज सामने नहीं आती उनकी आवाज को उठाना चाहिए। "*कलम से लोगों के तलवे सहलाए नहीं जाते कलम का काम तो बे-ज़बान को ज़बान देना*"।

मैं ये भी कहूगां कि उत्तराखण्ड बन गया है उनकी स्मृति में कुछ होना चाहिए। उनसे ये सीख मिलती है कि संकल्प लेकर व्यक्ति कोई भी काम कर सकता है।

(अधिवक्ता एवं पूर्व विधायक (उ.क्रां.द.))

उनियाल चाचाजी - नीलेंदु सेन

मेरे बचपन की सबसे खुशनुमा यादों में से एक हैं उनियाल चाचाजी!

याद करता हूँ तो इतने समय बाद भी शालीन और हंसमुख इंसान की तस्वीर उभरती है जिसकी शख्सियत कुछ ऐसी थी कि जहां हों वहाँ की फिज़ा महक उठती थी और हम बच्चों के लिए तो चहक उठती थी।

चूँकि हमारे पिताजी उन्हें अपना बड़ा भाई मानते थे तो ज़ाहिर है की चाचाजी के आते ही उनकी चलनी बंद हो जाती थी और चाचाजी के साथ घूमने-फिरने और हंसने-खेलने के प्रोग्राम बनने लगते थे, अगर साथ में उनकी बिटिया सीमा और चाचीजी हों तो समझिये सोने पे सुहागा! अंग्रेजी में कहें तो 'पार्टी टाइम'! हम छोटे थे

हमें क्या पता की किस बुलंद शख्सियत उम्दा सोच और कुमाऊँ और गढ़वाल के एक हर दिल अज़ीज़ इंसान की सोहबत में हैं।

बचपन में हमारा पूरा परिवार नैनीताल के पास एक छोटे से कस्बे भवाली चला जाता था। कुछ दिनों बाद बाकी सब तो दिल्ली लौट आते थे मैं और दादी वहीं रह जाते थे। ना गाड़ी, ना टेलीफोन, ना घर में कोई और बड़ा; लेकिन चूँकि मेरी दादी और चाचाजी में एक रूहानी माँ-बेटे का रिश्ता था मेरी दादी को कभी महसूस ही नहीं होता था की उस बियाबान में हम अकेले हैं। रोज़ गांव का कोई ना कोई व्यक्ति नैनीताल जा ही रहा होता था नहीं तो रोडवेज की बस के किसी ड्राइवर या कंडक्टर को भी बता दें तो खबर चाचाजी तक पहुँच जाती थी। मामला तुरंत सुलझ जाता था।

आज सोचता हूँ तो समझ में आता है कि उस पूरे क्षेत्र में जिसे हम आज उत्तराखण्ड कहते हैं उनियाल चाचाजी का बतौर एक पत्रकार और समाज सेवी कितना ऊँचा क़द था। गढ़वाल और कुमाऊँ से उन दिनों सिर्फ एक अख़बार छपता था दैनिक 'पर्वतीय' जिसके वो मालिक और मुख्य संपादक थे।

मेरे पिताजी पढ़े-लिखे और उदार सोच रखने वालों की बेहद इज़्ज़त करते थे। ऐसे लोग जो अपनी सभ्यता और संस्कृति की चोटी पर बैठ कर उसकी रहनुमाई करते हुए भी दूसरों की सोच की कद्र करें और सब को साथ ले कर आगे की सोचें। और इस सांचे को शायद चाचाजी की शख्सियत को ध्यान में रख कर ही बनाया गया था।

पिताजी खुद तो चाचाजी को अपना आदर्श मानते ही थे एक दिन जब मैं उनकी गोद में बैठ कर नैनीताल की मशहूर बेकरी 'सैकलेज़' से मंगवाई पेस्ट्री दबा रहा था तो मुझे भी हिदायत देने लगे की भाई- कुछ बन सको तो चाचाजी जैसा बनने की कोशिश करो! मैं चाचाजी की ओर मुड़ा तो पेस्ट्री उनके सूट पर गिर गयी! मैं सहम गया, लेकिन वो ठहाका मार कर हंस पड़े और बोले कि अरे साहब! बच्चों को तालीम तो ये देनी चाहिए कि "किसी और सा नहीं खुद ही ज़माने के लिए मिसाल बनो"! फिर अंग्रेज़ी में बोले " दी बेस्ट वर्ज़न ऑफ़ योरसेल्फ"।

कुमाऊँ का इलाका अपने अदीबों और बुद्धिजीवियों के लिए हमेशा मशहूर रहा है। गए वक़्त में खुद कविगुरु रविंद्र नाथ ठाकुर अपना लाव-लश्कर ले कर कुछ ही दूर अल्मोड़ा में अपना डेरा डाल देते थे। स्वामी विवेकानंद हों या फिर नेताजी वहाँ के शिक्षित समाज पर ऐसे लोगों का गहरा असर था। सम सामयिक ऊंचे दर्जे के लेखक तो तब भी शांतिनिकेतन से तालीम हासिल कर के यहां आ बसते थे। चाचाजी घूमते टहलते जब मेरी दादी की खबर लेने पहुँच जाते थे तो दोनों के बीच हिंदी और बांग्ला साहित्य की चर्चा शुरू हो जाती थी। चूँकि बांग्ला की जानी मानी पत्रिका पिताजी दादी को दिल्ली से भिजवा दिया करते थे तो उस में छपे किसी लेख या कहानी पे भी चर्चा छिड़ जाती थी। ना जाने कैसे भवाली में रह रहे बुद्धिजीवियों को खबर हो जाती थी की चचाजी आये हैं तो वो भी चले आते थे।

बातचीत और ठहाकों के वो सिलसिले मुझे आज तक याद हैं जो दादी की गोद में दुबक कर मैं सुनता रहता था। इन्हीं बातचीतों से मुझे ये भी पता लगता रहता था की चाचाजी को जिस छोटे से मयार में मैं जानता था उससे कितना बड़ा उनकी हस्ती का फैलाव था।

चाचाजी की फिरकदिली कुछ ऐसी कि इतनी मसरूफियत के बाद भी फिल्मों का बेहद शौक़ रखते थे। हमारे नैनीताल पहुंचते ही नैनीताल के तीनों सिनेमा घरों में किस दिन कौनसी पिक्चर देखी जायेगी इसका प्लान तैयार

मिलता था। मेरी माताजी और चाचीजी में भी खूब बनती थी। चाचीजी शिक्षा विभाग में बहुत ऊँची पोस्ट पर थीं मगर खुशदिली में चाचाजी से कुछ कम नहीं मेहमान नवाज़ी में लगता था कि दोनों में कोई कॉम्पिटिशन चल रहा है। लोगों को अपना लेने में दोनों को महारथ हासिल थी।

पिताजी से सुना था की चाचाजी पूरी तरह से 'सेल्फ़मेड' थे। अपनी मेहनत और लगन के बूते पर उन्होंने उस ज़माने में अपनी ऐसी हैसियत क़ायम की थी कि नैनीताल आता बड़े से बड़ा नेता हो या अभिनेता, चाचाजी से मिले बगैर तो नहीं जाता था। आज वो चेहरे याद आते हैं तो लगता है अरे वाह! चाचाजी के दफ्तर में हम ने इन्हें देखा था कभी किसी गहरी चर्चा में डूबे होते थे तो कभी उन से भी मज़ाकिया लहज़े में बात करते थे। तब हमें भी छूट थी कि दफ्तर में घुस जाएँ।

कुछ बड़े हुए तो पता चला कि अपनी पत्रकारिता और अपनी पूरी शख्सियत के साथ वो कुमाऊँ और गढ़वाल के पहाड़ी क्षेत्र के विकास और वहाँ के आम आदमी, खासकर छात्रों, की भलाई में जुटे रहते थे। अपने दम-ख़म पर उन दिनों एक अख़बार निकालना कितना बड़ा काम है वो इंटरनेट के ज़माने की नस्ल को शायद कभी समझ ना आये! लेकिन पहाड़ में बसे उन छोटे-छोटे शहर, गांव और कस्बों के हालात में अगर कुछ सुधार हुआ है तो इस के लिए श्री बिष्णुदत्त उनियाल यानि चाचाजी का एक बड़ा योगदान है।

हालाँकि चाचाजी, चाचीजी, दादी और पिताजी को गुज़रे अरसा बीतने को आया उनकी लाड़ली बिटिया डॉ. सीमा उनियाल मिश्र की दादागिरी, या यूँ कहिये दीदीगिरी, मुझ पर अब तक क़ायम है। उनके होनहार लड़के यानि स्वरित बाबू में कहीं मुझे चाचाजी की झलक सी मिलती है। चाचाजी ज़िंदा होते तो हमारे पिताजी को दी हुई सीख दोहराते हुए कहते "स्वरित" को तो स्वरित ही बनना है! और ठहाका लगा देते।

(व्यक्तिगत परिचय क्रिएटिव डायरेक्टर, टेलीविजन एंड ब्रोडकास्टिंग)

नसीम खान

बी.डी. उनियाल जी बड़े ही सज्जन व्यक्ति थे। वे हमारे क्लब के सीनियर सदस्य थे। हम अधिकतर उनसे सलाह मशवरा लिया करते थे इतने सज्जन व्यक्ति हमने नहीं देखे।

वह किसी भी क्षेत्र में कार्य करने या करवाने को कभी ना नहीं कहते थे। पैसों का लालच भी उन्हें नहीं था।

पर्वतीय समाचार पत्र निकालते थे। पर्वतीय पत्र पहला पत्र दैनिक था जो नैनीताल से छपता था, बाकी पत्र तो बाद में आये। क्लब में रोज आना होता था। ताश के बड़े शौकीन थे। उनका मिलना जुलना विभिन्न क्षेत्रों के महत्वपूर्ण लोगों से था।

हम तो उन्हें अभी भी बहुत याद करते हैं।

(व्यक्तिगत परिचय, सचिव, बोट हाउस क्लब, नैनीताल)

हमारे छात्र जीवन में दैनिक पर्वतीय और बिष्णु दत्त उनियाल जी

पलाश विश्वास

यह बिष्णु दत्त उनियाल जी का जन्म शताब्दी वर्ष है। आज पत्रकारिता के मायने बदल गए हैं। एकाधिकार पूंजी, विदेशी पूंजी के वर्चस्व की वजह से साहित्यिक पत्रिकाएं बन्द हो रही हैं तो जनपदों से निकलने वाले क्षेत्रीय अख़बारों का अस्तित्व भी संकट में है। अख़बारों और समाचार चैनलों में बाज़ार और पूंजी, निरंकुश सत्ता के पक्ष में जन सुनवाई और जन सरोकार, जनता की आवाज और जनता के हक़ हुक़ूक़ की आवाज सिरे से गायब है। जनपदों में भी लघु पत्र-पत्रिकाओं की जगह पूंजी और बाज़ार नियंत्रित तथाकथित राष्ट्रीय अखबारों के जिला संस्करणों और टीवी चैनलों का शोर-शराबा और सत्ता का राजनीतिक आर्थिक एजेंडा हावी है, जनता का कोई पक्ष नहीं है।

ऐसे में कठिन जीवन संघर्ष के जरिए पत्रकार बने बिष्णु दत्त उनियाल जी का स्मरण बेहद जरूरी और प्रासंगिक है। वे उत्तराखंड की गौरवशाली पत्रकारिता, आज़ादी से पहले हिंदी पत्रकारिता के स्वतंत्रता संग्राम और आजादी के बाद राष्ट्र निर्माण के साथ जनता की आकांक्षाओं के सच्चे प्रतिनिधि और प्रतीक हैं।

पहाड़ में ब्रिटिश हुक़ूमत के दौरान अल्मोड़ा अख़बार, शक्ति, समता जैसे अख़बारों के बाद, आज़ादी के उपरांत, उत्तराखंड के अपने दैनिक अख़बार की सबसे ज्यादा ज़रुरत थी क्योंकि दिल्ली और लखनऊ से छपने वाले अख़बारों में से पहाड़ सिरे से गायब था। पहाड़ी जनपदों और गांवों के दुर्गम भूगोल, सर्द जलवायु, कठिन जीवन यापन, अभाव और बेरोज़गारी, विकास से वंचित, उपेक्षित, अस्पृश्य पहाड़ को समग्रता में उसकी तमाम आपदाओं और चुनौतियों के साथ समूचे उत्तराखंड की प्रखर दृष्टि से प्रस्तुत करने में बिष्णु दत्त उनियाल की जो भूमिका है, उत्तराखंड बनने के बाद उसकी अनुपस्थिति बहुत खलती है।

उत्तराखंड बनने से पहले जो उत्तराखंड के चिंतक, सामाजिक कार्यकर्ता और आंदोलनकारी थे, उनमें से ज्यादातर सत्ता, प्रशासन और पूंजी की भ्रष्ट जनविरोधी प्रकृतिविरोधी, विनाशकारी व्यवस्था में समाहित हो गए हैं। आज जो तराई, पहाड़ और भाबर के बीच, कुमाऊं और गढ़वाल के बीच, अल्मोड़ा और नैनीताल के बीच, पहाड़ी और गैर पहाड़ी के बीच, दलितों, पिछड़ों और सवर्णों के बीच, जनपदों के बीच, जनपद के भीतर तहसीलों के बीच असंख्य सरहदें बना दी गई हैं, यह राजनीति और अर्थव्यवस्था की साज़िश जितनी बड़ी है, पहाड़ी जनमानस, चिंतन, मनन, बौद्धिकता, शिक्षा, दीक्षा और साहित्य, संस्कृति और पत्रकारिता के जल-जंगल-जमीन से की जाने का उतना ही बड़ा संकट है।

इसीलिए बिष्णु दत्त उनियाल और दैनिक 'पर्वतीय' का मूल्यांकन बेहद जरूरी है, जो अभी तक हुआ ही नहीं है।

मैं जी.आई.सी. नैनीताल और डी.एस.बी. कालेज का छात्र था १९७३ से १९७९ तक। इसी अवधि में उनियाल जी और दैनिक पर्वतीय की भूमिका का उत्कर्ष समय था। युवा छात्र अवस्था में मुझे इसका कोई अंदाजा नहीं हुआ। हिंदी में साहित्य और पत्रकारिता में मेरे लेखन की शुरुआत जरूर दैनिक पर्वतीय से हुई, लेकिन बंगाली शरणार्थी पृष्ठभूमि से होने और लेखक में नौसीखिया होने के कारण न तो उनियाल जी से संवाद की स्थिति बनी और न ही मैं उनकी भूमिका को कायदे से समझ सका।

अंग्रेजी से एम.ए. होने और अंग्रेजी माध्यम का छात्र होने के बावजूद, बांग्ला और अंग्रेजी में लगातार लिखते रहने के बावजूद मैंने हिन्दी पत्रकारिता ही चुनी और जो भी कुछ हूँ, हिंदी की बदौलत हूं। इसकी बड़ी वजह नैनीताल का छात्र जीवन, सत्तर का अग्निगर्भ दशक और 'चिपको आंदोलन' समग्रता में है, तो दैनिक 'पर्वतीय' और नैनीताल समाचार की पृष्ठभूमि भी है।

पहाड़ से निकलकर मैदान में मैं पत्रकार बना। दिल्ली, उत्तर प्रदेश, झारखंड के बाद कोलकाता में इंडियन एक्सप्रेस समूह में २५ साल की पत्रकारिता समेत ४० साल की पेशेवर पत्रिका और इसी के समांतर देशभर में सामाजिक सक्रियता के बावजूद ऐसा कोई पल नहीं बीता जब मैं पहाड़ से कभी अलहदा रहा। लेकिन पहाड़ को वस्तुनिष्ठ ढ़ंग से समझने की दृष्टि भी मिली ४० सालों के अनुभव से। जिसके आलोक में बिष्णु जी को नए सिरे से देख पा रहा हूं।

मुझे यह कहने में कोई हिचकिचाहट नहीं है कि आज उनियाल जी की तरह उत्तराखंड और पहाड़ मैदान को समग्रता में समझने की दृष्टि और मानसिकता किसी की नहीं है। मुझे इस कटु मंतव्य के लिए माफ़ करें और इस पर तनिक चिंतन मंथन भी करें। जो बेहद जरूरी भी है।

'पर्वतीय' पत्र सबसे पहले में अल्मोड़ा से १९५३ में निकला। १९७२ में दैनिक 'पर्वतीय', उत्तराखंड का पहला दैनिक अखबार, नैनीताल से निकला। बिष्णु दत्त उनियाल जी पत्र के संस्थापक-सम्पादक थे।

१९७३ में जी.आई.सी. नैनीताल में दाखिले के बाद इसी अखबार से मेरी पत्रकारिता की शुरुआत हुई। पहले कविताएं लगभग रोज छपती थी। लाइब्रेरी में लोग मेरी रचना पढ़ रहे हैं या नहीं, यह देखना तब बहुत मजेदार था। फिर लेख भी छपने लगे।

उनियाल जी कद से काफी लंबे हैं और हम इतने जूनियर थे कि उनसे बात करने की हिम्मत नहीं होतीं थी। महेश कुकरेती और धीरेन्द्र शाह जी सम्पादकीय में थे। इन्हीं से सम्वाद होता था। धीरेन्द्र जी युवा थे तो उनसे मित्रता भी हो गयी। वे मल्लीताल बाजार में रहते थे। बाद में कैलाश पपनै जी आ गए। नैनीताल समाचार १९७७-७८ में आया तो हम सभी उसीमें बिजी हो गए।

दैनिक 'पर्वतीय' में एक बात बहुत खास थी जो मैंने कहीं नहीं देखी। रोज सुबह महेश दाज्यू या धीरेन्द्र जी एक लंबा चौड़ा मोटा सा रजिस्टर खोलकर बैठते और उसमें सिलसिलेवार हर रचनाकार, लेखक की रचना को शीर्षक और पता समेत दर्ज करते। समाचार भी दर्ज किए जाते देखे। ऐसा हमने लगभग पिछले ५० साल में कहीं नहीं देखा।

पूरे पहाड़ में दैनिक 'पर्वतीय' का नेटवर्क था और पहाड़ के कोने कोने की खबरें होती थीं।

तब बरेली से भी अखबार नहीं निकलते थे। लखनऊ और नई दिल्ली से अखबार आते थे जिनमें पहाड़ की खबरें इक्का दुक्का भीतर के पेज पर होती थीं। १९७५ में आपात काल के दौरान इन अखबारों ने पहली बार पहाड़ की खबर पहले पेज पर छपी। उस खबर का शीर्षक था कि नैनीताल में विनाशकारी पौधा। इस खबर में जल्द ही नैनीताल के तबाह हो जाने की भविष्यवाणी की गई थी। इसके नतीजतन खबर देने वाले समाचार एजेंसी भारती के पत्रकार मीसा में कैद हो गए और दहशत इतनी हो गयी कि तीन साल तक नैनीताल में कोई टूरिस्ट नहीं आया।

दूसरी बार, नवम्बर १९७८ में वनों की नीलामी के खिलाफ नैनीताल क्लब को जला दिए जाने की खबर लखनऊ दिल्ली के अखबारों में छपी।

करीब ५ दशक हो गए। दैनिक 'पर्वतीय' की कमी आज भी खलती है। अब सभी अखबारों के जिलेवार संस्करणों में लोकल नेताओं के बयान और अपराध छपते हैं। लेकिन पहाड़ के कोने कोने की खबर कहीं नहीं छपती।

दैनिक 'पर्वतीय', बिष्णुदत्त उनियाल जी, महेश कुकरेती और धीरेन्द्र साह को पहाड़ भूल गया है।

आज मई अंक में छपी रचनाओं को दर्ज करते हुए इस रजिस्टर की याद आ गयी।

दैनिक 'पर्वतीय' जिस व्यवस्थित ढंग से उनियाल जी निकलते थे, वैसा हमने किसी भी अखबार में नहीं देखा - जिनमें मैंने काम किया और टाइम्स ग्रुप, आनन्द बाजार ग्रुप जैसे अखबारों में भी नहीं।

जो नेटवर्क उनियाल जी ने बनाया उसकी कल्पना भी उत्तराखण्ड का कोई पत्रकार आज नहीं कर सकता। यह अनुभव १९७३ से १९७९ तक का है और कैशोर्य के ये अनुभव मुझे बहुत काम आए। कोलकाता जनसत्ता में शुरुआत में मैंने उत्तर भारत के करीब ३५० संवाददाताओं का नेटवर्क उसी तर्ज पर बनाने की कोशिश की थी, जबकि मुझे इन स्ट्रिंगरों से काम लेने की जिम्मेदारी सौंपी गई थी। आज ३५० स्ट्रिंगरों की संख्या किसी भी अख़बर में सोची भी नहीं जा सकती।

अब अख़बारों, चैनलों में संवाददाता गिनती के हैं। यह ९० के दशक की शुरुआत थी और जनसत्ता की बागडोर तब भी प्रभाष जोशी जी के हाथों में थी और मैनेजरों और मालिकों का सम्पादकीय में कोई हस्तक्षेप नहीं था। हमें काम करने की पूरी आज़ादी थी।

बिष्णु दत्त उनियाल भी गुलाम भारत में आज़ादी की लड़ाई में शामिल पत्रकारों की तरह आज़ाद थे।

(पर्वतीय में स्वतंत्र लेखक, संपादक प्रेरणा-अंशु पत्रिका)

पवन राकेश लाम्बा

मेरा 'पर्वतीय' से परिचय कैलाश पपनै जी ने कराया। पत्रकारिता का शुरूआती शौक था तो कैलाश भाई ने कहा कि तुम 'पर्वतीय' में जाओ वहाँ महेश कुकुरेती जी से मिलो। फिर मेरा 'पर्वतीय' में आना-जाना शुरू हुआ।

'पर्वतीय' को हम इज़्ज़त से देखते थे, क्योंकि उस समय में इस क्षेत्र का वह दैनिक अखबार था, जिसमें यहाँ की खबरें पूरी तरह से मिल जाती थी। मेरा परिचय उनियाल जी से नहीं था पर उनके बारे में बहुत सुना था।

'पर्वतीय' से हमने बहुत कुछ सीखा। अखबार के लेआउट के बारे में, शीर्षक को लगाना आदि वहीं से सीखा। जो उनसे सीखा वह बाद में नैनीताल समाचार में काम आया।

10 साल तक सारा लेआउट बनाया उसमें सबसे बड़ा योगदान 'पर्वतीय' का था। वैसे भी 'पर्वतीय' बहुत बड़ा स्कूल था। वहाँ से निकले हुए लोग पता नहीं कहाँ-कहाँ पहुँचे, बहुत अच्छे पत्रकार बने। नगरपालिका की तमाम खबरें होती थीं जो आज भी ऐतिहासिक रिकार्ड है।

हमारे मन में उसके लिए बहुत अच्छा स्थान था और अभी भी है। अपने सीमित साधनों और समय के हिसाब से उसने बहुत अच्छा काम करा। अभी भी 'पर्वतीय' के बन्द होने का अफसोस तो है ही।

(पर्वतीय के पाठक व लेखक, पत्रकार)

भानुप्रकाश शाह

श्री बी.डी. उनियाल जी मेरे पिताजी (स्व. श्री बांके लाल साह) के बड़े अच्छे मित्र थे। उनसे पिताजी की वजह से ही मेरा सम्पर्क हुआ। वे बड़े अच्छे व उच्च विचार वाले व्यक्ति थे। अपना सारा जीवन कठिनाईयों व संघर्ष से बिताया। लेकिन उन्हें सभी क्षेत्र में, चाहे वह सामाजिक क्षेत्र हो या कानूनी क्षेत्र, सबका अच्छा ज्ञान था। हंसी मजाक के साथ-साथ वह अच्छे स्वभाव के थे। हर किसी की मदद करने में हमेशा आगे रहते थे।

पर्वतीय समाचार पत्र भी उन्होंने संघर्ष के बीच निकाला, फिर बाद में दैनिक समाचार पत्र हो गया।

उनके बारे में तो जितना भी कहूँ कम ही लगता है। उनके विचार, बुद्धिवक्ता, बहुत ही अच्छे मस्तिष्क के थे। जो भी वह एक बार लिख लेते पठन-पाठन में उनको याद रहता था।

मेरे पिताजी के साथ ही उनका उठना बैठना, साथ था। हर वक्त हमेशा ठहाके लगाना, बड़े ही खुश मिजाज़ के थे। माल रोड में ही रहते थे।

उनका हमेशा यह उद्देश्य रहता था कि, जरूरत मंद लोगों की सहायता करूं सबके साथ उनका व्यवहार ऐसा था कि सबको लगता था कि वह अपने ही हैं।

कोटद्वार में उन्होंने हिमालय अध्ययन एवं विचार कुंज में प्रतियोगी परीक्षाओं की तैयारी करने विद्यार्थीयों के लिए रहने-खाने की सुविधा एवं पढ़ने के लिए एक हॉस्टल और लाइब्रेरी भी बनायी थी जिसमें हर क्षेत्र से सम्बन्धित किताबें थी। वह हमने भी जाकर देखी आने वाले दिनों के लिए कई कल्पनाएं थीं।

उनका स्वभाव उच्च कोटि का था, कभी किसी के प्रति हीन भावना नहीं देखी न ही गुस्सा देखा, हमेशा हंसते ही रहते थे।

(व्यक्तिगत परिचय, पारिवारिक मित्र)

मो. युनुस खाँ

श्री उनियाल जी की प्रेरणा से ही 'पर्वतीय' पत्र निकलता था। उनियाल निकेतन में ही प्रेस थी जो माल रोड में दुर्गालाल साह पुस्तकालय के आगे थी। पहले यह साप्ताहिक पत्र था बाद में इसे दैनिक किया गया और उस समय में बहुत पुराने समाचार पत्रों में गिना जाता था। उनियाल जी से ज्ज़ादा तालूकात नहीं थे, लेकिन दुआ सलाम बराबर होती रहती थी। मुलाकात भी बराबर होती रहती थी।

मेरी भी न्यूज इसमें छपी थी।1972 का एक केस था (19 मई, 1972)। रामजे रोड में मेरी एक दुकान है हेयर कटिंग की। कोई कैनाल जी ठेकेदार अपना रुपया लेकर आये थे, वह बाथरूम में गिर गया था जो हमारे बराबर में है। जब मैं बाथरूम गया तो वह पैसे मुझे मिला। मिलने के बाद मैंने उनका पता लगाया। फिर उनको याद दिलाने के बाद वह पैसा वापस दिया। यह न्यूज पर्वतीय पेपर में निकली थी। जो यादगार के रूप में मेरे पास अभी तक रखी है। 1972 से।

उस वक्त का यह बड़ा प्रसिद्ध पेपर था काफी लोग पढ़ा करते थे।

(पर्वतीय के पाठक)

मोहम्मद अबरार

जब भी कभी उनसे (बी.डी.उनियाल जी) मिले तो अपनापन सा लगता था। ऐसा नहीं लगता था कि किसी नए व्यक्ति से मिल रहे हैं।

मज़ाकिया बहुत थे, खुशमिजाज बहुत थे, माहौल को नॉर्मल बना देते थे। अगर कहीं माहौल टेंशन वाला हो तो उसे अपने हंसी-मजाक से वह एकदम नॉर्मल, सहज बना देते थे। उनका एक बंद गले का लाल कोट था जिसे वह बहुत पसंद करते थे।

एक बार जब हम देहरादून से वापस आ रहे थे तो उन्होंने वह कोट पहना हुआ था। वे बोले 'जब भी मैं ये लाल कोट पहनता हूं तो यह मेरा बहुत खर्चा कराता है!' और फिर जोर से हंसे पड़े। मैंने कहा 'अंकल आपको पसंद भी तो ये लाल कोट ही है!' तो फिर से बोले 'हां लेकिन जब भी पहनता हूं खर्चा तो बहुत कराता है!'

एक बड़ी शख्सियत थे लेकिन किसी साधारण आदमी से भी मिल रहे हों पता नहीं लगता था। उसके साथ ऐसे बात करते थे कि अपना ही बना लेते थे। उनका बड़प्पन यही था कि वह आसानी से किसी के साथ भी घुल-मिल जाते थे और अपनेपन का अहसास करवा देते थे।

कभी अंकल के चेहरे पर गुस्सा, नाराज़गी, ऐसी चीज देखी नहीं। अंदर से गुस्सा आता होगा, परेशानी रहती होगी, लेकिन हमारे सामने कभी दिखाते नहीं थे।

बिल्कुल वैसा ही था जैसे बड़े लोगों के लिए कहा जाता है। अपने गम दुख सब भुला कर जिंदगी दूसरों को समर्पित कर देना, दूसरों को हमेशा खुश रखना, और अपनी समस्याओं से दूसरों को परेशान ना करना। अंकल के अंदर यह क्वालिटी भरी हुई थी।

हम सभी हम उम्र लोगों ने उन्हें हंसते हुए ही देखा है। हमेशा मज़ाक करते हुए। कभी भी उनको किसी पर नाराज़ होते, किसी को डांटते हुए, चेहरे पर गुस्सा, ऐसा कभी नहीं देखा। आज भी याद करता हूं तो मुझे सिर्फ उनका हंसता हुआ चेहरा ही याद आता है। लाल कोट पहने हुए!

कोटद्वार में जो सेंटर बनाया था, उसकी बिल्डिंग बहुत दूर से ही दिख जाती थी। लोगों को उसका लाभ मिला क्योंकि वहां पर आई.ए.एस., पी.सी.एस. से लेकर लगभग हर कॉम्पिटेटिव एक्ज़ामके लिए किताबें उपलब्ध थी। यह उस समय में बहुत बड़ी बात थी, जब संचार माध्यम बहुत ही कम थे।

उन्होंने बहुत ही अच्छी चीज़ उस समय में सोच ली थी। जहां तक मैं जानता हूं, आज तक कुमाऊं या गढ़वाल, मतलब पूरे उत्तराखंड, में ऐसी कोई व्यवस्था नहीं है जहां एक जगह जाकर पहाड़ के लोग कॉम्पिटेटिव एग्जाम्स की तैयारी कर सकें।

इतनी बड़ी लाइब्रेरी थी कि उसमें कोई भी कॉम्पिटेटिव एक्जाम से संबंधित किताब ऐसी नहीं होगी जो मौजूद नहीं थी।

वह चाहते थे कि अच्छे विद्यार्थी वहां आकर पढ़ाई करें और जिंदगी में आगे बढ़ें।

उनकी सोच ऐसी थी, कि कैसे मैं लोगों को आगे बढ़ा सकूं।

(पारिवारिक मित्र, अधिवक्ता उत्तराखन्ड)

Magnificent Uniyal Mamaji
-Rachana Joshi Issar

The frantic search for a sponsor ready to shell out a tidy sum for our social organization - "Abhiprerna's" annual function during my college days, would invariably stop at his door. Inherently insightful, he would make some simple but pertinent queries, his brilliant mind precisely calculating our pecuniary need and would provide for it instantly.

The benevolent donor, Uniyal Mamaji, would mildly excuse himself from being felicitated and would make no reference to the grant ever after. He followed the same approach to quietly pursue his other countless philanthropic ventures. He helped anybody who came to him in need, with humility and all his might & resources.

I grew up respecting his benevolence, simplicity and equanimity. His profound communication skills (he was a multi-linguist), deep knowledge of various subjects and independence, were conducive to making him a great journalist. Seema (his daughter) and I accompanied him on a trip undertaken through the tough terrains of Garhwal hills around mid 1980s. The purpose was to spread awareness so that the needy may reap benefits of the charitable activities of the trust founded by him. I was completely awestruck by the sheer ease with which he could converse with complete strangers.

As a young lawyer, I especially admired his profound knowledge of legal provisions and flawless expressions. The pleadings drawn by him were unexceptionable and apt for resolving multifarious issues espoused by him in pursuit of justice - mostly for others seeking his help.

My father's alter ego, his visits invariably entailed their chortling merrily together. They were both tall men with extraordinary fortitude and foresight and never deprived themselves of a guffaw on any occasion. The bond between them was so strong that my father naturally became the local guardian of his daughter Seema while she was studying in Delhi University and stayed with us like my Baba's third child.

With such splendid professional achievements - a journalist of tall stature with unhindered access and personal relations with senior political leaders & bureaucrats, Founder-Editor of 'Parvatiya' the first Daily Newspaper of Kumaon & Garhwal Hills, Founder–Chairperson of a public charitable trust, he was self-effacing and polite, devoid of any ego.

For me, he was "*Rasgullay walley Mamaji*"- a grand old friend of my father who treated my mother like his sister and always came home with "Rasgullas" in his hands. So immense was his affection for my parents that during the delivery of their first child, my parents shifted from Almora to Nainital, in Mamaji's house and my elder brother was born at Ramsay Hospital, Nainital, in the year 1959.

During the last phase of his life, Mamaji, then a sexagenarian, immersed himself into the uphill task of creating an educational institution par excellence in Kotdwar, a remote town in

Pauri Garhwal. This onerous venture was actuated by his immense desire to contribute to the progress of UP Hills (now Uttarakhand) through the academic success of its meritorious (though resource-less) rural youth.

Mama ji's nobel spirit still guides the activities of the Trust founded by him with his hard earned resources. It is heartening to see that Seema, its present Chairperson, continues to serve the cause with equal humility and devotion and shares her father's attributes - an unflinching commitment for the larger social good, a transparent personality and a sharp mind. It gives me immense pleasure to make my personal and professional services consistently available to facilitate the public welfare activities of the Trust which continue unabated till date *sans* any external aid.

What a wonderful man Uniyal Mamaji was! Noble, learned, insightful and successful. Yet, so unassuming and uncomplicated!

But for this great visionary, many a dreams would have failed to turn into reality.

(व्यक्तिगत परिचय, सचिव बी.डी. उनियाल पर्वतीय चैरिटिबल ट्रस्ट, अधिवक्ता, सुप्रीम कोर्ट)

Late Sh. Bishnu Dutt Uniyal

Dr. Rathnamala Chetan

It is indeed an honour and privilege to write a few words about Sh. Uniyal during this year of his birth centenary. It is also an opportunity for me to record my heartfelt tributes to him.

After my graduation and internship, I joined Uttar Pradesh Medical Services in 1976. My first posting was at Bhowali, a town near Nainital. In fact, my training was based at Nainital's B.D. Pandey Hospital. My accommodation was also within the hospital precincts and I used to get quite lonely at times. Just a few weeks later, however, it was my good fortune to meet Mr and Mrs Uniyal. They were so caring and affectionate that I naturally called them Uncle and Aunty. Their little daughter, Seema (known to relatives and friends as Mona), used to call me *Didi.*

Meeting the Uniyal family was really a Godsent for me. Their love and affection for me knew no bounds. Sh. Uniyal was able to get my posting transferred from Bhowali to Ramsey Hospital in Nainital. This was a great help as it removed much of my loneliness and inconvenience.

Once I moved to Nainital, I virtually became as if a member of their family. I was part of every family festivity. The happy moments that we spent together in family picnics are truly memorable.

Sh. Uniyal was able to procure me suitable accommodation in Lucknow when I was given leave to do post graduate studies in anaesthesia in the year 1983. At the completion of my course, he was able to get me posted back to Nainital. In fact, more than once, he helped me prolong my employment in Nainital.

Sh. Uniyal was a kind man of jovial nature, who tried to help others. He attempted to handle most of his problems, related to work or otherwise, on his own without giving much trouble to others.

I got married in 1985 and so had to resign from my job and leave Nainital for good. As I became more involved in the affairs of my family, I was unable to visit Nainital again.

Although I may have only spent eight or nine years in Nainital with the Uniyal family, those years have left me with a lifetime of fond memories to cherish.

It was heart breaking to hear the news of Uncle's passing away in 1988, and Aunty's in 2016.

However, I am honoured that dear Mona (Seema) has not forgotten me and continues to keep in touch.

(पारिवारिक मित्र, चिकित्सक रामजे हास्पीटल नैनीताल, वरिष्ठ चिकित्सक मैसूर)

राजीव लोचन साह

जब हम कॉलेज में थे, तब से हमें पढ़ने का शौक था। दुर्गालाल साह पुस्तकालय हमारा एक केन्द्र हुआ करता था। जितने भी दोस्त थे, मल्लीताल से आने वाले तल्लीताल को और तल्लीताल से जाने वाले मल्लीताल को हम सभी वहीं मिला करते थे तथा वहीं अखबार व पत्रिकाएं पढ़ा करते थे। उन दिनों प्रमुख अखबार जो मिला करते थे, दैनिक तो उन दिनों बहुत कम आते थे। आज कल की तरह नहीं कि सुबह-सुबह अखबार मिल जाए। सभी साप्ताहिक व पाक्षिक पत्र हुआ करते थे। जो हमको दिखाई देते थे। भक्ति, स्वाधीन प्रजा व गढ़वाल से युगवाणी, सीमान्त प्रहरी, सरहदी।

इन सबके बीच में 'पर्वतीय' भी हुआ करता था, सबसे अलग। वह एक पत्रिका के रूप में छपता था। बहुत अच्छे कवर के साथ। उसमें सामग्री भी इन पत्रिकाओं के मुकाबले बहुत अच्छी होती थी। यह तो बाद में मालूम चला कि जो नैनीताल के प्रबुद्ध युवा होते थे लक्ष्मण सिंह 'बटरोही', देवेन्द्र मेवाड़ी, वीरेन्द्र डंगवाल आदि उन लोगों को उसके संपादन कार्य दिया जाता था। महेश कुकरेती 'पर्वतीय' के रीढ़ की हड्डी हुआ करते थे। महेश कुकरेती ने मुझसे कहा कि कोई कितना भी, कितना ही बड़ा लेखक हो वह स्थानीय पत्र पत्रिकाओं के लिए नहीं लिखता हो तो उसका कोई अर्थ नहीं है। तब तक 'पर्वतीय' की पुरानी टीम बदल चुकी थी। बटरोही, देवेन्द्र मेवाड़ी और ये सब गौरी शंकर जोशी जो बाद में बी.बी.सी. में चले गये थे। बटरोही जी से भी पहले। उनका सबका केन्द्र भी 'पर्वतीय' हुआ करता था।

हमारे आने तक 'पर्वतीय' दैनिक रूप में छपने लगा तथा वहाँ पर कैलाश पपनै आये, धीरेन्द्र साह भी आये, महेश कुकरेती तो इन सबका केन्द्र हुआ करते थे। मैंने महेश कुकरेती जी से वादा किया कि हर सप्ताह 'पर्वतीय'

के लिए स्पोर्टस पर एक कॉलम लिखूंगा। साल छः महीने पता नहीं कितना क्रम चलता रहा। इतना ही मुझे एक पाठक के रूप में याद रहा। उन दिनों तीन-चार कलर की ब्लॉक प्रिंटिंग हुआ करती होगी। जो मैं सोचता हूँ तो उसमें साहित्य व स्वाथ्य पर होता था। बाद में जब 'पर्वतीय' दैनिक रूप में चल गया फिर उसका रूप दैनिक जैसा ही हो गया। आज के हिसाब से जो दैनिक निकालते हैं उस हिसाब से तकनीकी रूप में काफी पिछड़ा हुआ था पर 'पर्वतीय' ने स्थानीय समस्याओं पर अच्छा काम किया।

बिष्णु दत्त कब नैनीताल आये हमें नहीं मालूम क्योंकि वह काफी बुजुर्ग रहे। सुनते थे कि उनियाल जी बड़ी बीमारी की वजह से पहले रामनगर फिर नैनीताल आये। अखबार शुरू करना और इतने लम्बे समय तक खींचना तो बड़ी मुश्किल बात थी। आज तो और भी मुश्किल हो गयी है पत्रकारिता को आर्थिक रूप से सफल बनाना। 'पर्वतीय' का इतना दबदबा था कि उन्हें विज्ञापन भी मिल जाते थे और उन्होंने एक ट्रस्ट की स्थापना भी करी। नैनीताल के उस दौर में प्रमुख व्यक्तित्व के रूप में रहे।

(पर्वतीय में लेख प्रकाशित, वरिष्ठ पत्रकार व सामाजिक कार्यकर्ता)

विशम्भर नाथ साह

श्री बिष्णुदत्त उनियाल जी नैनीताल में पत्रकार के रूप में स्थापित हुए और वास्तविकता में कहना चाहिए कि नैनीताल में पत्रकारिता के क्षेत्र में सबसे पहली चेतना स्थापित करने वाले और एक व्यवस्थित पत्र स्थापित करने वाले बिष्णु दत्त उनियाल जी थे।

करीब-करीब 1956-57 के बाद धीरे-धीरे उनके सम्पर्क में आया तब तक 'पर्वतीय'अच्छी तरह से स्थापित नहीं हो पाया था। उनकी व्यवहार कुशलता और मृदुभाषी और मिलनसार बहुत थे। सबसे मिलने जुलने वाले थे। उनसे सम्पर्क बना और बात चीत होती रही। सामाजिक क्षेत्र में, सांस्कृतिक क्षेत्र में, जिससे हमारी निकटता बढ़ती रही।

उनियाल जी का व्यक्तित्व बड़ा गम्भीर सोच रखने वाले था, और वह पत्रकारिता के लिए समर्पित थे। एक दूसरा पक्ष था, आर्थिक पक्ष। यह व्यवहारिकता थी। वैचारिक मुद्दों के रूप में दुश्मनी न होकर के एक निकटता की वजह से बहस होती रहती थी, जिससे उनकी और हमारी निकटता और बढ़ती चली गयी। सरकारी तंत्र से भी बराबर दोस्ताना ताल्लुक़ात रहते थे। जो एक उच्च वर्ग नैनीताल के, उनसे भी उनका दोस्ताना था। साहित्यकारों से भी संपर्क रहते थे जो उस समय लिखते रहते थे। हम जैसे लोगों से भी उनके सम्बन्ध रहते थे।

उन्होंने 'पर्वतीय' छापा-खाना स्थापित किया और 'पर्वतीय' अत्यन्त सफल समाचार पत्र के रूप में छपता रहा।

(सामाजिक, सांस्कृतिक कार्यकर्ता)

श्रद्धा सुमन

विनीता पन्त

देवानंद का 'स्वैग' और एक संत की जैसी व्यक्तित्व में स्थिरता। कुछ स्मृतियों को समय में बांधना सम्भव नहीं है, उन्हीं समयातीत स्मृतियों के बांध से हैं मेरे 'उनियाल अंकल'। सीमांचल और 'पर्वतीय' जैसे नामी अख़बारों के भार को कंधे पर उठाए सामाजिक ज़िम्मेदारी को सहजता से स्वीकार किया था इस मुनि सरीखे मानस ने।

कभी अहसास नहीं होता कि हम इतने गम्भीर व्यक्तित्व के साथ बैठे हैं। कभी हमारे सामने ज़ान नहीं झाड़ा काश! तब इतनी समझ होती। सामने विशाल सागर था मगर हम बुलबुलों में उलझे रहे। और श्री बी.डी. उनियाल (मेरी अंतरंग सीमा के पिता) हमारी बुलबुलों सी किलकारियों को जीवन का सार मानते हमारे रंग में रंग जाते।

जब भी उनके घर जाओ कोई रोकटोक नहीं, कोई कटाक्ष नहीं, बस एक सहज स्वीकृति। शायद यह एक बड़ा अनुकरणीय गुण है। हमें हमारे बड़प्पन का अहसास कराना। इतने गुणी और तेजस्वी व्यक्तित्व की मौन स्वीकृति जीवन को आत्मविश्वास से भर देती है। हम सब उनके ऋणी रहेंगे।

बाद में जब पता चला कैसे बिना बताए कितने लोगों का संबल रहे हैं वो और जब तक लगा कि उनसे कितनी गुत्थियां सुलझाने का ज्ञान लेना है तब तक जीवन करवट बदल चुका था। पर सीमा के 'बाबा' उनियाल अंकल जीवन की मौन प्रेरणा हैं। कैसे सहजता से कर्म किया जाए। आपके समान कुछ कर गुज़रने का साहस तो नहीं पर शायद कुछ सहज योगी की सहजता हम में भी ढुलक आयी है और जीवन यात्रा सुगम लगने लगी है।

(पारिवारिक मित्र)

डॉ. शमशेर सिंह बिष्ट

जब हम छात्र जीवन में थे, हम लोग 1972-1973 वन आन्दोलन से जुड़ गये थे। छात्र जीवन से आगे बढ़कर भी विशेषकर उत्तराखण्ड की स्थिति का विवेचन, बातचीत, लोगों से सम्पर्क व बात-चीत करते रहे। उसी क्रम में 1974 में हम लोग नैनीताल में वनों की नीलामी के विरोध के लिए गये थे। हम करीब 18 लोग थे। तब के पूर्व मुख्यमंत्री हरीश रावत, बच्ची सिंह रावत, बालम सिंह जनौटी, विपिन त्रिपाठी, शेखर पाठक लोग थे। हम लोगों ने जबरदस्त विरोध किया था। जिस कारण वनों की नीलामी स्थगित हो गयी थी।

उसका इतना व्यापक असर हुआ, कि उनियाल जी, जो 'पर्वतीय'पत्र निकालते थे और वह पहाड़ के बहुत पक्षधर थे, पर्वतीय समस्याओं से बहुत गहराई से जुड़े हुए थे, आकर हमसे मिले व बातचीत करी तथा हमें अपने कार्यालय में बातचीत करने के लिए बुलाया। हम लोगों की पहली मुलाकात उसी क्रम में हुई।

उसके बाद हमने सोचा कि उनियाल जी एक ऐसे व्यक्ति हैं, जो पूरे पहाड़ के बारे में सोच रहे हैं। और अखबार भी लगभग उसी ओर केन्द्रित है तो हमको बहुत सकारात्मक लगा और हम उत्साहित भी हुए। फिर

हमारा उनियाल जी से लगातार सम्पर्क बना रहा। सम्पर्क बनने से जो समस्याएं थीं वह बड़ी सकारात्मक रूप से 'पर्वतीय' में उजागर हुईं और आन्दोलन को बहुत बड़ा बल भी मिला यह उनियाल जी की सोच थी उसकी वजह से हुआ।

उनियाल जी जन-आन्दोलन में वह मील के पत्थर बने। उस समय वह सम्पादक थे। सहृदयी व्यक्तित्व था। हम जब भी मिलते थे वह बड़े सहज रूप से मिलते थे।

(व्यक्तिगत परिचय, सामाजिक कार्यकर्ता)

श्री सईद शेख

कॉलेज का जमाना था। लक्ष्मण सिंह बटरोही जी से जान पहचान हो चुकी थी, वह 'पर्वतीय' कार्यालय में अक्सर जाया करते थे। उसके बगल में एक रेस्टोरेन्ट था।

'पर्वतीय'कार्यालय में बटरोही जी के साथ बैठकर गपशप हुआ करती थी। उसी समय मैंने कविता लिखनी शुरू की थी। 'पर्वतीय' में प्रकाशित भी हुई।

'पर्वतीय' स्थानीय पत्र था लेकिन काफी अच्छा समाचार पत्र था। सन् 1963 से मैं 'पर्वतीय' से जुड़ गया था। पर उनियाल जी से सीधा संपर्क नहीं रहा।

नैनीताल छोड़ने के बाद मैं दिल्ली चला गया। दिल्ली में टाइम्स ऑफ इंडिया ग्रूप का अखबार छपता था। मैं दिनमान में लेखन कार्य करता था। आकाशवाणी में बाल कार्यक्रम में कहानियाँ लिखने का कार्य मिला। उसके बाद मैं बाहर (विदेश) चला गया। उनियाल जी से फिर मुलाकात भी न हो पाई।

(पत्रकार - पर्वतीय में नियमित रूप से लेख प्रकाशित)

सुधीर कंसल

उनियाल जी का जो इम्प्रेशन मेरे दिमाग में है, वो बाल्यकाल का ही है। मैं छोटा बच्चा था, वो पत्रकार थे, और जैसी बाल सुलभ व्यक्तित्व का निरूपण होता है वही मेरा है। उस हिसाब से बहुत ही शान्त व गम्भीर स्वभाव के थे पहली बात। दूसरी बात वह हमेशा टिप-टॉप रहते थे।

उनका 'पर्वतीय' नाम से जो अखबार निकलता था कुमाऊँ का क्या कहें उत्तराखण्ड की पत्रकारिता का पाय्नीयर (अगुवा) था। मतलब उन्होंने ही स्थानीय पत्रकारिता की शुरुवात की थी इस कुमाऊँ में। बहुत पुराना उनका कार्य समय था।

इस समय उनके साथ के कोई नहीं मिलेंगे। हां, उनके ट्रेन किये हुए पत्रकार मिल जायेंगे आज कल वो भी अब बहुत वृद्ध हो गये होंगे।

उनके व्यक्तित्व निर्माण में सावित्री देवी उनियाल का बहुत बड़ा हाथ था वह भी उतनी ही गम्भीर प्रकृति व उतनी ही गम्भीर स्वभाव की थीं और वह अपनी शिक्षा के क्षेत्र में जुड़ी थीं दोनों ने अपने-अपने क्षेत्र में तपस्वी की भांति जीवन व्यतीत किया।

(व्यक्तिगत परिचय एवं 'पर्वतीय' के पाठक)

सुनील विर्मानी

बी.डी. उनियाल जी ने नैनीताल में दैनिक 'पर्वतीय' नाम से समाचार पत्र शुरू किया था। सन् 1972 या 1975 के करीब की बात है। मेरा उनसे जो सम्पर्क रहा वह मेरे पिताजी स्व. श्री रामस्वरूप विर्मानी जी की वजह से था। वह उनके काफी अच्छे मित्र थे।

उनियाल जी के साथ बड़ा ही उठना बैठना था करीब-करीब रोज़ मिलने जाते थे। हम उस समय बहुत छोटे थे बस इतना ही पता था कि जो सम्मान हम पिताजी को देते थे वही सम्मान हम उन्हें भी देते थे। उनकी दोस्ती ऐसी थी कि मैं नहीं समझता कि मेरे पिताजी व उनियाल जी में कोई फर्क था। वे बड़े ही हंसमुख, बड़े- बड़े राजनैतिक लोगों से भी उनके सम्बन्ध बड़े अच्छे थे।

वह दिल से नम्र थे अपने प्रयास से बहुत अच्छा कार्य किया मालरोड में जगह ली, बनवायी उसके बाद उसमें प्रेस खोली और व उनका पत्र 'पर्वतीय' काफी प्रख्यात भी हुआ। जिसकी काफी समय तक नैनीताल के अलावा अन्य जगह भी अच्छी पकड़ थी।

पत्रकारिता से ही उन्होंने प्रसिद्धि प्राप्त की। हर इन्सान, जो नैनीताल रहता था आजादी के बाद से, हर कोई उनको जानता था। जानने के अलावा उनका स्वभाव बड़ा ही मिलनसार था। उससे ज्यादा समाज में कुछ भी हो चाहे बैठक हो चाहे कहीं जाना हो या कोई कार्यक्रम हो हमेशा सम्मिलित रहते थे। मेरा उनके प्रति बड़ा आदर था। बड़े ही हँसमुख थे।

आज भी लोग उन्हें याद करते हैं। उन्होंने पर्वतीय क्षेत्र के लिये कार्य किया। समाचार पत्र का नाम ही 'पर्वतीय' था। समाचार पत्र में जो भी खबरें छपती थी वह बड़ी विस्तार से छपती थी। उन्होंने जो कुछ भी किया लोगों की भलाई व अच्छे काम के लिए किया। दुख हुआ 'पर्वतीय' समाचार पत्र बन्द हो गया।

(व्यक्तिगत परिचय)

सुरेश गुरुरानी

जहां तक मैं सोचता हूँ 'पर्वतीय' एक मात्र अखबार था जिसे कहा जाता है - चौथा स्तम्भ। 'पर्वतीय' उस मायने में अपने आप में सबसे पहला समाचार पत्र नैनीताल से छपा था।

यह समाचार पत्र अपने आप में यहां की समस्त गतिविधियों से लेकर यहां की समस्याओं, यहां के खेल से लेकर गीत, नाटक, लेख छापता था। उनियाल जी एक वरिष्ठ पत्रकार के साथ-साथ बहुत अच्छे लेखक थे।

मैं कह सकता हूँ कि आज जैसे विभिन्न चैनलों को देखने की एक लालसा होती है, इसी प्रकार बिना 'पर्वतीय' को पढ़े चैन नहीं आता था।

हमेशा बड़ा इन्तजार रहता था कब 'पर्वतीय' निकले कब हमें पहाड़ के हाल समाचार पढ़ने को मिले। जहां तक मेरा व्यक्तिगत सम्बन्ध है, सन् 1965 के आसपास मैं ड्रामा में भाग लेने लगा था, और लिखने की भी प्रेरणा मिली। जो भी विषय चाहता था तथा जो भी लिखना चाहता था, मैं उनियाल जी से सम्पर्क करता था। वह भी बतलाया करते थे, कि इसको इस तरह से लिखो। इस तरह हमारे सम्बन्ध आगे बढ़ते चले गये और गहरे होते गये। जहां तक उनके परिवार से व्यक्तिगत सम्बन्ध थे मेरे परिवार से लेकर थे। मेरे पिताजी उनके काफी करीबी थे। उनके परिवार से हम काफी जुड़े हुए थे। मेरे सारे पुरस्कारों की न्यूज, फोटोग्राफ भी छपते थे। साहित्यकारों के लेख, कलाकारों, वैज्ञानिकों, उद्योगपतियों के समाचार व लेख उसमें छपते थे।

एकमात्र समाचार पत्र होने से लोगों के बीच 'पर्वतीय' समाचार पत्र की उत्सुकता बहुत ज्यादा थी।

(पर्वतीय के पाठक, लेखक)

सुश्री सुशीला हक़

मैं कु. सवित्री रावत को जानती थी वह जी.जी.आई.सी. में मेरे से सीनियर थीं। बाद में वह प्रधानाचार्या भी बन गयी थीं। मेरी मम्मी ने उन्हें पढ़ाया था इस वजह से हमारे तालुकात और भी गहरे व करीबी थे। उनकी शादी बी.डी. उनियाल जी से हो गयी। बी.डी. उनियाल जी फिर मेरे जीजा जी (भिनज्यू) बन गये।

वह एक भाई की तरह थे। बहुत ही ज्यादा प्यार करने सबको सम्मान देने वाले थे। हम भी उनको सम्मान देते थे। हमारे बातों के सवालों के जवाब बड़ी ही अच्छी तरह से देते थे। हिन्दी के वह बड़े माहिर थे हमें जब हिन्दी के जो शब्द नहीं आते थे तो उन्हीं से पूछा करते थे। और वह हमें बड़े अच्छे तरीके से समझाया करते थे।

उनियाल जी की बेटी सीमा उनियाल व मेरे बच्चे साइमन, सैमी व मधु चारों बच्चे साथ मिलकर खेला करते थे। इनके साथ बी.डी. उनियाल भी बच्चा बनकर खेला करते थे। हमारे दीपावली, दशहरा, होली जैसे त्यौहार हमेशा उन्हीं के साथ मनता था। मेरे बच्चों की कक्षा-2 से एम.ए. की पढ़ाई तक उन्हीं के घर में दीपावली बनायी।

गरीबों के वे बड़े अच्छे दोस्त थे जो भी उनके पास मदद के लिए गये वह निराश नहीं लौटे। किसी भी तरह की मदद हो चाहे मानसिक हो, शारीरिक हो, चाहे आर्थिक हो, हर तरह से उनकी मदद करते थे।

(पारिवारिक मित्र, से.नि. प्रधानाचार्या)

कैसे थे वह लोग - हेमंत बिष्ट

छोटी उम्र में बड़ों के बीच होने वाली बातें भले ही कम समझ में आती हैं लेकिन जितनी भी आती हैं वह स्थायी रूप से मस्तिष्क में अंकित हो जाती हैं और आजीवन याद रहती हैं।

सन 1968 ई० जुलाई माह की बात थी। मेरी दीदी हन्सा, जो शारीरिक रूप से अक्षम हैं (पोलियो ग्रस्त), दिव्यांगता के कारण चल नहीं पाती हैं। पिताजी उसे गांव के ही चाचा से उनके शाक - सब्जी ढोने वाला घोड़ा मांगकर, उसमें बिठाकर नैनीताल के बी.टी.सी ट्रेनिंग सेंटर में प्रवेश हेतु ले जा रहे थे। ईजा(मां) ने कहा, "हेम (मुझे) को भी ले जाओ, इसकी हिंदी की किताब अभी नहीं आई है, इसे शौक हो रहा है, खुद ही ले आएगा।

बी.टी.सी. ट्रेनिंग सेंटर वर्तमान कुमाऊं विश्वविद्यालय के यू.जी.सी. कैंपस में स्थापित था, जिसे उन दिनों नवाब साहब की कोठी कहते थे। बहुत ही अनुशासित प्रधानाचार्य श्रीमती सावित्री उनियाल जी दीदी को देख कर बोलीं, "बेटा आप अपना काम कैसे कर पाओगी टीचिंग में तो हर तरह से फिट रहना पड़ता है"। पिताजी और दीदी निराश थे। पिताजी ने कहा था, "बच्ची शारीरिक रूप से अक्षम है, शिक्षिका के रूप में जीवन निर्वहन कर लेगी। प्रधानाचार्य जी बोली अक्षमता के कारण ही तो समझ नहीं पा रही हूं कि कैसे कर पाएगी। आप एक अर्जी लिखिए उच्चाधिकारियों को, उन्हीं की सहमति और अनुमति से प्रवेश संभव होगा और आगे के लिए भी यह हितकर रहेगा"।

उन्होंने घंटी बजाई, अधीनस्थ कर्मचारी भीतर आए एक कागज बढ़ाते हुए वह बोलीं - "इनकी अर्जी लिख दो"। पिताजी ने कागज स्वयं पकड़ते हुए पूछा, "किसे एड्रेस करके लिखना है"? लगभग चौंकते हुए मिसेज उनियाल जी ने कहा –"आर. आई. जी. एस. बरेली को"। पिताजी जब अर्जी लिख रहे थे तो प्रधानाचार्य जी उनकी लिखावट को देखकर हैरान थीं। अनायास ही मुझसे पूछने लगीं," बेटा तुम क्या बनोगे बड़े होकर?" मेरा उत्तर था, "जी टीचर" उन्होंने मुझे शाबाशी दी और पिता जी से पूछा आपका परिचय ? पिताजी ने कहा, "मैं जगत सिंह बिष्ट। मेरी शिक्षा दीक्षा लखनऊ में हुई। पारिवारिक कारणों से मैं नौकरी छोड़ कर अपने गांव खुरपाताल आ गया हूं अब सीजनल फल-सब्जी उगाता हूं। कुछ वर्ष पहले म्युनिसिपल मार्केट मल्लीताल में मैंने दुकान भी की थी"। मिसेज उनियाल इतना ही बोली, "आप जागरूक हैं, अनुशासित हैं, शिक्षा के महत्व को जानते हैं निश्चित रूप से इसका प्रभाव बच्चों पर भी पड़ा है, भविष्य में दोनों ही बच्चे अच्छे शिक्षक बनेंगे"।

आज मैं सोचता हूं कहां तो बी.टी.सी. में ही प्रवेश नहीं हो पा रहा था फिर उन्होंने अच्छे शिक्षक होने का आशीर्वाद कैसे और क्यों दे दिया होगा। पिताजी, हंसा दी और मैं नीचे बाजार लौटे। शायद पिताजी को वह अर्जी मंडलीय बालिका विद्यालय निरीक्षक कार्यालय बरेली को भेजनी थी। म्युनिसिपल मार्केट के पास पिताजी के मित्र श्री साह जी मिले। पिताजी और उनकी दुकान पहले साथ - साथ थी। उन्होंने अभिवादन किया," राम राम जगत बाबू! आज चिंतित क्यों दिखाई दे रहे हैं ," पिताजी ने हमें उनकी दुकान पर बिठाते हुए चिंता का कारण बताया तो अनायास ही वह बोले," अरे प्रिंसिपल साहिबा तो बिष्णु दत्त उनियाल जी की पत्नी हैं ,उनसे कहिए।आप तो उन्हें अच्छी तरह से जानते हैं।" पिताजी ने आश्चर्य में कहा था ,"अच्छा ! ! लेकिन इस काम के लिए उनियाल जी से कहना अनुचित है। प्रिंसिपल साहिबा स्वयं अनुशासित हैं अपने कार्य के प्रति शत प्रतिशत ईमानदार हैं फिर उनियाल जी के माध्यम से सिफारिश करना उनका अपमान होगा। श्री साह जी ने वह अर्जी देखी, पिताजी के लिए

चाय मंगवाई, हमें कुछ फल देकर वह बोले अभी आता हूं।" लगभग आधा घंटे के बाद वह लौटे बोले," जल्दी चलो, अस्पताल चलना है।" अस्पताल जाकर एक मेडिकल सर्टिफिकेट बनवाया गया। सिविल सर्जन ने लिखा था " शी इज फिट फॉर हर ड्यूटीज् ऐज अ टीचर।" उस मेडिकल सर्टिफिकेट को अर्जी के साथ नत्थी करके रीजनल इंस्पेक्टर ऑफ गर्ल्स स्कूल बरेली को भेज दिया गया।

हम अपने गांव खुरपाताल लौट आए। पिता जी श्याम लाल वर्मा जी, तत्कालीन चेयरमैन डिस्ट्रिक्ट बोर्ड के पास गए और दीदी को श्री वर्मा जी ने फिर से अविरल अनट्रेंड टीचर के रूप में पढ़ाने की अनुमति दे दी। दरअसल दीदी 13 वर्ष की आयु से ही श्री श्याम लाल वर्मा जी की अनुकंपा से अनट्रेंड टीचर के रूप में डिस्ट्रिक्ट बोर्ड के प्राइमरी विद्यालय में पढ़ा रही थी। दूरदर्शी पिताजी ने दीदी के 18 वर्ष के हो जाने पर उसे बी टी सी ट्रेनिंग करवा कर स्थायी शिक्षिका बनाने का मन बनाया था।

लगभग ढाई महीने के बाद आर. आई. जी. एस. साहिबा का पत्र आया। फिर से दीदी बी.टी.सी. विद्यालय गई। श्रीमती उनियाल ने उन्हें प्रवेश दिया, आशीर्वाद देकर शुभकामनाएं दीं और हिम्मत बंधाई।

हॉस्टल के लिए सामग्री खरीदने हेतु जब हम बाजार गए, धन्यवाद करने के लिए बाबूजी साह जी के पास गए। साह जी ने बताया, "बाबू साहब, उस दिन अर्जी लेकर मैं सीधे विष्णु दत्त उनियाल जी के वहां गया था; उन्होंने कहा, मैं उनसे (सावित्री उनियालजी) कुछ नहीं कहूंगा, उनने जो किया अपनी दृष्टि से सर्वथा उचित किया है, लेकिन वहां बरेली बैठी मंडलीय विद्यालय निरीक्षक कैसे निर्णय देंगे की बच्ची टीचर बनने के लिए शारीरिक रूप से सक्षम है या नहीं। तुम सीधे अस्पताल जाओ फिटनेस सर्टिफिकेट बनाओ। तभी तो हम लोग अस्पताल गए, सर्टिफिकेट बनवाया और आज परिणाम सामने है।

जब हम दोनों भाई, बहनों को शिक्षा के क्षेत्र में राष्ट्रपति पुरस्कार मिला तो मैंने अपने साक्षात्कार में श्रीमती उनियाल जी के उस आशीर्वाद का जिक्र किया जो उन्होंने हमें दिया था। मैं आज भी सोचता हूं कैसे थे वे लोग.......कितने हिम्मतवाले रहे होंगे मेरे पिताजी जो अंतिम क्षणों तक हिम्मत नहीं हारते थे। कैसी अनुशासित, दृढ़ निश्चयी ,निष्पक्ष और दूरदर्शी रही होंगी श्रीमती उनियाल जिन्होंने भविष्य की चिंता करते हुए वह निर्णय लिया। कैसे उसूलों के पक्के रहे होंगे मेरे पिताजी जो श्री उनियाल जी के अच्छे परिचित होने के बावजूद सिफारिश हेतु उनके पास नहीं गए। कितने सहयोगी प्रकृति के रहे होंगे श्री साह जी जो बिना बताए चुपचाप दौड़ पड़े उनियाल जी के पास। कितने दूरदर्शी, जानकार और और पढने लिखने वालों के प्रति समर्पित रहे होंगे श्री उनियाल जी जिन्होंने न्याय संगत तर्क को सिफारिश से ज्यादा महत्व दिया। कैसे उदार और निस्वार्थ रहे होंगे श्री श्याम लाल वर्मा जी जिन्होंने एक दिव्यांग बालिका को शिक्षिका के रूप में घर के पास के ही विद्यालय में सेवा का अवसर दिया। कितने उदार और स्थितप्रज्ञ होंगे सिविल सर्जन, जिन्होंने दिव्यांगता का सही मूल्यांकन किया, और कितनी कर्तव्य परायण होंगी मंडली बालिका विद्यालय निरीक्षिका जिन्होंने एक साधारण डाक में भेजे हुए प्रार्थना पत्र का संज्ञान लिया और दीदी को शिक्षिका बनने हेतु उचित बताया।

आज भी उस समय के उन व्यक्तित्वों का स्मरण करता हूं तो मस्तक श्रद्धा और सम्मान से झुक जाता है।

हेमंत बिष्ट

(राष्ट्रपति पुरस्कार प्राप्त शिक्षक एवं उत्तराखण्ड राज्य गीत रचयिता)

डॉ. हीरा सिंह भाकुनी

बी. डी. उनियाल जी जो 'पर्वतीय' समाचार पत्र के संस्थापक और संपादक रहे उन्होंने एक पत्रकार की हैसियत से काम किया। स्वतंत्रता के पश्चात अल्मोड़ा में जो उनके द्वारा 1953 में पत्रकारिता की शुरुआत हुई वो 1983 तक चली।

हम उनकी पैदाइश को देखते हैं तो पाते हैं की दूर रिमोट पहाड़, शिक्षा की कोई सुविधा नहीं आर्थिक रूप से यहाँ के लोग जिस स्तिथि में जीते हैं वे उसी तरह पढ़ते भी हैं। लाहौर भाग कर जाना, उनका छोटी बड़ी नौकरी करना, वापस आना और बीमारी को झेल 1953 में स्वतंत्रता पश्चात साप्ताहिक पर्वतीय पत्र की शुरुआत अल्मोड़ा से करना वो भी बिना किसी पत्रकारिता की ट्रेनिंग की पृष्ठभूमि के बावजूद, जब उनके पास कुछ भी नहीं था, यह एक ऐतिहासिक शुरुआत कहलायेगी।

1953 से लेकर 1954 में पहुँचते हैं तो 'पर्वतीय' की शुरूआत रामनगर से करते हैं, कोटद्वार से करते हैं, टिहरी से करते हैं, उसके बाद 1956 में नैनीताल साप्ताहिक 'पर्वतीय' की शुरूआत करते हैं। 1968 से शिमला से भी 'पर्वतीय' को प्रकाशित करना प्रारम्भ किया। जब शिमला से प्रकाशित करना शुरू किया तो उन्होंने देखा की उत्तराखण्ड की क्या परिस्थितियाँ हैं। संसार में समाचार माध्यम के क्षेत्र में उत्तराखण्ड कितना पीछे है।

इस तमाम सोच को लेकर 1972 में उनियाल जी ने नैनीताल से दैनिक पत्र के रूप में 'पर्वतीय' की शुरूआत की। अपने आप में यह बहुत बड़ा कदम था, उनके द्वारा उस दौर में, सबसे पहला हम कह सकते हैं। 'पर्वतीय' उन्होंने नैनीताल से एक दैनिक समाचार पत्र ऐसा निकाला, जिसको तब भी याद किया जाता था (आज भी याद किया जाता है - और आने वाले समय में आने वाली पीढ़ी भी जो इस क्षेत्र में कार्य करना चाहेंगे, पत्रकारिता के क्षेत्र में और उत्तराखण्ड पत्रकारिता के क्षेत्र में, उनके लिए भी) यह एक उदाहरण के तौर पर सदा के लिए रहेगा।

उस दौर में उस कठिन परिस्थितियों के बीच में एक डेली न्यूज पेपर की शुरूआत उन्होंने उत्तराखण्ड से की। नैनीताल में पत्रकारिता की जो परम्परा थी, समय-विनोद के साथ 1953 से उस पत्रकारिता को उन्होंने स्वतंत्रता प्राप्ति के बाद जारी रखा।

1983 में वे बुजुर्ग हो चुके थे, पत्रकारिता केवल पत्रकारिता नहीं रह गई थी एक व्यवसाय होकर के, तमाम कॉम्पीटीशन, तमाम तरीके के स्वार्थ जो पत्रकारिता के क्षेत्र में जब आने शुरू हुए, तो उसके बाद तमाम अलग-अलग कारणों से 'पर्वतीय' को बन्द होना पड़ा।

उत्तराखण्ड को 1953 से लेकर 1986 तक 30 साल की यात्रा उन्होनें करवायी। 'पर्वतीय' साप्ताहिक व 'पर्वतीय' दैनिक के रूप में, उसमें उत्तराखण्ड का कोई भी ऐसा विषय नहीं होगा जो उत्तराखण्ड या उत्तराखण्डी समस्याओं के बारे में नहीं उठाया था।

चाहे वह उद्योग था, चाहे पर्यटन, चाहे वह परिवहन था, चाहे वन, चाहे वह जमीदारीं उन्मूलन था, ग्रामीण विकास था, वनाधिकार थे, या फिर सरकारी आन्दोलन थे शिक्षा या साहित्य था, या लोक साहित्य था, या कुमाऊँ विश्वविद्यालय, गढ़वाल विश्वविद्यालय का आन्दोलन था या 1962 में भारत चीन युद्ध होता है, उसको लेकर उन्होंने अपने विचार लोगों के सामने लाने की कोशिश की। विश्वविख्यात चिपको आन्दोलन था उससे वह

पीछे नहीं रहे, उसमें उन्होनें अपने विचार समाचार पत्र के माध्यम से रखे, प्रभावित करके लोगों को जागरूक करने व जोड़ने की कोशिश की, ये रहीं बातें उनके पत्रकारिता के मामले में।

अब रही बातें उनके व्यक्तिगत रूप की। वह व्यक्तित्व उनके इन तमाम कार्यों को देख करके ही सामने प्रस्तुत होता है। मृदुभाषी, 'पर्वतीय' बन्द होने के बावजूद एवं वृद्धावस्था में पहुँचने के बावजूद, अस्वस्थ होने के बावजूद, एक विज़न, एक रूचि निरन्तर उत्तराखण्ड के बारे में उनकी रहती थी।

कितनी ही बार उनसे मिलने उनके घर गया एक छात्र की हैसियत से, चीज़ें उनसे सीखने को मिलती थीं, बाद में उन पर मेरे छात्र नीरज साह ने काम करना शुरू किया पी.एच.डी. का उस दौर में उनके घर उनके परिजनों से मिला, उससे पहले भी उनसे मिला था, अपने शोध कार्य दौर में। उत्तराखण्ड को लेकर के पत्रकारिता को लेकर जो एक उनके अन्दर कौतुहल था, जो एक ललक उनके अन्दर थी, वह आज के पत्रकारिता व पत्रकारिता से जुड़े हुये लोगों में हम नहीं देख पाते है।

इसलिए मेरा यह मानना है, उनियाल जी के बारे में, कि इन 30 साल के सफर में उन्होंने लोगों को समस्याओं पर विचार करने, साथ जोड़ने, सोचने के लिए मजबूर करने कि कोशिश की। आज जो हमारी वर्तमान व्यवस्था है, उस व्यवस्था में, राजनेता से लेकर, हमारे ब्यूरोक्रैट्स की नज़र उन बातों पर नहीं जा रही है; उस दौर में उनियाल जी और 'पर्वतीय' की नज़र छोटी से लेकर बड़ी चीज़ों में रहती थी।

(से.नि. शिक्षक क्यूरेटर - इतिहास विभाग कुमाँऊ वि.वि.,
वर्तमान उत्तराखंड मुक्त विश्व विद्यालय से संबद्ध)

‘पर्वतीय’ और मेरे बाबा बिष्णु दत्त उनियाल

सीमा उनियाल मिश्रा

आधी रात तक छपते अखबार की मशीनी लयात्मकता स्याही व अखबार की अलग सी महक, काले काले कम्पोजिंग के अक्षर व बहुत सी आवाजों के बीच लगातार फोन की घण्टी का बजना लोगों का आना-जाना, चर्चाओं के स्वर और इन सबके बीच ज़ोरदार ठहाकों की आवाज़ व बाबा का उन्मुक्त हँसना, यह मेरी यादों का अभिन्न हिस्सा है।

मेरी यादों में बाबा अपने दफ़्तर की मेज़ पर तेजी से ‘फाउन्टेन पैन’ चलाते और तेज रफ़्तार से ‘टाईपराईटर’ पर काम करते हुए दिखते हैं।

संबंधों के उपर उठकर, गुणदोषारोपण के बिना, किसी व्यक्ति को बाँचना और उसके व्यवहार को उसी के जीवन के संदर्भ में समझ पाना सरल नहीं होता। उन्हें याद करना वैसे ही दोबारा देखना समझना है, जैसा मैंने उन्हें पाया।

बी.डी. उनियाल या बाबा को एक ‘पब्लिक फिगर’ के रूप में अलग से कभी देखा नहीं सम्भवतः उनका व्यवहार सहज एवं सरल था जिस कारण मुझे बाहारी व घरेलू अन्तर नहीं दिखता था। किसी भी उम्र के व्यक्तियों से उनकी रूचि के अनुरूप बात करना उनकी उलझनों को बातों-बातों में सुलझा लेने का गुण उनमें था। एक प्रकार की सहृदयता थी या एक व्यक्तित्व में ‘करिश्मा’ था जिससे लोग उनसे मिलना चाहते थे। हर समय बाबा को सब लोगों के बीच बातचीत करते ही पाया। सड़क चलते माल रोड पर कितने लोगों से उनका अभिवादन व रुक कर बात करने का सिलसिला चलता रहता था।

एक बार की बात है स्कूल से रिक्शे में आते हुए बाबा को पैदल दूसरी दिशा से आते हुये देखा। किसी ने उनका अभिवादन किया और वे उन से बाते करने लगे। उन्हें देखकर मैंने ‘‘बाबा! बाबा’’! कहकर हाथ हिलाया और रिक्शा आगे निकल गया मैंने उन्हें पलट मेरी आवाज़ का उत्तर हाथ जोड़कर देते हुये सुना ‘‘नमस्कार-नमस्कार’’! बड़ी हंसी आयी! घर में हमारे हंसने का एक प्रसंग भी बन गया। पर मैंने जाना बाबा किसी एक से बात करते हुये दूसरे के अस्तित्व को अनदेखा नहीं करते थे।

निःस्वार्थ भाव से बिना जताए सहायता करना बाबा का स्वभाविक गुण था, लोगों का उन पर सहज विश्वास था। उनके निधन के कुछ वर्ष बाद हुई एक बस दुर्घटना के यात्री बी.डी. पाण्डे अस्पताल नैनीताल में भर्ती किये गये उनमें से किसी एक ने जब नैनीताल में अपने होने की बात जानी तो पूरे विश्वास से कहा यदि ये नैनीताल है तो यहां बिष्णु दत्त उनियाल होंगे उन्हें खबर कर दीजिये, वह मेरी सहायता कर देगें। पता चलने पर श्रीमती सावित्री उनियाल (मम्मी) ने उनके उपचार के साथ ही साथ परिवार तक पहुंचाने की कोशिश की।

70 का दशक बहुत ही रोचक था,क्योंकि संभवतः मेरा बचपन था,बाबा की व्यस्तता उनका लगातार काम से बाहर आना-जाना इसकी हमें आदत सी हो गयी थी। ऐसा नहीं था वह बाहर हों और उनका ध्यान घर या नैनीताल में न हो। कभी-कभी कोई पत्र या पोस्टकार्ड आ जाता चाहे वह ‘पर्वतीय’ के किसी काम से सम्बन्धित ही क्यों न हो।

जब भी कहीं से लौटते तो अपना व हमारा प्रिय कराची हलवा अवश्य लाते। अपना घर हो या किसी परिचित का घर जब भी जाते मिठाई व फलों से लदे हुये,ऐसा करने में उन्हें बहुत खुशी मिलती। 'पर्वतीय' के पड़ाव तक पहुंचने के संघर्षमय सफर तक बाबा के कई मित्र बन चुके थे और इसके बाद भी बनते रहे उनकी प्रगाढ़ मित्रता व विश्वास यदि किसी पर हो जाता वह बना रहता। उनके बनाये हुये सम्बन्धों का स्नेह मुझे आज तक प्राप्त है।

नैनीताल में आगंतुकों का हमेशा आना जाना बना रहता। कई लोग अपने काम से आते और कई लोग समय समय पर घूमने आते व परिवार का हिस्सा बनते जाते और सभी का समान रूप से स्वागत था। मेरी मम्मी (स्व.श्रीमती सावित्री उनियाल) को श्रेय जाता है कि घर सुचारू रूप से चल सका - एक व्यवस्थित रूप में व कुशलता पूर्वक। बाबा का उदार हृदय व स्वभाव वे पहले ही समझ चुकी थीं, अपने कार्य क्षेत्र की व्यस्तता के बावजूद उन्होंने बाबा के जीवन संगिनी के साथ-साथ आधार स्तम्भ का कार्य किया। आवश्यकता पड़ने पर स्पष्ट रूप से अपने विचार व्यक्त कर सृजनात्मक आलोचना भी करती थीं, जिस कारण घर में एक अनुसाशित एवं पारिवारिक माहौल बना रहा।

हमें विशेष छुट्टियाँ मनाने जाने के लिए बाबा के पास कभी समय नहीं था। कभी अखबार के कागज व प्रिंट के लिए कभी विज्ञापनों के लिए,कभी किसी विशिष्ट काम के लिए, कभी किसी के साथ उनकी मदद के लिए जाते रहते। यदि जाड़ों की छुट्टियां हों तो मम्मी और मैं भी उनके साथ हो लेते, और वे हमें कभी देहरादून कभी इलाहाबाद अपने परिजनों के पास समय बिताने देते। स्वयं वे अपने काम निपटाते हुए 'पर्वतीय' पत्र के लिए हिमाच्छादित नैनीताल की पहाड़ियों में लौट आते।

वैसे दिल्ली के चांदनी चौक में उनके चावड़ी बाज़ार से लौटने के इंतज़ार में हमने कुल्फी फ़ालूदा बहुत खाया है।

किस शहर में कहां क्या मिलेगा इसका पता गूगल के ज़माने से पहले बाबा को होता था, आज सोचती हूँ कि कोई भी शहर उन्हें दूर क्यों नहीं लगा? शायद गढ़वाल के आवई गांव से लाहौर, दिल्ली, देहरादून, अल्मोडा़, रामनगर, शिमला सभी जगहों के संघर्षपूर्ण दौर ने उनके सम्पूर्ण जीवन को ही मानो एक यात्रा बना दिया था। अब मेरा ध्यान इस ओर जाता है कि 70 व 80 के दशक में सफल कहलाये जाने पर भी उनकी यात्राएँ शुरूआत में बस व रेल से होतीं और बाद में कार से। पर कभी भी उन्होंने हवाई यात्रा करने का विचार नहीं किया। उनकी निष्ठा और लगन 'पर्वतीय' को सामाजिक उत्थान का वाहन बनाने में जो थी। कई बार मुझे उनके जीवन पर मजरूह सुल्तानपुरी का यह शेर सटीक लगता है *'मैं अकेला ही चला था जानिब-ए-मंज़िल, मगर लोग साथ आते गए और कारवाँ बनता गया'* ।

किसी प्रकार की आत्मदुर्बलता या असंगत दबाव को वे ना तो पसन्द करते थे न ही सहन। ये उनके लेखन व जीवन दोनों में ही दिखता है। वह जो कहते थे उनके परिवार पर भी लागू होता था। यद्यपि बाबा को मेरी दिनचर्या पर ध्यान देने का समय न रहता,पर जब मैं कक्षा 7-8 में थी तब किसी प्रसंग में लगातार लापरवाही से अंग्रेज़ी में उत्तर देती रही। इसके लिये उन्होंने मुझे बहुत टोका तथा हिन्दी भाषा व अपनी सांस्कृतिक जड़ों के निकट रखने के उद्देश्य से मुझे हिन्दी माध्यम स्कूल में डाल दिया। उनका कहना था कि जहाँ से अपने व्यक्तित्व का सकारात्मक विकास रुक रहा हो वहां से व्यक्ति ने उबरना चाहिये। यह उनकी सोच का अहम् हिस्सा था। उस समय तो नहीं पर बाद में यह बात समझ में आयी।

घर पर मेरे अलावा मेरे मामा की बेटी एवं बाद में बेटे भी रहते। समय मिलने पर बच्चों के शौक पूरा करवाने में उन्हें बहुत खुशी मिलती। फिल्मों का उन्हें शौक था वे बताते फिल्मों को देखने के लिए उनका चयन किस तरह करना चाहिए। वे कहते, फिल्म निर्देशक, पटकथा व सम्वाद लेखक को देखकर फिल्म देखने जाना चाहिए। बाबा को लोक संगीत व फिल्म संगीत में भी रूची थी । हृदय को छूने वाले गीत व संगीत उनको बहुत पसंद थे। अक्सर वे सुरैय्या व महेन्द्र कपूर के गानों के साथ- साथ लोक गीतों को भी गुनगुनाते थे। वहीं मम्मी को गुनगुनाना पसन्द था शास्त्रीय संगीत व लोक संगीत। बात बात पर मज़ाक करना, उनके विनोदी स्वभाव और हाज़िर जवाबी के किस्से उनके साथ रहे लोग सुनाते हैं। उन बातों को कहने सुनने में ही एक लम्बा वृतान्त बन जायेगा।

ताश के शौकीन बाबा ने मुझे ताश के कई खेलों के साथ-साथ मानसिक गणित करना सिखाया।

मेरे माता-पिता अपने अपने उसूलों के धनी थे। पत्रकार का काम है सभी लोगों की सहायता करना व प्रशासनिक अधिकारी (प्राधानाचार्या) का काम है अपने नियमों के अनुसार कार्य करना। एक बार की बात है जहाँ मेरी मम्मी प्रिंसिपल थीं वहां स्कूल के प्रवेश बन्द हो चुके थे। इस वजह से किन्हीं महानुभाव ने मम्मी तक न पहुंच पाने के कारण बाबा से आग्रह किया कि वह उनकी बात अपनी पत्नी श्रीमती सावित्री उनियाल तक पहुंचाएँ, बाबा ने समझाया की शायद यह उचित नहीं परन्तु बार बार आग्रह करने पर एक निवेदन पत्र प्राधानाचार्या जी को अपनी तरफ से पत्रकार उनियाल जी ने भेज दिया। परिणाम वही हुआ जिसकी अपेक्षा उन महानुभव को न थी। नियमावली दिखाते हुये उस वर्ष प्रवेश नहीं दिया जा सका। बाबा ने इस निर्णय को सम्मान सहित स्वीकार किया।

प्रत्येक व्यक्ति को आगे बढ़ाने व स्वतंत्र विचार बनाने के बाबा समर्थक थे। संगीत के प्रति मेरे रुझान को कभी रोका नहीं और मुझे दिल्ली विश्वविद्यालय में बी.ए.(ऑनर्स) में संगीत शिक्षा ग्रहण करने के लिए प्रवेश दिलाने दिल्ली ले गये। मेरे उचित मार्गदर्शन व संरक्षण हेतु अपने परम मित्र (डा.पी.सी. जोशी जी) से भी अनुरोध किया। मुझे शास्त्रीय संगीत के अतिरिक्त अन्य विषयों व दिशाओं के प्रति भी सजग रहने की सलाह दी। इसी दौरान 'अभिप्रेरणा' नाम से एक समाजसेवी इकाई दिल्ली में हमारी कालोनी के युवाओं ने स्थापित की और मैं भी उसकी सक्रिय सदस्य बनी तो बाबा को बहुत अच्छा लगा। वहां भी वह सब युवाओं को प्रोत्साहित करने में पीछे नहीं हटते।

उनियाल जी की सोच लोगों को बांधने की नहीं, आगे बढ़ाने की थी। सम्भवतः इसीलिए 'पर्वतीय' में अनेक योग्य प्रतिभायें पनप कर आगे बढ़ सकीं।

'पर्वतीय' समाचार पत्र को जन-जन तक पहुंचाने और बढ़ाते रहने की उनकी मंशा रही। कई स्थानों से उसे निकालना उनकी गतिशीलता व कर्मठता थी। हांलाकि, बाबा का उद्देश्य समाचार पत्र से मात्र आर्थिक सम्पन्नता प्राप्त करने का नहीं था पर उनकी स्वतंत्र पत्रकारिता ने उनके समाचार पत्र को वह लोकप्रियता व सम्पन्नता प्रदान की जिसकी अपेक्षा सम्भवतः उन्हें भी न थी।

ऐसा नहीं कि उनके पास 'पर्वतीय' से सम्बधित व्यवसायिक रूप से पुनर्गठित करने के प्रस्ताव नहीं आये या कोई सरकारी पद का प्रस्ताव न दिया गया हो पर उनकी 'पर्वतीय' के प्रति एक मात्र निष्ठा व अपनी स्वतंत्रता की आवश्यकता ने उन्हें इन सब बातों से दूर रखा। समय आने पर, स्वअर्जित सम्पत्ति एवं राशि से उन्होंने सामजिक कल्याण के उद्देश्य से बी.डी.उनियाल (पर्वतीय) चेरीटेबल ट्रस्ट की स्थापना की। बाबा ने कभी परिवार को ये नही जताया कि वे कितने संघर्षों से गुजरते रहे।

मुझे बाबा ऐसे पिता के रूप में भी याद हैं जो बुखार आने पर बच्चे के माथे पर ठंडे पानी की पट्टियाँ भी रखता है, और आवश्यक हो तो उसकी कड़ी निंदा भी करता है।

बाबा का उदार दृष्टिकोण, अपने पराये का भेदभाव न करना सशक्त गुण थे। यह उनके विचारों की परिपक्वता व संकल्प शक्ति ही थी जिससे 'हिमालय अध्ययन एवं विचार कुंज' की स्थापना वो कर पाए। उनकी दूरदृष्टि उन्हें अंत तक पहाड़ की अगली पीढ़ी को विचारों से जागरूक, सक्षम एवं सामाजिक रूप से समर्थ बनाने का प्रयास करवा रही थी।

अन्त के कई वर्षों में उनका स्वास्थ्य इस तरह का परिश्रम करने के अनुकूल नहीं था जैसा कि इस तरह के मानसिक एवं शारिरीक श्रम करने के लिए चाहिए। जीवन को गतिशील व प्रगतिशील बनाते रहने के उनके संकल्प और समाज को देने की अदम्य इच्छा उन्हें चलाती रही। यह कुछ ऐसा समय भी था कि उनकी उम्र के साथ-साथ समाज के मापदण्ड भी ढ़ल रहे थे परन्तु वे अपनी चिंताओं को व्यक्त न करते हुये अक्सर स्वयं ही सुलझा लेने का प्रयत्न करते, साथ ही दूसरों की चिंताओं को भी अपने में समेट लेते।

बाबा का व्यक्तित्व एक कृतज्ञ व्यक्तित्व था। वे कहते "मेरी शुरूआत 'शून्य' से हुई है मेरे पास 'एक' भी है तो बहुत है"।

यह नहीं कि उन्हें अपने लेखों और अपने काम की प्रशंसा सुनकर प्रसन्नता नहीं होती हो पर यह भी सच है कि किसी विशेष अभिनंदन या पुरूस्कार की अपेक्षा उन्हें कभी नहीं रही। वे मानते थे कि जीवन में बहुत कुछ अपने दृष्टिकोण पर निर्भर करता है। इसी लिए कभी उन्होंने कट्टर विचारों को आड़े नहीं आने दिया न ही किसी के प्रति पूर्वाग्रह रखा। अपने लेखों में मुहावरे व उक्तियों और दोहों का प्रयोग वे प्रायः किया करते थे। किसी संदर्भ में जिस दोहे का प्रयोग उन्होंने किया था उसे मैं यहाँ दोहरा रही हूँ – *'जाकी रही भावना जैसी प्रभु मूरत देखी तिन तैसी'*।

बाबा का जीवन जो पुनः देखा-समझा तो जाना, कठिन जीवन को सहज व सरल समझते हुए चलते रहने की कला, व्यक्ति की अपनी सोच की ही देन होती है।

उनके जाने के लगभग तीन दशकों बाद जब मैं 'पर्वतीय' के संपादकीय पढ़ रही थी और उस समाचार पत्र को एक दृष्टा के रूप में देख रही थी जो मेरे जीवन का अप्रत्यक्ष साथी था, तो मानो बाबा मेरे सामने आ गए। 'पर्वतीय' के नाम के साथ लिखा था - *निर्भीक, निर्दलीय और निष्पक्ष।* बिष्णु दत्त उनियाल भी अपने जीवन में ऐसे ही रहे - निर्भीक, निर्दलीय और निष्पक्ष; न केवल अपने कार्य क्षेत्र में बल्कि अपने जीवन में भी।

[पुत्री - बिष्णु दत्त उनियाल,
अध्यक्षा - बी. डी. उनियाल 'पर्वतीय' चैरिटेबल ट्रस्ट,
गायिका - शास्त्रीय एवं सुगम संगीत]

टेढ़ी-मेढ़ी ऊबड़-खाबड़ पगडंडी जैसा.... मेरा जीवन

– आत्मकथा

बिष्णु दत्त उनियाल

बिष्णु दत्त उनियाल और सावित्री उनियाल (जून १९६३)

बिष्णु दत्त उनियाल और सावित्री उनियाल (अक्टूबर १९८८)

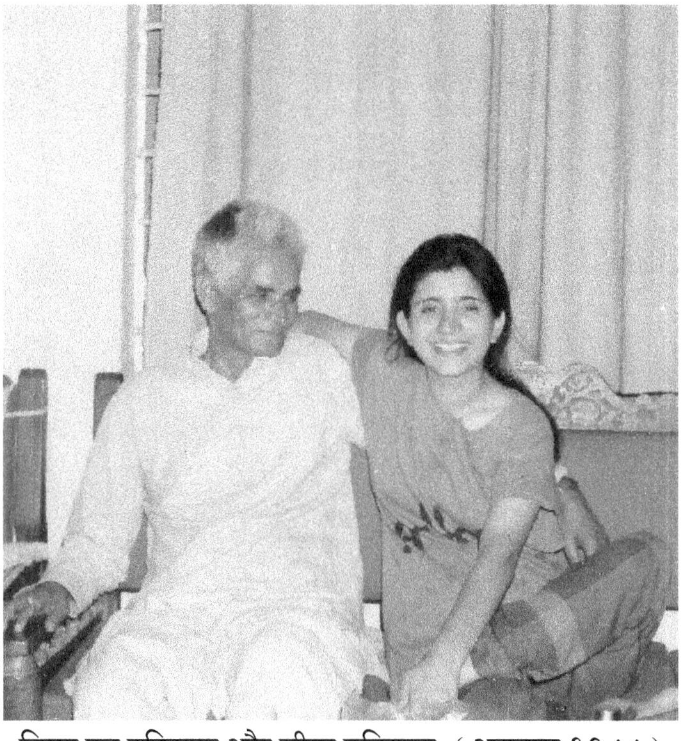

बिष्णु दत्त उनियाल और सीमा उनियाल (अक्टूबर १९८८)

बिष्णु दत्त उनियाल सपरिवार (१९६५)

बिष्णु दत्त उनियाल, सावित्री उनियाल एवं सीमा (१९७७ – ७८)

बिष्णु दत्त उनियाल सावित्री उनियाल - रावत परिवार संग देहरादून (१९७३)

बिष्णु दत्त उनियाल परिवार के युवा एवं बाल सदस्यों के संग (१९८२)

बाएं से दाएं - भानु प्रकाश साह , बांके लाल साह, बिष्णु दत्त उनियाल, नारायण दत्त तिवारी

बाएं से दाएं - महेश कुकरेती, बिष्णु दत्त उनियाल, हेमवती नंदन बहुगुणा,
बांके लाल साह , ब्रह्मानंद बडोला, एवं अन्य

बिष्णु दत्त उनियाल , प्रताप भैया एवं अन्य

The Grand Priory in the British Realm
of the
Venerable Order of the Hospital of St. John of Jerusalem
AMBULANCE DEPARTMENT.

The St. John Ambulance Association, Indian Branch.

(A part of the Red Cross Organisation of the British Empire)

President:
HIS EXCELLENCY THE VICEROY AND GOVERNOR-GENERAL OF INDIA.
Chairman, Executive Committee:
Sir ERNEST BURDON, K.C.I.E., C.S.I., I.C.S.
Knight of Grace of the Order of St. John of Jerusalem.

MACKENZIE SCHOOL COURSE OF INSTRUCTION IN FIRST AID,
HYGIENE & SANITATION.

PASS CERTIFICATE.

Awarded to Bishnu Datt, a student of the Middle School, Chaukhutia

DATED 193

General Secretary

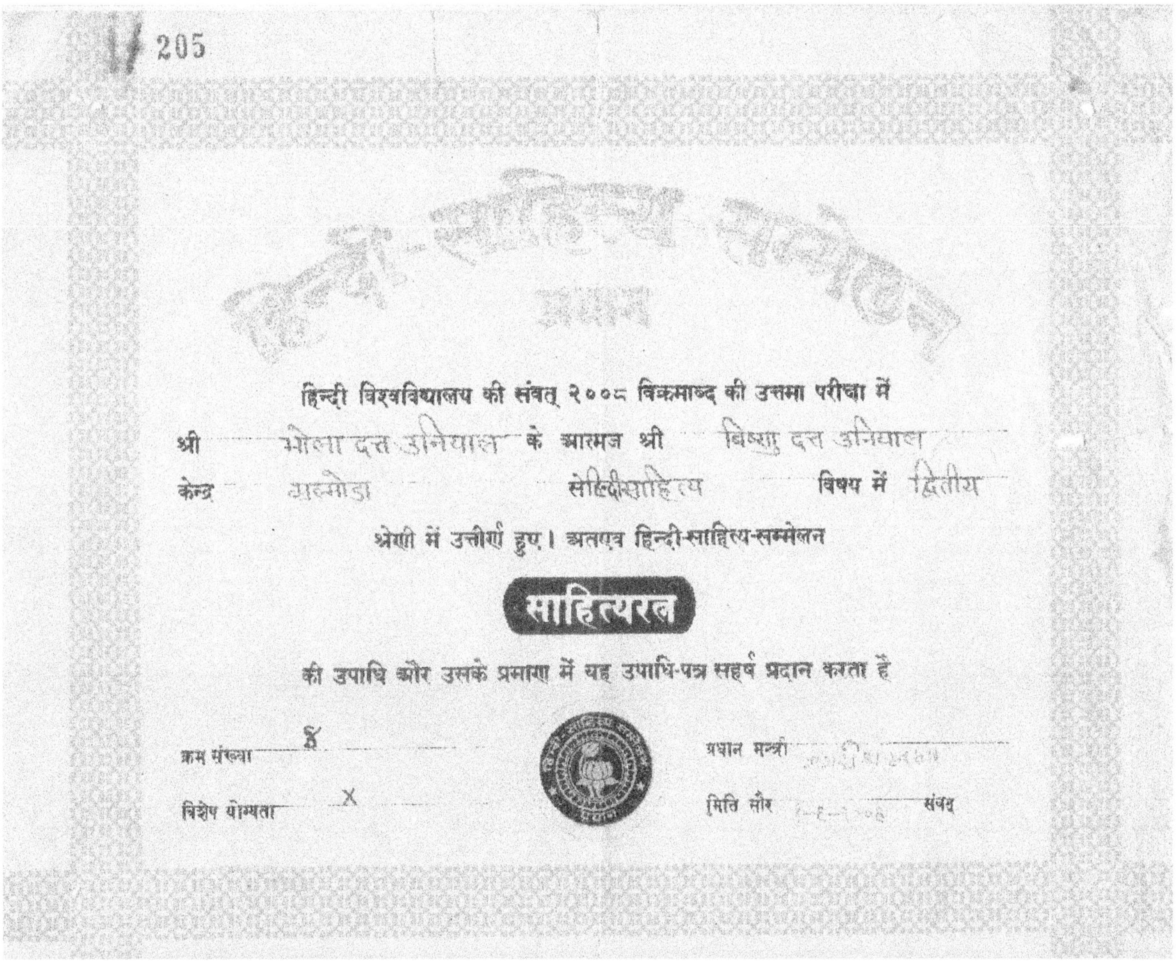

205

हिन्दी-साहित्य-सम्मेलन
प्रयाग

हिन्दी विश्वविद्यालय की संवत् २००८ विक्रमाब्द की उत्तमा परीक्षा में
श्री भोला दत्त उनियाल के आत्मज श्री बिष्णु दत्त उनियाल
केन्द्र अल्मोड़ा साहित्य विषय में द्वितीय
श्रेणी में उत्तीर्ण हुए। अतएव हिन्दी-साहित्य-सम्मेलन

साहित्यरत्न

की उपाधि और उसके प्रमाण में यह उपाधि-पत्र सहर्ष प्रदान करता है

क्रम संख्या ४ प्रधान मन्त्री
विशेष योग्यता X मिति सौर संवत्

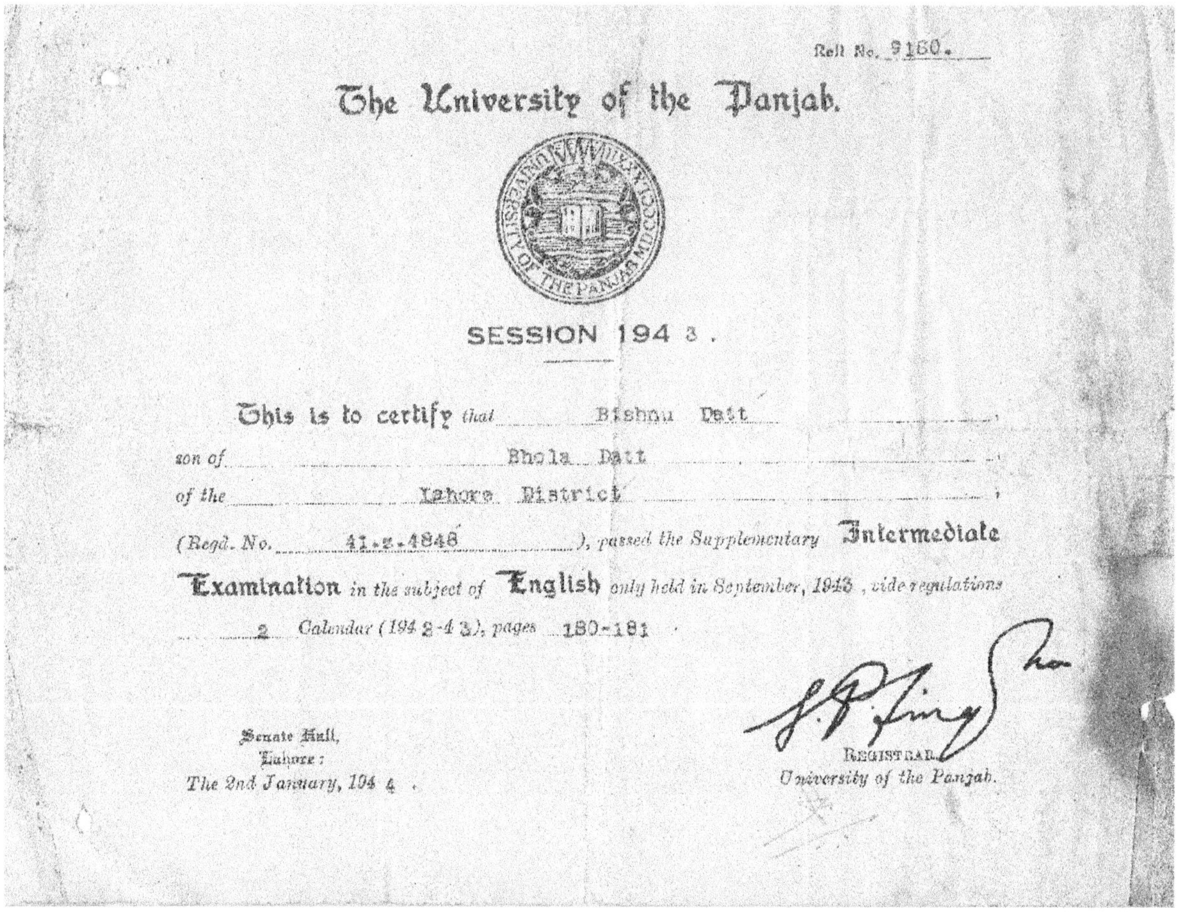

Roll No. 9160.

The University of the Panjab.

SESSION 1943.

This is to certify that Bishnu Datt

son of Bhola Datt

of the Lahore District

(Regd. No. 41.z.4848), passed the Supplementary Intermediate Examination in the subject of English only held in September, 1943, vide regulations 2 Calendar (1942-43), pages 180-181.

Senate Hall,
Lahore:
The 2nd January, 1944.

Registrar,
University of the Panjab.

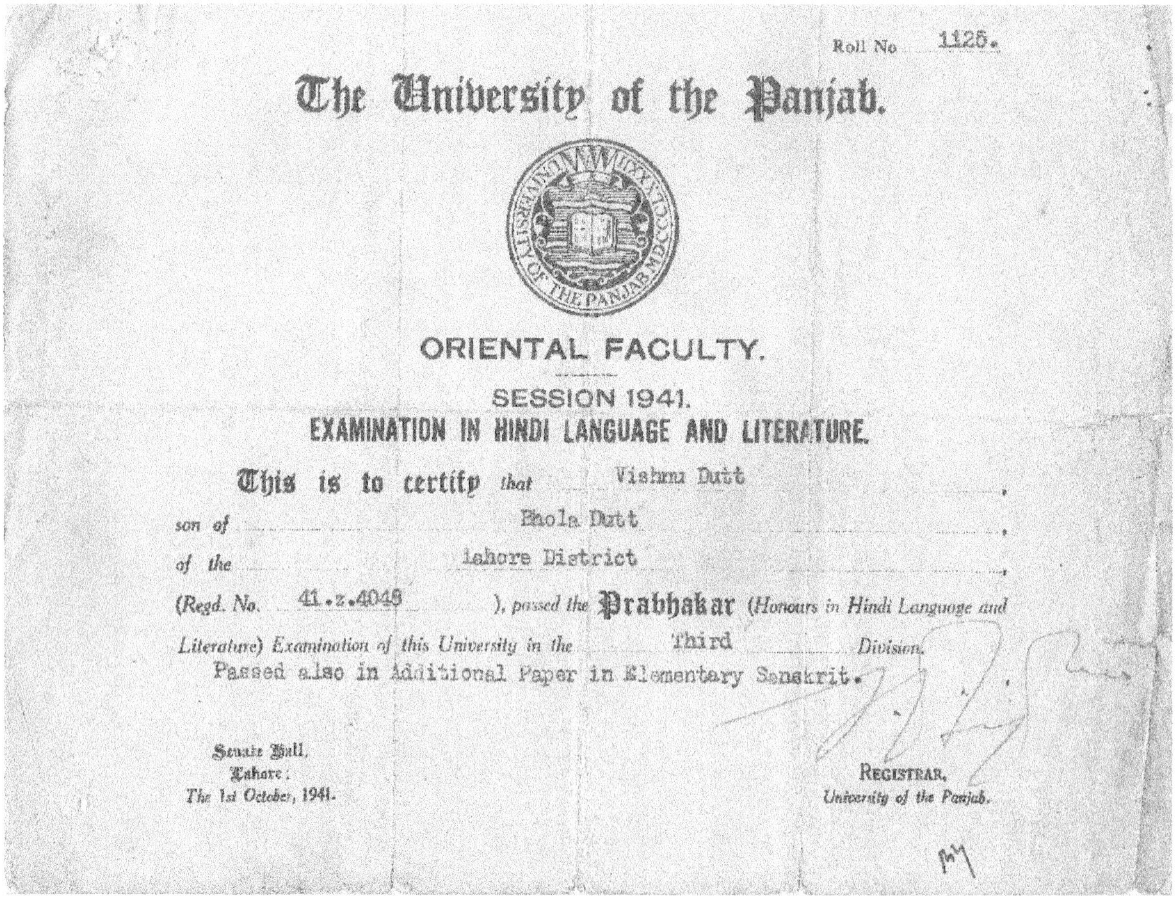

Roll No 1125.

The University of the Panjab.

ORIENTAL FACULTY.

SESSION 1941.

EXAMINATION IN HINDI LANGUAGE AND LITERATURE.

This is to certify that Vishnu Dutt,

son of Bhola Dutt,

of the Lahore District,

(Regd. No. 41.z.4048), passed the Prabhakar (Honours in Hindi Language and Literature) Examination of this University in the Third Division.

Passed also in Additional Paper in Elementary Sanskrit.

Senate Hall,
Lahore:
The 1st October, 1941.

Registrar,
University of the Panjab.

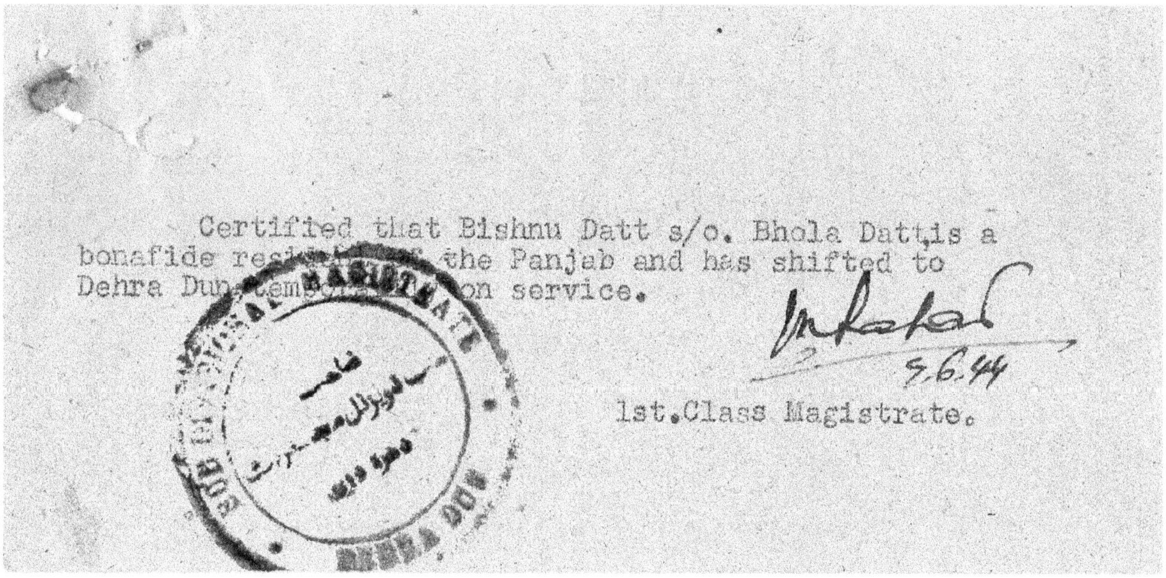

Certified that Bishnu Datt s/o. Bhola Datt,is a bonafide resi[illegible] the Panjab and has shifted to Dehra Dun [illegible] on service.

5.6.44

1st.Class Magistrate.

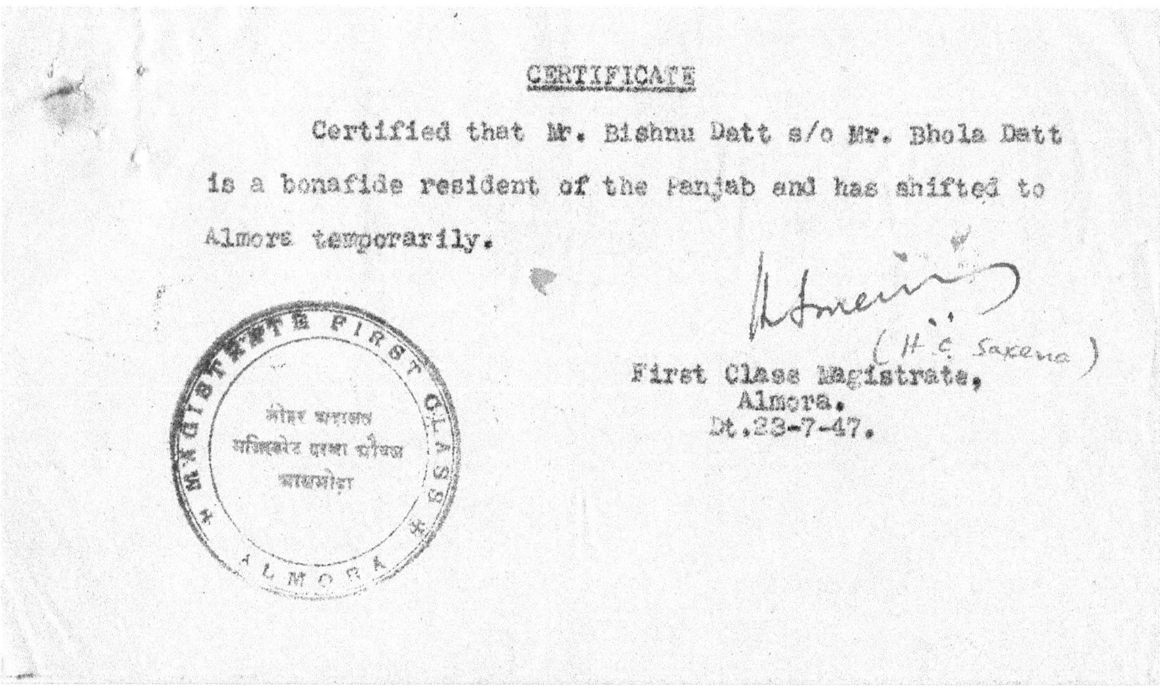

CERTIFICATE

Certified that Mr. Bishnu Datt s/o Mr. Bhola Datt is a bonafide resident of the Panjab and has shifted to Almora temporarily.

(H.C. Saxena)

First Class Magistrate,
Almora.
Dt.23-7-47.

CONSTITUENT ASSEMBLY OF INDIA.
(H.S.&.H.T. COMMITTEE)

-.-.-.- -

Dated New Delhi, the 22nd Dec.'48.

Dear Sir,

Reference your letter No. Nil dated the 19th December 1948, I write to inform you that your Travelling Allowance Bill is ready and the amount will be sent to you in a few days time.

Regarding your Hindustani Shorthand system I may inform you that the Committee is going to submit its report and you would know the decision of the Committee from the report when it is published.

Yours faithfully,

Balkrishna

(Bal Krishna)
Secretary,
Hindustani Shorthand and Hindi Typewrite[r]
Standardisation Committee.

To,
Shri B.D.Uniyal,
Hindi Sanket Lipi Institute,
Almora, U.P.

East Panjab University

Registered No. 49.ez.3154 Roll No. 6836

FACULTY OF ARTS

This is to certify that Bishnu Datt Uniyal

son of Shri Bhola Datt Uniyal

and of the Garhwal District, passed the

Bachelor of Arts Examination of this University, held in June, 1949,

in **English** only.

SOLAN (Simla Hills)

March 1, 1950.

[signature]

REGISTRAR

CERTIFICATE

Shri B.D.Uniyal has been undergoing treatment in this Sanatorium since October 1950. His disease has been completely arrested and is a fully walking case now. His temperature ranges between 97.6 to 98.2, sputum is negative for A.F.B. and his B.S.R is 8/28. He can now resume his normal vocation which should not entail much physical or mental exertion.

[signature]

(KHAZAN CHAND)
Medical Superintendent,
K.E.VII Sanatorium, Bhowali.

Dt. 28-4-52.

टेढ़ी-मेढ़ी ऊबड़-खाबड़ पगडंडी जैसा..... मेरा जीवन

[स्व. बिष्णुदत्त उनियाल ने 'सर्ववाद' पर अपनी पुस्तक की रूपरेखा लिखते हुए अनूठी जीवनयात्रा की स्मृतियों को सांझा किया। विशेषकर उन अनुभवों का वर्णन किया जिन्होंने उन्हें अपना एक विशिष्ट दृष्टिकोण एवं व्यक्तित्व प्रदान किया। उनकी सरल और स्पष्ट कथनी को उन्हीं के शब्दों में यहां प्रस्तुत किया जा रहा है।]

'सर्ववाद' क्यों? यह प्रश्न हर उस व्यक्ति के मस्तिष्क में उठ सकता है जिसने वैदिक युग और अरस्तु से लेकर आज तक के सहस्रों विचारकों के विचार सिद्धान्त या 'वाद' पढ़े या सुने हों।

मैं जब सन् १९५०-५१ में क्षय आरोग्य आश्रम भवाली (नैनीताल) से अचानक ही निष्कासित कर दिया गया, न मुझे स्वस्थता का प्रमाण-पत्र मिला था, और न मेरे विचार से मेरा कोई दोष ही था, तो मेरे सामने बीमारी की अवस्था में दूसरी बार सत्याग्रह के अतिरिक्त कोई दूसरा मार्ग न था।

मैंने निर्पत सिर मुंडवाकर बगल में एक चटाई ली और लखनऊ सचिवालय के मुख्य द्वार पर एक किनारे चित्त लेट गया, दूसरे या तीसरे दिन कुछ पत्रकार आए, मुझसे उन्होंने सत्याग्रह का कारण पूछा तो मैंने स्पष्ट कहा कि सत्याग्रह के पीछे मेरी केवल एक ही मांग है कि, मुझे सेनेटोरियम चिकित्सालय में रखा जाए और यदि चिकित्साधिकारी समझें कि मैं पूर्ण स्वस्थ हूं तो मुझे स्वस्थता का प्रमाण-पत्र देने के बाद ही सेनेटोरियम से डिस्चार्ज किया जाए! क्योंकि सर्वथा निःसहाय था और सेनेटोरियम से बाहर जाकर स्वयं आजीविका कमाने के अतिरिक्त मेरे पास कोई साधन नहीं था।

पत्रकारों ने मुझसे पूछा था कि मैं किस दल से सम्बन्ध रखता हूं? मैंने उन्हें बताया कि मैं किसी दल में नहीं हूं, सभी दलों से समान दूरी का विश्वासी हूं। यह पूछे जाने पर कि आप किस सिद्धान्त में विश्वास करते हैं, मैंने उत्तर दिया था कि मैं अब तक के किसी सिद्धान्त या वाद का न विरोधी हूं, न विश्वासी हूं। सैद्धान्तिक रूप से मैं 'सर्ववादी' (Commonist) हूं। मुझसे पूछा गया कि आपके कितने अनुयायी हैं, तो मैंने कहा था कि अभी तो मैं उस सिद्धान्त पर विचार कर रहा हूं, उसके बाद जब पुस्तक रूप में विचार प्रकाशित होंगे, तब धीरे-धीरे पता चलेगा कि उसको कितने लोग पसन्द करते हैं। फिलहाल तो मैं ही उस सिद्धान्त का प्रणेता हूं और मैं ही उसका अकेला अनुयायी हूं। इसी आशय का एक समाचार सर्वप्रथम लखनऊ के अंग्रेज़ी दैनिक 'नेशनल हेरल्ड' के प्रथम पृष्ठ पर बॉक्स में छपा था और देश के अन्य समाचार पत्रों में भी दूसरे दिन छपा था।

सत्याग्रह के दौरान पत्रकारों के अतिरिक्त गुप्तचर भी मेरी गतिविधियों को देखते रहे होंगे। उनकी रिपोर्ट पर या समाचार-पत्र में छपे समाचार के आधार पर चौथे या पांचवे दिन मुझे पुनः प्रवेश आदेश के साथ भवाली सेनेटोरियम भेज दिया गया। जहां मेरा निःशुल्क चिकित्सा हेतु पुनः प्रवेश कर दिया गया था।

सेनेटोरियम के प्रबन्धकों ने मुझे अचानक इसलिए बिना सूचना के निकाल दिया था क्योंकि उन्हें मेरी गतिविधियां पसन्द न थीं। उनकी दृष्टि में खटकने वाली सबसे अधिक बात यह थी कि मैंने यह शिकायत लेकर रोगियों में आन्दोलन फैला दिया था कि सेनेटोरियम के पांच वार्डों के सभी मरीजों का (जो लगभग

४०० होते थे) भोजन एक ही किचन में बनने के कारण न उसका सन्तोषजनक स्वाद होता था, न सन्तोषजनक वितरण ही होता था। क्षय रोग का तो 'स्ट्रेप्टोमाइसिन' और 'आइसोनेक्स' आदि इलाज चिकित्सकों के पास था, किन्तु आन्दोलन रूपी रोग का उनके पास कोई इन्जेक्शन नहीं था। फलस्वरूप उन्हें एक केन्द्रीय किचन का विकेन्द्रीकरण करके सेनेटोरियम के हर वार्ड में एक किचन स्थापित करना पड़ा, जिससे प्रबन्धकों के उस वर्ग का मुझसे रुष्ट होना स्वाभाविक था, जो भोजन व्यवस्था सर्वेसर्वा थे और जिन्हें केन्द्रीय पाक-व्यवस्था से लाभ होता होगा और विकेन्द्रीकरण से जिस लाभ के द्वार बन्द हो गए होंगे।

लगभग चार महीने बाद मुझे 'काम करने योग्य' स्वस्थता का प्रमाण-पत्र देकर सेनेटोरियम से डिस्चार्ज कर दिया गया था। प्रबन्ध मुक्ति चाहता था और मैं स्वस्थता का प्रमाण-पत्र चाहता था। इस प्रकार दोनों पक्षों के सन्तोष के साथ मैं वापस अल्मोड़ा आया।

जहां फेफड़े और हृदय पहले ही छलनी हो गए थे, मेरा सब कुछ छिन्न-भिन्न हो गया। मेरी सरकारी नौकरी तो पहले ही समाप्त हो गई थी। मेरे द्वारा संचालित हिंदी संकेत लिपि विद्यालय, जहां शार्टहैंड सिखाया जाता था, भी समाप्त हो गया और मैं अस्तित्व के लिए क्षय रोग से ताजा-ताजा स्वास्थ लाभ करके आते ही अपनी दो जून की रोटी की खोज में बम्बई निकल पड़ा था।

मैंने मैट्रिक्यूलेशन परीक्षा पंजाब विश्वविद्यालय, लाहौर से सन् १९३८ में पास करने के उपरान्त सन् १९३९-४० से विभिन्न राजकीय विभागों में लिपिक की नौकरी करनी प्रारम्भ कर दी थी, किन्तु स्वतन्त्र स्वभाव के कारण मैं तीन या छः महीने से अधिक किसी जगह न टिक सका था। सन् १९४४ में मैं सिविलियन स्टेनोग्राफर के पद पर नौसेना मुख्यालय में सेवारत हुआ। जहां मेरा स्वास्थ खराब होने के कारण मुझे अस्पताल भेजा गया। लगभग छः महीने बाद ठीक होकर मैं पुनः सेवा में लौट आया। लेकिन तभी द्वितीय विश्वयुद्ध समाप्त होने की बात चल पड़ी थी और रक्षा विभाग में सेवाएं समाप्त होने लगी थीं। विभाग में कनिष्ठतम होने के कारण मेरी सर्वप्रथम सेवामुक्ति अवश्यंभावी थी। अतः मैं तत्कालीन रक्षा सचिव श्री फिलिप मेसन, जो गढ़वाल में डिप्टीकलक्टर रहे थे और जिन्हें गढ़वालियों से हार्दिक सहानुभूति बताई जाती थी, के पास पहुंचा और उन्हें अपनी सम्भावित सेवामुक्ति से अवगत कराया और निवेदन किया कि सेवा मुक्तों के पुनर्स्थापन योजना के अन्तर्गत खुलने वाले किसी वोकेशनल ट्रेनिंग सेन्टर में किसी पहाड़ी स्थान पर मुझे नियुक्त कराने की कृपा करें। उन्होंने मेरे आवेदन पर मानवीय दृष्टि से विचार करते हुए समुचित आदेश के साथ मेरा आवेदन सम्बन्धित विभाग को भेज दिया था, जिसके फलस्वरूप मुझे अल्मोड़ा स्थित वोकेशनल ट्रेनिंग सेन्टर में शार्टहैन्ड इन्सपेक्टर के पद पर नियुक्ति का आदेश मिला और कुछ ही दिन में मैं सुरम्य कुमाऊं क्षेत्र के रमणीक केन्द्र अल्मोड़ा में आ बसा था।

किन्तु वहां भी आदतन बहुत दिन नहीं टिक सका और एक दिन मैंने यह तय कर लिया कि मैं भूखा मरना पसन्द करूंगा, लेकिन नौकरी नहीं करूंगा। इसी संकल्प के साथ मैंने अपनी अन्तिम राजकीय नौकरी छोड़कर निजी टाइप शार्टहैन्ड कॉलेज अल्मोड़ा में खोला जिसका नाम मैंने 'हिन्दी संकेत लिपि विद्यालय' रखा था। विद्यालय बहुत अच्छा चलता या न चलता, लेकिन मैं क्षयग्रस्त हो चुका था, ८० पौण्ड वजन और निरन्तर १०३°-१०४° बुखार की स्थिति में मैं जब कुछ करने योग्य न रहा तो एक दिन मैं प्रवेश हेतु भवाली सेनेटोरियम में जा पहुंचा। वहां के चिकित्सा अधीक्षक डॉ. खजानचन्द्र स्वयं अल्मोड़ा के निवासी थे। मेरे पहुंचने के समय डॉक्टर साहब अल्मोड़ा के सांसद पं. देवीदत्त पन्त के साथ आंगन में खड़े बातचीत कर रहे थे। मैं उन्हीं के बीच जा खड़ा हुआ और अपने प्रवेश के लिए निवेदन किया। मेरा एक्सरे

देखने पर डॉ. साहब सांसद महोदय से बोले यह तो पूर्णतया निराशाजनक केस है और मुझे उन्होंने कहा कि इस समय सेनेटोरियम में कोई स्थान खाली नहीं है। सांसद पन्तजी बड़े सहृदय व्यक्ति थे। उन्होंने भी बिना मेरे अनुरोध के डॉ. साहब से मुझे सेनेटोरियम में भर्ती कर देने का आग्रह किया, किन्तु उन्होंने वही बातें दुहराई और मैं निराश ज़िन्दगी और मौत के बीच लटकता हुआ समीप के चबूतरे पर जा बैठा।

मुझमें जिजीविषा प्रबल थी। मैं उनके निर्णय से हतोत्साहित नहीं हुआ और मैंने तत्काल लखनऊ ट्रेन पकड़ने के लिए काठगोदाम कूच कर लिया। एक तरह से वह मेरा बीमारी की अवस्था में न्याय के लिए प्रथम सत्याग्रह था। दूसरे दिन लखनऊ पहुंचकर में तत्कालीन मन्त्री श्री चन्द्रभानु गुप्त के निवास पर पहुंचा, उनका मकान दर्शकों की अपार भीड़ से घिरा हुआ था। सन्तरी से पूछने पर मालूम हुआ कि इस समय की अपेक्षा मुलाकात शाम को सम्भव होगी। मैं वापिस रेलवे मुसाफिर खाने में आकर लेट गया था। सांयकाल आठ बजे के लगभग पहुंचकर मैं मेन – गेट के सामने अन्दर खाली बेंच पर लेट गया था। क्योंकि मैं बैठा नहीं रह सकता था। प्रतीक्षा में लेटे-लेटे रात के साढ़े दस बज चुके थे, जब गुप्त जी किसी मित्र के यहां से रात्रि भोज करके लौटे थे। आते ही उनकी कार की हैडलाइट सामने के बेंच पर लेटे मुझ पर पड़ी। मैं भी उठ खड़ा हुआ था। उतरते ही उन्होंने पूछा, कौन है? मैंने अपनी कहानी संक्षेप में दुर्बल स्वर में सुनाई क्योंकि जोर से बोलने की शक्ति मुझमें नहीं थी। उन्होंने मुझे अगले दिन दफ्तर आने को कहा और अन्दर चले गए।

मैं भी रेलवे मुसाफिरखाने लौट आया। अगले दिन उनके कहे अनुसार जब मैं सचिवालय पहुंचा तो 'पास आफिस' वालों ने गुप्त जी के निजी सचिव से मुझे 'पास' देने की अनुमति चाही, लेकिन उन्होंने मना कर दिया। मैं पुनः अपने अड्डे मुसाफिरखाने लौट आया। उसी दिन सायं मैं पुनः पहले दिन की तरह मंत्री श्री गुप्त जी के निवास स्थान पर पहुंचा और उसी बेंच पर लेट गया। पहले दिन की भांति दस बजे बाद मंत्री जी पहुंचे, बड़ी मुश्किल से मैं उठा। उन्होंने मुझसे पूछा क्या बात है? तुम आए नहीं? मैंने उन्हें बताया, मैं तो आ सकने की स्थिति में न होते हुए भी आफिस तक आया था, लेकिन आपके पी.ए. श्री चतुर्वेदी ने पास बनाने की अनुमति ही नहीं दी। गुप्त जी बड़े सहृदय व्यक्ति थे। मेरी स्थिति को देखकर मेरी बात उन्हें चुभ गईं, और वे झल्लाकर अपने पी.ए. पर बिगड़ते हुए बोले "उसे क्यों नहीं आने दिया" और साथ चल रहे स्टेनो से उन्होंने एक खाली कागज मांगा जिस पर उन्होंने आदेश लिखा कि मैं ज्यों ही भवाली पहुँचूँ मुझे निःशुल्क शय्या पर चिकित्सा हेतु तुरन्त भर्ती किया जाए और यदि निःशुल्क शय्या खाली न हो तो एक अतिरिक्त निःशुल्क शय्या सृजित कर ली जाए। मुझे उन्होंने यह कागज पकड़ाते हुए कहा कि यह कागज लेकर कल कार्यालय आ जाना, तुम्हें कोई नहीं रोकेगा। वही हुआ, अगले दिन मैं गया, मेन गेट पास बना और मैं स्वास्थ्य मंत्री जी के कार्यालय पहुंच गया। निजी सचिव को मैंने वह कागज दिखाया, जिसे उन्होंने एक चपरासी को देकर मेरे साथ किया और मुझे मेडिकल सेक्रेटरी के पास भेज दिया। स्वास्थ्य सचिव ने विभाग में आदेश निर्गत करने हेतु भेज दिया और सांयकाल मुझे निःशुल्क चिकित्सा हेतु प्रवेश प्राप्त हो गया।

मैं उल्टे पांव भवाली लौट आया। आदेश मैंने चिकित्सा अधीक्षक को दिया। जिसे पढ़कर वे कभी मेरी ओर देखते कभी उस आदेश की ओर देखते। बड़ी देर में उन्होंने पूछा कि "क्या ये आदेश जगमोहन सिंह नेगी ने दिलाया है? जगमोहन सिंह नेगी उन दिनों मंत्री थे और गढ़वाल में मेरा गांव उनके चुनाव क्षेत्र में पड़ता था। मैं नेगीजी के पास गया ही नहीं था, इसलिए उनके द्वारा आदेश दिलाने का प्रश्न ही नहीं उठता था। मैंने कहा नहीं डॉक्टर साहब, यह आदेश स्वास्थ्य मंत्री जी ने स्वयं मेरे निवेदन पर दिलाया है।

इससे पूर्व न मैं श्री चन्द्रभानु गुप्त जी को जानता था, न गुप्त जी मुझे जानते थे। लेकिन उनके व्यवहार ने मुझे उनका चिर प्रशंसक बना दिया था। उत्तर प्रदेश राज्य में मंत्री के नाते भले ही उन्होंने अपना कर्तव्य निभाया हो, किन्तु मैं आज भी उनका अहसान इसलिए मानता हूं कि उन्होंने बिना किसी सिफारिश के एक जरूरतमंद साधारण व्यक्ति के प्रति अपनी उच्च मानवीय भावनाओं का परिचय दिया था।

गुप्त जी उत्तर प्रदेश के लौह पुरुष कहे जाते थे और बाद में वे राज्य के मुख्य मंत्री भी रहे। गुप्त जी नवोदित भारतीय लोकतंत्र के मंत्रियों का एक आदर्श थे। तब मंत्रीगण धन या सिफारिश के आधार पर किसी व्यक्ति विशेष का निवेदन न सुनकर केवल मानवीयता और अपने कर्त्तव्य के नाते सुनते थे। ऐसे व्यवहार आज के अधिकांश मंत्रियों के लिए उदाहरण जैसे रह गये हैं।

भवाली सेनेटोरियम (मेरा भवाली विश्वविद्यालय)!

साधारणतया टी.बी. को प्राणान्तक बीमारी समझा जाता था। लेकिन मैं जीने की इच्छा से तीव्र बुखार, भूख शून्यता और ८० पौंड के कृश शरीर के साथ बहुत दिनों तक जूझता रहा। इतना ही नहीं, सेनेटोरियम जाते ही मुझे इमरजेंसी वार्ड में रख दिया गया था, जहां कि मरण यात्रा के अनुभवों पर मेरी 'मरण कक्ष' नामक कहानी मुरादाबाद से प्रकाशित होने वाले 'साप्ताहिक अरुण' में छपी थी। मुझे दो समय भोजन और दो समय नाश्ता तथा टिफिन वहां मिलने लगा, मेरे शरीर में शक्ति का संचार और वजन वृद्धि तीव्रता से होने लगी। स्ट्रेप्टोमाइसिन और आइसोनेक्स उन दिनों नये-नये चिकित्सा क्षेत्र में आये थे स्ट्रेप्टोमाइसिन का मुझ पर चमत्कारी प्रभाव हुआ और मेरा तीव्रगति से स्वास्थ सुधार होने लगा। किन्तु क्षय रोग में मुखमुद्रा एवं काया जो स्वास्थ बताती है वास्तव में वह दिखावटी स्वास्थ होता है। असली स्वास्थ-सुधार फेफड़े के एक्सरे द्वारा मालूम होता है, जो काफी समय लेता है। दिमागी बेफिक्री, बोलने-चालने और अन्य शारीरिक आराम के साथ गहरी नींद और पर्याप्त नियमित भोजन के साथ फेफड़े के घाव धीरे-धीरे महीनों में और कभी-कभी वर्षों में भरते हैं। मुझे चिकित्सकों का परामर्श था कि चूंकि मेरे दोनों फेफड़े छलनी थे और दायें फेफड़े में बड़ा भारी घाव (**Cavity**) था, इसलिए मेरे फेफड़े का ऑपरेशन आवश्यक है। किन्तु ऑपरेशन के लिए मैंने कतई इन्कार कर दिया और कहा कि ऑपरेशन कराकर अर्धांग होकर जीने के बदले मैं मर जाना पसन्द करूंगा।

डॉक्टरों ने मुझे ऑपरेशन न कराने की छूट तो दे दी, लेकिन मुझे यह भी सचेत किया कि यदि मैंने ऑपरेशन नहीं कराया तो भगवान भरोसे पड़े रहो। मुझे यह विश्वास था कि मैं अवश्य ठीक हो जाऊंगा और मैं अपनी बीमारी को जैसे भूल-सा गया। मैंने लेखन और अध्ययन को अपनाया जो मैं दिन के बारह बजे से लेकर चार बजे के अनिवार्य आराम के दौरान भी करता रहता था। वार्ड मास्टर ने मेरे विरुद्ध अनिवार्य आराम न करने की शिकायत की। चिकित्सा डॉक्टरों की टीम आई और उन्होंने मुझे यह शिकायत दिखाई। मैंने बड़े चिकित्सक से एक ही प्रश्न किया और कहा कि "जब मैं १२ से ४ बजे तक निरन्तर आराम करता हूं तो मुझे शाम को टेम्परेचर हो जाता है और यदि मैं लिखता पढ़ता रहता हूं तो मुझे शाम को टेम्परेचर नहीं होता। अब आप चिकित्सक होते हुए मुझे बताइये कि आप क्या चाहेंगे। मुझे शाम को टेम्परेचर हो या न हो"? सभी चिकित्सक एक-दूसरे का मुंह ताकने लगे और बड़े चिकित्सक बोले - अच्छा आप जो चाहे करें, लेकिन किसी प्रकार ठीक हो जाइये। हम यही चाहते हैं। फिर मेरे लिखने-पढ़ने का क्रम चलता रहा।

हर तीसरे महीने जब एक्सरे होता, तो वह भी मेरे स्वास्थ में सुधार बताता। परिणाम यह हुआ कि भवाली सेनेटोरियम में डेढ़ वर्ष की अवधि में मैंने चौथे स्टेज की टी.बी. से स्वास्थ लाभ भी किया और उसी दौरान 'साहित्य-रत्न' फाइनल, 'बी.ए.' फाइनल की परीक्षाएं भी पास की। इतना ही नहीं, मैंने सेनेटोरियम की व्यवस्था के सम्बन्ध में कई समाचार-पत्रों में लेख लिखने आरम्भ किए और भवाली सेनेटोरियम से डेढ़ वर्ष में स्वस्थ ग्रेजुएट, साहित्यरत्न तथा पत्रकार होकर निकला। इसलिए जहां अन्य लोगों के लिए यह एक सेनेटोरियम था मेरे लिए क्षय रोग आश्रम के बदले 'भवाली विश्वविद्यालय' सिद्ध हुआ।

जब कभी मैं परीक्षाएं देने के वास्ते बाहर जाने के लिए छुट्टी की अर्जी देता तो चिकित्सा अधीक्षक डॉ. खजानचन्द जो एक उच्चकोटि के श्रेष्ठ चिकित्सक होने के साथ-साथ सहृदय व्यक्ति भी थे, मुझसे कहा करते थे कि तुमने इसे सेनेटोरियम के बदले युनीवर्सिटी समझ लिया है। मन-ही-मन वे खुश भी होते थे लेकिन चलते-चलते यह भी कहते थे कि भई हमारी नौकरी का भी ख्याल रखना यहां टी.बी. का इलाज करना पहली बात होती है।

डॉ. खजानचन्द, कुमाऊं क्षेत्र के गणमान्य व्यक्तियों में से थे और टी.बी. रोग के देश के अग्रणी चिकित्सकों में से जाने जाते थे। पहाड़ों में सर्वत्र पाई जाने वाली बूटी से उन्होंने 'क्षय रोग' का एक सर्वरोग विनाशक इंजेक्शन भी बनाया था। किन्तु दुर्भाग्य से उनके बार-बार लिखने के बावजूद सरकार की पेचीदी प्रक्रियाओं के कारण उस इन्जेक्शन को मान्यता न मिल सकी और इसी बीच लगभग ७५ वर्ष की आयु में डॉ. खजानचन्द स्वर्ग सिधार गये। उनका वह अधूरा काम आज भी अधूरा है।

सेनेटोरियम से बाहर आते ही मेरी आवास एवं भोजन की अनिश्चितता मेरे सामने फिर समस्या बनकर खड़ी हो गई थी। लेकिन अल्मोड़ा पहुंचने पर, कुछ दिन बाद, कुमायूं के सबसे पुराने इण्टर कॉलेज, 'रैमज़े इण्टर कॉलेज' के तत्कालीन प्रधानाचार्य श्री जगत्मणि, जो गढ़वाल के एक अग्रणी प्रतिष्ठित ईसाई परिवार से थे, मेरे लिये भगवान-स्वरूप वरदान लेकर आये। उन्होंने वोकेशनल ट्रेनिंग सेन्टर में स्टेनोग्राफी के इन्स्ट्रक्टर और मेरे निजी 'हिन्दी संकेत लिपि विद्यालय' के अनुभव के आधार पर, मुझे रैमज़े कॉलेज में हाईस्कूल, इण्टर कक्षाओं को कॉमर्स पढ़ाने के लिए नियुक्त कर दिया। उस समय तो मैंने सधन्यवाद इसे स्वीकार कर लिया, किन्तु चूंकि में नौकरी न करने का संकल्प कर चुका था, इसलिये अपने सिर पर सवार पत्रकारिता के भूत की तुष्टि के लिये निकल पड़ा। इसी सम्बन्ध में मैं बम्बई भी पहुंचा था, किन्तु कोई विशेष उपलब्धि न हुई थी।

वहां अपने एक पुराने मित्र श्री पी.डी. चमोली जो भारतीय नौसेना में सेवारत थे, के द्वारा मुझे कुछ दिन उनके परिचित श्री दयानन्द अनन्त के यहां भेज दिया गया। साथ रहते हुए ज्यों-ज्यों मेरा परिचय श्री अनन्त से बढ़ने लगा, तो ज्ञात हुआ कि वे मूल गढ़वाली थे। उनके पिता नैनीताल में डाक-तार विभाग में थे, जिनका कि स्वर्गवास हो गया था, किन्तु परिवार के बच्चों की पढ़ाई की खातिर उनकी विधवा मां ने नैनीताल में ही रखा हुआ था। स्वयं श्री दयानन्द अनन्त साम्यवादी थे। सक्रिय सदस्य थे या नहीं, कुछ काम करते थे या नहीं, यह मुझे न पता हो पाया, न मुझे स्मरण ही है। पांचवे दशक के साधनहीन साम्यवादी के साथ कुछ दिन रहने से सुविधा उतनी नहीं मिली जितना कि उनके साथ रहकर जीवित रहने के लिए संघर्ष का अनुभव हुआ।

२०-२५ कि.मी. दूर से बिना टिकट रेलवे यात्रा का जोखिम उठाकर मैं रोज विक्टोरिया टर्मिनल के रेलवे रिफ्रेशमेन्ट रूम में भोजन करने जाता, जहां 'तीन आने' में दक्षिण-भारतीय भोजन, जितना मैं कर सकता था, जो दो बार के भोजन की जरूरत पूरी कर लेता था, करके आता था।

उसी प्रकार खतरे से भरपूर बिना टिकट लोकल ट्रेन द्वारा भांडूप वापस आता था। वह रास्ता मुझे कॉमरेड अनन्त ही ने बताया था। एक दो बार पथ प्रदर्शन का कष्ट भी किया था।

जिस दिन जाना सम्भव न हो पाता, चाय के साथ रस्क या डबलरोटी के सूखे स्लाइस खाकर उसके ऊपर ठण्डा पानी पीकर दिन गुजार लेता था। मेरे सामने अन्धकारमय भविष्य था।

बम्बई से वापसी में आबू रोड की पंजाब नेशनल बैंक की शाखा में मैं अपने गांव के श्री प्रतापसिंह बिष्ट से मिला। प्रेमपूर्वक ब्रह्मइच्छानुकूल स्वादिष्ट भोजन प्राप्ति के बाद मैंने उनसे ४०० रुपये मांगे। परिस्थिति की नज़ाकत देखते हुए उन्होंने मुझे ४०० रुपये दिये। २५० रुपये ऋण मैंने अपने ग्राम्य पड़ोसी रेंजर गेंदन लाल रतूड़ी जी से भी लिये, जिन्हें लेकर मैं फिर अलगोड़ा आया। मैंने साप्ताहिक पत्र प्रकाशन का घोषणा-पत्र दिया और 'साप्ताहिक पर्वतीय' के प्रथम छः अंक आगरा के 'उजाला' प्रेस से प्रकाशित करवाये।

लेखनी, भावनाओं का प्रतिबिम्ब होती है। मैं जीवन के कटु ही नहीं, कंटीली डगर से गुजरकर चला आ रहा था। इसलिए मेरी लेखनी भी निडर, निर्भीक एवं तीखी थी, जो सरकार की नीति सम्बन्धी चूकों और सामाजिक बुराइयों पर कटु एवं कंटीले प्रहार करती थी। 'साप्ताहिक पर्वतीय' को आम जनता ने बहुत पसन्द किया। उन दिनों उत्तर प्रदेश के मुख्य मंत्री पं. गोविन्द वल्लभ पन्त हुआ करते थे। श्री देवीदत्त पन्त, श्री हरगोविन्द पन्त, श्री बद्री दत्त पाण्डेय, श्री लक्ष्मण दत्त भट्ट, श्री कृष्णानन्द जोशी (लोहा घाट) एम.पी., एम.एल.ए., विधान सभा उपाध्यक्ष, एम.एल.सी. आदि पदों पर होते थे। यद्यपि ये सज्जन, अपने स्वतन्त्रता संग्राम के दौरान की वरिष्ठता के फलस्वरूप आम जनता द्वारा निर्वाचित थे, लेकिन आम जनता के दिमाग में पं. गोविन्द वल्लभ पन्त के विरुद्ध यह गलतफहमी किसी प्रकार व्याप्त थी कि उन्होंने अपने ही रिश्तेदारों को नेतृत्व के विभिन्न पदों पर आसन्न कर रखा है। यह गलतफहमी कुमायूं के बहु-संख्यक राजपूतों में ही नहीं थी, बल्कि कुमायूं के तथाकथित 'छोटी धोती' के ब्राह्मणों में भी थी।

कुमायूं में ब्राह्मणों के वर्गों को धोती की लम्बाई से नापा जाता था। श्रेष्ठ ब्राह्मण 'लम्बी धोती' के कहे जाते थे। और अन्य ब्राह्मण 'छोटी धोती' के ब्राह्मण कहलाते थे। यद्यपि मानवता के मापदण्ड से 'लम्बी धोती' ब्राह्मणों में कई धूर्त और छोटी धोती ब्राह्मणों में कई श्रेष्ठ सज्जन भी थे लेकिन यह 'छोटी', 'बड़ी' की बात आम-सी थी। छोटी और बड़ी धोती के ब्राह्मणों में विवाह-बन्धनों और विशेषकर मतदान के समय परस्पर मतभेद सामने आ जाते थे। प्रतिक्रिया के फलस्वरूप जहां राजपूतों ने 'कुमायूं राजपूत परिषद' श्री सोबन सिंह जीना, एडवोकेट के नेतृत्व में बनाई, वहीं दूसरी ओर श्री देवीदत्त पन्त छिम्वाल, श्री प्रेमवल्लभ बेलवाल, श्री गंगा दत्त मासीवाल आदि के नेतृत्व में छोटी 'धोती' के ब्राह्मणों का 'असंगठित समाज' नामक संगठन पैदा हुआ। इस संगठन ने एक समय श्री नेत्र वल्लभ बलूरिया जो ताजे-ताजे वकालत पास करके आये थे, को नेता बनाने की सोची, लेकिन भाग्य ने उनका साथ नहीं दिया और वे नेतागिरी में कई प्रमुख त्याज्यों को भूल गये।

अगले एक-दो वर्ष के बाद ही, असंगठित समाज को श्री नारायण दत्त तिवारी, जो इलाहाबाद से एम.ए. डिप्लोमेसी करके आये थे, में एक उदीयमान नेता दिखाई पड़ा। और उन्होंने अपना सारा ज़ोर श्री तिवारी जी को जिताने में लगा दिया। बुद्धिमानी की बात यह हुई कि श्री तिवारी राज्य स्तर पर प्रजा-सोशलिस्ट पार्टी के सदस्य रहे। लाल टोपी पहनते थे, किन्तु स्थानीय स्तर पर वे 'छोटी धोती' के 'असंगठित समाज' के एक मात्र उम्मीदवार थे। श्री तिवारी प्रतिभावान नवयुवक थे। अपनी शिक्षा के दौरान वे छात्र

नेता तथा मजदूर नेता रहे और अपने उसी अनुभव के आधार पर उत्तर प्रदेश विधान सभा में विरोधी दल के उपनेता भी रहे। विधान सभा में उनके भाषण सरकार की नीतियों के तथ्यात्मक तथा भावात्मक आलोचना पूर्ण होते थे। उनकी सटीक, सन्दर्भपूर्ण एवं सारगर्भित आलोचनाओं का लोहा मानकर विधान सभा में ही एक बार तत्कालीन कांग्रेसी मुख्य मंत्री, पं. गोविन्द वल्लभ पन्त को कहना पड़ा कि "आप एक दिन उत्तर प्रदेश के मुख्य मंत्री बनकर इसी कुर्सी पर विराजमान होंगे।" और ऐसा ही हुआ भी। एक बार नहीं नारायण दत्त तिवारी अब तक तीसरी बार उत्तर प्रदेश के मुख्य मंत्री बन चुके हैं।

जब-जब उत्तर में कांग्रेस की नाव डगमगाती नजर आती है तो नारायण दत्त तिवारी खिवैया के रूप में नजर आते हैं और नये चुनावों के पूर्व उन्हें मुख्य मंत्री बनाकर भेज दिया जाता है। आज उनका वही महत्व है जो श्रीमती इन्दिरा गांधी के शासन काल में हेमवती नन्दन बहुगुणा का होता था, जिन्होंने पं. कमलापति त्रिपाठी के मुख्य मंत्रित्व काल में डूबती हुई कांग्रेस को उत्तर प्रदेश में उबारा था जिसके फलस्वरूप आज १५ वर्ष से भी अधिक समय हुए - कांग्रेस की जड़ें वहां जमीं हुईं हैं। लेकिन ऐसा अनुमान लगाना गलत होगा कि एक दिन श्री नारायण दत्त तिवारी की भी वैसी स्थिति हो जायेगी, जैसे पुराने उद्धारक श्री हेमवती नन्दन बहुगुणा की हो गई है। क्योंकि श्री नारायण दत्त तिवारी, सिद्धान्तों की डगर पर अध-मिटे पथ-प्रदर्शक चिन्हों का धड़ल्ले से आंख मूंदकर अनुसरण नहीं करते, बल्कि, हवा का रुख भांपकर चलते हैं। सिद्धान्तों से समझौता न कर, 'हां' या 'ना' में स्पष्ट उत्तर मुलाकाती को देकर और अत्यधिक आत्मविश्वास के बल पर उछालें मार कर जिस प्रकार श्री बहुगुणा ने राजनैतिक हानि अर्जित की है, वैसी हानि, श्री तिवारी को सम्भव नहीं है। फिर भी उनको नीचे से ऊपर, ऊपर से नीचे, इधर से उधर और उधर से इधर पटकते रहे जाने के फलस्वरूप किसी न किसी रूप में किसी-न-किसी समय असुधारणीय हानि का होना असम्भावित नहीं है।

सर्वप्रथम, मैंने साप्ताहिक 'पर्वतीय' का प्रकाशन सन् १९५३ में किया था जब उत्तर प्रदेश में पं. गोविन्द वल्लभ पन्त सरकार पहले आम चुनाव के बाद बनी थी और पन्त जी दूसरी बार स्वतंत्र भारत में मुख्य मंत्री बने थे। तब तक उनकी नेतागिरी और उनकी सरकार यू.पी. में गहरी जड़ें जमा चुकी थी। उनकी सरकार यू.पी. और विशेषकर कुमाऊं में अकल्पनीय समझी जाती थी।

चूंकि 'पर्वतीय' में निर्भीक एवं स्पष्ट प्रकाशन होता था इसलिए कुमाऊं की आम जनता ने उसको पसन्द किया। जहां अल्मोड़ा का 'शक्ति' और हल्द्वानी का 'जागृत-जनता' कांग्रेसी पिट्ठू अखबार माने जाते थे और अल्मोड़ा का 'कुमाऊं राजपूत' एक जाति विशेष का अखबार जाना जाता था वहां 'पर्वतीय' आम जनता का निष्पक्ष एवं निडर अखबार कहा जाता था।

कुछ छुटभैय्ये कांग्रेसी नेता जो उसकी सफलता से ईर्ष्या करते थे 'पर्वतीय' की शिकायत करने मुख्यमंत्री पं. गोविन्द वल्लभ पन्त जी के पास पहुंचे और उनके कान यह कह कर भरने लगे कि 'पर्वतीय' उनके और उनकी सरकार के विरुद्ध ऐसा वैसा लिखता रहता है। पन्त जी काफी देर सुनते रहे फिर बोले 'पर्वतीय' की आलोचना से हमें नुकसान नहीं लाभ होता है। वैसे भी लोकतन्त्र में सभी को बोलने की आज़ादी है। 'पर्वतीय' की आलोचना से कम-से-कम यह तो लगता है कि पहाड़ में कुछ नहीं हो रहा है अन्यथा नीचे वाले समझते हैं कि हमारी सरकार और हम सब कुछ पहाड़ ही के भले के लिए कर रहे हैं।

पन्त जी ने वास्तव में 'पर्वतीय' के विरुद्ध या मेरे विरुद्ध कभी किसी दुर्भावना को नहीं पाला। उनकी सरकार के पीलीभीत से देहरादून तक के विज्ञापन 'पर्वतीय' को मुक्त मिला करते थे जिससे 'पर्वतीय'

सरकार विरोधी मित्रों की सहायता व सद्भावना पर ही निर्भर नहीं रहा वरन् राजकीय विज्ञापनों और पन्त जी की सद्भावना की छाया में फलता-फूलता रहा। वह एक ओर पन्त जी की उदारता थी दूसरी ओर उस युग के नेताओं के लोकतन्त्री आचरण, व्यवहार और विश्वास का परिचायक भी था। पुराने नेता, मन, वचन, एवं कर्म से लोकतन्त्रवादी होते थे उनमें आलोचना सहने का स्वभाव ही नहीं होता था बल्कि वे आलोचनाओं का सचेतक और सुधारक के रूप में स्वागत करते थे।

जनता द्वारा 'पर्वतीय' के प्रति स्नेह से उत्साहित होकर मैंने उसे निरन्तर प्रकाशित करने की सोची। इस दिशा में सर्वप्रथम अल्मोड़ा से प्रकाशित कुमाऊं-कुमुद साप्ताहिक के मालिक श्री प्रेमवल्लभ जोशी ने मुझे अपने बन्द पड़े हैण्ड प्रेस को दे दिया जिससे कुछ टाइप मंगा कर मैंने 'पर्वतीय' का प्रकाशन अल्मोड़ा से हैण्ड प्रेस पर शुरू किया जो लगभग एक साल तक चलता रहा।

तत्कालीन विधायक (अल्मोड़ा) श्री गोवर्धन तिवारी की कृपा से मुझे प्रिंटिंग मशीन हेतु प्रथम बार पांच हजार का ऋण उद्योग विभाग कानपुर से स्वीकृत हुआ जिसके मिलने में इसलिए विलम्ब हुआ कि अल्मोड़ा के दूसरे पुराने नेता श्री हरगोविन्द पन्त, श्री गोवर्धन तिवारी द्वारा किए गये प्रायः हर काम का विरोध स्थानीय राजनीतिक कारण से करते थे। उसी श्रृंखला में मुझे स्वीकृत ऋण प्राप्ति में भी उनकी ओर से विरोध हुआ और उन्होंने 'पर्वतीय' पर कांग्रेस विरोधी होने का आरोप लगाया था जिसे अन्ततया तत्कालीन उद्योग मंत्री श्री चन्द्रभान गुप्त ने नहीं माना। उन्होंने श्री गोवर्धन तिवारी की दलीलें मानी और मुझे ऋण स्वीकार हो गया। उसमें सर्वप्रथम १६०० रु. की १० इंच x १५ इंच की एक छपाई की मशीन लाया और कुछ टाइप। सोलह सौ रुपये की मशीन से 'पर्वतीय' सन् १९७० तक छपता रहा।

अल्मोड़ा मेरे सार्वजनिक कार्य की आरम्भ स्थली थी जिसे मैंने पहाड़ों के एक किनारे पर होने के कारण छोड़कर रामनगर आना पसन्द किया जो गढ़वाल और कुमाऊं की सीमा पर स्थित है। लेकिन रामनगर राजनैतिक जागृति शून्य लगा और मैंने अपना प्रेस और 'पर्वतीय' का प्रकाशन स्थान नैनीताल बनाया। हिमालय होटल की अनैक्सी 'ईटन हाउस' के तल मंज़िले में 'पर्वतीय' का कार्यालय और प्रेस स्थापित हुआ। उसी के एक कमरे में मैं रहता भी था। श्री बलदेव सिंह आर्य (तब संसदीय सचिव) की कृपा से मालरोड नैनीताल में 'पर्वतीय' प्रेस के लिए एक टिनाच्छादित हाल आवंटित हुआ जिससे मैं 'ईटन हाउस' को अलविदा कह मय प्रेस और कार्यालय के मालरोड पर आ बसा। और 'पर्वतीय' सन् १९५६ से निरन्तर मेलविल शौप्स कम्पाउण्ड, मालरोड से ही अपने जीवनकाल तक छपता रहा।

गढ़वाल जिले में ग्राम आवई बिचला उदयपुर पट्टी के एक साधारण किसान परिवार में ३० मई १९२१ को मेरा जन्म हुआ था। हम दो भाई और पांच बहिनें थे। हमारे माता-पिता चन्द पहाड़ी खेत के टुकड़ों पर जी-जान मेहनत करके अपने ९ सदस्यीय परिवार का पालन-पोषण करते थे। हमारे मां-बाप को एक पनचक्की के स्वामित्व का विशेष लाभ था जिसके घराट की कमाई से परिवार के खाने-पीने हेतु पर्याप्त आटा आ जाया करता था और निजी खेती से पैदा हुए गेहूं बेचने का उन्हें मौका मिल जाता था जिससे नमक, तेल, गुड़, कपड़े आदि का खर्चा पूरा हो जाया करता था। मेरी मां और बहिनें मेहनती थीं जिससे हर समय गाय या भैंस का दूध और घी परिवार को मिल जाता था। दुर्भाग्य से मेरे पिताजी का देहान्त मेरी १२ वर्ष की आयु में हो गया था। मेरे बड़े भाई प्रायः रुष्ट रहकर घर से बाहर रहते थे। हमारे गांवों में रिवाज़ था कि हल लगाने का काम केवल मर्द लोग करते थे। हमारे परिवार में मर्दों की जिम्मेदारी मुझ १२ वर्ष के बालक पर आ पड़ी थी।

मैं रोज स्कूल जाता और स्कूल से आकर हल चलाता। मेरे छोटे-छोटे बैल और हल था। लेकिन हल तलाई और ऊसर दोनों प्रकार के खेतों पर लगाना पड़ता था। उधर मैं स्कूल से खेत में पहुंचता और इधर मेरी विधवा मां मेरे लिए लोटे में मीठा दूध-भात भिगोकर ले आती। दूध-भात और घी-बूरा भात मेरा प्रिय भोजन था और आखिर कुछ वर्ष पूर्व तक रहा जब तक कोलेस्ट्रोल बढ़ जाने के कारण मुझे दूध, घी समेत सभी प्रकार के 'फैट' (चिकनाई) वाली चीजें खाना डॉक्टरों द्वारा बन्द नहीं कर दिया गया।

एक मेरे हलवाही जीवन का वह दिन था जिसे मैं कभी नहीं भूलता। तब मैं १३ वर्ष का था और कक्षा ४ में पढ़ता था। एक दिन मैं जरा जल्दी घराट के पास खेत में हल लगाने पहुंच गया। खेत पंचर था जिसमें भैंसिया दूब (मोटी दूब) जमी थी। मैंने हल लगाना शुरू किया। हल का फाल भैंसिया दूब वाली पानी वाली जमीन में डूब गया। मेरे छोटे-छोटे बैल 'मटरू' और 'गोरा' आगे न बढ़ सके ज्यों-ज्यों खींचते फाल गहरा डूब जाता। मैं एक को मारता वह आगे खींचता तो दूसरा उतना ही पीछे को आ जाता। फाल मुझसे पीछे न खिंच पाता। मैं जोर लगाते बैलों को सोटे मारते-मारते थक गया और आखिर खेत के किनारे मेंड़ पर बैठकर सिर पकड़ कर रोते-रोते लेट गया। पास जाते हुए एक आदमी मेरी मदद को आया उसने सिखाया कि ऐसे में हल को ऊपर थाम कर हल चलाना चाहिए ताकि फाल नीचे न धंस पाए। उसने फाल पीछे खींचकर निकाल दिया था और वह मुझे समझा कर चल दिया था लेकिन मुझे फिर हल को हाथ लगाने का साहस न हुआ। मैं मेंड़ पर लेटा-लेटा सिसकता रहा। मुझे रोना अपनी असमर्थता या विवशता पर आ रहा था या अपने भाग्य पर - मैं सिसकता रहा और जाने कब मुझे नींद आ गई। मां आ गई थी। उसने मुझे दूध-भात खाने को जगाया। मां ने मुझे प्रेम से खिलाया और पूछा क्या हुआ? मैंने सब बताया। मेरी 'ब्वै' (मां) बहादुर महिला थी। महिलाओं के लिए हल पर हाथ लगाना सामाजिक मनाही थी लेकिन मां ने कहा, चलो लगाओ बेटा हल, मैं तेरी मदद करूंगी और मां की मदद और उसके प्रोत्साहन से मैंने उस मुश्किल खेत पर भी हल लगा लिया था।

मेरी अपर प्राइमरी की शिक्षा पूरी हो गई थी और मैं गांव के पास ही के मिडिल स्कूल में पांचवीं कक्षा में चला गया। मेरा पिछला, हल लगाने और दूध-भात कार्यक्रम, बदल गया। मैं चमकोट खाल मिडिल स्कूल के होस्टल में ही रहने लगा था - केवल साप्ताहान्त में राशन लेने सभी की तरह मैं भी घर आया करता। कक्षा ७ पास करते-करते मेरी जीवन पद्धति ही बदल गई थी। मैं अपनी कक्षा में सदा प्रथम रहता। मेरे रिश्ते का एक मामा जो हम उम्र भी था कभी-कभी मुझे कक्षा में पहले से दूसरे नम्बर पर कर देता लेकिन अन्ततः मैं ही कक्षा ७ की परीक्षा में प्रथम रहा। मैं प्रथम श्रेणी में चार विषयों में प्रथम और दो विषयो में डिस्टिंक्शन लेकर उत्तीर्ण हुआ। पढ़ने में मुझे बड़ा आनन्द आता था। कक्षा सात उत्तीर्ण कर हाईस्कूल करने के लिए मैंने मां से इच्छा व्यक्त की। उसके लिए निकटतम देहरादून जाना पड़ता। मेरी विधवा मां ने अपनी विवशता व्यक्त करते हुए मुझे समझाया था "बड़ी मुश्किल से मैं तुम सात भाई-बहनों को पाल रही हूं देहरादून का खर्चा कहां से लाऊं?" मेरी मां के स्वर में मुझे आगे पढ़ाने की इच्छा और आर्थिक विवशता दोनों झलक रही थीं। उसने मुझे समझाया, "बेटा, हमारे परिवार का इन खेतों से ही गुजारा होता रहा है। तेरी मैं शादी कर देती हूं और तू भी अपने बाप-दादा की तरह खेती कमा और हम सबको पाल।"

स्कूल आने जाने की छुट्टी हो गई थी। मेरा काम दिन भर जरूरत के अनुसार जंगल से घास, लकड़ी लाना, पशुओं को देखना और पनचक्की (घराट) की देखभाल करना होता था। परिस्थिति मुझे गृहस्थी में

प्रवेश करने को विवश कर रही थी। मां ने दो-तीन जगह मुझे पुरोहित के साथ लड़की देखने और स्वयं को दिखाने भी भेजा था। पंडित महेशानन्द थपलियाल के साथ एक दिन मुझे एक 'होनहार' के पिता जो स्वयं भी ज्योतिषी थे से भेंट करने जाना पड़ा। शाम को भोजनोपरान्त सोने का बहाना कर मैं लेट गया और मेरे पुरोहित और 'होनहार' के पिता में ग्रहों पर बहस होने लगी। लड़की के पिता ने पुरोहित से कहा – २९ वें वर्ष में लड़के का मार्केश है। वे ऐसी बात कह रहे थे जिससे हमारे पुरोहित जवाब नहीं दे पा रहे थे। मैंने मन ही मन संकल्प कर लिया। २९ वर्ष की आयु तक शादी करनी ही नहीं है, और मैं तथा पुरोहित दूसरे दिन वापस घर आ गए। मेरी उम्र उस समय १६-१७ साल की थी। फिर दो-तीन जगह मां ने और भी प्रयास किए लेकिन कोई सफलता नहीं मिली।

मेरी दैनिक चर्या थी प्रायः अन्य छोटे-छोटे कार्यों के अलावा प्रातः घराट में जाना उसे देखना। शाम को अन्धेरे के आने के साथ ही मैं भी घर पहुंचता। मां (बोई) ने एक घोड़े का बच्चा मेरे लिए खरीदा था जिस पर बैठ कर मैं शाम को घर आता। इसी दौरान एक १४-१५ साल की लड़की जो हमारे रिश्ते की सीमा के अन्दर ही थी - प्रायः तीसरे दिन पिसाई के लिए घराट पर आने लगी - धीरे-धीरे उसका आगमन का अन्तर दूसरे दिन हो गया और फिर वह पिसाई कराने रोज ही आने लगी थी। जाने-अनजाने प्रायः उसके अनाज की पिसाई का नम्बर अगले दिन चला जाता था। उसका मिलना, उससे बात करना उसके साथ बैठा मात्र रहना, न जाने क्यों अच्छा लगता था। हम घराट के पास खासणा नदी में मच्छियां मारने साथ-साथ निकलते और सूर्य छिपने से पूर्व वह अपने गांव की ओर चल देती। मैं अपने घोड़े पर सवार घर की ओर चल पड़ता। लड़की सैनिक अधिकारी की थी। कुछ लिखी-पढ़ी भी थी। बाहर भी रही हुई थी जिससे उसका रहन-सहन का तरीका और बात का सलीका अन्य ग्रामीण बालिकाओं से कुछ भिन्न ही था। उनका परिवार ग्रीष्म-अवकाश में पहाड़ आया था। उसको मैं नहीं जानता लेकिन मेरा उसके प्रति आकर्षण बढ़ता जा रहा था। बातें कोई नहीं थीं। हो सकता है मेरा एकांगी आकर्षण रहा हो - लेकिन मैंने मुख से उसे कभी कुछ व्यक्त नहीं किया था। दोनों की चुप्पी ही जाने क्या कहती रहती, किन्तु मेरे मन में एक विचार आया कि इस लड़की से शादी हो तो अच्छा होगा। यह भी भली-भांति मेरे मन ने मुझे समझा दिया था कि इसके बारे में सोचने के पूर्व मुझे कम-से-कम हाईस्कूल पास होना चाहिए। मैंने अपनी कामना उस पर कभी व्यक्त नहीं की। एक दिन मेरा घोड़े का बच्चा चरने गया हुआ था। हम मच्छियां मारने में इतने मस्त थे कि समय का ध्यान ही न रहा। सूर्य अस्त हो गया था। वह चली गई। मैं अपने घोड़े को ढूंढ़ने निकला एकदम सांझ हो गई। घोड़ा नहीं मिला। मैं बिना उसके घर लौट गया। घराट घर से लगभग २ किलोमीटर दूर था जहां का रास्ता चढ़ाई-उतार और जंगल से होकर था। चारों ओर जंगल और जानवर होते थे। मालूम हुआ कि घोड़े को बाघ ने मार दिया था। मेरी मां बहुत नाराज हुई। मैं भी खिन्न था।

दूसरे ही दिन लैंस डाउन किसी कार्यवश जाना था। मैं लैंस डाउन गया और वहीं से लाहौर चल दिया, कोटद्वार में देखा तो जेब में केवल ५ रुपये। ये भी तीन क्वीन विक्टोरिया वाले थे जो उन दिनों चलने बन्द हो गये थे। जार्ज पंचम के चलते थे। ५ में से तीन खोटे रुपये भला क्या करते। मैंने केवल लखसर तक का टिकिट लिया। और फिर बिना टिकिट तथा पैदल यात्रा करते-करते चलता गया। फगवाड़ा के पास पैदल यात्रा करते समय रेल फाटक का चौकीदार गढ़वाली भाई था। उसने मुझे गढ़वाली में पूछा 'खाना खाया?' 'नहीं'। मैंने सच ही दो दिन से नहीं खाया था। उसने अपनी चौकी पर मुझे जो दाल-भात खिलाया था उसका बढ़िया स्वाद मैं आज तक नहीं भूला। उसने मुझे बिना टिकिट ट्रेन में चढ़ा दिया और अमृतसर

उतरने को कहा। अमृतसर पहुंचते-पहुंचते जेब में एक भी पैसा शेष नहीं बचा था अतः अमृतसर से लाहौर तक मैं पैदल - पानी पी-पीकर चलता गया।

पंजाब यूनीवर्सिटी में प्राइवेट परीक्षा देने की सुविधा सुनी थी। लाहौर में हमारे गांव के कुछ लड़के थे उनके द्वारा किसी काम मिलने की आशा में मैं लाहौर जा रहा था ताकि प्राइवेटली पढ़ सकूं। जहां इच्छा होती है, राह निकलती जाती है। मेरी यात्रा सफल हुई। लाहौर बीडन रोड पर चौराहे पर मैं काली कमली बगल में दबाये सड़क के किनारे-किनारे चला जा रहा था। अचानक एक साइकिल सवार मेरे सामने आकर रुक गया। मैंने देखा मेरे गांव का हरिजन लड़का बिसराम काका था। हम गांव में ठाकुर, ब्राह्मण, हरिजन सभी के साथ सम्बन्धी के लिहाज से बात करते, जैसे एक परिवार सदस्यों के साथ करते हैं। अरे पंडित कहां? उसने गढ़वाली में कहा। बस बिसराम काका, यहीं काम की तलाश में आया हूं। "काम तो मिल ही जाएगा फिलहाल चलो, आराम करो" और बिसराम काका मुझे अपने डेरे पर ले गया जहां उसने मुझे तीन दिन खाने और सोने के अलावा, कोई काम नहीं करने दिया। मैंने उससे कहा था मुझे ऐसा काम चाहिए जहां मुझे पढ़ने का समय मिल सके।

किस्मत से मुझे एक वृद्ध-वृद्धा के यहां केवल झाड़-पोंछ और चौका-बर्तन का काम मिला। वृद्ध (लाला जी) प्रातः नौ बजे खा-पीकर कार्यालय चले जाते। वृद्ध माताजी भी जल्दी खाकर निबट जातीं। मैं दिन भर पढ़ने-लिखने के लिए खाली रहता। मेरा मुख्य ध्येय लाहौर जाकर हाईस्कूल की परीक्षा देना था। मैं पहले माह मजदूरी मिलने पर कुछ किताबें ले आया था। जब वृद्ध-वृद्धा को मालूम हुआ कि मैं मैट्रिक परीक्षा की तैयारी कर रहा हूं तो उन्होंने मुझसे कम-से-कम काम लेना शुरू किया। अधिकांश काम वृद्धा स्वयं किया करतीं। वृद्ध भी कार्यालय से आकर जल्दी खाने से निबट जाते और वृद्धा को भी उन्होंने मुझे अधिक-से-अधिक समय पढ़ने के लिए देने को कह दिया था। वे मुझसे अपने बच्चे के समान व्यवहार करते। कुछ ही माह बाद, मैं सेकंड डिविजन में मैट्रिक पास हो गया था। ४ नम्बर से मेरा फर्स्ट डिविजन रह गया था। वृद्ध-वृद्धा (माताजी व लालाजी) को इतनी प्रसन्नता मेरे पास होने से हुई कि उन्होंने सारे मुहल्ले में लड्डू बांटे। माताजी और लालाजी मुझ पर इतने कृपालु थे कि वे वृद्धा की बहिन की मैट्रिक में पढ़ रही बालिका से मेरा विवाह रचा देना चाहती थीं और मुझे वे गोद लेना चाहते थे। क्योंकि उन्हें कोई बच्चा नहीं था। उनके विचार जानकर मुझे अपनी मां की याद आने लगी और मुझे लगा कि यदि अपनी मां को छोड़कर मैं इनका दत्तक पुत्र हो जाता हूं तो मेरी मां पर क्या बीतेगी।

पास होने की खुशखबरी मैंने एक चिट्ठी डालकर मां को भेज दी थी। मुझे मालूम नहीं कि पास वाले गांव में उस लड़की को भी यह खुशखबरी मालूम हुई या नहीं। जब मैं एक साल बाद घर आया तो मालूम हुआ कि उसकी शादी हो चुकी थी। मैं तब १८ वर्ष का था। मैं पुनः लाहौर चला गया। वृद्ध-वृद्धा द्वारा मुझे गोद लेने का मेरे मन में निरन्तर भय चल रहा था। लेकिन उनको मैं चाहने पर भी छोड़ नहीं पा रहा था। उनका स्नेह मुझे उन्हें बिना कहे चले जाने की शक्ति नहीं दे पा रहा था। लेकिन मां के प्यार की अधिक सशक्त डोर मुझे अपनी ओर खींचे जा रही थी। मैं समय पाकर उनसे छुट्टी पा लेना चाहता था लेकिन ऐसा अवसर आने के पूर्व ही एक दिन लालाजी की कराची बदली का आदेश आ गया। मुझे सांस में सांस आई लेकिन वे दोनों मुझे कराची उनके साथ चलने को फुसला रहे थे। किसी-किसी प्रकार मैं उनकी बातों में या प्रलोभन में नहीं आया और एक दिन वे कराची चले गए। मैंने भारी हृदय अवरुद्ध कण्ठ और विनम्र पलकों से उन्हें अन्तिम प्रणाम किया और उसी हालत में उन्होंने मुझे आशीष दिया। इस प्रकार मैं रईस

होने से बाल-बाल बच निकला। क्योंकि उनके मुल्तान और कराची में कई मकान थे। लालाजी मिलिट्री एकाउण्टस में ऑफिसर थे। बैंक-बैलेन्स भी अच्छा खासा था और उनकी कोई सन्तान न थी। माताजी-लालाजी (वृद्ध-वृद्धा) शायद मुझे ६ या ७ रुपये मासिक देते थे लेकिन उन्होंने मुझे जो दिया उस सबको रुपयों में नहीं आंका जा सकता। लाखों-करोड़ों से भी कहीं ज्यादा थी उनके स्नेह की कीमत।

मैं फिर अस्तित्व की अनिश्चिततापूर्ण सड़क पर आ गया था। लेकिन अधिक प्रतीक्षा किये बिना ही मुझे एक डेंटल सर्जन का सहायक बनने का अवसर मिल गया। डॉक्टर साहब मुझे २५ रु. मासिक सूखे देते थे। ५ रु. महीने में खाना खा लेता और सो मैं क्लीनिक में जाता था। वहां भी मैंने पढ़ने का क्रम जारी रखा और अगले वर्ष अर्थात् १९३९ में मैंने पंजाब विश्वविद्यालय की हिन्दी की सर्वोच्च परीक्षा 'प्रभाकर' पास कर ली थी। अब मैं बी.ए. तक प्राइवेट परीक्षा दे सकता था। अगले वर्ष इण्टर (इंगलिश) कर लिया था और फिर बी.ए. (इंगलिश ओनली)। इसी बीच मैंने टाइप, शॉर्टहैंड सीख लिया था और मैं एक डेरी तथा बेकरी में सेल्स मैनेजर हो गया था। यह पद मुझे किसी विशेष योग्यता के कारण नहीं वरन् - ईमानदारी के फलस्वरूप मिला था। मेरे बॉस डॉक्टर, मेरी ईमानदारी और परिश्रमी होने की तारीफ अपने ससुराल वालों से बार-बार करते रहते थे। फलस्वरूप एक दिन उन्होंने डॉक्टर साहब से मुझे मांग ही लिया। उन्हें सेल्स मैनेजर के लिए एक ईमानदार आदमी की जरूरत थी। डॉक्टर साहब ना नहीं कह सके और मैं उनकी डेरी, बेकरी, कन्फेक्शनरी व रेस्टोरेंट में सेल्स मैनेजर बना दिया गया। दिन भर की नकद बिक्री, हर विभाग में जो होती, मैं जमा करके मालिकान को देता। यही नहीं, मालिकों के वृद्ध पिताजी ने मुझे अपनी सबसे छोटी पुत्री सन्तोष को पढ़ाने का काम भी सौंप दिया। उसे मैं इण्टर कक्षा की हिन्दी पढ़ाया करता था। एक दिन मैं 'कबीर' के दोहे पढ़ा रहा था। लड़की १७-१८ वर्ष की थी। वह कबीर के इस दोहे से असहमत थी।

'नारी की झांई परत, अन्धा होत भुजंग।
कबिरा तिनकी कौन गति, जो नित नारी संग।'

'बकवास करता है' कहते हुए उसने मेरे ऊपर अपनी छाया करके दिखाई। यानी जैसे मेरे ऊपर झुक गई हो और बोली – "मास्टर जी, क्या आप अन्धे हुए मेरी झांई (छाया) से? इतने दिन से आप मेरे संग हैं कोई फर्क पड़ा आपकी आंखों पर?" पेश्तर कि मैं समझाता मेरी दृष्टि दरवाजे पर पड़ी। उसके पिता खड़े देख रहे थे। मैंने कहा – "ऐसा मतलब नहीं है। कबीर के कहने का मतलब ..." वह बड़ी अच्छी और अच्छे व्यवहार की लड़की थी। मेरी ओर से भी कभी कोई कलुषित भावना नहीं थी किन्तु मुझे स्वयं ही डर लग गया। न जाने पिताजी क्या समझें और मरवा ही न दें। इस डर से भयभीत मेरा लाहौर का दाना-पानी समाप्त हो गया और सन् १९४४ में मैंने लाहौर छोड़ दिया। इस तरह जीवन में एक और महिला के कारण एक और मोड़ आया। लाहौर छोड़कर मैं देहरादून आ गया जहां मैंने आर्डिनेन्स फैक्ट्री, मिलिट्री अकाऊण्ट्स आदि में ६-६ महीना नौकरी की और फिर मैं दिल्ली नेवेल हेडक्वार्टस में स्टेनोग्राफर के पद पर नियुक्त हो गया।

मेरा जीवन टेढ़ी-मेढ़ी, ऊबड़-खाबड़ पहाड़ी पगडंडी जैसा था।

गांव में रहते-रहते मैं एक ग्वाला, लकड़हारा, हलवाहक, घसियारा सभी कुछ था। गांव से बाहर आकर मैंने भूखा-प्यासा पैदल यात्रा की। झाड़पोछ-चौका-बर्तन की मजदूरी की और साथ-साथ पढ़ता भी रहा।

इस प्रकार मुझे गर्व था कि मैं एक आत्मनिर्भर-स्वनिर्मित युवक था। लेकिन कहते हैं "जहां जाये भूखा-वहीं पड़े सूखा" - कुछ महीने नौसेना मुख्यालय में नौकरी की तो लड़ाई खत्म हो गई। नागासाकी, हिरोशिमा पर अणु बम गिरने के बाद जापान ने हथियार डाल दिये थे। विश्व ने चैन की सांस ली होगी लेकिन अपनी तो रोजी-रोटी - नौकरी ही जाने को हो गई। जोरों से सेना से छंटनी शुरू हो गई थी सिविलियन क्लर्क, स्टेनो सभी को निकालने की खबर उड़ रही थी। तभी मुझे श्री फिलिप्स मैसन, रक्षा सचिव का आशीर्वाद मिला और मैं वोकेशनल ट्रेनिंग सेंटर अल्मोड़ा में स्टेनोग्राफी इन्स्ट्रक्टर हो गया था। किन्तु मेरी जीवन यात्रा अभी भी सपाट-सीधी सड़क से बहुत दूर थी। स्वभाववश, वह नौकरी भी छोड़कर, मैंने अपना 'हिन्दी संकेत लिपि विद्यालय' खोला और उसी बीच क्षय-ग्रस्त हो गया। मैंने अपनी बीमारी की सूचना अपने रिश्तेदारों को दी थी, किन्तु किसी ने उत्तर नहीं दिया था। वे अभी भी शायद क्षय को असाध्य रोग मानते थे। और उन्होंने मुझे दुनिया में चन्द दिनों का मेहमान समझ लिया था। इसलिए किसी ने उत्तर देना ज़रूरी नहीं समझा होगा।

मैं जब सेनेटोरियम से बाहर आया था तो मेरी कामना केवल यह थी कि मेरा छोटा-सा प्रेस हो, छोटा-सा समाचार-पत्र हो और मैं स्वयं लिखने-पढ़ने में व्यस्त रहूं। होटल में खाता रहूं और अस्पताल में मरूं। अल्मोड़ा वापस आने पर मेरा सम्पर्क प्रगतिशील युवकों से हुआ। साम्यवाद की लहर उन दिनों युवकों में तेजी से बह रही थी। पार्टी का सदस्य न होते हुए भी, साम्यवाद से मैं भी प्रभावित था।

मेरी जिन्दगी की डगर पहाड़ी बटिया की तरह ऊबड़-खाबड़ तथा तंग अवश्य थी, किन्तु तमन्नाओं, इच्छाओं व प्रेम से वह शून्य न थी। मैं ग्रामीण संस्कारों का गट्ठर था जहां चरित्र और व्यवहार की पवित्रता सर्वोच्च मानी जाती थी। कहते हैं - हर पुरुष के जीवन प्रवाह को महिला नये मोड़ देती है - या उसके जीवन के मोड़ों के पृष्ठ में कोई महिला होती है। स्त्री-पुरुष दोनों के लिए विपरीत लिंग का प्रभाव सदा उसके जीवन प्रवाह को प्रभावित करता है - मैं भी अपवाद न था। मेरे जीवन में पहला मोड़ तब आया था जब एक लड़की से लगाव, उसके निरन्तर घराट में आने के कारण हो गया था। लगाव का कारण भी नहीं समझता था लेकिन उससे विवाह की इच्छा पूर्ति हेतु पढ़ने की इच्छा तीव्र हुई और मैंने निजी छात्र के रूप में मजदूरी करके शिक्षा प्राप्त की।

मेरे जीवन में अगला मोड़ भी अपनी उस शिष्या के कारण आया जिससे कबीर का दोहा पढ़ाते वक्त लाहौर में मेरे मन में भय व शंका पैदा हुई और मैं पंजाब छोड़कर उत्तर प्रदेश व दिल्ली की ओर स्थायी तौर पर आ गया था। अल्मोड़ा पहुंचकर तीसरी युवती के प्रभाव ने मेरे जीवन को नया मोड़ दिया। मैं भावुकतावश क्षय ग्रस्त हुआ। सेनिटोरियम में मुझमें पत्रकारिता के बीज अंकुरित ही नहीं हुए वरन् मुझ में प्रगतिशीलता जागृत हुई और सामाजिक बुराइयों और सम्पत्ति मोह के विरुद्ध जूझने की भावना जागी और एक नई शक्ति इस उद्देश्य हेतु पैदा हुई। 'पत्रकारिता मेरे संघर्ष का साधन थी।' इस युवती के प्रति मेरी भावुकता लगभग १४ वर्ष रही। ग्रामीण संस्कारों ने मुझमें एकनिष्ठा कूट-कूट कर भर दी थी। फलस्वरूप जब तक उस युवती का विवाह अन्यत्र नहीं हो गया मैं उसी के नाम पर दीवाना रहना अपने चरित्र की श्रेष्ठता मानता था। मैं कभी सोच भी नहीं सकता था कि एक ही बार एक हृदय में एक से अधिक युवती का ध्यान भी आ सकता है। व्यावहारिक लोग इसे भावुकता की मूर्खता कहेंगे किन्तु मुझमें वह संस्कारों की देन थी।

२९वें वर्ष मार्केश की भविष्यवाणी मेरी मृत्यु में नहीं सिद्ध हुई, किन्तु वह वर्ष मुझे भयंकर बीमारी की हालत में सेनेटोरियम ले गया जहां मैं लगभग मृतप्राय पहुंचा था। उस एकनिष्ठा ने मुझमें जीने की चाह पैदा की, संघर्ष की शक्ति पैदा की और अन्याय के विरुद्ध लड़ने की चाह पैदा की। जिस सबने मुझे निर्भीक,

निष्पक्ष व निडर पत्रकार बना दिया था। मेरी कामना के अनुसार मेरा छोटा-सा प्रेस व अखबार भी हो गया था और आजीवन होटल में खाने के लिए पैसा भी दिया तो आराम से अस्पताल में मरने के लिए प्रभाव भी दिया था। मैं सम्मान का जीवन जीने लगा था और ज़िन्दगी-भर संघर्षों द्वारा भरी थकान मिटाने का अवसर भी मुझे मिल गया था।

वर्षों की लम्बी थकान मिटी, मैं ग्रामीण कष्टमय जीवन भूला, लाहौर के संघर्षमय वर्षों को भूल गया और आराम का जीवन बिताने लगा। इस बीमारी और आराम करने की कोशिश में मेरे जीवन की जवानी बीत गई थी। मैं ४० वर्ष की उम्र तय कर चुका था। आजीवन होटल में खाना और शान्ति से अस्पताल में मर जाना मेरी कामना थी, वह बनी रही। आजीवन अभाव का खागियाजा गैंने पूरा किया। सेनेटोरियम में स्वास्थ्यवर्द्धक भोजन के महत्व की शिक्षा के अनुसार नित्य स्वास्थ्य के हित में दो बार मीट अण्डे खाता। सिनेमा देख कर दिन में कई बार कपड़े बदलता और अपने को हसीन व हीरो (जो लोग भी कहते) समझकर शान्ति व सुखपूर्वक रहता, तब मैं नैनीताल में जमा था।

'पर्वतीय' के कारण मेरा राजनैतिक प्रभाव तथा सार्वजनिक मित्रता का क्षेत्र व्यापक हो गया था। गांव के सामुदायिक जीवन के संस्कार मुझमें थे ही, एवं सच्चे पत्रकार के नाते मुझमें सब व्यक्तियों व सभी दलों से समान दूरी की भावना और भी दृढ़तर होती गई। जो मैंने कुछ वर्ष पूर्व लखनऊ में भूख हड़ताल के दौरान पत्रकारों को कहा कि मैं 'सर्ववादी' हूं - वही व्यवहार में आने लगा था।' मेरे टिन शेड के कार्यालय व घर में नैनीताल आने वाले सभी दलों के नेता व कर्मचारियों का जमघट रहता था क्योंकि पहाड़ी विधायकों को राजकीय आवास आवंटित नहीं होते थे। फलस्वरूप सभी दलों के अधिकांश विधायक व कार्यकर्ता मेरे कार्यालय में अपना-अपना बिस्तर खोलकर धराशयन करते और विरोधी दलों के सदस्यों की तरह नहीं, परस्पर मित्र भाव से रहते। बातें भी दलीय नहीं मित्रवत् मनोरंजन की बातें होतीं। मुझे उस वातावरण में अपने 'सर्ववाद' की झलक नजर आने लगी।

जब मेरा 'पर्वतीय' जम गया, ४० वर्षोत्तर आयु ने मेरी कान्ति कम कर दी और मुझे अपने में आकर्षण के अभाव का अनुभव होने लगा। मुझे अकेलापन खटकने लगा। इधर मेरी 'प्रतीक्षिता' का ब्याह भी हो गया था। मैं उस बन्धन से भी मुक्त हो गया था। इसलिए मुझे लगा कि मुझे एक स्थायी जीवन साथी कर लेना चाहिए। मुझमें सुधारवाद का जोश था और पत्रकार और प्रगतिशील विचार का व्यक्ति था इस कारण मैंने एक सहृदयी 'राजपूत' शिक्षिका से विवाह कर लिया। लेकिन मुझ में गृहस्थ भावना कभी नहीं आई। मैं अपने को केवल पारिवारिक मोह से बंधा नहीं रख पाया।

मेरा प्रेम परिवार व समाज के प्रति समान सा रहा। मैंने कभी-कभी तो परिवार के हित, सामाजिक हित को बलिदान कर दिये जिससे कभी खिन्न होकर मेरी पत्नी मुझे कहा करती, "आपको तो गृहस्थी करनी ही नहीं चाहिए थी।" मैं उत्तर देता, "हमारी गृहस्थी कर्मों का बन्धन मात्र है। इसे हमें उससे अधिक समझना ही नहीं चाहिए" और मैं निजी आय या आजीविका के साधनों को भी ट्रस्ट हित में व्यय कर देता था। परन्तु पारिवारिक दायित्वों को मैं कभी भूला भी नहीं। उन्हें मैंने समाज की दृष्टि में सम्मानपूर्ण ढंग से निभाया। मेरा परिवार कभी आभाव की स्थिति में परेशान नहीं रहा। भले ही उसका कारण मेरी अनुशासन प्रिय वेतनभोगी पत्नी ही क्यों न हो, मैं सदा इस बात का समर्थक रहा कि जब व्यक्ति अपना और परिवार का दायित्व न निभा सके तो समाज के दायित्व निभाने की बात सोचना भी यथार्थ से परे है। मुझे उन राजनीतिज्ञों की दो मुखी नीति पर तरस आता है जो अपने परिवार को तो खिला नहीं सकते लेकिन समाज

की भारी जिम्मेदारियां उठाने को तैयार रहते हैं। वे स्वयं के और समाज के प्रति कितने निष्ठावान होंगे सन्देह पैदा किए बिना नहीं रहता।

जब एक पुत्री हुई और वह तुतलाने लगी तो मुझमें मोह जागा। मेरे मन में आया कि इनके लिए सिर ढांकने के लिए एक छत होनी ही चाहिए। इस मोह में आकर मैंने धीरे-धीरे वह मकान खरीद लिया जो मुझे आवास के लिए आवंटित था। मैंने उसे तुड़वाकर अपने मित्रों से थोड़ा-थोड़ा ऋण लेकर तिमंजिला बना दिया। कुछ वर्ष में उसके किराये से सभी ऋण उतर गये थे। सम्पत्ति के पक्ष में मैं कभी नहीं था। मैं साम्यवाद की उस बात का विश्वासी था कि सम्पत्ति चोरी की देन होती है। अतः मैं कोठी और कार वालों को हेय दृष्टि से देखता था। लेकिन जब मैंने मित्रों से बिना ब्याज ऋण से पहली सम्पत्ति जोड़ी और अपने अखबार की आय से कार ली तो साम्यवाद की सम्पत्ति सम्बन्धी भ्रान्तियां मुझ में से दूर हो गयीं।

मैंने देखा - न मैंने सम्पत्ति जोड़ने के लिए चोरी की थी, न कार जोड़ने के लिए मुनाफाखोरी की थी। हो सकता है कुछ लोग मुनाफाखोरी, शोषण और चोरी से सम्पत्ति जोड़ लें लेकिन सदा सभी ऐसा ही नहीं करते। चोरी (Steal) के अलावा, मांगने और उधार (Beg and Borrow) लेकर भी सम्पत्ति जुड़ सकती है। ऐसे ही कई बातों में व्यक्तिगत अनुभव के द्वारा साम्यवाद की उक्तियों से मेरा मोह भंग होता गया। उसके आर्थिक सिद्धान्त कई हद तक आज भी मैं सही मानता हूं, लेकिन अन्य सभी सिद्धान्तों की भांति न सभी को सही या न सभी को गलत मानता हूं।

इस प्रकार मैं पहली बार सम्पत्ति वाला बना और उसे बेचने और नया खरीदने के साथ-साथ निरन्तर मूल्य वृद्धि के कारण मैं लाखों की सम्पत्ति का मालिक बन सकता था लेकिन अपनी आवश्यकता से अधिक सम्पत्ति रखना मेरे मूल सिद्धान्त के विरुद्ध था। अतः मैंने सन् १९७४ ही में ज्यों ही पहले मकान वाले ऋण से मुक्त हुआ, एक चेरीटेबल ट्रस्ट बना दिया। जिसे मैंने अपनी नयी खरीदी सम्पत्ति का लगभग १/२ भाग चेरीटेबल ट्रस्ट को सन् १९७६ में दे दिया जिससे पहले एक निःशुल्क पत्रकार होस्टल चलता था। परन्तु पत्रकारों के मई, जून को छोड़ निरन्तर न आ पाने के कारण सम्पत्ति को व्यर्थ पड़े रहने से बचाने के लिए पत्रकार होस्टल बन्द करके ट्रस्ट की आय को गरीब बच्चों को छात्रवृत्ति के रूप में बांटना आरम्भ कर दिया था।

मेरी धर्मपत्नी, मेरे जीवन में चौथी प्रभाव डालने वाली महिला थी। उनके कारण मेरी आर्थिक स्थिति निरन्तर अच्छी होती गई जिसे मैं अपनी नवजात कन्या के आगमन का चमत्कार भी कहा करता हूं। शुरुआत में, मेरी धर्मपत्नी अपनी निजी सोच और मेरी भूतकाल की परिस्थितियों के कारण मेरी दानशीलता से सहमत नहीं थीं। समाज के स्वार्थी रुख को देखकर वह ट्रस्ट की गतिविधियों को वर्तमान युग की व्यावहारिकता के अनुकूल नहीं मानती थीं।

वर्षों निरन्तर अण्डे, मांस के भोजन और अनियमित जीवन शैली के कारण मेरा रक्तचाप बढ़ गया। कोलेस्ट्रोल बढ़ जाने से में हार्ट एनजाइना का रोगी हो गया। डॉक्टरों ने मुझे नैनीताल जैसी ऊंचाई पर रहने को मना कर दिया था। फलस्वरूप बड़ी तलाश के बाद, ट्रस्ट भवन बेचकर कोटद्वार (गढ़वाल) में कण्व आश्रम के पास 'हिमालय अध्ययन एवं विचार कुंज' बनाया जहां मैंने मेधावी निर्धन छात्रों की प्रतियोगी परीक्षाओं की तैयारी के लिए साधन जोड़े। हर वर्ष निर्धन मेधावी छात्रों को प्रतियोगी परीक्षाओं की तैयारी के लिए ट्रस्ट द्वारा छात्रवृत्ति दी जाती है। मेरे निजी खर्चे के लिए नैनीताल स्थित भवन के किराए से पर्याप्त आय मिलती रहती है।

मुझे कभी पैसे से मोह नहीं रहा। आराम से खाने रहने के साधन से फालतू धन को मैं समाज के ज़रूरतमन्द वर्ग को देने के पक्ष में रहा हूं और। यही मैं करता हूं। कोटद्वार का कुंज और मेरे ट्रस्ट द्वारा दी जाने वाली छात्रवृत्तियां मेरे 'सर्ववादी' दर्शन के व्यावहारिक रूप हैं। मैं विश्वास करता हूं कि व्यक्ति जो कहे उसे करे भी, तभी उसका कहना उचित भी होता है, वरना निरे गाल बजाना, निरर्थक उपदेश जैसे लगते हैं।

मैंने अपने जीवन में सामान्य रहन-सहन को कभी नहीं छोड़ा। जो दाल रोटी, मैं गांव में खाता या मजदूर की हालत में खाता था वही आज भी खाता हूं। लगभग एक लाख रु. प्रतिवर्ष छात्रवृत्ति और दान देने की स्थिति में भी शराब, सिगरेट, पान जैसी आदतों से सदा बचा रहा।

बीच में कुछ समय में 'बोट हाउस क्लब' नैनीताल में ताश खेलने जाया करता। प्रायः मैं हारता। हारना तो सभी को बुरा लगता ही है लेकिन मुझे जीतने में भी दुःख होता था। हारने वाले मेरी उम्र में मुझसे छोटे होते, मुझ जैसे साधन सम्पन्न भी नहीं होते अतः उनसे जीतना दुःखप्रद होता था। अन्ततः मैंने सोचा जिस काम को करके किसी प्रकार सुख नहीं मिलता, उसे हमेशा के लिए करना ही बन्द क्यों न कर दूं। और मैंने अपने उस एक मात्र दुर्गुण से भी मुक्ति पा ली। मैंने हमेशा के लिए ताश खेलना ही बन्द कर दिया।

ट्रस्ट की गतिविधियों को देखकर शनैःशनैः मेरी धर्मपत्नी, ट्रस्ट के महत्व को स्वीकारने लगीं, और प्रायः काफी सहयोगात्मक और सृजनात्मक सुझाव भी देती रहतीं।

यह मेरा सौभाग्य है कि मेरी एकमात्र सन्तान, मेरी पुत्री सीमा में, मेरे गुण अधिक आये हैं। उसे धन से अधिक मोह नहीं है वरन् परोपकार में उसे भी आनन्द आता है। उसकी रुचि को देखकर मैं महान सुख का अनुभव करता हूं और उन लोगों पर मुझे हंसी आती है जो समाज में लड़की की अपेक्षा लड़के को अधिक महत्वपूर्ण मानते हैं।

यह भाग्य भगवान या प्रकृति की अपने पर विशेष कृपा मानता हूं कि पत्रकार के नाते मैं मज़दूर से मंत्री तक समभाव से मिलता रहा हूं। रूखी-सूखी से लेकर चिकनी-चुपड़ी खाने में संतोष कि अनुभूति पाता आया हूं। संपन्नों की अपेक्षा शोषितों के प्रति स्वाभाविक सहानुभूति का अनुभव करता हूं, और स्वयं संघर्षों से जूझकर ऊपर उठने वालों का उनसे अधिक सम्मान करता हूं जो बाप दादा का नाम भुना खाते हैं और उनके संचित धन से विलासितापूर्ण जीवन बिताते हैं। मुझे दुख होता है उन शीर्षस्थ लोगों पर जो संघर्ष के फलस्वरूप प्रतिकूल परिस्थितियों में पल और पढ़-लिखकर शीर्ष पर शक्ति संपन्न होकर समाज में दलित वर्ग और गरीबों के लिए काफी कुछ करने की स्थिति में होते हुए भी, केवल स्वार्थ और स्वपरार्थवश, स्वयं या अपने-अपनों के कल्याण तक ही सीमित देखे जाते हैं।

परिस्थितियों के प्रति कृतज्ञ हूं कि मैं उनकी तरह अपनी गरीबी के दिनों तथा प्रतिकूल हालातों को नहीं भूला।

मेरे संघर्षरत जीवन के दौरान, मेरे कई मित्र रहे जिनके सान्निध्य से मुझे सहारा मिलता और उत्साह बढ़ता था। समय तथा स्थानाभाव से मैं उनका उल्लेख इस रूपरेखा में नहीं कर पाया फिर भी, कुछ नाम जो लिखते समय याद आ रहे हैं, वो हैं - लाहौर के मित्र, सर्वश्री मधुर शास्त्री, मुकेश विद्यार्थी, हरि शर्मा। अल्मोड़ा के मित्र सर्वश्री प्यारेलाल गुप्त (विधायक), गोवर्धन तिवारी (मंत्री), हरिसिंह बिष्ट (विधायक), शेरसिंह हीत बिष्ट (संपादक), रामप्रसाद टम्टा (सांसद), गंगासिंह बिष्ट (विधायक), मोहन उप्रेती (कलाकार)।

रामनगर के श्री प्रेमवल्लभ बेलवाल, देवीदत्त छिमवाल (विधायक)। लखनऊ के सर्वश्री जगनमोहन सिंह नेगी (मंत्री), बलदेव सिंह आर्य (मंत्री), चंद सिंह रावत, रामप्रसाद नौटियाल, नरेंद्र सिंह भंडारी (मंत्री), श्रीमती विनयलक्ष्मी सुमन (विधायक), शोबनसिंह जीना (मंत्री), हेमवतीनंदन बहुगुणा (मंत्री), नारायण दत्त तिवारी (मंत्री), प्रताप भैय्या (विधायक)। हल्द्वानी के डॉ. पूर्ण चंद्र जोशी (जिनका निवास हमारे जैसे साधनहीन प्रगतिशील लोगों का अड्डा होता था)। नैनीताल के बांकेलाल साह (अल्का होटल), रामस्वरूप विरमानी (उद्योगी), जगदीश साह (अधिवक्ता), द्वारकानाथ साह (अधिशासी अधिकारी, नगर पालिका)। ये एवं अन्य प्रेरणा के स्रोत रहे।

इस रूपरेखा में कुछ नया कहने का दावा मैं नहीं करता, केवल भूत के अनुभवों तथा भविष्य की संभावनाओं के आधार पर वस्तुओं, बातों, विचारों तथा घटनाओं का अपनी सीमित बुद्धि, विवेक द्वारा मैं अंकन तथा भाष्य करने का प्रयास कर रहा हूं।

शांत वातावरण और सुखद स्थिति में पहुंचकर मुझे अपने सन् १९५१-१९५२ में किए 'सर्ववाद' के कथन की स्मृति आई, और अब मैं उसके प्रमुख बिंदुओं को लेकर यह पुस्तक संक्षेप में लिख रहा हूं। हर बिंदु और विचार पर विस्तृत रूप में धीरे-धीरे लिखता रहूंगा, क्योंकि लिखना ही अब मेरे जीवन का कार्यक्रम रह गया है।

'जीवन का उद्देश्य', 'सर्वतंत्र', 'अपेक्षित मानव' या 'वांछित नागरिक की उत्पत्ति', 'शिक्षा कुंज', 'सामान्य' आदि कुछ नए विचार उभरे हैं। आशा है विचारक विशाल हृदयता के साथ उन पर विचार करेंगे।

विभिन्न विचारों में मुझे भाष्य के आधार मिले। मैं रूपरेखा में उन विचारकों के नामों का उल्लेख नहीं कर पाया जिनका मैं आभारी होते हुए चूक के लिए क्षमाप्रार्थी भी हूं। विभिन्न विषयों पर पृथक-पृथक खंड लिखते समय, मैं उनके प्रति आभार व्यक्त करने का प्रयास अवश्य करूंगा। इस कार्य में मैं अपने उन सभी सहयोगियों का आभार प्रकट करता हूं जिनका यहां तक लिखने में मुझे सहयोग मिला। विस्तृत पुस्तक में शेष रहे-सहे प्रेमियों, स्नेहियों, सहायकों तथा शुभचिंतकों के नाम शामिल करने की चेष्टा करूंगा। फिलहाल, चूकों, भूलों के लिए क्षमाप्रार्थी हूं।

- बिष्णु दत्त उनियाल
उनियाल निकेतन, दी मॉल, नैनीताल
हिमालय अध्ययन एवं विचार कुञ्ज , कोटद्वार

'कुछ पत्र...'

प्रधान मंत्री सचिवालय
PRIME MINISTER'S SECRETARIAT

No/PMI-25374.

नई दिल्ली-११,
New Delhi-11, the November 7, 1970.

Dear Sir,

I am desired to acknowledge receipt of your letter dated 2nd November 1970 to the Prime Minister, and its enclosure, regarding eight districts of U.P.

Yours faithfully,

V.P. Marwaha

(V.P.Marwaha)
Private Secretary to the
Prime Minister.

Shri B.D.Uniyal,
Managing Editor,
Parvatiya, Naini Tal.

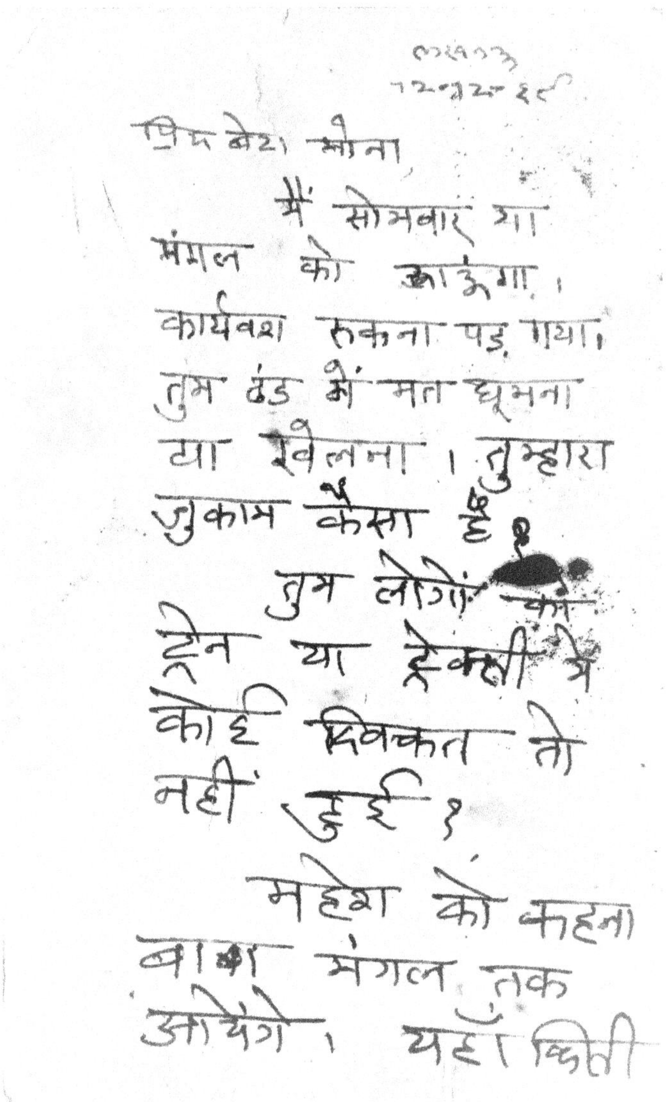

०२६१०३
१२-१२-६८

प्रिय बेटा सीमा

मैं सोमवार या मंगल को आऊँगा। कार्यवश रुकना पड़ गया। तुम ठंड में मत घूमना या खेलना। तुम्हारा जुकाम कैसा है?

तुम लोगों को ट्रेन या टैक्सी में कोई दिक्कत तो नहीं हुई?

महेश को कहना बाबा मंगल तक आयेंगे। यहाँ किसी

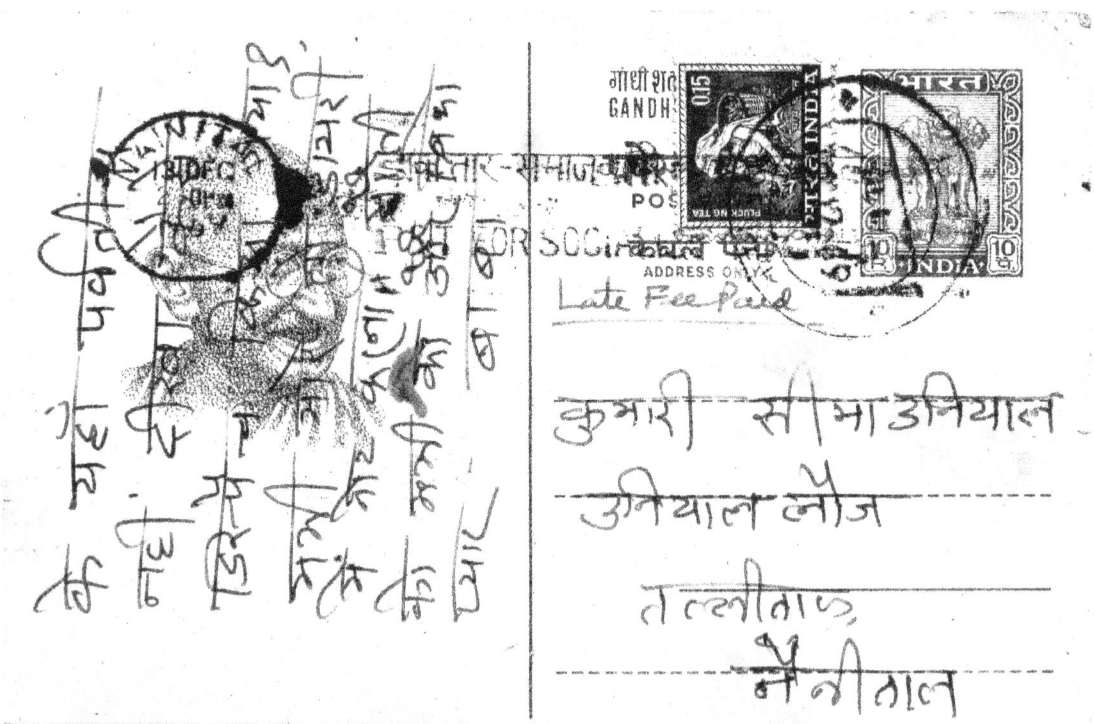

के यहाँ पर्वतीय
प्यार बाबा

कुमारी सीमा उनियाल
उनियाल लौज
तल्लीताल,
नैनीताल

फोन १८२

बिष्णुदत्त उनियाल
प्रबन्ध सम्पादक

पर्वतीय
नैनीताल

दिनांक 2-11-70

My dear Bhakt Ji,

I am enclosing herewith a copy of the Special Number of Parvatiya for your perusal.

As you know, yawning gap between the rapid spread of education and meagre means of employment in our hill areas, is, inadvertently, raising an army of lakhs of educated enemployed youths, the most dangerous element, specially on the borders like those of our hills, whereat number of the passess open doors direct to the Gangetic plains and Delhi, the heart of the Country. Continueing exploitation of the hillmen and their resources by capitalists has further aggravated the mounting resentment and the danger on the borders.

One cannot expect from the status quoists to realise the imminent danger but I am sure, you and your party will assess the situation and try to find the justification of the continuance of appendage of these hill districts to the regressing Uttar Pradesh shrieking under the leadership of the pugnacious politicians.

Fortunately today you are in a privileged position wherefrom you can rectify the mistakes committed in the past and do something solid for the betterment of the innocent hillmen.

If separate administrative Unit is not possibly considered at this stage, as a via media and on experimental basis, these 8 hill districts may be accorded district autonomy within U.P. like the Mikir and North Kachhar Hill Districts in Assam. This will end the mutual bitterness between the different hill districts perpetuating to this date owing to the doings of the Lucknow leaders and help boost their uplift.

With kind regards,

Yours sincerely,

Shri Bhakt Darshan Ji,
Minister of State for Education,
Govt. of India, New Delhi

शिक्षा राज्य मंत्री,
भारत सरकार,
नई/दिल्ली।

MINISTER OF STATE
FOR EDUCATION,
GOVERNMENT OF INDIA,
NEW DELHI.

सत्यमेव जयते

No. 10090 MS/70. 9th November, 1970.

Dear Shri Uniyalji,

I was agreeably surprised to receive a letter from you dated the 2nd November, 1970, typed in English, because I have been used to receiving letters from you in Hindi so far. Anyway your letter is quite welcome and I thank you for the same.

The problem regarding the accelerated and intensive development of our hill areas is of vital importance to all of us. We may differ regarding the ways and means of achieving our objective, but the ultimate aim is the same and is quite clear to all of us.

I, however, suggest that instead of entering into correspondence on this vital matter, we may meet some time and have a discussion, so that we may be able to exchange our views in a more logical and rational way. I hope that you will also kindly agree.

With kind regards,

Yours sincerely,

(Bhakt Darshan)

Shri Vishnudutt Uniyal,
Editor,
"Parvathiya" Hindi Weekly,
Nainital,
Dist. Nainital. (U.P.)

भारतीय राष्ट्रीय कांग्रेस

टेलीफोन : ४७४६१ / ४४४४३ / ४४४१०

भारतीय राष्ट्रीय कांग्रेस

अध्यक्ष
जगजीवन राम

महामंत्री
डॉ० शंकरदयाल शर्मा
हेमवती नन्दन बहुगुणा

कोषाध्यक्ष
द्वारिका प्रसाद मिश्र

जी-3/जे/12545

9, अशोक रोड,
नई दिल्ली ।
8 नवम्बर, 1970.

प्रियवर,

पर्वतीय क्षेत्रों की समस्या से तो मैं अवगत हूँ । इसलिए आज भी मेरी राय यही है कि अलग राज्य बनाना इस समस्या का हल नहीं है । जब तक कि समाज विशेष दिशा की ओर स्वयं उन्मुख नहीं होता और जब तक राजनैतिक, सामाजिक और आर्थिक पृष्ठभूमि ऐसी न हो जिसमें "सर्वे भवन्तु सुखिनः" संभव हो, तब तक राज्यों की सीमा का बटवारा भले ही चंद पढ़े लिखे लोगों को संतोष प्रदान कर सके, जनहित में कोई विशेष उपलब्धि नहीं करा सकता ।

मैंने आपका पैम्फलेट पढ़ा । स्पष्ट है कि आसाम और उत्तर प्रदेश की सांगोपांग तुलना नहीं की जा सकती। उसी तरह असम के हिल एरियाज जो अब मेघालय के रूप में परिणत हो गये हैं, उनकी और उत्तर प्रदेशीय पहाड़ी इलाकों की तुलनात्मक दृष्टि से सर्वांगीण समानता नहीं की जा सकती ।

आपके साथ कभी बैठकर बातचीत हो तो अवश्य इस संबंध में विचार-लाभ उठाउँगा । उत्तर प्रदेश कांग्रेस कमेटी ने एक विशेष समिति का गठन भी कर दिया है जो इस समय इस क्षेत्र की पूरी स्थिति पर विचार-विमर्श कर अपना सुझाव दे सके ।

इस उपसमिति में अर्थशास्त्री, इंजिनियर और राजनीतिक लोग रखे गये हैं । मेरा परामर्श है कि आप अपने विचार इस संबंध में उपसमिति के सम्मुख प्रस्तुत करें ताकि पर्वतीय क्षेत्रों के आर्थिक, सामाजिक और राजनैतिक मानचित्र में ऐसा रंग भरा जा सके जो जनहित में हो । आशा है आप सानंद हैं।

आपका,

(हस्ताक्षर)

(हेमवती नन्दन बहुगुणा)

श्री बी०डी० उनियाल,
मैनेजिंग एडीटर,
पर्वतीय, नैनीताल ।

टेलीफोन : ४७४६१
४४४४३
४४४१०

भारतीय राष्ट्रीय कांग्रेस

अध्यक्ष
जगजीवन राम

महामंत्री
डॉ० शंकरदयाल शर्मा
हेमवती नन्दन बहुगुणा

कोषाध्यक्ष
द्वारिका प्रसाद मिश्र

जी-3/जे/12545

9, अशोक रोड,
नई दिल्ली ।
8 नवम्बर, 1970.

प्रियवर,

पर्वतीय क्षेत्रों की समस्या से तो मैं अवगत हूँ । इसलिए आज भी मेरी राय यही है कि अलग राज्य बनाना इस समस्या का हल नहीं है । जब तक कि समाज विशेष दिशा की ओर स्वयं उन्मुख नहीं होता और जब तक राजनैतिक, सामाजिक और आर्थिक पृष्ठभूमि ऐसी न हो जिसमें "सर्वे भवन्तु सुखिनः" संभव हो, तब तक राज्यों की सीमा का बटवारा भले ही चंद पढ़े लिखे लोगों को संतोष प्रदान कर सके, जनहित में कोई विशेष उपलब्धि नहीं करा सकता ।

मैंने आपका पैम्फलेट पढ़ा । स्पष्ट है कि आसाम और उत्तर प्रदेश की सांगोपांग तुलना नहीं की जा सकती। उसी तरह असम के हिल एरियाज जो अब मेघालय के रूप में परणित हो गये हैं, उनकी और उत्तर प्रदेशीय पहाड़ी इलाकों की तुलनात्मक दृष्टि से सर्वांगीण समानता नहीं की जा सकती ।

आपके साथ कभी बैठकर बातचीत हो तो अवश्य इस संबंध में विचार-लाभ उठाऊँगा । उत्तर प्रदेश कांग्रेस कमेटी ने एक विशेष समिति का गठन भी कर दिया है जो इस समय इस क्षेत्र की पूरी स्थिति पर विचार-विमर्श कर अपना सुझाव दे सके ।

इस उपसमिति में अर्थशास्त्री, इंजिनियर और राजनीतिक लोग रखे गये हैं । मेरा परामर्श है कि आप अपने विचार इस संबंध में उपसमिति के सम्मुख प्रस्तुत करें ताकि पर्वतीय क्षेत्रों के आर्थिक, सामाजिक और राजनैतिक मानचित्र में ऐसा रंग भरा जा सके, जो जनहित में हो । आशा है आप सानंद हैं।

आपका,
(हेमवतीनंदन बहुगुणा)

श्री बी०डी० उनियाल,
मैनेजिंग एडीटर,
पर्वतीय, नैनीताल ।

Phone 182

B. D. Uniyal

Managing Editor

PARVATIYA

Naini Tal

Date 2-11-70

Dear Indira Ji,

You are the great daughter of the great father who was whole of his life so much worried about the lot of the backward people of India like those of the hillmen of Uttar Pradesh. He was so much interested in the development of U.P. Hills that he was in favour of a separate Unit of 8 U.P. Hill Districts ~~of U.P.~~ like that of Himachal, as has been stated on page 35 of the enclosed Special Number of Parvatiya.

During your election tour of Garhwal in 1967 you too were moved to see the grinding poverty of the hill people.

Incalculated rapid spread of education and rather no means of employment in these areas is inadvertently raising an army of lakhs of educated unemployed youths, the most dangerous element, specially on the border areas like those of U.P. hills, whereat the passes open doors direct to the gangetic plains and Delhi, the heart of the Country.

Continuing exploitation of the hillmen and their natural resources in the interest of the capitalists in the plains has further aggravated the danger and the mounting resentment in hillmen.

One cannot expect from the status quoists to realise the imminent danger but I am sure, you, your colleagues and your party will assess the situation and try to find the justification of continuance of appendage of these districts to the regressing Uttar Pradesh shrieking under the leadership of the pugnacious politicians.

The case of formation of a separate Unit of these 8 hill districts of U.P. has been put forth in the enclosed Special Number of Parvatiya brought out with pure acadamic interest.

In case separate administrative Unit is not possibly considered at this stage, as a via media and on experimental basis, these 8 hill districts may be accorded district autonomy within U.P. like the Mikir Hill Distt. and North Kachhar Hill District under Assam. This will boost uplift of these areas and also will end the mutual bitterness ~~betwe~~en Kumaon and Garhwal Distts ~~so far created by~~ owing to the doings of Lucknow leaders.

With best regards,

Yours sincerely,

B. D. Uniyal
2/11/70

Smt. Indira Gandhi,
Prime Minister,
Govt. of India,
New Delhi

'बिष्णु दत्त उनियाल द्वारा हस्तलिखित आत्मकथा के कुछ पन्ने'

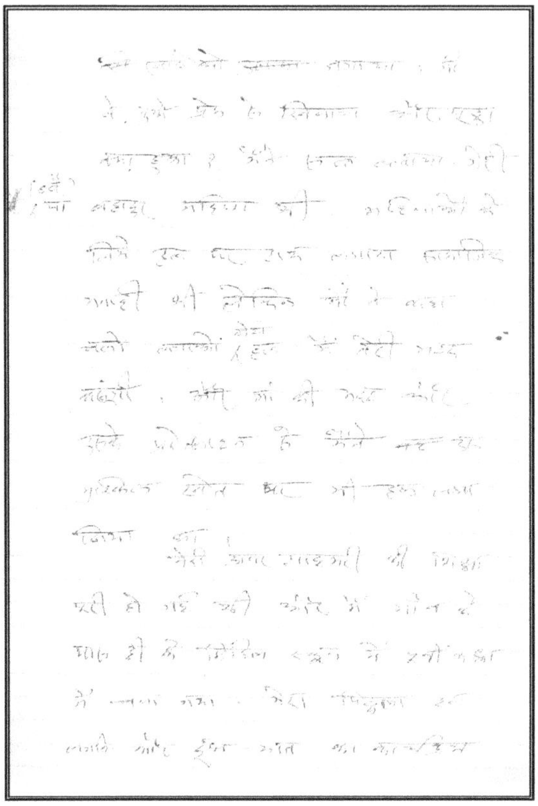

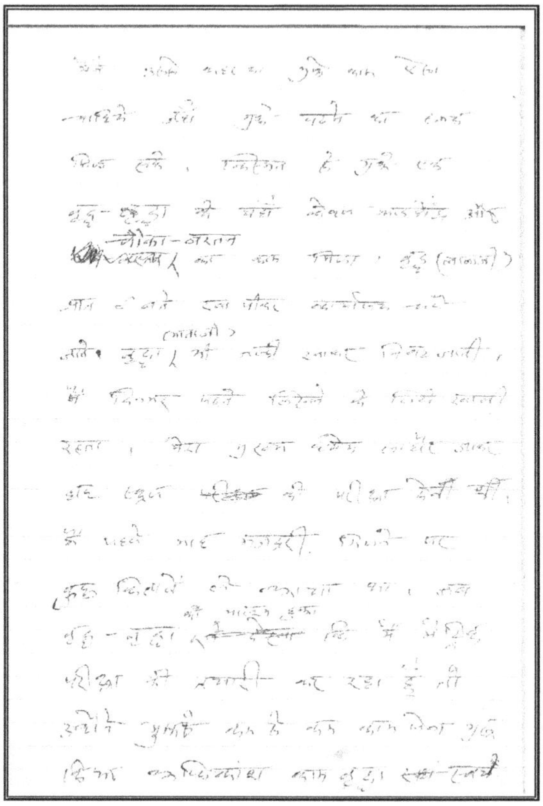

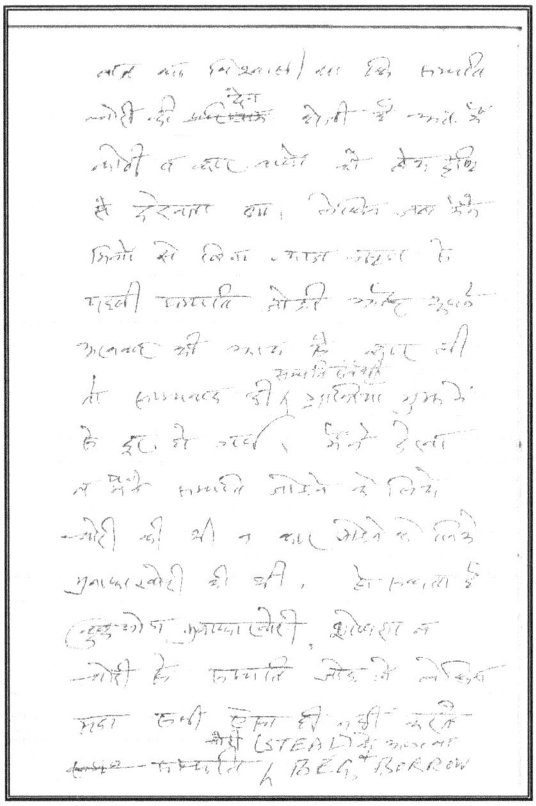

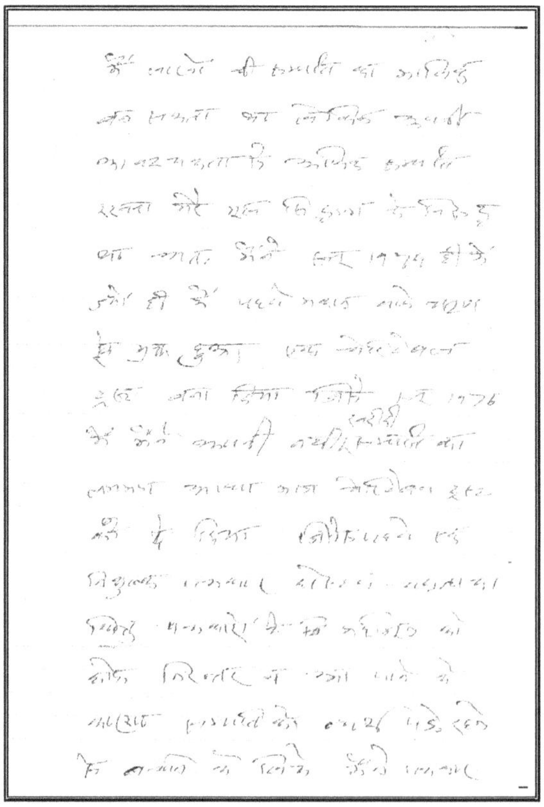

अल्मोड़ा से प्रकाशित साप्ताहिक पर्वतीय के प्रथम तीन अंक : ०६, १३, २० अक्टूबर १९५३

पहाड़ी जिलों का निष्पक्ष व निर्भीक पत्र

वर्ष १ अंक १ — अल्मोड़ा ६ अक्टूबर १९५३

कॉंग्रेस पर भूत !

भगाने के लिये पंत जी !

नौकरशाही की करतूतें

नेगी जी द्वारा

टेहरी का अपकार

पंत जी को भी रस आ गया

पर्वतीय

WEEKLY PARVTIYA

वर्ष १ अंक २ — अल्मोड़ा मंगलवार १३ अक्टूबर १९५३

सिद्धांत हीन नगर पंचायत

पर्वतीय

WEEKLY PARVTIYA

वर्ष १ अंक ३ — अल्मोड़ा मंगलवार २० अक्टूबर १९५३

चोर चोर मौसेरे भाइयों की बांहों में बांहें

मोटर मालिकों और सरकार मिलकर जनता को लूट रहे हैं !

मोटर किराया क्यों बढ़ा ?

पर्वतीय आपका

अपना पत्र है—

और

पर्वतीय में विज्ञापन देकर लाभ उठाइये

About B. D. Uniyal (Parvatiya) Charitable Trust

After completing more than twenty years of continuous publication and becoming the first daily newspaper of its kind, Bishnu Datt Uniyal had successfully established 'Parvatiya' as pioneer among newspapers being published from the hill regions of erstwhile Uttar Pradesh. A part of the entailing economic gains, in his firm opinion, had to be ploughed in for social good. In his own words, any wealth in excess of what was required for satisfying familial needs, ought to be put to the service of society.

Even though Sh. Uniyal, in his personal capacity, had been consistently contributing for the welfare of the needy people who approached him seeking help, he felt the desire to formalize and streamline his spirit of returning to society what he believed he gained from it. Having witnessed from close quarters the hardship of lack of resources, he desired to see that the upcoming youth and other professionals should not be deprived of opportunities due to socio-economic constraints.

With this ideal in mind, he established the Parvatiya Charitable Trust in 1974, and registered it as a public charitable trust. The initial corpus comprised of approximately one half of his own wealth and property.

The Trust has felicitated many writers of the region, apart from providing them with financial assistance. Scholarships to meritorious and needy students have been disbursed consistently over years. Initially, the trust had also opened a hostel for journalists at Nainital which had to be subsequently discontinued owing to various reasons including lack of optimal utilization throughout the year.

Main Aims and Objects of the Trust

- Financial aid and scholarships to students, sportspersons, physically handicapped, sick, poor and needy members of general public.
- Opening educational institutes, libraries, institutes for sports activities, hostels, hospitals, sanatoriums for members of the general public anywhere in India.
- Any other charitable activity in public interest.

Even after the death of Sh. B.D. Uniyal in 1988, the B.D. Uniyal (Parvatiya) Charitable Trust continued the tradition established by him. The charitable activities of the Trust are being carried out for the benefit of the general public via the exclusive use of its own accumulated resources. In its four-and-a-half-decade history, the Trust has never taken donations from any source for any purpose.

The primary focus of the Trust has been on the educational scholarships to needy but meritorious students and scholars, along with financial and medical assistance to the needy members of general public. Activities such as holding Seminars and Lecture programs to generate awareness towards the issues of general public importance like the need to preserve and propagate the traditional Indian classical and folk music instruments etc. have also been undertaken.

Indigent widows, differently-abled persons, persons in need of financial assistance for medical treatment have also been the recipients of financial aid.

website: https://www.bduparvatiyatrust.com
E-mail : uniyalparvatiyachtrust@gmail.com

बी. डी. उनियाल (पर्वतीय) चैरिटेबल ट्रस्ट के विषय में

अदम्य परिश्रम से फलित बीस वर्ष के निरंतर प्रकाशन के पश्चात पर्वतीय पत्र लोकप्रिय एवं विशिष्ट स्थान बनाने में सफल हो चुका था। उसके संस्थापक - संपादक बिष्णु दत्त उनियाल समाचार पत्र के माध्यम से न केवल पर्वतीय क्षेत्र की उन्नति की घोषित नीति को साकार रूप देते रहे वरन अपनी सर्ववादी सोच के चलते सामाजिक विषयों से जुड़े विषयों को स्वर देते रहे।

व्यक्तिगत रूप से श्री उनियाल निरंतर साधनहीन व्यक्तियों की यथा संभव सहायता करते रहे। उनका मत था कि व्यक्ति को अपनी एवं परिवार की आवश्यकताओं से अधिक साधनों को समाज की सेवा में समर्पित कर देना चाहिए।

विकट जीवन संघर्ष को निकट से अनुभव करने के बाद, विवृतमना बिष्णु दत्त उनियाल ने सामाजिक सद्भाव उद्देश्य से १९७४ में पर्वतीय चेरिटेबल ट्रस्ट का स्थापन एवं पंजीकरण किया। इसके राशिकोष के लिए श्री उनियाल ने अपनी संपत्ति का लगभग आधा भाग दान किया।

ट्रस्ट द्वारा वर्षों तक क्षेत्र के अनेक लेखकों, साहित्यकारों का सम्मान एवं आर्थिक सहायता की गई।

मेधावी व निर्धन छात्र - छात्राओं को छात्रवृत्ति प्रदान की गई।

प्रारंभ में पत्रकार हॉस्टल की स्थापना की गई। समुचित सदुपयोग न हो पाने से तथा अन्य कारणों से कुछ सालों के उपरांत इस कार्य में अवरोध आया।

तदोपरांत गढ़वाल स्थित कोटद्वार में एक अध्ययन एवं विचार कुंज की स्थापना की गई जिसमें क्षेत्र के विद्यार्थियों के लिए आवास, पुस्तकालय जैसी सुविधाएं प्रदान की गई जिससे उन्हें विभिन्न परीक्षाओं व प्रतियोगिताओं के अभ्यास की सुविधा व सहायता मिल सके।

सन १९८८ में श्री बी डी उनियाल की के आकस्मिक निधन से ट्रस्ट कार्यकलापों में परिवर्तन हुआ।

उनके देहवासन के बाद भी ट्रस्ट ने परमार्थ की परंपरा को निभाया। ट्रस्ट शिक्षा हेतु साधनहीन निर्धन परंतु मेधावी विद्यार्थियों, शोधार्थियों को छात्रवृत्ति वितरण, रोगियों के उपचार हेतु आर्थिक सहायता, समाज के आश्रयहीन महिलाओं, विधवाओं, जरूरतमंद व्यक्तियों की भी सहायता, लोक कलाकार एवं लोक संगीत, वाद्यों के रक्षण व प्रसार हेतु सेमिनार और लेक्चर, विकलांगों की सहायता; समय-समय पर करी जाती रही है।

ट्रस्ट सामाजिक हित के कार्यों में योगदान देने व अपने संस्थापक बिष्णु दत्त उनियाल के जीवन की मूल भावना और उद्देश्यों को सार्थक करने में प्रयासरत है।

ट्रस्ट के उद्देश्य:

१. विद्यार्थियों, खिलाड़ियों, विकलांगों, रोगी, निर्धन, व आश्रयहीन समाज के व्यक्तियों की आर्थिक सहायता
२. शैक्षणिक संस्थाओं, पुस्तकालयों, अस्पताल, सैनिटोरियम, का भारत में आवश्यकतानुसार खोलना
३. सामाजिक हित में कोई यथोचित लगने वाला कार्य करना

वेबसाइट: https://www.bduparvatiyatrust.com
ई-मेल: uniyalparvatiyachtrust@gmail.com

www.ingramcontent.com/pod-product-compliance
Lightning Source LLC
Chambersburg PA
CBHW080539240926
51846CB00005BA/943
* 9 7 8 9 3 9 3 0 2 9 3 3 1 *